天鹅图腾

Swan Totem

姜戎 著

新经典文化股份有限公司
www.readinglife.com
出 品

献给

爱与美的图腾——草原天鹅

献给

敬拜保护天鹅神鸟的蒙古草原人

1

> 萨满教中所表现的原始渔猎民族图腾观念……天鹅图腾崇拜在动物图腾中占很高的地位，被视为是神的使者。
> ——富育光《萨满论》

> 我们都把狼作为图腾崇拜，首先是在蒙古人中有这样的依据。
> ——[蒙古]高陶布·阿吉木《蓝色蒙古的苍狼》

蒙古草原的爱与美，是每年早春北归故乡的天鹅带来的。

这年，白灾（雪灾）之后的初春，东乌旗额仑草原一个宽阔湖泊的水面和上空，刚刚返回故乡的大群天鹅，轻柔舒展地跳着飞着天鹅舞，宛若雨后阳光下耀眼的白云。如不细心看，谁也不会注意在满天满湖的白云里、在人们的眼前，正在上演阵容恢宏的天鹅情爱之舞。草原的早春是天鹅的恋爱季节，美丽高雅的天鹅们遮盖了宽广的蓝天和湖泊。

舞蹈着的天鹅渐渐飞落湖面，凫水的天鹅们转入优柔修长的鹅颈舞。低垂着爱意的头和弯曲的颈，含情悠悠地表达问候、请求。雌鹅的曲颈慢慢扭向东，仿佛在说，我要飞向东面啦；雄鹅的弯颈也几乎同步优雅地扭向东，好像在答，我也跟你飞往东；雌鹅的曲颈又温柔地转向西，雄鹅的弯颈也轻轻地扭向西。然后雄鹅再扭，雌鹅再随。当爱到情浓难抑时，情侣会绕颈亲昵，比牧人情侣双臂搂脖勾颈，显得更加专一和缠绵。每日几番深深表爱和求爱之后，雄鹅们昂头伸颈向天鸣叫高歌，雌鹅们也伸长脖颈高声唱和，边舞边唱，然后集体转入快节奏：五六对七八对地组成一个个舞圈，天鹅们争先恐后，伸颈抬高又落下，落下又抬高，与嘹亮的歌声一起一伏，像情侣鞠躬、像夫妻对拜。当歌到兴头，舞到乐透，天鹅情侣们就会在水里跐踏宽大的黑脚蹼，全身耸体向上。面对面、喙对喙、胸对胸，拥抱似的扑打巨大的翅膀，猛烈扇起泼水节般狂欢的水花，深深陶醉其中。然后，在水面上扑翅蹬蹼助跑，踏出打水漂似的串串白色水花，飞离水面。再抖干水珠，钻入白云，冲霄而上，展翅兜风翱翔，欢爱的歌声满天飞扬。

　　湖边草坡，站着一位身穿旧夹袍、扎着褪色缎腰带的蒙古姑娘。她苗条柔弱，天鹅蛋形脸，深眼窝，长着西域式眉梢高挑的乌黑弯眉和绿宝石般晶亮闪光的眼睛。她望着阳光刺目的天空，追寻着白云中的白鹅，并不断向天上的鹅群挥动着柔软的双臂，好似一对天鹅的长脖颈。她的泪水宛如初春尖尖冰凌上的融水滴淌。她用蒙古短调唱道：

　　　　草原上有一只孤影般的天鹅，
　　　　常年在凄凉湖面对影独舞哀歌。
　　　　独舞里始终是双双绕颈的诉说，
　　　　哀歌中永远是漂动的泪波。

　　　　日夜思念救她的情郎亡夫，
　　　　是他将那饥狐拖入水中一同沉没。

她的心如冰河开江般爆裂,
风雪过后才似梦鹅般恍惚婀娜。

从春花初开舞到秋月衰落,
来年芦苇未绿,她已站在空巢上静默。
暖春,忍看姐妹们幸福地抱窝,
初夏,听不到自己雏鹅啄壳破壳。

年年孤独万里随鹅队飞南国,
再无夫妻领飞小鹅的天乐。
挚爱是天鹅天命的唯一,
专一是天鹅天爱的心诺。

所有天鹅都不会打搅她双影独舞,
所有天鹅都不会陪她忍受寂寞,
所有雄鹅都不会奢望她再返爱河,
所有天鹅都能看见她身旁那只鹅。

她又用词少曲长,含有颤音、滑音和拖音的蒙古长调唱道:

夫君啊。
我梦见你已与天鹅群同归。
请早日把我接走。
可是,小巴图该托付给谁?

颤抖绵长的歌声慢慢唤来许多天鹅。长调未毕,已有二十多只天鹅向她飞来，在她的头顶上空盘旋鸣叫，然后低飞下降。天鹅脚腕上大多拴有新旧不同的马鬃细辫和绸带。忽然，天鹅们像旋风般降落到她的身边，然后围着她，用巨大的翅膀拥抱她、用头颈蹭摩她的双腿和腰腹，左一下、右一下、上一下、下一下，高声欢叫，像远途归来见到阿妈的孩子。她眼中涌泪，蹲下身挨个搂抱亲吻它们，又像拥抱自己的情郎。天鹅们也挨个用长脖颈缠绕她的脖子，表达天鹅的爱和问候。她被一层层白羽白翅包裹得犹如一朵硕大白花中的花蕊。她是花心，天鹅们是花瓣，激动地合拢又开放，开放又合拢，最后，把亲爱的鹅妈妈裹成了一个蒙古草原上最大的白色花蕾，快乐旋转并慢慢膨胀。天鹅姑娘闭上眼睛，感到自己仿佛要被天鹅天使们裹托着起飞，飞向天堂……

天鹅巨花又缓缓开放，她慢慢站起身来，天鹅公主王子们欢喜地围着她舒卷开合、又歌又舞，扇起一团团还未被绿芽遮没的秋草和早春的细碎花叶。她哭得高兴，哭得冲动，也哭得更加哀伤。三年前的此时，她是和阿爸、自己的情郎巴图一起来迎接北归的孩子们的，再以前的十几个早春也是如此幸福。有的天鹅孩子黑色脚腕上的马鬃细辫还是巴图给系上的。这些被阿爸和他俩救养过的鹅孩子们，已经度过了丧失鹅爷爷的悲伤三年和失去鹅阿爸痛苦的一年多。所以，它们归来后就用加倍的爱来安慰自己的阿妈。

天鹅妈妈打开一个瘦窄蒙古枕头大小的长方形口袋，把口袋里五六斤的麦粒在草地上倒成长长一溜，好让每只鹅都能吃到。她歉疚地说：你们的爷爷和阿爸都不在了。我打不了多少食，家里又欠了重债，实在拿不出原先那么多的粮食来迎接你们了，真对不住你们啊。

说罢又啜泣不止，天鹅们也发出阵阵的哀鸣，像看到鹅群里丧偶的长辈、同辈一样。她见鹅孩子们不吃食，便强忍住泪，用平和的声调说：见到你们平安飞回来，我高兴啊。没事了，快吃点东西吧。飞了那么远，饿坏了吧。湖里的冰还没有全化，浅水里的草还吃不到多少。吃吧，吃吧。明天我再去借点粮食来喂你们。

饥饿但懂事的天鹅孩子们都不争不抢，吃了一会儿就把地上的麦粒吃光了，然后又围着妈妈，用鹅吻倾诉着长久的思念。

忽然，鹅群飞了起来。一个男子的声音从她的身后传来：萨日娜，我给你带来了大半袋麦粒，让天鹅们不要怕。

萨日娜疲惫地回头望去，见一个满面泪光、长着一双黑褐色眼睛、比她大四五岁的高个子蒙古骑手，从不远处快步走来，在她脚旁放下一个三十多斤重的粮食口袋。他怕吓飞天鹅又迅速退回到较远处。天鹅姑娘恼怒地叫道：又是你。昨天已经告诉你千万不要跟过来，天鹅是不愿意生人靠近它们的。你看看，天鹅被你吓飞了。今年好不容易等到刚飞回来的天鹅，就被你给搅了。

骑手说：对不起，对不起。我这就走。你扬扬食，再把天鹅叫下来吧。

说罢，他很有礼貌地后退。

萨日娜一边向还在头顶绕飞的天鹅招手，呼唤它们飞下来，一边说：巴格纳，你要是个蒙古人，在这种时候就不会来打搅我。你快快离开！

巴格纳慌忙说：是，是。我走，我走。听了你的歌，我的心都碎了。可我真的不是来打搅你，是来给天鹅送粮食的。你邻居塔娜姑娘告诉我，这几天你正到处借麦粒呢。我带来的这些粮食，都是最饱满的麦粒，是我从商队拿来的。你的鹅孩子、鹅朋友从千里万里外飞回来，应该让它们吃饱啊。我最敬拜天鹅和狼。

他又往后走了二十几步，走到他的黑鬃马旁边才站住。在蒙古草原，天鹅是蒙古人心目中的神鸟。这样的距离，任何一只天鹅见

5

到人都不会惊飞的。他望着天鹅们重又慢慢落下,看到萨日娜优雅痛苦地抛洒麦粒。美丽的天鹅姑娘和天鹅,衬着满天满湖的白云,宛若梦中仙境……

直到天鹅吃饱,歌舞落幕,天鹅在萨日娜的头顶上空绕飞了三四圈,开始飞向湖泊深处,巴格纳才骑上马,向天鹅姑娘大声说:我要去追赶商号的车队了,有什么事情要我帮忙,就让来往的车队转告我。

然后,快马离去。

萨日娜看了看只剩下五六斤麦粒的口袋,又摸了摸,里面没有夹藏任何赠物、字条和情书。这是她收到过的最干净的口袋。她走近湖边,又从怀里掏出一个马蹄袖大小的生羊皮口袋,朝芦苇深处呼唤:小巴图,小巴图……

骑马走远的巴格纳,是全国最大的旅蒙商号——大盛魁的雇员。大盛魁是清廷特许成立、有深厚官府背景的大商号。他给这家商号的东线商队做蒙汉翻译兼经商。巴格纳是东乌珠穆沁旗反清蒙古贵族的四世后代,属于宽泛的蒙古黄金家族的血脉家系。在康熙在位中期,巴格纳的先祖和六个乌珠穆沁旗的蒙古贵族被诛杀时,家族也被株连。一些获得赦免但被抄没了家产的家族,被就地严加看管,或像狼一样,在牧区和农区城乡秘密游走谋生,靠着具有反清情绪的蒙古贵族和汉族民间的同情和掩护,顽强度日。到了巴格纳这一代,由于时日久远,才受雇于大盛魁,近几年才从西线转到穿越东乌旗的东线商道。在蒙古各条漫长的商道上,由汉人组成的旅蒙商队极需蒙汉翻译,而这样的人才十分稀缺。旗盟蒙古贵族上层念他是蒙古黄金家族的血脉,也就对大盛魁商号雇用他的这一举动睁一眼闭一眼了。何况,该商号有朝廷官府背景,他的一举一动尽在官府的掌控之中。

巴格纳，蒙古语的语意是"支柱"，也是萨满教中寓意很深的一个词，与北斗星有关，而北斗星又是蒙古人夜战和马群夜牧的指路星。他的爷爷和阿爸，曾以给归化、张家口等商贸城市的蒙古大贵族官员和大旅蒙商当家庭教师为生。他的爷爷、阿爸和阿妈早已相继故去，他们生前，都曾希望他能像支柱一样撑起这个漂泊的家和自己的人生。他童年、少年时期就跟着他父母的一个学生、也是和他们相交很深的朋友秦川生活。秦川是大盛魁商号一位股东的儿子，后来慢慢子承父业，成为这家商号东线的老板。他很关照巴格纳，曾送他上私塾，再把他送到商号大店铺学做生意，后来又向官府出面担保，让他到商队做翻译和经商。提心吊胆的落难贵族后裔生活，使巴格纳练就出坚毅谨慎的性格和多重生存本领。他蒙汉两通，农牧两知，经商亦是内行。

巴格纳前一年就听说过额仑草原天鹅姑娘萨日娜的凄惨故事。萨日娜，蒙古语的语意是月光。她的祖上是西部蒙古部落的贵族，但后来在部落与部落的内战中落败，部落残余的人被收编到获胜的部落，贵族的身份就此丧失。她的父亲苏米亚是一位蒙古学者，曾在青海、西藏的佛学院学佛十几年，后来因为他同情爱护草原古老但受排挤的萨满教，并与老萨满法师保持友谊，便不适合进入寺院。而且他还是喜欢草原的世俗生活，便通过远亲举家搬迁到乌珠穆沁草原。因为乌珠穆沁部落也是从蒙古西部迁到这里的。旗府看他学问大，而额仑乌拉盖苏木（镇）缺少人才，就把他调派到额仑苏木，任草拟和管理文牍的文官，还担负给全苏木孩子们教书识字的职责。萨日娜的阿爸虔诚敬拜能飞越喜马拉雅的神鸟天鹅，他对草原牧人说，救一只天鹅比转摇一千遍经筒更敬佛，救千只天鹅则能超越六道轮回。每年冬初，他都会救养无力南飞的病鹅和落单小鹅。萨日娜长得还没有鹅高的时候,就跟着阿爸救养天鹅,小天鹅就是她童年冬季最贴心的朋友和玩伴,她和小鹅一起长大,她们会用各种方式和手势"说话"。童年时,她还有一个邻居家的小哥哥巴图,他也天生喜爱天鹅。在冬天,他天天到她家来帮她喂鹅养鹅,和天鹅一起跳舞唱歌。两个小玩伴两小无猜,从小到大,像一对小鹅一样快乐长大。萨满老人都说,他俩是草原上受天鹅品性滋养得最本真灵透的一对"兄妹"。在少年时,他俩心里就想成为像天鹅情侣一样的牧人情侣。

可是就在阿爸患病去世,他俩准备结婚,共同支撑这个快要被重债压垮的家的时候,有一天,萨日娜与她的两个弟弟突然染上急性重病。她的情郎巴图冒着白灾中的白毛风去几十里外请蒙医。然而,在回来途中,雪越下越大,白毛风也越加暴虐凶狠,两匹马顶风行进,呼吸困难,寸步难行。巴图立即下马,毫不犹疑采用蒙古人在暴风雪中最后的救急方法。他对蒙医说:这么大的雪,这么猛的风,还带着这么重的药箱,两匹马驮不动两个人。弄不好两人两马都得冻僵,只能让一人骑两马。家里有三个发高烧的病人,邻家也有几个,得赶快去救,不能耽搁。你是我请来的医生,我也得保全你的命,你就牵上我的马,双马轮骑,赶紧去救我心爱的未婚妻和两个弟弟吧。我是马倌,能扛得住白毛风,我能在雪地里慢慢拍出一堵雪墙来挡风雪的。蒙医只得骑一马牵一马,继续赶路。然而,从小一直跟随巴图的大黄马不肯抛下主人,跺蹄刨雪嘶叫着就是不走。巴图急得连连指着家的方向,大喊:快去救萨日娜!萨日娜!并狠狠地抽了它两下马鞭。大黄马听明白了主人的意思,痛苦地长嘶了几声,拼命地拽着蒙医往家艰难地跑。后来萨日娜三姐弟和几个邻居得救了。可她的情郎哥哥巴图却再也没有回来。蒙医说,那位好小伙那会儿自己也染上了重病呢,比那两个弟弟的病情还要重。

我摸过，风雪里他皮帽下的额头是烫手的，雪一刮进去就化成水。他是冒着重病顶着大风雪，去为他的未婚妻和弟弟们请医生的。额仑的老人都说，敬拜天鹅和狼的蒙古男人都有为妻儿舍命的勇气。

蒙医还说，巴图心善，他的马也善啊。他一到萨日娜的蒙古包，那匹大黄马就挣着缰绳要回去接巴图，他就把缰绳绕系在马鞍上，让它走了。可是白毛风太猛，雪太厚，直到天大亮也没有把巴图接回来。当风雪停歇，马倌们才在大黄马身下找到了已被雪掩埋的巴图，大黄马也已被冻得半僵，仍然站在那里给主人挡风挡雪，可是再也抬不起马蹄把主人从雪里刨出来了，只能发出一声声悲哀的嘶鸣……部落的女人说，那些年，萨日娜家为了给她阿爸治病，欠了黑商号那么重的债，三分多的利，利滚利，到这年已经合五百多只大羊的银子，光今年要还的利息就合一百五六十只羊。要是还不上今年的债，她就要被卖身为奴，卖掉蒙古包、牛车和她阿爸一柜子车的藏书去抵债了。草原连年白灾，家家都不富裕，也都怕再遭遇灭顶的大白灾。谁也不知道可怜倔强的萨日娜还能撑多久，大伙都提心吊胆，怕从她家里再传来什么不幸的消息。人们知道她的心早已死，随她的情郎一起走了。

天鹅姑娘是个出名的才女歌手，从小她就跟她的阿爸学写诗编歌，还学会用古老草原歌的曲调再加上她自己的曲调来编新曲。听姑娘们说，她写了好多首悼念她情郎的情歌，但她从来不给大伙唱，只对她的情郎和天鹅唱。有一个同部落的女歌手说，她曾远远地听过几段，那歌很美很冷，让人听得心里结霜发抖……

自此，巴格纳漂泊的人生开始有了指针，他的心毫不犹豫地朝那个老旧的蒙古包飞去。

2

16世纪前,乌珠穆沁部落与卫拉特蒙古一同在阿尔泰杭盖"乌珠穆山"一带居住,以畜牧业为主兼营葡萄业……15世纪末,成吉思汗第16代嫡孙巴图孟克达延汗长子图鲁博罗特带领部属从阿尔泰杭盖"乌珠穆山"迁徙至漠南,居于察哈尔万户属地。16世纪20-40年代,图鲁博罗特长子博迪阿拉克汗三子翁衮都拉尔号所部为"乌珠穆沁"形成乌珠穆沁部落。现今乌珠穆沁人姓氏,传统习俗及加工畜产品方法等与蒙古国巴彦乌列盖省萨格赛苏木牧民的加工方法相似,两地牧民牧养同一种羊,可以证明乌珠穆沁人早先住在卫拉特与喀尔喀交界地——阿尔泰杭盖"乌珠穆山"一带。

——《东乌珠穆沁旗志·人口民族》

春末夏初,山坡草甸被雪水和春雨漫灌过的牧草,长得如同沃土肥地里的马莲、野韭那样茁壮,葱绿厚密的草层已达一尺多高。蠕动的羊群不像在草地上走,而像是在草浪上刨游。大群阿尔泰种的额仑肥尾羊,刚刚从吃光草的春草场搬迁过来,之前又被冻饿了半个冬季,在吃相上比蒙古草原狼还要贪狂。羊们馋得羊眼眶里瞪出了牛眼,羊嘴巴里流出了比狼口水还多的绿汤,把羊腿与草染成一色。当疯长的春草还没有完全长成高高夏草的时候，初夏的额仑羊却自个儿快速搭出肉架子，看上去就像初秋肥羊一般。有的大羯羊（骟羊，阉割了的公羊）快顶上二岁牛，大羊羔壮硕得如新生的牛犊。天性贪食的阿尔泰羊，继续像穷兵败将抢劫富裕集市那样抢吞肥苗劲草，嫩草被掐了尖，野苜蓿、野豌豆、野山葱等好草被整棵吞食。草原上空弥漫着浓重的草汁清香，草原人棕红色的脸上、手上像是被涂抹了一层薄薄的草露花露，在湛蓝的天光下微微泛出紫红釉般的亮色。

额仑草原一派灾后重生的盎然和勃发。远处的姑娘和女人们压抑了一冬一春的情歌声，仿佛绿草波浪般地起伏荡漾。马背上摇摇晃晃地歪倒着一个又一个酗酒后的大小马倌、牛倌和羊倌。

主管东乌珠穆沁旗草原牧业和皇家贡羊的一等协理台吉（蒙古大贵族）伊登札布，像蒙古武将那样骑着高壮的乌拉盖突厥马，细细查验五六群贡羊的膘情。陪伴他的是额仑草原道尔基苏木长（镇长）、札那副苏木长、几位旅蒙大商号的畜牧主管和一位长着蓝色眼睛、艳丽热辣、具有突厥血统的蒙古姑娘。这位美人是额仑草原耀眼的名花——娜仁其其格，蒙古语的意思是太阳花。她不是贵族女儿，也不是牧奴，而是普通牧人的女儿。但父亲偏瘫，家里人口多、债务重，而且借的也是旅蒙商号的高利贷。这些年草原上白灾频仍，已有一些牧民被卷入债务奴隶的旋涡，娜仁其其格只能期待自己嫁入贵族豪门或富家才能摆脱灭顶之灾。得知伊登札布等几位贵族来访，便借骏马、借缎袍、借新靴，打扮得像一束艳丽的草原山丹花，主动前来陪侍。她快马一到，如同云开天晴，飞来一只美丽轻盈的草原雌鹤，骤然冲淡了公务的沉闷。几位贵族都露出笑容，伊登札布睁大了圆圆的鹰眼，招了招手，将她唤到自己的身边，并辔而行。

大台吉伊登札布有了蓝眼睛美人贴身陪伴，谈兴忽然像酸奶缸里的气泡，咕咕翻腾，一冒出奶水酸汤就噗噗开花。他对道尔基苏木长说：这哪像是四五年里连遭两场白灾的灾区啊。要是圣驾亲临此地视察，非得定我欺君之罪不可……去年那场白灾可把王爷和我吓坏了，要是供应京城的贡羊断了顿，那皇族和蒙古王公还不得断了咱们的头。幸亏你们额仑羊顶了上去，还补了别的苏木的亏欠。

脸形消瘦、皱纹深刻的苏木长道尔基说：额仑乌拉盖牧场草高草壮草质好，是全蒙古最好的草场。羊种又是蒙古最好的西域阿尔泰种，尾巴肥大，比别的地方的羊更贪吃，更容易上膘。最好的草场加上最好的羊种，自然更抗寒，也就能养出全蒙古最肥美的贡羊。这些年两场白灾都没把额仑压垮。

娜仁其其格笑盈盈地说：我们额仑的两位苏木长都是畜牧大行家，爱牛羊和草场比自家的孩子还爱哪，管得可严可细了。大伙都说全旗再也挑不出比他俩更好的苏木长了。大台吉，您就放心吧。

伊登扎布摇摇头：那也别大意。草原游牧除了最怕定居开荒烧草场，就是怕大白灾。去年白灾的厚雪没到了小腿肚子，还不算太大。要是再加上一场一尺厚的雪，几百年积攒下来的羊群一夜就会全被埋死。所有牧草也全得被雪盖没，牛马也得饿死，整个部落不是破产，就是把原部落拆散，把人分派到没遭灾的部落当二等部落民，再不就是替朝廷去打仗寻活路。

宽额宽脸、高鼻深目的札那叹道：这几次白灾一回比一回大，我也害怕。老人们说下回兴许更大。这些年的年景邪乎啊。萨满老法师说，蒙古草原隔上一两百年就得来上个几十年的白灾和大白灾的灾期。难道新一拨的白灾期让咱们给赶上了？真晦气啊。

伊登扎布说：这些年确是隔三岔五就来一场不小的白灾，往后的年份还不好说。咱们真得想法子抗大白灾。大清皇族和蒙古王公的主食是羊肉，吃羊就吃乌珠穆沁羊，特别是额仑羊。贡羊要是出了差错，那可就是天大的事。

两位苏木长都说：那是，那是，可不敢大意啊。

伊登札布又看了看几位旅蒙商号的商人，郑重地说道：从大元朝开始，大元的大汗、大清的皇族和蒙古王公，就专吃乌珠穆沁羊，吃了几百年了。满蒙是姻亲，大清的蒙古后妃和蒙古王公就把乌珠穆沁羊带进了京城。所以咱们这儿的羊就是当朝紫禁城点名要的羊了。清廷规定，每年乌珠穆沁东西两旗每四五人就得上贡一只羊。除此之外，东乌旗府还得特贡五六百只顶尖羊，有时候还更多。全旗的贡羊一年加起来总共有好几千只哪。京城王公大臣要得更多，额仑羊出了差错，谁都保不住你们。我自个儿也不敢丝毫懈怠，我这个贵族跑得就跟传令兵似的，三天两头就得往各个苏木和部落的草场跑，办皇差累啊。

几位能大概听懂蒙古话的旅蒙商人说：大台吉治理草原牧业有方。有目共睹，声名远扬啊。

两位苏木长说：大台吉辛苦，荣耀。

娜仁其其格笑得眼睛蓝光闪烁，向伊登札布贴过身去，说：大台吉办皇差，多给咱们乌珠穆沁草原争光啊。在蒙古贵族里头，也就数您最懂咋样管草原，管贡羊和马群……

她眼里的蓝色波光，像春风中蓝湖的涟漪，连续不断地向伊登札布漂去。

大台吉以老行家的锐眼，有目标地抽查了六七群贡羊之后，随道尔基来到他的三等台吉的大蒙古包。伊登札布下马进包之前又专门走到厨房包，把晾晒在包顶、刚剥下来的羊皮翻了半张，查看皮毛花色。

道尔基忙说：在全东乌旗谁敢糊弄您哪。没错，这就是您早上在贡羊群里挑的那只羊,新三岁羯羊,有一百六七十斤重。还有一只是新三岁的母羊,也有一百二三十斤重。这只母羊清明没下羔,不用喂奶,春膘上得最快最足。留着您明儿验吃。

伊登札布说:验这只就成了。大清皇族一半是蒙古血脉,是不是乌珠穆沁上等贡羊,他们一口就能吃出来。今年头拨贡羊就要上路了,我一直提着心吊着胆哪。贡羊上贡,我得把好这头一道关。

几位部落上层以及旅蒙大商号的畜牧主管,在道尔基的贵族大蒙古包门旁恭敬迎候。伊登札布进包后在北部主座位盘腿落座,包内支撑蒙古包顶盖的两根碗口粗的红漆松木柱异常气派,地上铺着厚毡和浓烈西域风格的地毯,主座前摆着一张长方形的红漆描金图案矮桌。众贵客在东西两边的矮桌前盘腿落座后,娜仁花微笑着给大台吉和贵客们敬上散溢着奶香、黄油香和炒米香的粉红色奶茶。

伊登札布笑道:娜仁其其格真是越来越漂亮了,眼睛更蓝了,皮肤更白嫩了。趁着自个儿的蓝光最亮眼,赶紧嫁个好人家吧。

娜仁花苦笑道:我有蓝眼睛,可还是没有贵族和富家来娶我呀。咱们旗的贵族比起其他旗的贵族少很多,嫁不进去呀。

伊登札布一手托起娜仁其其格的手,另一手又拍拍她的手背,说道:你等着,我帮你找。我就不信,额仑这么漂亮的蓝眼睛姑娘没有贵族要。是平民咋啦,蓝眼睛绿眼睛是眼睛中的贵族哪,比在座的几个贵族的"等级"都高。贵族落难咱就得帮。

道尔基笑道:您何不自个儿娶了娜仁其其格呢?您的福晋不是已经过世好几年了吗?

札那在一旁摇头道:没那么省事吧。听说京城有好几家满族大贵族想跟伊登札布结亲哪,能推得掉吗?

道尔基对伊登札布说:娜仁花当不了福晋,就当第三第四哈敦(蒙古王族贵族的王妃、正妻及其他配偶的称呼)也成。只要进了台吉府，她往后的日子就有着落了。您娶个蓝眼睛哈敦，生两个孩子最少也能得着一个蓝眼睛儿女吧。娜仁其其格是我家的亲戚，没出六代，要不我早就让她当我的第三哈敦了。这些年蓝眼睛姑娘越来越少。您再不娶，往后该后悔了。

札那说：唉，满蒙大通婚以后，乌珠穆沁部落的蓝眼睛、绿眼睛越来越少了，一两百个人里面有一个就不赖了。往后还得少啊。

伊登札布笑而不语，转头对几位汉商和部落众首领说：西域突厥部落真厉害啊。早在成吉思汗以前，蒙古北边的"林中百姓"和咱们一些部落祖先迁到西域阿尔泰山区的葡萄山附近驻牧，前后经历了一两百年，那儿的突厥部落跟迁过去的蒙古部落一联姻，就把部落一半后代的眼睛变漂亮了，出了不少绿眼睛蓝眼睛的孩子哪。后来战乱，达延汗的长子才把咱们部落调回蒙古东部这儿的。咱们部落可是成吉思汗——忽必烈——达延汗的直系黄金家族的后代啊，驻牧到这儿也已经快有两百年了，这都过去多少代啦，竟然还会有蓝眼睛绿眼睛的姑娘冒出来。蒙古人从骨子里喜欢蓝色，像腾格里一样蓝；也喜欢绿色，像大草原那样绿。

众客商纷纷恭维道：恭听大台吉一席话，胜读十年蒙古书啊。

伊登札布满意地笑道：从前我们蒙古人做草原生意可比你们强多了。蒙古突厥大驼队横穿沙漠戈壁，恢复了丝绸茶叶羊马商道，做成了全世界最大的生意。没有经商本事、没有蒙古骑兵万里护路和建立提供食宿的驿站客栈，能做成那么大的生意吗？

在蓝色天光下，蓝眼睛太阳花终于将三大铜盆热气腾腾、鲜香扑鼻的手把肉陆续端上桌，并给伊登札布等贵客斟满了酒，做了一个请的优雅手势。伊登札布却摆摆手，慎重地说：验贡羊事大，不能沾酒，一滴也不成。等验完了再饮。

众人放下酒杯。伊登札布抬眼望了一下蒙古包天窗木格上面的蓝天，默默祷告，然后低头首先挑了一长块带骨羊肋条，肉层有两指宽，两指多厚：一层肥，一层瘦，一层筋膜，一层扁扁的肥泡泡，层层叠叠，饱含汁水。他从肋条中下部割下一方块肉，然后向上侧头，迅速将肉和汤汁送入口中，慢慢品汁嚼肉。几位部落上层和旅蒙商人望着伊登札布，忐忑又期盼。

伊登札布一边品嚼，一边长叹道：还是那么鲜美好吃，地道的乌珠穆沁额仑贡羊。跟灾前的味道丝毫不差，京城的皇族和蒙古皇亲国戚准保满意。这拨贡羊可以放行了。

他看众人还在等着往下听，便让太阳花坐到自己身旁，笑道：今儿娜仁其其格陪我饮酒，我高兴。为啥年年要验吃这块肋条肉？今儿就跟你们讲讲这里面的道理吧。因为这块肉有肥有瘦，有骨香有鲜汤，有存肉汁的夹层。蒙古美食家都说，"原汁原味，汁在先；有汁有味，没汁哪有味？"大坨瘦肉肥肉太紧太实，里面能存得住原味肉汁吗？可是羊肋条肉里面就能存得住。为啥东西满蒙汉都爱吃牛排羊排猪排，就是因为肋条肉夹层多，里面藏有原味肉汁。肋肉鲜美，才是好贡羊。

众人顿悟，纷纷下刀切割羊排，嘬吮肉汁。就连娜仁花美人都扭着腰、撒着娇向伊登札布讨要肋条肉块吃。大台吉亲自下刀切下一块，并用另一只手托护着喂到娜仁的嘴里。她高兴得不断向大台吉抛宝石蓝光。

道尔基笑道：从前都知道羊排肋条肉好吃，也知道您每次要验的就是这块肉，可还是没闹明白为啥好吃。今儿我跟大台吉您学了一招。往后哪个羊倌和牧奴不给我好好放羊，想糊弄我，我就用这法子验他，看他还能不能嘴硬。

众人皆说这招厉害。

伊登札布说：头狼没点本事能服众狼吗？

他终于端起酒杯开始饮酒，与娜仁花欢笑对饮，又跟汉商和下属说：我就再跟你们说说秋末冬初验贡羊的窍门吧。这秋冬羊是一年中最肥、上贡数量最大、也是一年最后一批贡羊，京城皇族一冬的羊肉食就靠它了。所以，验这批贡羊更不能出一点差错。这时候验羊不光要验羊排肋条肉，还得验胃包网油。羊的秋膘上得足不足，一验网油就能验准。咋验？只要拿根火筷子挑一片生网油架在火上烤，如果嗞嗞只滴油不出声、一会儿就整片烧着的，那就是足膘贡羊；不足膘的羊，网油一烤就剌剌啦啦响，又滴油又滴水，整片烧不着，还溅得炉灰乱飞。这种羊就不合格，整群羊就不能上贡。不过，这些羊还能卖给京城的那些涮羊肉店的。

众人纷纷点头。

伊登札布说：还好，你们额仑羊年年都能过关。

伊登札布吃下整根肋条肉，又吃了几片羊胸椎的脆肥肉和两段羊肥肠，便和随同来验收、有官府背景的大盛魁商号牧商，交代贡羊接送的时间地点。大盛魁能从三条草原路线慢慢赶羊，再南下经古北口入京城。他们千里长途赶羊不仅不掉膘，竟然还能上些膘。伊登札布对该商号赶羊的技艺赞不绝口。

札那副苏木长一直沉默不语，心事重重。他的心病是大白灾，贡羊养得再好，大白灾一下来就会被雪全部埋死，再好的验羊诀窍又有多大用处？如何防大白灾、抗大白灾才是顶要紧的事。

他插空问伊登札布：商号的一些人说，多盖一些带顶的棚圈和草圈，就可以扛住大白灾。您看成吗？

伊登札布是个老派蒙古贵族，酷爱和固守游牧。他的心病是蒙古草原上越刮越起劲的卖地、垦荒和种粮风。他认为这是朝廷暗中削减蒙古草原的疆域,从根子上削弱蒙古势力的釜底抽薪之策。札那的话像是在他的心口上戳了一刀,羊道酒兴骤冷。他没想到在蒙古最丰美的、养育皇家贡羊的草原上,部落首领居然也想盖棚圈了。札那虽然是每年俸禄只有四十两白银的末尾第四等台吉,可也是蒙古贵族啊。

他吃惊不小,重重地蹾了一下酒杯,瞪圆鹰眼道:万万不可!哪怕牺牲一个万户也不可!圣主成吉思汗说过,"蒙古的强大靠的就是游牧。"一建棚圈草圈,人就懒得游牧,就想定居了。定居农耕是草原的头号瘟病,比野火、白灾还厉害。一旦染上,草原准死。牧场准保变沙地,牛羊死绝,连骆驼都养不活。看看地图吧,原先东南西南的好牧场已经往西北退了一两百里了。再看看蒙古本部察哈尔,当年达延汗金帐汗廷的所在地,那可是蒙古水草最好的牧场。结果咋样?它西边的四个旗一搞招垦定居,才几十年,原来的优良牧场就成了一片半沙地了。那儿的羊,个头越来越小,连咱们额仑羊的一半还不到。这不都是咱们在几十年里亲眼看到的吗?草原定居是个大祸害。

札那不敢再问。这个理,牧区主官们都明白。但是大白灾来了,牛羊被雪埋,牧人真要被逼得去卖儿卖女、借高利贷或去打仗?

伊登札布很清楚他和道尔基两人的两块心病,他也知道这就是蒙古草原几百年来并会一直持续下去的主病。大白灾再厉害,就算是埋死了全部牛羊,但草原还活着。可一旦定居,过度踩踏、放牧或农耕,草原必死,人和牲畜最终都活不成。所以,如何既能保住草原和游牧,又能扛住大白灾,是他这个主管东乌珠穆沁旗草原牧业的台吉天大的难题。他恨不得想请王爷用一千只贡羊的价码,来悬赏能解开这道草原民族难题的人。

伊登札布想了想,对札那说:我倒有个主意,你可以试试看。

你那个乌拉盖河边的客栈，闲了两年一直不恢复营业，王爷都生气了。商号的商头们一见到我，也都求我早点让这家客栈开业。要是你把客栈做好了，就能挣到大钱。就算牛羊让白灾埋了大半，客栈还能用赚的钱，再买回牛羊，帮部落恢复牧业。

札那叹道：我咋不着急啊。可我找不到可靠、懂经商，又是蒙汉通的掌柜。

大台吉说：我想了好些日子了，我倒是有一个人可以推荐给你。这人你认识，是大盛魁商号的巴格纳。他的爷爷和阿爸原先住在归化城，他爷爷学问好，被一个蒙古大贵族悄悄聘为家庭教师。后来，他爷爷去世后，他的阿爸又子承父业，被一个张家口的旅蒙富商请去当蒙古文教师。巴格纳从小在蒙汉杂居的地方长大，后来读完私塾，又到大盛魁商号学经商，是个蒙汉通。小伙儿很能干。这条商道上的许多大买卖都是经他翻译和牵线做成的，商道几个旗的大小官员和部落首领都认识他。

札那说：我知道他是经商的一把好手，人也实在，我都请过他两次了。可是他都没答应。他说他喜欢跟商队跑长途，像天鹅、大雁那样秋去春来。还说客栈冬季停业半年，部落都迁到冬季草场去了，掌柜得留守客栈，空荡荡、孤零零，还要看守装满货物的仓库，谁待得下去啊？

伊登札布说：我有法子让他干。清廷严禁蒙古人长途经商，严禁越旗通商、通牧和通婚，只准官府掌控的汉人商队长途贩运。巴格纳是蒙古贵族罪臣之后，本不该到汉人的商队谋差的。只是因为早些年，商队里的汉人没人懂蒙古话，商队没有蒙汉通咋能做成买卖？大盛魁向官府请求多次，又为他做了担保，上面这才让他干的。这几年旅蒙商队里懂点蒙古话的汉人多起来了，巴格纳又是咱们东乌旗的人，所以只要我下令，他就得乖乖地去你的客栈当掌柜。前几年旁边那个旗的一个罪臣后代,因为一句反诗被朝廷"快捕速斩",我也得把巴格纳再看得紧一点,不能再让他当"游商",要让他当"坐商"。我也怕他到处乱跑乱交友,给我惹事,这回我得用你们一个部落来盯住他。他要是能在你们的苏木娶妻生子,那我就更放心了。这孩子到底是黄金家族的后代,聪明能干,嘴也很严,还有蒙古贵族的品行,他的一举一动我都清楚。不过,让巴格纳当掌柜,只是让他干掌柜的活,当二掌柜。正式的大掌柜你还得让你的儿子来当。你们在旁边盯着他干,还要跟他学汉话,学记账,学做生意。

札那微笑道:我明白。这样安排太好了,等他从漠北克鲁伦河一回来,我就给他传你的令。我挺喜欢这个孩子的。他祖上那么大的一个家,到这会儿,只剩下这棵独苗苗了,苏木的老人们都心疼他啊。

第二天,两位部落首领陪同伊登札布去查验额仑最北边一个嘎查(村)小部落的草场和羊群。五六匹快马在青翠的缓坡大草场跑了几十里,突然发现斜对面的山坡上有一群狼正在围捕一小群黄羊,十几只黄羊刚跑过山坡,就被那边埋伏的狼扑倒。当满脖子是血,受伤折返的大黄羊刚露出身,又被这边的狼群扑杀。几只逃出包围圈的黄羊,眨眼间就消失在草丛中。狼和黄羊都奔跃有力,丝毫未受到去年白灾的损伤。

伊登札布急忙勒马,大喜道:太好了。你们苏木的草场验收合格了。回去跟王爷一说,王爷保不齐再赏一片草场让你们管。蒙古老话说,"狼多的地方,草场就好。狼少的地方,草场就赖。"我这次验草验羊,一路过来,查看了几个苏木,大白天的只在你们的地界见着了狼群。没错,全旗就数额仑的草场和贡羊最好。狼群作证,腾格里准点头。

道尔基笑道：您满意我就放心了。您不顺便再验验贡黄羊？猎手见面分一半。咱们去跟狼群要两只吧。要不要带一只肥的回去孝敬孝敬王爷，他准保好久没吃上新鲜黄羊肉了。

伊登札布摆摆手说：不啦，人不抢狼食，狼也就不抢贡羊了。狼多抓些黄羊、旱獭、野兔、老鼠、蝗虫、蚂蚱，额仑的草场就更好了。走吧，正事要紧。

札那说：狼和黄羊抗白灾比人强。白灾一来，总是黄羊和狼最先逃脱；白灾一过，又总是黄羊和狼先回额仑。

伊登札布点头道：人还真得跟狼和黄羊学抗灾。

狼群已退到坡顶后，在高草丛中，探着小半个身子远远望着人马，想跑但又舍不得刚被撂倒的五六只大黄羊，有的羊还在抬头蹬腿喷血。伊登札布拨马让开狼群，绕道急行。

晚上，伊登札布回到道尔基蒙古包的驻扎地。娜仁花早已在蒙古包西北坡后百多步远的草地上，铺好了蒙古地毯，矮桌上放着酒壶酒杯，奶食肉食。当饮酒者坐着饮酒的时候，是看不到蒙古包的。道尔基陪伊登札布饮了两杯酒，留下话，让娜仁其其格好好伺候大台吉，就起身回包。

月色朦朦，牧草茵茵，青苇沙沙，蚊虫尚未飞起。娜仁花和伊登札布饮了几杯酒以后，她便把单袍右胸上的银扣解开，将右肩单袍全部下褪到腰部，再把整条玉臂伸出袍外，半胸突突袒露。这是几百年来，蒙古额仑草原女人表达真心邀请的传统"手势"。如果对象是陌生人，或不太愿意、不太接受和看不懂的人，她会再加上一句口语：哈啰那，哈啰那。蒙古语的意思是太热了，太热了。如果人家确实不愿意、不接受或看不懂。那么，她就把胳膊再伸回袖筒里，再把袍子从腰部提到肩头,便可轻易化解尴尬——太热了,你就不要多想了嘛。然而,娜仁花并没有说哈啰那,哈啰那。伊登札布不是陌生人,也看得懂。何况,她相信,乌珠穆沁大草原不会有不接受她邀请的男人。

伊登札布放下酒杯说:我都快五十了,要是再年轻十岁,准保让咱俩都爽快半夜。可是,这些天我骑马转圈跑了两三百里,今天有点累了。

娜仁花微笑道:蒙古女人都说,骑马百里的男人,准是能干的高手。您就再骑个半里一里吧,您不骑,我可要骑您啦。蒙古突厥女人的骑术可是天下第一。

大台吉笑脸舒展,长途硬鞍的劳顿仿佛消除大半。他轻轻握住娜仁花的月光玉臂,说道:今儿咋啦,白天遇见一群狼,夜里又碰上一条厉害的小美狼。

娜仁花的眼里放出令人眩晕的蓝色夜光,微笑道:蒙古老话说"野外遇狼是吉兆"嘛。说完便解带去袍,轻盈地"翻身上马",俯身轻拍轻揉轻蹭,为伊登札布放松肢体,再慢慢按摩热身,把全身还有战力的热血推送到前沿突出的攻击阵地。然后扬鞭启程,慢走轻跑,渐渐将疲马恢复成战马。当血到渠成之时,骑手突然开始冲奔,在原地上下激烈颠簸,拍马急跑,夜行零里。一会儿又换了更高超的骑术再狂奔,上下颠簸得更快更猛烈。然后突施骑术特技,抱马半滚,仰面望月,来迎击更沉重、有力、急促的高潮冲刺。奔了一程又一程,歇了一站又一站,推了一次又一次。蓝眼睛蒙古女骑手让大台吉和自己"爽快半夜"。

草原上空,月已西沉,两狼瘫倒。伊登札布叹服。

半响。娜仁花不忘问:娶吗?

已晕了头的大台吉答道:验毕,上上等,放行。噢,不对。娶,一准娶。先娶你当哈敦,过一两年再扶正当福晋。再不行,就不要福晋,只跟你这个漂亮哈敦过了。

　　星光下,蓝眸晶莹,娜仁花泪下。她把头伏在大台吉的胸脯上说:您真是个好台吉,您才是真正的贵族。高利贷太重了,每年的利息都还不清,今年还逼我本息全还。您不娶我的话,我就要被商号卖为奴隶了。小胜奎商号太恶,专门找有漂亮眼睛的姑娘的家庭放高利贷,还不上的话,就把姑娘带走。这些年漂亮眼睛的姑娘,价码越来越高。我有一个绿眼睛的好朋友萨日娜,也欠了这家商号的重债,快被卖身为奴了。您真得整整这个恶商号啊。

　　伊登札布困乏得眼睛睁不开,嘟哝了一句:还有这种事?

3

在第三级天国,马非常疲惫,为了缓解疲惫感,萨满召唤来一只鹅。这只鹅现身说:"卡加克!卡加克!我在这儿,卡姆!"萨满骑着鹅,继续他的升天之旅。他描述升天的过程并模仿鹅的叫声。

——[美]米尔恰·伊利亚德《萨满教》

清朝……从乌珠穆沁二旗每10人征羊2只。而乌珠穆沁左翼旗每年还进贡500只羊。

——《东乌珠穆沁旗志·历史沿革》

巴格纳随大盛魁七八十辆牛车的大商队,离开了额仑苏木,眼前还不断闪现萨日娜优雅轻盈地与天鹅跳舞唱歌的画面,还有那巨大的白色天鹅花蕾和转动开合的花朵。他的耳畔又回荡起凄美决绝、渴望升天与情郎相会的天国歌声,那悲怆裂痛、碎人心魄的故事,更是不断盘桓在他的脑中。歌声、诗韵和画面,一遍又一遍地浸透他的身心,使他的整个灵魂也被一层又一层地晕染上萨日娜的悲情色调。他挪移不开自己的思念,梦游般地默唱天鹅姑娘的那首天鹅歌,虽然词曲还不能完整地背唱下来,但那主要的歌词,却像蒙古钢刀凿刻高山石岩碑文那样，深深刻在他的心上：

　　……
　　挚爱是天鹅天命的唯一，
　　专一是天鹅天爱的心诺。

　　所有天鹅都不会打搅她双影独舞，
　　……
　　所有雄鹅都不会奢望她再返爱河，
　　所有天鹅都能看见她身旁那只鹅。

　　巴格纳全身不由得冷飕飕地战栗起来，一种不亚于萨日娜的绝望苦痛，已经蔓延到他的全身。他感到似乎永远也追求不到萨日娜专一的爱，即使他能像她的情郎那样在暴风雪里舍弃性命去救她，也不可能有他俩在十几年救养小天鹅的岁月里，养成的爱根了。而那在心里长了十几年坚韧的爱，是由童年清纯稚爱的毛毛须根慢慢长成的啊……但是，既然此后自己心中只有天鹅姑娘，那么，不管往后能不能追求到她的爱，也一定要帮助她还清重债，逃离被卖身为奴的火坑。再守护陪伴她终生，看着她的美，听着她的歌，再接近她与天鹅歌舞的仙境。他感到这已成为他生命中唯一的梦想……他骑着马，远远地跟在长长的车队后面，然后拨马转身回望，胸膛内的思念慢慢酝酿成歌，终于喷涌而出。他用拖音的蒙古短调向萨日娜的方向隔空遥唱：

　　亲爱的萨日娜天鹅，
　　你是梦中经常惊醒我的神鹅。

我渴望同你再去救养小鹅,
成为终生爱你护你的鹅。

你俩救养了十几年的天鹅,
可如今你我都还年轻,
还可以再救养几十年的鹅,
与天鹅跳几十年的舞唱几十年的歌。

难道不能再养育出你曾失去的爱?
难道我不能成为你情郎的转世灵鹅?
可是你的鹅已是你的佛,
佛会告诉你,他不是转世鹅。

我是朝廷罪臣之后,又被封禁了歌喉,
我头上随时会降下黑灾白祸。
我不知怎样用我无望的人生,
换取你的自由和永恒的歌。

歌罢,他像一只飞向黑暗天空的天鹅,不知天上的哪一颗星,是他的指路星。他一路上苦苦思念,也冷静思索如何营救:首先,必须离开商队到萨日娜的额仑苏木部落居住。但骑马放牧不是他的专长,到苏木当个文职小吏,上面一定不准。而且这两种活计的收入都很微薄,还不如他在商号的薪酬丰厚,无法帮萨日娜按期偿还重债高利贷。他费尽脑汁,还是茫无头绪。当他跟着商队从漠北克鲁伦河返回的途中,他突然想到副苏木长札那曾经找过他两次,想请他当额仑苏木客栈的掌柜,薪酬相当优厚,年终还可分红。但当时他谢绝了。他清楚自己的身份，朝廷能让他活着已算天大的恩典。如果不是碍着他祖上在蒙古部落中的名望，兴许早就让他"消失"了，但也是因为他祖上在草原上的声望，朝廷只许他像只蜗牛那样不声不响地缩在薄薄的蜗牛壳里，在不见日光之地荒度一生。如果他胆敢弄出点动静来，就必定把他一脚踩碎，连宣他的罪、关他的牢都嫌麻烦。客栈的位置和设施太好了，干好了，名声一大，立即就会触犯大忌。他也害怕套上家庭的枷锁，牵连未来无辜的家人。还是当一头自由自在的孤狼，在茫茫草原默默无闻地了此一生吧。

然而，萨日娜怎么办？她眼下的处境似乎比他的境况更凶险。这会儿他对这个客栈心动了。为了她，再沉重的枷锁他也要扛起来，即使被一脚踩碎……四五年前，额仑苏木在乌拉盖河畔北岸建了一个客栈。这个客栈就在张家口通往呼伦贝尔和漠北克鲁伦河流域的商道旁边，本来就是为这条商道开办的，但后来不知为何关闭了。他这两年多次随商队路过这个只有一对中年外来夫妇看守的上锁客栈，商人们都觉得可惜。水草丰茂、富裕的额仑乌拉盖草原，自古就是蒙汉、蒙满和蒙古内部的兵家必争之地。成吉思汗在这一带打败过强敌塔塔儿部，报了杀父之仇，并把此地变成蒙古帝国崛起的基地之一；明成祖五次征伐蒙古草原，最后就病死在离此地不远的地方；清朝康熙年间，蒙古准噶尔汗国噶尔丹大汗横扫北蒙古喀尔喀三部，又在乌珠穆沁乌拉盖河畔，只派出两万骑兵就全歼四万清军，兵锋锐不可当，直逼京城，朝野震动。后康熙三次亲征才击败噶尔丹。

额仑乌拉盖草原是流淌着鲜血、牛奶和财富的地方。这里过去根本就没有客栈，直到百年战乱结束，近几年东南、西南远处的旗和苏木陆续建起几个客栈以后，此地也总算建了一个。开始的两年深受商队、旅客和牧人的欢迎。但他不明白该客栈为何又弃之不用？旅蒙商都说越深入纯游牧区腹地，就越找不到会经商的人。马倌坐不住，羊倌不懂汉话，牛倌不会算账，挤奶女人对炒菜做饭更是一窍不通。所以这个位置奇佳、商旅必停的客栈，就是没人能把它经营下去。

可是，以他多年经商的眼光来看，这个客栈是能够做好的：这个客栈不仅是兵家必争之地，而且往后也必将会成为商家的必争之地。这里的几个苏木是整个锡林郭勒盟乃至整个蒙古最湿润富饶的牧场，湖泉众多，畜牧产品的质量上乘。乌珠穆沁额仑贡羊、乌拉盖突厥战马、草原红牛、口蘑、绵羊皮、羔皮、羊毛、山羊绒、驼毛、旱獭皮、狐皮、狼皮等都是全国的上等名货，只要拿到货就能挣足利。

这里又是蒙古草原最重要的盐道，西南边三百多里西乌旗的额吉淖尔大盐池是蒙古草原最优良的食盐产地，整个蒙古东部和东北部的食盐主要靠这条商道供应。额吉淖尔盐池的盐颜色稍稍发乌，叫作青盐，品质纯净，味道咸鲜独特，用它煮出的牛羊手把肉最好吃。青盐、砖茶、布匹、粮食和铁锅等铁器，是整个蒙古草原牧人过日子一天也不可缺少的东西。春夏秋三季每天往东北边、北边运盐运货的驼队、勒勒车队和马车队源源不断，大多路过这家客栈，这条商道是整个蒙古东部和东北部的活命线。在这个节骨眼的地方建起的这个客栈，必有厚利。但利越厚，敌越多。虽然官府年年对他的审查登记还没有取消，但他不惹事、不招眼，自己的日子也过得还算安稳寻常。假如真的去接手客栈，必然将面临两难境地：如果自己把一家荒凉的客栈办红火了，那就必定惹人眼红，惹火烧身；如果客栈办不红火呢，那就挣不到足够的钱帮萨日娜逃离火坑。然而，巴格纳很快就想明白了，烧身就烧身吧，萨日娜才是他心中的唯一，只要火坑里的火烧的不是她，就行。他想，还有一个部落的首领,又是苏木的贵族、副苏木长罩着自己,兴许能安全些,再加上自己放低身段,不争功不抢功,把功劳都记在别人的身上,也许不会惹人忌恨,真有可能帮上萨日娜。既然再无其他路可走,那就拿出自己卑微无望的生命为他所爱的尊贵天鹅拼一把吧。

蓦然,他感到自己冰冷孤寂的内心世界,第一次有了一丝光亮,便立即横下心,去抓这唯一的生机,无论如何也要让客栈和萨日娜起死回生。巴图能为她舍命,他巴格纳也能。

一路上,他开始细细回想多年来,在东西商道住过的客栈各自的长处与短处,与路上见到的客栈掌柜长聊的客栈经营之道。

大商队返回额仑草原地界,当快接近萨日娜蒙古包驻地的时候,巴格纳向商头买了商队自带自用的两大袋粮食,一袋是面粉,一袋是麦粒马料,每袋都有五十斤。他还有一个布包,里面装有在自家商号买的两块湖北砖茶,还有在其他商队买的三件蒙古单袍。他把三个袋包驮到马背马胯上,一并拴紧扎牢。然后,牵着马快步朝萨日娜的蒙古包走去。车队还要到苏木驻地停留几天,销货、换货、收货并休整。

马上就要见到萨日娜月光天鹅了,巴格纳望着远处蒙古包的炊烟,唱着自己心中的歌。但他依然惴惴不安,见面时绝不能向她表达爱,一丝一毫都不可以。此时,"爱"对于她来说,是血泪、是夺命剑、是不可触碰的致命伤。她的生命只有两层薄薄的筋膜在护着:一层是天鹅,一层是两个弟弟。如果没有这两层牵挂,她早就融入月光去寻找夜空里的情郎了。他只能去关照她的那两层牵挂,加厚那两层膜,才能护住她脆弱的心。一大袋麦粒给她的天鹅,一大袋面粉主要是给她两个弟弟的,再加上两件男孩的单袍。只有那件漂亮的女式蒙古单袍,是特意给她的。但他担心这仍然可能会划伤那两层膜。

他走得小心翼翼。她家的大白狗已经认识他，吼了两声便住了口。他从怀里掏出一块糖递给它，大白狗马上朝他摇尾巴，叼住糖，把糖咬得咔吧响，吐出嚼软的糖纸，再把吐不出的纸随糖一起吞下。

他向蒙古包慢慢走去，并高声喊道：萨日娜，萨日娜。我是巴格纳，我又给你带来更多的麦粒和粮食啦。然后，站住了脚。

萨日娜和两个衣袍灰旧的弟弟出了门。她只站在门旁，冷冷地望着他，似乎还在为他打搅她与天鹅的重逢相会和偷听她的歌生气，可那天她还是接受了那袋麦粒，并喂了饥饿的天鹅呀。她望见马背上驮着两个沉甸甸的粮食大口袋，只得忍住了气。巴格纳连忙对两个弟弟大声说：我给你们带来一袋面粉，还给你俩带来两件新单袍和两条新腰带。

两个小弟弟高兴地迎上来，他从怀里掏出一包糖果递给十三岁的大弟弟额利和九岁的巴特尔。然后，他就卸下粮食口袋，把马缰绳交给额利，再扛起麦粒袋往蒙古包走。到了门口，萨日娜淡淡地说：我替天鹅和弟弟谢谢你。把粮食放进包里吧。

当巴格纳把所有东西放进蒙古包后，萨日娜打开布包，拿出上面的两件小单袍、两幅腰带和两块砖茶，放到身旁旧地毯上。而把那件漂亮的女单袍和一幅缎腰带原封不动地包好，平静地还给了巴格纳。

巴格纳稍稍舒了一口气。

萨日娜润亮的绿眼睛稍稍闪了一下，说：要不是看在你英勇的祖先面上，要不是看你也那么爱天鹅，我是不会让你进家门的。

她用手指了指炉上的铜茶壶，让巴格纳自己倒茶。他倒出了一碗颜色很淡的温热的奶茶，双手捧住那份温暖，舍不得喝，直到茶快凉了，才大口喝干，然后又倒了一碗，再双手捧住……擦得很干净的旧矮桌上空无一物，既没有盛放鲜奶豆腐和酸奶豆腐的盘子，没有放黄油块、炒米的碗罐，也没有像羊拐骨大小、金黄色的蒙古黄油馃子。

巴格纳环顾了一下蒙古包和家具陈设：包架倒不小，曾经的富家骨骼还在，但围毡已破旧露洞，顶盖内毡也已被四腿四箍的镂空火撑子炉冒出的烟熏黑，每根顶盖乌尼橡木杆上都是一层灰腻。地毯中间部分已磨出布面，上面还摊着一件没做完的富人家的缎面棉袍，看样儿是她用此针线活来维持一家的生计。她食指尖还戴着蒙古厚牛皮顶针，好像刚才还在细心缝纫。她身旁针线木盒里有许多线团，还有一块一寸半见方的毡子，毡块两端插着十几根长短不一的针，以便存放和选用。包内西北面的佛龛前面有一个同酒盅差不多大小的佛灯，燃着黄豆那点大的光亮。东北边有一个油漆剥落的靠墙柜，两扇柜门中间有一把霉绿斑斓的铜锁空挂着。柜子上面放了一摞装在扁长木盒里的书籍。他站起身，细细浏览，其中有《大藏》等部分佛经分册、《善说宝藏》、史书《蒙古源流》，还有四五部手抄本诗集……木盒未蒙灰尘，擦得干干净净。这是巴格纳第一次在草原部落的蒙古包里看到这么多的书籍和诗集。这些曾是他爷爷阿爸阿妈和秦川叔叔喜欢的东西，也是他最喜欢的宝贝啊。在这个蒙古包，曾经的富家学者的文气还依然延续着，这才是巴格纳从心底最想救援和向往的一个家，一种家道和一个苦撑这个家的女主人。

巴格纳说：怪不得你的歌写得那么好。原来你家有这么多的书啊。好想到你这儿借书看。

萨日娜冰冷地问道：这段日子，你为啥常来打搅我？别的小伙子早就不来了。一有人来打搅，我就心痛意乱，几天都缓不过劲儿来……

巴格纳轻声说：对不起。我听许多额仑人讲了你的故事，也听了你的歌，很是心酸难受。我家四代也遭受过两次惨祸……我直到现在还被官府盯着呢。可这会儿,你的处境要比我的危险得多。我只是想帮你,想把我看到的、你和天鹅唱歌跳舞的美丽仙境,长久保留下来,想让你再写出更多更动人的歌。

萨日娜说:可我知道谁也救不了我,你也别费心了。弄不好你也会被拖垮的。

巴格纳稍稍提高了声音说:我还是一定要帮你,帮你的两个小弟弟,帮你想救的那些不能南飞、可怜的小鹅。这次我来,就是想告诉你,我打算去接手你们苏木的客栈了,札那副苏木长以前找过我两次,很想让我当客栈掌柜,可我一直没有答应。因为跑长途,几千里风餐露宿、历经艰险,可以帮我忘记心里的苦痛,也可远远地避开官府。可是,这会儿我改主意了,我马上就要去找札那,答应接手客栈。这条商路是条富路。我想我能让它兴隆起来的。我打算今年先帮你还清这一年的利息。我干了七八年的长途,有些积蓄,都存在商号里,让他们"钱生钱"去了。再加上我的薪酬和分红,要是不够的话,我再想办法借一点,那就差不离了。商号里我有几个好朋友呢。再过两年,等客栈做好做富了,就把你家的债全部还清。帮你把两个小弟弟抚养成人,帮你救养更多的小鹅。

萨日娜依然轻淡地说:谢谢你的好意。草原上的事都很难做成,你的打算能不能成,还不好说。就算能成,我也没法报答你。我跟你还不熟,这种平白无故的恩惠我是从来不会接受的……我想你听了我的歌,应该是知道我的。

巴格纳点头道:是的,我懂。可是,你就是不为你自个儿着想,也得为两个弟弟、为要靠你救养的小鹅着想啊。再说,不能还债,你的自由咋办,那是比生命和诗歌更宝贵的东西。说到报答,你这会儿给我的东西就很多了,让我的心都感到沉甸甸的,我一生都报答不完……

天鹅姑娘仍然没有一丝笑容,说:你还算是蒙古贵族的后代。

巴格纳发现能和萨日娜说上一些话,深感意外,他抑住自己的些许喜悦,又说:我知道你家祖上也是蒙古贵族,那咱俩算是同命了,同命就更能知道对方的心。

萨日娜拧了拧食指尖上的牛皮顶针,用膝盖从棉袍内部顶紧袍面,低下头,不再说话,开始从上到下行针顶针,给缎面棉袍绗缝,固定棉袍内里的棉絮。巴格纳知趣地连忙起身告辞。

巴格纳走出门,两个弟弟将他送到牛车旁。他对大弟额利说:谢谢你。上次要不是你告诉我姐姐在哪里,我还见不到你姐姐和天鹅跳舞唱歌呢。也替我谢谢你家的邻居塔娜姑娘,她给我讲了好多你姐姐的事情哪。

萨日娜忽然走出蒙古包,快步朝他走过来,巴格纳很是惊喜,对萨日娜说:我一有消息,就会让人告诉你的。我要是真能当上客栈掌柜,那就忙得没白天黑夜了。你多多保重,咬牙挺住,给我半年的时光吧。我相信腾格里、天鹅神会保佑你的。

萨日娜伸出手,把巴格纳留在蒙古包里的那个装有漂亮女式单袍和腰带的布包,拴到他马鞍的鞍条上,然后扭头便走。

巴格纳没料到萨日娜出门不是来给他送行的,头上便冒出虚汗,尴尬得无地自容。他骑马慢走了十几步,回头看,两个弟弟还在向他招手,萨日娜却已进了包,连个背影都没有留给他。他怪自己太粗心,还是划疼了她的伤口。他无论再怎样向她表示诚意,就算能与她一起再救养几十年小天鹅,也比不过已为她付出生命的巴图英雄鹅。他真不该送她那件袍子,应该像第一次干干净净地送她那袋鹅粮那样。尊重她的"唯一",小心守护她的"专一"。对草原英雄的"遗孀",再大的帮助都是应该和必须的,如果把当上客栈掌柜当作某种"优越",在神看来那是一种罪过。这样高傲尊贵的天鹅,是

33

不会接受任何方式的怜悯的。他想，萨日娜一定会把他看低一截。他应该在当上掌柜以后，再托人转告她。可是，他其实并没有丝毫的"优越感"，他之所以提前告诉她，只是因为无时无刻不在担忧她心中的那根支柱断裂……

他内心像是一片快被野火烧着的枯黄草原。他想当那转世鹅的梦想，瞬间便像薄冰那样被天鹅啄碎。他用蒙古马靴后跟磕了磕马腹，向札那的蒙古包急奔而去。

4

> 游牧的喀尔喀人(现占蒙古国人口绝大多数的主体蒙古族人——引者注)也自称为孛儿帖赤那人(即苍狼人——引者注)。蒙古黄金家族的"孛儿只斤"一姓的含义就是"灰色的主人狼"。
>
> ——[蒙古]高陶布·阿吉木《蓝色蒙古的苍狼》

> 中国在公元1470—1520、1620—1720及1840—1890年间的低温期,正是……第三次小冰期出现时间。那时冬季异常寒冷,江西柑桔园多次受毁灭性冻害,太湖、汉水、淮河等经常封冻。在"小冰期"里仍有相对的温暖期间隔出现。
>
> ——朱炳海、王鹏飞、束家鑫主编《气象学词典》

下午,巴格纳走进札那的大蒙古包,一家人正好在商量一件家事,都在家。全家人见到他很高兴,似乎都很盼望他来。蒙古草原人好客,好打听外面世界发生了什么,全家更喜欢听这位汉商车队中唯一的本旗蒙古人,讲南来北往的故事。巴格纳和札那全家人一边喝奶茶,一边大聊商队在漠北克鲁伦河草原的兴隆生意,克鲁伦河是蒙古人的母亲河,是元太宗登基的圣地。那里水草丰茂,畜产品、兽毛皮闻名于世。商号车队运过去的丝绸砖茶、金银首饰和瓷碗铜壶铁锅等俏货被一抢而空，换回大量名贵皮毛，如貂皮、水獭皮、狐皮、貉皮、山羊绒等等，一趟下来就有四五倍的赚头。这让札那全家听得很眼热。札那老人一向很看重巴格纳，这次也没有直接向他传大台吉伊登札布的令，而是委婉地询问道：上两次我请你当客栈掌柜的事，你是不是再好好想想啊？我还是打算请你来做客栈掌柜。实在不成，就先帮我两年，这期间我再想法子找人。旗里一直在催我呢。

巴格纳见札那还是像以往那样恳切，微笑道：这些年跑长途跑得有些累乏，有时路上还会遭遇洪水、冰雹，牛马生病受伤拉不动车等等的大麻烦。我想了好些日子，我也想在草原能有个自己的家。还是听您的，回到祖辈的草原家乡，当您的部下吧。

札那喜出望外，问道：真的想好了？

想好了。

那就一言为定。

巴格纳请札那马上派传令骑手，赶到即将暂停在道尔基苏木长驻地的商队，请商队把他接手额仑客栈的事情告诉道尔基和这条商道的总商头秦川，并让车队把他的行李顺便送到河边客栈。他知道这条商道的所有商号商队，都盼望这个客栈能早日开业。秦川大哥如果得知是他接手客栈准会特别高兴。

札那全家人详细听了巴格纳接手客栈的全盘方案，都开心得像天上飘落下一片片丝光闪亮的绸缎。

札那的长子，英武高挑的白依拉兴奋地问：你真能让原来只能换一块半砖茶的一只羊，换两块半砖茶？

巴格纳答道：能。我来给你们算算看。咱们常喝的砖茶，在这儿向商号车队买，平常年景一只大羊只能换一块半砖茶，可是在张家口一只羊可换四五块，除去人工长途运输等成本，商人能赚一倍多的利。要是咱们自己做，最少也能赚四五成的利，因为，大小商号每趟都会带很多砖茶，可每次也不一定能销光。客栈一开，准保会有商号把他们的货拿来寄存。我们就可以向他们收取寄存费用。我可以在淡季向商号买一批货，存在客栈到旺季再卖，还可以把商号秋季回内地那些卖不掉的尾货廉价买下，这不就可以用一只羊换两块半砖茶了吗？

札那的二儿子布赫朝鲁问：一张上等狐皮，在张家口能换多少砖茶？

巴格纳说：六七块砖茶吧。

布赫朝鲁叫道：差这么多啊？在这儿我卖一张上等狐皮，商号只给我两块半砖茶。

札那家的长媳，长着美丽灰眼睛的斯琴高娃（蒙古语的意思是聪明美丽）问：那绸缎、腰带和靴子呢？

慈祥和善、头发灰白润亮的额吉也问：做夏天单袍的白绸和白布的价钱呢？

巴格纳说：跟狐皮差不多。张家口和这儿也有一两倍的差价。

札那的第二哈敦问：袍子上用的银扣子和铜扣子也是这样吗？

是的，也差不离。

额吉叹道：怪不得我年轻时候见过的几个穷小贩，赶着一辆破牛车，背着货筐到草原做买卖，现在都成了大富商了。有个人去年还专门托大盛魁商号的人，送给我一匹上等缎子谢我。那年要不是我看他穿着单薄，送了他一件旧皮袍，他早就冻死在白毛风里了。

札那十六岁的小女儿图雅姑娘，越听越感兴趣。眨着西域式的黑长睫毛，睁大葡萄般的黑眼睛问道：你要是当了掌柜，能把我喜欢的花头巾、好看绸缎、腰带、漂亮的首饰和小玩意都让商队带来吗？从前每次车队带来的好东西全都让别人先抢走了。

巴格纳笑道：咋不能呢？你想要啥，我都可以让他们带来。带来以后就存在客栈里专门给你留着。我虽是掌柜，更是你家的兵嘛。

图雅咯咯笑道：那往后来了好东西，就要让我第一个挑。我也真想跟你学做生意。

札那笑着对女儿说：你未来的婆家，他们那儿也正在建客栈，你要是学会做生意，就可以当女老板啦。往后你在那个贵族苏木长家里就没人敢小看你。这一百多年，懂生意的蒙古人越来越少了。

然后又对巴格纳说：你再接着说，让我心里更透亮些。

巴格纳说：咱们得想尽一切办法，躲开朝廷禁令。长途经商不准咱蒙古人做，可是给朝廷特许的商队提供食宿的客栈是可以做的。咱们就跟旅蒙商号搭伙做坐商、做生意，再加上咱们自己卖自产的牛马羊，牛皮羊皮羔皮，羊绒羊毛马鬃，狐皮獭皮貉皮，还有口蘑党参黄花杏核什么的，都客栈自个儿收。还收别的部落的，然后再卖给商号，也能赚不少。咱家的客栈是官府批的，只要跟商号合伙干，这些都能做。这么说吧，旅蒙大商号，买，最少赚四五分利；卖，最少也赚四五分利。一年下来货款滚几个来回，挣几倍的利都不难。

巴格纳继续说：还有，客栈经营来往客商食宿，商队车马添加草料，修理牛车马车都能有不小的收入。这是客栈第二项大收入。如果让我干，我两年就能把您从前投的本钱收回来。几年下来就能积攒不少银子。牛羊怕大白灾，但客栈的房子，存下的银锭、砖茶、绸缎、布匹和青盐不怕大白灾，就是大白灾来了，牛羊马损失大半，咱们还可用钱买回牲畜再翻本。

札那满面笑意，喝了口奶茶说：腾格里真是帮我啊。给我送来我最想要的人。开客栈经商，是个帮衬牧业和抵抗大白灾的好路子。

伊登札布一直在催我走这条路哪。

他停了停,忽然有些担心地问道:还有一件要紧的事要问你,你写诗吗?前几年旁边那个旗,有个罪臣的后代就是因为一句诗被砍了头。你可千万别因为这个给我惹大事。

巴格纳忙解释道:我很喜欢诗,从小就喜欢,我能背诵两三百首蒙汉诗歌,到这会儿还是喜欢读、喜欢听,可我就是不敢写诗。自从祖上家里变故以后,我家有五条严格家规:"不习武,不写诗,不聚会,不酗酒,不乱性。"我家三代单传,家里的男人不得不小心,从来不敢违背家规。

札那点头道:蒙古贵族家规很严,尤其是乌珠穆沁部落的贵族和后代都很爱惜家族荣誉。你家的家规前三条最要紧,后两条也很重要。你的先祖眼光看得透啊。蒙古这会儿的光景不太妙。大清朝廷虽然帮蒙古平息了百年内乱战乱,但也亡了四百多年的蒙古国。这年头,写诗会要人的命,乱性也会要人命的。你这两条守不住,客栈也就整不好了。你的眼睛很纯很干净。我相信你。

札那继续说:好吧,还是说正事。这个客栈是旗府让咱们苏木建的。伊登札布就是想从大清朝廷手里争回一些蒙古人的经商权。可是苏木长道尔基怕担风险不愿建,后来伊登札布就让我把客栈建起来了。这个客栈地处纯牧区,在漠南的最北边,离多伦、张家口和归化这些商贸城市很远,四头不着边,请人难啊。第一年客栈刚开张的时候,旗府和大盛魁商号合伙请了一个内地客栈掌柜来管这家客栈。开头两年挺红火。大清朝廷为了防止蒙古人经商变富变强,脱离管控,严禁蒙古人建商队到内地、西域和俄罗斯经商。但草原没有商队,蒙古人就很难过日子,满族人又不会做生意,那咋办?朝廷就只好把商队长途贩运的大事交给汉人的旅蒙商去做。所有大商号都有官府背景,有些商号的老板还被封了官。可是官府对汉人的旅蒙商也管得很严,没有朝廷和官府发的经商"部票",也就是商号常说的"龙票",决不准做买卖。要是查出无票经营就按走私罪论处,人坐牢,货没收。谁查出走私,就把查出的货奖给谁一半。更厉害的是,严禁旅蒙商与草原蒙古女人通婚,严禁携带家眷行商、在草原盖房定居。后面这几条这么一管,这位掌柜就受不了了。第二年冬初,他把一年攒下来的贵重皮毛精货和大部分钱款全都卷跑,到这会儿都找不见个人影。连旗府和大商号都找不到能干、可靠、还能长期住下来的掌柜,那我上哪去找?

札那双手拍膝,乐道:你来了正好,你是蒙古人,祖上就是咱们旗的人,你又熟悉这条商道、商号和经商的门道,整个东乌旗真是再找不着像你这样合适的人了。好吧。这个客栈就交给你管。不过对外面还得说白依拉是大掌柜,你是二掌柜,可啥事都由你来管。上回客栈营业的时候白依拉就是大掌柜。可他主要的事还是在部落,管四群马和马倌。

巴格纳心中暗喜,说:这样安排最好。

额吉笑道:你往后就在客栈成家立业吧,额仑的漂亮姑娘、出色歌手很多,她们都会到客栈买卖东西的,等你的客栈干红火了,你准能挑上一个你最满意的,我也帮你挑……

巴格纳连忙说:谢谢,谢谢。

札那又问:修缮客栈、雇工、买料、添置东西还需要多少银子?折合多少只羊?

巴格纳答道:这还不好说,等我到客栈仔细看过、算过,才能报给您,我会尽量节省的。大盛魁商号要是知道我接管这家客栈,准保会给我放贷。抓商机要快,草原经商只有半年时间,冬天大雪一封山封路,全蒙古的商队都得停业。我估摸大盛魁商号的几拨牛车队、马车队和大驼队,这几天就要路过咱们的客栈,我是这家商号的老雇员了，对车队行程很清楚。昨天我们就碰见去呼伦贝尔的车队呢。我明儿就去客栈。

札那笑道：成！干活像打仗，有你祖辈的果敢劲儿，是做买卖的一把好手。孩子啊，伊登札布早就告诉过我，你没有阿爸阿妈了。往后你就把这儿当你的家吧，像你祖上在草原那样的家。

巴格纳感激地说：好的，我真想在草原有个家。

幼年失去父爱、少年失去母爱的巴格纳眼睛湿润，几乎就要脱口叫札那阿爸了。此刻，他已放下了自己最初的担忧，真想托付天鹅将这个消息飞送给萨日娜，也好让她早些放松一下那颗绝望的心。草原部落的消息总是与马蹄一样快，他相信只要传令骑手一到道尔基苏木长的部落和商号车队，他接管客栈的事情就会传遍部落，也会很快传到萨日娜的耳朵里的。他要为她做的第一件大事总算敲定。

札那对白依拉说：叫人上马群去把我的那匹大白马牵来，给巴格纳掌柜配一匹快马，商战如马战，没快马哪成啊。他这会儿是客栈的人了，原来他骑的马还给商号吧。你俩快去准备吧。

图雅姑娘叫道：阿爸，我也要去客栈，去看看客栈咋开业，想跟巴格纳哥哥学做生意。反正我在家里也没啥事可干。我很馋客栈做的羊肉大葱馅饼，还想从先路过的商队挑好看好玩的东西哪。

札那笑道：成，你就跟你大哥一块儿去吧，先住上个把月。不过，你大哥啥时候回来，你也要一块儿回来。以后再去的话也这样。成吗？

图雅姑娘一口答应道：成。

5

以天鹅等鸟体鸟图鸟塑像卜占吉凶、象征吉利避邪的习惯,在北方诸民族中十分普遍。

——富育光《萨满教与神话》

第二天上午,白依拉、图雅和巴格纳骑马去客栈,三人后面是四辆牛车,一辆载着兄妹俩,还有仆人莫日根和其木格小两口的行李家当。其他两辆装的是厨具、马鞍、客栈用具、木匠工具、两大罐羊油。另一辆载着杂物和三只被拴住四脚的大肉羊。牛车后面还顺牵着两匹光背马,一匹是客栈的备用马,一匹是巴格纳原来在商队骑的黑鬃马。

白依拉对巴格纳说:阿爸给你的这匹大白马,是他第三好的马,又快又有长劲儿,连我弟弟布赫朝鲁想要,阿爸都没舍得给,看来阿爸是要把你当作儿子看待了。他很敬重你的先祖,全苏木的人都敬佩。这么多年来,那么多的商队里面,就你一个是咱们旗的蒙古人,大伙早就把你当自家人,都盼着你来接手这个客栈,把它办好。

巴格纳深深叹道:下回我见到札那就叫他阿爸。刚才临走的时候,我就想叫他阿爸的,可是我从三岁起就没叫过阿爸了。

初夏的额仑草原,山花盛开,草香扑鼻。一对对百灵鸟双双飞,双双唱。在草原,百灵是空中的歌王,只有百灵鸟才能在飞行中连续不断地唱歌,也能快速扇翅悬停在空中欢乐独唱。那歌声清脆婉转,悦耳动听,变化多端。这一只百灵唱完,另一只就会接着唱。宽广的额仑草原上百灵鸟多得数不清。三人一路走,一路都是歌声,草原的鸟语花香让三人的心情都异常舒畅。三人纵马奔向茫茫草海,清凉的夏风将图雅、白依拉的白绸单袍和巴格纳的白布单袍,吹得像大海中小船鼓胀的风帆,吹得三人像互相追逐嬉戏的白色海鸥。图雅快乐得像个小姑娘那样,鞭马冲到鲜花最密最艳的地方,放慢马步,仰头高唱:

百灵鸟,双双飞,
草原天空碧,
百花清露滴。
唱呀叫呀好甜蜜,
忽然落到草丛里。

百灵鸟,好甜蜜,
为啥落到草丛里?
草丛里,更欢喜,
扇着翅膀叠在一起做游戏。

百灵鸟,双双飞,
飞了半圈又落地。
窝旁跑来小马驹,
看着小小的鸟蛋好惊奇。

百灵鸟，双双啄，啄鼻子，

马驹痒痒得又逃又跳打喷嚏。

巴格纳笑得肚子疼，说：真是太有意思啦。我还从来没有听过这么好玩、好笑的儿歌呢。这是哪个部落的歌？

白依拉有点得意地笑道：这是图雅妹妹小时候自个儿作的儿歌。那时候，她在咱们苏木办的学堂里读书，老师苏米亚是个学问家，从前在青海、西藏的佛学院学过十几年。后来旗府把他派到咱们苏木当文官，还让他教孩子们读书识字。他会作诗，还教孩子们写儿歌写诗。他教得最好的两个学生，就是他女儿萨日娜和我妹妹图雅。

巴格纳心中的情感猛然波涛般涌起，他有些结巴地说：真……真的啊？怪不得图雅的歌这么不一般。小才女啊。这首儿歌充满孩子气，很生动，没想到连小马驹打喷嚏都能写进歌里。你是咋想出来的？

图雅笑道：是萨日娜姐姐帮我改的，她阿爸也帮着改了一两个字。萨日娜的歌写得更棒，我们两人是最要好的朋友。那时候我从部落到苏木上学，就住在萨日娜的家里。上完课以后一起玩，一起唱歌写歌，晚上睡在一个皮被里。她阿爸苏米亚老师会唱好多好听的蒙古、西藏、青海和西域的歌，还有佛家的歌。我俩越爱听，就越想学。苏米亚阿爸早就开始教萨日娜写歌写诗了，我上学以后又开始教我。他教得可严了，每天都让我俩背诗背歌词，短诗一天一首；不短不长的诗，两天一首；长诗四五天、七八天一首。然后，再教我俩咋写歌词，咋写诗。

巴格纳好奇地问：苏米亚阿爸是咋教的？

图雅微笑道：他说，要写最有意思的，最能让自己心跳和暗自发笑、流泪的事情；千万不要写别人写过的东西；要懂得"兵贵藏计，诗贵藏意",要学会巧妙藏诗。歌词和诗一定要精炼，要像从牛奶里提炼出黄油，等黏稠的粗油浮到牛奶表面，取出来放在长布袋里，等攒够了就用火熬，再撇掉油渣，才能成为黄油，成为诗和歌。一桶牛奶，是母牛吃了一两亩青草才精炼出来的，一桶牛奶却只能炼出一小勺黄油啊。写诗歌还要有美丽的景物、新奇的比喻、心中感动的真情……他还说了好多哪，以后再跟你说。

巴格纳惊叹道：啊，怪不得你们姐妹俩能写出唱出那么好的歌。原来你俩有这么了不起的老师指教啊。他说的这些，也让我开了窍。你刚才唱的歌，萨日娜和苏米亚阿爸帮你炼得真纯啊，这首歌里面就藏了你心里好多的愿望啊。

图雅乐道：你也听出来啦？去年，我把这首歌唱给了我的男朋友听，他听了恨不得马上就把我娶回家。我俩是在那达慕大会上认识的，他也是个好歌手。他听了我的几首歌以后，就让他的阿爸阿妈请人到我家来提亲了。

巴格纳说：我也想听你的歌……可这会儿，我还是想听你讲讲萨日娜。

图雅愉快地说：好吧。萨日娜的阿爸和我阿爸额吉也是最好的朋友。她和她阿爸的绿宝石眼睛可漂亮了，我真羡慕她。唉，不过萨日娜好惨啊，她的未婚夫巴图是全苏木最棒的马倌和赛马手，又是个让人尊敬的英雄。苏木所有的姑娘都爱他，我也爱他。他俩从小到大都在天鹅群里长大，两人就是一对天鹅，谁也别想插进去。没想到她的命运这样悲惨，我一想起她就想哭。我有一段日子没见到她了，这次到客栈我得抽空去看看她，再把她接到客栈来住几天。

巴格纳悲喜交加，他没想到图雅姑娘与萨日娜是这么亲密的姐妹，便急于想求她帮他接近萨日娜，他说：我听不少人讲过萨日娜的故事，让我听得好心疼。我给她送过喂天鹅的麦粒，还看到她和天鹅们一起唱歌跳舞呢,她真不像是人间凡女。我相信草原上任何小伙只要听过看过她和天鹅的歌舞,他的心里就再不会有别的女人了……可她谁都不想见,整天沉在她的思念和悲伤里。我真的好想帮她早点还清债。

他又想了想说:图雅妹妹,我没想到你跟她是这么亲的好姐妹,那我就跟你说实话吧,我接手这个客栈就是为了萨日娜。图雅妹妹,请你千万要帮帮我早点再见到她,我天天担心她会撑不住。

白依拉勒了勒马,问道:你接手客栈真的是为了萨日娜?

巴格纳说:真的。要不,我真不敢接。

白依拉叹道:怪不得昨晚斯琴高娃跟我说,巴格纳忽然愿意接手客栈,还说想在额仑草原上有一个自己的家,没准是相中了咱们部落的哪个姑娘,多半就是天鹅姑娘萨日娜。在咱们苏木哪个姑娘能跟萨日娜比啊。你没丢掉蒙古贵族真正的仗义啊。我家也一直在帮她,可是部落每年上交的贡羊数太大,这些年又接连遭白灾,全苏木三个部落需要帮的人太多了……咱们苏木多数小伙都爱萨日娜,可谁都知道,她是天鹅姑娘,再也不会嫁人了。巴图确实是她唯一的雄鹅,整个旗盟也再没有比得过巴图的小伙了。

图雅说:那我也明白了。我和她从小就是最要好的姐妹,我最懂她,她的心真是跟巴图一起走了,早已不在人间。这十几年来我亲眼看到他俩是咋样相爱的,让我好羡慕,好心痛。我们都会帮她还债的,我也常常提心吊胆,怕她撑不住。有你这个客栈掌柜帮她,会好一些。过几天我就带你去见她。

巴格纳连连道谢,感激万分。

白依拉说:你要是能把客栈办好,兴许能慢慢帮她还清债。不管她会不会答应你,也要先把她救出火坑。我一准帮你办好客栈。

中午,三人下马在牛车古道旁等牛车。牛车赶到后,五个人就地简单野餐，喝了几碗从毡子包裹的铜壶里倒出来的温奶茶，饱饱地吃了手把肉和奶豆腐，便随着牛车慢慢走，慢慢聊。

下午日光偏黄时，三马四车翻过一道较高的山梁，就看到了西南边的客栈。让他们三人没想到的是，原先那个只有一对中年夫妇看守的荒凉客栈，竟然很热闹。商队的十五六辆马车和六七十辆牛车，停在客栈南大门外的车道上，排成了长队。跑近一看，几个人好像在争吵或恳求什么。

巴格纳大喜道：客栈还没开张，就有商队急着来投宿了。准保是我们大盛魁商号的车队，别家商号的车队没这么大。自家人来了就得赶紧让他们进，正好让他们自己先简单收拾一下客房和院子。

三人快马冲到客栈大门前。看院的张富贵是蒙古族，四十五六岁，一脸络腮胡子，眼里透着精明，是半农半牧区来的外来户，蒙汉通。他对白依拉说：大掌柜，你来了正好。他们非要进院，说菜地那口井的水浑，给牛马饮水也不方便，非要进院用那口好井，还想住里面。我跟马车队的掌柜忾忾了半天，没承想他们商号的牛车大队也赶过来了。来了这么多的人车我哪架得住，只好锁上大门，站在门外守着。

商队的商头和几位商人领班一看到巴格纳，呼地围了过来，连声高叫：巴格纳，巴格纳，你咋来啦？

于是亲热地跟巴格纳又是拥抱、又是拍肩、又是捶胸。商号东线老板秦川四十三四岁，一副爽快、干练又儒雅的样子，再加上游商的风尘仆仆。他见了巴格纳满面笑容，说：昨天我路过旗府，正要赶往呼伦贝尔，恰好碰上你们车队派来找我的人，说札那聘你当客栈的掌柜，你也答应了，这可是件大事啊，我就连忙掉头到这个客栈来等你了。这事真成了？

巴格纳笑道：成了，是二掌柜。然后向他介绍白依拉，说：札那的长子白依拉才是大掌柜，可主要的事让我管。又转身向白依拉介绍秦川：他是老秦大哥，是大盛魁商号经营这条商道的主管，是我的顶头上司，也是我的好大哥，跟亲大哥一样。我就是在他照看下长大的，小时候我管他叫叔叔呢。

老秦连忙用带河北口音的蒙古话对白依拉说：不用多说啦，咱俩是老相识了。上回商号给你家推荐的那个掌柜，把客栈弄垮了，真是太对不住你们家了。这回你们请巴格纳当掌柜就妥了。他是我们商号的人，是我的弟弟，这回我来担保，我拿这条线半个商号的车队做抵押，成不？

白依拉摆摆手说：不用啦。巴格纳是自己人，和我们是同一个乌珠穆沁大部落的人。他的一个祖辈为了蒙古草原把命都舍掉了，我们全苏木的人咋能不相信他呢。

巴格纳又向老秦大哥介绍图雅，说：她是札那的女儿图雅。是来帮客栈开业的，还想跟我学做生意。

老秦笑道：认识认识，在那达慕大会上还听过你唱歌哪，百灵小歌王啊。

图雅公主般大方地笑道：塔赛白诺（您好）。您的蒙古话讲得很好啊。

老秦说：这还是跟巴格纳的阿爸和巴格纳老弟学的哪，他学啥都快，还特会教人。我们商号这条道的人说的蒙古话，都是他教的。

巴格纳对老秦说：那今儿客栈就算正式开张。

老秦忙说：对啦，今天就开张。还不开院大门，这么好的生意还不赶紧做。

白依拉笑着高声说：成，今天额仑客栈正式开张。又对老张说：开门吧。

巴格纳对大伙说：里面还没收拾，先凑合着用。今天吃住全免费，都是老朋友老熟人了，请大伙帮忙收拾。往后，这里就是你们的家……

正说着，莫日根的四辆牛车也快步赶到。众人看到车上有三只大肉羊，都馋得呼喊起来：晚上有新鲜羊肉吃啦。

白依拉马上吩咐莫日根杀一只大羊待客，秦川也连忙派了一个车夫帮他杀羊。老张开了锁打开院大门，人们随两位掌柜和老秦进了门。院内荒草满地，房檐下蛛网飘动，窗纸泛黄半破。有些泥墙皮龟裂脱落，露出里面的土坯砖，连房顶墙头都长有一些青草，随风摇摆。但院子不小，比内地普通的车马店要大得多。院墙一人多高，是用草泥坨堆刮出来的。院内西部是几大排石基土房，东边是停马车、牛车和驼队的大空场。停车场西北边的靠墙位置是一排马厩，院东的井台很结实，能瞅见清水在深深的井下闪着暗光。

老秦忙招呼手下牵马车进院，停车饮马喂料。牛车队太大，只能在院外卸车，牵牛进院饮水。老张两口子领着商队的人铲割院内杂草，顺便喂牛，清扫餐室、客房、伙房和两大排通铺房。三十二三个人分头忙乎，就像乱兵进了荒村。

白依拉招呼老张让他开掌柜房。老张边掏钥匙边说：头个月，旗里两个佐领和几个骑兵路过非要住店，我只好收拾了几间房让他们住，还给他们做了饭菜，一文钱也不敢收。这也是札那关照过的，这些武官得罪不起，他俩每人手下都有一百五十个蒙古骑兵哪。

白依拉接过两把钥匙，又交给巴格纳一把，三人开门进屋。这是全客栈最好的房间，外屋是大半间灶房，里屋宽敞明亮，窗纸完整，白墙干净，被垛整齐靠墙，还蒙着薄毛毡。桌椅箱柜、炕席、炕桌上只有一层薄薄的灰尘，只要稍稍打扫便能入住。巴格纳的简单行李已被车队送来放在炕上。

白依拉说：这间房咱俩住。你长住，我临时住住。

巴格纳很是满意，笑道：这间掌柜房很气派，我喜欢，这就是我以后的窝巢，再也不走了。

接着又去看隔壁图雅的住房，比掌柜房小不少，但也有小半个外灶间，图雅也很满意。

她连忙唤其木格收拾房间，并把装行李家当的牛车牵过来。老张又带其木格到后排房，把她和莫日根住的伙计房间先看了看。

白依拉、巴格纳和秦川随老张在院内仔细地查看了一个多时辰，商量如何打理这个客栈。到羊油灯点亮的时候，老秦和巴格纳便有了一致的新想法，并向白依拉解释为啥这样做。白依拉连连点头。

游牧和游商都有快速安营扎寨、埋锅造饭的本领。当白依拉、图雅、老秦、巴格纳、老张和商人们走进小餐室的时候，大圆桌上已经摆满了酒菜：手把肉、葱爆羊肉、熘羊肝、羊肉炒野韭菜、羊肉炒萝卜片、羊肉炒黄花，还有商队带来的五香豆腐干、熏肉、花生、草原白酒等等。另两个一大一小的餐室，专门为车夫、伙计准备的饭菜也很丰盛。

主人和客人酒过几巡，又一通狼吞虎咽后，老秦显得格外兴奋，和白依拉、图雅、巴格纳、老张等人干了一杯酒后，用汉话说道：在这块全蒙古最偏僻又是最重要的风水宝地，咱们总算有个家了。在这个节骨眼的地方办好一个大客栈，这对商号和部落都大有好处。刚才我和两位掌柜商量过了。我们打算就在客栈建一个大盛魁商号的货仓和收购销售分店。在院子西边再建一排仓库和工房，由商号出资。再聘请巴格纳当大盛魁商号分店的店长，分店赢利两家共享。

这条商道的商号赢利薄厚，就看在这儿有没有货仓。商号也可以在这儿建个换牛站。这样，咱们车队就能比别的商号车队走得更快，先抢到精货好货，而且还可以多跑几趟，让半年的商季做出八九个月的生意来。

老秦喝了一杯酒，继续说：商号早就想在这儿办这个货站了。可就是找不到合适的人。这下好了，大家都知道巴格纳是咱商号公认的诚实可靠的人，他的老板是部落首领札那，更是仁义守信、让人敬重。他们就是本地人，冬季驻守在这里，咱们大可放心。这回咱们两家的合伙经营准能成功。建这家合营分店，总店也准保高兴。

众人喝彩。

巴格纳顾不上吃东西，快速给白依拉和图雅翻译，然后又细细解释。图雅听得云里雾里，白依拉掌柜倒听得大致明白，也很满意。他说：你说成就成，你定吧。

巴格纳起身给老秦和商人们敬酒，连说：房子没收拾好，委屈大伙了。

商人们七嘴八舌，纷纷夸赞道：

住这里比野地好得没法比。

露宿的话，要是下起雨来，那就惨喽。连起锅做饭都不成。

盼就盼在这儿有个自个儿的大店，啥啥都方便。从张家口、多伦出来到这儿，这老远的，人、马、牛、驼和车都该歇歇修修了。

大伙都说：自个儿的家，咱们都会爱惜的，还会把最好最便宜的东西捎给客栈。

老秦又跟巴格纳商讨了一会儿细节，说：真想再待上一天跟你多聊聊。可你也知道在蒙古草原跑长途，一天都不能耽误。有时候耽误一两天，就会耽误一趟大生意。这会儿各个商号都在抢去年一秋一冬牧人打猎得到的名贵皮毛，早到一天就能扫空几个部落的存货、好货。我明天就得去调换安排前面的车队路线，分头往前赶。

巴格纳说：我明白，你放心走吧。

老秦说：这些日子商队比较多，还有去漠北和俄罗斯的长途车队和驼队呢。我还要派人到旗里去，我们商号的施工队现在就在旗里，正要给那里的商号旗分店加盖房，我让他们先到这儿来修大库房和修缮客栈。

第二天还要赶路，众人吃饱喝足，酒宴便散。商人住客房，车夫帮工住大通铺房。

回屋时，图雅有些失落，对巴格纳说：我是札那的女儿，大掌柜的妹妹，可是大半个时辰我都干坐着，一句话也说不上，不是蒙汉通真做不成生意啊。

巴格纳安慰道：别性急，慢慢学吧。你回屋先洗个澡，在蒙古包真没法痛快洗澡，在这儿可以。我已经让老张媳妇烧了热水。大木盆我也看了，还算干净，又让她刷了几遍。待会儿，其木格就会把热水送到你屋里的。今儿你先洗，明儿我和大哥再洗。

夜里，白依拉和巴格纳躺下以后，白依拉说：今天开了个这么好的头，我真没想到。没有你，秦老板还真不会下这么大的本。你一来，客栈就成功一半了。可是我看你好像还是心事重重，还在想天鹅姑娘吧？今儿一路上，我和图雅都说，萨日娜像天鹅一样，伴儿死了，她的心也就死了，你是不是觉得没啥盼头了？

巴格纳满心忧虑：我早就知道她不会再嫁人了。我是在想萨日娜这一年多是咋撑过来的，换了别的姑娘兴许早就撑不住了……

白依拉叹道：是啊。她有两个弟弟要照看，还放心不下她的一只天鹅。

巴格纳说：客栈要干出点名堂来，起码还得一年，我真怕她这样撑下去，会出事的。那只天鹅的故事我也听说了一些……

6

"野外遇狼是吉兆。"

"人狼相逢,好运亨通。"

"吃了的才叫狼,被吃的才叫羊。"

——[蒙古]高陶布·阿吉木《蓝色蒙古的苍狼》

清晨,草原河边贴地的雾气飘来荡去,大苇塘像雾中的一片孤岛,水鸟们仿佛还未苏醒。巴格纳和白依拉走出屋,院内一片商队出发前的繁忙景象。商人和车夫已经吃过早饭,有的马车已出了院,在院外缓缓列队。牛车大队早已吱吱嘎嘎上了路,融入茫茫白雾中,只能看见最后几辆满载大包木箱的车身。他还在马车队里看到那匹自己骑了多年的黑鬃马,被拴在一辆马车后面,马儿恋恋不舍地回头向他长嘶告别,他也向它不停地挥手致谢。

老秦对两人说:下一站的路比较远,要早走。再过些日子,我们商号东部总店兼管这条商道的总头八成要来,我已经派人把我俩的打算告诉总店了。这两年东部总店一直盼着这家大客栈恢复营业。我把去漠北的几个车队调度安排好了就先单身折回来,到你客栈等他,再给你带些修缮客栈的东西,像窗户纸、炕席、白灰、木料,还有锅碗瓢盆和粮油什么的。咱们四人再好好商量,早点把事定下来,一定要在入冬前把活全做完。巴格纳,你千万不要跟别的商号谈了。人家开价再高,你也别动心。你还是大盛魁的人,当了分店的店长以后,薪酬还要涨一大截呢。还是跟着我干吧。

巴格纳答应道:一定一定。别的商道我不敢说,可你管的这条商道诚信经商那是有目共睹的。你是我大哥,又是我的老板,你咋说,我就咋干。我听你的。

送走老秦大哥,喝完早茶以后,巴格纳和白依拉立即叫来莫日根,让他马上骑马回部落把客栈的新进展告诉札那,并请他尽快派一家人赶一小群羊一小群牛过来,驻扎在客栈附近,用羊肉和奶茶待客更划算,并让札那有空的时候来客栈看看。莫日根走后,两位掌柜又将老张夫妇叫来,让老张暂时先当客栈大管家,薪酬照原来客栈管家标准的七成支付,干得好往后就当正式大管家。让老张媳妇临时管伙房,薪酬也照旧。老张夫妇很感意外。

老张满脸笑容,说道:太谢谢两位掌柜了。客栈从四年前开张那天起咱就在这儿了,里里外外的事都熟。原先就干了差不离半个管家的活。你俩放心吧,准保能让你们满意。干好了,咱往后就不用再抠抠唆唆过后半辈子了。

白依拉、图雅和巴格纳让老张和其木格带他俩去查看店员和仆人房。这是全院较矮的一排房。

图雅一到房前就说:不成不成,莫日根和其木格是我从小一块长大的好朋友,不能住这里。把这排旧房顶拆了再加高。让他俩先挑一间小客房住下。

其木格挑起眉毛忙说:这可不成,客房本来就不多,要是来三四拨商队还不够住的。这间房从外面看是旧了些,里面还是挺舒服的,比蒙古包大。我俩很喜欢这间房子,比住蒙古包强多了。

几人进屋看了看,里面确实还看得过去,地基较高,土炕平整,屋内不潮。虽没吊顶棚，横梁椽子上露着柳条编，柳条缝挤出湿糊泥状的干泥，但无漏水痕迹。房间地下还有一个不小的菜窖，地上有个厚木板做的菜窖小门。

老张说：我就住在隔壁，比这间大点，还有半间灶房。在蒙古草场能住上这样带火炕的石基土房让人眼热啊，比有些贵族的蒙古包还暖和呢。这客栈才盖了四年，七八成新，很结实。是大盛魁的盖房队干的，人家的活计没得说。库房横梁全是上好的落叶松木，上回遭白灾大雪压顶，一点事都没有。我看最好别拆，再建一排大库房就行。土房每年只要在房顶苦一层泥，一两年抹一层外墙就成。

图雅说：那就把屋外面整好看点吧。

巴格纳说：这个客栈从外面看不起眼，从里面看还真是结实，施工用料都不含糊。盖这个客栈可没少花钱吧？

白依拉拍了拍门框说：阿爸前后给大盛魁四千多只大羊，还有不少牛呢，我记不清有多少了。可惜啊，客栈建好了，没可靠、懂行的人来管，还是没干起来。

三人查看了全院，院内杂草马粪已清，房檐下的蛛网已除。虽然房顶和院墙头还有些草，但是客栈已有人气，与刚来时已完全两样。

老张说：秦老板还留下一个能干的小伙小王帮厨打扫干杂务，昨天晚上忙活到半夜。今儿一大早车队一走就清场，这会儿还在收拾大通铺房，糊窗纸呢。大盛魁的人都勤快能干。只要大盛魁在意客栈，咱就省大事了，他们会把客栈缺少的人和物全都补齐的。

四人出了院去看菜地。菜地在客栈西南方半里地的河岸边上，有三四亩地大。地边有一口井，四边有沟壕。菜地里一小半长着菜，一大半长着草。

老张说：这是头拨客栈的人开的菜地。客栈空着，我就种点菜自个儿吃，剩下的卖给路过的商队。卖价比内地的菜贵两倍呢。

55

巴格纳说：往后雇个菜农，把地全种上，再多上羊粪肥。商队里都是汉人，这儿又是纯牧区，菜比羊肉更好卖。再多种点大葱，图雅最喜欢吃大葱羊肉馅饼。

图雅的心情比晴朗的蓝天还好，客栈的事越省心，巴格纳哥哥陪她玩、教她学汉话、学做生意的时光也就越多。

她笑道：走，咱们三个骑马到河边去玩吧。乌拉盖河可是咱们部落的母亲河啊。听阿爸说，这条河的名字好像是从西域那条乌拉盖河搬过来的。咱们该到母亲河去祭祭太祖母了。

三人跟老张吩咐了几件事，就走到客栈东北的草甸，给三匹马解了牛皮马绊子。三匹马见到自己的主人和新主人，都向他们频频点头，栗色马还亲热地用头蹭图雅的肩膀，图雅也笑着轻轻地在马鼻梁上亲了一下。三人把马牵到院内备好马鞍，便走向院外。客栈在乌拉盖河北边的缓高坡的平地上，距河有三四里地。

三人骑马走出院门，又走上一个小坡顶，居高临下望去，展现在眼前的，就是那几十里广阔的乌拉盖苇塘苇海，莽莽苍苍，绿浪滚滚，波涛起伏。

发源于大兴安岭西侧支脉索岳尔济山——清代之前称为宝格达山——全长七百二十多里的乌拉盖河，是蒙古最大的草原首尾陆地河。流到额仑草原的南部和西南部，就进入了低洼平缓的地区，乌拉盖河就变成了沼泽苇塘的绿色汪洋。原先一两丈、两三丈宽的单道大河，流到此地变成了无数条大大小小的中河、小河、溪、小溪组成的宽达几十里的交叉河网。葱茂的芦苇把河溪遮盖得不见水光。在密集的乌拉盖芦苇林的上空，大群大群的天鹅、灰鹅、大雁、野鸭和各种水鸟起起落落，各种颜色的翅膀拍打水面，掠过天空，像点缀在湖上、空中的花瓣。在夏季，乌拉盖河每年都会奇迹般地突然抬升，变成高于两个成人身高的苍茫苇海，变成了高于草海又不下泄的海上之海，让巴格纳看得喘不过气来。

蓦然，一对对一双双洁白高傲的天鹅盘旋飞翔，从头顶低低飞过。见到天鹅，巴格纳全身激动地颤抖了一下，夹马顺着天鹅飞去的方向跑过商道，冲下缓坡，向西南的一面更加开阔的河岸坡地奔去，一直冲到河边草地，才勒停马步。

巴格纳一下马，就双膝下跪，双手扶地，恭恭敬敬地向苇海母亲河、向父母亲、向高贵的天鹅三叩拜，然后仰望腾格里，呼喊道：父亲母亲，阿爸阿妈，你们唯一的儿子巴格纳来看你们了。今天的苇海好绿，天好蓝啊。母亲，额吉，阿妈，您正在看着我吗？我已经接手客栈了，我是为了萨日娜月光天鹅姑娘才接手客栈的啊，请您护佑我办好这个客栈……

三人骑马又掉头向河的东南河岸查看。茂密的芦苇和蒲棒，清清的河水，河水里长着一条条水草，在缓缓的水流里像舞动的绿绸带一样，岸坡上长满高高的芦草，一对对飞翔的天鹅近在眼前，慢慢平复了巴格纳的心绪。想不到在他即将长住的地方，竟然有美丽优雅的天鹅和天鹅苇塘陪伴他。

三人向客栈东南边又走了一段，就看到了较宽的水面，水下长满密密的水草。一条浅浅的小河顽强地从苇海中挣扎出来，贴着碎石较多、地势较高的河岸向下流去。往东南走了半里多地，小河又被苇丛覆盖。再走了一段，水面才渐渐宽阔。巴格纳细细搜寻水面和苇丛，盼望从苇巷里能凫水游出一对天鹅。突然，他低声说：狼！

图雅和白依拉立即勒住马，扭头望去，只见两头大狼从不到四十步远的一片稀疏的苇丛中，一前一后地冲了出来，冲得水花四溅，向岸上不远处的山沟里跑去。两头狼的嘴上还叼着东西，一闪一闪地动。瞬间,就消失在高草丛中。

巴格纳浑身一震,欣喜道:母亲河的狼神给咱们送鱼来了啊,给咱们送来蒙古黄金家族最敬拜的食物——小鱼儿。几百年来,蒙古老人们一直传说传唱,圣祖成吉思汗小时候,家境最困苦的时候,父母拿不出足够的羊肉喂养成吉思汗兄弟们,就到河里抓小鱼儿,在草甸上挖野韭菜来抚育他们长大。后来成吉思汗的阿爸也速该去世以后,他就跟弟弟合撒儿做鱼钩钓鱼捕鱼,养活母亲和一家人。

图雅叫道:狼叼的真是鱼?

巴格纳说:没错。我看得真真的。

图雅姑娘快乐地叫唤道:太好啦!咱们客栈真有天神和众神保佑啊。我在旗里汉人开的饭馆里吃过炸鱼,可香了。蒙古人不喜欢吃烧鱼煮鱼,可是特爱吃炸鱼和烤鱼,我们全家人都爱吃,阿爸最爱吃。不成,今儿你就得让我吃上圣主吃过的鱼,烤鱼炸鱼都成。

白依拉也笑呵呵地说:我也爱吃炸鱼。你真能抓着鱼?

巴格纳说:先找找看。

三人骑马走到刚才狼冲出来的河边。果然看到岸边草地上摆着七八条鱼,大小几乎一样,都是一拃多长,两指半宽的野鱼。比普通的鲫鱼个长、身窄、肉嫩,眼睛大而扁,背部灰青,两侧全是细小白鳞,比鲫鱼的鳞片小得多。

巴格纳双眼放光,乐道:确实是"小鱼儿",就是圣主成吉思汗吃过的那种鱼,好东西啊。我吃过这种鱼,辽西汉人管它叫滑子鱼,肉多刺少,可鲜美啦。蒙古东部和东北部的河里湖里最多,是出了名的美味鱼啊,内地的河里还没有呢。狼很聪明,要是咱们不来,待会儿准保带一群狼来吃鱼,要不就一条一条叼着往家运,去喂小狼。

图雅咯咯笑问:可咱们没渔网,你咋抓鱼啊?

58

巴格纳蛮有把握地说：能抓着。前几年我跟着商队到东北去办货，那儿有河有江，鱼很多，里面就有这种鱼。我看过河边的人是咋逮鱼的，有好多种法子哪。这种鱼喜欢集群，一群几百几千条。咱们这儿方圆几十里没有蒙古包，远离夏季草场，没人来抓鱼。客栈旁边来了个大鱼库，就咱一家抓鱼，那客栈就该兴隆啦。

三人没动狼的鱼，下马细细找，发现浅滩里还有一些鱼，许多鱼的脊背都露出水面，在挣扎游动，把身下的水搅成浑汤。

巴格纳说：狼真聪明啊，到今天我才明白狼是咋抓着鱼的了。准保是这两条狼看到了鱼群，然后绕过去，下到一尺多深的水里，再双双把鱼赶到水深只有两指浅的地方，鱼的背都露出来了，那狼张口就咬，还不是一口一条啊。这里真是狼容易得手的捕鱼场。可是人抓鱼的办法更多，有的办法狼是不会的。咱们再到水深的地方去看。

三人走到有六七间土房面积大小、看不到水草的河段。巴格纳说：这里水深，下面多半有鱼，就看咱们的运气了。走，赶紧回去，拿家伙。

三人骑马回奔。一下马，巴格纳先让其木格到草甸去牵一头牛，再套牛车。然后对老张说：我去抓鱼，给大伙弄些好吃的。你快带人去找空的酒罐瓦盆。只要能沉到河底的盆盆罐罐，都赶紧找来，酒罐酒坛最好，也别太大，比饮马用的水桶大一点的就成。

所有人都去找了一圈，一共找到十几个酒罐酒坛破盆。巴格纳挑出七个可以用的酒罐和腌菜罐，又叫老张媳妇弄来一些旧布，叫老张拿来些麻绳和一捆马鬃绳。自己又到伙房外的垃圾堆里拣出一大盆带碎肉渣的羊脊椎骨、颈骨和腔骨，再让小王砍削出七根锹把粗、一尺多长的尖木桩。

图雅蹲下来，用手掌托着下巴，好奇地看着巴格纳摆弄这些脏旧东西，笑问道：就拿这些乱七八糟的破烂，去抓那些好吃的鱼？

巴格纳笑答：不信？到吃晚饭的时候你就能吃到炸鱼啦。

一切东西齐备，巴格纳就来做捕鱼罐。他先把一两块羊骨放进罐罐里，然后在口上蒙上一层布，用麻绳紧紧地扎在鱼罐口沿，像一个蒙皮鼓。再在布面上剪一个比铜钱稍大的圆洞。每个鱼罐的麻绳上再拴上长鬃绳。其木格把牛牵进大院，套上牛车。大伙一起帮着把捕鱼罐、木桩、鬃绳、长杆和盛鱼的大木桶等东西装上车。巴格纳把剩下的半盆羊骨头也放在车上。

巴格纳对大伙说：你们都去忙你们的活吧，晚上我请大伙吃炸鱼。

大伙乐得高喊：真的啊？太馋人啦。

巴格纳牵着牛车，载着白依拉大哥和贪玩的图雅妹妹，满怀期望地向河边走去。

到了选定的水较深的位置，巴格纳停了牛车，卸下一个鱼罐，然后用长杆把罐慢慢推送到河里深水处。等罐冒了一会儿水泡，灌满了水，慢慢沉入河底，再把长鬃绳的另一端绑在木桩上，又把尖木桩牢牢地钉在岸边草地上。然后照此顺序，依次将其余六个鱼罐按五六步一个的间隔全部放入河中，三人把大木桶留在河边，把牛车牵离河岸，再坐到二十几步外的地方，等鱼入瓮。

巴格纳望着河水说：野鱼贪吃，这回吃的又是它们从来没吃过的贡羊佳肴。这下咱们可真要吃到炸鱼啦。

图雅说：我还是不信，鱼儿哪会那么傻？

巴格纳笑道：野鱼一点都不傻，就是贪和馋。草原上，咱们吃的各种肉里头，就数羊肉的味道最浓最冲，煮一锅手把肉，两里地外都能闻见。羊骨头放进鱼罐里，冒出的羊油花子和羊肉的气味，立马就能把野鱼招来，比招苍蝇还快。你待会儿看吧，我准让你瞅见鱼。

巴格纳和白依拉坐在草地上，两人商议客栈需要添置的各种东西，计算所需的费用。图雅姑娘听了一会儿就没了兴趣，便到草地上采野花编花环去了。过了一会儿，两人又把附近草岸地形仔细查看了一遍。巴格纳对这个比较隐蔽的捕鱼场很满意，然后回到河边。

鱼罐沉在水里大约半个时辰以后，巴格纳起身向图雅妹妹招了招手，图雅把花环戴在头上就跑过来。三人走到水边，巴格纳轻轻慢慢地拉上来一个鱼罐，端起来走了五六步放到岸上。刚解开麻绳打开蒙布，就被野性十足的鱼溅了一脸的水。

图雅姑娘探头一看，惊叫起来：啊！真的抓着鱼啦，这么多的鱼。鱼咋就这么贪吃，还在围着羊骨头没命地啃肉渣哪，太好玩啦。

巴格纳用手背擦了擦脸，笑道：小声点，别把河里的鱼吓跑。

白依拉也乐坏了，说：这么多的鱼，你真行！我还是第一次亲眼见到人抓鱼哪，不难嘛。

两人把大木桶拎到罐旁，再把鱼罐里的水和鱼倒进木桶里。图雅完全回到了快乐的童年，她还从来没有得到过如此多的活玩具，开心地笑道：我来数，我来数。一、二、三……哈，十六条，一个罐儿就十六条。

她乐疯了，伸手进水抓鱼玩鱼。野鱼很野很滑，抓不着，还溅了她一脸的水。她笑道：一共七个罐，该有多少条啊，够我天天吃的了。快拉！快拉！没想到巴格纳哥哥这么厉害，怪不得阿爸喜欢你。过几天我一定要把你抓鱼的事情讲给萨日娜姐姐听，也让她高兴高兴，再请她来吃炸鱼。

巴格纳的心怦怦跳，笑道：那就谢谢你了，是得让萨日娜笑一笑了。

说罢，又把木桶里还没有被鱼儿啃干净的羊骨头捞出来，放回空罐，再用布把那罐重新蒙好，慢慢推入河里。然后，再轻轻拉起更大的一个罐，图雅没想到这个大罐竟然钻进去二十一二条鱼。

她一边笑，一边兴奋得双脚蹦跳，乐道：这太好玩了，比放羊有意思多了啊。蒙古人原先以渔猎为生，后来咱们为啥不打鱼呢？往后，我要以打鱼为生了，吃鱼长脑子啊。

巴格纳也快乐得像是被图雅姑娘拽回去了几岁，说：好玩儿吧，跟着我，天天都能让你玩个够。过了一会儿又说：咱带来的大木桶还是小了点，先把木桶放到牛车上吧，待会儿咱俩就抬不动了。

他把牛车牵过来，把木桶拎上车。又去拉鱼罐。一只一只罐被缓缓拉上来，一只一只罐被轻轻推下去。每只罐都有二十多条鱼，越晚拉上来的罐，鱼就越多。有一个最大的罐竟钻进来二十五六条鱼。把鱼倒进木桶里，桶就再也装不下了，可还有一个罐没拉上来呢。三人坐在草地上激动得喘个不停。

图雅咯咯咯咯地笑个没完：我还从来没玩得这样痛快过，又能玩又能吃。这罐拉上来，那第一个罐又会有鱼钻进去。再拉，以后招待来往的客人就有好东西了。

巴格纳笑道：图雅妹妹还能想着客栈的生意了。我有办法，桶里放不下，就倒在草地上，等鱼断气后，再放到牛车柳条编上，反正拉回去就要去鳃刮鳞，一样新鲜。

三人起身再拉再放，又拉放了一轮，一直拉到罐里的鱼渐渐变少，才慢慢收工。巴格纳把被鱼啃光肉渣的羊骨头扔到远处的水里，又把牛车上的那半盆未用过的羊骨头端下来，再陆续给每个鱼罐里换上新的羊骨头。大木桶里的鱼装得满满的，牛车柳条编上也堆了一百六七十条鱼。三人累得坐在草地上喘气。

图雅开心得像个草原小暴发户，说：今儿咱们可发大财了。这算不算做生意啊?

巴格纳说:咋不算呢,算!满满一大桶,再加一大堆,大概有三四百条鱼了吧,炸出来,能卖多少盘上等好菜啊。往后,就成咱店的当家菜和招牌菜了。能招来更多的客人,这可是一笔大生意啊。

白依拉感叹道:这能省下咱部落多少羊啊,把羊留到秋末最肥的时候卖更划算。巴格纳,你真是个做生意的好手,鬼点子多,阿爸知道了那还不得到处夸你啊。

巴格纳说:我只有点小功劳,狼才立了头功。这么多的鱼都是狼专门送给咱们的。老张也常到河边洗东西,他咋就没发现狼抓鱼啊?为啥咱们第一次来河边,狼抓鱼就让咱俩瞅见了,还专门在地上留了几条鱼给咱们看……往后,咱俩一定要善待这群狼。

图雅说:阿爸最善待狼,老说没有狼就没有原原本本的草原。我最佩服狼。我往后准保能跟它们交上朋友。

巴格纳把最后一罐鱼倒在狼留下的那几条鱼旁边,说了声谢谢。然后看了看天说:我有点饿了,回家吧,明天再带一个木桶来。

白依拉笑道:客栈开张第二天,腾格里就赐给咱们一个大鱼库,那客栈就好办了,准比上回客栈开业还要火。

巴格纳牵牛,图雅坐车,三人满载而归,一路狂歌。图雅歌手歌兴大发,唱了一曲又一曲。

巴格纳说:图雅妹妹,你再唱一首自个儿作的歌好吗?

图雅大方地说:好啊。今儿,狼送给咱们那么多的鱼,我就唱一首狼歌吧。歌名就叫《小羊儿乖乖吃狼奶》。

图雅坐在牛车上,手上挥着花环,荡着腿,开心地唱道:

小羊儿乖乖吃狼奶,
狼妈妈把羊羔当狼崽。

狼舔羊羔卷毛又喜又悲哀，
自己狼崽被鹰叼走喂鹰孩。

狼王发怒率群攀登高山崖，
嚼碎鹰蛋拆散老鹰宅。
急得空中霸王高盘旋，
不敢俯冲跟讨命债的狼群硬来。

狼王舔干狼妻泪，
叼来被无奶母羊抛弃的弱羊崽。
让它减轻爱妻的胀痛，
用狼祖秘方治疗受伤的母爱。

小羊在狼群怀抱里快乐长大，
就像蒙古狼孩忘记了人的血脉。
夏季河水暴涨狼才送羊回家，
从此这家羊群不知道啥叫狼灾。

嚯！巴格纳再次惊叹，夸赞道：图雅妹妹真是个小歌王啊。你的歌一首比一首好。这是一首我从来没听过的草原狼歌。太棒了，怪不得许多蒙古贵族青年来向你求婚呢。我也听得出来，这首歌苏米亚阿爸和萨日娜准保又帮你改过吧？

图雅笑道：是啊。这首歌是我听了米希格萨满法师讲的一个狼故事以后写的。一开始写得可乱啦，后来萨日娜姐姐和苏米亚阿爸又帮我修改了好几遍，才改出来的。苏米亚阿爸走了以后，我的诗歌出得就少了。可萨日娜姐姐的歌越来越多，她才是歌王呢。

巴格纳笑道：那这些鱼就是狼神送给你们姐妹歌王的啦。

图雅笑得仰起了头，望着天空上低低飞翔的天鹅，说道：狼是巴格纳哥哥招来的呀，可你又是因为萨日娜天鹅姐姐才来客栈的，客栈旁边又正巧有这么多的天鹅。看来你跟萨日娜姐姐……好像是有一种神神秘秘的关系……

全院的人都像部落听到骑兵归来高唱胜歌那样，听出有炸鱼吃了，车还没进院门，就都拥到车旁。看到满满一大桶活鱼都惊呆了，大伙兴奋地大喊大吼，又馋得肚子咕咕叫。

巴格纳大声说：这些鱼是狼神送给图雅小歌王的，我只是帮她捞上来。晚饭我请大伙吃炸鱼，管够。

说罢，便领着图雅、白依拉、老张、小王和其木格到伙房去杀鱼、刮鳞、去鳃、去内脏、清洗、沥干、化羊油、调制带盐和花椒粉的面糊糊，用糊糊裹鱼，然后下油锅炸鱼。当老张媳妇把一笊篱焦黄、酥脆、内嫩、喷香的炸鱼捞出油锅的时候，每个人都用筷子抢了一条开吃。现杀的野鱼和皇家贡羊油叠加出来的"鲜"味，香得让人的魂魄飘升到草原天堂上去了。

图雅姑娘乐得头也不抬地吃了两条以后，才开始尖叫：太好吃了！太好吃了！我要天天吃，顿顿吃。这炸鱼也太容易做啦，抓鱼我会了，杀鱼我学会了，调面糊糊也不难，炸鱼就更不用说啦，比炸蒙古黄油馃子还省事。只可惜，阿爸和全家人不在，要是阿爸、额吉和斯琴高娃吃上了，准保一有空就往咱这儿跑。

白依拉一边吃，一边笑道：真香啊。我都不想回部落去管马群了，跟着巴格纳做生意真开心。

老张像在草原掏獭子掏出了个紫晶矿那般狂喜，说道：这下咱们可赚大了，客栈准保要发大财。这条商道的客栈，就数咱们离乌拉盖河最近，想吃炸鱼只有到咱客栈来吃。这鱼还不花钱，想吃就抓。这种无本赚大钱的买卖，上哪去找啊。羊油炸鱼咱就定高价，卖给过往来客，一斤炸鱼准能卖出一斤半熟羊肉的价钱，那半年下来，咱能赚多少钱啊。往后咱们客栈可就招人啦。

从未吃过炸鱼的其木格也乐晕了。她差点伸手进油锅捏鱼尾巴，笑道：这炸鱼咋这么好吃，真比羊肉还好吃。下回得多带点回去给阿爸阿妈和家里人吃。

巴格纳说：带点生鱼回去自个儿炸，刚炸出来的最好吃。

小王剔出鱼的一条脊骨刺后，便大口大口、半条半条地猛嚼炸鱼，连鱼头都全都嚼碎吞进肚。他笑眯了眼，说道：草原夏天的羊没上足膘，又被剪了毛，羊皮不值钱，羊倌舍不得杀羊卖羊。实在要买羊肉，就很贵，不能敞开吃肉，可苦了咱干力气活的人了。这下不用愁了，正好补上夏天肉荒的缺，往后能常吃炸鱼，咱这些干力气活的人就有劲了。这日子过得，比老家小地主过的日子还滋润哪。掌柜给咱鱼吃，咱不走了，就死心塌地跟巴掌柜干。

巴格纳说：今儿，我还得跟大伙说明白，这些鱼是腾格里和狼神送给图雅和咱们的。咱们要念狼的好，感狼的恩，往后，谁也不准打狼，咱们都要善待这群狼。也要告诉来客栈的牧人别打这群狼。

大伙都说：那是，那是，这是应该的。

炸鱼一笊篱一笊篱被捞出，大伙一条条地狂吃海塞。六个人正吃得兴头上，院子里忽然有人大喊。两个穿着蒙古单袍的汉商急匆匆地跨进伙房，用汉话连说：太香了，太香了。三里地外就闻见了。今晚你们吃炸鱼，真让咱赶上了。我们是大盛魁的，刚从漠北克鲁伦河回来，总算到家啦。嗨，几个月都没吃过鱼了，一家人就不客气了。

两人顺手从大盘子里抓了炸鱼就吃，吃在嘴里，望着锅里，贪婪得满眼放光，双手直哆嗦，生怕炸鱼被吃光。一气儿吃了三四条才问：哪位是白掌柜？谁是巴掌柜？我们驼队回程碰上秦老板，他说你们开业了，就让我们住到这儿。他还让我们驼队给你们捎来好些你们要的东西。一会儿就卸货吧。

巴格纳高兴地说：我是巴掌柜。不忙不忙，大伙儿吃完了就卸货，再安排你们吃住。你们捎来的是啥？

汉商领班说：面粉、张家口小米、张北莜面、胡麻油、佐料、酒。还有窗户纸、白灰什么的。为了运这些货，大驼队重新调了调骆驼的运货量，腾出五头骆驼，驮了满满四大袋六大箱哪。幸亏这段路不算太远，没把驼队压趴下。这些货是在西北边那个小站装上的，秦老板费了好大劲让那家客栈掌柜给咱们匀出来的，下次我们驼队回来，还得把这些东西全给他补上。

巴格纳大喜道：太好了。老秦大哥办事，总能办到我心坎里。真快啊，要不客栈的粮油就要断顿了。

老张也笑了，说：咱客栈正缺这些东西呢，真是场及时透雨啊，秦老板办事真没得说。我吃了七八条鱼，吃饱了。你俩再吃会儿，吃饱了就跟我走，我来安排。

过了不多会儿，老张便领两人去院场，那两人手里都各抓着两条炸鱼，边走边吞吃，生怕驼工们来抢，吃完后把油腻腻的手往蒙古靴上蹭。图雅也担心炸鱼不够这么多的人吃，就先下手夹了三条炸鱼放在盘子里，跑回自个儿的房里去了。

巴格纳让老张媳妇和其木格把桶里和车上的鱼全都炸出来，再做一大锅稠一点的羊肉青菜面片，把几盆手把肉热一热，安排驼队的晚饭，就带了小王一同去接待和卸货。

当老张刚刚安排七八个人进了餐室，又有一个满载货物的车队人喊马嘶地进了院，老张等人又是一通忙活。这次商头带来的是小

67

胜奎商号的车队，他们已嗅出商机，也打算在此建仓库合伙共营，但被巴格纳婉言谢绝，说已经和大盛魁合营了。商头叹道：我知道你是大盛魁的人，比不过啊。往后我们的商号得改道了，在这条线上谁也甭想跟大盛魁争了。

不一会儿，三四十辆运青盐的勒勒车也来投宿，院内停车场已满，只好停在院外草地上。驾车的人都是往北和东北方向去的牧人，每年都到额吉淖尔盐池去为自己苏木和部落拉一次盐，还为更远的旗和苏木拉盐挣运费，是一支草原季节性的专业运输队。见到白依拉和其木格这两位本地的草原人都感到分外亲切，还请求白依拉第二天卖给他们些木料，修理两辆牛车断裂了的轱辘辐条。

白依拉说：给来往的牧人修车是应该的，也是客栈分内的事情。

炸鱼、手把肉、羊肉青菜面片汤，再加上小王动手赶做出来的大张葱花饼颇受欢迎。炸鱼被抢得连掉在地上的碎油渣都被人捡起来吃了。三队人全都叫唤没吃够，尤其是后来的那两队人，纷纷要求下次加足炸鱼量，就是加价三成也行。几百里上千里的长途商队，风里来，雨里去，冷菜馊饭是常事，到了这儿咋也得好好犒劳犒劳自个儿啦。来客填满了几大间通铺房和所有剩下的客房。

客栈生意红火，让两位掌柜和老张乐得忘记了累乏。老张一边估摸着远超预料的进项，一边笑道：老话说得对啊，"客栈，客栈，没有好菜，客人不站"。这家新开张的客栈，不出十天准保就能成这条长长商道上，客商、车夫、旅客大吃大喝、大换口味的名店了。明儿车队一走动，东北、西北和西南边一传开，咱客栈还不得挤破头？我看用不着两年，客栈当年就能回本，还有赚头。你俩真有神助啊。

巴格纳轻舒了一口气，说：帮萨日娜还清今年的利息有指望了。

7

  宝格达山林场是东乌珠穆沁旗主要自然森林经营之地。清朝时期宝格达山森林是皇家狩猎重地，堪称"矛染猎"。
——《东乌珠穆沁旗志·概述》

  再摘录作家 G.尼玛刊登在《政府消息报》上的一篇文章中的一段吧："有这样一只母狼，它的一只狼崽被人给掏走了。母狼伤心至极，同时乳房也涨得难忍。正在此时，它遇到了一只在枯草丛中吓得缩成一团的小羊羔。母狼不但没有吃掉小羊羔，而且让小羊羔喝够了自己的乳汁……母狼竟然变成了一只带小羊羔的狼。"
——[蒙古]高陶布·阿吉木《蓝色蒙古的苍狼》

  午后，萨日娜走向僻静的天鹅湖边，在一排厚厚的芦苇绿墙的开口前面停下。芦苇开口处有五六丈宽，里面宽广的湖水碧波粼粼，微风吹来阵阵浓郁的水草清香，那是天鹅妈妈伸长脖颈在水下咬碎水草，再撒到湖面上喂小鹅散发出来的草香。绒毛雏鹅的脖子只有不到一寸长，还吃不到浅湖底的水草。鹅妈妈就要经常不停地够草并撕碎草，再含到喙里，吐到水面，来喂养自己四五个或五六个可爱的宝贝。小鹅胃口很大,只要一会儿工夫,就把鹅妈妈摊在水面上的碎草吃光,妈妈只好再把长颈和前半身扎到水里去采草,然后摊撒碎草。不等鹅妈妈喘口气,小鹅们又把水面上的草抢光了,有的小鹅甚至游到妈妈身边叼吃粘在它羽毛上的草丝,或学着扎猛子,用短短的脖子去追快要沉下去的碎草。小鹅们似乎天生就知道,只有快吃抢吃,才能在下雪之前长成可以飞到南国去的大鹅,否则,就会被冻死在冰雪草原。蒙古草原绿季短暂,鹅妈妈更知道要让小鹅快吃多吃。岸上草地上的嫩草虽然很多,可是雏鹅的天敌——狐狸和沙狐也很多。鹅妈妈吸了一口气,又一个猛子扎进水里去采草和绞碎草了。只有等到雏鹅宝宝吃饱以后,她才能去吃草。在喂养短脖子小鹅的那半个绿季里,鹅妈妈们都会瘦下去一圈。

在鹅妈妈头颈扎在水里,照看不上鹅崽的时候,鹅阿爸则在妻儿旁边静静凫水不敢吃食,东张西望,抬头转头,警惕侍卫,谁也不准靠近。谁靠近就会被雄鹅猛啄狂咬,或被鹅身猛烈撞击。蒙古草原育崽期的雄鹅凶猛狂暴,力大无穷,凶狠得连老鹰都不敢飞得太近。此时的雄天鹅护妻护崽的拼死劲儿,比狼护妻儿还要狠命亡命、声势浩大。雄天鹅发怒时,会大叫狂喊,像抽扇耳光似的扇动巨大的翅膀攻敌。雄天鹅能咬断芦根的喙,像铁钳子一样厉害,能把沙狐咬得惨叫哭嚎。那长脖硬喙也会像白蛇那样缩颈再闪击啄敌,凶狂的阵势连人都会被吓破胆。但雄天鹅知道,天鹅的天敌都会偷袭,所以雄天鹅天生具有警惕性。为了把小鹅宝贝们快快养大,在大雪下来之前能够长途远飞、逃离死亡,大鹅夫妻都饿瘦、累瘦了。

萨日娜用两个手掌拢住嘴,向远处芦苇深巷大声呼唤:小巴图,小巴图。

她此刻呼叫的是一只雄天鹅,与她情郎巴图的名字相同,只是加了一个"小"字。它是一只不能飞翔的雄鹅,也是萨日娜最爱、最揪心挂念的一只鹅……

在她七岁、巴图九岁的那年初冬,有一天萨日娜的阿爸苏米亚骑着马,带着一根借来的套马杆,焦急地奔回家,急忙套上牛车,让正在喂小鹅的萨日娜和巴图赶紧上车。然后再把桦木长杆、长绳、旧皮袍和一块长木板装上牛车,向天鹅湖急行。苏米亚告诉两个孩子,湖里有一只小鹅快不行了,得赶紧去救。在草原,一年四季能救下落单的小鹅的机会,只在泡子刚刚结冰的这几天有。如果泡子还没有结冰,落单的小鹅能吃到浅水下面的草,就还有力气飞,然后再一个泡子一个泡子地去追赶,朝鹅爸鹅妈的方向飞。这个时候人接近不了小鹅,一接近它就飞走,也就救不了它们;如果泡子全都结上了冰,落单的小鹅吃不到一点水草,饿得飞不动,最后就跟泡子里的冰冻结在一起了,人也救不了小鹅。只在泡子浅水地方大部分结上了冰,小鹅饿得飞不动,漂在水面上,但还没有被冻死饿死的时候,人才有可能接近它,再把它救上来。冰雪无情啊,只给爱鹅的人短短几天救小鹅的时间。每年初冬大草原上能活下来的落单小鹅,多一半都是在这几天被人救上来的。

阿爸说:看天气,今儿是最后一天,明天河湖就要封冻了……米希格法师昨天已经救下了今年的第二只小鹅。他是骑马破冰一直骑到冰水没到马胸口,才用长套马杆够着小鹅的。他的毡靴、皮裤,还有半截皮袍全都湿透冻成冰,回来后他都冻病了。可他高兴啊。

萨日娜和巴图又羡慕又着急地说:这次咱们咋也得把这只小鹅救上来啊,那咱们家今年也能救下两只小鹅了。

阿爸说:难啊。这只落单小鹅离岸太远,就是骑马破冰没了马背也够不着它啊。你俩身子轻,兴许能在冰上走得更远,就只好让你俩来试试了。你俩要是能把这只小鹅救下来,米希格法师和全部落都要夸你俩啦。

巴图说：我会爬冰，咱们还有厚木板。我准能把小鹅救回家。

马与牛车在初冬枯黄的草原上急行。在蒙古草原，冰往往比雪来得更早。可天鹅是吃嫩水草的水鸟，岸上的枯草，天鹅是不吃的，吃了也咽不下去。

阿爸说：草原上的小鹅可怜哪，第一年最危险。草原的绿季只有半年，春天鹅妈妈生下所有的蛋，需要好多天，再把雏鹅们孵出来，又要花费四十几天，这样小雏鹅要长成能飞几千里到南方过冬的大鹅，就只剩下四个多月的时间了。所以小鹅必须拼命吃，不停地吃，快吃快长，要不就是死。这也是天鹅的食量特别大的原因。小鹅要长成大鹅，最后全得靠长脖子。脖子快速长到跟身体一样长，就能吃到浅水湖底下的大量水草和小鱼小虫。要是浅水地方被冰盖住，大鹅夫妻就会用喙啄薄冰，用身子压碎更厚一点的冰。要是碰到两指厚的冰，大多数雄鹅甚至会飞上半空，降到离冰三四尺的地方，再猛地收拢翅膀用身体往下撞，把冰撞裂了以后还会继续撞，直到把冰面撞破。有时天鹅夫妻会用它们两个身体的重量一同撞冰，要双双连撞好几次才能把冰撞裂开，让小鹅吃到冰下的水草。天鹅阿爸阿妈爱孩子啊，不惜受伤也要喂饱自己的宝贝。初冬是小鹅们的鬼门关，要是天气太冷，冰结得太快太厚，天鹅阿爸阿妈就撞不开冰层了。小鹅吃不到东西，会很快饿死。每年都有一些晚出生的和瘦弱的小鹅，冻死在冰湖里。

车马急急赶到湖边。三四丈远的冰水里，那只可怜又美丽的落单小鹅，漂浮在仅剩下的一片蒙古包大小的水面上，周围的水都已经结成了冰。它被冻僵了，不会凫游，一动不动。头和半个脖颈弯进翅膀底下，好像只剩下最后的一口气，无力挣扎，已经安安静静地准备走进黑暗世界了。无论人怎么大声叫喊，小鹅都没有回音。

靠近湖岸阴坡的冰比较厚，可以承受一个成人重量，可是靠近小鹅的冰面却薄如奶皮子。苏米亚阿爸说：上午刚走上冰面三五步就听到冰的开裂声，套马杆也够不到小鹅，只好赶回来，再让你俩来救小鹅了。

萨日娜远远地望着小鹅，又喜又急又担心，马上说：我最小，身体最轻，就让我拿着套马杆进去够小鹅吧。巴图急忙拦住她说：哥哥咋能让小妹妹去做危险的事呢，我只要脱了厚皮袍就比你轻。于是立马脱了皮袍，夹着长木板和套马杆，轻步轻脚，慢慢走向小鹅，越走越近。

他走了几步，萨日娜就听到冰裂声，吓得大声惊叫，又捂住了嘴。阿爸连忙叫巴图停下，趴在冰上用套马杆够。巴图慢慢趴下，又用套马杆试了试，还是差两三尺。他把又长又厚的木板推到身前，半个身子挪上去，用双膝蹬冰面继续往前蹭爬，眼看快要够到小鹅时，冰面突然破碎，巴图"通"的一声掉进冰水里。父女俩吓得大喊：回来！回来！

可不一会儿，他抱着木板又浮出水面。他全身湿透，但仍然紧紧盯着小鹅不回头，一只手抓住水中的套马杆，用力往前够，还是够不到。他大半个身子扑到木板上，用另一只手撑住未破的冰层向前挪，他终于用套马杆套住了小鹅。小鹅稍稍动了一下，把头颈慢慢伸出翅膀。苏米亚父女激动地大叫：还活着呢，活着呢，快把它拉过来！巴图把小鹅轻轻拽到身边并抱住。阿爸连忙走下冰面，向前走了几步，用力抛过去长绳。可是，巴图已冻得半僵，他厚厚的皮裤和毡靴已吸饱了水，拖着他沉重地下坠，使他难以转身够到长绳。此刻，萨日娜不顾一切地脱掉皮袍，拿了一根长杆冲滑过去。小姑娘身体轻，趴在薄冰上，用长杆挑着长绳送到巴图的手边。巴图终于费力地握住了绳子，阿爸慢慢拽、小心拉，萨日娜也用杆子敲碎薄冰,让巴图转身。巴图渐渐靠上冰层,把小鹅放到冰上。小鹅看到了救它的巴图和萨日娜,露出微弱的求生目光。萨日娜接过套马杆,把小鹅拨向冰层稍厚的地方,再用力拽绳子,帮巴图爬回到冰面,爬上厚冰。萨日娜往后挪了几步,缓缓站起来,用套马杆套住小鹅拉到自己身边,抱起来。小兄妹俩总算上了岸。

巴图浑身是冰水,被刺骨寒风冻成了一层冰衣,瑟瑟发抖。手掌也被冰划破,流着血。阿爸迅速把他抱到车上,脱掉他的毡靴、皮裤、坎肩和内衣,用两件厚皮袍裹住他,并用长腰带上下绑紧。巴图浑身战栗,不住地打喷嚏。阿爸立即从怀里掏出一个毡套奶壶,给他灌了两口温热牛奶,这才慢慢止住了颤抖。萨日娜松松地穿上自己的皮袍,没有扎腰带,又用牛车上的旧毡垫擦干小鹅的肚皮和脚蹼,包在皮袍里,上了牛车。她摸到了小鹅轻弱的心跳,阿爸从怀里掏出一个生羊皮小口袋,递给女儿。她赶紧从口袋里抓了一小把暖暖的小米软饭喂小鹅,小鹅一见食物立刻挣扎着啄食,并慢慢地咽到胃里。阿爸微笑道:看来它是只聪明的鹅,最后一次吃水草的时候,它一准啄开一大片薄冰,把它能吃着的水草全吃了下去,要不早就冻饿死了。

小萨日娜高兴得伸手搂住她的小哥哥,想对他笑一笑,但嘴唇都冻得张不开了。阿爸骑马牵牛,把三个冻得半僵的宝贝带回家。

身体结实的巴图躺了一天就恢复如初,小鹅也在有多年救鹅养鹅本事的父女俩细心照料下,慢慢活跃起来,食量也天天见长。阿爸说:巴图很勇敢,小鹅是他救下来的,这只小鹅的名字就叫小巴图吧,这是你俩救的第一只鹅。小萨日娜很开心,从此,她心中有两个巴图,一个会飞到天上去的,一个最后也会飞到天上去的,因为萨满法师说天鹅会把蒙古勇士的灵魂带上天堂。

小巴图是她和巴图最爱的一只小鹅,她给它最好的照顾和食物,小巴图也用健壮的体魄来回报他俩。它长得俊美漂亮，脖颈要比其他同龄的雄鹅更加修长，喙上后半部的黄斑比其他鹅的斑更大更醒目，全身的羽翅也比白丝绸还要白亮。这只小鹅与小兄妹形影不离。那时候，只要巴图萨日娜在家，他俩走到哪里，它就会跟到哪里，比小狗还要黏人。它还会用长脖颈来缠绕他俩的脖子，表达天鹅缠绵不放的爱。当开春后大群天鹅北归，把小巴图放回天鹅群父母身边时，它叫得欢心，但它永远不忘它的养父母，会时常单独飞到小兄妹的蒙古包门前看望他俩，与他俩一起唱歌跳舞，还会走进蒙古包看看它小时候的家。夏天，当部落迁草场、回到天鹅湖旁的时候，他俩也喜欢到湖边去看望它，给它带上好吃的，在天鹅湖边和小巴图亲吻拥抱，一起跳天鹅舞。这年深秋，天鹅群要南飞时，巴图给它的左脚腕上松松地拴了一根细细的棕色马鬃细短辫，萨日娜给它的右脚腕上拴了一根蓝色的短绸带。

第二年初春，小巴图随鹅队一飞回额仑夏季草场的天鹅湖，就找到了阿爸和萨日娜的蒙古包，因为她家蒙古包顶毡的东南西北缝缀着四朵佛家莲花和一圈云纹图案。它只要在额仑草原上空飞上一圈，很快就会找到这处显眼的佛家莲花，然后绕圈高叫，未等阿爸和萨日娜出门，它已经飞下来和几条狗朋友相互摇尾问候。见到亲人，它的亲吻像远方的儿子归来那样狂喜；它的拥抱有如勇士凯旋家乡那样欢乐。如果这一年飞得太早，河湖浅水部的冰尚未消融，还难以吃到水草，它就会带领它所属的鹅家庭来萨日娜家的蒙古包求食，并还以天使般的歌舞，给草原人以高雅的情感回馈。草原僧人和萨满法师都说，爱鹅、救鹅的人才是真正的草原贵族，才能享受到上天神族观赏的歌舞。

天鹅要到三四岁才进入卿卿我我的婚配年龄。当萨日娜十一岁、巴图十三岁的时候，小巴图终于领回一只娇柔美丽的天鹅公主。当它俩在他们两家门前跳舞唱歌的时候,不仅跳得忘我,而且也忘掉了苏米亚阿爸和两个亲密朋友,完全进入天鹅爱恋的王国,也把萨日娜和巴图卷入到天鹅相爱的境界。每当两对人鹅爱侣初春重逢,一起唱歌跳舞的时候,就能引来不少部落的少男少女和成年情侣围观和欣赏。他们和它们一起成了额仑草原所有仰慕者心中的耀眼之星。那几年是萨日娜看得见、抓得着,紧紧攥在自己手里的草原天堂生活。

然而,按照萨满法师的说法,天地冥三界有各种恶魔,天魔妒英才,地魔妒天爱,人魔嫉妒一切比它强的人。从天上到地下,曾经逃脱过死神魔爪的美丽天鹅早已被恶魔盯上。当萨日娜十五岁、巴图十七岁的时候,在天空飞翔的小巴图天鹅情侣突然遭到"海东青"的偷袭。海东青是一种大型猛禽,被清廷皇族称为"万鹰之神",虽然它体型比天鹅要小一些,但飞得极快,喙爪极锋利,还凶猛好斗,像狐狸一样专攻天鹅的长脖颈,是天鹅最危险的天敌。蒙古草原并没有海冬青,它产于东北海滨和松花江一带的森林中。清廷皇族喜欢把这种猛禽驯化成专门猎杀草原天鹅的猎鹰,具有白毛爪子的海东青为上等。这种猎鹰还特别喜欢猎杀雌鹅,因为雌鹅个头稍小、肉更嫩。额仑草原东北部的索岳尔济山林区是皇家猎场。夏季,皇族子弟有时会架鹰顺道南下来额仑草原猎杀天鹅。这天,几个皇族猎手认准了一对最耀眼漂亮的天鹅,抛出一只白毛利爪的海东青。空战中小巴图拼死护救爱妻,啄撞拧咬,激烈拼杀得白羽灰羽满天飞,啄咬得鲜血喷溅如红雨。战至终了,一对天鹅和一只猎鹰先后落地落水。被海冬青双爪抓住长脖,并被钩喙撕破脖颈的天鹅公主落地后,立即被几匹皇家大猎犬叼起拖走邀功,小巴图和皇家猎鹰落入湖中不知生死。猎队扬长而去,返回索岳尔济山皇家猎场。

当地上的天鹅情侣得到马倌急奔传来的噩耗，两人跳上马，疯鹅一般冲向现场，搜遍草地找到了大摊血迹和羽毛。两人又哭又叫地奔向湖边，见远处湖水漾起丝丝涟漪，水面上有一伤鹅奄奄一息，在轻微地扇翅扑水挣扎。巴图脱掉马靴衣裤，拿着套马杆，走进湖中拼命呼喊。一直走到水面齐胸，才用套马杆勾住那只鹅拉到眼前。它已遍体伤口，胸肌撕裂，浑身血水。巴图看到它的脚腕上拴的马鬃细辫和蓝绸带，才确定是小巴图。

巴图在水中，萨日娜在湖边，两人呼天抢地。巴图双手举着鹅向岸边快挪，然后上岸穿衣。巴图抱鹅，两人骑马急奔向萨满法师米希格的蒙古包，精通萨满医术的老法师用草原特效菌类干粉——马勃止血粉才把小巴图再次救活。可是，它的右侧胸部肌肉缺损一大条，右翅无法伸展。此后小巴图再也不能飞上蓝天，再也没有美丽的公主爱侣陪伴了。一向快乐健壮的小巴图变成了濒临死亡的重伤鹅，终日默默无语，有时又会疯癫似的猛扇独翅，哀叫不止。两兄妹惊恐地昼夜服侍安慰它，不知流了多少泪，才让它从绝望中渐渐走出来。那些日子，苏米亚阿爸由于年老，又伤心过度，旧病突然加重。萨日娜为了给阿爸治病，听信了小胜奎商号推荐的办法，不得不把牛羊一群一群地交给他们，去旗里请来名医，购买名贵药品。巴图成为帮萨日娜支撑这个艰难家庭的支柱。

让两人稍感宽慰的是，小巴图的英名传遍了额仑草原。是它用坚硬的喙啄昏了皇家猎鹰的头，再狠命拧断了鹰的一扇翅膀的骨头，让它栽到湖水里淹死了。后来一个马倌在湖边饮马，看到被湖水冲上岸的白毛死鹰，他下马查看了这只鹰，才知道它是怎么死的。小巴图和公主的四个孩子，被它鹅姐妹的一对鹅夫妻收养。萨日娜和巴图在偏僻的湖边多次见到一个有许多小鹅的天鹅大家庭。

此时，巴图和萨日娜知道他俩将与小巴图终生为伴了。在初冬，它不能南飞，只能在家里和其他落单的小鹅一起过冬，春天再把它放到湖里。他们也常常会到湖边去看望它，只要叫它几声，它就会慢慢凫游过来。它也始终只在这片水域生活，不会到其他地方去。

但是，当萨日娜和巴图跟随部落迁离湖边草场、搬往秋季草场的时候，就只能隔很长一段时间来看望它。秋季是两人揪心、痛苦和挂念小巴图的季节。萨日娜最怕小巴图上岸来找她，因为狐狸都知道湖中有一只不会飞的重伤鹅。只要它一上岸，就必死无疑。

每年深秋，湖水越来越冷，当小巴图仰望天鹅开始南飞的时候，并不会绝望。它知道阿爸阿妈会准时来到湖边把它接回家的。天鹅亲戚们也不会为它担忧，一些被草原人救养过的天鹅会在它头顶鸣叫并绕飞几圈，向它道别。萨日娜和巴图总会在天鹅们刚刚南飞的时候把小巴图接走，以免它感到孤单。他俩有一个用粗柳条做的天鹅棚。构架很简单，只是一捆二十多根、四五尺长的粗柳条，一端用马鬃绳松松地绑住，再把另一端打开，像一把半开的伞那样放在地上，再围上两层毡子，地上铺上厚厚的干黄草和碎羊皮。几个救养落单小鹅的萨满法师也都有这样的棚子。搬家时，拆棚也容易，柳条支架和大毡一打捆就可以装车，只是运鹅比较麻烦，需要一个大柳条筐车装鹅，再用大毡盖住整个车筐。在冬天，这种毡棚就是小鹅们的家。晚上依偎在小棚里睡觉，白天可以走到棚前一小块铲净了雪的平地上活动。如果救养的天鹅少，就不用搭柳条毡棚，小巴图就和萨日娜同住一个蒙古包。

阿爸曾告诉他俩，天鹅是不太怕寒冷的大鸟。它们的羽绒厚密抗寒，表层的羽翅致密防风。它们可以飞越喜马拉雅雪山，可以在高寒的雪地上睡觉。天鹅之所以每年要飞到南方过冬，主要是为了寻食。因此，在蒙古草原的冬天，小巴图和其他小鹅只要有充足的食物，就能在毡棚里度过严冬。

然而，这样的日子没有持续太久，萨日娜的天就塌了下来。她的阿爸走了两年之后，巴图为了救她也走了，她的灵魂便跟随情郎巴图一同飞离人间。但当她看到白云一样的小巴图还顽强艰难地活在这个世界上，如果她的身体和灵魂一起走了，那在长达半年的冬季，谁还能代替她喂养它？小巴图已经失去了自己美丽的公主和两位最爱它的亲人，如果再失去唯一的她，它还能活下去吗？

每当萨日娜心里感到冰冻般寒冷的时候，她必然会去看望小巴图。她和它是在这片草原上相依为命的人鹅母子和伴侣。

萨日娜连续呼喊，过了一会儿，湖面上传来小巴图的叫声。她从芦苇缺口处望过去，一个白点正向她慢慢移动。它的右脚蹼在那次殊死空战中被猎鹰抓豁，只剩下一半黑蹼了。凫水划游起来特别吃力，还很不平衡，像单桨的小船，一边一使劲，小船就会拐弯。它急于游过来，但又只能让那只健全的脚蹼轻轻用力，而使劲划那只"残桨"。

伤残的英雄鹅终于一瘸一拐地上岸了，它扇着一个巨大的翅膀，欢叫着用"单臂"拥抱妈妈。天鹅姑娘蹲下来抱住它，小巴图用长长的脖颈缠绕住萨日娜的脖子，从左边一直缠绕到右边，架靠在她的肩头，把头贴在她的脸颊旁，在她耳边发出一声比一声低的"额额、叩叩、额额额额"的哭声。萨日娜用一只手按住鹅头，就像两只鹅那样拥抱哭泣，互相安慰。

萨日娜细细地检查它身上的十多处伤口：右侧胸部凹陷下去一块，与左胸很不对称。小巴图真是死里逃生，从这里再斜着往下去一点点就是心脏。她很怕摸这个伤口，就仿佛直接摸它裸露的心一样。凹下去的伤口表面，一根新毛也没有长出来，到冬天最容易受凉。这样的重伤天鹅怎能托付给他人？她又仔细查看，在天鹅最容易被猎鹰、狐狸得手的长脖颈上，也有两处叨咬伤，每个伤口旁边又都是脖颈大血管，只要被猎鹰的利喙利爪撕破，那小巴图的血就会迅速喷光。她一遍遍拨开羽毛再细心看，除了伤残的脚蹼，其他的伤口恢复得还算好，有些伤疤的颜色已经比较正常了，有的还能被羽绒勉强覆盖。检查完伤口以后，她拿出马蹄袖大小的一袋上好麦粒，倒在手掌里，一点一点地喂它。草原不产麦粒，这是草原牛马羊最金贵、最爱吃的食物。以往阿爸和萨满法师要花费好几只牛羊，才能从商队换来几大袋发霉瘪缩的马料麦粒，要放在清水里用力搓洗再晒至干透，才能喂天鹅。可巴格纳却能给她送来这么干净饱满的麦粒……往后一定要多给小巴图吃些这样的好食物，最好能持续不断地喂它，让它的残体恢复得更快一些。光吃湖中的水草，它的身子一直孱弱，要够到浅湖底的水草，尤其是养分更多的草根、蒲根，是要花费很大力气的，而小巴图的力气显然比从前小了一半。它的伤势太重，需要经常安慰、照顾和加喂好食，可是当部落迁场搬家，就很难坚持下去。

小巴图马上感到了妈妈的哀伤和无奈，又把脖颈缠绕到妈妈的脖子上磨蹭，再抬起头把长颈弯成半圆，对着她发出"额额额、叩叩、阔阔"的声音。

萨日娜轻轻抚摸着它的曲颈，心中的情与歌又涌到嘴边。她伤心地吟唱着她的《天天的天鹅》：

> 天鹅曲颈天天问，
> 天天体贴问候情侣唯天鹅。
> 心净灵净天天相互洗浴净白羽，
> 圣洁天鹅始终远离尘埃俗污浊，
> 相聚清湖宛若佛界莲花朵连朵。

天鹅引颈天天唱,
天天爱唱爱听一首歌。
古老鹅歌传唱万万代,
虽难媲美百灵千啭百回曲调多,
祖母告诉我,
鹅歌却是千古一歌"永爱我"。

天鹅昂颈展翅天天舞,
暮年仍旧天天忘我对舞"勿忘我"。
直到无力相伴远途飞,
藏起天鹅最后的憔悴,
双双飞向永无鹰兽人迹的芦苇泊。

唱罢,两鹅绕颈抽泣……

8

帖木真（成吉思汗——引者注）到家以前，也速该额篾（成吉思汗之父——引者注）已经与世长辞了。

贤德的兀真额克，
把自己聪明睿智的儿子，
经常靠着野韭菜养活，
使他成了一国之主；
刚毅的兀真额克，
把自己承受真命的儿子，
用小鱼儿抚育成人，
使真命天子即了汗位。

——朱风、贾敬颜译《汉译蒙古黄金史纲》

美丽的夫人（成吉思汗的母亲诃额仑——引者注），用韭、野韭养育的挨饿的儿子们……

他们坐在母亲斡难河的岸上，整治钓钩，钓取有疾残的鱼。他们把针弯曲成钩子，钓取细鳞白鱼……他们结成拦河鱼网，去捞取小鱼、大鱼。他们就这样奉养自己的母亲。

——余大钧译注《蒙古秘史》

二十多天后，当札那和儿媳斯琴高娃坐在四壁粉刷得亮白的小餐室里大吃炸鱼的时候，已经认不出原来的那个额仑乌拉盖客栈了。

房屋已被修葺一新，房顶的杂草被铲除，又苫上了一层近两指厚的新泥，房屋的外墙面也用薄泥抹平，客房内墙壁被刷白，窗户全都糊上了新窗纸，旧店的工房后面又贴着院墙开了一排员工房的地基。整个院墙被新草泥加高了一尺，又与旧墙衔接得浑然一体。原来坑坑洼洼的停车场也被填平。在院子西墙外面加开出一片有原来院子三分之一面积的新院子，用厚石片砌了两排新库房和一排工房石墙，已高两尺。库房前的空地上堆满了用作横梁的原木。大盛魁派来的二三十个民工正在紧张地忙碌，一些民工正在脱土坯，还有一些人赶着牛车，正从西北山谷的旧采石坑往客栈运石板、石料，院外旁边的草地上支起了几顶民工住的大帐篷。老院旧库房里码放着许多大盛魁商号的日用商品备货，还隔出一间作为设有柜台的商铺；伙房里摆放着五六大罐部落送上来的羊油，案台上是两只刚杀好、净膛的肉羊。院外菜地的杂草被铲除，新菜畦与老菜地已连成一片，菜芽嫩绿。西院外五六里的山坡草地上，扎着一个新搬来的蒙古包，不远处是一群羊和一百七八十头牛。牛群里有奶牛，为蒙古客栈的奶茶提供新鲜的牛奶，也有用来替换商号牛车队里疲牛病牛的大犍牛。

大盛魁商号也已快速为札那客栈配齐了全套人员：库房收货、验货、发货的主管林夏和两个店员，客房的主管和五六个清扫洗涤帮工，伙房的两个师傅和两个厨娘，以及一个全院的勤杂工。老张仍为客栈的代理管家，老张媳妇降为帮厨，小王和莫日根管捕鱼、运鱼和干杂务。大盛魁商号为了亲近和尊重草原蒙古人，让草原客栈的店员伙计，不论是不是蒙古族，一律穿蒙古服装，并尽量讲蒙古话，深受旗府官员和牧人的称赞。

巴格纳向札那详细讲述了开业经过，又讲了与大盛魁的合营方案：客栈的客房、餐饮收入全归客栈。客栈与大盛魁商号合营后，分店的基建费用由大盛魁投，而新旧库房的收入三七开，大盛魁拿七，客栈拿三。大盛魁为客栈开业投的修缮和物资费用，半价折算。客栈自己盖建的一排新房，客栈自己出资，大魁盛先出工修建，等以后客栈有足够赢利的时候再按成本价收取。

札那三口炸鱼，一口酒，满意地说：成。这样合营公道合算，双方都有厚利，他们让的利还真不少啊。这么说，客栈开业，咱们一文钱也没出，就开得红红火火。巴格纳，你真比我想的还能干，不愧是经商七八年的蒙古贵族后代啊。

巴格纳连忙避开功劳，解释道：我没那么能干，是我运气好。还是您的名气大，名声好，人家才敢下大本。他们让一些利，也为了让客栈赶紧上道，对双方都有好处。

札那笑道：你不喜欢说大话，也不表功，是个心里装着大事的人。

巴格纳说：我小时候，阿妈常对我说，阿爸生前一直希望我长大以后虚心学习、用心做事，记住"小器易盈"这句汉话。所以我一点也不敢大意，生怕哪里出错遭灾。这会儿，我心里是装着大事，就是要尽快帮萨日娜还清高利贷，要不咱们乌珠穆沁部落最了不起的歌手，就要被卖身为奴了。真到那个时候，我就会离开客栈跟她走，她上哪儿，我上哪儿，做苦工、卖苦力去服侍和照顾她了。

札那叹息道：白依拉已经跟我讲了这件事。大伙都心疼她、想帮她，可是真有办法能帮她逃出火坑的，兴许只有你了……

图雅端着一盘炸鱼进了屋，把盘子放到桌上，说道：阿爸，阿爸，斯琴高娃，你们再来尝尝我亲手炸的鱼。

札那阿爸和斯琴高娃很是吃惊，都没想到家中的小公主竟然会做炸鱼了。于是赶紧下筷夹鱼吃了起来,连说好吃、好吃。斯琴高娃笑道:我还是第一次吃图雅做的东西哪,跟其木格做的一样好。札那也乐道:我的宝贝女儿大有长进啊!

图雅开心地蹦蹦跳跳绕到阿爸身后,搂住他的脖子,用自己干净白嫩的脸贴在阿爸长满胡须的脸上使劲蹭,还在老阿爸脸上响响地亲了两下,叫道:阿爸,阿爸,我可想您啦。这些日子我忙坏了,这儿太好玩,除了炸鱼,我还跟巴格纳哥哥学会好多事情哪。我都不想回部落了。

白依拉笑道:图雅妹妹是忙坏了,她喜欢上了客栈,还喜欢抓鱼吃炸鱼。哪个商号的车队过来,她都先去拦住,挑选自己喜欢的小玩意儿。

图雅搂住阿爸的肩膀不停地摇,说道:大伙都说,您请巴格纳当掌柜太对啦。巴格纳哥哥的本事大着呢……阿爸,在蒙古包洗澡不方便,没那么大的锅烧水,也没那么大的木盆。您今儿就在这儿洗个澡吧,客栈有大木盆,我已经让其木格烧了热水,可舒服啦。

图雅不让别人说话,又跑到白依拉身旁,笑问:大哥,斯琴高娃来了,你让她在客栈多住几天吧。你俩住我的房间,我去其木格那儿住。你咋回事啊,都这么多年了,还不让斯琴高娃给咱家生个漂亮灰眼睛的娃啊?我都等急了。

白依拉说:你还不知道嘛,我主管咱家的四群马,八九个马倌,整天整夜不着家,斯琴高娃能怀上吗?你们没发现吗?咱们旗和部落的蓝眼睛、绿眼睛还有灰眼睛的女人,特别难怀上孩子,生出一个蓝、绿漂亮眼睛的孩子就更难了。黑眼睛的女人,一生就是三四个、四五个。可是眼睛最漂亮的女人,顶多生一两个,有的连一个都生不出来呢。假如生下两三个,最多只有一个是绿眼睛或蓝眼睛的娃。道尔基部落的娜仁其其格和萨日娜,不也是家里唯一的蓝眼睛和绿眼睛姑娘吗?

图雅又搂住了她从小最羡慕的全苏木第一美人斯琴高娃,不停地轻吻嫂子那两只美丽的灰眼睛。蒙古突厥人的灰眼睛,像天下最润亮透明的玉。乌珠穆沁草原灰眼睛的女人比绿眼睛姑娘还要少许多,她也就美得更加出众。当然就被札那家最有可能继承贵族爵位的长子白依拉抢到了手。

图雅咯咯笑道:巴格纳哥哥你过来看看呀。斯琴高娃的这双灰眼睛可神啦,会变颜色。这边看是灰绿色的,那边看是灰紫色的,太阳下看的时候是灰粉红色的,月光下看的时候是灰蓝色的。每次看都不一样。

巴格纳一听,也睁大眼睛,好奇地侧偏了头从两边看了两次。果然,从不同位置看,灰眼睛的颜色就稍微有些不同。他看的时候,那双迷人的大眼睛立即抛来勾魂的目光。他马上坐正,说:真神了,我以前咋就没看出来呢。

斯琴高娃微笑道:巴格纳,那你就常回家看看我吧,我让你看个够,你也得让我看个够。

札那又吃了一条炸鱼,喜得连连说:越吃越想吃,真是吃不够。炸鱼这玩意我最爱吃,咱家的炸鱼比旗里饭馆做的还好吃,狼给的鱼能不好吃吗?常常吃些大汗吃过的鱼,能让咱们黄金家族的后代不忘蒙古人当年的艰难,也能让咱们沾上大汗的神气和运气啊。

他又想了想说:我也有好些年没痛痛快快地洗一回澡了,今儿我就洗一回。吃完就洗。

斯琴高娃说:我也要洗。

图雅说:成。前些日子,我还让巴格纳哥哥把一间离伙房大灶最近的客房改成洗澡间了。

由巴格纳伺候着洗完澡，又由图雅陪着一起回房的时候，札那觉得自己仿佛年轻了十岁，甚至还有去看望远方老情人的冲动。然而，走进房后，坐下来，他忽然变得神情凝重。

图雅问：您那么多年没好好洗澡了，是不是一下子累着了？

札那叹了口气说：先吃大汗吃过的鱼，后洗大木盆的热水澡，再住在冬天不怕风雪的土房热炕上，在蒙古包可过不上这样舒坦的日子。草原老人都说，草原是挡不住定居的。定居在向草原一点一点地挪，一些草原人自己也越来越喜欢定居。草原人一定居，草原就死喽。一旦草原变成沙地，在沙地上还能定居吗？这些年察哈尔、土默特、鄂尔多斯，还有科尔沁旗府贵族和官员都贪恋卖地捞钱，租地收租，大量放地招垦。内地无地农民也拼命往草原迁，太可怕啦。

巴格纳说：我也担心这件事，咱们乌珠穆沁旗最遵从圣主成吉思汗的法令，严禁在草原定居，只有客栈可以例外。要不草原人没有茶盐布粮，没法卖牛羊，也活不好。

图雅说：阿爸，巴格纳哥哥，你俩别担心。我就不让人在客栈外面盖房子，谁盖我就告官府，官府不管，我就带人去拆。这是部落的草场。

札那对巴格纳说：图雅到客栈没多少日子，长进不少啊。跟你学做生意是能学到地道东西的。蒙古人的育儿经是把长子和其他儿子放到战场去打头阵，只有这样贵族才能成为真贵族。要不成吉思汗为啥把儿子都放到前方战场上去战，不把他们放在后方宫帐里养？要不他的四个儿子咋能那么厉害？看来我得把娇生惯养的图雅放到客栈练练了。不经商，蒙古就强不起来，但经商又非得盖客栈和库房，蒙古人要保住草原难啊。

体魄强健的白依拉和美貌的斯琴高娃在洗澡间里的夫妻浴，洗

87

了好久。由客房改成的洗澡间，洗完便可上炕，两人洗得惊天动地。幸亏工地的噪音搅浑了声音，要不民工们就要围过来捅破窗户纸，大看草原春宫戏了。不过，离得最近的其木格和莫日根还是听得受不了。这两个像火镰火石一样、一擦就冒火的蒙古年轻人实在忍不住了，只得跑到自个儿的小房里去狂颠暴喊了。草原人如同儿马、骒马的欲火，是油火，不是干粪火，下雨都不怕，还怕人看？新来的厨师和小厨娘都被喊得炒煳了菜，放错了盐。只好去敲门，让他俩轻一点。那门却像是进屋人急得忘了插栓。一敲门，门自个儿开了，厨娘一看，连忙捂上脸，转身跑回了伙房。而大厨师则关严了门，又重重地敲了两下门，然后离开。

图雅再见到斯琴高娃的时候，她如春花初放，娇艳妩媚。脸嫩得像刚钻出地面的白蘑，新鲜光滑诱人。她对图雅叹道：唉，前几年的好时光真是白白浪费了。要不然早就给你生个侄儿了。今儿我洗得好过瘾痛快，嗓子都喊哑了。客栈真是个好地方，你嫁过去一定要把那边的客栈抓到手里，也当个掌柜，那多带劲啊。

图雅说：咱俩想到一块儿去了。

白依拉乐道：洗澡房真亮堂，我的哈敦又白又光溜，让我看了又看，亲了又亲，真像重又结了一次婚。谢谢图雅好妹妹。

斯琴高娃叹息道：白依拉搬到客栈来住了，我也想搬来住，可蒙古包里的事离不开我呀。

图雅笑道：没骗你俩吧。我喜欢的东西，准保你俩都喜欢。等新洗澡间弄好，就更方便了。这些日子我忙得好开心。

巴格纳看到图雅的心思和快乐全在客栈上，好像忘记去看萨日娜的事情，心里骤然冷得像客栈那口深井壁上的残冰。虽是夏天，但额仑草原上的阳光，仍然晒不到、化不掉它。此刻，沉浸在悲伤天鹅情歌中的萨日娜，应该知道他已经把客栈做得很兴旺。但愿她能相信他的诺言，让她从黑暗寒冷的绝望中慢慢回过头，注意到这里还有一个人，正在拼命为她推开一扇巨冰般沉重的门，露出一道光亮……

大汗香酥炸鱼的名声传递速度赛过黄羊。乌拉盖札那客栈那里有"先洗澡、后吃炸鱼的神仙般的生活"，没几天就让额仑苏木三个部落和其他苏木部落的姑娘小伙、情人恋人以及成年夫妻全都花心痒痒了。又听说大盛魁和客栈合营的分店也在客栈开张，天南海北的稀罕商货啥都有。平淡重复的草原生活，不几天就火热闹腾起来。

三个部落的几位急性大马倌，顾不得带上麻烦啰唆的情人，跨上快马旋风般地奔到了客栈。一进餐室，一坐下就要炸鱼和酒，其他啥都不要。白依拉、巴格纳、图雅、老张和林夏都来陪酒助兴。好酒炸鱼如炸炮，炸得大马倌们大呼小叫，乱拳砸桌，连吼好吃好吃。嚼鱼嚼得油渣横飞，喝酒喝得狂时比谁的情人多、情人美，又大唱草原上毫无遮掩的放荡情歌。

炸鱼诱人，情歌撩人，老张几杯酒下肚，酒兴大发，自卖自夸，底气旺足。他举杯高叫道：这些日子我和厨师还有几个帮工吃炸鱼吃得太痛快啦，就凑了几句顺口溜，想让来往过客帮咱客栈吆喝，把咱们客栈的招牌菜传遍草原城乡。我来给大伙念念，蒙汉都有啦：

天上飞龙瞅，地上炸鱼肉。
皇上够不着，大臣吃犯愁。
东海大黄鱼，
比不上乌拉盖河野鱼滚羊油。

汉人听音，蒙古人听意。听后众人高叫：好、好、好、对、对、对。这么好吃的炸鱼，就得吆喝。不吆喝就成瞎鱼啦！

众人边高声吆喝，边痛饮猛嚼。

巴格纳听后却惊出一身冷汗，又是"天龙"，又是"皇上"，还吃不到地上的野鱼肉。虽然只是打油诗，却可能被告密小人挖出诗中天龙想吃癞蛤蟆肉还吃不到的影射。那可就要触天条、犯大忌，而且是藐视皇权、"大不敬"的杀无赦之罪啊。巴格纳暗叫不好。

他立即举杯起身高声说道：顺口溜，赚吆喝，就得让人听明白。不明白就吆喝不远。"飞龙"是东北林区的一种珍禽飞鸟，名叫榛鸡，跟咱们这儿的沙鸡差不多大，肉特别鲜美，是进贡皇上的贡品，皇族最爱吃。可蒙古草原人不知道也听不懂，以为飞龙就是神庙里腾云驾雾的龙和真龙天子的龙。还有，皇上高高在上，大臣下跪磕头。大臣是不能和皇上并列并排的，王公和大臣才能平起平坐。这样吧，我来改几个字，就能让客人听得明白，也就会传得更快。大伙听好了：

  天上飞鹰瞅，地上炸鱼肉。
  王公够不着，大臣吃犯愁。
  东海大黄鱼，
  比不上乌拉盖河野鱼滚羊油。
  吃过准回头。

众人听后高叫：好、好、好，比前面那个更好。

老张说：特别是"吃过准回头"，这才吆喝到点子上了。我咋就没想到呢。到底是巴掌柜见过大世面，厉害啊。

白依拉也听出了巴格纳的担心，长出一口气，说道：往后，谁也别乱说、乱写、乱吃喝。"皇上"能放在嘴上乱吃喝吗?

巴格纳对分店的主管林夏说:那就赶紧用蒙汉两种字写在牌子上,挂在几间餐室里。让蒙汉客人到处传,就不会传错了,有牌为证。掌柜就要掌管大事,大事不出错,小事都好办。

巴格纳背上几缕冷汗像蚯蚓一样游进裤腰里。

酒宴散后,白依拉对巴格纳说:我知道你天天想念萨日娜,稍有空闲,你眼睛就发直。我也惦记她呢,你还是和图雅去看看她吧,让她过得松快一点。客栈的活儿,我也能明白一些了,有老张和林夏在,你和图雅离开两天也没事。明后天你俩就骑马去一趟吧。你当上了客栈掌柜,是应该去宽慰宽慰她。她谁也不见,但只要图雅带你去,她不会不理你的。

巴格纳感激地说:太谢谢你了,你一定要让图雅和我一起去,要不我真不敢去,怕她犯病。

夜里,巴格纳一直在想给萨日娜带些什么东西去,像蒙古女式单袍那样的东西他再也不敢送了,但可以让图雅送,图雅一定会送给她好姐姐很多好东西的。可是他应该给她送些什么特别的东西呢?除了麦粒还有什么呢……他马上想到了鱼,天鹅像蒙古先祖一样,天生爱吃小鱼儿。给天鹅姑娘带去鱼,既可以亲手给她做炸鱼,让她和两个小弟弟吃到额仑人谁都赞不绝口的美味,更可以剁碎鱼拌在麦粒里喂她的宝贝天鹅。她那儿湖里的鱼准保没有乌拉盖苇塘里的鱼多,这里的人又不会捕鱼。这应该是她心里最想要的好东西吧。还可以到客栈的菜地里去割几把嫩青菜,切碎后拌进鱼麦里,那就更是草原天鹅的圣餐美食了。

他想得半夜未眠。

9

蒙古民歌《薇林花》("薇林"的蒙古语意为云朵,"薇林花"即云朵花,蒙古姑娘名。——引者注):
没有阴云的月夜,比白天还要晴朗;
聪慧的薇林花,比那泉水还要清澈。
……
细小的针尖,能穿透千层的靴底;
美丽的薇林花,常常进入人的梦里。

——《中国民歌集》

两天以后的上午,巴格纳和图雅骑马向萨日娜的蒙古包急行。图雅在马鞍后面驮了一个大包裹,里面装有漂亮的女式蒙古单袍、缎腰带、内衣、一双女式蒙古靴和两双男孩穿的小马靴。这些东西都是图雅、白依拉和巴格纳在客栈分店挑选的。巴格纳带了二十多斤鲜鱼、三十多斤麦粒、几大把嫩青菜、一铜壶羊油和一小包花椒粉,分别装在两个麻袋里,也驮在鞍后。他怀里还揣着一包花生糖。

图雅嬉笑道:要是萨日娜姐姐是个从来没有订过婚的姑娘,准保要被你追到手。全苏木的人都争着抢着到客栈吃炸鱼,可客栈的巴掌柜却亲自带着鲜鱼,这么大老远的专门去给天鹅姑娘献炸鱼。

三个部落的姑娘要是知道了,那还不得羡慕死啦。这次斯琴高娃来客栈,一听说你接手客栈就是为了萨日娜,她高兴坏了,她说她早就猜到你是为天鹅姑娘来当客栈掌柜的。她那张快嘴只告诉几个女人,不几天就传遍三个部落。大伙都说,在草原上,爱火比啥火都旺。这回客栈有爱火烧着,那准能烧旺,再也不用担心客栈会关门歇业啦。

巴格纳连连摇头说:可是我知道,萨日娜是谁也追不到的,客栈再红火,也追不上。她心里只有巴图。

图雅叹道:那你俩先交个朋友吧,然后再慢慢等。唉,等上十年八年,兴许还是不成。我知道她有多爱巴图……

巴格纳说:别的我也不敢想了。最要紧的,还是先把她的债还清,把她的命和自由身保住。

两马驮着重物,两人不急不缓地让马儿自个儿掌握速度。巴格纳望着夏季草场满山满坡的青绿草浪,倾听远处传来的牧人长调颤音,说:图雅妹妹,你上次唱的那首狼歌真好,越听越想听,还很耐琢磨。蒙古草原辽阔,牧人放羊、放马,几十里看不到人烟,太孤单了,不唱歌怎么活啊?蒙古人天性爱歌。我是孤儿,更爱歌。今儿请你再给我唱一首狼歌吧。

图雅笑道:好啊。我也看出来了,你是个特别爱歌懂歌的人,怪不得你拼命追求萨日娜。老人们都说,几十年来就数萨日娜的歌最好。她爱天鹅,她的歌像天鹅一样,情比北海深,爱比蓝天高,飞得比草原广。我一定要告诉萨日娜姐姐,你俩都爱天鹅又爱歌,按说应该能成为好朋友的……我和萨日娜姐姐还有一首儿歌,叫《腾格里和小羊羔》。这是我们俩听了米希格法师讲的一个故事,后来费了好大劲才把它写成了歌,这首歌应该算是我和她两人合着写出来的,后来米希格阿爸也帮着改过。好长呢,我不知道还能不能背唱下来……

巴格纳惊喜道：是长歌啊？太好啦。我又能听到萨日娜的歌了。快快，快唱给我听。

图雅说：好吧，我唱啦——

萨满法师讲故事，最最爱讲腾格里。
长生天，腾格里，一天降临青草地。
草原百兽慌聚集，齐齐叩拜腾格里。
小羊羔，不知礼，蹦着跳着问天帝，
大灰狼，坏东西，经常掏羊好得意，
还说这叫遵天理，你说让羊生气不生气？

天帝说，小羊羔，是你错。
青草地，是地母，天父地母是夫妻。
羊群猛啃青草地，就是伤害我老妻。
为保碧绿大草原，只得派狼减少你。

小羊羔，好可怜，低下脑袋没脾气。
天帝说，你无罪。有罪就怪人贪癖。
人贪心，增畜群，压得地母难喘息，
只好降雪训人群，以防青草变沙地。
只是牵连小羊羔，让我心疼施无计。

我爱小羊羔，更爱地母青草地。
羊群草原两难弃，
拜狼恨狼、好心坏事缠一起。
萨满法师最后讲，

草原大命不可欺，尊天做人最最不容易。

巴格纳大为惊讶，说道：这哪是儿歌？这是萨满的天歌啊。萨满真厉害，从小就给蒙古孩子讲腾格里和草原的天理。

图雅姑娘快乐地说：萨日娜姐姐也很喜欢这首歌。

巴格纳问：萨日娜准保懂这首萨满儿歌里面的意思。可是，你懂里面的意思吗？

图雅姑娘想了想说：还是懂一些的。腾格里是草原人的阿爸，草原是蒙古人的阿妈，都是大命。草原阿妈的大命要是死了，草原上的人狼天鹅牛马羊，这些孩子的小命都得死。保护草原阿妈就是腾格里天帝交给人、狼和天鹅的大差事。对吧？

巴格纳笑道：你真是个萨满小法师。怪不得，我干啥活你都真心真意帮我。我干的那么多的事情，说到底就是一件事，听腾格里阿爸的话，保护草原阿妈。没有阿妈，咱们的小命都活不了，我也不能帮萨日娜逃出火坑，那我的小命就真的活不成了。萨日娜和你的这首歌真往我心里去啊。你俩的歌只要一唱到我的心里，就会长在里面拔不掉了。

一路上，巴格纳让图雅一遍一遍地教他唱这首歌。

看到萨日娜的蒙古包，两人加快马步，图雅大喊：好姐姐，好姐姐。我俩来看你啦。

两人下马、拴马、卸包。萨日娜走出门，眼里喜泪涟涟，像朵被湖水浸湿的天鹅羽绒花。她拥抱图雅频频亲吻，说道：好妹妹，你总算来了，我好想你啊。

图雅从怀里掏出一块柔软轻薄的布巾，给萨日娜擦了擦泪水，笑道：好姐姐，我也好想你啊，可我在忙客栈的事呢，脱不开身。

那儿可好玩了,乌拉盖河的狼,给客栈送了好多鱼哪……

萨日娜说:都听说了。一直想去客栈看看,也很想带弟弟去吃炸鱼,可就是没马啊。手头的活计也压得太多。

两姐妹说了一会儿话,萨日娜才转过头给了巴格纳一个淡淡的笑容。

图雅笑道:对不起,我给你带来一个喜欢你和你歌的人。这个人跟前面的那些人不一样。我阿爸已经把他当儿子看待了,他这会儿也是我的好哥哥啦。

萨日娜说:我见过他好几回了。然后对巴格纳说:我替两个巴图和天鹅们谢谢你。你送来的麦粒真好,粒粒饱满,还没有霉味。

巴格纳第一次听到萨日娜带着微笑的感谢,很感意外,慌忙说道:不用谢,不用谢,敬拜英雄和天鹅是蒙古人的天性。我又给你带来了三十多斤好麦粒,还有一大袋喂天鹅的鲜鱼和两大把嫩菜。

是吗?萨日娜眼里露出些许绿宝石光芒般的欣喜,说道:那太好了,给我看看。

巴格纳连忙弯腰解开麻袋,萨日娜看到了新鲜的鱼,就像天鹅吃到了小鱼儿那样开心,连忙说:待会儿咱们就去湖边,我把天鹅叫来,把鱼给天鹅吃。这儿的水里没有这么好的鱼。天鹅主要吃水草,也爱吃小鱼儿,可是抓不到这么大的鱼。我还得把鱼切碎,再拌上麦粒嫩菜喂鹅。从前我看阿爸做过几次这样的好食,那时候有个猎人会用弓箭射鱼,箭杆上拴上长线,也能拉上来一些鱼。他就向猎人要了几条。天鹅最喜欢吃麦粒嫩菜拌碎鱼了。

图雅说:你不想吃炸鱼了啊?巴格纳可是专门来给你和弟弟做炸鱼的,连羊油和佐料都带来了。咋也得留点吧?

天鹅姑娘一心惦念着虚弱的小巴图和饿瘦了的天鹅阿妈阿爸们,忙说:那就留下一半做炸鱼吧。夏天,鱼放不住。这么新鲜的鱼,先喂鹅。小巴图的伤很重,到这会儿还在养伤,太需要新鲜鱼肉和麦粒了。我这就来切鱼。

图雅有些失望地说:好吧。

巴格纳却很高兴,说道:我很想看萨日娜喂天鹅。等咱们喂完回来,就给你们做炸鱼。我先教弟弟咋收拾鱼。

几个人把几大包东西搬进蒙古包,巴格纳从怀里掏出一包花生糖递给两个弟弟,然后教大弟弟额利刮鳞去鳃去内脏。图雅打开包裹,把里面的袍子靴子拿出来给她和弟弟。萨日娜感慨道:谢谢好妹妹,只有你送的衣袍靴子我才敢收,要不,我就得不到清静了。

图雅说:我知道天鹅最爱清静。那你就认下这个朋友吧,别的小伙就不会来打搅你了。他跟你一样,爱歌爱天鹅爱清静。

萨日娜笑容消失,没有回答。

活泼的塔娜姑娘一见到巴格纳和图雅来看萨日娜,连忙笑着跑了过来。塔娜家是萨日娜的新邻居。自从萨日娜家丧失了羊群牛群之后,她们一家就被配属给塔娜家,塔娜家是一个只有三四百只羊的小户人家,和别的几家人合着放一千一百多只羊。原先的邻居、家道中落的巴图家,被部落调给有大羊群的一家富户当配属户了。塔娜跟两人亲热地问候过,一见到那么多的鱼,拍着手说:客栈两位掌柜都亲自来给你送鱼,做炸鱼。萨日娜姐姐,爱你的人可真多啊。哈,今儿咱们两家人该美美地吃上一顿炸鱼宴啦。

图雅说:今儿我和巴格纳哥哥还有要紧的事要跟萨日娜说呢。待会儿,我俩给你们家炸一盆鱼,你就把炸鱼拿回家去吃吧。

塔娜立刻说:明白,明白了。

巴格纳说:塔娜,谢谢你上次给我讲了那么多故事。下次你到客栈买东西的时候,我让伙房专门给你做炸鱼带回家。

萨日娜把竖放在两个碗架中间的大案板拿出来,又拿来两个旧的大铜盆和一个蒙古枕头大小的生羊皮口袋,然后拿出四五斤鱼,开始切鱼,并说:剩下的鱼还可以喂两次。给天鹅喂食,鱼肉不能太多,还是要多放嫩菜和麦粒。可天太热,鱼放臭了咋办啊?

巴格纳说:待会儿,我给你在蒙古包外面的背阴处挖一个深一点的坑,像狼埋食那样把鱼埋起来,埋个一两天,不会坏的。

萨日娜微微一笑,说:谢谢你的这个法子,还是让额利去挖吧。

塔娜一边快乐地跟着巴格纳收拾鱼,一边:多少日子了,难得看到萨日娜姐姐开心的样子。巴格纳大哥,你往后就常给天鹅姐姐送鱼来吧,天鹅就是她的命啊。

巴格纳小心地说:是,是。

萨日娜说:客栈刚开业,啥事都离不开新掌柜,他太忙了。还是让咱们十户组去客栈买东西的人,给我捎回来一些生鱼吧。这段日子是天鹅父母喂养小鹅的节骨眼,天鹅阿妈阿爸都饿瘦了,小巴图更得补身子,太需要好鹅食了。

巴格纳低着头说:成,我会经常让马倌和部落的牛车捎给你的。

萨日娜一条一条地除去鱼鳃鱼肚肠,然后切鱼剁鱼。再把剁出来的碎鱼拌上十几斤麦粒和切碎的嫩菜,放在两个大盆和一个口袋里。一切准备妥当,就要向湖边运美味的鹅食了。可是,萨日娜家没有牛,也没有多余的牛车,只有在搬家时部落才会给她家派来牛车。而塔娜家的拉车犍牛都在远处牛群里。姐妹俩只得两人骑一马,萨日娜连忙先扶鞍鞒踩镫上马,再把左脚脱开马镫。然后图雅踩着马镫,巴格纳再双手托着她的腰,把她托举上马,坐在萨日娜马鞍后面。图雅一只手抱住萨日娜的腰,另一只手握着口袋。

巴格纳有点失落,他明显感到萨日娜不想让他托腰,扶她上马。在草原,两个女人骑一匹马,后上马的女人总是需要站在地上的人托举一把，否则要费很大的劲。如果马肚带扣得不紧，第二个人踩镫上马，弄不好还会转鞍，两人都摔下马，还会惊了马。所以萨日娜会先上马、骑马鞍，让图雅后上，这样就可以让巴格纳去托举图雅的腰了。托腰上马，那是阿爸和巴图给她的爱，别人是不配做的。

巴格纳连忙把鹅食盆端给萨日娜。可是她稳稳地接过食盆，只看鱼麦拌食，不看他。巴格纳上了自己的马以后，塔娜和额利再把另一个食盆端给他。好在湖边不太远，可以慢慢走。两匹马都听话懂事，小心小步地走向湖边。塔娜和额利回包继续收拾鱼、洗鱼、挖坑。

三人两马走到湖边，图雅先抱住萨日娜的腰滑下马，又分别接过萨日娜和巴格纳的食盆，放在草地上。萨日娜下马后立即将一个盆与另一个盆拖开三四步的距离，然后让两人往回走了几十步，站在那里不要动，不远不近地看她喂鹅。

巴格纳停住脚步以后对图雅说：要是她唱歌，请你替我把歌的词曲记下来，我也用心记。

图雅点头答应。

萨日娜一闻到湖水和芦苇的清香，便像天鹅昂颈一般挺拔地站在湖边。暖风拂过，夏季白布单袍轻轻飘动。她的前面是额仑草原深蓝透明的天空、晃眼的轻柔白云、浩渺宽阔的湖水、波浪起伏的芦苇，成对飞翔的洁白天鹅和各种羽毛翠艳光亮的水鸟。她再次向天空伸出像天鹅长颈般柔软的双臂，挥动招手，但没有唱歌，而是向在空中翱翔、水面上凫水游弋的天鹅高声呼唤：小鹅，小鹅，妈妈来看你们啦，给你们带来最好吃的东西，快飞过来吧。小鹅，小鹅，妈妈在这里。

远处的天鹅仿佛从白云里钻出，从苇巷里腾起，陆续向她飞来。

蓦然，天空湖面响起一片欢快的"鸣昂——鸣昂——鸣昂"，那是天鹅特有的簧管般喉音颤动的鸣叫。二三十只天鹅呼啸而来，巨大的翅膀像天舟白帆，盘旋在她的头顶，又像庙宇经堂壁画中，在佛像头顶上绕飞的吉祥神鸟。

巴格纳看得迷醉晕眩，他叹道：真美啊，我又看见了天堂和天女，天鹅公主和她的歌一样美。

图雅喃喃道：今年初冬，我也要救养天鹅……

天鹅继续飞旋，好像有半数鹅的脚腕上都拴有马鬃细辫或绸带，那是她阿爸、巴图和她救养过的天鹅。那些脚腕上没有记号的，大多是有记号鹅的爱侣，还有一些鹅的家园在其他的河湖里。天鹅们越飞越低，它们好像看到了鹅妈妈明亮的绿眼睛，也似乎闻到了麦粒鱼香菜丝的香味，张大翅膀飞落下来。刹那间，萨日娜周围的湖面、草地落满了天鹅。它们向妈妈展翅问候后，欢叫着冲过来，团团围住两个大食盆，伸颈埋头抢食。顷刻，两个食盆像是被神女施展了魔法一样，倏地变幻成两朵各有十几片大花瓣的、白色鲜活的天鹅花，而那两个铜食盆就是鹅花的花心。萨日娜天女似的蹲坐在两朵花中间，张开双臂，抚摸鹅羽，将两花勾连起来，像是两朵天鹅花的并蒂枝茎。她抬头望天，舞动双臂，好像要让腾格里、佛祖和她的心上人观赏天鹅湖边巨大的并蒂莲花，并向他们献花致意和表达心中的爱。

巴格纳和图雅被这两朵天下最大最美、最白最亮眼的天鹅花震惊得高叫起来。此刻，他才恍然大悟，萨日娜为什么刚才有意将两个食盆拉开三四步。一定是她一看到鲜鱼，心里先开出这样两朵美丽的天鹅花，再特地做出这两朵硕大醒目的天鹅并蒂白莲花，好让天上的情郎和小巴图的天鹅公主能清楚地看到，并告诉他们，留在人间的情侣依然像并蒂莲那样爱着他们，思念着他们，心连着他们。

萨日娜像花中女王，蹲着身挨片抚摸白花瓣，亲吻她的孩子们，让它们转起来、舞起来，盼望天上的情郎看得更真切一些，听到她花舞中的情歌。她的泪水像清晨莲花上的露珠，顺着花瓣脉络，滴淌到花蕊里……

在喂养催促小鹅快快长大的季节，能吃到在天鹅湖中吃不到的美食，饥饿的天鹅们都开怀猛吃吞咽。不大一会儿，铜盆就发出连巴格纳和图雅都听得到的鹅啄盆的声音。怪不得萨日娜想把更多的好食鲜鱼拿来给天鹅吃，只有萨日娜才知道天鹅湖中喂养小鹅的鹅阿妈阿爸们是多么饥饿辛苦。他责怪自己没能再多带些鱼麦菜来，应该专门牵一匹马来驮东西就好了。

天鹅们终于抬起头，显然，它们没吃饱还想吃，就又围过来，盯上了萨日娜脚旁渗出鱼香菜汁的口袋。她蹲下身子，摊开双手，对天鹅们说了几句话，又指了指不远处那只正在费力游来的鹅。天鹅们伸长脖颈看了看，都明白了妈妈的心意，便陆续飞上天空，在她的头顶上鸣起一片感谢声，飞了三四圈，让开了。

巴格纳的心怦怦地猛跳起来，终于见到那只额仑草原人人敬佩称颂的重伤鹅。他和图雅都忍不住向前走去，要近近地看望这只英雄鹅。小巴图一瘸一拐地走上岸来，萨日娜像拥抱情郎、又像拥抱儿子那样抱住了它，激动爱恋地亲吻、拥抱和抚摸它。小巴图也给妈妈深深的爱：把长长脖颈像围围脖那样围缠了她的脖子。萨日娜用手掌托起小巴图的头，贴在自己的唇上久久不放。两人走到她俩的身边，萨日娜没有责怪他俩。

她的泪水闪着绿光，对小巴图说：别怕，别怕。他俩是我的朋友，是他们给你送鱼来的。你要认识认识他们俩，万一哪天我不在了，他俩会来养你的。

巴格纳的心里突然感到一阵绞痛，全身的血骤然僵凝，吓得说不出一句话来。

图雅慌忙蹲下身,扶住萨日娜说:千万别这么想,我俩都在拼命帮你呢,这会儿他已经是额仑人人夸赞的掌柜,又把客栈办得红红火火,巴格纳哥哥说到做到,再有一两年,咱们就能熬出头了。

为了转移萨日娜的悲伤,图雅伸手去摸了摸小巴图的头,笑问道:小巴图,小英雄。好久没见了,还认得我吗?

小巴图把长脖颈抽回来,友好地抬了抬头,嘴角翘得高了一些,还吻了她的手一下,看来还没忘记她。小巴图又歪着头用一只眼睛盼望地盯看了一眼巴格纳,发现他不是巴图,哀哀地叫了一声,便低下了头。

巴格纳心中一震,怕它伤心,不敢去摸它的头,只得轻轻说道:小巴图也已经很饿了,快给它喂食吧。

萨日娜慢慢平静下来,打开口袋,把已经被鱼汁菜液泡软的麦粒和碎鱼碎菜,一点点地倒在手掌上慢慢地喂。小巴图很惊喜,仿佛想起来这是很久很久以前吃过的好东西,便贪急地吞吃了起来,吃得很开心、很享受。巴格纳感到,萨日娜给小巴图留的这份美食,要比她给其他天鹅吃的分量大得多。她是多么想让这只重伤的天鹅早日健壮起来。她投在小巴图身上的爱,几乎就是她的整个生命。

等到口袋里剩下最后五六口鹅食的时候,萨日娜忽然对巴格纳说:你来喂吧。图雅妹妹已经订婚了,早晚要嫁出去的。你来喂它最好,你俩好好认识认识吧。

巴格纳慌忙接过口袋,把食物挤在手掌上喂给小巴图,它犹豫了一下还是吃了起来,直到把口袋里的食物都吃完。巴格纳急忙把口袋翻过来,让它再啄食粘在布上的残渣。等它吃得干干净净,巴格纳在厚密的草上擦干净手掌,伸手去摸小巴图的头。它轻轻躲了一下,却没有完全拒绝巴格纳的抚摸。显然,小巴图知道,是妈妈让这个人来给它喂食的。

萨日娜说：湖里还有不少我的鹅没有吃上鱼肉麦粒呢。我总是想，要是能进湖里去喂鹅妈妈就好了。

图雅为难道：蒙古人咋会进湖里去啊？巴格纳哥哥，你法子多，你来想想吧。

巴格纳有些迟疑地说：好的，总会有办法的。

萨日娜又抚摸了一会儿小巴图，说：你们好不容易来一趟，我让你俩看看它的伤吧。

她先给两人看了看小巴图脚腕脚蹼上的伤，又拨开羽毛，让他俩看小巴图全身上下的十多处伤，特别是右胸和长脖颈上那几处差点要了它命的重伤，一边含着泪讲述它拼死救爱妻的故事。两人看得倒抽凉气，蹲下身轻轻抚摸它身上的羽毛和伤口。图雅姑娘伤心地把脸贴在它的头颈上，说道：小巴图太像巴图了。看到小巴图这个样子，我就想起亲爱的巴图哥哥。她抱紧小巴图，放声大哭起来。

巴格纳全身微微颤抖。他越来越清楚，只要小巴图在，萨日娜就会有生命的支柱。他仿佛看到了一线希望，对萨日娜说：我一定帮你，让小巴图比会飞的鹅长得更健壮。

终于要分别了。萨日娜深深地吻了小巴图的头颈、眼睛和喙，人与鹅抱着摇着晃着，好久好久才分开。眼前的图景不就是她与巴图相爱相拥时的情景吗？亲眼见到天鹅的爱，巴格纳心中感到深深的疼痛。

三人牵马走了一段，转过身回头看，小巴图还在昂着长脖颈，不舍地望着萨日娜妈妈，扇着一只单翅，困难地向他们"招手"道别。三个人也不停地向它招手。巴格纳的泪水突然滚落衣袍，他不由自主地转过身，跪下双膝，双手扶地，向小巴图拜了三拜。等三人上了马，小巴图才一瘸一拐地走进水里，用"单桨"很快地转回身，继续望着妈妈……

103

回到家里，额利和塔娜已经将喂鹅的鱼埋进深坑，并把剩下的一大半的鱼收拾干净、沥干。巴格纳一边化羊油、调制加盐加花椒粉的面糊糊，一边教他俩怎样炸。等酥香的羊油炸鱼捞出来，每人都吃得大呼小叫，两个弟弟和塔娜开心得像是参加了那达慕大会上隆重的部落聚餐。

萨日娜说：要是巴图也和咱们一起吃炸鱼的话，我会高兴得像新娘那样。

巴格纳对萨日娜说：上次我对你说过的话，我准能做到。今年入冬以前，我要让小巴图常常吃到好食，让它早点康复，健壮起来，让你和它长久相爱、长久生活下去。

萨日娜说：我替小巴图谢谢你。人中的天鹅，在我的心中只有一个，我也盼望你能帮我和巴图永远相爱下去。

巴格纳稍稍停顿了一下，说：会的。我会一生守护你俩相爱的。图雅爱他，我也爱他、敬佩他。

图雅让两个弟弟等一等再吃，然后忙着帮巴格纳炸鱼，并一条一条地盛在一个大盘子里，装了十五六条便让塔娜姑娘端回家。她连声道谢，出了门还在叫唤：两个掌柜亲手炸的鱼，我们全家都得乐晕啦！

五个人重新开宴。巴格纳像个殷勤的厨师，一条一条把炸够火候的鱼夹到每个人的碗里，还特地给萨日娜夹了一条炸得最漂亮、最酥脆的鱼。萨日娜和两个弟弟一条接一条地吃。

额利开心地说：这是这几年咱家吃过最好吃的东西，巴格纳大哥对我们家、对姐姐最好。我都想到客栈去做工了。

巴格纳笑道：好啊，我也想把你接到客栈去。可是你是你们家最大的一个男孩,蒙古包里没有大男孩,是会有大麻烦的。你还是在家帮你的姐姐吧。

图雅说:你姐姐要给富家做袍子,养活一家。好多家务活都要你帮她做。要是姐姐弟弟生病了,也得靠你去找人,请蒙医的。

萨日娜说:这会儿这个家是不能没有他的。而且,阿爸生前早就和长思寺的主持定好了,年底年初,就要送他到长思寺去当小喇嘛,和好几家的孩子一起去。

小弟弟巴特尔说:姐姐和哥哥已经在教我做家务活了。好多活我也会做了。哥哥走了以后,我就是家里的大男孩了。

巴格纳说:你真是个懂事的好弟弟,往后家里有啥急事,就赶紧叫人来找我。

好的。

萨日娜说:我也会做炸鱼了。明儿我要到米希格法师的家去,给他做一些炸鱼,谢谢他,还要分出一些鱼麦菜给他。前几天,一个马倌捡到一只被蛇咬伤的大鹅,送到米希格阿爸那里救养。他那儿更需要鱼麦菜这样的好鹅食。

巴格纳说:我也听说米希格阿爸是额仑草原救养天鹅最多的萨满法师,又是你的老师。那往后我也经常让马倌们给他捎一些鱼麦菜吧。

萨日娜微微一笑,说:那我就替他谢谢你啦。

图雅犹豫了一会儿说:巴格纳哥哥在湖边听过你的一首天鹅歌,可是没有记全,我也从来没有听你唱过。今天就咱们几个,好姐姐,你能不能唱给我听啊?

萨日娜看了一眼巴格纳,想了想说道:那首歌名字叫《天鹅之死》,我很少唱,也不敢唱。每次唱完,我都会难受好些日子缓不过来。但是好妹妹，咱俩从小就一块儿写歌唱歌。你是我最亲的妹妹，你让我唱，我咋能不唱呢。还有，你说的不错，巴格纳跟以前那些来向我求婚的人不一样。除了巴图，他是我见到的唯一一个给天鹅叩头的人。巴格纳，谢谢你能像巴图那样爱鹅，你又喜欢我的歌，那我就多唱一首吧。我先唱这首，歌名是《落单的雪鹅》，这首歌写的是我的一个梦。

巴格纳颇感意外，连忙说：谢谢，谢谢。那次听了你的歌，我整个人都被你的歌裹住了，再也脱不了身。蒙古草原太寒冷，没有你的歌，我会被冻僵的，我盼望被你的歌多裹几层……

萨日娜神情呆滞，眼中充满令人打战的寒意，仿佛进入白雪茫茫的梦境和灾境。她唱道：

雪窝窝，冰窝窝，
落单的小鹅冰雪窝里蜷蜷缩。
身颈陷白灾，头顶降雪祸，
四周冰墙雪壁无处依，
风吹雪沙慢慢将雪窝填没。
绝望小鹅引颈向天鸣悲歌。

天神闻声急唤鹅哥哥，
飞离天宫直降雪原寻到我。
用喙掘出小鹅再掏避风窠，
吻我焐我吐出食物将我救活。
周身初暖君又飞，
冒雪飞向草原寺院求释佛。

> 草原僧人年年为鹅设食台,
> 抛粮救助南飞北归的老弱伤病鹅。
> 鹅哥哥衔来佛家救命食物袋,
> 一次次给我喂补飞翔的力魄。
> 待我新羽渐丰已可雪中飞,
> 带我逃离雪窟飞向绿色的南国。

> 小鹅颈绕夫君涌泪道:
> 谢谢你再一次冒死救我,
> 谢谢你还像从前那样爱我。
> 余下的命都是你给我。
> 夫君啊,请不要只在我梦中救我,
> 明天你回天宫,千万要驮上我。

唱到最后一句,萨日娜伏在图雅肩头抽泣起来,姐妹俩拥抱痛哭。图雅哽咽道:唉,不,不要再乱想了,你这样在梦里苦盼巴图,醒来后一准会更加悲伤难忍……不要再写这样的歌了,你会把自个儿唱垮的。

巴格纳感到自己像坠入雪山无底冰缝般恐惧,急忙说:萨日娜,你还这么年轻,这样有才华。你的命比我们的命更稀罕宝贵。巴图用他的命来救你,是为了让你好好地活下去,如果你垮了,最心痛的就是他,还有……还有所有爱你的人啊……

萨日娜长叹道:如果没有歌,我早就撑不下去了,还是让我唱吧……巴格纳,你听过的那支歌从前我只给天上的巴图和地上的小巴图唱。在额仑,除了小巴图,只有给你们两人和弟弟唱了。

图雅无奈又担心地说:那你就握着我的手唱吧,我的手是热的,可你的手还是冰冰凉。

萨日娜像是站在芦苇空巢上的那只绝望恍惚、心已不在人间的梦鹅，对着月光下冰冷的湖水，唱道：

> 草原上有一只孤影般的天鹅，
> 常年在凄凉湖面对影独舞哀歌。
> ……

歌毕，两姐妹痛苦得似乎已经麻木，凝噎无语，泪水都好像滞流不动了。巴格纳怔怔地望着萨日娜，魂魄早已飞向那凄凉的湖面，真想变成巴图，从水里钻出来，抖净水珠，张开巨大的翅膀把她包裹起来，把她绝望的身心焐暖……

夜里，两姐妹睡在蒙古包的西侧，巴格纳和弟弟们睡在蒙古包的北侧。这一夜，他像是在雪山黑暗冰缝里一头恍惚的梦狼，一次又一次碰壁，无路可寻。

10

清代，额吉淖尔青盐由乌珠穆沁右翼旗、浩齐特左翼旗共同经营，乌珠穆沁右翼旗派钱站（收盐机构）……从外地拉盐，每4辆牛车收取1枚银元。当时钱站雇用当地牧民帮助远途运盐。

——《东乌珠穆沁旗志·商业》

在这五百年中……寒冷冬季是在公元1470－1520，1620－1720和1840－1890年间。以世纪分，则以十七世纪为最冷，共十四个严寒冬天，十九世纪次之，共有十个严寒冬天。

——竺可桢《中国近五千年来气候变迁的初步研究》

炸鱼顺口溜不到两天便传遍了三个部落和附近的苏木。有人还给它配上曲唱了起来。只要一唱"吃过准回头"，谁都忍不住往客栈跑。炸鱼也为整个苏木的贵族和牧人认可，名声越来越大，香气越飘越诱人。于是在它降服了一拨一拨的快马骑手以后，接踵而来的是一批一批的慢骑手，然后就是一帮一帮的老骑手和女骑手，再就是赶着牛车来的女人们。她们一到，洗澡间就挤破了头，都盼望像斯琴高娃那样换肤色、改容颜、增美艳。图雅姑娘俨然被大伙当作女掌柜，她被家族的姑娘、女人们撺掇得一面请施工队在洗澡间西边，再接出一间带隔断的新浴室，一面又叫人拆掉原洗澡间的半个炕，腾出地方，再加了一个大盆。

图雅和老张也随行就市，宣布夫妻如想浴后住宿，可租小客房。商号车队来之前收半价，车队来之后收全价，本部落的人可折价一半或赊账。她还让商号车队加急运送水桶、大木盆和烧水大锅。图雅忙碌又快乐，像和姑娘姐妹们玩集体游戏，累得浑身散架但乐此不疲。巴格纳对图雅姑娘夸个不停。

巴格纳的鱼，图雅的浴，成为客栈收入的两大额外来源，再加上客房和分店的销售收入，不仅支撑起客栈初期的日常开支，还有丰厚盈余。

大盛魁商号原先求之不得的上等牧区特产好货，像狐皮、沙狐皮、旱獭皮、黄羊皮、狼皮、貉皮，还有羔皮、牛皮、厚羊皮、二茬羊毛皮，源源不断地汇聚客栈库房。有些马倌甚至骑马到地处偏僻的部落牧户去收上等皮货，再转卖给客栈换炸鱼换酒，换新刀、新靴、新银鞍。新的攀比又引出新的货源⋯⋯

草原夏天是大宗羊毛、驼绒、山羊绒的主要出货季节，但是夏天多雨，剪下来的羊毛、用铁条挠子挠下来的山羊绒、用手抓下来的驼绒堆积如山。草原剪毛场又没有库房，只能堆在旷野，用大毡遮盖，但羊毛太多，大毡破旧，羊毛堆还会遭雨淋，擀毡掺沙，含水压秤，货质便立马急降一两个等级。以往商号要收到上等货，全靠商队及时赶到剪毛场，装货上车，苫上防雨布，再长途贩运到城乡的集市。但由于时间和运力远远不够，大量未被运出的羊毛、羊绒都被降级销售，每年部落和商号都损失不小。

客栈开业后，一举扭转困局。客栈原先的大库房立即启用，商号的新库房虽未建成，但是巴格纳在客栈空场，修建了设有木架矮台和防雨布的临时收货堆场，还调运来巨大的桐油苫布，平价或低价卖给三个部落和其他苏木，以替代从前盖不严的盖毡，让他们防雨保毛。只要把上等羊绒、驼绒、羊毛及时运到客栈，商号就可以高价收购。这样，部落得高利，商号得好货，还不用出车，省时省力，牧人也就多获报酬。于是，额仑和其他苏木的各个剪毛场前往客栈载运羊毛的牛车络绎不绝，忙得商号收货主管林夏焦头烂额却又喜上眉梢，巴格纳连忙给他增派人手。

老秦几次调人调车大量运走札那客栈的毛货，及时腾空库房，来多少就拉走多少，尽量不动用室外堆场，以保证毛绒干燥。他对巴格纳、白依拉和图雅说：今年羊毛季，这条商道就数咱们客栈收货最多最好，获得的利一站顶三站。

老秦每次来，都要催促民工加快建盖分店大库房。他来的次数多，小一半也是为了炸鱼。他对巴格纳说：乌拉盖羊油炸鱼已闻名全旗、半个盟和全商道了，成了最新的草原野味，又是古老的草原皇家美食。老贵族们都认定这是大汗一家当年吃过并靠它活命的"细鳞小鱼儿"。新名老名都是大名，不得了啊。这些日子，我走到哪儿，哪儿的贵族和官员都跟我要炸鱼。装满水桶，用马车快送过去，无论多少都会被一抢而光。可是我每次带生鱼过去，也让他们用羊油炸鱼，就是不如客栈的炸鱼好吃。活野鱼现杀现炸，配料好，又用的是额仑贡羊油，别的地方还真没法比。越来越多的人想到你们客栈来享用刚出锅的炸鱼。连咱们客栈的名字都让人家改成"炸鱼客栈"了。各商号的长途车队都算好日子赶路，前紧后松，要不就前松后紧，反正非得排在"炸鱼客栈"停一宿。你们客栈成了各路车队的必停站了。谁能想到这个新客栈能火到今儿这般的光景。往后更得火。我也没想到你这么能干。

老秦又问：用鱼罐抓鱼，不够客人吃的吧？

巴格纳说：我们又加了一倍的鱼罐。乌拉盖河和苇塘里的鱼太多了，尝过贡羊肉渣味道的鱼，会把满苇塘的鱼全招引过来。方圆几十里就这一个打鱼点，再怎么打也打不完。可就是用罐抓鱼太慢了，客人一多就供不上，要是客人都想大包小包地带走就更不够了……

忽然，一对天鹅的美影在巴格纳眼前一掠而过，他想起萨日娜想进湖里去看鹅喂鹅，脑中灵光一亮，眼前闪现出小船！他轻轻喘了起来，说道：要想打更多的鱼，我看就得砍掉一些苇子，撑小船进河，再用渔网打鱼。你能不能想法子给客栈运一条小船过来，再请一个渔工来教我咋打鱼？

老秦眼睛闪出发觉商机的光彩，笑道：这还真是个谁也想不到的好主意啊。用重载马车是能拉来一条小船的，我可以请咱们商号去东北那边的车队，给我运回来一条。空船里面一样可以装货，不会太占地方的。请一个渔工这事儿也不难办。我在草原跑了这么多年，车队还从来没有拉过小船呢，这可是额仑草原几百年来第一只小船啊。这下客栈更得兴旺了，大盛魁这条商道的买卖也要跟着兴隆。我有你这个能干的弟弟真是福气啊。好好干，还缺啥，就跟我说。我立马给你补上。

图雅好奇地问巴格纳：小船是啥样子的？我还从来没见过呢。用小船打鱼，咋打啊？一定更好玩吧？

巴格纳说：小船就是长方形的大木盆，比洗澡的木盆大得多，能在水上漂。人在小船上，用长杆子撑着走。在船上用渔网打鱼，能比鱼罐打得又多又快，可好玩啦。

图雅开心地说：萨日娜姐姐要是知道能坐小船进湖看鹅喂鹅，该高兴死了。巴格纳哥哥，你的好主意咋这么多啊？

巴格纳笑道：心里有了萨日娜，好主意就跟蚂蚱似的，自个儿就会一个一个地蹦出来，还会飞哪，会飞的点子，准保管大用。

夏天，羊毛季一过，额仑苏木那些总想来客栈吃、洗、玩、买的牧人，便把家里的羊油、牛油存货，从山里獭洞外捡来的紫水晶和黄芪、干枝梅等中药材，以及猎到的黄羊、旱獭、狍子、野猪统统拿到商号分店来换日用百货，再吃喝一顿。额仑客栈的野味菜式也跟着炸鱼出了名，暂时填补了炸鱼供不应求的缺憾。当牧人们把家里的存货换空后，一些人就去找札那。

札那想了想说：我要把巴格纳叫回来商量商量。

他立刻派传令骑手去客栈，同时也把白依拉召回来。

巴格纳和白依拉一接到札那的招呼，便骑马赶到部落。札那说：部落小伙，还有姑娘女人们，都想到客栈添置新东西、吃喝玩乐，特别是吃刚出锅的炸鱼和喝酒。可是这季节又舍不得用牛羊来换。你见多识广，脑子转得快，看看还能不能给大伙想点法子？

巴格纳说：阿爸，我正想跟您商量呢。我还真有个法子，不知道能不能成。前些日子，有几个西南面半农半牧地区的人，赶了七八辆牛车，从索岳尔济山林区拉回不少木头，路过客栈吃饭住店。他们走的道都不在咱们苏木地界。他们说，要是斜穿咱们苏木直接到索岳尔济山就能省一天的时辰。可是这条道没走过，苏木也不让走，怕牛车压坏草场，还怕草原上一些只上锁没人看管的土房和蒙古包仓库被偷。他们就让我向苏木长道尔基请求，能不能让他们花点钱借这条道。我说我也不知道苏木长能不能答应。我看他们拉的木头都是碗口粗的兴安岭落叶松、樟子松和云杉，还有不少桦木杆，就问他们木头价钱。他们说那片林区是皇家猎场，当地官府不让砍伐合抱粗的大树，除非有上面官府的批文，但碗口粗的木头可以间伐。他们拉的都是间伐下来的废材和枯树。当地人拿这些木头当柴烧，可是拉到他们老家，按那儿的木价卖，刨去运输成本，能赚两三倍。我知道咱们苏木东北边跟索岳尔济山紧挨着，要是咱们自己跑这趟运输，把木头拉到客栈商号，刨去吃喝住用、工钱支付，我估摸能赚一倍多的利。要是咱们客栈堆放起大量木头，商号车队的一些返程空车，正好也有货可装运了。卖到南边，还能赚近一倍利。如果客栈存储木头多的话，到来年开春旺季再赚一把，这样一来，部落、牧人、客栈和商号不就都能赚一笔大利了吗？

巴格纳又说：客栈建房也需要木料，咱们苏木的车队还可以顺便把分店商品和部落畜产品拿到林区去卖。这样分店又可以再增加不少的买卖量。您看成吗？

札那好像狼王看到黄羊群边上几只瘸羊的新鲜足迹，眼睛发亮，呵呵笑道：你是个好猎手啊，飞过你眼前的机会，总能被你一把抓住。我看这事能行。原先咱们苏木每年初冬闲季，都要派牛车队到索岳尔济山去拉木头和桦木杆，备足三个部落一年修牛车、蒙古包、家具和做套马杆的用量。那儿的木头太便宜了，一只羊可以换五六车的木头。这会儿是牧业小闲季，一季下来能赚多少利啊。咱们再去找苏木长道尔基商量吧，他也准保想干。

然后吩咐仆人备马。

白依拉说：阿爸，我这次回来后，可以不用常去客栈了，他们几个干得挺好。我听您的，还是回部落管马群。可是图雅妹妹说啥也不肯回来，她迷上了客栈，说一定要学会做生意，往后再去干她自己的那个客栈。咱们的客栈太出名了。前些日子图雅未来婆家的一大家子人，包括苏木长夫妇，还有图雅的未婚夫和他的哥哥姐姐，专门到客栈来喝酒吃炸鱼。我们三个人陪了大半天。他们太羡慕咱们的客栈了，全家人都给图雅鼓劲儿，请巴格纳好好教她，让她将来能掌管他们苏木的客栈。图雅妹妹乐得就更不愿意回部落了。

札那笑道：那就让她去折腾吧，她跟巴格纳学，准学得快，还学得地道。你回部落后，你在客栈的那摊事，就交给图雅和巴格纳去办吧。

白依拉说：她管事管得可宽了，我还没走，就有不少人管她叫掌柜了。

巴格纳笑道：图雅妹妹做事很上心，她出嫁以前能学会不少生意上的事儿。就是说汉话还得花些工夫。

札那关心地说：这会儿全苏木的人都知道你为啥接手客栈了。你三番五次让人给萨日娜捎去鱼和粮食，还亲自去她家给她做炸鱼，大伙都很感动。好孩子，你就好好照顾她吧。可大伙都知道这事难成啊，这一年多，咱们苏木还有其他苏木去求婚的小伙都碰了一鼻子灰，那可是些英俊、有教养、富裕人家的小伙啊，弄得后来谁也不敢上门了。可不管咋样，有你这个客栈掌柜惦念她帮她，还能帮到点子上，大伙才稍稍放下心来。

巴格纳说：我把客栈做好，才能从根子上帮她。我这辈子就守着她了，就像她守着那只了不起的伤鹅那样。

札那和巴格纳快马直奔道尔基部落。

苏木长道尔基听了两人的一番打算后，大喜道：巴格纳，你总是替全苏木着想，好事干了一件又一件。客栈的货品比原来商号的价钱便宜不少，没有假货，给退换，还招待部落的人好吃好喝。我在客栈还请了两回旗盟官员吃炸鱼，他们都说好吃，走的时候还带走不少哪。你不是也一起陪他们吃喝了吗，这会儿又捎信来，还想来吃。他们要是真来的话，你还得好好招待他们。客栈真给咱们额仑草原争了大名。前些日子，客栈光是收羊毛，就让全苏木比平常年份多赚了两成多的利，羊毛可是咱们苏木每年除了贡羊以外的第二大进项啊。有了这笔额外收入，一年上交王爷的税赋重担就减轻了不老少，三个部落都乐坏了。拉木头的事，我看能成，我准了。

道尔基又对札那说：我真羡慕你有这么能干的半个儿子，真是个好小伙。伊登札布有眼光，他说的没错，蒙古人要想富，牧业要想稳，是得下力气抓经商。

当天，苏木长道尔基和副苏木长札那决定，由三个部落各建一个牛车队。去林场拉木头和桦木杆，到客栈卸货；回林区时，再运送商号分店的日用商品和部落的畜产品，来回挣两头。道尔基部落的草场依靠与林场交界的有利位置，建了一个牛车最多的车队。

一时间，额仑草原上刚刚运完羊毛的牛车都到索岳尔济山林场拉木头去了。牛车队的路线从东北到东南，三天的车程，几乎全在额仑草原境内，熟门熟路。沿途吃住、换牛、修车都很方便。不久，客栈所有空场都堆满了碗口粗甚或更粗的松木，还有大捆大捆的桦木杆，可用做套马杆、椽子或围栏。每个部落和十户组也留存了不少自己要用的木头和桦木。商号分店的茶盐粮绸布等俏货也走得很快，深受缺少商队光顾的林区猎户和牧户的欢迎。来客栈享受炸鱼的人把客栈塞得更满了。

老秦对巴格纳和札那活络的商业脑筋，颇感意外和惊喜。南面的半农半牧区还是土木建筑为主，他一直想开通的最快捷、最安全的林木商路被他俩轻松打通，这是一项长期的大买卖，也可大大减少商号车队跑空车。札那客栈竟然成了大盛魁与林牧两区进行贸易交换的交汇点，他主管的这条商道，整盘棋全活了。设在张家口的大盛魁东区总店，把其他商路闲置的人手车辆调给秦川，设在归化城的大盛魁总部也对秦川刮目相看。秦老板越来越感到他挖到了富矿，前景远远超出原先的预想。三个部落的贵族和牧人全都热心爱惜这个客栈，又有巴格纳老弟掌管客栈，要不了多久，这条商道就将成为富得流油的商道了，但不知为什么，他心里开始隐隐担忧。

牧业闲季变成繁忙季，但忙季也依然会有闲人。有一天，两个衣袍破旧的牧人来找老张，希望在客栈找点零活干，换点日用品，换点炸鱼吃。

老张说：你们脚底下踩着钱都不会捡，难怪受穷。客栈北边三四十里就是冬季草场，那里的羊圈羊粪盘一冬天积了有半尺多厚，你们去那儿挖羊粪砖吧，用方铲挖成像两块摞起来的砖茶那么大的长方块儿，空心码放，晒干风干。等大半干了用牛车拉到客栈。冬草场那么多的羊粪盘，这些活还不够你俩干的吗？要不是客人太多，客栈抽不出人手，我早就派这儿的伙计去挖了。你俩要是能运来客栈一年的烧柴，大半年的日用品开销就有着落了。你俩每次来，我都请你们吃炸鱼，再让你带回家一大包。干吗？

两人眉开眼笑，说：干，这就回去干。

札那客栈远离部落春夏季主要牧场，孤悬南边乌拉盖苇塘商道旁，无足够的牛粪可捡。客栈烧柴就靠捡拾、晾晒运盐运货牛车大队留下的稀牛粪和砍伐山沟里的野杏枯枝干。客栈来客和车队少时还可以对付，车队一多就难以为继。一个即将成为客栈隐忧的烧柴大事，被老张顺手解决了。干羊粪砖质密、经烧，火力相当于干牛粪的两三倍，是客栈大伙房和住房冬季烧火炕的上乘燃料。过了一个多月，伙房旁边不远处就堆起和房檐几乎齐平、像长城城砖砌围出来的干羊粪砖堆，砖堆里面则是羊粪砖的散块或碎块。砖堆顶部还按照草原传统方式，堆成像蒙古包的圆坡顶。坡顶上面再用牛车队留下的稀牛粪糊抹上一层两指多厚的光滑粪壳，晒干以后可以充当粪壳瓦。在雨季，雨水可顺坡流到地面，大大减少对干粪堆的侵蚀。太阳一出，湿粪顶又会被晒成干硬的瓦壳。

巴格纳和图雅乐得不停地夸奖老张，他俩也越来倚仗老张这个精明的管家。

11

> 乌珠穆沁是一个纯蒙畜牧地方,没有开垦,也是在内蒙古差不多首屈一指最富的一旗……乌珠穆沁家畜既多且好,马尤其出名,而且还有盐池,所以很多汉商到这里来做生意发财的。
> ——札奇斯钦、海尔保罗《一位活佛的传记》

一天下午,图雅跟着巴格纳又骑马去他俩下捕鱼罐的河边,看鱼盼狼。这里的鱼越来越少了,捕鱼场也早已转到西南三四里外的河边,那里的水更深,鱼窝更大。鱼出奇的多,每次都可下二三十个鱼罐。小王和莫日根每天上下午各去一次,捕到的鱼勉强能供应客栈。两人都巴望着商号的车队早点把小船运来。

巴格纳和图雅自那次见到狼以后,再没见过狼的踪影,但每次他俩专门给狼留下的鱼,都被叼走了。狼很爱吃鱼,鱼少了,狼抓鱼就难了,只好叼走人给它留的鱼。狼王和狼王后好像知道这两人与其他的人不一样,他们从来不在河边下钢夹,也不在鱼鳃和肚子里下毒药,还定时给狼群送鱼。巴格纳和图雅都相信,这群聪明的狼一准会和他俩交上朋友的。他俩定时来,还在河里特别给狼留了两个鱼罐,蒙布上的小口剪得较小,刚够一条鱼钻进去,一旦钻进去就不太容易钻出来。

两人走到老地方，十几条鱼果然不见了。图雅高兴地向岸上山沟里小声喊：狼朋友，我们又来看你们了，给你们送鱼来了。

巴格纳也小声喊：你们来见见我们吧，我们天天都在想你们啊。

山沟里只传来微微的风声草声。巴格纳说：我能感觉到它们就在那里，在悄悄看咱们、琢磨咱俩呢。客栈这么热闹，人喊马嘶、驼叫牛吼，马车长鞭抽得啪啪响，车辆一队接着一队，狼哪敢见咱们啊，想跟狼交上朋友不光心要诚，还得有耐心。天不早了，又该去接车队了，拉鱼吧。

两人慢慢拉罐。过去一天拉两次，每次一个罐最少都可以拉上一二十条鱼，这会儿，三四天一次，一个罐却只能拉上六七条鱼，两罐一共只有十几条。巴格纳把鱼罐里面被啃光肉渣的羊骨取出扔到河里，再把带来的新羊骨放进罐里，然后蒙上布扎好，再把罐轻轻推到河里。两人起身，把鱼放到老地方。

图雅跨上马对着山沟说：我们回去了，过几天再来看你们。谢谢你们给我们送了那么多的鱼，连客栈都让客人们叫作"炸鱼客栈"啦。再见了。

巴格纳夹了夹马走了几步，悄悄回头，又回转过来，说：我好像看见一条狼，朝我们走了几步又趴下了。

两人回到客栈，把马交给莫日根，看见塔娜姑娘正在往牛车上装刚买的粮食、砖茶和日用品。她一见到他俩就高兴得像马驹见到大马那样地跑过来，对巴格纳说：又带图雅去喂狼啦，咋不跟我说一声，我也想去看狼。

巴格纳笑道：塔娜，刚才没见到你，要是见到了准带你去。不过我俩也好长时候没见着这群狼了，客栈人马牛驼动静太大，狼不敢来了，要到夜里才来叼鱼。我俩把打上来的鱼放在河边就回来了。萨日娜好吗？

塔娜说：上次你俩走了以后，她说话多了起来，可是只过了两三天，又跟原先差不离了。

图雅面露喜色说：好啊，能有两三天说话多起来，就是好事。她兴许就会慢慢好起来。

巴格纳说：那就请你再给萨日娜和小巴图送些鱼、菜和麦粒吧。这些日子，我隔三四天就请你们部落的马倌和来买东西的人，给她送鱼粮菜。塔娜，谢谢你给我送来她的消息。跟我走。

说罢，便牵着她的牛车朝伙房走去。到了伙房，从大水缸里捞出四五斤活鱼，又从筐篓里拿了六七斤断了气的鱼，又拿了两把嫩菜，分别装在两个口袋里，再到库房拎了小半袋麦粒，说：这些日子来吃炸鱼的人越来越多，都快供不上了，连一些店员伙计都得减量吃。今天给不了你们更多的鱼，这些刚捞出来的活鱼，你们两家吃。那些早断气的鱼喂小巴图，它的伤很重，要单独给它喂好食。这些鱼最好分两次喂，让额利再把鱼埋起来吧，可以多存几天，要是臭了千万不要喂鹅，就喂大白狗吧。湖里那些鹅我就供不起了，让它们自个儿打食。

然后，将口袋装上车。巴格纳想了想，又把那牛车牵回库房，从里面抱出三块新大毡放到车上，并让分店主管林夏把毡子记在二掌柜的账上。他一边拴车一边对塔娜说：我求你一件事儿。萨日娜家蒙古包的围毡都破旧露洞了，你把这三块大毡给她，就说是图雅妹妹送给她的。千万别说是我送给她的。

塔娜点点头，微笑道：我是她的邻居，天天见面，我知道咋跟她说。在她面前千万不能提起巴图。不过嘛，巴格纳大哥，这些天她倒是跟我提起过你，她说你给小巴图磕头，还从没断过给它送粮鱼，她没想到。

巴格纳等到老秦大哥又一次来到客栈时，等他喝完奶茶，就把他请到院外草地，并慢慢向西北山谷走，把他琢磨了很多日子的一个想法告诉他，同他商量能不能把萨日娜的债务，从小胜奎商号转换到大盛魁商号来。把她的债务利息，从三分多利改为两分利。巴格纳央求老秦大哥务必帮忙，如费用上不好办，可以把他在商号里的存款存货拿来用，再加上他在商号分店的薪酬。只有把萨日娜的债务转到自己所在的商号他才放心。

老秦感到为难，他对天鹅姑娘和巴图的故事也有所耳闻，便追问巴格纳跟她是啥关系。巴格纳坦言道，萨日娜是他的心上人，他就是为了她才接手客栈的。然后把萨日娜和巴图、小巴图的故事，以及他和萨日娜几次见面交往的过程详细地讲了一遍。

老秦被打动了，说：萨日娜不光是个天鹅姑娘，还是个天鹅诗人哪，值得你豁出命去帮她，不管你俩的事儿成不成，我都愿意帮你这个忙。

二十多天后，老秦大哥再来到客栈时，他神色凝重地对巴格纳说：我没有想到有的商号里会有这么埋汰下流的勾当，萨日娜的事你就甭想办成了。

巴格纳心中一沉，忙问：到底咋回事？

老秦说：萨日娜家欠的是小胜奎商号的债。小胜奎，你听听这个名号就知道它是大盛魁的冤家对头，它就是想要小胜大盛魁。名号听着小，野心可不小。大盛魁是全国最大的旅蒙商号，要胜过大盛魁，那它该多大啊。这家商号背景很硬，好几个朝廷大臣是它的股东，要不是大盛魁的背景更强更通天，咱早就被它挤垮了。这家商号这些年干成了一桩大买卖，就是在京城西北和西边郊外，开了几家高等"逍遥窟"，专门提供蓝眼睛、绿眼睛的蒙古突厥漂亮姑娘，供京城王公大臣和他们的公子寻欢作乐，享受乾隆爷宠幸西域香妃的那种销魂快乐。那些"逍遥窟"大多建在庄园里，很隐蔽，价码吓人。逍遥一回就得花上两三百只羊的价钱，当然官员们不会掏，都是别的商号替官员们出的。你没察觉到吗？这些年乌珠穆沁眼睛颜色漂亮的姑娘越来越少了，平民家庭蓝、绿眼睛的漂亮姑娘更少见了。她们就是被这家商号，用放高利贷的手段弄走的。他们趁着连年的旱灾、雪灾，专门给那些有漂亮眼睛的女孩的家庭放贷。原先你们苏木有个叫娜仁其其格的蓝眼睛姑娘，也差点被他们用这种法子弄走，幸亏她攀上了伊登札布，成了他的第三哈敦，这才侥幸逃脱。萨日娜其实早就让他们盯上了，眼看快要到手，他们哪肯让她家的债务转给别的商号？

老秦叹了一口气，继续说道：我是通过几家大商号的朋友，花了不少银子，拐了好几个弯的关系，才弄明白这里面的黑道。我怀疑萨日娜的阿爸得病，也是这家商号做的手脚，是他们给她家推荐的旗里"名医"，结果越治越重。等人死了，欠下一堆债，漂亮的小姑娘也长大了。可真能放长线钓大鱼啊。你别费心思了，王公大臣的好事要是让人给搅了，那你还能活命吗？这事连札那都不能告诉，要是捅出来，所有跟这事沾边的人，都得遭殃。这家商号最看重咱们这条商道，谁都知道乌珠穆沁两个旗，是早年从西域移迁过来的蒙古部落，他们的后代里有不少蓝、绿眼睛的美女，身材好，皮肤也白。这儿离京城比西域也近多了，蒙古人信喇嘛教不信回回教，不容易惹出民族间的大乱子，所以这家商号老想独霸这条商道。可这次咱们的客栈和分店建起来，他们的美梦破灭了一半，商业上挣不了大钱，贩卖蓝、绿眼睛姑娘的生意也难做了，咱们客栈就成了他们的眼中钉。你又是罪臣之后，千万别惹火烧身。有官府背景的商号跟官场一样黑，两伙一勾结，锅底加墨汁。这件事你就别想了。他们要是知道你要帮萨日娜还债，就会跟你老账新账一块算……可怜啊,这么有才气的天鹅姑娘。巴格纳,你的命咋这么苦?

巴格纳惊恐绝望,像那些被剥去皮袍、装入口袋、坠上大石头,就要被扔进草原冰湖窟窿里的朝廷命犯。他得花很多日子才能想通如何应对这个火药桶。不能告诉札那和图雅,更不能让天鹅姑娘知道。只能把火药桶埋在自个儿的心里,不让它冒出一点点火星。他觉得自己本已沉重下坠的命运刚有些转机,又要坠入深渊了。但他必须抢在自己的火药桶爆炸之前,尽快把客栈做好做富,替天鹅姑娘还清全部债务。

下午,图雅问:老秦大哥那边的事办得咋样了?

巴格纳沮丧地说:那家商号从来不会把客户的债务转给其他商号。

图雅惊慌地问:那咋办啊?咱俩咋能眼看着萨日娜被卖作奴隶。

巴格纳冷静地说:咱们只有多挣钱。我不动客栈的银子,也不动你家的钱,我有两份薪酬呢,一份是客栈这边给的,另一份是商号分店给的,我在商号还有一些存款和存货,再跟老秦大哥借一些银子,无论如何也得把萨日娜今年的债还清。还有一个法子,就是让萨日娜多唱新歌给你听,你再把这些新歌传唱出去。她的歌传得越广,越受欢迎,她歌王的名声越大,爱惜和保护她的人就越多,那个黑商号就难以下手了。

图雅说:成,也只有这些法子了。可是,她的新歌很多,就是不愿唱给别人听。我也怕她一唱就难受得像丢了魂一样,反倒会加重她的情伤。还是再等等,等她精气神缓过来以后才能做这件事。

巴格纳叹道:我也怕啊,那就再等等吧。

第二天上午,札那和白依拉陪同大台吉伊登札布、旗府随员、苏木长道尔基和另一位部落首领古茨楞,来视察客栈以及大盛魁与客栈的合营分店。巴格纳、图雅和老张等人陪同各位草原贵族仔仔细细地查看了老院的单间客房、大通铺房、大小餐室、库房、洗澡间、伙房、马厩、停车场、掌柜和店员房，以及正在盖建的合营分店的大库房和店员房。伊登札布对院内的原木堆、桦木杆堆、大羊毛堆、老院库房内日用商品和收购来的羊绒驼绒、皮货药材，以及装货卸货的繁忙车队，甚感满意。多年不成功、两年不开业的客栈，仅仅两三个月就有如此兴隆的场面，让大台吉吃惊，让札那脸上有光，让道尔基懊悔不迭。

伊登札布像爱护乌珠穆沁战马一样维护游牧，抵制定居，乌珠穆沁两旗的蒙古贵族始终抱团顶住草原上越刮越猛的招垦卖草场之风，而伊登札布是这些贵族中的主将之一，也是头脑最为清醒的一位。他心里明白，要保住游牧，必须大力推行草原商业，以商救牧、以商养牧、以商促牧。想要悄悄恢复被清廷剥夺的蒙古人长途经商的权利和实力，他只能从客栈坐商开始。札那客栈的成功，尤其是商路、牧路和林路三路接通以后，他多年的主张也见到成效，可以在全旗慢慢推行。

虽然伊登札布早就因为和大盛魁商号在商业上的来往，与巴格纳打过多次交道，但这是第一次直接来视察他所主管的客栈。巴格纳已经不是商号的翻译，而是这个重要客栈的掌柜。伊登札布对巴格纳祖辈的遭遇、他的来历和经历都十分清楚。当初清廷对这些罪臣之后有五条严格禁令：不准习武、不准参加科举考试、不准写诗、不准聚会聚众、不准串联。违者必究，严惩不贷。蒙古民族和蒙古骑兵是清廷统治全国亿万人口的主要联姻、联盟和依靠的势力，因此对蒙古民族极为倚重，但同时又派出无数鹰犬爪牙严盯密防，决不允许蒙古民族内部出现丝毫的反清苗头，稍有火星立即大水扑灭。

然而，出于蒙古黄金家族的骨肉亲情，作为蒙古大贵族的伊登札布，是深深同情和爱惜巴格纳的。他曾多次对清廷理藩院的定期查询，作了有利于巴格纳等人的回复。但是，若干年前附近旗的另一位罪臣之后因写诗被斩首，他就不敢再流露出对罪臣之后的同情，虽然那个案件并未发生在他的管辖范围内。让他感到宽慰的是，同是蒙古贵族的札那明白事理，他没有只让巴格纳一人当客栈掌柜，而是设了一实一虚的双掌柜，让他的长子白依拉当大掌柜。他给旗府上报客栈掌柜的实名是白依拉，平时又让女儿图雅代理她哥哥的部分事务。虽然客栈的实权握在巴格纳手上，但图雅代理掌柜也不是摆设，而且客栈真正的老板是札那，手握客栈财权和人事权。这些明智的安排，可以让伊登札布大胆地为客栈撑腰了。伊登札布处处夸奖札那、白依拉和图雅，但句句却是在夸巴格纳。大台吉的旗府随员、道尔基和古茨楞两位部落首领，也都对客栈四个商头的巧妙搭配称赞不已。

花样新鲜的午餐也让贵客们大呼意外。伊登札布先吃了一口清炖狍子肉，说：比旗里的更好吃，刚打着的？

图雅爽朗地笑道：您运气好，早上刚打着的。猎人把狍子净膛后快马送来卖给客栈的。客栈开业后，牧民的收入比原先多多了。

大台吉又吃了一块红烧野猪肉说：好吃好吃。也是刚打着的？

图雅说：昨晚送来的，过夜没过天。

伊登札布再吃了一口羊肉大葱馅饼，说：比旗里的好吃。肉和葱都比旗里的新鲜。

图雅咯咯笑道：羊是刚杀的，葱是在菜园里刚拔的。旗里自然比不过。

大台吉呵呵乐道：前三口都不赖，这会儿就等刚出油锅的羊油炸野鱼啦。大名鼎鼎的"大汗皇家炸鱼"已经传遍草原了，连到旗盟草原视察的京城大臣和官员都向我打听呢。我还真得先来亲口尝尝了。千万别让我失望喔。

苏木长道尔基说：大台吉可是品鉴大师，每年夏秋两季第一拨贡羊，都是他亲口尝验后才准放行的。这炸鱼我吃过好几回，太好吃了。不过我说了不算，大台吉尝过之后才算数啊。

图雅微笑道：您就放心吧。我还没碰见过说炸鱼不好吃的人哪，包您满意。然后，回头一声吩咐：上炸鱼。

衣着一新的其木格笑盈盈地端着满满一大盘炸鱼上桌，焦黄炸鱼还冒着油泡泡，嗞嗞作响。鱼香、羊香、油香，浓烈扑鼻。

大台吉笑道：色、香有了，就看味儿了。然后用筷子夹了一条，不顾烫嘴咬了一口，又吸了半口气降温。嚼了几口，眼中放亮，对图雅叹道：小丫头，你没蒙我。名不虚传啊，真可以和贡羊肉相媲美。往后我要请下到林区猎场和草原打猎、视察的皇亲国戚、王公大臣，来你这儿品尝大汗美食了。他们准保喜欢。可惜的是只能在乌拉盖河边现炸现吃，不能上贡。但也好，可让大清皇族贵族常来乌珠穆沁草原，他们都喜欢草原。

众贵客一听大台吉如此赞誉，便纷纷下筷大吃大嚼，惊呼：好吃，不愧是先祖的美食。一盘炸鱼顷刻见底，又一大盘刚出锅的炸鱼端上桌。连续三四盘，盘盘冒油泡，盘盘嗞嗞响，盘盘底朝天。众口一声：乌拉盖羊油炸野鱼，大汗炸鱼，是乌珠穆沁草原名菜、草原皇家美食啦。当众贵客放下筷子，打着饱嗝开始饮茶时，清炖狍子肉、红烧野猪肉等草原传统野味名菜，几乎满盘没动几筷子。

伊登扎布忽然盯上了墙壁上挂的那首蒙汉两文的打油诗，众贵客也纷纷开念，连声赞道：好诗，好吆喝，吆喝得像回事。札那客栈有人才哈。

图雅一听众人说到"诗"，汗毛炸起，连忙说：这是客栈管家和厨师伙计几个凑句凑出来的顺口溜。

大台吉平静地说：跟我在旗里听到的一字不差，没走样，挺好。这首打油诗还算工整，有人帮着改动过字句吧?

一直站在桌旁伺候的老张说：我就是瞎咧咧……

图雅立即截断他的话头说：巴格纳就给加了最后一句，"吃过准回头"。

大台吉未继续往下问，便说：那我也再加一句看看咋样，从头念吧：

天上飞鹰瞅，地上炸鱼肉。
王公够不着，大臣吃犯愁。
东海大黄鱼，
比不上乌拉盖河野鱼滚羊油。
吃过准回头。
恭请王公大臣草原游。

太棒啦。众贵客喝彩：王公大臣们看后准高兴，要来游额仑乌拉盖草原，吃炸鱼啦。还是大台吉懂诗、懂朝政。

伊登札布微微一笑，说：我是朝廷命官，又办皇差，不懂朝政哪成。诗嘛，也懂点儿。别忘了，我少年青年时候，在京城国子监的蒙学馆，断断续续读了七八年的书哪。那可是朝廷专门为满蒙大贵族子弟办的最高学馆啊。

道尔基恭敬地说：咋能不知道呢，全旗全盟就数您的学问最大，大小官员对您都佩服得五体投地哪。

大台吉用锐利的鹰眼盯了巴格纳一下，说：巴格纳，你要记住，打油诗也算诗，蒙古人最好别碰。从前，蒙古史书里面韵体诗文很

127

多，蒙古文人一动笔就喜欢写诗写韵文，咱蒙古人个个是歌手、人人喜欢押韵歌词。可是，这会儿是大清朝……到此为止吧。往后你不准再写，连一句也不要写。记住了？

巴格纳连连点头，说：自打来额仑乌拉盖草原以后，我除了记账，除了加上这一句顺口溜，一个字也没写，大家都可以作证。这牌子上的打油诗，是请商号的人写的。

图雅急忙插话道：他光教我学汉话，汉字从来不教。

大台吉正色道：再跟你们说一遍，往后一律不准写诗，顺口溜也不行。几年前，那个反清的蒙古罪臣之后，就是因为写诗被砍头的，告诉你们引以为戒吧。那个年轻人写了一首诗，其中有一句是"满蒙联姻蒙成侯"。据他自己说，写的是满蒙联姻以后许多蒙古人被封侯加爵。可是这个人汉语不精，又喝多了几杯，提笔一写，写成了"满蒙联姻蒙成猴"。一看不对，就把写的纸揉成一团，扔在地上。这时候他的一个文友就悄悄捡起纸团，藏在怀里，出了门就去报官，并对官府说，这句诗的意思是：蒙古人高大，满族人矮瘦，满蒙联姻后，蒙古人也变矮了。所以他写"满蒙联姻蒙成猴"。朝廷震怒，加上他又是反清罪臣之后，更是罪上加罪。什么写错字，原本就心存此念，酒后吐真言。白纸黑字，证据确凿，无可狡赖。于是，快捕速斩，毫不迟疑。举报者被奖银五百两。

伊登札布喝了一口茶继续说道：我看这小子真是活该，在大清朝，"南方不封王，北方不断亲"。满蒙联姻，关乎国体，这么大的国事，能妄议吗？满族人数不多，不倚重蒙古骑兵哪能统治万万人口的大清国啊。清太宗皇太极九位后妃中，有六位是蒙古后妃，而且五宫皇后全是蒙古女子。太宗又将十名亲生女儿和两名养女嫁给了蒙古大贵族。到乾隆朝，满蒙联姻的规模那就更大了，几十年里嫁给蒙古大贵族的皇族女儿多达一百多人……满蒙联姻里面容不得一粒沙子，就别说是一句诗了。这回你们该明白了吧？往后谁再写诗，出了大事，别怪我事先没警告。

他又看了看牌子想了想说：我看还是把牌子摘下来吧，不管好诗坏诗，还是离诗越远越好，免得惹祸。

图雅急问：要是别人添词乱传，再赖到客栈的头上咋办？

大台吉说：没有白纸黑字的证据，官府也不会随便定罪的。

札那厉色道：大台吉的话就是令。并对老张说：吃完饭，立马摘掉，各屋全摘，摘下烧掉。

老张连连应道：是，是。饭后就摘、就摘、烧掉。

大台吉慢慢喝了几口奶茶，对巴格纳说：今儿你话不多，这就对了。往后也要少说话，多办事，千万别乱跑，让谁都知道你天天就在客栈忙活……这会儿，我很想听你说说客栈下一步的打算，毕竟你是大盛魁的老雇员了。说说吧，说客栈经商不犯忌，蒙古人开客栈当坐商，还是允许的。要不旅蒙的汉商长途经商，食宿仓库咋办？也经营不下去啊。

巴格纳看了看札那，札那说：大台吉让你说，你就敞开说吧。顺便还可以让大台吉给你把把关。

巴格纳定了定神说：我想跟大台吉提一个请求和两个建议。一个请求是，希望旗府再批给我们分店一块地，建储木堆场和运木车队人员住房用地。现如今，客栈各项事务已经慢慢就绪，收入也很可观，当前最要紧的事就是林木商贸，安排自己苏木的车队，穿过苏木的草场，到林区去拉木头。这样做，不仅可以保护自己的草场，还可得到碗口粗或更粗一些的木头，这种木头是林区间伐下来的废材和枯树。在那里被当作柴烧，很便宜。可在草原，每年修牛车、家具和井台都要大量用上这种木头。还有那些长得太密的桦木杆，一片树丛里可以间伐两三根，这是牧区做套马杆不可缺少的杆子，每年的需求量也很大。更粗的桦木杆在半农区可以用来做牲畜圈栏。林木商贸是一项新业务,前景好,交易量大,还可填补商号客栈淡季的业务,对部落、客栈、商号、草原和林区都有很大好处。如果堆场建起来,客栈就能再增加一半收入,也就更能资助和帮助草原牧业。所以,我想请求王爷和旗府批准客栈的这个请求,储木堆场就设在分店西面,要不然从林区拉来的木头乱放在老院子内,容易滚木伤人或引起火灾,堆在院外又怕其他商号车队顺手牵羊。分店的西墙还没建就是为了建堆场。

伊登札布听得很认真,说:这个请求有道理。从你们苏木打通路途更近的林木商贸,旗府以前还没好好想过,但你们已经打通了,把林区的烧柴变成南边急需的木料,林、牧、商三家都获利、都满意。批地建堆场这个请求,我想旗府应该会批准的,等我回旗跟王爷商量后再回复札那。再说两个建议吧。

巴格纳说:第一个建议是,旗府应动员苏木和部落在冬季草场建木栏储草圈。大白灾是游牧的致命大敌,这些年咱们这儿的雪越来越大,如果建木栏草圈,就可以减轻畜群的损失,还可避免破坏草原。我在十七八岁的时候,曾跟着旅蒙商队到过蒙古西部,来来回回走了好几年。那里牧民的牛羊过冬就靠木栏草圈,家家都建。储备大量青干草,冬季雪大的时候,就用草圈的草来喂牛羊,所以人家不怕大白灾。木栏草圈很容易建,成本也低。把林区的中小原木运到冬季草场,挖坑竖桩,木桩一人多高,再加几道横木围栏,就可做成。我知道您最反对破坏草皮建土墙和石墙草圈,建那种草圈费时费力毁草地,成本也太高,比建木栏草圈贵几十倍。一般家庭自个儿建不了,非得花大价钱雇人建。而木栏草圈一家人一天就可建成,秋季再雇打草工,打草运草堆满草圈。当大白灾来了,就用青干草喂牛羊度灾。如果大白灾没来,干青草也可以在冬末春初畜群最弱的时候，给牛羊加料保膘保胎，帮畜群度过"春死"这道大坎。

道尔基说：木栏草圈是不难建，木料是现成的，造价也很便宜。可雇人打那么多草，很贵的，一般家庭出不起那么多的钱。

巴格纳说：大台吉经常说要以商养牧，以商促牧。咱们经商挣来的钱，就是用来养牧的。部落钱多了就可雇人打草、堆草。要不然，一场大白灾下来，能毁掉大半畜群。那损失可比雇人打草花的钱多几十倍。

道尔基说：我没那么多钱，这事我干不了。

大台吉说：我看建木栏草圈倒是个好主意。这样吧，札那你的客栈有钱了，你的部落可先建起来。我也要让全旗的苏木跟着做。大白灾太让我揪心，只要能抗大白灾，啥法子都得拿来用。道尔基你再想想吧，我觉得还是建木栏草圈好。巴格纳，你再说说第二个建议。

巴格纳说：这些年，咱们这儿真可能又到了草原上几百年一遇的白灾期。我建议，尽快恢复西部蒙古祖先用长途迁场来躲避大白灾的办法。我在蒙古西部阿尔泰的时候，就亲眼看到过牧人在入冬之前，赶着大批羊群长途迁场，迁到一两百里远的少雪牧场。所以，我想每年入冬前，旗府可以调额仑最北边的一部分牧人和牛羊群，到南边一两百里外的草场去过冬。虽然朝廷严禁各旗的牲畜跨旗越界放牧，但如果遇大灾还是可以破例的。再说，南边的西乌旗是咱们东乌旗的亲戚旗，如果把咱们羊群转场到那边的荒山草场过冬，大白灾来了，额仑的部分畜群就能保住。

巴格纳最后说：草原牧业是客栈活命的根本。牧业垮了，商贸和客栈都活不成。做草原商贸，就得加倍爱护草原和牧业。

大台吉沉思良久，说：我还得好好想想。不过你的想法很有道理。蒙古人在成吉思汗祖孙三代时期，为啥能打遍天下无敌手，除了蒙古骑兵骑射的本事外，还要靠采用各地的好法子和好本事。草原牧业也应该这样，是要把蒙古西部的好法子拿过来用。巴格纳，你骨子里还是个蒙古草原人啊，你为草原想得这么多，还想得那么远。不管对不对，能不能做，还是要夸奖的。我回去跟王爷禀报后再最后定。

几位旗府官员和随员默然，不知是没听懂，还是不以为然，或是为保持安全距离。札那和图雅却很开心。图雅连忙起身给伊登札布和贵族们续奶茶。

大台吉喝了一口，笑道：还有一件好事情要告诉你们，为了奖赏你们客栈开业成功，也为了让你们尽早站稳脚跟，扩大经营，为游牧业出力，给全旗其他苏木做一个榜样，王爷和旗府决定免除你们客栈一年的赋税，第二年减半，到第三年再正常交税。这次客栈就不会再关门了吧。

札那、白依拉、图雅和巴格纳高兴得异口同声说：太感谢王爷、旗府和大台吉您了。

宴会散后，老张立马动手摘牌子。巴格纳悄悄让图雅到另一间餐室摘下一块保存起来。图雅心领神会，转身就走。巴格纳陪大台吉和苏木首领，再去察看待批的木材堆场的位置。

下午，图雅说：今儿阿爸很高兴，大台吉和道尔基他们都夸你哪。阿爸说你对大台吉说的那番话，把他说动了，不容易啊。伊登札布很傲气，从来不把别人放在眼里，可今儿，大伙都看得出来，他挺在乎你的。

巴格纳笑道：好妹妹，今儿你才了不起呢，你这个掌柜当得还真像回事儿，说话也很得体，一点儿不怯场，像当了好多年的大掌柜似的。往后，你接手那个客栈准能比我干得好。

图雅开心地笑道：我跟你请客陪酒这么多日子，看也看会了。我不傻吧？其实我挺喜欢当掌柜的，就跟管一个大家庭似的，蒙古女人天生就喜欢管大家庭、管部落。只要你在我身边，我心里就踏实。

巴格纳的心绪渐渐被他心中最疼的那个点牵扯过去，说：其实今儿我挺难受。那位被斩首的年轻人太冤枉太惨了，因为他是罪臣之后，仅仅写错一个字，就断送了性命。伊登扎布是很有学问，他好像看出我给打油诗改过字句。他对大伙讲这件可怕的事，就是讲给我和阿爸听的。他倒是好意，那些旗府随员就不一样了，他们看我的眼神就像看货似的，看看能不能从我这个罪臣之后身上，也捞一笔五百两银子的赏钱和朝廷的赏识。大台吉警告得对，打油诗也是诗。那块牌子藏好了吗？

藏好了，谁也找不到。

巴格纳压低声音说：往后还真得小心再小心。在大清朝，因为一个字一句诗就被砍头的冤案太多了，比哪个朝代都多。杀了不知道多少汉族文人了，甚至连满族人也杀。有一个叫鄂昌的满族高官，写了一首《塞上吟》，在诗中称蒙古人是"胡儿"，就被认为是反满、反满蒙游牧族、反满蒙联姻，结果被皇上赐死。满蒙联姻确是关乎大清国体，关乎皇权，谁也碰不得。其他的文字冤案更厉害，有一年一个案子就杀掉三百多汉人。越是没有文化的人掌权，就越仇恨文化和文化人，仇恨到借诗杀人。满文还是模仿蒙古文字造出来的呢。大规模的文字狱，就是没文化的明朝开国皇帝朱元璋那时候开始的。

图雅姑娘说：我好怕。

12

> 高利率，依照清律规定，高利贷的年利率不得超过30%。但旅蒙商印票的利率往往高出政府规定的数倍，甚至几十倍……倘若不能按期付本还息，将以"利滚利"的方式计算。
>
> ——阿岩、乌恩《蒙古族经济发展史》

老秦派重载马车把方头平尾的小木船运到客栈，还请了一个辽西汉人渔工当临时师傅。船不大，除鱼舱之外只能坐两个人。巴格纳带上小王、莫日根等人，跟着渔工寻找可进入乌拉盖苇海深处的通道。渔工沿着河岸，在原来打鱼的西南河边来回走了一两里地，终于隐约听到了河流的水声，还隔着苇秆看到了一点水光。然后就带领巴格纳等人脱靴脱长裤下河，用锋利的方铲和铁锹，从外到里铲挖芦苇根。一坨坨密密匝匝、盘结错杂的泥根被挖出拔起，抛到旁边的苇丛里。挖了整整一个上午，打通了苇墙，挖出了一条窄窄的、长约两丈多、水没膝盖的苇巷。出了水巷，眼前是一条有两间房宽、缓缓流动的小河。往小河上下游看，河面有宽有窄，还有曲弯。清清的河水流进苇巷，把浑浊的泥水挤到一边，新水道的水渐渐透明，苇巷变成了隐蔽幽静的苇洞。

渔工说：撑小船进去沿河找，能找到泡子、深水鱼窝，再下网。

渔工带人慢慢退出水巷，上岸洗净、擦干腿脚，穿裤穿靴，再回客栈。吃过炸鱼喝过白酒，几人合力将小船抬上一辆结实的牛车，又将渔网、桦木撑杆和两个盛鱼木桶放进船里。然后牵牛车到水巷边的"小码头"，把船抬下车，把木桶放在岸边，取出渔网和木杆，再慢慢推小船入水。巴格纳让小王和莫日根守着牛车，在河边等待，其余人回客栈。

渔工和巴格纳上船后，渔工撑船，巴格纳坐在鱼舱横板上欣赏乌拉盖河、苇巷和苇塘。以往苍莽壮阔、绿涛起伏的苇海，此刻变成了静谧幽深、青叶沙沙的原始苇林。成双成对的恩爱天鹅在苇林上空飞翔，小群的鸿雁、绿头鸭、湖鸥、水鹬等各色水鸟从苇塘飞起，掠过苇梢，盘旋在河面上空。巴格纳心中鹅影飞动，想到萨日娜住在部落蒙古包，到冬季，大雪覆盖，白灾随时都会降临，鹅粮奇缺，还得经常搬家，供养小巴图和救养落单的小鹅，实在太难了。要是能把萨日娜和小巴图接到客栈来就好了。这里芦苇密布，河巷幽静，水草繁茂，是天鹅的天堂。春夏秋三季可以把小巴图就近放到苇河苇塘里，让它自在自主生活。如今有了小船，给它加餐进补也很方便。深秋把它接回客栈，有粮有鱼有菜，又不用搬家，客栈大院是多好的养鹅地方啊。而且，萨日娜在有暖炕的明亮房间里做针线活，不是比在冬季幽暗的蒙古包里更舒服吗？应该请图雅、札那阿爸劝劝萨日娜搬到客栈来，给她在客栈设一个小小的蒙袍店，也能为客栈和部落增添一件好事。但他又很快打消了这个想法，客栈人来人往太热闹，而萨日娜和天鹅都喜欢清静人少的地方，她和小巴图都重伤在身，再也经受不起一点点的震动……

小船越往深处走，水面就越宽，水中鱼很多，野鱼集群而游，有的鱼还会跳出水面。水鸟也多，盘旋半空，随时准备从空中扎向水面。渔工说：乌拉盖河里的鱼真不少。鱼群旺，水鸟才多。

巴格纳伤感地沉浸在眼前的苇河风光里,看着水鸟捕鱼,一句话也不想说。但过了一会儿,小船就被渔工撑停。眼前的水面已扩大两三倍,不时有水鸟像鱼叉一样从空中扎进水里,又有叼着鱼的水鸟钻出水。

渔工看了看水面说:鱼儿喜欢顶水游,打鱼看水鸟,鸟多的地方,鱼就多。一边朝着一处水波晃动、鱼群最密的水道,撒出去圆形满张、比大蒙古包顶盖还大的渔网。网落水中,一圈铅坠缓缓下沉。又等了一会儿,渔工拽网绳慢慢收网,未等把渔网收上两尺,巴格纳就看到渔网在动,越往上收,渔网跳动得就越猛。

渔工说:这条船太小了,我估摸四五网就能打满船舱。这一网鱼老多了,快帮我拽。

直到见到了网中的鱼,巴格纳才像饥饿的天鹅,快乐地站起来,但站不稳,差点掉入水中,说:再大的船,马车运不了。船小,咱就多来几趟呗。

两人往船的另一侧挪了挪脚,站稳后,四只手就用力收网,一网木桶般粗壮的鱼被慢慢拽出水面。网刚被拖进舱,活蹦乱跳的野鱼就涌出网,填了厚厚一层,数不清有多少条。野鱼野劲大,一连几条鱼蹦出船舱,跳回水中。渔工赶紧脱下上衣盖住鱼,这才阻挡了野鱼逃命。

渔工说:这条河了不得,我在老家打了大半辈子鱼了,还从来没见过有这么多鱼的河呢。滑子鱼产籽多,两年三群鱼啊。再说,这儿过往的人少,这里的蒙古人又不会打鱼,一年年就攒下了这么多的鱼。这条河离内地村镇集市太远,夏天路远运鱼准臭,鱼卖不出去,河里的鱼就更多了。可惜的是,大多是一色儿巴掌长的滑子鱼,没大鱼,要不这儿咋没渔民呢。

巴格纳说:幸亏没大鱼,要是有大鱼,这片草原就得让渔民渔村占满了。大鱼也不一定就好吃,你不是刚吃过这儿的炸鱼吗,还连说好吃好吃。这条河的鱼又多又好吃,这才是好河呢。

渔工说:那倒也是。这乌拉盖河的滑子鱼怪不得好吃,原来是野劲大,能蹦跶那老高,我还没见过。这片苇河苇塘泡子太大了,苇河连着泡子,鱼食就多,鱼也长得肥,自然就好吃了。不知道河里面还有多少鱼窝,我看最少也得有几百个吧。这旮旯打上鱼来就能卖给客栈的客人和车把式,挣钱真不费劲。

巴格纳向渔工请教撒网的技巧,渔工给他做了几次动作,他按照渔工教的手势步骤,用力撒出渔网,虽只张开了七成,但也打上来上一张网八成的鱼量。接着又打了两网,动作明显熟练起来。渔工放手让他去撒网,夸他学得快。他一气儿又撒了三四网,鱼舱就满了。两人掉转船头回岸,野鱼在舱里使劲蹦跶,几乎把盖压的衣服掀到河里。巴格纳只好坐下再把两条腿架在衣服上,才压住了鱼的野性。渔工还详细地教他咋找撒网的水面:下游的鱼比上游的多,水草多的地方鱼也多。下雨前雷声大、天气闷,鱼喜欢沉底,雨过天晴鱼群准撒欢。各地的鱼,习性不一样。撒网不费力,到处多撒撒,多试试,慢慢就摸到门道了。这儿鱼太多了,咋撒咋打到鱼。

巴格纳望着满满一舱鱼,真想朝萨日娜的方向大喊,萨日娜、小巴图和弟弟们,你们再别为鱼的事发愁了。我能隔几天就给你们加量送鱼,反正你们部落的车马常来客栈。萨日娜,我要让你和小巴图,在草原最缺肉吃的夏秋,吃草原最好吃、最补养脑子身子的滑子鱼,让你们早一点康复。巴格纳心里盼望天鹅姑娘早点来客栈,再带她进天鹅苇塘,让她欣赏这里的天鹅。他也想先带图雅来大苇塘赏景看鹅,可是,这会儿客栈大小事务,千头万绪,事事都得亲力亲为。只有等忙过开业后的忙乱期,再带她来观赏苇河风景和天鹅群。巴格纳总觉得苇塘深处一定有几个大的天鹅湖。过几天他一定要撑船进湖去寻找，走进天鹅爱与美的家园，那可是萨日娜十几年的愿望啊。

小船一靠岸，小王见两人一趟就打回比平日多一两倍的鱼，乐得咧开了嘴，笑道：往后，我跟莫日根再也不会为供不上客栈的鱼犯愁了。我们干杂活的人也能天天吃上鱼，就是吃不上羊油炸鱼，也能吃上烤鱼炖鱼啦。前几天我去给盖房的民工队送鱼，他们见了鱼立马刮鳞去内脏，用木签串上，围着火堆烤鱼吃，就撒了一些盐和辣椒面。野鱼肥啊，一烤就嗞嗞出油，香酥脆辣，那叫好吃，烤了又烤，吃个没完。我也吃了几条，不比炸鱼差。炸鱼烤鱼，各有各的滋味，换着吃最好。后来他们还炖了一大锅红烧鱼，一人半碗，吃得那叫痛快。盖房队干活为啥又快又好，就是因为你让我隔天分半桶鱼给他们，还不收钱。民工说，每年夏天干活都要掉几斤肉，今年反倒长了几斤肉，客栈仁义啊。

巴格纳笑道：这会儿有船了，往后再多给他们三成鱼。今年上冻前一定要把房子盖出来。他们盖房给了咱们那么便宜的造价，咱们也得多给他们一些油水，帮民工省些饭菜钱。你俩就多辛苦点吧。

四人把船舱里的鱼装满了两个木桶，还有不少鱼，只好用盖鱼的衣服兜起来，一兜一兜地放在牛车的柳条编上。

牛车刚刚进入大院，小王大喊：咱们用小船撒网打着鱼了，可比用鱼罐打鱼又多又快。

图雅、老张、林夏、其木格、所有店员和盖房队的民工全都跑过来，看到渔工和巴格纳第一次驾船用网打上来的鱼，都纷纷惊叫高呼，蒙古族的男人们激动得跳起蒙古摔跤舞。

从此以后，炸鱼、烤鱼、煎鱼、炖鱼、焖鱼和鱼汤的香味天天飘荡在客栈上空，全客栈的人士气高涨，各项事务的进展又快又扎实。各路车队只要一闻到鱼香味，马匹、骆驼都会被驭手打得快步跑起来，连驾车的牛都一路小跑到客栈。眼光敏锐的巴格纳趁势推出草地篝火烤鱼野餐会，深受蒙汉两族人的喜欢，那些在茫茫草原上连日长途奔波、辛苦寂寞的车夫、马夫和驼工尤其偏爱这一口。烤鱼比羊油炸鱼更便宜、更热闹、更焦脆好吃。买上一大盆生鱼，自个儿到菜园井台旁刮鳞去鳃去内脏，用鱼鳞水顺便浇菜，再回到客栈外的草地上架木柴堆烤，喝酒聊天、吃野味野餐，别提多开心自在了。连爱吃炸鱼的商人和旅客，也纷纷涌来买收拾好的生鱼，再自己烤鱼、换口味、凑热闹、寻乐子。对客栈来说，烤鱼几乎就是无成本、天上掉馅饼的好生意，客栈上下喜不自胜。小船一来，捕鱼量大增几倍，客栈的炸鱼、烤鱼、白酒的销售量也立马翻番。老张乐道：不用一年就可把从前的老本赚回来。老秦和巴掌柜这哥俩做生意，那叫一个精明利索。

贪玩的图雅姑娘常常拉着巴格纳和部落的姑娘小伙去草甸点篝火，围火烤鱼野餐，又吃又喝，又唱又舞，玩兴高扬，通宵达旦，乐不思返。她对巴格纳笑道：做生意咋这么好玩？天天过节享乐呀。

篝火烤鱼野餐还成为额仑乌拉盖和附近两个苏木众多情人约会，甚至幽会的地点。深夜，几堆篝火的明火一灭，压上几抱艾草，大片雪白色宛如仙雾般的艾烟，会把对对情人罩没，满天明亮的草原星光，又把姑娘们照得如同月宫的仙女。艾草烟雾下，既无蚊虫，又防人偷窥。青年男女激情难抑、隐约狂欢、此起彼伏，还有压低嗓门的声音震颤，传向草原四面八方……

巴格纳托部落的马倌、牛车，给萨日娜、札那阿爸、道尔基苏木长、米希格法师、巴图哥哥家和塔娜家捎去鲜鱼、炸鱼的次数也更加频繁。塔娜说：夏天牧人奶食吃得多，肉食吃得少，大伙都馋肉。鱼来了，真解馋啊。

塔娜和萨日娜两家人经常在门前空地热热闹闹地点火烤鱼吃。

塔娜全家人和萨日娜的弟弟们都吃胖了，连萨日娜的精气神也有了些起色。湖里的小巴图长得更壮了，翅膀扇出的风也有点猛劲了。

又到了巴格纳和图雅去拉鱼喂狼，看望狼群的时候了。两三个月来，他俩每隔三四天就去一趟，每次都看见给狼倒在草丛里老地方的鱼，已被狼全部吃掉或叼走了。他俩感到狼影越来越近，但就是见不到狼的真眼睛。在额仑，人狼之战残酷而又平常，尤其是马群，时常会传来狼掏马驹子的坏消息。草原人崇狼拜狼，又不得不杀狼。因而，额仑狼是很难相信人的。

兄妹两人骑着马，慢慢走向那被芦草遮得很隐蔽的坡岸。走了一段，图雅问：狼应该知道咱俩是爱狼的，跟别的打狼的人不一样。可它们为啥就是不肯见咱俩呢？咱们都给狼送了二十多次鱼了。不过，我觉着今儿能见着狼。

巴格纳说：我也觉着今儿狼会从草丛里探出头来看咱俩。到时候，咱赶紧给它扔条鱼，它要是接了，咱就再扔得近一点。这样一点点靠近它，让它们不害怕。再过几个月，狼就跟咱俩成好朋友啦。

两人下马，绊好马，刚蹚过高高的芦草，走进草丛里的老地方，就惊吓得双手双脚同时打战。一条大狼竟然就站在放鱼的地方。在七八步远的高草中，还站着五六头更大更壮的狼，上半身都露出草丛。图雅姑娘还从来没有在大白天，在这么近的距离，看到这么多站着不动的大狼，她像撞见狼群的小黄羊，双手又紧紧攥住巴格纳的手，攥得出汗，抖着发冷。

别动。别怕，别怕。巴格纳很快镇定下来，小声地说：狼是想求咱们哪，仔细看。

图雅吞了一口气，压一压乱跳的心，望过去。只见草丛里的几头大狼的目光既警惕又期盼，近处那条苗条的大狼像是条母狼，盼望的眼神中更带着恳求。尾巴还轻轻摇动。

巴格纳压低声音说：快看它的左后腿。

图雅往下一看，惊得全身僵住，那条母狼的后腿上竟然插了一支箭，从腿上方里侧贯穿到外。箭杆两头都在慢慢滴血。像是不多会儿之前被猎人射中的。

图雅看清以后，突然像是自己中了一箭似的，立即忘记了害怕，急得大步向母狼走去。草丛的大狼们立马微微下蹲，随时准备扑击救母狼。巴格纳也从靴帮里拔出锋利的蒙古刀，准备护卫图雅。

图雅姑娘柔声细语地对母狼说：别怕别怕，我是来帮你的。我常常给你们鱼，咋会害你呢。

她走到母狼跟前，母狼身子没动，又轻轻摇了摇尾巴。巴格纳怕惊怒了狼，就放慢脚步，躬着腰，捏着蒙古刀的刀尖递给图雅，不让狼看见刀锋，也好让她快速接刀把。图雅接过刀蹲下身，一只手扶住箭杆，另一只手快速割箭杆，不一会儿便割断箭尾，并用刀刃把露在伤口外面的一小段沾着血污的箭杆，从伤口处向外刮净。母狼疼得全身不停战栗，狼头高抬，张大嘴巴不断地倒吸凉气，但母狼像是知道人在帮它，狼腿不停哆嗦也忍痛按地不动。图雅把半支箭拔出一寸之后，猛然加力拔出箭杆。母狼疼得全身抽搐了一下，一咧嘴几乎大叫，但一看到图雅手中带血的箭，便全身放松下来，向她投来感激的目光。

图雅拿着半截血箭，向草丛中的狼摇了摇。大狼们都站直了腿，挺起了身，解除了临战的紧张。图雅仍未起身，她给母狼的伤口挤血，把伤口里面的脏血挤出伤口外，然后才捡起箭尾，满头大汗地站起身来。她把两段箭拼接成一支，先给狼群看，再给母狼看。母狼闻了闻箭杆，又用鼻子碰了碰并舔吻了一下图雅的手，又快速地摇了摇尾巴，便一瘸一拐地跑向狼群。狼王带着大狼们围过来，急匆匆、喜洋洋地给母狼舔伤口，不一会儿大狼们也向图雅和巴格纳摇了几下尾巴，投来感谢的目光，便带着母狼消失在草丛中。狼群第一次忘记了叼鱼。

巴格纳擦了擦额头的冷汗，说：你给母狼拔箭的时候，两边的公狼都吓得要死，都准备拼命，它们有牙有爪，可我的刀在你手里。要真打起来，我赤手空拳准保打不过狼群。我就怕母狼疼得受不了乱叫，那狼群一准冲过来咬你。我想要是真的那样，我就冲上去抱住你，再猛地滚进深水里。我会水，能托住你，再抓住苇秆，咱俩都淹不死的。狼的水性不太好，不一定敢下水。你嗓子亮，再拼命大喊，客栈的人兴许能听见，那咱俩就有救了。不过……要是听不见呢？想起来真够后怕的。

图雅刚才紧张得发白的脸，已经恢复了红润，她笑道：我倒觉着狼不会咬咱俩的，狼要是不相信咱俩，就不会来求咱们拔箭了。只要我把箭拔出来，再赶紧给狼看，就没事。

你咋就会拔箭的呢？

图雅走到河边，说：你先用手舀点水给我洗手，蒙古草原人敬水神的天条不能破。

巴格纳蹲下身用双手舀了一捧水，让图雅在岸边草地上洗手，洗脏的水滴淌在岸上，渗进土里。

图雅说：前些年，我家的一条大灰狗，长得很像狼，被猎人误伤，中了一箭。我看着阿爸给狗拔箭的，他一边拔还一边告诉我，为啥这样拔。这里面有好多讲究。不说啦，我厉害吧？蒙古女人真到打仗的时候，都敢全体上战场，还怕狼？

两人骑马急忙赶回客栈。时令已入夏末，客栈的接待、捕鱼、盖房、建堆场、堆木料、订货进货出货记账等等，全得由掌柜亲自检查督促过问，巴格纳忙得不可开交，客栈的第一个半年必须当成一年来抓。白依拉走后，他再也抽不出一两天的时光，和图雅一起去给萨日娜送鱼、喂鹅和做炸鱼了。

夜里，巴格纳从账房回屋的时候，他停下脚步，遥望萨日娜方向的星空。心想，他虽然不能去看望她，可送给她的鱼粮菜却从未中断过。他和图雅也时常给札那阿爸家送鲜鱼，但都没有比送给萨日娜更多更勤。他多么盼望她能来看看他接手客栈后的新景象，可是，他几次托人捎口信请她搭部落的牛车来客栈，她每次回话都只有一句：谢谢，我离不开巴图的牧马草场，也离不开小巴图。

他每天疲惫不堪，却常常难眠，只能一遍一遍地哼唱她写给巴图的悲痛哀伤的情歌。在草原寂静的深夜，他觉得越发孤独。

13

突厥-鞑靼人都知晓并敬畏一个伟大天神,即一个正在成为"隐退上帝"的全能造物主。有时,伟大天神的名字甚至意为"天空"或"天堂",例如……通古斯语的"博格"或是蒙古语的"腾格里"。

——[美]米尔恰·伊利亚德《萨满教》

在巨额利润的诱惑下,在蒙古地区丰富物资资源的吸引下,一些旅蒙商贾,不断冲破清朝政府的禁律……用贿赂、入股等方式,拉拢政府官员、蒙古王公、高僧等上层人士,使之成为自己的工具和后盾……他们逐渐在蒙古地区居住下来……大商号设立分号,修建商店、住宅和仓库,以此作为吸收当地土产,供应蒙古人所需货物的固定据点。

——阿岩、乌恩《蒙古族经济发展史》

艳阳照耀着初秋的天鹅湖,萨日娜的脸上感到了天鹅绒般的温暖,但湖面上飘来的水汽却已有了微凉的秋意。她喂饱了小巴图以后,又把它抱在怀里查看它的伤口。两天一次的鱼菜粮"贡品"喂养,比它自己在湖里吃水草要明显长得快、长得壮,伤口上的皮肉也变得厚实起来，原先无精打采的神态渐渐消失，天鹅姑娘脸上也有了些笑容。然而，她发觉小巴图一感到自己有了气力，总是使劲扇单翅想要飞起来，重返蓝天去寻它的公主。可无论怎样扇，它也张不开早已不听使唤的那扇羽翅了。于是，它挣扎着落在地上，希望借力助跑起飞。健康的成年天鹅个大体重，起飞很困难，必须靠双蹼用力踏地或蹬踏水面，再猛扇翅膀，跑出十几步，才能获得脱离地面的飞力，冲上天空。所以，天鹅一般都不太敢到草地上吃青草，就是因为怕助跑起飞太慢，很容易被躲藏在草丛里的狐狸偷袭。狐狸可以在这段助跑的距离内追扑到天鹅，即使天鹅刚刚飞离地面，它也能跳蹿上去，用两只前爪把天鹅打翻在地，一口咬断长脖颈上的大血管。

小巴图还是想飞。但是，它忘记自己是残了一只脚蹼的鹅，它的双蹼刚一着地，身体就歪了一下。它发现自己跑不起来，既没有健全的蹼，又没有听话的双翅，如何助跑起飞？它垂头曲颈，无奈地匍匐下来低声叹息，眼里流露出痛苦哀伤的神情，陷入无奈的沉默和安静。萨日娜心疼地把它抱在怀里，低头垂泪，慢慢抚摸安慰它：你是蒙古草原的神啊，牧人和天鹅们都敬拜你。你为爱可以舍命，不会飞，可还会游水啊。一定要好好活下去，让更多的人爱天鹅、敬天鹅。

小巴图似乎听懂了妈妈的话，它的心跳终于平和下来。

秋天来了，草原秋季很短，快到把小巴图接回家的时候了。萨日娜又可以和它天天相守，共度那漫长的、相互取暖的寒冬。草原少男少女的爱大多在春天萌发，她朦胧的爱，也是在小巴图带着它的公主飞回来的那个春天萌发的。然而，她真正动情的爱，却是在草原冬季萌芽、在初夏盛开的。萨日娜的情思渐渐走远。在她很小的时候，每年初冬，阿爸总会把他救的小鹅带回家，并让巴图和她小兄妹俩，与小鹅们做伴一起玩耍，过一个愉快的冬季。每到大雪封山封湖的时候，阿爸又总会带上她和巴图去做一件让他俩悲伤的事情。她第一次去的时候还很小，只有六岁。她坐在马鞍上，阿爸坐在马鞍后面抱着她骑马。巴图八岁，自己骑马跟阿爸和她一同去。巴图早在四五岁就会骑马，是个出色的小骑手。就在八岁的这年夏秋，他参加了三个苏木联合举办的那达慕大会的赛马比赛，得了头奖。她记得那天巴图哥哥和所有孩子骑的马，都是无马鞍、无马镫、无缰绳、无马嚼子的光背马，马身上仅有一根用颈背交接处马鬃编的、竖起来的粗马辫子。阿爸说，蒙古人认为孩子体轻，马儿去除了马鞍和成人的重量，让几乎没多少负重的马来比赛，才是真正的赛马——比赛马力本身，才能赛出跑得最快的好马。而且，这种赛马也是蒙古人训练孩子的胆量、马术和争强好胜性格的好传统。巴图小哥哥双手攥住这股马辫子驾驭光背马，轻装飞奔，跑完三十里，第一个冲到终点，惊得全场欢呼。而比赛中有一小半七八岁的孩子从马背上掉下来。因此，巴图哥哥在她六岁的时候，就是她心中的小英雄了。阿爸喜欢巴图，总把家里的一匹好马给他骑。

这年冬天，阿爸在巴图腰带上插了一把简便小巧的木锹，他们走了二三十里路，走进一个被雪覆盖的湖面。雪下的冰面仍然滑马蹄，两匹马走了不远，三人下了马，把马上了马绊子，留在原处。阿爸扛着木锹，两个孩子走在他的两边，一路找寻。找了半天，发现远处有一个模糊黑点。走近一看，一只被冻在冰面上的落单小鹅，被狐狸啃得只剩下冰面以下浅血色的小半个肚皮和黑色脚蹼，冰面雪上还残留着碎血渣、半个黄黑两色的喙、冻粘在冰雪上的天鹅羽绒，还有许多狐狸爪印。阿爸流泪，她和巴图惊吓得哇哇大哭。

从两三岁起就与小天鹅们一起玩耍过冬的两个孩子，一见到自己亲密的小伙伴惨死，都哭得喘不过气来。

巴图哭道：为啥没早点看见小鹅？要是看见了，咋也得把它救上来啊。

阿爸说：离岸那么远，看不见啊。就是看见了，水还没结冰，咱们也过不去啊。

小萨日娜哭问：鹅阿妈鹅阿爸咋这么狠心，咋舍得扔下这个可怜的小鹅飞走了呢？

阿爸叹道：不能怪鹅阿妈阿爸。蒙古天鹅有三种，一种身体最大，两只眼睛还连着两指多宽的黑眼带，眼睛就在黑宽带里面，喙是红黄色的。这种大鹅每年春天可以下五六个、八九个蛋，可是咱们额仑草原这种大鹅很少。数量最多的是个头稍小一些的白头天鹅，这种白头天鹅又分两种，一种个头大一些，眼睛旁边没有黑宽带，喙的前半段是黑色的，后半段是黄色的，黄斑比较大，从眼睛到超过鼻孔都是黄色的。这种鹅的雌鹅一年可以下六七个蛋；另一种白头天鹅身体再小一些，喙上的黄斑更小，只有整个喙的三成大小。这两种鹅混在一起，外形差不离，不太容易分得出来。但懂鹅的人，只要一看喙上的黄斑的大小就能分清。在咱们额仑，这种天鹅最多。可是这种天鹅个头小一点，每年产蛋也少些，一年只产四五个、五六个蛋，所以最后破壳出世的弱鹅崽总是长得慢，到大雪快要下来的时候，还不能长途飞。天鹅爸妈为了保住更多健康的小鹅迁离草原，就只好忍痛抛下这个可怜的孩子，让它自己在后面慢慢跟着飞，有的小鹅还能拼命追上阿爸阿妈、哥哥姐姐。妈妈爸爸有时也会一站一站地等这个孩子，有时还会叼食回去接这个孩子；可有的落得太远，爸妈就接不到了，小鹅就冻死在冰湖上了。如果这个冬天到泡子结冰，大部分小鹅都不能长途飞，有些天鹅夫妻就会留在草原，帮小鹅，陪小鹅，从远处还没有完全结冰的苇塘叼水草来喂小鹅。可是当远处的泡子都冻硬实了,小鹅们还是会饿死冻死。大鹅夫妻在天上哭叫着转上好几圈,最后才飞离荒凉的冻湖飞往南方。那凄惨的天鹅叫声,蒙古牧人谁听了都会忍不住流泪。

阿爸用木锹把鹅喙、血迹和残羽归拢到鹅的残体上,用雪掩埋,并堆起一个雪丘。阿爸领两个孩子向小鹅雪丘合十祈祷,喃喃念诵:阿弥陀佛,佛祖慈悲,愿逝者平安往生……

那一天在雪湖上走了好久,三人又分头找,却再没有找到小鹅的残体。以后,阿爸和他俩仍然年年救小鹅、养小鹅、掩埋小鹅、初春放飞小鹅。每年初冬在冰上救小鹅时,她的小英雄哥哥都很勇敢,几次落入冰水,几次冻病和被冰划伤。有一次还把她从冰水里救上来。

当萨日娜十二岁,巴图十四岁的时候,有一天巴图的大哥放的马群,路过两家的门口,暂作停留,大哥进包喝茶。小萨日娜跑进马群里去玩,忽然发现马群里有一匹漂亮的黄马驹,额头中间还长着一个大白斑,宛如一片白芍药花瓣,特别美丽可爱,把她喜欢得真想跑过去抱住它的头,亲吻它白亮的花瓣。她对巴图哥哥说:过一年你就要跟你大哥学放马了,你去驯这匹黄马驹吧,太漂亮啦,我想骑它。

巴图说:这群马是苏木长道尔基的,不过,等我驯好它,它就是我这个小马倌的坐骑了,我要让它成为咱俩的马。

当小黄马长到快三周岁的那年早春,巴图不知道从马背上摔下来多少次,才把芍药黄马驯成了他的坐骑。当巴图把跟他已经很亲热的小黄马骑回家的时候,两个小情侣激动得双双狂亲花瓣,不知在马额头那片白花瓣上留下多少个吻,使它成为世界上被亲吻得最多最久的花瓣。又过了两年的一个冬天,当衰老病重的苏米亚阿爸让巴图和她自己去寻找小天鹅遗骸的时候,两人骑的就是萨日娜心爱的芍药黄马了。

萨日娜坐在马鞍上,紧紧抱她的不再是阿爸,而是她亲爱的巴图哥哥了。他坐在她身后,双臂环抱住她,单手在她身前握着缰绳和马嚼子皮条来驾驭马。她的皮帽子贴着巴图的脸,脖颈里能感到他口鼻中呼出的热气。她喜欢靠在他的胸前,让他紧紧抱着自己在马背上快速颠簸。萨日娜知道自己心中的爱,就是在芍药黄马背上两人的拥抱中萌发的。有一天,她摘下皮帽,侧仰着头,迎受了他火烫的亲吻。

十六岁那年的冰上寻鹅,让她永生难忘。记得那一天,他俩牵着马,走到一处离湖中芦苇不远的地方,同时惊得站住了:一只洁白完整的小鹅把头弯进翅膀里,安安静静,一动不动,身上还盖着四指多厚的洁白雪被,那雪被隆起的形状,也宛若一只洁白小鹅。雪鹅和羽鹅叠在一起,像雪鹅从背后紧紧拥抱羽鹅。腾格里似乎很怜爱这只美丽的小鹅,不忍看她孤独地离开世间,就给她从天上降下一只雪鹅,抱着她,贴着她,盖着她,陪她上路。萨日娜和巴图两人一同下跪,相拥在一起,失声痛哭。

萨日娜后来一直认为那两只亲密的雪鹅,是他俩相爱的象征。可是,当巴图离去后,她才发现那是一个不祥的预兆,而他和自己连像这样爱与美的结局也没有,可能最后还将葬身恶魔之口,残肢碎散、残羽零落……

那一天,他俩面对美丽的雪鹅和羽鹅,不知如何是好了。堆上雪丘吧,会毁了腾格里的愿望和杰作;保留不动吧,又准保会被狐狸找到啃碎吃掉。两人呆呆地想了很久。聪明的巴图想出了一个办法:两人用木锨铲雪,给两鹅围堆了一圈井口那样的雪墙圈,再用蒙古刀割了几大束芦苇,截短以后严严实实地盖在雪井筒的顶部。然后,两人铲雪把整个雪墙和芦苇小心地埋起来,堆成一个大雪丘。

这样，即使到开春雪化，雪丘也不会受到狐狸的侵扰，最后安全地沉入湖底。这对美丽的小鹅，便可以在这里安静地度过漫长的冬季了。两人站在冰湖上，向雪丘拜了三拜。芍药黄马知晓两位小主人爱鹅，也哀哀地向小鹅长嘶告别。

这对凄美的雪鹅，在萨日娜的心中成为了永不融化的雪雕，而芍药黄马又在她的记忆中刻下爱的灿烂和悲痛。

当她十七岁，在一次春末草原商贸会的歌会上得了奖，被许多其他苏木的追求者围得难以脱身的时候，巴图挤开人群，大声喊道：萨日娜是我的未婚妻，我的未婚妻，我俩早就订婚了！两人当场拥抱亲吻，然后巴图牵着她的手，冲出重围。巴图把她抱上芍药黄马，再骑着自己的青色突厥马，两马扬尘而去，奔向那满山遍野芍药花怒放的情人谷。

额仑芍药情人谷，那是天下最壮阔的芍药坡地草原，千千万万丛过膝高、齐腰深的芍药花株，蔓延了十几里丘陵山坡、山谷。盛开时，千万朵粉蕾、白花、黄蕊、红芯的单瓣大朵白芍药花，开成了白色海洋：白浪滚滚、白光耀眼，宛如万千白天鹅贴地飞翔，要拥抱和亲吻美丽的草原母亲。娇嫩多蕾的多年生芍药花，有巨大根茎，不畏雪灾旱灾，年年都会萌发怒放。在蒙古草原，芍药花被尊为"情花""爱花""福花"和"忠贞花"。它被捧在恋人的手里，被缀绣在蒙古新娘礼服的胸口上，成吉思汗圣像挂毯前的贡瓶里，插的都是芍药鲜花或芍药绢花。然而，萨日娜心中最得意的是，她此刻骑的马，是额头上长着永不凋谢的白芍药花瓣的马，也是她和情郎萌发爱情花朵的马，巴图要带她骑着这匹马，奔到草原情人们都梦想在那里幽会的白芍药情人谷。

半途，狂热的巴图猛地拉停萨日娜骑的芍药黄马，自己飞快跳下马，再跳骑到萨日娜的马鞍后面，把自己马的缰绳交给她，然后紧紧搂住她的腰，朝白芍药花丛奔去……

巴图走后，萨日娜始终沉浸在情人谷的芍药花海中，生活在悲哀的天鹅歌中，生活在对童年、少年和青春时期鲜花般的爱的怀念中，生活在两人两次救养小巴图的回忆中。巴图在芍药黄马背上，在她身后甜蜜温柔而又激狂的拥抱，是任何人不能给她了。她的爱、幸福和痛苦，都像那对雪鹅，冻凝在冰湖里了……

眼下又到了和小巴图分别的时候。她不先离开，它就不会走进水里。萨日娜缓缓解下小巴图缠绕在她脖子上的长脖颈，吻了吻它的头和喙，再把它放到草地上，并伸手指了指水面和芦苇，示意它回湖。然后一边慢慢倒退着，一边招手，直到看不见它在单翅"招手"。她眼前蓦然闪过巴图和巴格纳给小巴图下跪叩拜的情景，腿一软也跪了下去……

额仑草原入秋以后，抓秋膘的大忙季节沉重降临。

春季补膘、夏季水膘和秋季油膘，在正常年景，只有三膘上足，牛羊马才能攒够度过长达半年严冬的肥膘。三膘不足，牲畜则会进入"夏活、秋肥、冬瘦、春死"这可怕的衰亡往复。草原游牧异常辛苦，牧人每天都在抓膘和保膘，每季都得达膘，不达膘就是死亡。春季抓膘补膘，必须抢最早发芽的第一茬嫩草。但即使在优良的春季草场，也有暖坡阴坡、早芽晚芽之别，有时候一差就是六七天，春季补膘就有可能补不足。夏季抓水膘，主要靠水。天气炎热，牛羊马饮水量加大几倍，如果水不净、不清、不足，草再好，牲畜也难以下咽，也抓不足水膘。夏季抓水膘，必须到水多的地方，夏季草场往往都在河流和湖泊旁边。如果游牧变成定居，春天没有早发的嫩芽，夏天不在河湖边，春夏两季的膘情注定落空。

秋季抓油膘，更是牧业一年中生死攸关的大事，尤其是抓皇家贡羊的油膘。如果抓不足春膘和夏膘，秋膘再抓也抓不满。但是就算抓够春夏两膘，如果秋季油膘抓不紧，整年的膘情可能还会相差一两倍。西域阿尔泰种的肥尾羊、皇家贡羊的六七成肥膘，就是靠一个秋季抓上去的。而抓秋膘更是全年最辛苦，又最需要牧羊技术的重活。自古以来，额仑牧人采用一种填鸭式的、逼羊非吃不可的强迫牧羊法来增肥。额仑肥尾羊是一种只要不停走，就会不断吃的羊。那么为了让羊吃，就得让羊走。为了让羊吃得久，就得加倍延长放羊的时间；为了让羊吃得好，就得把羊放到油性草籽长得最多最密的丘陵草场。秋季抓油膘，最要紧的是要逼羊吃进最多的油性草籽。

于是，羊倌们每天必须在半夜过后一个多时辰，还是满天星斗的时候，就把羊群赶出羊圈，让羊在星光下吃草。羊吃到天亮以后就吃不动了，一只一只卧下拒吃，羊倌们就得用套马杆将羊抽起来，逼羊走。傻羊们一走起来，就习惯性地吃。额仑草原秋天的草籽太多，也太馋羊啦，好草籽竟然有上百种。像野燕麦、异燕麦、紫花苜蓿、黄花苜蓿、宽叶野豌豆、大叶野豌豆、糙叶黄芪的籽等，让羊挑花了眼，吃撑了肚皮。羊群吃了半里一里路程的好草籽、饱豆荚，又吃不下了。此时，羊倌还得抽羊逼羊走，但这边的羊被赶起来了，那边的羊又卧下了。羊倌两头驱赶，来回折腾，一刻不得休息。到中午，人困马乏疲劳不堪，只能换班。接午班的羊倌更是劳累，有时甚至抽断杆子羊都不起来，羊倌只能下马踢羊、踹羊，或是用沉重的马棒敲羊头，甚至用双手揪羊耳朵，才能让羊站起身，走起来。一个羊倌对付一千四五百只以上的大羊群，只有拼光全身力气，才能做完一班的工。一直再到满天星光时分，才能将羊群慢慢赶回羊圈。

此时，还要过一关——验粪。羊群冬春季排泄出的羊粪是干硬的羊粪粒，像一颗一颗棕黑色的干莲子。夏季羊群喝水多，拉出来的是软羊粪球团。而秋季拉出来的，是像春季牛粪那样又软又大、不分颗粒的羊粪坨。到晚上，老人、十户长和部落首领都会打着火把来检查羊群的羊粪。如果羊粪不是像拳头般大小的粪坨，那就说明羊倌干活偷懒。没吃撑的羊群拉出来的才不是坨。羊倌就会遭到全部落的斥责。到贡羊上路前，还得接受大台吉伊登札布的严格查验，如果过不了关，贡羊当普通羊卖，部落就要损失大半的卖羊收入，部落首领还可能获罪，部落草场也可能被王爷收回，改由别的部落来放牧。那么谁还敢偷懒？部落所有青壮劳力都被逼上羊群战场，去替换战垮战疲的羊倌羊兵。一个多月抓秋膘的大忙季，能把整个额仑草原三个部落累得半死，比千里跋涉还苦还伤人。不如此拼命，羊群过不了冬，贡羊上不了进贡的路，都是比死还难受的罪。

但是，到秋末，人们看到体壮如小牛的大羊，和重达一二十斤的大肥尾的时候，都会乐得像肥羊一般走不动道。甚至不忍心杀，恨不得把巨肥羊当佛爷供起来。只有放牧皇家贡羊的额仑草原牧人，才能享受如此神奇的劳动成果带来的快乐。

额仑草原刚刚进入抓秋膘的苦战，乌拉盖河边客栈就骤然冷清了下来。运送木头的部落牛车队全线停工，而草原秋季商贸另外两大项全国闻名的传统俏货——蒙古口蘑和旱獭皮，却缺少人力来供货。巴格纳、图雅、老张和林夏紧急商讨应对办法。商量结果，一是请老秦从东线大店速调马车牛车队来接替部落车队运送原木和桦木杆，直到草黄、抓秋膘结束。保证在大雪封路之前，把新建的堆场堆满，以供春天南部半农半牧地区木材旺季的需求。二是请道尔基和札那让部落有套旱獭经验的老人带孩子去抓獭子，卖皮子给客栈。三是再请两位苏木长鼓励部落老人和女人，在头场秋雨后立即捡拾、晾晒口蘑，越多越好。

不久，秦老板派人来说，大盛魁东线各商道的分店已接到总店的死令，今年要不惜代价大量收购上等口蘑，特别是口蘑的蘑菇钉。原因是京城皇族和王公大臣，越来越被蒙古口蘑奇异的鲜香味迷倒，整个京城突然哄抢蒙古口蘑。于是全国北方多省商号狂风般地跟抢和调购，河北、蒙古各大重要市场很快断货。张家口是蒙古口蘑的主要集散地，口蘑也因张家口而得名，但是就连张家口也已断货。原本产量稀少的口蘑，受张家口断货的影响，市价立即暴涨了两三倍。总店急盼额仑三部落倾力相助。全国的口蘑以东西乌珠穆沁两旗的口蘑为最佳，而东乌珠穆沁旗的口蘑又以额仑乌拉盖的蘑菇钉为优中之优。据说京城皇家点名就要东乌旗额仑草原的口蘑钉。来人还说秦老板这几天要亲自到客栈催货。

巴格纳敏锐的商业头脑立即启动，他感到收采口蘑将成为客栈在这年秋季的重头商务，也很可能是未来额仑草原仅次于皇家贡羊和乌珠穆沁战马，又一闻名全国的大买卖。他深知良机稍纵即逝，商贵神速、行情判断准确后，必须果断下重手。

巴格纳焦急得像陷入草原猎人猎圈阵中的头狼，不知该往何处率群突围。他遇到了自从接管客栈以来最不易决断、最需要冒险、但也可能一败涂地的局势。他能不能在这里立足生根，必须依赖草原，如果部落被今冬有可能降临的大白灾压垮，出现大批牧人被卖身为奴的局面，那客栈也活不下去，只能被卖掉抵债。那他心中比命更要紧的大事就将被全部打碎。而眼前的一大堆事情却需要同时进行，一刻也不能耽误。要抗大白灾，一要靠长途迁场，可是长途迁场只有札那同意先调二成的羊群试试看，其他两个部落都不愿意迁。他需要花工夫劝说苏木和部落首领，再晚，雪下来了牲畜就走不成了；二是需要在额仑草原修建木栏草圈。木栏草圈虽然比较容易建，但是抓膘的大忙季节怎能抽调得动劳力。况且，打草需要大量人力和财力，只能雇半农半牧区或纯农区的人来干。人怎么雇？钱谁来出？这些事部落首领和牧人也从来没有干过。那么，只有客栈来替他们干了。但这样一来，就得把客栈开业以来辛辛苦苦挣来的大部分资金垫进去。如果垫得成功，还能扛过白灾。如果今冬白灾没来，资金垫错了，那么垫付的钱将大部分打水漂，客栈的建房债务就还不上，还将拖累札那。到时候，自己这个掌柜还能不能当下去就难说了，薪酬和分红也会落空。如果真的落到这一步，他的境遇就悲惨了，也很难帮萨日娜还债。这会儿偏偏采捡蘑菇这件大盛魁当前的头等大事也压在他的肩上。如果干成了，客栈能赚上大笔意外收入，他就可能顺利地帮萨日娜过关；如果客栈收不上足量蘑菇，再耽误部落迁场和建木栏草圈，不仅救不成萨日娜，也救不成部落，那他可能就要去天上与巴图抱头痛哭了。巴格纳心中乱如一团羊毛。时令催人，季节逼人，客栈开业的第一年是初战，而初战应当慎而又慎。他立足未稳，敢不敢冒险一搏呢？他心焦得一夜未眠，直到天亮才稍稍理出点头绪来。

吃早茶时，图雅看到巴格纳眼里增添了不少血丝，心疼地说：要不我去求阿爸，雇工打草钱让阿爸出一半儿。

巴格纳说：可是还有那两个部落呢，你求得动他们吗？我豁出去了，冒一把险，由客栈来替那两个部落垫打草钱。

图雅吃了一惊，担心地问：你真的想好了？想好了，我就陪你一块儿拼。可是我很怕，要是把客栈拼垮了，咱们就不能帮天鹅姐姐还债，弄不好她真就要被卖身为奴，依她的性子，她是宁死不从的。你头上本来就悬着一把重剑，这倒好，又给自个儿再加上了一把。那么多的钱垫出去，我还是替你俩害怕啊。

巴格纳狠下心，一字一句地说：假如这回拼赢了，部落、客栈和萨日娜的危险就可以一块消除，第一把重剑我也就不在乎了。我想了一夜，越危险的时候越要拼，不拼才最危险。但不是乱拼，我有六七成的把握。好妹妹，你就帮我拼一把吧。

图雅说：好的。我信你，我听你的，就跟你一块拼吧。

巴格纳和图雅商量了半天，最后决定，除了让大盛魁信使请老秦大哥速来客栈商议，并速派车队接替部落牛车队拉木头以外，还要雇六七十人的熟练打草工给部落打草，随车队一起来。打草时节一天都耽误不起，一定要趁草还没有半黄之前，把草打下来晾晒。三成的预付工钱先由客栈垫付。然后派莫日根立即回部落，让札那安排人手准备打獭采菇，同时一定要把那些木栏草圈做出来。运草可以在抓秋膘以后再开始，由闲下来的牧人来做。巴格纳叮嘱莫日根速去速回。

14

> 在布里亚特人（蒙古人的一支，属黄种人西伯利亚类型，又称布里亚特蒙古人——引者注）中，萨满是丰富的口头英雄文学的传承者。一位雅库特萨满诗歌词汇量达到12000，但是群体其他成员所掌握的唯一的普通语言只有4000词。在哈萨克-吉尔吉斯人中，萨满是"歌者、诗人、音乐家、圣人、牧师和医生"。
>
> ——[美]米尔恰·伊利亚德《萨满教》

信使快马走后，巴格纳和图雅一起拿出客栈最好的藏酒，把老张请到掌柜房，向他请教如何采到上等蘑菇钉，如何提高口蘑的采收量。这是他最后下决心冒一把险的主要依据。巴格纳在与老张共事的几个月中，早已知道他是一个采口蘑的行家。在未到客栈谋差之前，他每年秋季都来额仑采口蘑，且收获颇大。但是巴格纳多次向他请教如何采收蘑菇，他都不愿详说，这次巴格纳准备给他讲明眼前的大势全局和跟他的利害关系，正式地向他求教，请他帮客栈渡过难关。

汾酒入口，炸鱼下肚，三人推杯换盏，酒过三巡。老张终于开口对巴格纳说：你说得没错，咱是采菇的一把好手。这门手艺是跟我大伯学的，从不外传。原本也不打算说，还想留着这门手艺，等哪天客栈辞退我以后还得靠它活命。可是，跟了你俩大好人干了这小半年，知道你俩不会亏待我，这会儿我也知道上面催货催得紧，你俩着急。我再瞒着就对不住你俩了……

说罢，又喝了一口酒。

微醺的巴格纳脑子却依然清醒，诚恳地说：老秦大哥主管大盛魁商号的这条商道，一直以诚信为本，从不亏待有功老臣。我自从进了大盛魁的这条商道，就再也没打算离开它。部落首领札那，谁都知道他是个重名誉的蒙古贵族。你就甭担心了，我们以后咋会辞退你呢？要是这回采收蘑菇能成功，我就正式聘你当客栈大管家，拿全薪，还有重奖。我说话算数。

图雅睁大纯净的眼睛说：老张，你还不信我吗？我最讨厌的就是说话不算数的人，全部落都知道。我、巴格纳，还有阿爸都觉着你这个管家管得挺好的，早就想让你当正式管家了。我们信你，你也该信我们呀。

信，信，能不信吗。咱最信你俩。

老张在确认自己能当上正式大管家以后，又喝了一杯酒，便一口气说了下去：不瞒你俩说，额仑人真是踩着黄金还嫌金块硌脚啊。额仑这么大的牧场，快顶内地一两个县的地盘了，秋天头场雨后，长出的蘑菇多了去了。我估摸，要是能把额仑每年产的口蘑，不磕不碰地全采上来，再不捂不霉地晒成蘑菇干，可比五六千只贡羊的价码还要高。就算只能采到一半，那也不得了啊。原先，一斤上好的干口蘑钉能换三只大羊，这会儿口蘑价暴涨两三倍，你俩算算那是多大的一笔钱。

可是，采口蘑可不易啊，采上等蘑菇钉更是难上加难。一是时辰太短。口蘑一年就长一次，一次也就半夜工夫。平常年景就在第一拨秋雨下的时候冒出来，天热不长，天冷也不长，只有在不冷不热、凉飕飕的半夜到天亮的时候长得最好，这时候长出来的多半是蘑菇钉。啥叫蘑菇钉？就是蘑菇长到跟鸡蛋那么大小，白生生、滑嫩嫩，蘑菇圆头底下的那层白膜还没破，里面的白色褶子还没露出来。干干净净，一点土和羊粪都不粘。菇肉很厚实，水分也大，十一二斤才能晒出一斤干蘑。这种蘑菇晒干了，只有一截手指大，根头晒干了是尖的，整个看就像一个圆头大钉，采菇人就管它叫蘑菇钉。这是口蘑里的上上等，比一般的蘑菇价钱高出五六倍。你别小看这么小的蘑菇钉，只要拿上两个，用水一泡，就可泡出两个鸡蛋大小的蘑菇，满屋飘香，连泡出的水都很鲜香，谁都舍不得扔。泡好以后再用手把蘑菇撕成条，加上泡出来的水，跟鸡块、肉块一块炖，就能烧一大碗味道最好吃的菜，一上桌，碗里的口蘑准保回回最先抢光。

可是天没亮，蘑菇钉还在不停地长，如果再长半个、一个时辰，蘑菇钉就长大破膜了，皱褶露出来，圆头也慢慢长平了。一直到天亮了，凉气散了，热气上来，蘑菇再也不长了。一年就这么短短的两个时辰，到蘑菇不长的时候再去采蘑菇钉，就剩不下多少了。蘑菇钉都已经长成不太值钱的大蘑、平蘑，最大的个头要比蘑菇钉大五六倍，价也低四五成。大了没用，越大越不值钱。不过味道还是很好，比别的蘑菇好吃多了。

口蘑都长在蘑菇圈带上，一条圈带也就两尺多宽。圈带的草色特别深，黑绿黑绿的，比圈内圈外的草色深得多，几里地远就能瞅见，像老天爷在草坡上画的绿圈儿。额仑草场的蘑菇圈很多，小的只有蒙古包那点大，大的一圈有小半里地，最常见的圈就跟半个客栈停车场那么大。要是在好年景，找到大蘑菇圈，那就跟捡元宝差不离。圈带外沿下的蘑菇密密麻麻，一个挨着一个，捡一圈蘑菇就能装满大半车筐。

那咋采呢？咱先在前几天到草场上瞅准了蘑菇圈，然后等下雨，等到秋雨下来了，算好时辰，后半夜赶牛车上山，这时候蘑菇圈里露头的蘑菇正好长成蘑菇钉，然后就下手快采。手脚麻利的人，也最多采三四个大蘑菇圈的蘑菇钉，天就大亮了。要是部落安排足够的人手在那时候同时采，就能把瞅见的蘑菇钉都采到手，那可就发大财了。

二是啊，口蘑运送难，比采更难。口蘑不光嫩，还特别脆。口蘑在雨水里长这么短的时辰，能不脆嫩吗。要是放在车筐里往回运，颠不了几下，一车的蘑菇全部颠成碎花，那就一文钱也不值了。咋办？咱带一把镰刀上山，先割草，在车筐底垫上二指厚的一层草，然后把采下的蘑菇钉把柄朝天，头朝下码放在筐底的草上。一层蘑菇码好，再割草，把一缕一缕青草塞在蘑菇柄和柄的空当里。塞好后再铺一层，然后码放第二层蘑菇。就这样一层草、一层蘑菇，把车筐装满。可赶车还得小心，车得慢慢走，颠多一点颠狠一点，照样会把蘑菇颠碎。为啥商号收上来的蘑菇碎的多，就是颠碎的。要是按咱的法子，准保个个原模原样，连缺边的都没有。

三是，晾晒难。晾晒比前两种活儿还麻烦费劲。这是节骨眼上的大活。蘑菇卖不上好价钱多半就是这个活计没干好。秋季采蘑菇，雨天多晴天少，水分这么大的蘑菇，要是不赶紧晾晒干，就准保发霉烂掉，那还能卖好价吗？只要蘑菇上有霉点烂味，商号都不收。咱用的是啥法子呢？咱在蘑菇圈最多的草坡上，先凑合盖一间土房，不漏雨就成。里面搭一个简单的矮火炕，在火炕上铺一层两三指厚的干沙。然后点火烘沙，把运回来的蘑菇柄朝上，放在热沙里烘。烘蔫以后，蘑菇发皱起皮了，这会儿就可以用针线穿蘑菇，串成一串一串的，挂在屋里木梁的钉子上，在热屋里接着烘烤。出日头的时候,都拿出去晒。烘蔫了的半干蘑菇,很容易晒干,用不了几天就能把所有的蘑菇钉晒得干透,这批货就是上上等货。

喔,还有两件事也很重要,得提前跟你俩说。一是,采蘑菇的时候,千万不能全采光,最大的蘑菇隔个五六步,就得留下一个,这是为了留种。大蘑菇张开的褶子里全是粉种,没粉种,第二年咋长蘑菇?反正大蘑菇也不值钱,千万要留啊;二是,用咱的法子采蘑菇,最好别让别的苏木知道。如果大伙都这么采,蘑菇多了,价就掉下来,咱们就要吃大亏了。

巴格纳和图雅如获至宝。

巴格纳深深地舒了一口气,和老张干了一杯酒,谢道:你说的,全都重要。我记住了,太谢谢你了。

图雅咯咯笑道:老张你真行,还有这么大本事哪。咱们要是派上全部落的老人、女人和能干活的孩子,把额仑大半的蘑菇钉全收上来,干这一把,就能把阿爸给客栈投的钱全都收回来了,这笔买卖非做好不可。到蘑菇圈里去捡鸭蛋元宝蘑菇钉,太好玩了,我这会儿就想去。我们蒙古草原人真是的,这么多的宝贝都不知道去捡。

巴格纳想了想,又问:好是好,可旗府不让盖土房,咋办?

图雅说:这是皇家的差事,谁也甭想拦。房子用完了再拆不就成了吗。反正,我要做,还要玩。我让老张带我去玩,我还要带我的小玩伴们一起玩,玩着挣钱最好玩。挣了钱我还要给小玩伴们买好多好多好吃的花生糖、关东糖、芝麻糖……

巴格纳笑道:天不亮,还下着雨,你爬得起来吗?

图雅说:早点睡不就成啦。下雨也不怕,披上桐油布斗篷,要不就披上能盖住头肩的薄毡子头套,就淋不湿了。

老张的眼睛闪着光亮,透着精明,说道:盖土房这事也不难,我还有一种最省事的法子可以代替盖土房。咱们客栈和部落有的是木头和桦木杆,就用桦木长杆架成一间房长的三角长棚,用柳条编铺棚顶,再糊上一层泥,就可当临时土房。房里的土炕也好办,咱客栈盖房正好有土坯,用来搭矮火炕。这种大棚拆也省事,不拆的话,只要春天再给大棚上一层泥,到秋天还能使。

巴格纳说：要是这事能成,你就是客栈正式的大管家了。一言为定。

老张说：那敢情好。先谢谢了。

三人起身去院北查看搭火炕的土坯。老张拍了拍码放到一人多高的几堵土坯墙说：够用。

第二天中午,小王让莫日根牵运鱼牛车,自己急忙跑进院对巴格纳说：西南边来了一拨人马,奔得很快,像有要紧事。

巴格纳、图雅和老张立即走向院大门,没想到伊登札布和老秦大哥各带一个随员,骑快马奔到客栈门口。大台吉下了马,将马缰绳交给小王,就直奔餐室。伊登札布笑呵呵地说：快上些茶,渴死了。我跟老秦有重要事情要跟你俩说。

图雅立即吩咐其木格备茶,同巴格纳陪大台吉、老秦进了小餐室。老张领着两个随员到大餐室。

一落座,伊登札布就对图雅和巴格纳说：昨儿一大早就出来了,已经跑了两个苏木,今儿晚上去住道尔基的蒙古包。我这回下来,是为三件大事,一件是再盯紧贡羊抓秋膘,一天都不能松劲。今年京城要的贡羊数加了两成,足额有赏,不足则罚。前面两个苏木的贡羊数原本就定得少,我看了膘情,勉勉强强,就看你们额仑的贡羊了。你们是主产地,一点差错都不能出,把额仑的人抓紧了,人才能把羊膘抓上去。

伊登札布喝了半杯奶茶接着说：第二件事是建木栏草圈和牛羊

长途迁场。我把你们部落建草圈和迁场的请求跟两个旗的亲王和王爷商议过了，都觉着这是两个好法子。他俩也没有忘记老祖宗抗白灾的老办法，经你一提醒，觉着今年就得用上。旗府现已经下令，让北边的苏木建木栏草圈并储草。还有，今年全旗北部的苏木必须调出三成牛羊长途迁草场。这些年白灾越来越重，东西乌两个旗的亲王和王爷，都担心今年再遭遇白灾，要是皇家贡羊出了大事，谁都担待不起。

第三件事也是件大事，还真是件新的大事，是好事又是难事。我还从来没碰上过。京城内务府采办处忽然点名要东西乌两旗的口蘑，要的量还不小，比常年多一两倍，也是足额有大赏，不足则重罚。王爷已经把总额分摊到各个苏木，也是赏罚都重。还让我亲自到额仑催货。他说皇家采办处说了，额仑乌拉盖的草场、风水、军马、贡羊、口蘑都是最好的，贡羊和军马上得也最多。可就是每年口蘑上贡上得太少，得想点办法多上一些。上面催得紧，我只好下来催你们了。

图雅问：今年咋回事啊？听说连张家口的口蘑都断货了。

老秦说：我们大盛魁一直给皇家宫廷办货送货，听京城理藩院的一位大臣说，今年初夏，第一拨乌珠穆沁肥尾贡羊进京以后，御厨突发奇想，何不用乌珠穆沁的口蘑和乌珠穆沁的贡羊做一道菜呢？这两样都是皇家贡品，贡上加贡，那味道准保错不了。于是，御厨就做了一道额仑口蘑红烧贡羊肉，在一次皇上宴请蒙古王公和满汉大臣的宴会上亮了出来。据说那奇绝的鲜香，盖过了所有菜，顿时满堂喝彩，赞不绝口。后来，御厨顺着这想法，又用口蘑和另一种贡品，东北林区的榛鸡，也就是俗称"飞龙"的珍禽炖了汤，也颇受皇家赞赏。于是口蘑很快就成了皇家八珍中最火的一珍。这下京城无处不口蘑，简直到了"无蘑不成宴"的地步啦。大官小官都跟我磨着要口蘑啊。

伊登札布说：口蘑红烧羊肉，口蘑清炖榛鸡，我都吃过，太鲜美了。你们客栈往后可以再加一道口蘑红烧羊肉，用二三等口蘑做就成，物美价廉，准保受欢迎。又转头问老秦：你们商号平常年景，在一个苏木能收多少口蘑干？

老秦说：上上等的蘑菇钉，也就四五十斤吧，上等的，一百三四十斤左右。普通二等货有上千斤。

伊登札布对图雅和巴格纳说：这回上面给我压了数额，我也给你们压个数。上上等的一百斤，上等的二百斤，普通货不要。这两种货收得上来就赏，收不上来就罚。咋样？

巴格纳说：成。只要今年不是旱年，就能收够数，准保不挨罚。我看这些年白灾连着白灾，天上地下水汽大，今年秋季多半不会是旱年，兴许还是个蘑菇大年。

伊登札布很高兴又有些意外，就将他领到另一间小餐室，关上门，说：你要是收得多，一定要单独给我留二三十斤上上等的。这半年我进京城或在旗里接待京官，大臣们一见我开口就要两斤三斤的口蘑钉。你想想在京城店铺里，有钱人家买口蘑也只是几钱半两的买，可大臣是几斤几斤的要，我要是这点事都办不成，想求上头办事批文就甭想了。还有，王爷那儿也得贡足，全旗的草场都是王爷的，你不贡足哪成啊。今年王爷给你们免税、批地那么痛快，你也得好好回敬才是。

巴格纳点头说：我明白，一定挑最好的给您和王爷。免税批地，苏木和部落都念您的好，没您说好话，王爷哪知道底下的事儿啊。

伊登札布微笑道：你是个跑遍东西蒙古和长城内外的人，往后我还真得多听听你的主意。这回两个旗都赞成建木栏草圈和牛羊迁场，还是因为我把你的对策提了出来，他们马上就采纳了。亲王和王爷也最怕大白灾。

两人又交谈起来。聊得蛮投机，尤其是防大白灾、建木栏草圈和长途迁场，两人好像都有说不完的话。

在隔壁小餐室，老秦把一布包的书交给图雅，轻轻说道：这是巴格纳跟我要的书，还有一些是我给他推荐的好书，有章回小说、诗集和史书。还有几本他让我专门给你买的蒙文藏族神话故事呢。当今朝廷严禁蒙古人读汉人的书，怕蒙古人长见识，不利满蒙联姻。清皇族就是下功夫读懂了汉人的《三国演义》，学会了谋略诡计，才知道咋打败和统治汉人。这十几本里的汉字书，你俩要小心藏好，千万别让人知道。这会儿他太忙，等到大雪封路以后，再慢慢读吧。草原半年的冬天，客栈像座断了音信的荒岛，不看书不读诗那日子咋过啊？

图雅姑娘见到书，开心地笑道：太谢谢你了。我喜欢看神话故事书。汉文的故事，就让他讲给我听。这个冬天的日子可就美啦。

老秦说：巴格纳从小就爱读书。他阿爸是我的蒙古语老师，是我最敬佩和爱戴的老师。我年轻时候也常常见到我的师母，巴格纳的阿妈真美啊，她是一个蒙古贵族的家庭教师的女儿，她那么善良，还爱诗爱读书。一个男人有了这样的好妻子，就一定会拼命要让她过上好日子的。他去跑西线，一是想到蒙古西部乌珠穆山祭拜祖地；二是跑长途可以多挣些钱养家。结果，官府怀疑他打着貂皮生意的幌子，来资助反清的西部部落，就把他秘密除掉了。那时巴格纳只有三岁，他阿妈才二十一二岁。当时商号里有很多年轻商人向她求爱求婚，我也是其中的一个。可谁都知道，像他阿妈那样身世和有骨气的女人是不会再嫁给任何一个男人了。她后来就在商号打杂，再靠她丈夫的朋友接济，一心一意教养巴格纳。可是她心里的情伤太重，又加上官府时常迫害刁难，贫病交加，不到二十六七岁就去世了。后来巴格纳就一直跟着我过日子，我送他上私塾，又在商号学做生意，我也只能悄悄地帮他……巴格纳这一代本来没啥事了，都第四代了嘛。可是他阿爸出事以后，官府又盯紧他了。这些年我管这条商道，前两年我把他从大盛魁西线商道拉回到东线商道，又给他做担保，他就安全多了。这会儿他不做游商，官府也松了一口气，可还让我继续盯着他呢，要把他说什么做什么定期上报给官府和理藩院。他的曾祖在蒙古人心中很受尊敬，官府很想除掉这种罪臣的后代。你让他千万小心，不能出一点岔子，让别人抓到把柄。这条商道的对手特别毒辣凶狠，巴格纳和你的客栈帮大盛魁抢了他们的好生意，他们恨透了他，巴格纳只要稍稍出点差错，他们一准下黑手。

图雅连连点头，说：我也害怕，可客栈没他真不成啊。

老秦慢慢说：我也得拼命把生意做好，多给官府大臣上贡，官府才相信我，我也才能护住他。这回上面高官都来向我要蘑菇钉，不贡足他们，往后的生意就没法做了……刚才，巴格纳答应得这么痛快，他真能收到那么多上上等的蘑菇钉？

图雅说：老张是采蘑菇的行家，他有好法子，一准能成。巴格纳哥哥说，这次一定要先帮你收足总店派给你的数量。他还想给你留一些上上等的好货呢。

那你就转告巴格纳，让他一定要自个儿多留一点，千万别都交上去。他能明白的。

图雅心里一直惦念着萨日娜姐姐，便问道：萨日娜的债真就不能转到你们的商号去吗？还能不能再想点别的法子救救她？我就这么一个好姐姐啊。

老秦叹道：小胜奎死活不肯转，只能想别的法子。娜仁其其格也在帮我呢。她还让伊登札布查这家商号干的坏事。她自个儿还专门找了几个被小胜奎坑害的家庭，给了我一些重要的线索，等到有了足够的证据，我们也会出手的……

伊登札布在门口招呼了老秦一声说：我还要去部落下达王爷的命令，先走了。

巴格纳、图雅、老秦和老张等人到大门口送走伊登札布和他的随员。老秦说：我也得赶到下一站去订货催货，先下手交定金。别的商号马上也要来抢货了。等我回来再聊吧。

巴格纳说：你把给我的定金先紧着给别家吧。

老秦说：成。还有，要是别的商号来要货，还是要给人家的，货量还是按常年的量给。老张应该知道，免得闹翻脸。

巴格纳有些担心地问：我请你雇打草工的事咋样了？这件事对我、对萨日娜、对部落来说更要紧。这会儿正是打草的最好时节，雇工最好早点来。你再给我调来三十把大钐镰，我要发给三个部落那些能自个儿打草的牛倌羊倌。

老秦认真又担忧地说：我一接到你让商号信使传来的话，就让旗里分店去办了。这些年农区的水灾、旱灾、冻灾一个接着一个，上牧区来找活儿的破产农民越来越多。雇人不是个事儿，有的是人。只要车队调度好了，下一趟车队就可以把你要的人带过来。我只是担心客栈一下子垫进去这么多的资金，要是收不回来，咋办？这可不是闹着玩！我怕客栈被拖垮，也怕你保不住掌柜这个好位子。

巴格纳着急地双手抓住了老秦的手，说：拖垮也得干啊。要是没有储备草，万一大白灾砸下来，三个部落垮了，客栈也得垮，萨日娜就没救了，那就要了我的命了。你们下的那么大的本也会打水漂。我已经豁出去了，你一定要把打草工快点送来。这件事比采收口蘑还要紧。求求大哥，千万帮帮我和萨日娜。

老秦终于感到了这件事情的分量，说：那我明白了。我一路上碰见回程的人，就一准下死令让他们赶紧办，我先垫点钱把人雇下来。你放心吧。

说完便带着随员骑马匆匆离去。

傍晚时分，又有两家其他商号的商人赶来，确定了货量以后，二话没说，全按市场最高定价交了定金，便急忙赶往下一站。

图雅对巴格纳说：商战真跟打仗一样。没想到，原先我们草原人捡也懒得捡的蘑菇，竟然惹出这么大的一场乱仗。这回咱俩真得拼了。我得让阿爸把全苏木三个部落的老人、女人和孩子都拉来采蘑菇。咱们明天就去部落。

晚上，巴格纳、图雅和老张找来分店主管林夏，还有其木格、莫日根，把客栈的事务交给他们临时代管。

图雅和巴格纳向莫日根交代：每隔三四天，下午到河边老地方给狼拉鱼倒鱼，倒完就走，不要停留。

巴格纳说：我还要交代你做一件更重要的事。你和小王在捕鱼和运鱼的空当，赶紧去做东墙外的木栏大草圈，顺墙建。尺寸大小就按上次我跟你说的做。一定要结实，草圈下半部的横栏要密一点，在我回来以前一定要做好，准备储草。

他又向林夏交代：过几天就会来六七十个打草工，咱们客栈留下八九个，给客栈的草圈打草。打草地点在客栈东北山后的草甸。我已经看过了，那儿的草又高又壮，有一万多亩，都是上等牧草。草高过膝盖，用大钐镰抢一刀就是一大抱草，虽说一个打草工一天只能打半亩多地的草。可是，一天下来就是两大车。草越高的地方打草，就越省工省钱。他们自己带帐篷，吃住自个儿管，只管打草晒草。你们啥都不用操心，就领他们看看草圈有多大，让他们知道该打多少草就成，等我回来再安排人往草圈运草。其他五六十个人，让商号车队送到部落去，我会让部落接待安排的。客栈的草打完以后，就让他们也到部落去，帮部落打草。还有，你俩要是忙得过来，再给打草工送些鱼，这些灾区来的人都缺油水。

老张又向他们细细交代了一会儿，就让莫日根叫小王和几个帮工天不亮就起来，把要带去部落的东西装车。

15

火呵,
母亲的火,恩惠的火,
慈祥的火,哺乳的火,
伊耶,伊耶,嗨伊耶,
火是闪着来,火是笑着来,
火是蹦着来,火是树上来,
火是雨里来……

——富育光《萨满论》

第二天早茶后,巴格纳和图雅两人骑马,老张和帮工全福赶着八辆牛车上了路。因为要到部落干活,老张特地带上会说不少蒙古话的全福下部落。八辆车里有四辆是从客栈羊群的蒙古包借来的。客栈原来的四辆车,只用了三辆,另一辆运送鱼的车,还得留给莫日根和小王。巴格纳和老张从库房待售的五六辆新车中调用了一辆。上路的八辆牛车,六辆装满了土坯,两辆装满了砖茶、布匹等日用商品。整个车队老张驾驭头一辆车,后面每辆牛车的牛头绳都拴在前一辆牛车的后横木上,车队都按照第一辆牛车的速度行进。全福坐在最后一辆车上,照看前面的牛车,要时刻注意牛头绳是否被拽断了，车上绑的东西有没有颠下来，车轱辘辐条有没有断裂，等等。车载沉重，牛车队走得比较慢。

巴格纳和图雅放慢马步一左一右走在老张牛车的两边，继续同他商量到了部落后分派活计的步骤和细节，初步商定在三个部落设三个点。先在札那部落搭棚，搭完以后，老张带上札那部落的几个帮工去古茨楞部落搭棚设点；巴格纳带上全福去道尔基部落。道尔基的部落最大，牧场也最广阔，道尔基又是苏木长，必须由巴格纳亲自去和他打交道。萨日娜就在这个部落，他自然更是要去，可是这次不能让图雅陪他一起去了。图雅到自家的部落建大棚设点，更能调动方方面面的人力物力。但没有图雅陪同，他还能顺利地见到萨日娜吗？他低头沉思，忐忑不安……

几个月来，客栈像亲戚一般款待全苏木上上下下，为牧人办了无数好事。巴格纳、图雅和老张，走到哪里都会受到欢迎，更何况是带着货物来的。走了十几里，老张催他俩快马快走，先去见札那。

两人夹马急行。图雅姑娘快乐得像只刚学会飞翔的百灵鸟，远比跟着巴格纳和大哥第一次去重开客栈的路上、唱《百灵鸟歌》的时候，还要开心。才三个多月，她感到自己像是收获了好大好沉的果子呦。来时还是一个傻花骨朵，这会儿，她已经是个大伙都听话服气的图掌柜了。再跟着巴格纳哥哥学上个半年，她将来也能撑起自己的那个小客栈了。只要请老秦大哥给她配一个像老张那样的大管家就成，实在不成就跟巴格纳哥哥要老张，把老张带走。好哥哥一定会舍得的。

可是，一想到明年就要出嫁，和巴格纳哥哥分开，她心里忽然涌起一种熟悉又陌生的情感。熟悉的是，巴格纳哥哥就好像是她曾经深爱的、此刻仍然爱着的巴图哥哥；陌生的是他不是马倌、不是赛马手、不是救养小鹅的巴图，而是人人都夸赞的客栈掌柜。巴格纳哥哥像巴图哥哥一样，心里只有萨日娜姐姐。如果不是为了萨日娜，他也不会来接手客栈。她相信，巴格纳会孤孤单单地死死守着天鹅姐姐，就像萨日娜死死守着巴图和小巴图一样。可是自己却不能长久守着巴格纳好哥哥，连一年都不一定守得了。在草原，蒙古贵族家庭一诺千金，婚约一旦订下，就如同不可更改的宿命……她心中叹道，还是老老实实跟巴格纳哥哥学汉话、学记账吧，和好哥哥一同过好眼下宝贵的每一天。

好久没有骑马在草甸上狂奔了，前面是一望无际、草原春夏秋中最美的秋花草场。图雅姑娘大喊：快奔起来。顺手抽了巴格纳的大白马一鞭子，便朝远处那个山坡奔去，那里有曾给她留下终生难忘回忆的花海梦境。

额仑秋天漫到天际的草甸山坡，是天下最自由最辽阔的花的海洋。亿万朵、千万丛、百万串、数百种的野花，赤橙黄蓝，姹紫嫣红，争芳吐艳，花浪滚滚，铺天盖地。花性那叫一个野，野出了让天下所有花中野花王都野不下去的野景。没有一花独放，没有一花遮天，没有一花独尊，没有花王至上。所有的花，不分贵贱，不分雅俗，不分大小，都有开放吐香、享受阳光的自由，都有展现自己花容花色，表达花情、花意、花赞、花怨、花怒的天然权利。连细丝花颈上开出的小米般的碎花，也在劲草的搀扶下，钻出草层，亲吻阳光，显露花貌。

风吹花动，额仑草原的野花太美太密集了。抓一把，就是一束花，不必修剪；搂一下，就是一个花篮，不用整理。躺在地上，被花埋葬；坐起身来，被花粉吻死。

两人鞭马冲上平展的坡顶，眼前是一大片十几丛、几十株繁茂茁壮的白色秋菊，每株上百朵，全蕾满开，白光耀眼，菊叶浓香，蜂蝶飞扬。两人跳下马，图雅弯腰采摘自己最喜欢的花。两人周围又是一丛丛株高过膝、全花无叶、金黄和粉白色的干枝梅,其间还夹杂着几棵柔嫩鲜红的山丹花。再远一点,是一大片长得高过白菊的大蓟花的紫花茸球,花球有牛眼般大小,一半已经开谢,另一半开得正旺。两匹马看到一年未见的美餐,瞪大惊喜的眼睛。图雅连忙给两匹马摘下马嚼子,马儿开心地打着响鼻,狂吃刚谢的花骨朵,一口一个,好像嚼食草原仙人果,吃个没完。两人深深吸着满坡的花香,感到全身的血液都香透了。

巴格纳惊呼:太美啦。要是能拉着天鹅姑娘的手,一同飞到这里蹚花赏花就好了。我真想给她编个七彩花环,戴在她脖子上……

图雅感慨道:我一到这里,就想起萨日娜和巴图的爱。那年秋天,也是这个时候,我跟他俩参加完一个远房姐姐的婚礼,骑马回来路过这里。他俩每次出远门,巴图总是给她骑那匹芍药黄马。他俩一看到这么美的花海,就走不动了。两人跳下马采花摸花,不一会儿就紧紧搂在一起,疯了一样地亲吻。要不是我在旁边,他俩就要一起滚进花丛里啦。看得我好羡慕哟……

两人又蹚着花丛走了几步,图雅继续兴奋地说:那时候,天鹅姐姐是个开朗快乐的诗人歌手,巴图是疯狂的赛马手,花浪花海像燃情火海,那天,他俩都激动得大喊大叫,又玩起了更好玩的爱的游戏,走!咱俩也去玩一把,可带劲了。我带你去玩。

两人给马带上马嚼子,骑马慢慢蹚过最密集的花丛,走到坡下落满花瓣的牛车古道。车道上没有草,没有遮挡,花瓣被风聚成堆、摊成片,填满车辙,整条古车道仿佛盖着两条长长的鹅绒厚花被。图雅骑在马上,在道旁慢慢等待,当有风从北边吹来,她倏然喊道:快把花瓣冲上天!

说罢,便带着巴格纳在花海花径上纵马狂奔,疾奔的八只马蹄夹带着狂风,踢刨卷起四道五彩花瓣的花浪,再借风飞向半空。图雅姑娘又大叫道：快转身！快去淋花雨！吃花瓣！

两人急忙勒马掉头，急奔了十几个马身距离，风稍稍一停，图雅大喊：勒马！两马猛然刹住马步停下。漫天的花瓣像缤纷花雨一样落下。两人仰面张口张手接花，口、脸、手、肩、身和两匹马的马背都接住了花瓣，小风一吹，花瓣又在他俩身边飞旋飘舞。两人久久不动，享受着花瓣花雨的爱抚。

图雅姑娘童心似火，玩上了瘾，又大喊：我刚才吃了一片蓝花瓣。我还要吃一片红花瓣。风来了，再冲！

两人抖落花瓣，拨转马头在花径上冲，等溅起的花浪飞上天，再折身回奔接花瓣。有时追不上花雨，有时只能冲进花雨边缘。冲了几次，巴格纳张大嘴吃着了两瓣，可图雅的小嘴却一瓣也没逮着。

图雅咯咯笑道：你嘴大，吃花就多。不成，这回我要让你在前面冲，我在后面花浪最密的地方等。你快去冲吧。

巴格纳笑道：成，我要让你吃个够。

说罢，掉头猛冲。大白马也似乎明白两位主人在玩啥游戏，便朝着花瓣最厚的花径冲奔过去。当图雅看到半空中花云密布，立即策马跑到花雨中心，张开小嘴追着花瓣接，一口一口一连接进嘴里两三瓣，激狂地大喊大叫，好啊好啊！然后，又让巴格纳哥哥停住，自己冲马飞花，再让他到花雨稠密处张口接花。两人玩疯了，交换轮冲，再回头兴奋地久久欣赏身后巨大花龙飞舞翻腾……

两人把脖子扭酸了才终于回过身来。图雅姑娘笑道：好玩吧？唉，可这不是我想出来的，是巴图好哥哥想出来的。他是马倌，秋天放马，有时会赶着马群，路过牛车古道，冲花浪，淋花雨，碰巧吃上过花瓣，心中才会有好点子。巴格纳哥哥，你要是真想得到萨日娜姐姐的爱，得想出比巴图这些玩法儿更神奇、更有诗意、更让她吃惊的花样来才成啊。木讷死板的小伙，灵气的才女歌手哪能看得上……

巴格纳长叹道：谢谢你，好妹妹。你让我尝到了他俩吃过的花瓣，让我知道他俩爱得有多么激情和幸福了。跟巴图比，我差得太远。他俩花海花浪中的"婚礼"，真让我羡慕和仰望……

图雅叹道：那时候我也爱巴图哥哥，连做梦都想他能带我一个人去冲花浪、淋花雨、吃花瓣。哪个姑娘只要被他带去过一次，就会一辈子爱他的。可他只带萨日娜一人去。

巴格纳说：连男人都会爱他佩服他的。

图雅问：你真就打算孤孤单单地守萨日娜，等她一辈子？

巴格纳怅望花海，又低头抬胳膊，把袖子上的一片花瓣吸到嘴里，一边嚼，一边说：守！在冲花浪、淋花雨、吃花瓣的美梦里守下去。往后我得狠狠地逼自己更大胆地闪出些有诗意、激情和让她吃惊的美事儿来啊。巴图对萨日娜的爱太难超过了。

两人急奔到家，大叫阿爸额吉，跳下马，在牛车轱辘上拴好马缰绳。家人都笑呵呵地围拢过来。额吉在图雅额头上亲了几下，又在巴格纳额头上亲了几下。图雅亲阿爸、亲额吉、亲斯琴高娃，亲了一遍又一遍。巴格纳也挨个与家人亲吻，亲到斯琴高娃时，她趁乱狠狠地抱住他，在他的腰胯部用力握了一把，并在他的面颊和嘴唇上快速猛亲了两口。

一家人进包刚坐下，札那就说：伊登札布刚走，你俩就来了。看来你们真打算下力气做这笔蘑菇大生意。巴格纳，你打算咋干啊？

巴格纳便详细地把老张采蘑菇的办法和窍门，以及他们几人商量的结果讲了一遍。还说，老张和一个帮工正赶着装满土坯和货物的八辆牛车往这儿走呢。

全家人听得连声叫：

好事啊，好事啊。

照老张的法子做，兴许真能成。

札那说：这回伊登札布也亲自来催这件事。看来口蘑还真是件惊动京城的大事了，这次咱们拼了牛劲也得把这件事办好。

图雅坐到阿爸和额吉中间，两位老人轮流把图雅抱在身旁，头靠头、手摸头，亲个不停。还不停地夸她，才干了几个月，全苏木的人都认她这个女掌柜了。

图雅笑道：都是巴格纳哥哥教得好，手把手地教，还特别耐心给我讲为啥这样做。天天教我几句汉话，让我多跟林夏、小王他们聊天。

斯琴高娃不知什么时候又洗了脸，更加清爽美丽，一个劲地给巴格纳添奶茶，还不断地向他投去勾魂和焦渴的目光，在他身边蹭来蹭去不肯走开一步。

札那说：当初，我和你额吉都觉着老张这人能干实在，才把他留下的。没想到他还藏了这么一手，这人还得重用、重谢啊。

巴格纳说：我打算等采完蘑菇就让他当正式管家。您看成吗？

成。你定吧。

两位老人都很惦念萨日娜。额吉问：你亲自给萨日娜送鱼、送粮、喂鹅、做炸鱼，还一直托他们部落的马倌和牛倌给她捎鱼捎粮，可她还是不肯到客栈见你吗？

巴格纳说：是的，她太爱巴图了，能撑到这会儿，真不容易啊。我只能一点一点帮她，安慰她，等她把心里的伤养好。

额吉叹道：全苏木、全部落的女人和姑娘们看在眼里，都好感动。好多姑娘都想嫁给你呢，可都知道没啥盼头，谁能比得上天鹅姑娘啊……到年底，我也出一些羊帮她还债。

札那对巴格纳说：全苏木的男人谁都不能从根子上帮她，大伙都把盼头放在你的身上哪。你就按你自个儿的想法，一辈子守着她吧。我看得出你是个很有耐心的人，咱们先把采蘑菇的事办好。客栈挣得多了，你就能多帮她一些。

然后，吩咐手下立即召两个儿子和四个十户长以及几个大蒙古包的家长晚上来此商议。又说：蘑菇的事还得快办，这雨说来就来。蘑菇圈哪儿多我最清楚。明天我带你们去搭大棚。伊登札布这回也不能不让盖棚了。再说，这是临时大棚，拆建都容易。

巴格纳听到"临时大棚"心中一动，来不及细想，但却牢牢地记在心里。他见蘑菇的事已定，马上又问：这会儿部落的木栏草圈建得咋样了？这件事更重要。

札那说：这事儿我一直没松劲。抓秋膘以前我就让四个十户组建好了四个草圈和一个专为一小群种羊建的小草圈。四个草圈都很大，还很结实，一个组建了一个。要是管用，明年再加。这次你请到打草工太好了，我还不知道上哪儿去雇呢，真是帮了部落的大忙。你有商号老秦他们帮忙真方便啊。工钱还是部落出吧，客栈第一年的花费大，把挣来的钱用在最要用的地方。

巴格纳说：那太好了。还是阿爸眼光看得远、看得透。在您手下干，最顺心。我想您能不能再多建两个，万一今年冬天大白灾就下来，四个木栏草圈的草还是不够啊。

札那说：这还得跟四个十户长商量商量。建四个草圈他们还不太愿意呢。

巴格纳又说：要是每个十户组只建一个大草圈，那能不能再增加储草量，最少要储上够两群羊吃两个多月的草。我可以让打草队多干些日子，就是草有点黄了，也要打下来。

老人点头道：成，这事我能定。我选的打草场，草又高又密，都是好草，再增加两成的储草量应该不难。打草场离草圈还比较远，把草圈附近的高草留给牛群羊群冬季吃。

巴格纳稍稍放下心来，说：那就太好了。我还有个法子，我这回让老秦大哥买了三十把大钐镰，让一些想自个儿建木栏草圈的人，自个儿打草，给自家的羊群建一个小圈。真到大灾来的时候，他就不用去挤抢十户组大草圈里的草了。

老人说：这法子好。我会跟大伙说的。

巴格纳问：旗里下令，今年冬初要让每个部落的三成牛羊长途迁场，部落能迁吗？

伊登札布下了死命令了，不迁不成，非迁不可。大伙觉着长途迁场也对，是为部落的牛羊着想。部落已经定了，让我二儿子布赫朝鲁带一个十户组牛羊，再加上别的组的两群牛羊迁过去。

巴格纳说：这样做，我就放下一半心了。他定了定神，又说道：我还想跟您禀报一件事，因为时令不等人，来不及跟您商量，我和图雅只好先做了。我想让另外两个部落，也是每个十户组建一个木栏草圈，再多打草、多储草。他们不想建草圈，主要是舍不得花钱雇打草工。这笔费用确实不小。我打算先用客栈的资金给他们垫上，他们再用明年采蘑菇和拉木头挣的钱来归还。如果白灾没来，草圈的草没用上，这笔垫付的钱就不用还，只有用这个法子才能让他们建木栏草圈。我真怕咱们苏木被大白灾压死，客栈也垮掉。这会儿，钱已经垫了三成，请的打草工也已经在路上。

札那吃惊不小，忙问：你估摸总共要垫多少钱？

不算咱们部落，大概要垫进去客栈现在收入的一半多。

这么多啊。太冒失了！

阿爸，您要是不同意，还来得及改。就让六七十个打草工只给咱们部落打草，我已经垫的三成钱，就刚好算作咱们部落全部的工钱支付。不过，我想为了预防那两个部落遭受大灾损失，还是应该冒这个险。客栈是整个苏木的客栈，客栈挣了钱还得用在苏木身上。再说，就算大白灾没来，要是来一场中小白灾，那些储草也能用得上，可以在春荒时防止羊群"春死"和给母羊保胎。只要他们用上储草，就会还咱们的垫付款。我还是请求您让我冒这个险。

图雅搂住阿爸脖子说：阿爸，您就答应他吧。他这么做，不是随便乱想出来的，他想了整个晚上，眼睛都熬红了。要是大白灾真来的话，那咱们苏木就垮了，萨日娜会被卖身为奴，巴格纳哥哥非急死不可，也会离开额仑啊。

札那的胸口像是被牛角顶了一下，他想了好一会儿说：你这么干，我真替你捏一把汗。你和客栈费了多大的力气，才挣了这些钱。几个月来，你一天都没歇过啊，一天还要干两天的活。全苏木的人都心疼你。客栈今年刚刚开业，应该稳当一点才对。头一年还是别冒险……可是你说的也有道理，这些年的雪是越来越大，我估摸今年的雪也小不了。有了草圈和储草，心里才踏实一些。你说就是大白灾没来，中小白灾来了，草圈的草也能用得上，这个理倒是能说动我。这么大的事，还是听听部落十户长们的想法吧。这事儿等晚上大伙儿商议后再定。

巴格纳说：谢谢阿爸一直帮我，那好吧，就晚上议。我再把我的想法好好说说。

札那说：咱们要把采蘑菇这一仗打好，也还能挣不少哪。要是能挣得多，倒是可以拿出些羊给那两个部落垫工钱。

晚上，在部落会议上，巴格纳冷静地解释了为啥要给两部落垫钱的理由，又说：如果真的垫错了，我就拿出我几年的薪酬来补偿客栈的损失。我最怕的就是大白灾真的下来了，全苏木三个部落的牲畜被大雪埋死。

图雅冲动地说：是啊，真到那时候，你们就该骂巴格纳和我了，为啥当初你俩不死命撑着垫钱。巴格纳想的全是苏木和部落的长远。再说，这次捡蘑菇也能挣不少钱，准能顶上垫钱的数目。我赞成他垫钱，就是垫错了也要垫，我可以再等两年出嫁。我俩就是给客栈再白干几年，也得让全苏木建木栏圈、储满草。这会儿连东西乌两旗的亲王和王爷都担心大白灾。

两位客栈掌柜说到这个份上，四位十户长和大家长们都被感动了，也感到了危险，便点头同意。

札那又想了一会儿说：好吧，我就和全部落陪你俩冒一把险。要是你俩赌赢了，那就又给全苏木干了一件大好事。我知道有些老人害怕大白灾，想自个儿建木栏草圈，自个儿打草。巴格纳给三个部落买了些大钐镰，过几天就送来。谁家想要，就到我这儿来领。下面，咱们再合计合计捡蘑菇的事儿……

16

  成吉思汗的九员大将在克鲁伦河畔打猎，看到了一只母狼带领着一个四岁左右的男孩在走。他们撵走了母狼，抓到了那个男孩，然后给那个男孩取名为"狼孩"并且教他学说人话。狼孩长大后当上了百户长。有一次，狼孩随着大军征战在野外安营扎寨，夜里突然听到了狼叫。那只狼在用狼语说"这里今夜要暴发洪水"。于是狼孩马上通知大军拔营迁寨，躲过了一场灾难。那天夜里果然洪水经过那里，卷走了驻扎在那里的敌军。那只母狼就用这种方法多次帮助了自己的孩子。懂得狼语的狼孩于是也多次帮助了成吉思汗的大军。

——[蒙古] 高陶布·阿吉木《蓝色蒙古的苍狼》

  第二天一早，札那让两个马倌分别前去道尔基和古茨楞部落通报，并让他们先做准备。上午，他亲自带一队牛车，朝着他知道的草地蘑菇圈方向行进。斯琴高娃带着亲友家的几个十一二岁的男孩、女孩坐着自家的篷车一同前往。牛车队装载了两个蒙古包的拆件、几十根桦木杆、七八块大毡以及铁锹、绳索等用具。还有一辆木桶水车和两辆载满干牛粪的筐车，五个牧人驾车跟车。老张在札那家卸下一部分日用商品，带着帮工全福，赶着一辆装载茶布的车和两辆载着土坯的牛车跟随。巴格纳和图雅骑马与阿爸在花海草甸里一路走一路聊。三匹马的嘴都没闲着，一路走，一路吃，空气里弥散着马嘴里嚼出的草汁花液的清香和苦香。

到了札那选中的地点，就可看到南面不远处一大片半阴坡上几十个大小不一的墨绿色蘑菇圈，但大部分的圈，都不是整圈，而是半圈或大半圈。札那说：整圈半圈都一样，都出蘑菇，只要草色深的草带八成都长口蘑。

这个地点在部落现驻牧地的西北部，两处相距二十多里。大忙季节很少会有人来此捡蘑菇。

老张乐得满脸放光，对巴格纳和图雅说：咱从来没瞅见过一个地方有这老些蘑菇圈呢。要是蘑菇太多，你们就让人赶紧先把蘑菇都采下来，别急着装车，就放在旁边矮草地上。记住要头朝上，要是把柄朝上，会积水，容易烂。蘑菇只要采下来就不长了，都是好蘑菇钉。然后装篮子，再装车筐。远处的蘑菇圈，最好让人骑马过去，也先采下来，放一边，再等牛车来拉。一年就这一次，一定要采干净。

巴格纳问：等收了蘑菇，给各家的砖茶和布，咋算咋给？

老张说：收完鲜货，每家先给两块砖茶和二十尺布。茶布不够的话就记账。等卖了干蘑菇以后，再算账咋样分。采蘑菇最难的就是烘烤和晾晒，部落和客栈应该挣大头。

札那说：成，就这样换货。利的大头要让客栈挣，客栈出力、出主意最多，应该多得。额仑人从来不会半夜就出来采。抓秋膘，人都快累死了，哪还顾得上采蘑菇。全苏木草场这么多的蘑菇，往年多半烂在地里了，要不就被羊群、黄羊、旱獭和老鼠吃了，真是糟践了好东西。蒙古人不经商就不会富啊。

老张又问札那：哪有水？柳条？

札那指了指北山说：那儿山下有泉眼，水足够用。再往西北一点的草甸里，就有一片红柳棵子。

两个蒙古包搭好以后，图雅和斯琴高娃收拾包里的住用，让仆人把日用商品全部搬运到另一个蒙古包。札那回部落，继续紧盯全部落抓秋膘，并准备安排打草工。临走时他说：要是雨下得大，就把大毡盖在棚顶上。雨不大，就用大毡来摊晒和盖蘑菇。经商跟牧业一样，也得靠天吃饭。

所有人都在老张的指点下搭大棚，砍运柳条、运水和泥、用土坯搭贴地矮火炕和烟筒、挖灶坑、运黄沙、编简易柳条编、用桦木杆竖成人字形三角架、架大棚顶部横梁，再架长棚，把火炕完全罩在大棚内，再用钉子将柳条编横着固定在大棚两边的坡面，外面糊两指多厚的泥。粗制快造，八个男人加两个女人、四个孩子只花了两天时间，就把简易大棚搭好了。为了抢在下雨前完活，两个掌柜亲自动手，连斯琴高娃都带着孩子们参与运柳条、编柳条编等轻活。

老张点火试火炕，倒腾了几次才成功。第一个商点总算完工。

图雅和斯琴高娃留下一个会烧火炕的外来户仆人，又留下三辆筐车和一辆水桶车，其余的人坐牛车回部落。巴格纳让老张先走，自己还要和图雅商量一些事，再交代咋管好这个点，然后才能回部落安排后两个点的事务。

巴格纳不太放心地说：图雅妹妹，你岁数小，还从来没单独管过一摊事。遇事你要多想想，要把老张说的那些重要的事情多细想几遍。实在拿不准的事就跟斯琴高娃商量着办，她能管半个部落，这摊事难不倒她的。

图雅不舍地说：三个多月天天跟你在一起，真不想跟你分开啊。有你在我就敢管，心里也踏实。你这一走，我心里空落落的……但是你的大事要紧，你还是快点去萨日娜的部落吧。这次一定要让她和弟弟来帮你打理那个点，这样就可以让她家多干点烘蘑菇的活，多挣些蘑菇来还债。

巴格纳说：我相信能办到的。还债是她最大的事，她会来的。

图雅说：那就好。今天我突然想起来了，三个部落都从夏季草场搬到秋草场了，她这会儿准保最难过。一离开小巴图的那个大水泡子，离得那么远，她就不能隔两天去喂它一次了。可小巴图正是养伤的重要时候啊。每年这段日子，她的心情最糟、最提心吊胆。小巴图也很危险，她就怕它上岸到旧营盘去找她。那还不得被狐狸吃掉啊？每年一直要到天鹅群南飞的时候，萨日娜才能把小巴图接回家。你主意多，得想办法帮帮她。

巴格纳忙说：在客栈的时候一听到三个部落搬到秋草场，我就想到这件事了。我打算跟苏木长道尔基借一匹马，一直借到天鹅群南飞，这样就能让萨日娜隔几天骑马带上食物，去看一次小巴图。

图雅说：还是你想得周到。

巴格纳在图雅额头上吻了一下，并告别了斯琴高娃，恋恋不舍地上马离去。图雅回到蒙古包里，抱住斯琴高娃默默流泪。

斯琴高娃轻轻抚摸图雅的头发，叹道：这样的男人，是最让女人伤心的男人。

第二天破晓，札那给巴格纳和老张各派了一个认路的马倌向导。老张让会搭火炕大棚的全福，跟巴格纳去道尔基部落。老张自己和部落的外来户帮工带上两车土坯和半车商品，前往额仑北部的古茨楞部落。巴格纳让全福赶着装着同样东西的三辆牛车，顺牛车道往东北方向走，自己和向导先骑马赶往道尔基部落。两个部落的主要驻牧点相距六七十里，中午前两人赶到道尔基的大蒙古包，向导马倌匆匆喝了茶吃了奶豆腐之后，便返身去接应牛车并指路，然后再返回马群。

道尔基苏木长见到巴格纳格外高兴，他全家和他带来的官府贵客，早已在客栈受到过巴格纳炸鱼宴的隆重款待，除了他家的长媳哈斯高娃以外，全家人都很喜欢这个把客栈办得远近闻名的年轻人，加上他是贵族后代，连平时不常在家的二儿子那森巴雅尔也对他热情有加。

道尔基笑道：我要是有你这么一个儿子该多好。这个客栈原本是旗府让我出资建的，可我就是找不着像你这样的人，才让札那建的。札那要是没有你，他也干不成，那他就亏大了。上回客栈收羊毛，让我们苏木多挣了两成利；抓秋膘以前，你让我们部落领头运木头，又让部落赚了不少钱，还得了不少木头和桦木杆。咱部落好些家都换了蒙古包的新大毡和新牛车哪。这回挣钱的事又想起来我了，太好了。你说咋干就咋干，我让那森巴雅尔帮你干。我刚把他从马群叫回来。

巴格纳谦和地笑道：我是蒙古部落的人，可一直没有住在蒙古部落。我特别想家，想回部落。见到自己部落的人就很想为他们多做点什么。

衣着贵气、银扣柔亮的那森巴雅尔说：每次我们部落的人到客栈，你都是酒啊、炸鱼啊、大葱馅饼这么招待，你不怕亏本吗？大伙都觉得不好意思了。

巴格纳说：咱们蒙古部落的人，都不会占客栈的便宜。每次你们部落的人来喝酒吃炸鱼，大多会带东西来换的。有一回你们部落的一家人给客栈留下那么两大罐羊油，给他砖茶说什么都不要。还说吃了两回炸鱼一直赊着，客栈也不催要，这次送还两罐羊油是应该的……真的，客栈招待咱们苏木的人，没亏本，还有不少盈余呢。

当然，客栈除了跟咱们苏木的牧人和大盛魁商号的人收低价，其他过往的商号车队、运盐的牛车队，还有旅客，收费还比较高，因为咱们客栈东西好嘛。客人也都说客栈干净，食宿价钱公道。

道尔基笑道：那就好。游牧草原最盼望能有个不挪动的商店，别再像上次那样开了两年就关门。这个客栈就是咱们三个部落自己的客栈。又说：你要的人手、桦木杆和蒙古包都给你准备好了。

巴格纳说：我打算请萨日娜一家来帮我烘蘑菇，当我的帮手，打理这个点。图雅说，要让她多挣点钱还债。

道尔基乐道：那咱俩就想到一块去了，我原本就想让她去的。上次运木头她家没男劳力，又没结实的牛车，没挣着钱。她阿爸的病活活把她家给毁了。那家商号也够黑心的，原来全部落的人都帮她家，可那债是利滚利地算，窟窿越来越大。前年还只欠三百多只羊，这会儿竟欠到五百多只，一共一百五十多只羊的利息，难还上啊。帮她的人慢慢少了，我心里也着急。这两年听不到她的歌了，就像牧人在草原见不到天鹅，天空都暗了不老少哪。

那森巴雅尔说：你和图雅能帮萨日娜当然好。这些年灾多，每家的损失都很大，好多人家也是债务缠身。让萨日娜去帮你烘蘑菇最好。我管部落的马群，知道哪儿有蘑菇，明天我带你去蘑菇圈最多的地方。额仑草场的水多，红柳多，蘑菇圈多，保你们采到最多的蘑菇。部落也盼着好歌手萨日娜，能还上今年的债，重新回到部落的歌会来。

巴格纳又把话题转到他更关心的木栏草圈上，说：苏木长，木栏草圈的事您打算做吗？这事情太重要了。札那部落已经做了四个大草圈，每个草圈都要储够两群羊吃两个多月的草，每个十户组做一个。还有人家打算自个儿打草做草圈，我也已经给部落雇好了打草工，过几天就到。要是有了这些草，抗白灾就有些底气了。但是算下来,一个部落要花费四五百只羊的打草钱。

道尔基叹道:草圈好是好,可是要出这么多的羊,真让人心疼啊。一个蒙古包一个冬季的肉食,才二十多只羊再加一头牛。四五百只羊,那可是二十多家一冬天的肉食啊。我真舍不得,往年没建草圈,不也好好地过来了吗?

巴格纳说:可是,这些年雪越来越大,万一来了大白灾,那可就不是四五百只羊的损失了,弄不好就会损失几万只牲畜啊。

老人有些为难,说道:那倒也是。可是这些年灾重、税重、上贡也重,压得大伙抬不起头来,我和十户长们商量过这件事。还是拿不定主意,就放下了。

巴格纳提高了声音说:我有一个法子,您看成不成。你们部落先把木栏草圈建起来,这个比较容易做,也不用花什么钱。你们运木头自己留下的那些就够了。我打算让客栈先给您垫付打草的工钱。假如白灾没来,打下的草没用上,这笔钱就算在客栈头上,你们不用还;假如白灾来了,这些草用上了,救了灾,保住了牛羊,那你们部落就用明年捡蘑菇和拉木头挣的钱还给客栈,您看咋样?

道尔基父子俩都深感意外,高兴得异口同声说:这法子成,太好了!

道尔基想了想,说道:只是,假如白灾没来,那客栈损失就太大了。我心里也不好受。客栈毕竟是咱们整个苏木的客栈,大伙都怕客栈再关门啊。

巴格纳说:为了抗灾,有时候是要准备付出代价的,但灾前垫一分,兴许就能抵上灾后补十分。札那阿爸也同意我先给你们两个部落垫工钱。就是有损失,我还可以再想别的法子来补上的。客栈应该为苏木出力……木栏草圈一定要大,一定要储得越多越好。

道尔基满意地笑道:你是个真正把心放在苏木部落上的人啊,

那就谢谢你了，也谢谢札那。好吧，这件事确实是件大事，抓膘再忙，我一定抽调人把木栏草圈赶紧建起来，也建四个。可是索海淖力布的十户组，仗着有一片迎风坡冬季草场，最反对建草圈。他准保还是不建。

巴格纳说：您再跟古茨楞部落说说，也让他们部落建木栏草圈。我也可以给他们先垫上打草工钱。

道尔基笑道：这样的好事，他们准干。好。我这就派人去说。

巴格纳见大事已妥，便喝了一口奶茶，又定了定心，说道：还有一件我的私事，想求您帮帮我。你们都知道，萨日娜救养了一只了不起的伤鹅，她把这只鹅看得比她的命还重要。夏天她住在湖边的夏季草场，可以经常去看它喂它。可是搬到秋季草场，远隔几十里，她家没牛车也没有马，就不能看它喂它了，她很着急。我想跟您借一匹马，就借一个多月，这样她就能去见她的鹅了，成吗？

道尔基说：全苏木的老老少少都敬重小巴图这只天鹅，咋不成呢。那森巴雅尔，你这就去马群给她挑一匹好马，快去吧。

巴格纳急忙伸手拦他，说：请等一等。又对道尔基说：我想借巴图原来骑的那匹额头上有白斑的黄马。图雅和塔娜跟我说过好几次，说萨日娜特别想念那匹马。巴图就是舍命让出这匹马给了蒙医，才救了她们姐弟三人和几个邻居的。这匹马是她和巴图最心爱的马，我一想心就痛。

道尔基眼睛有些潮润，说：成，这匹马是我家马群的马，就借她这匹马吧。它是对巴图和萨日娜最亲、最忠心的马，可它这会儿的精气神大不如从前了。巴格纳，札那跟我说过，你打算守萨日娜一辈子，看来是真的了。那往后等你富了，你就买下这匹马送给她吧。她是值得你守一辈子的好姑娘。不过，萨日娜一见到这匹马，她会更加想念巴图的，那你就没啥盼头了……

巴格纳说：那只天鹅和这匹马，都是她最爱的生死朋友。只要世上她爱恋的朋友多一些，就能帮她撑过这几年。这就是我这会儿的最大愿望。

那森巴雅尔感叹道：巴格纳，我的好兄弟。你等着，我这就去马群给你牵来。我要让天鹅姑娘今儿就骑上大黄马。

那就太谢谢了。

下午，巴格纳安排好帮工全福吃住以后，那森巴雅尔也将大黄马牵来了。巴格纳一见到这匹巴图和萨日娜的爱马，很是惊讶。这确实是一匹所有蒙古男人都会爱上的骏马，是一匹闻名全蒙古的乌珠穆沁马中的优等马：身架高大，体态匀称，尤其是它那淡黄色的皮毛光泽，使它像传说中蒙古黄金家族的黄金马。还有它的额头正中那一个纯白色的漂亮毛斑，真像一片白芍药花的花瓣，显得那样英气和醒目，甚至还有些妩媚。难怪萨日娜那么爱这匹马。但它的目光却深沉忧郁，饱含伤痛，有点像天鹅姑娘常有的眼神。

那森巴雅尔说：自打那次它去救厚雪中的巴图，没救成，自个儿又冻伤了。这一年多，它就一直无精打采，空有一副骏马的好身架，可跑起来跟老马差不离。可怜啊，它想念巴图和萨日娜。在草原上，天鹅、狼、马、狗最重情。情伤了，魂就没了。

巴格纳连忙上前抚摸马头，并双手捧住马头，在萨日娜和巴图常吻的白花瓣上深深长吻，然后对那森巴雅尔说：这匹马真俊美，我也爱上它了。我想还是早点买下这匹马送给萨日娜吧，那我就先跟你定好，过些日子就拿我一个月的薪酬付定金，明年一准全付清。

那森巴雅尔说：不忙，不忙。成，这匹马就归你了。

说罢，便给巴格纳指了指萨日娜家的方向。巴格纳骑着自己的白马，牵着芍药黄马跑向五里外的那个蒙古包。他的心怦怦急跳，比得到一匹用纯金打造出来的黄金马还要狂喜。他一边夹马小跑，一边扭头俯身，对着黄马的耳朵，大声叫道：萨日娜！萨日娜！我带你去见萨日娜！

黄马一听，一直低垂的马头立即昂了起来，睁大期盼的眼睛望着前方，并发出一声兴奋渴望的嘶鸣。

当快跑到萨日娜的家，远远看到她正在蒙古包前收拢晾晒的衣袍，巴格纳声音颤抖地喊道：萨日娜，萨日娜，你快来看看，我把谁给你领来啦。

黄马看见了那个顶上带有佛家莲花和云纹图案的蒙古包，便仿佛看见了萨日娜，立即恢复了沉睡已久的战马英姿，激奋地长嘶起来。

萨日娜听见喊声，又听见熟悉的马嘶声，往牛车上扔下衣物，连忙向来人来马快步走去。人到马到，马头上芍药花瓣白光闪耀。萨日娜未等黄马停稳，就上前一把抱住它的脖颈惊叫，扑在白芍药花瓣上不住亲吻。有多长时间没有在那白花瓣上亲吻啦，吻它就像是在吻活着的巴图啊。汹涌的泪水顺着脸颊流淌下来，她轻声念叨：夏勒迈勒（黄马），巴图迈勒（巴图马），我日夜思念的夏勒迈勒，总算见到你了，我想你想得心好痛啊……

黄马见到失散已久的女主人，颤声轻嘶，并用马头蹭摩女主人的肩膀和脸，用厚厚的嘴唇吻她的额头和鼻子。嘴里发出欢欣的呵呵声，还兴奋、自责、不安地左右来回腾挪后蹄，就像久别重逢的情侣互诉思念之情。

巴格纳下了马，见此场景，眼中溢出了泪水。

萨日娜从怀里掏出薄布巾，揩去眼泪，终于回过头来，对巴格纳说：谢谢你啊，你咋知道我想见它？我连做梦都想见到它。

巴格纳擦着泪说：你的事，就是我的事。我听图雅、塔娜和好多人讲过它的故事，也一直惦念它。这次，客栈要到三个部落采收蘑菇，要在你们部落建一个大棚烘蘑菇。今天我到道尔基苏木长那里商量这件事，顺便就把我一直想给你办的事办了。

萨日娜眼里的泪水又涌了出来，她扭过脸去说：谢谢你这么有心，带它过来看望我。你这是把半个巴图带来了啊。说罢，又不停地抹泪，但还是止不住。

巴格纳激动地说：不，不，我不是只带它来见见你。萨日娜，我已经给你把黄马买了下来。这会儿它就是你的马了，你俩往后就再也不会分离了。

啊！啊？啊……萨日娜猛地抱住马头，肩膀剧烈抽动，说不出一句话来。

巴格纳口气肯定地说：这是真的，这马是你的了。我刚跟那森巴雅尔定好了。过些日子我就交定金，明年全部付清。今儿有点晚了。过几天你再去见小巴图吧。我也担心它啊。

从天而降的意外惊喜，让萨日娜激动得仿佛身处梦中，她抬起头，面色通红，语无伦次，连说谢谢、谢谢……巴图让你来的啊？你真的又回到我的身边啦？

她搂着爱马的脖子，把它带到牛车旁，打开老旧的车箱柜，拿出一个被布包裹着的东西。打开布包，里面是一副马鞍，干干净净，一尘不染，定是被经常擦拭，每个大小铜泡钉依然柔柔闪亮。萨日娜把鞍子搬到黄马面前，黄马一见，立即上前嗅了再嗅，用马头慢慢蹭摩鞍鞯。它哀哀地轻嘶轻叫，似乎嗅出了巴图的气味。萨日娜却没给黄马备鞍，只给它戴上马嚼子。她把鞍子放在牛车辕木上，然后把马牵横了身子，靠近牛车，自己再手扶车轮登上牛车轴箍，双手撑马背骑上马。她仿佛有意要骑光背马，伏在马背上，再抱住马脖颈，就像搂抱着巴图，两个身体紧紧地贴在一起，然后才夹马又扬了扬马嚼子。黄马驮着女主人小心、稳重又轻快地跑起来，人马颠簸，围着两个蒙古包慢跑转大圈，一圈又一圈。黄马长嘶，萨日娜长哭。她身边仿佛没有巴格纳这个人。不一会儿，萨日娜让黄马慢慢跑向西边草甸，消失在夕阳的光辉中了。

巴格纳长舒了一口气，心说：还好，她没有向东边夏季草场的天鹅湖跑去。

萨日娜的两个弟弟和邻居塔娜一家人，都喜悦又不安地望着西方，巴格纳向塔娜的父母问候后，问道：我送她这匹马，对吗？

中年夫妇一人点头，一人摇头，叹道：不好说啊。

一直站在旁边看他俩的塔娜说：呀，你还真把她最想念的巴图芍药黄马送给她啦，你真是个好大哥。可是，她一骑上这匹马又该犯病了。你不知道，他俩在这匹马身上用情最深，一匹马牵着两个人的爱啊……米希格法师说，她遇到的那些事，放在谁身上，谁都扛不住。你冒冒险，让她犯犯病吧。是要让她发一发的，一直憋在心里，到时候攒在一块儿炸出来，就没命啦。

巴格纳面色发白，忐忑不安地说：我也这么想。可是如果出了大事，我的罪过就太大了。

塔娜说：巴格纳大哥，还是让她去跑吧。她抱住黄马就像抱住巴图一样。从前，他俩常常两人骑这匹马，巴图坐在她的后面，从后面紧紧抱住她。两人可黏糊啦，常常有马不骑，偏要两人骑一马，恨不得整天贴在一起。你送她这匹马，真是送到她心坎里了。可没准也是杀她的药啊……

巴格纳紧盯西边草甸，双手、十指、肩膀和胸口一阵阵战栗，说道：但愿她没事。过两天，她要是骑着它去看望小巴图，兴许会好一些。大黄马是不会杀她的。它头上的那片白芍药花瓣多漂亮，谁见了都会爱这片草原，爱眼前的生活。

萨日娜的两个弟弟也走了过来。额利说：那天米希格阿爸陪姐姐一起到河边喂鹅,他们俩都夸你,说额仑草原又多了一个真正爱天鹅的人,一直给两家的伤鹅送粮送鱼。

巴格纳说:我是真爱天鹅,出些麦粒鱼菜是我高兴做的事情。你姐姐不是宁可自个儿饿肚子,也要喂饱小巴图吗?这些天,你姐姐吃饭睡觉跟平常一样吗?

额利说:她还是一会儿好,一会儿坏,一会儿哭,一会儿发呆。有一天,她半夜走出门,后来跌倒在草甸里,幸亏我家大白狗跟着她,立马跑回来挠门大叫,我才跟着白狗跑过去把她扶回家。她还能走,可就像是在梦里。姐姐只有在喂鹅和做袍子的时候最专心,姐姐说,只有做好袍子才能挣出全家人和小巴图的吃食。

巴格纳从怀里掏出一包糖果,打开后拿了一大把给塔娜和她的父母,再把包递给额利。两个弟弟让着吃,很是快乐。

塔娜一边吃,一边说:我去给你们做饭,你就在这儿等等她吧。到天黑她再不回来,那就要招呼几个牛倌羊倌分头去找她了。

巴格纳一直揪着心、吊着胆站在门前空地,望着西边草甸。但又不敢骑马去找她,生怕她突然从别的地方回来。一直等到残霞消失、星光闪亮,萨日娜才慢慢地回来。她还伏在马背上,搂着爱马的脖颈,离蒙古包还有十几步远就滑下了马背。巴格纳急忙迎上去,发现她额上满是汗,贴着几缕头发,脸色苍白,两眼呆滞。像是在天堂遨游狂欢一番之后又跌回到冷酷的地面。他问候了几句,她也不回答,跟跄着走进蒙古包,拿出了小半盆麦粒,再摘掉马嚼子,端着盆犒赏她的爱马。一边看它嚼麦粒,一边抚摸白芍药。黄马满眼感激和幸福,嚼得开心,连打响鼻。

麦粒是草原马最爱吃的东西,大多数马一辈子都没吃到过。可从前巴图和萨日娜时常会用猎取的狐狸皮、獭子皮,到商号车队换麦粒。图雅曾说过,黄马有时候会带着马绊子,磕磕绊绊蹿到蒙古包门前，用马嘴拨拉开门，把大脑袋和整个脖子伸进来，吧嗒着厚嘴唇，讨要麦粒吃，让全家人笑喷了茶。苏米亚阿爸说是他俩把黄马宠坏了。

喂过马，她又走到车柜，拿出一个三扣牛皮马绊子，再把马牵到草甸牧草最壮最密处，给马绊上了三个扣，巴格纳见她在马前左腿腕扣上两个扣，在后左腿腕扣上一个。平时绊马都是绊三条腿，马就被马绊子"铐"得迈不开大步，但还能迈小步吃草。而此时黄马只有两条腿被束缚。这样，它夜里行走吃草就舒服多了，还可以防止它被路过的马群和马倌裹挟而走。她摘下马笼头，轻轻拍了拍黄马的侧胸，又捧住它的头，在那美丽的白花瓣上深深亲吻，仿佛在吻巴图，人和马四只眼睛都泪光盈盈，互诉只有彼此才能听懂的语言，又像在回忆从前的好时光。过了很久，她才走进蒙古包。

五个人围在矮桌旁，一声不吭地吃着肉干面片和巴格纳带来的张家口五香豆腐干。从未吃过豆腐干的两个弟弟和塔娜都很喜欢吃这种东西。巴格纳一句话也不敢说，不敢提巴图和黄马。只是小心翼翼地给她的碗里夹豆腐干。吃完饭，萨日娜的脸色才稍稍好转。

巴格纳看了一眼哈那墙上那些扎眼的破毡洞，蒙古包外的小风还把洞边的毡毛吹得抖动起来。他问道：上次图雅不是给了你三块新大毡吗？咋还不把这层破旧毡换下来呢？

萨日娜好像迟钝地回想了一遍他的话，才慢慢说道：我把那三块新毡都还给人家了……借了好多年，这次才还上……蒙古草原人的老规矩是，只有把借别人的东西还上以后，自己才能用这种东西。

那你从前借的毡子都还上了吗？

都……还上了。

那我再给弟弟们送几块吧。快到冬天了，不能让弟弟们和你挨冻。

两个弟弟都开心地叫了起来：

巴格纳大哥，太谢谢你啦。

去年可把我们几个冻坏了。后来米希格阿爸帮着在蒙古包四周绑上一层厚厚的生羊皮，才把窟窿堵上。

巴格纳还从来没有当过两个弟弟的哥哥呢，出自几代单传家庭的他，突然有了大家庭的感觉，蒙古族是钟爱大家庭的民族。但他心里隐隐作痛，如果再不减轻债务，其中的一个弟弟也可能被卖身为奴。

晚饭后，巴格纳给塔娜包了六七块五香豆腐干，她便告辞回家，好让他俩多说些话。

巴格纳望着神思早已不知游走到哪里去的萨日娜说：萨日娜，你听我说，听我说。我这次来，是为了采蘑菇。这可是个难得的好机会……

然后慢慢给她讲了口蘑价格暴涨的行情和客栈采蘑菇的打算。

他说：我想请你和弟弟去帮我打理你们部落的蘑菇大棚。苏木长道尔基也答应了，他原本就想让你去的。我给你算了一笔账，这会儿一斤上上等蘑菇钉，在张家口和京城已经涨了两三倍，在客栈商号分店也涨了一倍多，一斤干口蘑钉，大概能换六七只大羊的钱，可能更多。要是这次你和弟弟都来采收、烘烤、晾晒的话，最后能分到不少呢，要是能分到十斤八斤上上等的干蘑菇钉，那就能赚到六七十只羊。我把我分到的那一份全给你，图雅妹妹再帮你一把，那今年的一百五十多只羊的利息就能还上了。反正一定要把今年的债还上。

萨日娜只是淡淡地问：能吗？

能。客栈的老张是采蘑烘蘑的行家，我也知道了里面的窍门。客栈装满土坯和茶布的八辆牛车已经到了三个部落。明天就要动手大干了。

萨日娜仍然轻淡地说：我也采过蘑菇……我知道蘑菇不是年年都出。要是遇到旱年和涝年，蘑菇一个都冒不出来。

巴格纳说：你别担心，我想过了，我还有别的办法，还有些积蓄，我能把客栈做好的。今年的债准能还上，再过两年一定会把你的债全部还清。

萨日娜看上去十分疲倦。她往后挪了挪身体，靠上被垛，吃力地说道：你说的话，现在我有点相信了。可是，你辛辛苦苦这么多年，为了我，还要把以前的积蓄搭进去，值得吗……巴格纳，我是一个不会再嫁人的人。我死了，会到巴图那里去；我活着，只会想他一个人，已经不会变了。

巴格纳安慰道：你还是按你的想法生活下去吧。我一准会帮你生活下去。

萨日娜的心神似乎还在抚摸黄马额头上的芍药白花瓣，还无意中做了一个吻花瓣的细小动作。她心不在焉地说：那是你的事，可我真是不会变了。

巴格纳想了想问道：如果商号把你卖掉抵债，你知道会把你卖到哪里去吗？

萨日娜有些不悦地说：我的朋友娜仁其其格告诉过我，债主会把绿眼睛、蓝眼睛的漂亮姑娘，卖到女人最怕去的地方，只有那种地方才肯出大价钱来买……还有人说会卖给有大畜群的老头，等老头死了以后就再把她卖掉。要是那样，我还不如早点去见巴图……

巴格纳全身打了一个冷战，小心地说：你千万别这么想……这会儿你就放下心来吧。再熬一两年，我要让你和弟弟抬起头来，过上幸福的生活。明天你和弟弟一定要跟我去蘑菇点，这是腾格里赐给咱们的宝贵机会啊，千万不要错过。为了小巴图大黄马，为了两个弟弟,为了你自己宝贵的自由和才华,你也要去蘑菇点啊。

好吧……那就去吧。

跑了这么一大圈,你准保累了。早点睡啊。

……

巴格纳告别了还坐靠在被垛旁怔怔发呆的天鹅姑娘,骑着马朝道尔基的蒙古包慢慢走去。一路上,他深深不安,担心自己的这副好心猛药是不是用得太狠了。果然如道尔基所料,萨日娜在得到黄马以后,心思全转到巴图和黄马身上,再不愿和任何人说话。芍药黄马唤醒她的钻心悲痛,似乎比唤醒她的幸福回忆多得多。

17

  满清利用喇嘛教以统治蒙古人民，凡有兄弟八人者，七人须当喇嘛；兄弟五人者，四人须当喇嘛；仅有一人可为娶妻生子的平民。当喇嘛者有红黄缎子穿，又可坐享优厚的俸禄。女子没有充当喇嘛的福气，但又难找得相当的配偶。
           ——冯玉祥《我的生活·冯玉祥自传》

  道尔基部落的实力最强，为巴格纳调派的人手物资也最多。不到两天的时间，第二个大棚和商点就建好了。第三天一早，萨日娜带上一生羊皮口袋美食，骑着备鞍的芍药黄马，奔向夏季草场天鹅湖，奔向她的牵挂，她心中残存的最后一块爱的乐土。

  马群主管那森巴雅尔按照巴格纳的要求选的地点，似乎比札那部落的那个点更好：蘑菇圈又多又密，附近草甸有一大片红柳丛，可供编篮、编柳条编之用。在山坡下还有一个不大不小的泉湖，泉水从湖底冒出，将一片低洼地变成了一个水泡子。湖水再从一个缺口流向更低洼处，积成一大片水草茂盛的沼泽，一些小水鸟在湖水里游弋。泉眼附近的水面，湖水清澈见底，这里是马群饮水的好地方，也可供大棚烘蘑人用水，巴格纳第一次带萨日娜骑马来此饮水的时候,她面对清清的泉水和碧绿的水草微微一笑,好像飞越了广阔沙漠的天鹅一样。这是巴格纳第一次见到天鹅姑娘美丽入心的笑容。此地景色如此动人,能够与天鹅姑娘同桌吃饭,一起烘蘑,朝夕相处十几天,这不就是他梦中的草原天堂吗?

巴格纳和那森巴雅尔检查完大棚都很满意,只是此地距部落的驻牧点远了一些,调动部落人手不太方便。两个蒙古包比第一个点的蒙古包大了不少,东边的一个包多了一扇哈那墙。他俩回到蒙古包里喝奶茶,茶中有炒米、红糖、奶豆腐、黄油馃子。矮桌上还有一盘奶皮子和一小罐黄油。在额仑草原,凡是部落的群体劳作,食住方面部落总是供应充足,而对客栈掌柜巴格纳更加优待。

那森巴雅尔说:巴格纳,你真是好样的。掌柜亲手和泥、搭大棚、砌土炕。早年蒙古部落的贵族都是这样,穿得最破,冲在最前,死得最多。我也知道客栈为啥红火了,有你这样的头狼,附近的狼群都该给你让地盘了。还有啥要我做的尽管说,别客气。

巴格纳说:你能不能给我这个点,再配一匹带马鞍的马,这样我可以再派人去找蘑菇圈,那采蘑菇就更快更多了。采收完蘑菇就还你。

这好办,等我回去,就派人给你送过来。在我这儿,就当是你的家。又问:萨日娜得到黄马高兴坏了吧?

是高兴坏了。可是她的病好像更重了。常常骑着它,抱着它的脖子在草甸里溜达,半梦半醒的,谁也不理睬。

那森巴雅尔说:那也比从前好。从前,她除了喂鹅从来不到草甸溜达。多在草地上走走,透透气,晒晒太阳,身子骨慢慢就会好起来的。

说罢,便起身出门回家。

直到傍晚,萨日娜才回来,面带倦容和些许喜色。她给黄马饮了水，上了绊子，又一次吻了白花瓣。巴格纳赶紧给她热了茶，端上一碗。她喝了茶，吃了几个黄油馃子以后，就开始准备晚饭。巴格纳连忙上前帮她打下手。给她从木桶水车打来洗脸洗手水，端来一簸箕干牛粪，用长铁钩捞锅中的手把肉。此刻，商点只剩下巴格纳、萨日娜和两个弟弟，还有两个帮工。一个是从客栈带来的全福，另一个是部落派来的外来户。晚上，六个人围着矮桌吃新鲜手把肉。两个弟弟都有小狼一样的好胃口，高兴地抢吃平时吃不到的羊胸椎、羊肥肠和羊肋条。

巴格纳小心地问：小巴图好吗？

萨日娜想了一会儿，终于开口说：它好可怜，一直在湖边不太远的水上望着岸，等着我。它懂事，不敢靠近岸边，它怕狐狸，能闻见狐狸气味。搬家以后，我和它六七天没见面了。天鹅都知道牧人会经常搬家。每年秋天这一个多月，小巴图知道我搬家走了，见不到我，它都会瘦好多。可这次它没想到这么快又见到了我，还给它带来它的老朋友大黄马，高兴极了。一上岸，张开一扇翅膀就去抱马的前腿，黄马也好开心，低头亲它。对草原动物来说，情感比食物更重要。这两天，我在草甸里掐了一些天鹅爱吃的嫩草，切碎了拌上麦粒，虽然没有鱼，它也快快乐乐吃了个饱。我们三个在湖边玩了好半天，好久好久没有这么快乐了。可是分别的时候，它抱住我，伤心啊，不想让我走。但黄马大朋友吻它安慰它，它这才松开了翅膀，让我骑马走了。

巴格纳舒了一口气，说道：这样就好了。它怕狐狸，不敢上岸，我就放心了。往后，你就多去看看它吧，我要是有空也陪你一起去看它。

骑着意外重逢的巴图大黄马见到了日夜牵挂的小巴图，似乎给了萨日娜几分活力，她渐渐有了些谈兴，说道：回来的路上我还专门去看望了米希格阿爸。他上个月在湖边又救了一只被狐狸咬伤的大雄鹅。那天，一对大鹅冒险上岸吃嫩草，没想到有一条狡猾的狐狸早就盯上了它俩，埋伏在高草里匍匐接近，这时候一群小鹅也想上岸，鹅妈妈就把小鹅赶回湖里，自个儿也下了湖。狐狸一看岸上只有一只大鹅，就猛冲过去，母鹅看见了大叫。天鹅只怕狐狸偷袭，面对面地打，狐狸往往打不过大鹅。大雄鹅听见叫声连忙转身，再猛啄狐狸，就没让狐狸咬着长脖颈，但它翅膀被咬了一口，幸亏被厚厚的羽毛挡了挡，伤得不太厉害。雄鹅雌鹅一叫，附近的几只大鹅全都飞追过去狠狠啄咬狐狸，好像还啄瞎了狐狸的一只眼睛，地上留下一摊血。可是那只被咬伤的雄鹅疼得不会飞了。那时阿爸正骑马下坡到湖边饮马，看到了这一幕，就高喊着奔了过去，连忙抱住受伤雄鹅，用自己的嘴给它吸脏血，吐掉，再上药疗伤。阿爸总是随身带着药瓶药包的。雄鹅很顺从地被阿爸放到鞍子上，再上马，坐在马鞍后面搂抱住它走了，妻鹅也跟着飞到了阿爸的家。以后她每天都飞来看它。要不是湖里还有它们的几只小鹅，妻鹅必须回去照顾，她一准会陪着丈夫住在小棚里的。雄鹅在小棚里住了十几天才养好了伤。米希格阿爸还让我谢谢你，送给他那么多鱼麦菜。他看到我骑了巴图的大黄马，忙问是咋回事，我告诉了他，你买下这匹马送了给我。阿爸连声说"没想到，连我都没想到啊"。他夸了你半天呢，还让我多跟你说说话……巴格纳，我替米希格阿爸、小巴图、大黄马和那两只受伤的鹅，谢谢你。

巴格纳第一次听到天鹅姑娘平静轻松地跟他讲这么多的话，还这么诚心诚意地谢他，悬了四天的心总算落回心窝。他忙说：不用谢，不用谢。看到你这会儿有两个最爱你的好朋友陪着，还可以经常骑大黄马去看小巴图，我就不太担心了。在没下雨以前，你要牵着马多到草地上去走走，遛遛马，心里慢慢就不憋闷了。

晚饭后，两个帮工回西边蒙古包，巴格纳和姐弟三人又继续聊天。他感到在她面前不太紧张了，但还是不敢大意。他记得大弟额利讲过的事情，过一会儿她还会是这样平和吗？

萨日娜望着巴格纳说：我知道你喜欢我的歌。这几个月，你一直在帮我，帮其他救养天鹅的人，这回还把芍药黄马买下来送给我。米希格阿爸说，这是全苏木所有男人都想不到、就是想到了也不愿做的事情啊。只有你才真正对我好……我没啥可回报你的，那我就学天鹅，唱一支歌来谢谢你吧。

巴格纳受宠若惊，结巴地说：你唱歌，给、给我？太谢谢了。

萨日娜说：是的，是给你唱。这首歌叫《天鹅归来》，是我以前写的。那年开春，我和巴图在湖边看到第一拨天鹅从南方飞回草原家乡，就写了这首歌。我心里也总想弄明白，大部分的天鹅夫妻为啥不离不弃、恩爱终生。我和巴图为这个话题聊了很多日子呢，我俩看法是一样的，就写了这首歌。我唱啦：

嘭嘭、嘭嘭、嘭嘭嘭，
万羽天鹅万里归来扑水中。
母亲河湖为儿为女洗南尘，
儿女拥抱故乡亲水歌声隆。

情侣难忘起落南国凶险程，
互帮互救互念互歌闯天穹。
夫鹅绕颈柔柔再求爱，
妻鹅低头仍如新鹅羞羞容。

妻鹅曲颈转头扭向西，

>夫鹅同向转头应答不向东。
>妻鹅曲颈转头扭向东，
>夫鹅转头应答跟你飞相同。

>对对天鹅围成舞圈夸伴侣，
>个个赞己爱侣情最忠。
>斗歌竞舞表功争高下，
>莫辨哪对不是恩爱双峰。

>年年两次万里险途相伴飞，
>天鹅不离不弃挚爱至终。

啊。巴格纳由衷地赞道：你的天鹅歌真多啊，一首比一首打动人的灵魂，还耐琢磨和回味。只有养了十多年天鹅的天鹅姑娘，才能写出这样美到人心里去的天鹅歌啊。我第一次知道，天鹅情侣"年年两次万里险途相伴飞"，是天鹅挚爱一生的一大缘由。从前还真没听人说过。南国农夫俗人信奉"民以食为天"，那里有些人特别喜欢吃天鹅肉，做天鹅羽毛扇、织天鹅绒锦袍。专门到苇塘湖泊里毒杀射杀，还用抬枪轰杀天鹅，一死一大片。南国确实是凶险之地啊。天鹅情侣风险长途，相依相伴，年年如此，相互之间是一种以命相托的爱和信任，所以天鹅情侣哪能分得开？你和巴图小时候趴冰救小鹅，多惊险。后来十几年，年年救养天鹅、放飞天鹅，多辛苦。你们俩有共同的爱，所以也就像天鹅那样专一相爱啊……

萨日娜说：你明白这个理，最好。

说罢，萨日娜的眼睛像冰冷的绿宝石，直愣愣地望着他，又回到三天前的那种神情。巴格纳感到一股寒气从她的眼里贯穿到他的全身，他自知失言，便慌忙起身，说：不早了，你又跑了这么远的路，快休息吧。

他刚推门出包，就听到她扑倒在地毯上，叫了两声，巴图，巴图……两个弟弟也跑过去叫姐姐、姐姐。他停了步，但又不敢回她的包，怕再刺伤她。他只好回到西边的包，躺在自己靠东边、最靠近萨日娜的铺位上。他深深责怪自己，并开始琢磨萨日娜为什么心情刚好一点就给他唱这首歌，看来，她还是为了提醒他不要打扰他俩继续相爱。

但是，萨日娜越是爱恋巴图，巴格纳却越是深爱和敬重萨日娜，也更加敬佩巴图。他俩的爱正是他心底梦想和追求的天鹅之爱，也是萨日娜在歌里唱的"天爱"，那是一种天长地久、直到死亡的爱。

老张的大棚建得也很利索，可是地点却不如札那部落的那个好。这里的蘑菇圈分布得很随意，而且，草场比较平缓，矮山丘陵不多，很难一眼望见蘑菇圈，看到的全是高草和天地线，捡蘑菇很不方便。有时人就是从蘑菇圈附近走过，也看不到深色草。于是，老张请古茨楞给他多派几匹马，多增加牛车，以加长找蘑菇圈的路线，并在发现蘑菇圈的地方插上绑着红布条的柳条杆子，来确保产量。古茨楞答应得很痛快。蒙古部落之所以像一个攥紧的拳头，就在于它是一个有亲缘亲情、互帮互助的大家族，只要你不断做对部落有利的事，部落所有成员也都会倾力帮助你。老张虽是外来户，但他是札那客栈的管家，所以古茨楞部落的首领和牧人也都给了他最大的信任和让他满意的帮助。

老张终于放下心来，他最担心的事没有发生，那就是大棚建了一半雨就下来了。等待，是他这会儿最得意的事情。他完全做好了抢收那些只在半夜清晨里一闪而过的元宝蘑菇钉的准备。

图雅和斯琴高娃在巴格纳走后，又等了三天，已经等得不想再等了。但又怕刚一走雨就下，那还不被全部落的亲戚族人骂死。图雅姑娘发现自己这个掌柜一离开巴格纳，一点都掌不了柜。斯琴高娃把图雅在客栈三个多月的故事听完之后更是坐不住了，图雅知道斯琴高娃那里连三天的故事也没有……两人都不约而同去猜想巴格纳和天鹅姑娘在那孤独的两个蒙古包里会咋样。她俩估摸，这会儿三个部落的男人女人也都在揣测，能干的客栈掌柜和美丽的天鹅姑娘，调配在了脱离部落那么远的商点，总该发生点故事吧。大伙对巴格纳用请萨日娜打理采蘑点的办法来帮助她，深深感动和钦佩。他俩是全苏木和部落最关心的人，他俩任何一点点进展和挫折，都会被迅速传扬。但大伙都对巴格纳买下那匹巴图黄马送给萨日娜议论纷纷，都不知是对是错，是福是祸。可是，几乎所有人都相信巴格纳不管萨日娜以后嫁不嫁人，真是要守她一辈子了。几个萨满法师和一些老人开始为他俩祝福祈祷。

图雅和斯琴高娃也从路过此地的马倌那里知道了这些事情，图雅说：我也没想到，巴格纳哥哥会把那匹芍药黄金马买下来送给天鹅姐姐。我给他讲的故事，他全听进去了。可是……那匹大黄马身上有多少巴图的气味和故事啊，萨日娜只要一骑上芍药黄马，一闭上眼睛，她就在花海花浪和巴图的怀抱里了，哪还会再去看巴格纳。唉，只有真心爱她的人才会做这样的傻事啊……巴格纳哥哥真好。

斯琴高娃说：我觉得巴格纳不比巴图差啊，有些地方还要比巴图强呢。比如他见多识广，又是蒙汉通，还会做生意，才几个月就让客栈起死回生，给全苏木做了那么多的大好事。

图雅说：我觉着巴格纳再好也还是不能跟巴图比的。巴图跟萨日娜两个人从刚会走路，就一起跟大人养天鹅，他俩才是真正的天鹅情侣呢。可巴格纳连一只天鹅都没有养过。巴图还把自个儿的命毫不犹豫地给了萨日娜。

斯琴高娃说：那倒也是。

图雅叹道：可怜的巴格纳哥哥，他也尝到了我当初追不到巴图的痛苦滋味了。

斯琴高娃说：我也难受……

忽然，包外传来狗叫声。咦？阿爸来了。图雅听出了自家大狗黑虎的叫声。连忙起身出包，刚一推开门，一条大黑狗扑过来，把两只前爪搭到她胸口上，咧着大嘴哈哈地向她问好，尾巴抡圆了摇。不远处两匹马正朝这边跑来，一看是阿爸和大哥白依拉。两人下马，马身汗淋淋，马毛一缕一条地贴着马皮闪闪发亮，像是从很远的地方跑来。

图雅和斯琴高娃高兴地问：你们咋来了，从家来的？

札那阿爸说：不是，是从巴格纳那边来的。

图雅乐得蹦起来：快说说，他那边咋样？

四人进包喝茶。

札那舒心地说道：昨天上午，我和白依拉去道尔基那儿商议全苏木三成牛羊迁场、建木栏草圈、打草和捡蘑菇的事，下午就到了巴格纳那个大棚。巴格纳不在包里，他一早就带了萨日娜的大弟弟骑马去找更远处的蘑菇圈了。那个帮工正在教萨日娜和小弟弟编柳条篮子和平板大柳条编。萨日娜说，这是巴格纳让做的，篮子用来盛刚采下来的蘑菇，平板大柳条编用来晾晒蘑菇，透气、干得快。她还让我到这儿来叫你们也赶紧编。我和白依拉又去看大棚，地炕的小火还在烧着呢，沙已经烘干，蘑菇一下来就能烘。那棚子也比咱们这个棚大不少，还暖烘烘的，没有一点潮气。

白依拉说：人家那儿可忙了，吃过晚饭聊上半个时辰就睡觉，第二天一早就干活。不像你们这儿人都闲待着，干等，大棚里准保潮气很重……萨日娜得到那匹大黄马以后，气色好了不少。她还能抽空去喂小巴图了。

札那说：昨天，一直到傍黑，巴格纳他俩才骑马回来，他说在北边的山里又找着一大片有蘑菇圈的山坡，到下雨的时候，还要派人到那儿去采。巴格纳真能干，他把道尔基给说动了，他们部落也做四个木栏草圈。这样的话，全苏木抗白灾就有点把握了。巴格纳的心思全在蘑菇上，在客栈、部落和抗大白灾上。可说到底，还是在萨日娜的身上。能把萨日娜和整个苏木部落爱在一块儿，这样的小伙我还真没见过。

说罢，札那起身出包，看了看天气说：这两天早上起来，草尖上都是露水，我看还是下不了雨。然后又进包坐下说：图雅，今儿早上我出来的时候，巴格纳想了好一会儿才说，要是这几天下不了雨，能不能让白依拉替图雅顶一天班，让她来一趟。他想让你给萨日娜宽宽心。他还有好多蘑菇上的事要教给你。我说，还得看天气，要天真不下雨，就让她来。

图雅叫道：我要去，我要去，我可想他俩了。

札那笑道：成，你赶紧收拾收拾骑马去吧。先到道尔基那儿，再让人领你去。今儿我和你大哥就替你顶班，就是下雨我也会弄了，你快走吧。

图雅雀跃得几乎踢翻了三腿三箍的火撑子炉，又连亲阿爸和大哥好几下。斯琴高娃也很高兴，今晚可以夫妻相聚了。

图雅快马刚走，札那就吩咐帮工点小火，烧炕、烘沙、烘大棚，准备第二天再去砍柳条，编篮子和大柳条编。札那又对白依拉说：明天我也去找找更远处的蘑菇圈。

不一会儿，一匹快马赶来，部落的传令骑手说：几个十户长让您快回去呢，商号车队把打草工和钐镰送来了。给咱们部落留下二十个人，其他几十个人分给了那两个部落。说这是巴格纳来部落以前就安排好的，打草工等您安排打草地点呢。

札那大喜道：巴格纳和老秦办事那叫一个快，我这个老头快跟不上趟了。商人比蒙古骑兵更知道"兵贵神速"。我这就回去。明儿就带他们上木栏草圈附近的打草场。

说罢，骑马同传令骑手奔向部落驻地。

晚上，巴格纳正在给萨日娜和她的弟弟讲故事，讲商队在蒙古中部遭遇马匪抢劫。那天，他恰好骑骆驼去为商队找水源，才躲过一劫。回来后看到驼队、货物已被劫走，全队的人都被布蒙上眼睛，捆绑在地……

忽然一阵马蹄声和"巴格纳哥哥、巴格纳哥哥"的呼喊声传来。一听见图雅妹妹叫他的声音，巴格纳惊喜地应了一声，呼地站起来跑出门外，说：啊，这么快，我当是阿爸不让你来呢。

阿爸说是你让我来的？

是的，我想请你来陪陪萨日娜。你一来，她就高兴，咱们三个能聊到一块儿了。她太需要快乐，你们姐妹俩也好久没见面了。

萨日娜说：我好想你啊。

图雅上前拥抱亲吻萨日娜，连叫：好姐姐，好姐姐。听说你又骑上了芍药黄金马，我也想骑。它也是我最想念的朋友啊。

巴格纳拿出一包芝麻糖请两姐妹和弟弟们吃。他说：本来想等到蘑菇采收成功以后才拿给你俩吃的，今儿看你俩高兴就不藏啦。再说，到这会儿还不下雨，今年采蘑菇能不能成功难说啊。

萨日娜和弟弟们开心地吃了起来，都说好吃，从来没吃过。巴格纳又拿出一瓶好酒，给姐妹俩各倒了一杯酒，三人边喝边吃边聊。

图雅笑问：天鹅姐姐，你打算啥时候把小巴图接回家？

萨日娜说：要等天鹅群开始南飞，就把它接回家。小巴图可盼望我去接它呢。每年天鹅南飞，最早迁飞的是这年没孵出小鹅的大鹅夫妻，和还没有到婚嫁年龄的两三岁的大鹅，它们没有领飞小鹅的负担，可以结伴先走。然后才是大鹅夫妻们带领当年出生的小鹅和小鹅的哥哥姐姐们飞走。小巴图只要一见天鹅群南飞，就受不了。它和它的公主飞过南方好多次，可再也不能跟她一起飞了，连自己想飞也飞不了，那个滋味真是比死还痛苦啊。你知道吗，天鹅的气性很刚烈，当情侣死亡或是被剥夺自由的时候，一些天鹅会自杀的。有的飞上天再猛地收起翅膀，大叫着撞地而死，有的钻进水里呛水而死，有的不吃不喝绝食而死。所以，这种时候的小巴图需要特别照顾和贴心爱护，得先把它接回家。晚上它睡在我的头旁边，常常亲我。它还叼我的头发，让我把脸对着它。我现在是它生命的唯一支柱，它也是我生命的主要支柱。这会儿，巴格纳还送了我另一个支柱——我亲爱的芍药黄马，我的日子就好过一些了。

图雅说：我很想念小巴图。今年你去接它的时候，一定要提前告诉我，我要和你一起去接它。

萨日娜说：不一定来得及告诉你们，有时候天鹅群突然集体南飞，我就得马上去接它。要不，它会急得喊哑嗓子的。

巴格纳说：我也想跟你一起去接它回家，可你这么一说，那就由你来定吧……把我们受重伤的小英雄接回家，让它回到食物充足的家，和亲爱的妈妈一起度过冬天，这是人间最温暖的事情。

萨日娜感慨道：和小巴图一起过冬，我能够得到很多爱和快乐。天鹅重情，它任何时候都在关心留意你的心情，只要你有一点点不愉快，它就会看出来，马上过来用翅膀、长脖颈和头来安慰你。巴图是天鹅，他为我而活、而死；如果我也是一只鹅，就得为小巴图、大黄马和弟弟们而活。可我还不是真正的鹅，我真想早点飞到巴图的身边，为巴图而活、而死啊。

巴格纳小心地劝慰道：人生很短，你一定要忍痛活下去，熬过短短的几十年，你俩就能相会了。我愿意陪你守这几十年，你把你实在忍受不了的痛苦，多加一点在我的身上吧。

图雅说：好姐姐，我只求你一件事，你要好好活过这一生，然后再去见巴图，再去享受你俩骑马冲花浪、淋花雨、吃花瓣的幸福。

……

萨日娜的目光又呆呆地、漫无目的地朝前望去，不知在看什么。她木木地说：谢谢好妹妹来看我，谢谢巴格纳，谢谢你给了小巴图那么多的爱，谢谢你送给我芍药黄马，谢谢……

图雅忙帮她宽衣，陪她睡下。巴格纳回到西边蒙古包，躺到自己的铺位。他深深感到芍药黄马的"药力"还在危险地发作，塔娜姑娘的预感还是很准的……

18

　　成吉思汗自己最崇拜萨满教。成吉思汗……统一了蒙古，成了蒙古的可汗。这和他利用萨满教，把萨满教争取到自己方面有密切的关系。成吉思汗在出征之前要登上高山（即不儿罕·阿勒坦）脖颈上系上布带进行祈祷。

　　……

　　从16世纪末满族强盛起来……满洲人仍然长期保持了自己的萨满教，特别是满洲八旗，萨满教一直盛行到后期。

——富育光《萨满论》

　　第二天，萨日娜起得很早，匆匆喝完奶茶、吃过手把肉，抓了五六把麦粒放在盆里，端去喂黄马。等马吃完麦粒，她解马绊，备马鞍，再回到蒙古包，卷了一大块蒙盖货品的旧布便出了包。她把一卷布拴在马鞍皮条上，跨上马，带上大白狗，疯鹅似的朝夏季旧营盘方向奔去。

　　在一旁看得发蒙的巴格纳问图雅：她去哪儿啊？

　　图雅说：我也不知道。兴许是去米希格阿爸家吧。萨日娜最难受的时候，总会去他那儿。他是萨满法师，两人年年救养天鹅，亲如父女。我想她一准去那儿了。

巴格纳又问：她会不会又去看小巴图了？

图雅说：不会吧，她要是去看，会带鹅食的，可她没带啊……都怪我，昨晚当着她的面提起巴图。巴图她自个儿可以说，别人不能提。

巴格纳望着秋意渐浓的草场，担心地说：送给她马，她就有腿了，真不知道该不该送她这匹马。但愿她别出事。

两人有一句没一句地小声嘀咕，心神不宁地跟着全福学了大半天的编篮子和柳条编。直到下午，从东北方向，在秋季草场的轻薄尘雾中跑来一匹黄马，好像马鞍上还挂了一样大东西。

萨日娜骑马急奔而来，离老远就高叫：嗨，你俩快来看啊。我把小巴图带来啦。

啊！真的啊？

两人蹦起，惊喜万分地冲了过去。跑到马前一看，马的前鞍鞒上挂着一个大包袱，悬在马身右侧。小巴图的整个身子裹在包袱里，而它的长脖颈和脑袋都露在包袱外面，翘着嘴角，高昂着头，开心地望着图雅，一副很舒服得意的样子。看来一路上鹅妈妈没少抚摸它，又享受着大黄马朋友的飞奔，此刻它像个骄傲的小王子。

图雅激动地隔着布包抱住它，连连亲吻，说：好想你啊，还是鹅妈妈好，能想着把你带来，我都没想到可以骑马把你接出来呀。

巴格纳也连连亲它、抚摸它，狂喜得涨红了脸，太阳穴怦怦乱跳，说：真没想到你能来。欢迎你啊，小巴图，你还认得我吗？

小巴图连忙张了一下喙，轻快地叫了两声。萨日娜微笑着转述道：它是在说，认得认得。你一来，我就有好东西吃。

巴格纳笑道：谢谢，谢谢。然后牵马慢慢走到蒙古包前，先把大包袱小心托举起，轻轻放到地上。萨日娜急忙下马解开包袱。小巴图张开单个翅膀，伸了个懒腰，快乐地抖动扁尖半圆的尾羽，扑向鹅妈妈。萨日娜欢喜得抱住它亲了又亲，说：咱俩可以在一起过上十多天的好日子了。等干完这边的活，再把你送回湖里，这样等不了多少日子，我就可以把你接回家，咱们再一起过一个长长的冬天。前几年这个时候，你我都等得太苦了。快，谢谢你的巴格纳叔叔，是他送给我马，要不我咋能接你过来啊。

然后向巴格纳指了指，还做了个拥抱的手势，说：妈妈的朋友就是你的朋友，小巴图最相信妈妈，对吧？

小巴图会意，笑呵呵、一摇一摆地朝巴格纳走过去，也用单翅抱了抱它的新朋友。

两个新朋友抱了好一会儿才松开。巴格纳站起身又去感谢大黄马。他捧住马头，深深亲吻那片留着无数萨日娜唇印的白花瓣，动情地说：谢谢，谢谢，太谢谢你了，我会爱你一辈子的。

萨日娜自语道：爱天鹅的人，都会爱它一辈子的。是它狂奔二十多里，把小巴图送到米希格阿爸那儿，止住了血。没有大黄马，巴图也救不活小巴图。她抬起头，第一次主动用绿色的眸子正视巴格纳的眼睛，说：巴格纳大哥，我真的很感谢你。

巴格纳全身血液奔腾，忙说：不用谢，不用谢。能跟你们一家英雄成为朋友，是我的福气啊。

萨日娜擦了擦额头上的汗说：我好多年没骑马了。这些天两次长途颠簸，好像颠掉了不少苦痛……唉，女人不骑马，心就不野了，真就不像个蒙古女人了。

巴格纳微笑道：那往后，你就多骑骑马，奔一奔、喊一喊、发一发狂。蒙古人是愿意战死在马背上的民族，不骑马狂奔就没有了蒙古人的血性。

小巴图来到新地方很好奇，但一点也不害怕。身旁有妈妈，周围是朋友。巴格纳连忙跑进包，给它拿来一小盆麦粒。小巴图快乐地吃了起来。

巴格纳问萨日娜：这段日子，你打算咋安置它？咱们得好好招待它啊，可惜这里没有嫩菜和鲜鱼，过几天我就让客栈送鱼来。

萨日娜说：我想，这几天让它先跟我一起住。每天喂一些麦粒，然后陪它到草地上，让它自个儿挑草吃，这儿有好多它喜欢吃的草。有弟弟陪着，有大白狗护着，它就不怕狐狸。等过几天大队人马来这儿的时候，我就把它放到西面那个泉水湖里。那儿有它最爱吃的嫩水草，水也清，天鹅喜欢洗澡。等人少了以后，再把它接回来，它喜欢上哪，就让它上哪儿。它跟大白狗很亲，大白狗会保护它的。夜里，它最喜欢睡在我的枕头旁边，我也喜欢。

成。听你的。

图雅笑道：睡在萨日娜的枕头旁边，也就是睡在我的枕头旁边，随时都可以摸摸它，多快乐啊。巴格纳哥哥，你就没这个福气啦。

巴格纳笑道：往后，我也救养一只小鹅，也让它睡在我的枕头旁边。

萨日娜看了看天，说：跑了一天，该饮马了。咱们顺便把小巴图也带去，让它看看那个漂亮的泉水湖，先尝尝这儿的水草。

图雅叫道：太好玩儿啦。走，一块儿去。

图雅和巴格纳备好马鞍。巴格纳说：这儿离湖很近，别用包袱包着它走了，让我来抱着它走。

三人骑马朝泉水湖走去。

秋风轻轻吹拂花草斑斓的草原，空中弥漫着黄蒿草的甜香和秋白菊的苦香。一阵风吹来是苦，一阵风飘来是甜。三人一鹅，苦苦甜甜，慢慢地走向小湖。近处的湖水，比草原的天空还要明澈。湖中的水草，比草原春芽还要水嫩。走到湖边，小巴图一见到新朋友给它上的这盘大餐，迫不及待地张开翅膀。萨日娜和图雅急忙下马，两人把它抱下来。还未等巴格纳下马,它已经一拐一拐地扑进水里,急探着长脖,向不远处水草最厚的地方游去。然后,猛地扎下长脖颈,撅着尾羽,狂吃嫩草。水面上的身子宛如竖在水里的半棵粗壮的大白菜。

萨日娜微笑道:夏草场那边的天鹅湖,天鹅多。它又老在那片水面等我,那里的水草都快被它吃光了。它好些日子没见过这么多的好水草啦,你们看它高兴的样子……我真替它开心。能跟它团聚十几天,让它吃上最爱吃的水草,还能天天洗浴。它开心,我也快乐些。

三人将马嚼子的嚼铁退出马嘴,放到马的下巴下面,让它痛痛快快地饮水。马儿也对这清亮的泉湖水很满意,喝得肚子很快胀圆,三人连忙给马松了一扣肚带。

巴格纳问:这儿水草这么好,咋没有天鹅?

萨日娜说:天鹅是特别爱干净、爱清静的神鸟,它们喜欢大湖、深苇塘,可以远离喧闹和马牛羊。每年这个季节,天鹅夫妻要守护小鹅,就更离不开大湖和深苇塘了。

巴格纳又问:小巴图刚才吃了不少麦粒,咋还这么贪吃水草?天鹅食量大好呢,还是不好?会不会把自个儿吃伤啊?

萨日娜面露微微喜色,说道:巴格纳,你真是个喜欢天鹅的人,你问的这些有好多学问呢。天鹅食量大是件大好事。在草原,牛羊马驼、黄羊旱獭、野兔老鼠这些食草的活物食量都很大,都在抢吃草场,弄不好就会毁草场。可是天鹅食量大,吃的是水草,它从不破坏草场,反倒是草原的保护神。

巴格纳惊奇地问:哦?这是我头一回听说,天鹅是跟牛马羊、黄羊旱獭不一样啊。

萨日娜的绿眼睛像一汪泉水,里面浮着一只白色的天鹅。她的神态有些陶醉,巴格纳沉浸在她娓娓的讲述中。

米希格法师一直对我说，千百年来，萨满代代相传：天鹅是神鸟，是腾格里的使者，对草原有大善大德。天鹅飞到草原，不跟人马牛羊争抢草场，主要吃河湖里牛羊马驼都不吃的水草和小鱼。天鹅也是草原上最大的鸟，个头大，食量就特别大，能大量清除河里、泡子里疯长的水草，让河溪、特别是大小水泡子不会淤塞发臭，让河湖水流得更畅快、更干净清亮。老萨满、老牛倌羊倌都说，牛羊马都爱喝有天鹅群停留的河湖水，喝了天鹅河湖水，牲畜吃草就多，上膘快，不生病。

萨日娜继续说：天鹅向草原索要最少最小，几乎没有任何索取，但却给予草原最大最多。草原水草丰美，水为本，水不丰不净，草原就不美。天鹅保护了草原清净的河湖水，它们就是草原的神中之神，是蒙古人心中的善神、爱神和草原保护神。

巴格纳叹道：萨日娜，怪不得你的诗歌写得这么好，你不光有阿爸那样的好老师，还有萨满法师的教诲啊，更重要的是，你还有那么多天鹅老师在教你啊。

萨日娜说：往后你多去请教请教米希格阿爸吧。走，我带你去看看下面的水泡子是啥模样，你就更知道天鹅为啥是草原的保护神，也会更爱天鹅了。

三匹马已饮饱了水。萨日娜拨转马头，带两人走向离泉眼最远的湖面。走近一看，这里的水果然与泉眼处的清水大不一样，水色发绿，水质浑浊，水里还有大小不一的气泡泡往上冒。气泡破了还散出些臭味，水里密密的草几乎长出水面，而且全是松厚的腐草，颜色发乌。

图雅说：这么脏臭的水，牛羊马都不会喝的。

萨日娜说：看到了吧，没有天鹅的水泡子，好多是这样的臭水坑，牲畜喝了会生病。蒙古草原的泡子湖泊都在低洼处，夏天一下大雨，雨水就会把草场上遍地的牛羊马粪冲到泡子里去。草原牧人都知道，牲畜的粪便都是草和水草喜欢的东西，泡子边的浅水里，牛羊马粪积得最多，所以浅水下的水草就长得特别旺。再加上浅水里水草可以晒到又强又亮的阳光，疯长得挡都挡不住，很容易淤塞腐臭，变成这个样子啦。当然，别的水鸟吃水草也有功劳，可是天鹅的身子太大了，它不能像野鸭子那样整个身子潜下水吃深水里的草，再加上天鹅食量大，专吃浅水的草和根，它的喙很厉害，能挖掘出湖底泥下一尺深的蒲根草根，天鹅就成了清除浅水草的主力。所以，天鹅保护草原河湖清洁、让牛羊马喝上干净水的功劳最大。

三人又走向更远处的沼泽，那里的死水黏稠得像鼻涕，三匹马连看都不想看。

晚霞升起，三人回到那片清水泉湖，小巴图还在撅着尾羽狠吃浅水下的水草。三人深深感动，也都忍不住笑了起来。

萨日娜叫了一声：小巴图，该回家了。

但小巴图的耳孔正浸在水里，听不见。她夹了夹马，让黄马走进水里。小巴图脖颈抬出水面吸了一口气，又扎进水里。老朋友大黄马知道咋样叫它，它用蹄子重重地跺了几下水面，水花四溅。小巴图像是发觉险情，嗖地抬起身子，抖了几下脖颈，甩干净水。一看是妈妈来了，立马笑嘻嘻地向湖边游来。

萨日娜从马鞍下面的空槽里掏出一团粗布，把小巴图身上和脚蹼的水擦干净。

吃晚饭的时候，巴格纳点了两根羊油灯捻，照得蒙古包亮堂堂。小巴图和大家一起围着矮桌，站在妈妈和图雅的中间。它吃得太饱了，但它还是对妈妈吃的东西很好奇。它早就和妈妈一桌吃过饭，妈妈总是给它吃好东西，除了牛羊肉、酸奶豆腐它不吃，别的差不多都吃，像面条、面片、小米饭、泡软的炒米和掰碎的黄油馃子，它都很爱吃。今儿晚餐，它转着头看了一圈，还是羊肉面条啊。它吃了一根妈妈喂的面条就不吃了。但很高兴看妈妈和朋友吃饭，还殷勤地从碗里准确地叼起一根面条喂妈妈，萨日娜连忙嘬进口中。

萨日娜笑道：天鹅喙的感觉是很灵敏的，跟人手指头的感觉差不离，叼东西很准。它在湖里的泥下浑水中能用喙摸出可吃的草根，再掐断、涮干净吃进嘴里。它吻我，感到我软软的嘴唇，会很愉快；我吻它的喙，它更快乐。

羊油灯光下，萨日娜笑得犹如西域葡萄山盛开的雪莲。

巴格纳想，这大概是一年多来她第一次这样开心地笑。

他望着眼前这温馨愉快、像神话一般人鹅共处的图景，感慨万千。前几天还是那么紧张恐惧、提心吊胆的生活，眨眼间就被小巴图的到来改换了。而小巴图又是那匹可敬的巴图大黄马驮过来的。因巴图之死而痛不欲生的萨日娜，又被小巴图的顽强可爱抚慰、救治。小巴图和大黄马才是医治萨日娜情伤真正的蒙医名师。他暗暗庆幸自己这次冒险，总算侥幸成功。当初他决心冒险的时候，绝想不到会有这样的结果。他抬起头，从蒙古包打开的小半个毡盖天窗望见深蓝色天幕上的星光，他想自己也许是得到了天鹅女神的眷顾。

睡觉前，萨日娜领着小巴图走到远处的草地，月光下，人影鹅影清晰可见。她带着它转了半圈，再拍拍它的尾羽和屁股，又指了指草地，它也想起来了。又转了小半圈，等它停下排完，萨日娜用一把青草给它擦干净，才把它抱回包。跟在后面的图雅和巴格纳笑个不停，两人都夸她是个好妈妈。

萨日娜说：在蒙古包里，还是要给它睡觉的地方垫一块毡垫，万一弄脏了，早上再拿到包外清洗晾干。

巴格纳抚摸了几下小巴图，也让萨日娜早点休息，便告辞回包。

小巴图站在萨日娜和图雅的枕头中间，望着妈妈，就是不肯把头弯进翅膀里面睡觉。萨日娜只好伸出手又抚摸它一会儿，然后吹灭了灯，和图雅在黑暗中低声聊起来。两人都没注意，小巴图是何时把脖子弯进翅膀里面卧下睡觉的。第二天一早，阳光还未从蒙古包的顶盖上照进来，小巴图就醒了，但它一直到天大亮才轻轻啄醒妈妈。它好像知道她俩昨夜聊得太晚了。

第三天一早，图雅与萨日娜吻别，两姐妹依依不舍。

图雅凑到萨日娜的耳边悄悄地说：你就让巴格纳哥哥守护你吧。他是真心的，他也是一只雄鹅，连我都想嫁给他呢。可是，他爱的是你，心里只有你一个人，而我也已经订婚了。

萨日娜迟疑了一会儿说：那……那就让他守着，当我的大哥吧。谢谢你来看我。

巴格纳骑马送图雅姑娘。走了一段路，他说：谢谢你啊，我的好妹妹。你不来，还真不知道是啥结果呢。你来了，咱们三个才能说了那些话。你一开始老问她啥时候能把小巴图接回家，这才让她想到可以把小巴图接过来的。它一来，萨日娜就大变样了。

图雅说：我看芍药黄马才是灵丹妙药，没它哪能带来小巴图？她没马，成天窝在没啥阳光的旧蒙古包里，别说是受了那么重的伤，就是没病也得窝出病来。她骑马飞奔，全身淤塞了一年多的血，也活泛起来，再带回心肝宝贝小巴图，两下一使劲，就把自个儿从冰窟窿里拽出来啦。巴格纳哥哥，真谢谢你啊，帮了好姐姐这么大的忙。可是，有了马，以后她会更加想念巴图的。昨天夜里她对我说，这几天她常常梦见自己骑马去天上找巴图，还说差一点就飞到他那儿了。不过，她也越来越感谢你，不会不理你了。你总算可以单独接近她，守护她了。你还要做一件重要的事，就是到今年初冬，你也要救养天鹅。萨日娜最喜欢爱鹅、救鹅和养鹅、放鹅的人。

好妹妹，谢谢你提醒我。我早就想跟她一起救养天鹅了。这次咱们先把采蘑菇的事做好，咱俩再帮她把今年的债还清。

好的。

两人在马背上轻轻拥抱，巴格纳在图雅的额头上吻了一下，她说了声谢谢，便鞭马奔向自己的大棚。

19

雍正初年，察哈尔右翼四旗招垦297万多亩。

土默特地区自乾隆至光绪年间，共放垦牧场5.7万余顷；科尔沁昌图地区放垦近5000平方公里的牧场……土默特地区在乾隆年间就已无可牧之地，畜牧业在这一地区最终消失。

——阿岩、乌恩《蒙古族经济发展史》

上午，两辆牛车到来。车上坐满了人，衣袍色彩鲜艳，是一些来看望萨日娜、巴格纳和小巴图，并观看烘蘑菇大棚的姑娘们。她们每人都带来一包鲜奶豆腐或一碗奶皮子。有个姑娘还专门给巴格纳带来一大铜壶鲜奶。她们老远见到巴格纳和萨日娜正蹲在地上编柳条编，还兄妹似的说着话，大家都欣慰地笑了。两人听到笑声，赶忙站起来上前迎接。

漂亮的女歌手乌兰其其格，笑着对萨日娜说：呀，萨日娜，今天你气色真好，了不起啊，你挺了过来。

巴格纳和两个弟弟捧接着姑娘们送来的秋季礼物。巴格纳笑道：天鹅能飞过喜马拉雅，还飞不过咱们额仑的查干窝拉山吗？别小看才女歌手天鹅姑娘啊。

姑娘们纷纷打趣道：

呦，巴格纳大哥这么护着宠着萨日娜，让我们好羡慕。

快让她早点好起来吧，早点让她再回到歌会来，没有天鹅姑娘，歌会都开不成啦。

全苏木的姑娘都想看看你能守萨日娜多少年。

巴格纳说：她身子还虚弱，要慢慢静养，这会儿还怕别人打扰。这几个月我都没见过她几次面。请姐妹们相信我，我会好好照顾她一辈子的。

萨日娜说：谢谢姐妹们的关心，我到这儿是来烘蘑菇挣钱，还债要紧。

大家坐在草地上，同萨日娜聊着部落里姑娘们最烦心的事情。各个部落里去当喇嘛的男孩和年轻小伙越来越多，来部落提亲的人家越来越少，好些姑娘都发愁嫁不出去……

萨日娜低头不语。

几个姑娘开始转着头到处寻找小巴图，额仑草原的姑娘都敬佩敢为妻子舍命的这只雄鹅。她们也好久没有见它了。当看到小巴图在远处草地和大黄马一块儿吃草，小弟弟巴特尔在旁边给它采嫩草吃，那条大白狗也守在小巴图身旁，她们都惊喜地叫起来：小巴图在那儿哪！就起身跑过去和小巴图玩。它也不认生，还会叼姑娘们递给它的嫩草。但晃着头，不让她们摸它的头颈和羽毛。其他姑娘女人也都跑了过来，围着它向它问好。有个姑娘还从怀里掏出一只专门为它带来的生羊皮口袋，从里面倒出一些煮熟的小米饭粒，放在手心里喂它。它吃了几口，但看到围上来的人太多，有些还是它从来没见过的生人，小巴图有些不安了。它不停地探头寻找妈妈。萨日娜急忙走过来蹲下身，把小巴图抱在怀里，抚摸它的头颈，轻轻说：别怕别怕，她们都是我的姐妹，都爱你，敬拜你，不会伤害你的。

姑娘们说：

是呀，是呀。你是部落的小英雄，是萨日娜的心肝宝贝，我们咋会伤害你呀。别怕。

听米希格阿爸说，鹅妈妈把你接到这儿了，我们就都来看你啦。你在泡子里，有芦苇挡着，我们不容易看到你的呀。

我是第一次见到你。

宝贝听话，就让我摸一下吧。

姑娘女人们纷纷伸手，抚摸小巴图背上的羽毛，又不停地夸赞：

真该让部落的男人都来学学小巴图。天鹅的男人多爱妻子啊，个个都敢为妻子拼命舍命。

看看它的一身伤。真想大哭一场。

巴图是人里头的雄鹅，少啊。全部落的姑娘为他哭过好多次。连老额吉老阿爸都为他落泪。

巴格纳，你要好好照顾小巴图，它和巴图都是咱们部落女人心中的好丈夫。

巴格纳大哥，你更要学小巴图了。要不，你是比不过巴图的。

萨日娜是部落的天鹅公主，只有天鹅王子才配得上她。

巴格纳大哥，别泄气，像小巴图守它阿妈那样守护她吧。

……

午后，姑娘女人们又仔细参观了蘑菇大棚，巴格纳耐心地讲解咋烘蘑菇，大家夸个不停，都想雨后把家人采的鲜蘑拿到这儿来烘。

乌兰其其格笑道：大棚里好温暖哟，烘蘑菇的时候一准满棚香气。你俩就在蘑菇香味里面好好地烘吧，两个人都烘得香香的，就能香到一块儿去啦。

姑娘们临走时，巴格纳说：你们回部落以后，请你们跟去客栈买东西的人说一说，让客栈的莫日根他们给我准备些鲜鱼和佐料，再让部落的人捎来。我要给萨日娜和弟弟们做炸鱼，还要喂小巴图，

223

给它再补养补养。

姑娘们大笑，纷纷说：巴格纳大哥，你咋这么着急巴结天鹅姑娘和小巴图啊。

姑娘女人们笑着吻别两人和小巴图，返回部落，牛车走了好远，还能听见笑声。巴格纳发觉，萨日娜的微笑比往常舒展了许多。

秋雨迟迟不落，三个点的所有准备活计已完工。部落的首领正忙着派人给打草队帐篷的驻扎地点运送干牛粪、水桶牛车、几只瘸腿肉食羊和脑子有病的"转圈羊"，并交代打草量。巴格纳也跟着道尔基忙活了一天。这天一早，他让一个帮工骑马、到部落驻地去拿打旱獭用的套绳和木楔子。上午，巴格纳骑着马、抱着鹅，与萨日娜一同到小湖让它吃水草。小巴图下水后，两人坐在在湖边草地上，一边欣赏小巴图在湖水里吃草、洗浴和玩耍，一边聊天。

巴格纳问：你在歌里唱，狐狸会偷袭天鹅，雄天鹅会跟狐狸拼命。我也听老人们说，在草原上，狐狸是天鹅的大敌。难道比狼小的狐狸，比狼还厉害？

萨日娜伤心地叹道：是啊。每年冬初河湖刚结冰、春初化冰的时候，河湖的冰很薄，狼身子重，不敢在薄冰上走。但狐狸比狼轻，就敢走冰。狐狸能闻出哪里是天鹅落脚的地方，然后从薄冰走到苇塘深处的苇丛里埋伏好，等天鹅一到就突然蹿出，专咬天鹅的长脖颈，让天鹅防不胜防。许多雄鹅为了保护妻子，往往挡在最危险的地方。就是被咬住了脖子，咬断了大血管，还会跟狐狸发狠拼斗，死命叼住狐狸耳朵、脖子或尾巴，在自己的血喷光前，猛扇翅膀硬把它拖到水里同归于尽，不让它再去咬妻子。不光是雄鹅，鹅妈妈也会为了保护小鹅舍命的。天鹅个个是英雄。额仑的猎人最爱打狐狸，不光是为了漂亮的狐皮，也是为了给天鹅除敌。萨满法师崇敬天鹅神鸟，猎人大多听萨满法师的话，当然也会主动去保护天鹅……

巴格纳说：原来我以为天鹅美丽温柔高雅，没想到天鹅这么厉害，这么有血性啊。护妻护儿一点也不比狼差呢。今年冬天，我也想救养小鹅。我有小船，准保能救上来落单小鹅。客栈有弱畜房，原来是用来收养商号车队的病牛和伤牛的，到冬季就闲着没用了，正好用它来养小鹅。客栈还有足够的粮菜鱼，能救养更多的落单小鹅。到时候，我要请你来教教我咋养小鹅。

萨日娜说：成。客栈是个养鹅的好地方，到时候，我来教你俩养吧。你和图雅都这么爱鹅，一准会养好天鹅的。

巴格纳又问：萨日娜，你是天鹅姑娘，从小跟天鹅一起长大。我有个问题始终想不明白，一直想问你，你觉得天鹅最特别的美，是什么？是在哪里？

萨日娜有些吃惊，睁大绿眼睛，微笑道：我也越来越喜欢跟你聊天鹅啦，你的问题只有最爱天鹅的人才会问。但天鹅的美也有她独特的奥秘，那就是她修长优雅的白脖颈。所有的水鸟都没有这样美的曲颈长脖。仙鹤灰鹤也有比较长的脖颈，也很美，却都不如天鹅的脖颈长。而且，鹤不是水鸟，没有蹼，只能在浅水中陆地上捉鱼觅食，不会在水中凫游，更不能在深水里、大湖大海里凫水。可天鹅就不同啦，阿爸说，天鹅是水鸟，是天空中、大湖大海中最大的水鸟，是能够飞越喜马拉雅、飞得最高的水鸟，飞得比仙鹤高得多。虽然我们看不到天鹅飞越喜马拉雅的样子，但是，人们不难想象，在喜马拉雅山上就是一头比天鹅脖颈粗壮一百倍的雄壮大牦牛，也会被冻成大冰坨的。可是，在世上最寒冷的喜马拉雅高空，天鹅的那个羽毛最少、皮肉最薄、几乎没有油脂的细长脖颈，竟然可以在高寒中不被冻透，不被冻成细长的冰杆，太让人不敢相信啦！我常常想，天鹅的脖颈骨，该是多么神奇高傲的骨头啊，敢于傲视喜马拉雅雪山。天鹅的傲骨美才是真正美到骨子里，是我最敬拜的神美。无鸟、无兽、无人能比。

萨日娜喘了一口气说：可是，那些心中无神又根本不懂美，只知道吃天鹅肉的人，却不会觉得天鹅的长脖颈最神美，他们反而会觉得天鹅的长脖颈最丑。我记得，从前小胜奎商号车队里有个商人，看到阿爸和我亲热地抚摸一只在家养伤的天鹅的长脖颈，对我阿爸说，天鹅的长脖颈最难看，像吊死鬼的脖子一样难看。天鹅长脖颈上的肉最少，骨头又最多，最压秤占分量，只配喂狗……阿爸气得把几车原本要卖给他的上好皮货全都卖给了别的商号。

萨日娜有些气愤但又兴致勃勃地继续讲下去：天鹅修长脖颈的美，在大湖的深水上面表现得更显眼。在春夏秋季，只要在岸坡上往大湖里望去，你会看见成千上万只水鸟，有天鹅、灰鹅、大雁、野鸭、水鹬和各种叫不上名字的水鸟。可是，你一眼就能看见天鹅，腾格里只给了天鹅长脖颈，而其他水鸟的脖子都是短的，身体也比天鹅小得多。你要是把天鹅和家鹅相比，更能知道天鹅美在哪里了。我小时候曾经跟阿爸去过关内的大寺院进香，路过村庄，见过那里农家养的家鹅，家鹅也有天鹅那样大的身体、那样雪白的羽毛和巨大翅膀，可就是没有天鹅的长脖颈，这样，家鹅就显得蠢胖粗俗了。还有，最让我觉得美的是，天鹅的长脖颈还会舞蹈，会弯出扭出各种各样的美丽的舞姿，会用缠绕脖颈来表达双方的爱。

巴格纳屏着气听完，惊叹道：天鹅独一无二、优雅的美，确实在它的长脖颈上啊。不过腾格里和佛祖为什么在这么多的水鸟里，只给了天鹅这么长而美丽的脖颈呢？

萨日娜微笑道：这个问题我在很小的时候就问过阿爸。他说，草原老萨满讲，天鹅在很久很久以前脖颈也是很短的，它们的胃口特别大，把自己吃得很胖很壮，这样就不能像身体瘦小的野鸭一样，潜到水深的地方去吃水草。结果，浅水处的水草很快就被它们吃光了，上岸去吃草又怕遭到狐狸偷袭。那咋办呢？天鹅们就只好飞上天去苦苦哀求腾格里。天神笑着说，你们胃口大是件好事，不用改。草原上的牛羊马驼、黄羊野猪都向我告状说，泡子里的水草长疯了，把水都捂成臭水没法喝了。这样吧，往后，你们就可劲儿伸长脖子去吃水草。我让你们的脖子长得跟你们的身子一样长，这样不就能吃到更深的水下的水草和草根了吗？也就能清除疯长的水草，好让牛羊马驼喝上清水、吃饱草，给草原生灵做件大好事。天鹅们开心得唱啊舞啊转啊，把太阳神都转晕啦。后来，天鹅就可劲抻脖颈，拼命在水下够草吃，腾格里也帮天鹅长脖颈骨。不久后，草原上天鹅的脖颈骨就一节一节地长出来了，神奇地长成了修长美丽的脖颈。

巴格纳乐得像个学堂的学童一样，说：萨满的故事真是太有意思了。天鹅的长脖颈就是天鹅高傲、爱和美的标志。我经常会在梦里跟随天鹅飞天，还会在梦里唱你的天鹅歌。

萨日娜感到意外，只有巴图曾对她说过，在梦里唱她的天鹅歌。她说：你这么喜欢诗歌，有空的时候也应该多写写，这样咱们聊起来就更有意思了。

巴格纳说：官府严禁我写诗作歌，我怕写上瘾了，一激动唱了出来，再传出去，那就危险了，会牵连我爱的人和帮我的人。而且，眼下那么多生死攸关的大事小事压在我的头上，我实在不敢分心写诗作歌。一写诗歌，干活会走神出大错的。

萨日娜叹息道：那太可惜了。

巴格纳极力按压住内心的愿望，此时他不敢向她唱他心中的歌。他明白巴图的形象，在她、在图雅和部落所有姑娘的心中太高大了，如果自己不能成为一只出色的雄鹅，是无法替代巴图的。他只希望常常与天鹅姑娘在清清的湖水旁聊天鹅、聊诗歌，或许到了大雪封路、客栈半年停业的冬季，他才有可能空闲下来，与萨日娜做伴。

图雅几次劝萨日娜带着她的小巴图搬到客栈去,她都说舍不得离开巴图牧马的草场。

下午,巴格纳带着两个帮工和两个弟弟上山下套抓旱獭。秋雨迟迟不来,他心里开始焦急,如果今年不巧遇上干旱秋季,采不到蘑菇,那他只好请部落出人打獭子来弥补损失了。绒厚毛亮的旱獭皮也是额仑草原的俏货,闻名全国,无论如何也不能白来一趟。但这年的旱獭皮价与往年相同,远远赶不上今年口蘑的暴涨行情。他想也许应该去请萨满法师为草原祈雨了。他和帮工在山坡獭洞口刚上好两三副木楔索套。忽然,一阵饱含水汽的凉风吹来,扭头一看,只见西北面乌云正在远远聚集。巴格纳连忙拿起剩下的索套,同弟弟和两个帮工快步往回走。蒙古包前已有三四匹马到来,萨日娜正跟他们说着什么。

那森巴雅尔骑马跑到巴格纳面前问道:老人们都说看样儿今儿晚上要下雨了,帮忙采蘑菇的人和牛车什么时候到最好?

巴格纳说:叫他们吃完晚饭就准备,要是雨太大就别来了。下大暴雨,蘑菇一出头就被打伤,长不成像样的蘑菇;要是雨不大,先让大伙睡一小觉,半夜都到我这儿集中,后半夜一起上山,天亮前一个时辰,骑马的人和牛车一定要赶到各个蘑菇圈。住在远处的人,让他们就在驻地牧场附近采,自己晾晒。

那森巴雅尔和马倌们奔向各个牧业点。

萨日娜面对马上就要热闹忙碌的蘑菇战,面色发白,神情紧张。巴格纳立即安慰她说:不要担心,一两天以后,采蘑菇的人就走了,还是咱们这几个人。烘蘑菇用不了那么多人。

萨日娜慢慢定下心来,说:那我也想去采蘑菇,刚冒出来的白蘑菇,就像天鹅蛋那样美。

20

> 东乌珠穆沁旗……共有大小湖泊 107 个……历史记载，东乌珠穆沁旗有无数的泉源，仅巴彦霍布尔苏木曾有 60 眼泉源……涌水好的有额仁高毕苏木贵勒斯太温泉……已成为治疗脑神经、胃病、眼病的重要医疗地点。
>
> ——《东乌珠穆沁旗志·自然环境》

闻名华夏、热销京城的草原口蘑，在众人千呼万唤后终于"昙花一现"。

傍晚一阵不大不小的雨过后，软绵绵、细蒙蒙的秋雨又下了大半夜，到后半夜，秋雨变成了似有未有的雾雨。老张乐得手足无措，对部落首领古茨楞说：这可是多年没见到过的口蘑冒头的好天气。要是连着两天大雨，土冲跑了，那蘑菇就瞎了；要是雨量不足，水分不够蘑菇也不长。夜里小不溜的雨最好，天快亮时的细雨更好。

额仑草原三个部落的大批采菇骑手和牛车队，已云集各大蘑菇圈集中地。快马先到的白依拉、那森巴雅尔等大马倌，打着毡卷油脂火把，为各自部落的骑手和牛车队指路。湿漉漉的夜幕中人喊马嘶，前呼后答，相互联络照应，牛车辁辘吱吱嘎嘎响，快速朝火光处前行。一派蒙古部落随军出战、男女老少打扫胜利战场的喜悦收获场景。图雅小心跳下马,拼命睁大眼睛,借着朦朦胧胧、时有时无的微弱月光,看到脚下蘑菇圈边缘的蘑菇密密麻麻、挤挤挨挨、大小不一。最多的地方挤成了片,一个连着一个,像大头朝上竖放的沙鸡蛋、野鸭蛋、大雁蛋和天鹅蛋。她像是掉进了草原胜利女王的战利品宝库,狂喜地大叫起来:这么多啊!腾格里给咱们送元宝喽,感谢腾格里。

众人也都模模糊糊看到了,纷纷脱掉罩头、盖肩防雨毡套,激动不已地高喊:

感谢长生天。

感谢腾格里。

太多啦,多得不知道咋采啦。

图雅大喊:大伙快捡,快采。要用两个手指头掐根,千万不要踩坏碰伤蘑菇。大伙都先采,别忙着装篮装车,就平放在圈旁边。蘑菇还在长,要是长开花了就降级,采下来就不长了。隔上五六步,留一个最大的,留种用,其他全都采光。等一圈采完,再采第二圈、第三圈。等采完了再装篮、装车筐。

图雅一连喊了几遍,等众人高声应答以后,才弯腰捡采脚下密集的元宝。她乐得想蹦还不敢蹦,只好在心里撒欢。札那阿爸蹲在地上一边采一边笑着说:是比大白天采的蘑菇漂亮、干净,怪不得后半夜采的这种蘑菇那么金贵呢。一到大天亮,白嫩的小羊羔,就变成毛发干黄的老病羊啦。

孩子们成了采蘑的主力,小身子离蘑菇近,蹲下一尺就可以摸到一片白蛋蛋。采蘑菇如同捡玩具,蘑菇圈又成了孩子们的游戏场。

有个孩子问图雅:真好看,像刚要晒的奶豆腐,能吃一口吗?

图雅笑道:这会儿不能吃,回家跟羊肉煮着吃才好吃。

札那捡了一会儿就起身捶腰,乐道:这回客栈和部落要发了。

这一把干得值啊。你们先干着，我去大棚看看。

走时老人高声喊：大伙好好干！采收完了我请大伙喝酒。全干完了，我分拨请大伙到客栈去吃炸鱼、蘑菇烧羊肉。收工时候别忘了，到图雅那儿领今儿干活的工钱，一家两块砖茶和二十尺布。往后还有更多的好处，等卖完干蘑菇再算。

众人欢呼。

五六个最大蘑菇圈的蘑菇，除留种外已经全部放倒。众人向其他的中小蘑菇圈转移，许多快马手已跑向更远的蘑菇圈，早到了的人在大呼小叫。天渐渐亮了一点，众人与天光争夺蘑菇钉，越干越快、越干越熟练，不敢松一口气。当近处蘑菇圈采完了，马倌们就一匹马驮两个孩子，往远处蘑菇圈转送兵力。图雅等众人走了大半，就让几个女人用柳条篮轻轻装蘑菇，再慢慢一层草一层蘑菇地装车。图雅吩咐回大棚赶车一定要慢、要稳、要挑平地走。然后骑上马，向远处密集的蘑菇圈跑去。

在道尔基部落采菇点，巴格纳骑马驮着小弟巴特尔，同那森巴雅尔最先赶到蘑菇圈聚集地，那森第一个点火把给大伙指道领路。巴格纳放下小弟，让他去捡蘑菇。然后左左右右、前前后后地调配人员牛车，安排最方便采捡蘑菇的位置。他大声喊道：大伙小心采啊，蘑菇是宝贝，两斤新鲜蘑菇钉就能换一只大羊。可是蘑菇钉长大了就不值钱了，十五斤也换不来一只羊。一定要小心，还要快。

大伙连呼：知道啦，知道啦。一定小心，一定快。

众人见到大片蘑菇的惊呼浪潮过去后，大家开始紧张快速地抢采。巴格纳下了马，也总算捡到了一个天鹅蛋似的蘑菇，情不自禁地吻了一下。他心中一块石头滚落。在皇家贡羊抓秋膘最忙的季节，调动如此重兵，如果扑空，就太对不起部落了。入秋抓膘以来，大伙早已累得倒地就能睡着打鼾,但蒙古骑兵再苦再累,只要一遇到新战机,接到新军令,就会自动迸发出连续苦战、恶战的苍狼狠力。甚至累困得在马背上睡着了,也会继续冲锋,还能让自个儿不掉下马来……

夜色未褪,他在人群的暗影中找寻天鹅姑娘,看见她就在身旁不远口蘑最多的地方。她苍白的脸庞被毛毛细雨淋湿,像阴暗茂密的草地上一朵刚破土的蘑菇,又如蒲棒芦苇水巷中的幽幽白天鹅,异常洁白美丽。她的芍药爱马一直跟在她的身后,寸步不离。她淋着雾雨,而她的避雨毡套却盖在巴图的马鞍和黄马身上,生怕马鞍淋雨开胶,更怕她的爱马受冻着凉。巴格纳一阵心酸怜爱涌上心头。

他连忙牵着马走过去,说:萨日娜,你身子弱,怎能不披雨毡呢?天气冷,草地湿,千万当心,别滑倒。

说罢,便把自己的桐油布斗篷脱下来披在她身上,再系好脖下的带子。

巴格纳大哥,萨日娜轻声叫他:你又赢了一回,听到大伙夸你,我真替你高兴。腾格里保佑你,天鹅神祝福你,送给你这么好的一场雨。

巴格纳微笑道:腾格里看见天鹅姑娘来了,这是他送给你的礼物,他要帮你还债……你先慢慢捡,再捡一小会儿就回大棚吧,大棚里暖和。你们准备接车,烘蘑菇。我还要带骑手到更远的蘑菇圈去,那里的蘑菇更多。我走啦,天亮以后我就回来。

说罢,便招呼二十多个骑手跑向远处,三四辆坐满姑娘和孩子的牛车也跟了过去。萨日娜抬头望天,悄声说:巴图,他怎么这么像你,连大伙夸他的口气都跟夸你的口气一模一样。

她又放倒了百十个蘑菇,便骑马回蘑菇大棚。

道尔基部落出动的骑手、人手和牛车远远超过其他两个部落。采捡的速度也大大超过他们。蒙古部落善战，尤其善快速战。一旦军令明确，每一匹马都会成为战马，主动寻找目标、主动出战、主动调配兵力，争得最大的战果。骑手们是这场蘑菇战第一仗的先锋战力。巴格纳没想到，当部落首领知晓此战的目的和要领以后，会调集这么多的骑手来参战，大部分马倌、牛倌、有马的女人和孩子，能来的都来了。有的马上骑了两个孩子，有的马倌送来两个孩子，又跑回部落再接来两个。那些没有马的男女老少，也坐牛车来了。当细雨停歇，天空渐亮，蘑菇不再膨胀时，额仑草原最密集的蘑菇圈里的蘑菇已被采捡完毕。

　　巴格纳骑马看了一趟蘑菇圈边摆放的蘑菇，激昂地高喊：阿爸额吉们，兄弟姐妹们，你们采下的大部分蘑菇都是蘑菇钉，是上等和上上等好蘑菇啊。等卖完蘑菇干，我请大伙来客栈喝酒吃炸鱼，管够。

　　众人狂呼乱叫，马倌们猛吹呼马的尖利口哨。

　　有人高叫：

　　往后咱们到客栈吃炸鱼，就不用赊账啦。

　　我可以带全家人去吃啦。

　　带不了全家，我也要带回够全家吃的啊。

　　巴格纳又大声说：前一仗要快，咱们打赢了。下面这一仗就要慢了，要特别慢，特别小心。要轻拿轻放，蘑菇的品级就看这一仗。马倌羊倌还要忙抓膘，先撤吧。剩下的活让阿娘、大嫂大姐、小妹妹小弟弟们来干吧。谢谢大伙儿了。

　　手中有活计的人，跟巴格纳打了招呼便扬鞭而去，那些手头没活的人，主动留下帮助收蘑菇。一只只白嫩的蘑菇被整齐地朝天放进车筐里的草层上，一缕缕青草紧紧塞在蘑菇把柄之间的空当里，一层层青草又盖在蘑菇根上。大家分工合作,有的人装篮,有的人割草,有的人站在车帮上码放,直到装满车筐。

第一辆牛车终于启动,牵牛的人小步慢走,躲开兔洞、旱獭洞和草原鼢鼠掏洞堆出的一个个土包。这些毁草场的圆形小土堆一尺半宽、近一尺高,一串土包总有七八个,是牛车最讨厌的草地障碍。牵牛人细心寻找平地慢慢移动。随后,又一辆车启动。

在札那部落的大棚外,第一辆满载蘑菇和草的牛车到达,停车卸货。额仑草原牛车上的柳条编筐没有固定,是活动的。既没有顶盖,也没有筐底,只是长圆形的一圈柳条编,而筐底则用固定在车横木上的平板柳条编,或是折叠的大毡来充当。这会儿卸蘑菇,首先就要把整个车筐连蘑菇带草全都滑离牛车。帮工抬高车辕,先把牛牵走,然后把车辕再慢慢抬高,待车后筐触地,几位身强力壮的人按住车筐,拉车的人把车小心拉离车筐,扶筐的人再慢慢把车筐放到地上。这样一车的蘑菇和草就卸到草地上了。然后,几个人按住草,其他人再合力将车筐抬离蘑菇和草层,一车娇嫩的蘑菇便毫发无损地运送到大棚外。大筐又被放回车上,用绳绑好,套上牛再上山了。札那、图雅和众人都开心地笑了,第二仗首车告捷。

大棚内没有漏雨,捂得严严实实的大棚里高温干燥。火炕上的黄沙更是热烘烘,与棚外的潮湿阴冷迥然不同,这正是干烘新鲜蘑菇的好地方。女人孩子们仗着身小体轻,可以拿着沉甸甸装满蘑菇的篮子,爬上火炕放置鲜蘑。图雅亲自动手,跪在矮炕上,从里到外,用小锅勺在热沙上按了一个一个半圆形小坑,然后把一个个蘑菇柄朝天放入,一个挨着一个。放了一会儿,就热得满头大汗,换人再放。棚外的蘑菇垛一层层少下去,棚内火炕上的蘑菇一排排多起来。当第一辆车的蘑菇还未放置完,第二辆又到了,接着是第三辆、第四辆……

棚外的蘑菇垛越来越多，大棚内的火炕沙层终于被蘑菇摆满了。天空依然阴沉，如果多日不见阳光，蘑菇会发霉生斑，而大棚火炕的好处就越发显现出来了。许多牧民说想把家里捡的蘑菇也拿到这里烘。

札那说：如果再下雨，得赶紧快拿出大毡盖蘑菇垛。

在道尔基部落的大棚外，堆了更多的蘑菇垛。萨日娜和两个弟弟在棚内爬上爬下放置蘑菇，也干得满脸是汗，三人成为烘蘑菇的主力。直到下午，牛车才渐渐少起来，近处的蘑菇已经拉完，从更远的地方来的车还在陆续到达。最远的蘑菇要到第二天再去拉。到傍晚收工，各家都高高兴兴地领取了砖茶和布，打着哈欠，或骑马或坐牛车而归。

此战集中军力，速战速决，主要蘑菇圈的蘑菇钉被一网打尽，大胜已定。全苏木上下士气高昂，马倌们的口哨声响个不停。额仑苏木三个部落的首领和各点主管图雅、巴格纳和老张大喜过望。

苏木长道尔基乐道：蒙古部落只要调度得好，也准保能做好生意。这回大台吉伊登札布办的皇差准能得赏了，咱们额仑草原更要名扬京城啦。我要给客栈和巴格纳请功。

21

　　古代日耳曼人的宗教保留了足够多的被认为"具有萨满教性质"的元素。
　　……
　　不言而喻，我们在印欧民族中发现大量"萨满教的"特征。
　　……
　　E.R.多兹认为斯基台萨满教在希腊的精神世界的历史中具有重要的作用。

　　　　　　　　——[美]米尔恰·伊利亚德《萨满教》

　　鲜蘑烘了一天一夜以后，大棚周围渐渐冷清下来，烘蘑菇的热沙面只有一个半火炕大小，摆好蘑菇后得慢慢等待，等到蘑菇起皮发蔫，才可以爬上炕，用篮子把蔫蘑菇收起，小心堆到炕边空地的毡子上，再把鲜蘑一篮一篮地摆满炕。然后坐在烘蔫的蘑菇堆旁边，用针线串蘑菇串。串好之后，再挂在棚内桦木杆的钉子上继续烘。抽空再给火炕添加干牛粪，保持棚温。这种活一两个人就能完成，但须昼夜不停，换人换班，连续干烘。每天夜里由巴格纳、萨日娜和大弟额利做活，每日白天由两个帮工来做。小弟和大白狗则要照看小巴图。这样的安排是萨日娜定的，她不愿同帮工在如此狭窄、灯光黯淡的棚里挤来挤去干活。而且，白天她还要和巴格纳一起去喂鹅。小弟有时也可以帮哥哥干点活。如此安排正合巴格纳的心意，日夜两班轮换很是辛苦，但这却是巴格纳最幸福的时光，可以近身感受到自己心上人青春的气息。

第二个夜晚，萨日娜看看棚外几十个蘑菇大垛，还是担心火炕烘得太慢，时间长了后面的蘑菇会发霉。她想了想，就到棚外取了几大柳条编，和巴格纳一起用绳子把柳条编平吊在桦木杆下，悬在炕上和空地上面三四尺的位置，只在火炕中间留一个空当，以便人能起身摆蘑菇、换蘑菇。在柳条编上面烘鲜蘑，不如热沙烘得快，而且人在火炕上换菇时，大部分时候不能直起身来，更加费工费力。但这样一来，干烘面就增大了一半，烘出的蔦蘑菇也增加了很多。

巴格纳连连夸赞萨日娜，笑道：天鹅姑娘好聪明，你的身子要是全恢复了，那能做出多大的事，写出多少新歌啊……

萨日娜苦笑道：天鹅命傲也命苦，巴图走了以后，我每次写新歌都要花费好大的气力，流好多的泪，心中滴血啊。

巴格纳不好再请她写歌，只得改换话题，叹道：我的命也苦，但幸运的是，我跑遍草原和半个国，总算遇到了你，还能伴着你、守着你，就像守着天鹅神……你慢点干，重活累活都让我来干。

在热烘烘的大棚里，巴格纳与大弟额利摆了两次蘑菇，又收了一次蔦蘑菇，累得全身出汗。巴格纳敞开胸怀擦完汗，又替额利擦。弟弟困得睁不开眼，一躺到大棚的地毡上就睡着了。巴格纳对萨日娜说：额利还小，下次别让他来了，这些活咱俩做得完。

萨日娜说：你个子高，老是弯着腰干活不方便，还是让他来干半夜吧。

那也成。

在吊挂的柳条编下倒腾蘑菇，很是别扭吃力，但巴格纳还是包下了大部分的活,让身子虚弱的萨日娜坐在别人碰不到的火炕东边的地毡上,只做针线活。这个位置不太热,稍微宽敞一些,是专门用来堆蘑菇串蘑菇的地方。巴格纳在火炕上爬进爬出取放蘑菇,做了几个来回,也慢慢找到了烘蘑菇的窍门。他发觉火炕上的热沙,热得不均匀,就把个头大的蘑菇放到最热的沙上,个头小的放在不太热的沙上。果然,蘑菇烘得更快了。

萨日娜说:大伙都夸你聪明能干,今儿我也亲眼看见了。

巴格纳一边干活,一边给她讲他各种各样的经历,和他读过的书里的故事,他也试着请她讲她的故事。他问道:上回你在歌里唱,天鹅夫妻一生专一,是因为年年两次险途相伴飞。那除了这个原因,还有没有别的原因呢?

只要话题是天鹅,萨日娜就跃跃欲飞,就有谈兴,她微笑道:原因多着呢,往后再慢慢给你讲,今儿我先给你说一个好玩的吧。天鹅从小到老都很美,老雌鹅和老雄鹅跟年轻鹅差不多一样漂亮,还比年轻鹅更有见识、本事,又更贴心。人老了,会驼背弯腰头发白。可天鹅呢,它没有腰,就不会驼背,天鹅在小时候脱了灰灰的茸毛以后,全身羽毛一直都是雪白的,永远白就永远美嘛。阿爸说,天鹅每年秋季换新羽,一年一身新,一年一身白,天鹅年老色不衰,永远是美鹅。你看一群人,一眼就能看出美和丑。里面有年轻漂亮的,也有老有丑、头发有黑有白、身子有直有驼的、牙齿有整齐有脱落的;可是你看湖里的一群鹅,虽然有老有幼,但一眼看上去全都一样洁白漂亮,跳起舞来也一样优美。所以,天鹅谁也舍不得离开自己永远漂亮还贴心的老伴,也插不进人家的姻缘。

巴格纳被逗乐了,呵呵笑道:你说的这个原因真好玩,还是天鹅姑娘最知道天鹅。怪不得蒙古姑娘都爱慕天鹅,原来天鹅不担心变丑啊,下辈子我也想当天鹅。

萨日娜说：萨满还说，看一个人咋样对待天鹅，就能看清这个人心肠的善恶美丑呢。

巴格纳点头道：是这样。蒙古人都知道有些南国人喜欢吃天鹅肉。我在商号车队的时候，决不准车夫杀天鹅吃，但我见过别的车队的车夫，到泡子边上偷偷射杀毒杀天鹅。他们说吃天鹅，肉多不花钱。还把吃不完的天鹅肉腌起来，风干后带在路上吃，或是带回内地卖。吃过天鹅肉的内地人，都说天鹅肉比牛羊肉还好吃。我在关内住过，也见过许多饭馆的招牌上写着天鹅这道菜，做法五花八门，食客众多。在那里，爱和美不是天，食是高于一切的天。男女之间几乎不能表达爱，有爱也多半会被掐死。女人更是无权无地位，很多女婴刚出生就被溺死，连女人的脚都被裹成残废，哪能像天鹅那样跳舞求爱、自己挑选丈夫妻子啊。那里只有包办婚姻，买卖婚姻，吃饭婚姻。"嫁汉嫁汉，穿衣吃饭。""人生一世，吃穿二字。"吃是头等大事，爱是末等小事。他们习俗里糟朽恶俗的东西太多。

两人聊到深夜，萨日娜连日颠簸、兴奋和劳作，到此时已经支撑不住，身子开始轻轻晃动。巴格纳连忙叫醒额利让他扶姐姐回包睡觉。一进包，萨日娜见小巴图还守在她的枕头旁，抱住它亲了几下就昏睡过去。额利回到大棚，同巴格纳一起继续干活，巴格纳说：往后你干上半夜就成了。

额利说：我刚才还睡了一觉呢。我想多干点，帮家里早点还清债。姐姐快撑不住了，你没来客栈以前，她老问我想不想早点去长思寺当小喇嘛，她怕我也被卖掉，还想把小巴图托米希格阿爸代养。米希格阿爸劝她劝了好多次啊，我好怕。大哥，你千万得撑住我姐姐啊。

巴格纳的心一阵阵地抽紧、绞痛，头上的热汗顿时成了冷汗。他说：别怕，别怕。我一准帮她，可你也要帮我。你只要看她哪个地方不对劲,就赶快告诉我。

额利说:好的。

两人又干了半个时辰的活,巴格纳还是让额利回包睡觉去了。自己一个人一刻不停地把剩下三个人的活干完。

天亮换班之后,巴格纳一走出大棚,就被眼前的景象深深吸引。他停下脚步,坐在蒙古包前木桶牛车的车横木上,出神地看了起来。在半阴半晴的迷蒙天空下,萨日娜和小巴图、巴图马和巴图狗在牧草厚密的草甸上玩耍,黄马打着响鼻正在吃开败了的大蓟花球,萨日娜走到不远处帮它采摘,采了十几支,握成一束。小巴图在黄马身旁也帮它采,用坚硬的喙揪断一支,一瘸一瘸地叼着送到黄马的嘴边。黄马把花球吃进嘴里,向它点点头。小巴图转身又去采,采到了送到妈妈手里,一次一次,乐此不疲。萨日娜走过来,将一把花球束像献花一样献给黄马,芍药大黄马更是开心,慢慢悠悠,一个一个地吃,喜滋滋地享用,想让她站自己身边更久一些。等它吃完,萨日娜无意中微笑地看了巴格纳一眼,但并没有招呼他。他知道那微笑不是给他的,是给她的爱马、爱鹅微笑的剩余。他不敢打搅她的思念和快乐。她那个静谧的亲情圈子,他是进不去的。他想起了第一次听到的那首歌,似乎能感到她身旁总有一只雄鹅的影子,从天宫飞下来,正陪她一起玩呢。

她从怀里掏出一把两指多宽、一尺半长的兽用锯齿形厚竹板梳子,给爱马梳毛活血,从马头、马脖、马背、前身、后身,一直到前腿和后腿,细细梳理。还用手指挠它的耳根、咽喉和尾根两侧,那是所有马的痒痒点。一搔到那里,黄马就哆嗦身子,眨眼睛翻嘴唇,舒服得像是洗了一遍痒痒浴。然后不断地用头蹭她的肩膀,吻她的脸。萨日娜也双手捧住马头,回吻白花瓣,轻轻地唱起一段古老的蒙古歌曲：

> ……
> 从日出方向过来的，
> 以草为食的你，
> 血肉之躯的我，
> 我撇开你怎能行动，
> 你离开我如何生存。

巴格纳心中叹道：这好像是西部蒙古一部史诗里的草原英雄，对自己亲密战马唱的歌啊。

他被她俩之间自然流露出的生死情感和歌声深深触动。萨日娜的情和歌仿佛总是来自纯净的远古草原。

巴图黄马舒服得让小巴图看得眼馋，伸长脖子来叼妈妈的手。萨日娜连忙蹲下身，也用梳子给它从头到尾梳了一遍。然后特别细心地在它的绒毛里掐捉那些灰白色的小羽虱。巴格纳记得萨日娜说过，这些小羽虱是天鹅最讨厌的东西，它们以天鹅新鲜初生的羽绒嫩头为食，还叮咬皮肤，不仅会毁伤天鹅的宝贵羽毛，还会让天鹅全身痒痒。幸亏，天鹅拥有与身体差不多长的脖颈，可以够到自己身体的各个地方。哪儿一痒痒，它就用喙扒拉开哪儿的羽毛，把头伸进去，迅速找到爬行不快、像白芝麻大小的羽虱，用感觉灵敏的喙捉住并碾死。所以，天鹅很少出现羽毛被羽虱侵害而脱落的事情，比那些短脖子的野鸭大雁等水鸟的抗虱能力强多了。但是，小巴图还是喜欢鹅妈妈替它捉羽虱，因为萨日娜是个捉虱高手，只要拨开羽毛看到虱虫，准能把虫按在毛里，然后用尖细的手指一捻，再用指甲一掐，就能掐死羽虱。比小巴图自己用喙捉掐小虫更快更干净。

每次,天鹅妈妈给小巴图捉掐几只羽虱,小巴图就舒服得不得了,也感激万分。所以,只要它身上感到一痒痒,就会来缠着妈妈帮它去虱。

捉完小虫以后,她用手指轻轻地挠和抚摸它的伤疤,小巴图又享受到另一种舒服的痒痒。它仰头伸颈,全身羽毛蓬开,连那扇萎缩麻木已久的翅膀,也快活地微微抖起来。小巴图的长颈和头瘫软在妈妈的胸上,一副好满足的样子。

大白狗也看得受不了了,忙着舔她的手。萨日娜放开怀中的鹅,也给白狗梳挠了一遍。乐得大白狗肚皮朝天,晃动四腿,在草地上扭个不停。萨日娜捧住它的头,和它亲热地碰了碰鼻子。草原狗大多是蒙古人的救命"恩人"和生死朋友,当然也是萨日娜的生死朋友。蒙古人都爱狗,尤其是女人更爱狗,狗死的时候会哭好几天,有的人还会把狗尾巴去掉,把狗头朝北,嘴里再塞入大米、黄油和肉,祝盼它下辈子能够转世为人。

萨日娜快乐得累坏了,她终于疲倦地仰面躺到草丛中,她的爱鹅、爱马和爱狗,都围在她的身旁。小巴图摇动着尾羽吻她;大黄马摇甩着马尾亲她;大白狗摇转着毛茸茸的大尾巴舔她……萨日娜挨个儿抚摸拥抱它们,仿佛完全沉陷到巴图的世界里了。她和它们都是巴图的亲人,身上都遗留着他的爱抚和亲吻。多少日子没有聚在一起了,前些天小巴图还在湖里,大黄马还在马群里,她和白狗在家里。如今,总算聚在一起了。可是,这还不是真正的团聚,巴图还在天上,团聚还有天大的缺口哪……她向天空拥抱,向她身上的那个情郎空空地拥抱,停留了好一会儿。渐渐,她的双臂软了下来,落到了草丛里。三个爱子顿时都停止了晃动,小巴图焦急地大声叫喊,伸长脖颈,到处张望,寻找巴格纳。

巴格纳蹦起来,冲了过去。萨日娜已经闭眼昏睡,脸的两侧挂着两条长长的泪痕,泪水流进乌黑的鬓发里。巴格纳慌忙托抱起她,往蒙古包跑去。他触碰到她绵软的身体,双手情不自禁地微微颤抖起来。萨日娜脸色苍白,双臂无力地下垂,像失血过多的病人。进了包,他将她轻轻放到她的铺位上。额利仍在酣睡,只有二弟在添干牛粪煮茶。

巴格纳问:姐姐为啥不睡觉,这么早就起来?

小弟弟说:小巴图醒了,她也就醒了。她要带小巴图到草地上吃草,她怕它饿着。

巴格纳给萨日娜擦干眼泪,整理好袍子,让她躺舒服了,再盖上她的另一件旧单袍。他摸了一会儿她的额头,还好,没有发热。这才起身倒茶吃手把肉。此时,小巴图也趔趔趄趄、跌跌绊绊地进了包,卧在妈妈枕头旁边乖乖地一动不动,好像是吓坏了。巴格纳从马料袋里抓了几大把麦粒放在盆里,给它送过去,它也不吃,只把头放在妈妈的脸旁,用一只眼睛不安地盯着她。

巴格纳抚摸着小巴图的头和脖颈,安慰道:没事了,没事了,让妈妈好好睡觉吧。

他匆匆地吃了饭,就在她身旁不远的地方,裹着夹袍睡下了。当他醒来时已经是下午,一睁眼见到萨日娜正在揉面做饭,他急忙坐起来。

萨日娜微笑道:你醒啦,谢谢你把我抱回来。巴特尔都跟我说了。那草地上很潮,躺久了会得腰疼病的。那会儿我太困,啥也不知道了。回来这一觉,总算睡透了,我也刚醒来不久。

巴格纳说:早上可把我和小巴图吓坏了。对不起,刚才我只好睡在你的旁边,好有个照应。

傍晚,萨日娜让额利把大棚的两个帮工叫回来吃晚饭。六个人

243

和小巴图同桌吃饭，一块儿吃着羊肉面片。小巴图站在萨日娜和巴格纳中间，它的食盆放在桌上，盆里有大半盆面片和一点汤，没有羊肉块。它埋头猛吃，跟两个小哥哥的吃相差不离。两个从农区来的帮工与天鹅一桌吃饭，觉得很是别扭，从大锅里盛了满满一碗羊肉面片后，就退后老远，靠着哈那墙低头闷吃。但看到巴掌柜有些不高兴，全福用蒙古话说：还好它是天鹅，不是家鹅。要不跟我一块来的人，回老家该乱传了，说我在蒙古草场跟畜生一桌吃饭……这只不会下蛋的残废公鹅，吃粮比人吃得还多，要是在我们老家，这只鹅早就被人炖了吃了。虽说它是只天鹅，可不会飞的天鹅，还算是天鹅吗？

　　巴格纳有些恼怒，说道：就知道吃，吃。天底下，你们眼里只有两样东西，能吃的和不能吃的。天鹅是蒙古人的神，连神鸟都敢吃，你们还有什么不敢吃？再说，不会飞的天鹅也是天鹅，缺条胳膊的人就不算人？到草原，你就得按草原的规矩敬神。在草原，天鹅是神，能跟天鹅同桌吃饭是你的福气。

　　萨日娜微笑地望着巴格纳，说：你把我想说的都说出来了。

　　小巴图吃着吃着，忽然停了下来，它看见自己的盆里有没挑出去的几根羊肉丝和一个羊肉块。它把几根肉丝吃进肚里，但把那块有不少软骨的肉块叼起来，放到妈妈的碗里，又从妈妈的碗里叼回一片面片吞下。看得巴格纳和两个弟弟都笑了。天鹅吃饭不用嚼只是吞，吃得比谁都快。当它吞光了自己盆里的面片，就开始看妈妈吃。萨日娜连忙把自己碗里的面片拨出一小半到小巴图的盆里，只拨面片不拨肉，等它吃完了又拨。巴格纳也跟着学，一看它吃完，也给它拨，然后又给萨日娜和自己各盛了满满一碗。两人一边吃，一边拨，像一对夫妻喂自己宠爱的独子。小巴图吃着吃着就开始得寸进尺，只要妈妈给它拨慢了一点，它就把喙伸到她的碗里去叼面片。萨日娜还故意含了半条面片,把另外半条留在嘴外,伸过头去,让小巴图用它的喙来叼着吃。它立即像亲吻一样,把面片叼走吃掉了。萨日娜笑得好开心。

全福还是看不惯,浑身不舒服,忍不住说:你,你不嫌脏啊?

萨日娜说:天鹅最干净,比人干净。它一天要洗好几遍澡。喝的是湖里的泉水,吃的是湖里最清爽的水草,嘴里也洗得很干净。咋能嫌天鹅脏呢?

等六人吃饱,萨日娜便把大锅里剩的肉块,全挑出来放到狗食盆里,再加了几大块手把肉骨头,出门去喂大白狗,再把锅里剩余的面片全倒在小巴图的食盆里。不一会儿,小巴图像吃小鱼一样,把面片呼噜呼噜全吞进肚里了。

小弟弟担心地说:它一只鹅,吃的比我和哥哥两人吃的还要多。

萨日娜说:天鹅食量大是大好事,我不是跟你说过吗?

巴特尔说:那到冬天咋办啊?我怕你再饿肚子,省下粮食来喂鹅。我喜欢小巴图,可我更怕你吃不饱啊。

巴格纳感慨道:巴特尔,你这么小就知道心疼姐姐,真是个顾家的好弟弟。别担心,到冬天,还是我来供小巴图粮食。客栈有好多麦粒马料呢。我买卖粮食赚出来的粮食,够喂养天鹅的,要是不够,我再买一点就准保够啦。

第二天下午,塔娜姑娘赶着一辆牛车从客栈过来,见到巴格纳和萨日娜正要带小巴图去小湖吃水草,叫道:我给你们带鲜鱼、麦粒和嫩菜来了,让小巴图吃鱼麦菜吧!巴格纳大哥,你给萨日娜姐姐和我们做炸鱼好吗?

巴格纳笑道:太好了,谢谢你啊,我这就做。

萨日娜也乐道:谢谢塔娜妹妹。又对巴格纳说:还是你做炸鱼,我剁鱼拌鹅食。

小巴图嗅到鱼腥味儿，开心得额额、叩叩乱叫，一声比一声高。

晚宴，两瓶普通草原白酒，两大盆喷香的炸鱼，一大盆鱼麦菜，让七人一鹅一狗美美地解了馋。矮桌小，只能放下两大盆炸鱼，小巴图的食盆只好放在地毡上了。但它吃得干干净净，把掉在盆外的麦粒碎鱼都吃光了。大白狗也总算吃上了上次没吃到的好东西——炸鱼，还一连吃了四五条生鱼。塔娜、两个弟弟和帮工更开心。巴格纳不断往油锅里下面糊生鱼，要好好犒劳犒劳辛苦多日的大家，让他们都吃个痛快。

巴特尔笑道：巴格纳大哥，你最好。每次你一来全家就高兴，姐姐的病就好了一大半。全部落的小兄弟、小姐妹都羡慕我有个好大哥。

大弟额利问大哥：今年的债能还上吗？

巴格纳毫不犹疑地说：能！

大家举杯狂喝猛嚼。巴格纳也终于可以和萨日娜碰碗对饮了。

她满面红晕，目光温柔，说道：谢谢大哥。我替巴图、小巴图、巴图马和巴图狗，谢谢你。巴图在天上，他让我谢谢你这么费心地照顾我和全家。

22

艺术家的最早类型是萨满。

——朱狄《原始文化研究》

深夜,巴格纳和萨日娜让干了半夜活的额利回包睡觉,两人又把上一批装满鲜蘑的几个大篮子,拎进热烘烘的大棚。

萨日娜说:今儿白天睡好了觉,晚饭又喝酒吃炸鱼,也该让我干点累活了。

她快速爬上了火炕。巴格纳只好递给她篮子,也从柳条吊编下钻过去,同她一起摆蘑菇。一个个放蘑菇的小沙坑是现成的,两人摆得都很快。两人蜷着身子,像两个被热沙烘烤的大蘑菇。当沙面全被蘑菇铺满的时候,两人都出了一身汗。巴格纳敞开了怀,用一块粗布巾擦汗。又从他原先挂在棚坡桦木杆后面的布包里,拿出一块松软干净的大布巾,递给萨日娜。

她微笑道:巴格纳大哥好细心,我都没想起带来。

巴格纳说:热沙上烘蘑菇哪能不出汗?我早就给你准备好了。这活又累又热,你还是只管穿蘑菇串吧,那活儿更要紧,也凉快些。

好吧。

在羊油灯光暗处,萨日娜转过身子,也敞开怀,用布巾擦汗。

擦得很仔细，胸前背后、脖颈和腋窝都擦，像天鹅洗浴一样。她刚擦完，巴格纳就接过布巾，又在热沙上的温水桶里搓了几把，拧干，重又递给她。

萨日娜有些意外，说：草原上的男人，可没像你这样爱干净的。

巴格纳说：我原先跑长途也没那么讲究，自从接手客栈后，一直在琢磨天鹅平时最喜欢什么。后来才知道天鹅很爱干净，一天要洗几回澡。我要一辈子守着天鹅，不知道天鹅喜欢啥，那还咋守啊。

萨日娜笑而不语，细致地擦洗了一遍以后，捂住前襟，把布巾递给他，羞涩地说：再给我拧一把。

巴格纳连忙又在温水桶里搓了几把，拧干，再递给她。她又前后左右细细擦洗，还翻过布巾把双腿也擦洗了一遍。萨日娜又请巴格纳搓了一把布巾，再擦洗了一次，把布巾递还给巴格纳，说了声：可以了。然后扣好衣襟，长长舒了一口气。

萨日娜走到串蘑菇的地毡上坐下，低头干活，一边轻声说：谢谢你，巴格纳大哥，你对我这么好，我不忍心让你守。你还是去娶草原灰鹤吧，灰鹤也很美，像灰眼睛的斯琴高娃那样美。要不，就娶个草原百灵，活泼可爱，像图雅那样的。我来帮你选一个又美又心善的姑娘吧。

巴格纳说：我只守你，别的都不守。爱上天鹅以后，梦里面就再也没有别的鸟了。

到下半夜，萨日娜又疲惫得坐不住，想要躺一躺。巴格纳急忙在放蔫蘑菇的地毡上，归拢了一下串线蘑菇，腾出块空当，让她躺好，再用进大棚后脱下来的夹袍裹了个枕头，垫在她的头下。萨日娜轻轻说了声谢谢便睡了过去。巴格纳坐在她身旁，接过她的活，蔫蘑菇堆得如小丘，他快快地穿着蘑菇串，穿了一串又一串，想尽量把萨日娜小半夜的活抢出来。只有她的活干得好，他才能为她多争些利。静静的草原悄无声息,他听着她轻柔的鼻息。就在他身旁的羊油灯光下,萨日娜像一只沉睡的天鹅那样安静圣洁……

蓦然,萨日娜向着他的方向翻了个身,巴格纳侧头一看,她陈旧单袍的布扣襻开了线,上襟脱扣滑落,袒露出半个光洁的前胸。他惊吓得浑身一震,那真是蒙古诗人向往的"焕发千光之秀丽体态"啊。那高挺白润的肌肤之美,将他紧紧包裹,魂魄刹那间飘飞升天。他双手合十,去苦苦哀求腾格里、佛祖,哀求天鹅神和巴图,求他们怜悯怜悯他遥遥无望的爱吧。萨日娜的爱永远属于巴图,他不奢求将来在天国里与天鹅姑娘永恒的爱,只恳求天神把她在人间短暂的爱赐予他。她还那么年轻,还只是一枚美丽的花蕾。但她在人间的痛苦太深重了,至少应该让这朵美丽的生命鲜花开放一次,至少也得让她在人间留下几个美丽的儿女吧?请天神允诺他来陪伴、服侍她,到将来再护送她上天国,把她送还给巴图。

他出神地望着天鹅姑娘,真想亲吻她一下。此刻,幽暗的大棚里只有他们两个人,四下萦绕着奇异浓郁、令他昏眩遐想的蘑菇鲜香。然而,信仰腾格里、佛祖和圣洁天鹅神的蒙古人都相信,此时有无数只天眼正在看着他,天神们正在验证他的爱,验证他对萨日娜的诺言。他不敢再看再想,此刻她在梦中盼望的是巴图的爱和吻,还是不要去想违背她意愿的事情吧。他伸手轻轻地捏着她的单袍上襟,缓缓地盖在她的前胸上。然后又从那个布包里拿出自己的一件干净薄衫,慢慢给她盖上。

他快速地穿蘑菇串,一针两个三个地穿。穿完了一堆之后,再拿起篮子,弯腰上火炕,收装烘焉的蘑菇。他爬进爬出,双手并用,又拿又摆,一直忙到萨日娜一觉醒来。她坐起来的时候,发觉自己的单袍前襟和一件男人的薄衫落了下来。她羞红了脸,慌乱地把扣子绕紧,直到前襟不会落下才松手。她看见一大堆穿好的蘑菇串和小半堆荮蘑菇,怔怔地说:谢谢你啊,一个人干了比两个人还要多的活,接班的帮工就不知道我睡觉了。然后,赶忙飞针走线,穿蘑菇串。

巴格纳微笑道:你睡觉的样子真美啊。只是看你一眼,就更想守着你;越想守着你,干活的劲头越大,手里的活就快起来了。

萨日娜的脸又微微泛红,小声说道:你是个有教养的贵族后代,天上的巴图也会这样说的。

小巴图一直守在大棚门口近处等候妈妈,大白狗守在它的身旁。小巴图原来想进大棚守在妈妈身边的,但萨日娜怕它踩坏嫩蘑菇,就让它在大棚外待着,并让大白狗守着它。它只好卧在那里。一个蒙古包如果没有狗或狗少,狐狸就会到蒙古包附近的垃圾坑寻找吃食。如果发现这里有一只不会飞的鹅,它们就决不会放过这种机会。于是,大白狗格外小心警惕。妈妈不在蒙古包里睡,小巴图也就不肯在包里睡,萨日娜只好由着它。但有高大凶猛的大白守着它,狐狸是不敢来的。

天亮了,萨日娜套上夹袍,一走出大棚就把小巴图抱了起来,亲它、抚摸它。她要回蒙古包吃饭睡觉了,可是小巴图已睡足了觉,不想睡,不愿回蒙古包。它想洗浴,想吃嫩水草。它有一天没好好洗浴了,高贵的天鹅不洗浴比吃不上水草还难受。于是,它扭头看了一眼大白,就朝西边小湖走去,大白立马紧紧跟了上去。萨日娜和巴格纳都笑了。

她说:让它俩去吧,它俩是好多年的老朋友了,可亲了。有大白守着,我放心。我喜欢洗浴是跟天鹅学的,在蒙古包,我端上两盆水,也能洗得很干净。听图雅说,客栈有大木盆,可以坐在盆里面痛痛快快地洗热水澡?

巴格纳连连点头说：你这会儿有马了，那就常来客栈洗澡吧。到图雅妹妹的房间里去洗，那里最干净。再到我的房间吃饭，咱们三个还可以聊诗唱歌呢。

萨日娜微笑道：好的。

两人进包和弟弟、帮工一起吃早茶，再休息。接班的帮工忙着把夜里穿好和未穿好的蔫蘑菇运到蒙古包，等待晴天。

四五天之后，萨日娜蒙古包里原先堆放茶布等日用商品的地方，已堆满了烘得五六成干的蘑菇，满包散发着口蘑的浓郁香味。只要天好阳光充足，这些蘑菇两三天就可晒得干透。

白依拉骑马跑来，对巴格纳说：阿爸和老张让我跟你说，必须等蘑菇完全烘干晒干，才能运回客栈。要是到客栈晾晒，非得让来往的客商抢光偷光不可。晒干运回去以后，就得立马锁进库房里，数目和等级千万不能让外人知道。

巴格纳说：我也最担心这件事。萨日娜的大弟弟额利告诉我，他们部落的那个帮工，偷偷在远处的高草丛里藏了五六斤烘得半干的蘑菇，他发现有人知道了这事，才悄悄把东西放回原处。

白依拉说：我回去后也得提醒图雅，好好看管蘑菇。

半雨半晴的天气持续着，直到烘蘑开始后的第八天，天空才放晴。轻风吹走地面的湿气，日照透彻而干热，将摊晒的蔫蘑菇很快晒轻晒缩。大棚里的鲜蘑已近烘完，蒙古包前七八块大毡、大大小小的柳条编上堆满了半干的蘑菇。柳条编上晒的都是上上等的蘑菇钉，大毡上晒的是上等蘑菇钉和普通二等蘑菇。用桦木杆架搭起来的几组三角支架和六七根长横杆上，则挂满了线穿的蘑菇串，比摊在大毡和柳条编上的蘑菇更容易干透。只要天气好，再暴晒两三天，就该装麻袋上车回客栈了。

巴格纳和萨日娜姐弟也不必做夜班苦活,可以正常睡觉了。剩下不多的蘑菇和牧人送来让大棚代烘的蘑菇,交由两个帮工烘。吃过早茶,她和巴格纳用宽大的罩布,一兜一兜地往晾晒场运半干的蘑菇,傍晚又一兜一兜地往包里运。再把蒙古包里装不下的蘑菇小心堆起来,盖上大毡。小巴图不知疲倦地跟在妈妈脚后,她走到哪儿,它就跟到哪儿。它知道妈妈手里拿的是好东西。

阳光暴晒蘑菇不久,残疾的小巴图突然变成了看守晾晒场的主将。顾家守家是天鹅的天职,妈妈的宝贝东西是决不能让别人碰一下的。天晴了,大棚和蒙古包外,常常会吸引一些来观看蘑菇大丰收场景的骑手、帮工和坐牛车来的姑娘女人们。那大片铺晒、串串晾挂、散发着奇香的漂亮干蘑菇,就是白花花的银子和一群群的肥羊,也是大小官员、来往商客索要的稀货啊。虽然牧人的家里也晾晒了一些蘑菇,但品相要比大棚烘晒的干蘑菇相差两三个等级。有些人看到这些让人眼馋的东西,忍不住想抓两把带走。大白狗朝这些人狂叫猛吼,但有些是它认识的人,难以动真格。巴格纳和萨日娜也碍着亲友熟人的面子,不太好阻拦。但是,小巴图不懂亲疏远近,心中只有妈妈,它像雄鹅守护爱妻和小鹅那样,使出了拼死恶斗皇家猎鹰的狠劲,疯魔似的冲上去就猛啄狂掐。在额仑谁都知道它的厉害,牧人只要看到它张喙狂叫,扇着单翅冲来,都吓得连连后退。它可是大伙心中的英雄,谁也不敢挥杆抽打它,只得作罢。加上这些蘑菇是苏木和客栈的财产,是大伙辛苦劳动的成果,又是巴格纳帮萨日娜还债的"银两",一些人就不好意思顺手牵羊了,反倒更加敬佩小巴图。

赶走了几拨人以后,小巴图很得意但仍很警惕。它常常高昂长颈、侧着头单眼盯人盯狗,一瘸一拐地在晾晒场周围巡逻,日夜守护，一刻不停，连吃饭都不回家。萨日娜只好把饭盆给它端到晾晒场旁边。小巴图就是吃饭的时候也尽心尽责，每吃几口，就抬头瞭望一下。有一天，还是有个喜欢逞能的小马倌骑马冲过来，就在小巴图的身边，把套马杆调了一个头，用杆尾挑了一串蘑菇就走。小巴图急得大叫，趁马转身的时候，扇着单翅飞冲过去就啄马腿，马大惊，猛尥蹶子。幸亏鹅身子低，头小颈细，两个能踢碎狼头的马蹄，就在小巴图的头颈两旁踢空。小巴图又一次死里逃生。萨日娜和巴格纳吓得魂魄炸飞，巴格纳大吼一声，操起半截桦木杆，狂冲上前赶跑了小马倌，紧紧抱住小巴图，他双手发抖，面无人色。两人后怕万分，喘了半天也稳不住心跳。

两人不停地抚摸小巴图，四只手两颗心一同颤抖。

他们再也不敢让它看守晾晒场了，但是根本拦不住。把它关在蒙古包里，它就大喊大叫，啄门撞门。两人怕它撞坏了喙和头，只得跟它一起看守，见人见马来，提前上去阻拦。一天，来了两辆牛车，巴格纳连忙带领姑娘女人们去看桦木架杆上的线串蘑菇。可是，有一条大狗趁小巴图走到晾晒场的另一头，跑到柳条编旁边，抬起后腿，对准蘑菇撒了一泡尿。小巴图气得暴喊，几乎是用一只残蹼点地，单只好蹼猛颠猛跳冲过去，用一扇大翅膀狠扇狗头，又照准狗眼就是一通狂啄，把狗眼珠子都啄出了血，还咬住狗脸皮，生生地撕下一小条，狗血四溅。狗疼得嗷呜乱叫，把旁边几条杀狼大狗看得都惊傻了。萨日娜急得抄起一个柳编篮子，挥舞着冲到狗群前面将狗轰走。

萨日娜气喘吁吁对跑来的巴格纳说：你、你看到它今天这个样子，就……就知道它在天上是怎样跟猎鹰拼命的了……我常常向佛祖祈愿，无论如何也要让我来世变成一只真正有翅膀的天鹅。

巴格纳叹道：我更想这辈子就成为一只鹅。

蘑菇战刚罢,打獭战又起。那个手脚不干净的帮工在上午就被部落调回去打旱獭了。此时正是草原打獭旺季,封洞前的獭子绒厚肉肥油膘足,獭皮卖价最高。客栈早就请三个部落的首领,让牧民多打旱獭多供皮货。而且,獭肉不仅是草原美食,炼出来的獭油更是商号抢购的上好草原特产。

下午,巴格纳和萨日娜姐弟以及帮工全福五人,正给干透了的蘑菇堆大堆,盖上大毡。那森巴雅尔骑马跑来,还牵了一匹驮着一大摞麻袋的马,对巴格纳说:札那让我告诉你,明天三个点全部撤回客栈。老张的货比你们的少,他先走,在半道上等你和图雅。我还有事,你们准备吧。又对萨日娜说:明儿上午部落派人来拆蒙古包,你们就跟牛车回家吧。

说罢,卸下麻袋就牵马回部落。五人连忙将干蘑菇分类装袋,足足装了十几袋,大约有五百多斤。

全福说:我还得去部落牛群,把咱们三头拉车的牛赶回来呢。三天前我就骑马去请牛倌,把咱们的牛拴在牛车旁边,每天只给喝水,只给吃半个时辰的草,吊空肚皮。要不牛吃了半个月的好草,肚皮太大拉不动车。这些事都是刚来的时候,老张交代我做的。这会儿我就得去,明儿天不亮我再赶牛回来。

巴格纳说:你没忘这件事,太好了,那就骑我的马赶紧去吧。

全福骑马走后,巴格纳回到自己的包,把来看望他的人送来的鲜奶豆腐、酸奶豆腐等奶制品打成一个沉甸甸的大包,拎到萨日娜的蒙古包。对她说:你家没有奶牛,你身体弱,也不能挤奶,这些奶豆腐你就全拿回家吧。在客栈,经常有人给我送奶豆腐奶皮子,我那儿还多着呢。蒙古人夏秋季吃不上奶豆腐哪成啊,准比吃不上羊肉还难受呢。额利、巴特尔快拿去吧。

两个弟弟连忙接过沉重的大包裹，开心地连声说谢谢。

额利乐道：你真是我们的好大哥。每年夏天秋天，各家也送给我姐姐一些，可哪有这么多啊。

萨日娜微笑道：谢谢你啊，你总是想得这么周到。

巴格纳端了小半盆麦粒出了包，向草甸里的芍药黄马走去，向它告别。黄马慢慢走来，它似乎也感到人们正在收摊，就要分别了，便向他频频点头，还用大脑袋蹭摩他的肩膀和胳膊，发出呼呼霍霍的感谢声响。它不会忘记，是他把自己领到妈妈身边的。巴格纳放下食盆，紧紧捧住马头，在那朵越来越白、越来越美的芍药花瓣上深深亲吻，然后抱住马头，紧紧贴在一起。

晚饭时，在这个临时搭建的蒙古包里，第一次只有这一家人坐在饭桌旁。这可能是今年他们在一起吃的最后一顿饭了。在半个多月奇异蘑菇鲜香的熏陶中，在与小巴图、大黄马、大白狗和天鹅姑娘的朝夕相处中，巴格纳感到这就是自己最向往的一个家。只要能加入这个家，无论让他当什么成员他都愿意。明天就要分别了，他实在不想离开这个家。回到客栈，他的房间比蒙古包更加空荡，自己以前是孤儿，现在还是个孤儿。他心里空落落的，望着萨日娜，眼里溢出泪水……

萨日娜也含泪说：巴格纳大哥，谢谢你。你把这个破碎的家重又拼凑起来了，你是这个家的独木支柱啊。你就当我和弟弟的亲大哥，当小巴图、大黄马和大白狗的亲叔叔吧。这里就是你的家，全家六口都爱你，盼望你能常来。

巴格纳泪水滚落，说：好的。

他抱起小巴图吻了一下，它回吻了一下，但还是扭了扭身子，回到妈妈的身边。一家人出了包，他吻了两个弟弟的额头，然后蹲下身来，再次抱住小巴图，说：你这次回到大湖里，等不了太多日子，妈妈就会把你接回家过冬的。到时候我再来看你。

巴格纳起身，第一次捧住萨日娜的脸，在她的额头上轻轻地吻了两下，说：外面的事，由我来顶着。你回家以后，要常常骑马出去跑一跑，再写写你的歌。千万别荒废你的诗歌才华，也不要把你和你的诗歌关在蒙古包里，多给朋友和姐妹们唱唱吧。你的歌传得越广，名声越响亮，帮你、爱你的人就越多，你也就越安全。你的一首歌比一千只贡羊还要金贵。

说罢，便回到西边空空的蒙古包，但他的肩膀上却已经有了一个家的分量和重担。萨日娜天鹅已经不啄他，还会经常跟他聊天谈歌，向他微笑，带着晶莹的泪光，也让他亲吻她的额头了。

23

《圣主成吉思的国家》歌曲中的两句歌词——"您见过苍狼如何登上陡似刀劈的峭壁了吗？只有那里才刻写着结盟兄弟的肺腑之言啊！"事实上，就好像蒙古人古代在旗帜上绘有狼的图案一样，只有在国歌中才会提到狼。

……

圣主成吉思还忌讳猎杀狼和鹿，他在杭爱山行猎时曾经下令："杭爱汗传令大狩，下令道：'若有苍狼、花鹿入围，不许杀戮。'"

——[蒙古]高陶布·阿吉木《蓝色蒙古的苍狼》

离开了萨日娜，半个多月的疲惫涌上全身，巴格纳累乏得已坐不稳马鞍，他叫停了全福的头辆牛车，下马把马缰绳拴在第三辆牛车的后横木上，接着坐到这辆牛车中间，斜靠在弥散着蘑菇香味的麻袋上昏昏睡去。三辆满载的牛车，在通往客栈的草原牛车古道上，压着残花枯瓣前行，碾芳成泥，融入草原大地。牛车辂辘散发着枯花干蕊的余香。

过了不知多少个时辰，他终于被叮咚叮当的声响唤醒，看见图雅姑娘正头靠着麻袋，在他的肩膀旁边熟睡呢。她坐在牛车右边的位置上,她的马也拴在牛车后面。两匹马朋友半个月不见,很是亲热,靠得很近并行走,两副马鞍的马镫时不时碰撞出叮叮当当的声音。他没有叫醒她,她一定更累,这位札那部落的小公主还从来没干过这么长时间、又这么快乐、繁重和熬人的活计呢,让小妹妹继续睡吧……

牛车又走了几里路,车辘轳压过一块牛的白骨,颠了一下。图雅姑娘揉揉眼,欠起身,擦了擦自个儿嘴角上的口水,叫道:呀,你也醒了。巴格纳哥哥,我好想你啊。

她活泼得像只吃饱秋虫的百灵,快乐地亲了一下巴格纳的面颊,问道:萨日娜姐姐好点了吗?

巴格纳说:好多了。

我听大哥也说她好多了,可我想听你给我细细说。

巴格纳便把图雅走后发生的事情详详细细地讲给她听。

图雅乐道:呀,你好厉害,才半个多月,她就认你是自家的亲大哥了。这一年多,她除了我、米希格阿爸家、塔娜家和巴图家的人,她几乎一个也不搭理,更别说能认一个亲哥哥了,这真是件大好事啊。大伙都怕她撑不住,像一些失去丈夫的雌鹅,惨叫了几天后,就飞到谁也找不到的苇塘深处去了。全苏木的人要是知道这件事,又该夸你啦。有你守着萨日娜,大伙就不担心了。

巴格纳说:这还是小巴图和巴图黄马的功劳,是它俩让她挺了下来。我真爱这两个救命朋友啊。

我也爱。

巴格纳问:你咋跑到我这儿来了?

图雅挪挪身体,更紧地靠着巴格纳,说:老张最早上路,我把马拴在牛车后面,赶着三辆牛车慢慢追上他。可就是你的车慢,我等了半天,还看不到你,我就把牛车交给了老张,再骑马回头找你,太想早点见到你。可是一看,你在车上睡得死沉死沉的,我好心疼。这次捡蘑菇,就数你最辛苦、最操心。白依拉大哥说,你这半个多月使出了两个月的劲,累过头啦。我不敢叫你,想让你多睡一会儿,哪想到我一坐上牛车也犯困了。好姐姐和弟弟回部落了吗?

巴格纳说:回去了,我等全福赶牛回来的时候,她部落的牛车就来了,我帮他们拆包装车。两个弟弟坐牛车,额利抱着小巴图,萨日娜骑上大黄马,跟车一块回家。大黄马高兴地昂头长嘶,它最怕再把它送回马群。萨日娜骑它回家,黄马知道妈妈又是它的主人了,以后就不会分开,它才放下心来。这半个多月,芍药黄马越来越俊美了。天鹅和马一有情和爱,就特别精神。

图雅叹道:能像巴图那样爱她的男人,除了你再没有别人了。你不要着急,她认你这个自家大哥,往后会把她的情也给你的,像给小巴图和大黄马一样多。你兴许不用再等十年八年……

那我就太高兴啦。萨日娜很能干,她给大棚加了不少柳条编搁板,增加了好大一块干烘地方。要没她,我的大棚还得一两天才能烘晒完呢。这次,应该多分点蘑菇给她和她弟弟。

图雅说:我来跟阿爸说。多给你和萨日娜分一些是应该的。你俩的加起来要是还不够还今年的债,就再加上我的那份。

谢谢。我和她的加起来,应该够了吧。

车队终于汇合。来时是八辆装满土坯茶布的牛车,回客栈时运的却是装满宝贝干口蘑的大麻袋。老张也瘦了一圈,但满脸喜悦,又担心地对两位掌柜说道:先别忙进客栈,要算准时辰,等到天黑,商号的商人和车夫都睡下以后再进大院,进了院就直奔老库房那间最结实的大房。原先是存放砖茶的,这次去部落出了那么多的砖茶,库房正好腾出了地方。茶和蘑菇的味也对得上,不串味儿。整理货、秤货也方便。口蘑这玩意儿最招贼，要是客栈里的人知道咱们一下子拉回这老些口蘑钉，再说出去，那咱们的日子就没法过了。

老张对全福说：谁也不准说，听见没有，到时候招来大贼，我找你算账。这回你出了大力，掌柜会给你加工钱的。

全福连连点头。

巴格纳对全福说：你这回干得让我很满意，你这半个多月的工钱就按两个月算。再奖给你三斤二等干蘑菇。

全福喜得连声说：谢谢，太谢谢了。

老张把巴格纳和图雅拉到一边，仔细看了看三个点的收获量，乐呵呵地说：这回巴掌柜收得最多。我估摸咱们八辆车的货加起来，总共得有一千一两百斤。总数虽比我原先估摸的要少一些，可大多数是上上等和上等的好货。蘑菇钉个头小，总重量自然就小了。要是采的全是开膜的大蘑菇，总数准保超过三千斤，可价钱就要打一大半的折了。

巴格纳说：这次还是数你的功劳最大，我跟札那阿爸说了，正式聘你当客栈大管家，给你重奖，札那准了。等各种等级的蘑菇都算清，等他来了，再定咋重奖。不过，旗里要的数量太多，说是京城点名要的贡品。上上等的就要一百斤，还有王爷、伊登札布那些官都得上贡，老秦那儿我也答应加倍给货，这些上上等的货还真不够分的。

老张说：我有法子，这回咱们采的都是最好的货，很多上等货跟常年的上上等也差不离，咱们就把上等货里的好货多掺进一些到上上等货里面，上上等的货不就多了吗？

图雅笑道：老张，你真会做生意啊。我咋就想不出这个主意呢？咱们的上等货和上上等还真的差不离。我也跟你学着掺，但不能让客商吃亏。

图雅和巴格纳把两匹马牵到草好的地方，上了马绊，摘了马嚼子，让马吃草。然后，图雅拿出一大包斯琴高娃给他们准备好的餐食和满壶奶茶。四个人围坐在牛车旁的草地上吃下午茶。大家都夸斯琴高娃煮的奶茶、手把肉和做的新鲜奶豆腐，全部落数第一。图雅咯咯笑道：咱们都沾了巴格纳哥哥的光了，要不是因为巴格纳哥哥会吃这顿饭，她才不会把她做得最好的东西给咱们吃呢。

四人大笑。

天色渐暗，牛车队上路。到客栈时天已全黑，停车场停满了牛车马车，客房的灯已熄灭。几人快速地把牛车牵到库房门口，老张只把莫日根叫来帮忙，三个男人把蘑菇麻袋全都搬进屋。老张给库房门上了把笨重的大锁，再把钥匙交给了巴掌柜。

巴格纳说：商战不能歇气。战不停，人不歇。明天就理货秤货。关起门来，就咱几个干。

图雅说：半个多月没洗澡了，我得先洗澡。刚进院门，我就让其木格去烧水了。你们几个等会儿再洗。等洗完澡，其木格也把鱼炸好了。好久没吃炸鱼了，特馋。待会儿咱们到餐室一块吃。

第二天早茶安排在小餐室。各部门的主管一边吃，一边汇报半个多月的事务。分店主管林夏说：来往的住客大多是熟客和大盛魁的自家人，对客栈很爱护，客栈这些日子的生意好着呢。骑马和坐勒勒车的过路散客、官员旗丁越来越多，但没人捣乱赖账，就是有霸吃霸喝的，大盛魁的人也会出手制止。官员旗丁也都知道两位掌柜和伊登札布的交情，不敢耍横。大汗炸鱼名气越来越大，周边苏木和部落的牧人常来吃喝，还大包小包带走。咱们的厨师厨娘，还被南边一个苏木长请去办他儿子的炸鱼婚宴，很是新鲜热闹，轰动半个旗。还有几家婚宴也已经预定了。伊登札布还带了京城和其他旗盟的官员来吃炸鱼，都赞不绝口。用小船打鱼以后，炸鱼供应充足，还有富余。全客栈的店员、帮工和盖房民工，每天都换着花样吃鱼。现如今，客栈不光卖炸鱼烤鱼，还半桶半桶地卖生鱼，净利越来越大。大盛魁施工队正在收尾，木头堆场的院墙也快完工。草已打完，正晒着呢，打草工已被部落接走了。秦老板来过一次，打听蘑菇的事。据他说，各苏木的蘑菇产量预计比往年稍高一些，但次货多，好货奇缺，价格还在涨。上等和上上等的货都被抢疯了。

巴格纳和图雅乐得把林夏等人好好地夸奖了一番，还把采收口蘑成功的大喜讯说了说，并让大家千万别露风声。一屋子的人开心地点头，都表示在客栈干，越来越有奔头了。

当院内的车队走后，巴格纳、图雅和老张在客栈查看了一圈，就带着莫日根和全福进入蘑菇大屋，关上门理菇秤菇。按原先的分类，上上等的蘑菇钉只有二百六十多斤，上等的是六百五十多斤，二等的是三百多斤，总共一千二百多斤。经过一天半的挑选掺加，调整为上上等三百六十斤，上等为五百七十多斤，二等为二百八十多斤。老张仔细辨认了一番之后，认为这样分出的等级，市场准能接受。重新装袋之后，关门上锁。

巴格纳轻松地说：这样的话我就好办多了，等札那阿爸来看过，就可最后定。

又到了两人去看狼的时候了。图雅说：我已经问了莫日根，他说，他一次都没见到过狼。可是他给狼的鱼，狼全叼走了。我告诉过他，千万别用手摸鱼，只要鱼身上有陌生人的气味，狼就不叼了。

巴格纳说：狼只要叼走鱼，咱俩就还能见着它们的。

两人走到老地方，鱼全被叼走了。图雅轻声地喊：狼王，狼王后,狼兄弟姐妹们,我是图雅,你们的好朋友,我来看你们啦,又给你们送鱼来啦。

没有任何动静,也看不到一点狼的影子。图雅又喊:我只想看看你的箭伤好了没有。

但还是没有动静。又等了一会儿,仍无回应。两人只好拉鱼倒鱼,然后坐在河边静等。

巴格纳问:你这回打算给萨日娜多少斤干蘑菇钉?这次她出力不小,而且道尔基也希望咱们多帮她还债。

图雅问:她需要多少斤蘑菇钉才能还上今年的债?

这会儿口蘑还在涨价,大概需要二十五六斤上上等的货。

那咱就给她二十六斤。

巴格纳满脸惊讶,说:大台吉伊登札布也才跟我要三十斤,咱们一下子就给萨日娜二十六斤,要是让人知道了,就不好跟苏木和部落交代了。掌柜办事不公,往后就办事不成。那咱们手下的人,啥坏事都会学着干出来,有些人就会串通一气损公肥己、缺斤短两、偷工减料。失信的事千万别干。我要这么干,到最后会害了萨日娜的。

图雅问:那你说应该给她多少斤呢?

按她和弟弟出的力,和道尔基部落给她的一点让利,应该给她八斤。

那咱俩应该分到多少斤呢?

咱俩一人总得十斤吧。这还得阿爸定。

那我跟阿爸再多要点,就算一人十斤,那你我再给她十七八斤,加上她自己的那份就够了。反正我不能看着她以身抵债。天下哪有姐姐被卖作奴隶,妹妹却看着不管的事情。

你真是个好妹妹。

突然,巴格纳轻声说:狼。图雅转过头,只见一只狼探头向她望了一眼，又缩头伏下身不见了。两人站起身来又等了一会儿，狼再也没有露面。

图雅说：好像是那条狼王后。

巴格纳说：半个多月没见面，有点陌生了。狼最不会轻信，有一点点不一样，狼们就会担心有变。

两天以后，札那阿爸来到客栈。他盘腿坐在巴格纳房间的炕上，仔细倾听巴格纳报上的数字和初步分配打算。

巴格纳说：收上来的数就是这些了。咋样分？我先报给您一个初步打算，最后还由您来定：送给伊登札布上上等三十斤、王爷上上等二十斤再加上等二十斤。按平价卖给旗府作为皇家贡品上上等一百斤、上等二百二十斤；按市价卖给老秦上上等一百二十斤、上等二百五十斤；阿爸您是老板，您该得上上等十五斤，再奖励老张上上等十五斤，白依拉人哥和斯琴高娃上上等十斤，图雅和我各上上等十斤。萨日娜和她的两个弟弟上上等八斤。剩下的上上等二十多斤、再加上等的三十多斤作为客栈备用。其余上等五十多斤和二等二百六七十斤，卖给其他商号，他们大部分已付了定金。还有二十多斤二等货，留作客栈待客用。三个部落牧人自个儿收晒的，还没有算进去。那些货要过些日子才能送上来。

巴格纳继续说：这会儿蘑菇的市价还在涨，如果除去送出和奖励的数量，扣除预先支出砖茶、布和人工的开支，总纯利大概合三千八百只大羊的银子。但客栈除了在自己部落的牧场采集蘑菇，也在其他两个部落牧场采集了蘑菇，所以纯利也得分给其他两个部落一部分，应该拿出三成纯利，也就是大约合一千一百多只大羊的银子给两个部落。客栈和咱们部落能得到两千六百多只，加上客栈留作急用的货，大概合三百只羊的银子。这样，客栈和部落总共可得近三千只羊的纯利。客栈和部落再咋分,请阿爸定。我觉着客栈应该拿两千,部落拿一千。这么分,为的是让您原先投建客栈的银子早点收回来。

图雅听得晕头转向,失望地说:客栈才挣了两千多只羊的纯利啊,我原本想,这一把就把阿爸建客栈出的羊全挣回来。

札那心算了一遍,说道:客栈和部落是一家人,一共能得三千只羊,就算是把阿爸出的五六成的本补回来。三千只羊还少啊?部落出的人是不少,可才干了一夜半天的活。客栈才辛苦呢,你们三个最苦,得的也不多。这回咱得的不如预想的多,主要是白送出去的不少,平价卖给官府的也太多。

札那叹道:当部落首领难啊,部落和客栈咋分?我看就一家一半,客栈还是多给部落让点利吧。这些年好多人家的孩子都长大了,有些羊群一千七八百只,也太大了,再大就管不过来了。羊群必须分群,长大的孩子结婚成家,也得跟分出去的羊群单独生活,这就需要添置新蒙古包、牛车、家具、大毡,家家都缺钱啊。蒙古部落就是一支骑兵队,要走整个部落都得走,不能落下一户蒙古包。没有足够结实的牛车咋成啊。再穷的人家也得给他准备好牛车。就这么定吧,客栈拿一千五,部落也拿一千五。到了年底,加上客栈的炸鱼餐饮住宿和分店的销售收入,那是多大的利啊。那两个部落,就按你说的分。给他们那些不算少了,他们也准保满意。伊登札布那儿还真得给,他为部落为客栈做了那老些好事,给咱们批了地,免了一年半的税,没好货打通上面的关节,咱们能有今天吗?

札那想了想又说:老张功劳最大,应该得十五斤,可你俩功劳也不小,一人得十斤太少了。巴格纳,你功劳那么大,连客栈都是你一手干成功的,咋能只得十斤呢?咋也得跟老张一样多。这样吧,把给我的十五斤减掉五斤,把这五斤加给你,你咋也得拿十五斤。

不用争了，就算我和部落奖给你的。我知道你得的这十五斤，全都会拿出来帮萨日娜还债。这些就算我和部落帮她一把吧。你一定要收下。

巴格纳感激地说：太谢谢阿爸了，我也替萨日娜谢谢您，那我就收下了。

札那说：白依拉和斯琴高娃得十斤也对，毕竟他是大掌柜，斯琴高娃这次帮图雅打理烘蘑菇大棚，也出了不少力。萨日娜和她的两个弟弟让人心疼啊，我看再给她加两斤，给她们姐弟三个人十斤吧。这回她家三口出力不小，干的时间最长，还能动脑子想办法。她家的债又那么重，是要多给她一些，帮她把今年的债还上。

札那细细打量巴格纳和图雅，怜惜地说：差不离就这样了，再咋调，你俩就看着办吧。做买卖真不容易，你俩都是我的好孩子，阿爸心疼你俩啊。你瘦了，你也瘦了。

巴格纳说：阿爸，客栈这次虽然没赚到三千只大羊，但分到一千五百只，加上客栈和分店的利，一年赚回您原先下的本是有把握的。不过，这一千五百只羊还得暂时扣除七八百只，因为我拿这些羊的钱，先给两个部落垫了打草的工钱。但是不要紧，这次咱们上交的口蘑数超过了伊登札布给咱们定的数，咱还能得着旗府的重奖呢。那客栈就更有把握一年收回您下的本钱了。

札那笑道：那还真能成了。

巴格纳问：今年冬季部落能用上打下来的草吗？

札那说：快打完了。凭我的老眼光，又问了问几位老萨满、老牛倌，他们估摸今年多半还会有灾，最少是场小白灾。那他们两个部落还得用那些草的。

巴格纳说：那我就不太担心了。您那边打草打完了吗？

快了。过些日子就可以运草堆圈。有了这四大圈草，我晚上睡觉踏实多了。收蘑菇和打草，这两件事你俩干得漂亮，阿爸高兴啊。

札那再次望着明显消瘦的巴格纳，说：可我还是替你捏一把汗。你到客栈这几个月，把多半薪酬贴给萨日娜了。我在账房看了看账，你每个月都买了不少东西送给她家呢，大毡、袍子、靴子、粮食、砖茶，还给她赊买了那匹大黄马，用一个月的薪酬交了定金。这还不算，还打算把你挣的蘑菇也全都拿出来帮她还债。可萨日娜还是一心想着巴图，照这样下去，你自个儿咋办啊？

巴格纳说：这会儿，我是萨日娜家的大哥，是她家的人了，我就得担起照顾一家大小六口的担子。从前我是个孤儿，啥也没有。现如今，我有了一个家，我爱这个家，爱全家六口，我高兴啊。我也总算可以替萨日娜还清今年的债，保住她和全家了。

札那和图雅眼睛湿润，感慨无语。

24

  萨满教……在神服中有充分而质朴的显示……天鹅主要装饰于神衣上的前胸兜兜上，在前胸兜兜上左右有竖式横列重叠的天鹅约二十对。两排天鹅头向内，在每排天鹅的上端，各有一只向上展翅飞翔的大天鹅。在双排昂首相向的天鹅之间，饰有一个小镜（实为太阳神）。天鹅造型多为立于陆地的天鹅的影，没有更多的修饰和刻画。而飞翔状的两只天鹅造型较为夸张，动势很大，为鸟瞰式天鹅形象，呈"十"字形，脖子很长。双翅展开成"一"字形，翅膀有力，有一种向上的动势。

——富育光《萨满论》

  札那回部落以后，巴格纳便将札那的决定告诉了老张。老张很满意也很感意外，说：没想到我拿的比札那老板、白依拉大掌柜和图雅掌柜拿的还要多，哪有雇工比老板和掌柜拿得多的，这样的老板和掌柜我还真没见过。札那和你俩对我真是好，往后我这个正式管家就一门心思为客栈用心用力了，你们就放心吧……这些日子最要紧的事，还是把这些货赶紧出手。蘑菇的香气太冲，屋子的门窗都关严了，窗缝里塞上毡条，外面还是能闻见。这两天，好些商号的人像闻着鱼腥的馋猫似的，围着库房转，非要让我打开库房门看货。都是老客户，不让人家看，得罪人哪。

下午，老秦大哥兴冲冲地跑来，对巴格纳说：小林让车队商头传给我一封信，说这回你们拉回上千斤的好货，快跟我说说咋回事。

巴格纳和图雅把他请到掌柜房，他一进屋就闻到了蘑菇香气。老秦笑道：还真是好货啊，一点霉味都没有。这大半个月跑了那么多的部落，收了一两千斤的货，大多是普通货，我就等着你们的货呢，快拿给我看看。

巴格纳从柜子里拿出三盘蘑菇，一盘是精选出来的上上等蘑菇钉，一盘是上等蘑菇钉，还有一盘是二等干蘑菇。

图雅乐滋滋地说：一直在等大哥哪。货全在我俩的手里，一斤都没出手，就等你来。你看看，我们分得咋样？

老秦惊得瞪大眼睛道：我的天哪，一看就是好货啊。

他拿起一个上上等的蘑菇钉，细细看、慢慢闻，两眼像看见奇珍异宝那样灼灼放光，说：这样上上等的蘑菇钉，我已经好几年没见过了。这是上上等中的上上等啊，这么白，白得像天鹅；这么干净，干净得不像从泥地里长出来的；还这么香，香得只要闻闻它，就可以当下酒菜啦。要是拿到京城去，非得让皇家内务府采购处全要走不可。这样的一斤价我都难估，到了京城一斤至少得换十三四只大羊吧。蒙古口蘑产量本来就稀少，上上等的更少。采蘑季已过，今年顶尖的货全在咱们的手里啦。

他又拿起一个上等蘑菇钉，说：这样的货，虽不如市面上的上上等，但比上等货要高半级，价码也要高。说着又拿起一个二等的干蘑菇看看说：连这样的普通货，都要高上大半个等级。这下你们真干大了。快跟我说说你们是咋弄到的？你们一共弄来多少货？每种等级各有多少？

巴格纳说：我们用老张的法子，用桦木杆建大棚，搭土炕来烘鲜蘑菇。他还不让对别人说，怕货多了掉价。往后再跟你细说。

巴格纳又向老秦报了总数和每种等级的数量，老秦深感吃惊，乐得连连向巴格纳要酒。图雅忙拿出山西汾酒、一些酸奶豆腐和牛肉干，三人碰杯庆贺。

巴格纳又把自己和图雅还有札那定的分配方案，向老秦详细地叙述了一遍，问：你看成吗？你是大盛魁这条商道的总头，又是我们分店的老板，你说咋改我们就咋改。

老秦笑道：跟你这个弟弟合伙干，就是痛快！要没你们这个分店，我今年准保要挨总店老板数落。这次口蘑行情暴涨，是旅蒙商号讨好巴结朝廷难得一遇的机会。大盛魁又是全国最大的旅蒙商号，要是贡不上最顶尖的货，那脸就丢大了。幸亏我有你这个好兄弟的客栈啊，这些上上等好货交上去，老板非得乐晕了不可。虽然你给我一百二十斤上上等再加上二百五十斤上等货，可是客栈奖给你们几个人七十多斤上上等的货，都会卖给我。我再从上等货里挑出七八斤好货掺到上上等里面，就能得到二百斤上上等的货了。那我们大盛魁就更是口蘑商的魁首了。拿到京城，一定能卖最好的价。巴格纳，图雅，你俩真是我的好弟弟好妹妹，谢谢你俩了。

巴格纳说：你的大恩，我一辈子都报答不完。看你高兴，我也高兴。你看这方案还用改吗？

老秦说：不用大改了。只是你留作备用的那些货千万藏好。如要卖的话也给我。还有你卖给其他商人的二百八十多斤的二等货，还可以再拿出二三十斤卖给我。跟我要货的人太多，亲戚朋友同事也得照顾一下吧。其实，二等货味道也不错，城里一般富裕人家更喜欢物美价廉的二等口蘑。

巴格纳说：拿了人家商号的定金，我还得守信用给人家的。部落牧人还会送来不少他们自个儿晾晒的蘑菇，大多是二等货，里面也有一些是上等货。我再挑好的给你留下。

那太好啦。

大哥，还有一件事，给伊登扎布和王爷的货，你能不能顺便一块给他们送去，我怕这里不安全，这么多的商号已经盯上我的货了，我也怕招贼。

老秦点头道：这事还真得快办。要是走漏风声，那些大官小官堵上门来要货，你还真顶不住。这样吧，我这就把这趟车队几辆车的货卸在客栈，马上装上你们的货，用大毡苫布包得严严实实的，不让跑味，趁着人家还不知详情，赶紧去旗府。

巴格纳说：还得麻烦大哥一件事，这些货里面有单独包好的一大包，是二十五斤最好的上上等蘑菇钉，里面十斤是萨日娜的，十五斤是我的。也请你特别关照，卖的钱先放到你那儿，等年底给她还今年的利息。

老秦说：你真心疼她啊，我也心疼她。她的那个债主心太黑，你们这么帮她，我真怕他们对你们下狠手……她的事就交给我办吧，我会在蘑菇价最好的时候出手。

两人带老秦去库房，并和老张、分店销售主管林夏一起验级、过秤、装袋。林夏记账之后，老秦让车队领班看了看货量。然后卸了两辆马车的货，又将装蘑菇的麻袋小心地装车，用大毡严密包裹，罩上苫布，再用绳子结结实实地把货包捆绑在马车上。

老秦说：巴格纳，你一定要跟我去旗里，把货当面交给伊登扎布。这么贵重抢手的货必须由你这个掌柜亲手交给他本人才妥当。他一定特高兴。我从旗里来的时候，他还让我催货呢。听说张家口和京城的蘑菇商都在东西乌旗抢第一茬新货。咱们的货一到，王爷和伊登扎布准保会把货直接派专人送往京城的，那他就抢了头功。

往后他就会更高看你一眼了。你收拾一下,明儿一早就走。我的马车快,货又轻,不用一天就能到旗里。咱俩一块押运我也放心。一路上咱俩也可好好聊聊。

巴格纳说:成,我听你的。

巴格纳和图雅又回到库房,让老张把客栈留作备用的五十多斤好货,搬到另一间小库房结实的柜箱里,锁好并加盖其他货物在柜上。其余的五十多斤上等货和二百六七十斤二等货,则留在库房,等那些已交了定金的商号来取。

四天以后,巴格纳办妥送交蘑菇的事情,骑马回客栈,快到客栈的时候,就看到东南边的山坡上有一个栗色点。当可以认出他这匹白马的颜色时,那匹栗色马便向他飞奔而来,他胯下认家的大白马也引颈长嘶。他夹马奔了过去,两马相遇,图雅姑娘拨马一个急转身,与巴格纳并马而行,说:我都在这儿等了两个下午了,你咋不早点回来,早回来半天也好啊。你走了几天,这儿没几个聊得来的人,林夏、其木格太忙,也没几个歌手跟我一起唱歌。我就觉着心里空荡荡的。

巴格纳说:我交了货,见了一些人,又去长思寺进了香,拜了那十六尺高的银身释迦牟尼佛,可壮观啦。还拜了金身善劫千佛。从前我在商队的时候,只要一路过那儿就要去拜佛,祈求佛祖保佑,这次当然也要去啦。萨日娜以前也让我多去长思寺拜佛,她阿爸还在那儿讲过学呢,所以就耽误了一天。

图雅笑问:伊登札布收到货,一定高兴坏了吧?

那当然。大台吉又立马把给王爷的货和卖给旗府的货,送到王爷府,连王爷都说好几年也没见到这么漂亮的蘑菇钉了。他第三天就派伊登札布亲自领队,快车押运,把额仑送来的全部上上等好货和其他苏木的上等货送往京城。我在伊登札布大贵族的蒙古包里吃饭的时候，还见到了娜仁其其格呢，好漂亮的蓝眼睛哈敦。她有自个儿富丽堂皇的蒙古包，穿金戴银过着像王妃一样的日子，他们两口子还挺恩爱。她让我向你问好呢。她是萨日娜的好朋友，还问她的债还得咋样了。我就把捡蘑菇还今年债的事告诉她，她才放下心来，说有蒙古西部血脉的人都是一家人。她说会想尽办法帮天鹅姑娘的。

图雅说：在额仑，谁都知道她俩是好朋友，将来要是碰上了大麻烦，还真可以去找她帮忙。

巴格纳问：你这几天过得咋样？

这回我可足足地歇了四天，还按你说的，天天跟着林夏学说汉话学验货。

巴格纳微笑道：图雅妹妹，没你帮我，我就跟萨日娜说不上话，成不了萨日娜家的大哥。我一直想好好谢你，可不知道咋谢。这会儿我知道咋谢你了，我要带你去一个最好玩的地方，陪你玩。咱俩撑船进苇塘，到里面的天鹅湖近近地看天鹅。

真的啊？苇塘里还有天鹅湖？

真的。那里面有一个很大的天鹅湖，有上千只天鹅哪，可以离得很近看，可好看了。

图雅惊喜地叫道：我要去！我要去！从前我只能在泡子岸边看天鹅，看不太清楚。额仑草原的蒙古人，还从来没有坐小船进苇塘里面近看天鹅哪。

巴格纳笑道：那我就带你去看。可以离得很近看天鹅，天鹅湖里的大群天鹅太美了，怎么看都看不够。

图雅急着叫道：快快！我现在就想去，快带我去。

巴格纳说：我这就带你去，你要是觉着好，你姐姐才会相信是真的好。只要她跟我坐小船进到天鹅湖美景里,她就想来客栈了。

太好了。巴格纳哥哥,要是天鹅湖里真有上千只天鹅,那可能就是老萨满们传说中的天鹅王国啦,萨日娜一定会急着来看的。我知道她一直梦想飞到大湖深处的天鹅王国……你也越来越像巴图了,能不断拿出最让萨日娜喜欢和吃惊的事情,来让她高兴啦。

巴图是我的榜样,我要拼命向他学啊。

图雅叹道:唉,我真舍不得离开你和客栈,这会儿客栈旁边又冒出来了个天鹅天堂,那我就更不想离开这儿了。可我明年就要出嫁了啊。

那你嫁过去以后也救养天鹅吧。咱们旗的湖泊多,天鹅也多。让你的歌手丈夫跟你一块儿养。只要一养鹅,再多唱唱萨日娜的天鹅歌,你俩就能像天鹅那样幸福啦。到那时候,我和萨日娜一起去看你。

她准保会跟你一块来看我的。

巴格纳带着图雅小妹向河边跑去,迎面碰到小王和莫日根正赶着牛车往客栈运鱼。打过招呼后,他俩来到小船处,下马,给两匹马上了马绊子。巴格纳扶图雅上船,让她坐好以后,再慢慢撑船离岸。图雅姑娘从没坐过船,小船太小太轻,稍稍一动,船就乱晃,再加上一圈一圈波动扩散的水纹反光照在脸上,更增添了晃动感,吓得她紧紧抱住了巴格纳的腿,全身哆嗦。蒙古男女骑兵天生畏水战,从未坐过小船的图雅似乎更怕,她不敢松手,脸色刷白,头冒冷汗。巴格纳慢慢地撑船,等小船行稳之后,图雅才略略松了松手。

巴格纳往苇海深处撑去。已近深秋,苇秆下部的苇叶和苇叶的苇尖已经发黄,苇林随风沙沙响,越到密集之处,那沙沙的声音似乎突然有了回声,升高了好几倍,环绕小船转了起来,仿佛出现了声音的龙卷风，要把小船卷上天。头上则是如云的芦花遮天蔽日，午后的苇巷仿佛骤然到了傍晚。大雁野鸭低空掠过，带起干雪似的芦花飘满天空。水鸟也会冷不丁地惊叫一声，擦过身旁，飞出水巷，溅起一片水花，图雅姑娘吓得双腿打战，闭上眼睛，又忍不住睁开，她对就在身边的家乡苇塘充满了好奇，好像到了外族的土地一样。

巴格纳安慰道：图雅好妹妹，别害怕，你不是想近近地看天鹅吗？只有人进不去的地方，才能见到安安静静的天鹅。每年春夏秋，天鹅要护养小鹅，越是隐蔽难进的地方才越安全，才是它们真正的家园。

图雅心跳渐渐平稳，说道：好的，我已经不太害怕了。这地方蒙古人从来没有来过。我越来越相信你是找着了真正的天鹅王国啦，吓了我三大跳，才能看到天鹅天堂，值啊。

快到苇巷的一个巷口，图雅看见有一丛细芦苇，被人打了一个大结，悬在巷边。巴格纳说：这是我第一次进来的时候做的记号，要不然回来的时候真不知道在哪个水巷拐弯，那就会迷路的。

巴格纳用力撑船，又走了几段水巷，就把船头压进苇丛，用长杆深插在船尾后面的河泥里，固定住小船。再用蒙古刀切割了几大抱苇子，堆在船头船尾，把小船和两人几乎埋在芦苇堆里。然后坐在船横板上，从芦苇秆的缝隙里张望前面的水路，巴格纳怕长杆吓着天鹅，便放低放斜长杆，远远地撑船尾后面的湖底，慢慢撑船拐弯向前行。又穿过一大段水巷，前面出现一片较宽的水面。巴格纳靠近苇丛，停住了船，小声说：天鹅！看右边。

图雅扒开苇叶瞪大眼睛看，见到在二十多步开外的水面上，有八只天鹅排着队，正慢悠悠昂着长长的脖颈，向前方的一个水巷凫水游去。好像是一个天鹅家庭，鹅妈妈打头，鹅爸爸压阵，中间有六只鹅，长脖颈上的薄羽毛，还没有完全换成雪白色，而是淡棕色，身上的羽翅已经换成白色。这就是当年出生的小鹅，个头快与大鹅长得一般大了，只比鹅妈妈稍小一点。过了一会儿，在不到十几步的近处，又游过来一大群一色的白鹅，也许是还未到婚龄的两三岁的天鹅。图雅还从来没有这么近地看到野湖里的天鹅群，她半张着嘴，瞪着眼睛，看得发蒙。巴格纳也没有这么清楚、这么近地看过秋日午后阳光下的天鹅。显然，自由自在的天鹅才是天下最美丽优雅的神鸟。他出神地凝视着那些比普通水鸟脖子长十倍的天鹅长脖颈，越看越美，越看越觉着萨日娜说得对，天鹅确实有一种与众不同、隐藏在长脖颈里面的傲骨之美，那是一种比中原诗人所赞美的傲霜菊花和傲雪梅花更加高贵的美……

草原秋天的阳光，把苇塘水面照耀得波纹闪亮，显现出纯汁纯味的本色，巴格纳忽然又发现了天鹅另一种惊人的美，那就是天鹅优雅的白。他对图雅说：萨日娜告诉我，秋季是天鹅一年一度换羽毛的时节，现在天鹅正好刚换过全身的羽毛，换完羽毛就要准备长途南飞了。大鹅们刚刚换了崭新的白礼服，这会儿正是欣赏天鹅的最好时光啊。

图雅轻轻叫道：怪不得今儿的天鹅这么白亮，比我从前见过的天鹅都要纯白都要漂亮。谢谢你啊，在天鹅花盛开的花季带我来赏花，太棒啦。应该赶紧带萨日娜姐姐来看啊……

巴格纳说：咱俩先看，过两天就把她请来，一定不误花时。

说罢，他便沉浸在新鲜的天鹅白羽之中了。他感到这是天下最高贵纯洁并具有生命体温的白。尤其是鹅背两侧微微闪着白光的羽翅，连江南的白丝绸都要自叹不如。那全身新白的天鹅羽绒，更是白得让人再也联想不出可以与之相比的美物，新鲜的白芍药、白牡丹、白雪花和白霜花虽然也白得高洁美丽，但却没有天鹅羽毛白得这样温柔、温暖和温情；白得这样高雅、高傲和高贵。萨日娜曾对他讲过，米希格法师说，蒙古人崇白，源于对天鹅神、对母乳、对牛羊马奶的崇拜。

图雅也沉浸在崭新纯白的天堂里，忘掉了一切，叹道：天鹅美得让姑娘们泄气啊，但也准保服气。天鹅只只都那么美，美的人却太稀罕了。

眼前的天鹅们弯进了另一道水巷，小船轻轻尾随跟进，巴格纳知道此地离天鹅湖越来越近了，再前行了一段，他俩渐渐能听到天鹅湖里天鹅的歌声。当小船刚刚随天鹅转出水巷，两人便惊得缩起身一动也不敢动。他俩仿佛突然闯进一个壮阔辉煌、欢腾欢乐的天鹅王国，上千只白亮得耀眼的天鹅，在宽广的湖面凫水、戏水、洗浴、游弋、起飞、降落，在天空鸣叫、唱歌、跳舞、飞翔、盘旋，许多天鹅夫妻还带着小鹅练飞。到了秋季，当年出生的小鹅都长成具有长脖颈的大鹅了。它们刚刚学会集群飞翔，尝到了飞翔的快乐，都兴奋地大声唱呀叫呀，歌声震耳欲聋，把整个天鹅湖唱翻了天。

图雅说：萨日娜姐姐告诉我，所有大湖里，还有许许多多两三岁的未到婚龄的少年鹅，当天鹅妈妈抱窝，天鹅阿爸护卫，天鹅爸妈照看喂养绒毛小鹅的时候，它们就离开家庭，结伴玩耍，可好玩呢。它们一边交友，一边早恋，当鹅群南飞北归的时候，少年鹅还会回到自己的家庭，跟着阿爸阿妈一起飞，等到鹅群飞到新家园，少年鹅们又聚到一起玩，再寻找到自个儿喜欢的小伙伴，或跟已经亲密固定的好朋友形影不离，等到三四岁的婚龄一到，它们各自脱离自己的家，建立自己的小家。当再回到草原故乡时候，就会下蛋孵出自个儿的雏鹅，一个天鹅新家庭就诞生啦。

巴格纳乐道：我真羡慕天鹅啊。一生自由，一生负责，多让人仰慕啊。

说罢，他马上去观看少年鹅群，发现有一小半的鹅已经成双成对了。但也有少年鹅，一会儿跟这只鹅在一起玩，一会儿又跟另一只小鹅玩，好像还在挑选自己的伴呢……巴格纳又抬头观看整个天鹅湖，感到天鹅的数量似乎未变，但是小雏鹅长大了，鹅群的阵容也大了好几倍，张开翅膀遮住的天空，也要比他在初夏看到的大得多，小船经常被天鹅群翅膀投下的大片鹅影所遮没。巴格纳虽然来过几次天鹅湖，但没想到几个月前的小鹅崽们竟然在天鹅妈妈爸爸的精心喂养照顾下，迅速长成了惊天动地的天鹅大军，美丽秋季的天鹅湖更加生气勃勃。到处是歌声，处处是舞蹈，随处是美景，让图雅目不暇接，呼吸急促。她小声地说道：我真不知道该盯住哪一幅美图看了。

巴格纳渐渐地稳住了心跳，轻声说：我都想看，不过，咱们还是看天鹅洗浴吧。我跟萨日娜和小巴图一起生活了半个多月，才知道天鹅那么喜爱洗浴，比觅食吃食还重要。

图雅连连点头，并用手轻轻地指了指，示意他看前面十几步远水面的一对天鹅情侣，巴格纳连忙看过去。这对天鹅半张着翅膀，耸起背部羽毛，长颈回弯，埋头梳羽，整个身体像一朵蓬松轻柔的白羽花。两只天鹅耐心地张着喙，夹着一片羽毛从里到外轻轻撸洗，洗完一片羽毛，再用头从湖面往身上撩一点水，张喙又夹住一片羽毛撸洗。一片一绒，从胸前洗到尾后，从翅膀里洗到翅膀外，一丝不苟，一片不落，再把黏在羽毛表面的浮萍、苔丝和水虫一点点清除干净。只有头和长脖颈，因为经常伸到水里吃草掘根，出水后甩甩头颈，就能甩得很干净。洗完后，情侣双方还互看互检，再互补互洗。几只已经长得很大的小鹅，也学着阿爸阿妈不太熟练地洗着自己。妈妈还会帮它们洗，直到每只鹅像又换了一身新羽那样鲜亮美丽。

巴格纳说：萨日娜告诉我，天鹅每天花费在洗浴和保持羽毛干净洁白的时辰，要比它们觅食吃食的时辰还要多。天鹅以自由、爱与美为天，不是以食为天。敬拜天鹅的人也是如此。可是在南国，十二生肖鼠为首，老鼠最肮脏，还以食为天，常常带来霉运，可南国人骨子里敬拜鼠。有一回商号车队的人跟我聊十二生肖，我数了数，结果吓了我一跳，他们的十二生肖中有八个是家畜，其中也应该包括家鼠。十二生肖是南国人的属相，多一半是家畜：猪狗牛马、鸡羊鼠兔。商号车队的车夫听了我的这一番话，都说，在内地，人多地少无诚信，贪官污吏多如鼠，官比神大，无官不贪，敲骨吸髓，几千年不变。百姓能吃上饭，半饥半饱地活着，太不易了，别的啥都顾不上了。

图雅似乎觉得巴格纳在悄悄跟萨日娜说话，自己也不太听得懂。她一边看一边叹气道：跟天鹅相比人真是脏啊，我还算是喜欢洗澡，这还是从小跟天鹅姐姐学的呢。洁净本身就是美。怪不得萨日娜姐姐总是那么美，连脖子耳根都那么白净。

两人又去看各种天鹅舞：扭颈舞、绕颈舞、伸颈缩颈舞、水面展翅踏水舞、泼水舞……两人看得把脖子都扭酸了。不一会儿，两人又被一场争夺配偶的雄鹅激战吸引过去，两只大雄鹅在苇塘边的沙洲空地上啄咬撞扇，打得不可开交。斗了五六个回合，啄飞了几片羽毛羽绒，一只大鹅败下阵来，难为情地快速离开围观的鹅，下到水里，游远了。胜者则高昂着长颈和头得意鸣叫，呼唤在不远处安静观战的那只雌天鹅，然后双双飞去。

图雅说：这只败下来的鹅其实也很漂亮健壮，要是打赢了，不知道它会不会得到这只雌鹅的爱。萨满法师说，天鹅夫妻有爱才专一，只对自己爱的鹅专一。如果丈夫或妻子好吃懒做，不勇敢，不顾家，不洗浴，不干净，身上还有小虫子，天鹅也会甩掉这样的配偶。萨日娜姐姐告诉我，不值得爱的天鹅，也不值得对它专一。她就见到过一两只永远找不到妻子的单身雄鹅,整天不是在天鹅湖里骚扰别的鹅夫妻,追抢刚长成姑娘的小雌鹅,就是蔫头耷脑缩在天鹅群外,胡乱混日子,这种鹅多半是被雌鹅甩掉的鹅。天鹅里也会有几只废物鹅,这种不自爱的孤单鹅,会很快被金雕或猎鹰发现的。

忽然,一小群天鹅从两人的头顶低低飞过,两人悄悄抬头。眼尖的图雅忍不住小声叫道:快看,有一只鹅的腿上拴着马鬃细辫呢,准是巴图、萨日娜救养过的天鹅。

她不管不顾地钻出芦苇堆,站起身来,学着萨日娜呼唤小鹅的声调,向飞过的天鹅高声叫喊:小鹅,小鹅,妈妈在这儿!小鹅,小鹅,妈妈在这儿!快飞下来。

那群天鹅中有两只天鹅听到呼喊,居然绕圈转飞了过来。巴格纳急叫:再喊,再大点声喊!

图雅又喊了一遍。天鹅飞近了,在两人头顶盘旋,有些迟疑,又有些盼望。两只鹅飞得更低,几乎从图雅的身旁掠过,但没有看到它们渴望看到的绿眼睛,于是就叩叩地叫了两声,失望地飞高飞远了。

唉。图雅叹道:要是天鹅姐姐在船上就好了。她准能把那对天鹅叫下来,落在小船旁边的水里。

巴格纳乐道:她准保能。咱俩赶紧去请她来一趟吧,正好,阿爸要咱们快把她分到多少蘑菇的事情告诉她呢。

图雅笑道:下次来一定要带些鱼麦菜喂鹅。那就更好玩啦。

满湖的天鹅都被图雅的喊声惊起,满天的鹅在高叫,在盘旋,都来打探是不是它们的阿妈阿爸和老朋友来了。

巴格纳欢欣地说:千百年来,从未被人打搅过的乌拉盖河苇塘深处的天鹅王国,就要迎来它们的阿妈萨日娜了。

巴格纳一边往家撑船一边说：好妹妹，今儿还有点事，咱俩先回去。等过两天咱们三个一块儿来，带足鹅食和咱们的吃食，进湖里泡上个一整天，好好享受享受在天鹅天堂的快乐。

图雅笑道：真没想到，我能坐小船进大苇塘里面的天鹅湖来看天鹅，我都不想回家了。巴格纳哥哥，你真沉得住气啊，没想到你竟然还藏了一个真正的天鹅天堂。

一上岸，"蒙古女骑兵"立即神勇无比，站在马镫上立着骑，在头上抡着马鞭子跑马。回到家，图雅兴奋地说道：巴格纳哥哥，明天我就去撺掇她来。这回我只要把天鹅天堂的美景告诉她，她一听到这儿有上千只刚刚换完新毛的天鹅，还有她和巴图救养过的天鹅，我相信，她就会急着飞过来的。

巴格纳笑道：她最信你的话，她听了你的话一定会来的。

巴格纳仍然惦记着对他来说关乎命运的草圈。他带上图雅和老张查看草圈堆草。客栈马厩北面原来的草圈，已经和客栈东墙外靠墙建的木栏草圈连成了一个刀把形的巨大草圈，储草量要比原来的草圈大三四倍。莫日根和小王早就开始在捕鱼的空当里，和几个店员往草圈拉草和堆草了。草圈还未堆满。

老张问：存这老些草太浪费了吧？咱客栈的羊群才四五百只，这圈草够一千六七百只羊的大羊群和一群牛吃半个冬天的了。

巴格纳说：你不知道，我想用储草来抗大白灾。到冬初我会请札那给我调两户人家的一大群羊和一群牛来客栈，平时在十里地外吃雪地里的草，到大灾下来、雪盖没了草的时候就迁到客栈来。冬季客栈歇业，那么大的马厩闲在那儿才是浪费。马厩很结实，三尺厚的雪也能扛得住。要是大白灾来了，就让羊群住这个马厩里，就不会被厚雪埋了。马厩挡风暖和，羊群能保膘保胎。每天喂草圈里的草,不就能救活这两群牛羊了吗。救一群羊就能救好几家人哪。

巴格纳登上梯子,抓了一把青干草闻了闻,说:真香啊,都是好草料。要是大白灾不来,这些青干草到春荒的时候,也可以喂那群熬了一冬、熬瘦的羊。我问了好多老羊倌,平常年景"春死"的羊和春天母羊流产的数大概有多少?他们说,不老少呢,多的时候一两百只,少的时候也得有几十只。咱们就按少的来算,减少几十只羊的损失,再加上羊群吃青干草,多补上的春膘和奶水,不就能把多半的打草钱补回来了吗。所以,秋季建木栏草圈、打草堆草是抗大白灾的好法子。伊登札布最反对建带棚顶的固定大棚,只有客栈的马厩他不反对建,那咱们就得用足这个大马厩的好处。那年,我见过漠北大白灾过后的惨景,那么多的人借高利贷,那么多的牧人卖儿卖女,卖身为奴,伊登札布和札那阿爸最怕的就是这个。

老张心服口服地说:我听明白了,你想得长远。这么做只有好处没有坏处,值得干,我帮你干。部落垮了客栈也得垮,客栈是得处处替部落着想。

图雅对巴格纳说:从前你说的那老些东西我都听不太明白,这回我真听懂了。打草是大事儿,往后我也会了。咱俩是掌柜,说了算。谁反对,我也能把他训得没话说。这事阿爸也得听我的。

老张说:这两天交了定金的那几家商户,都把该得的口蘑提走了,他们都知道最好最多的货去了大盛魁那儿。不过还能给他们留下这些上等好货,已经够照顾他们的了。我还做了一件事,图掌柜也准了。咱们弄回这老些蘑菇,客栈店员帮工都知道了,大伙都想要一点,说在产口蘑的地儿干活得不着口蘑,那就太说不过去了。正好这几天,又有一些牧民把自个儿晾晒的蘑菇拿来换炸鱼吃,我收了六七十斤,只有二十多斤是上等的,剩下的都是二等货。我和小林全都记了账。我把上等货和一部分二等货留给秦老板,其余的那些二等货，我给客栈店员帮工每人送了两斤，部门领班每人送了三斤，也都有一大包呢。跟他们说，普通货的价没上上等的货价那么高，可味道差不离。你们带回家过年也成，卖给商号也成。大伙都说带回家，送亲戚，给个一两二两的蒙古口蘑，比送啥都有面子哪。大伙可高兴了。我说这是巴掌柜临走前交代的，还说咱们客栈蘑菇的事情千万别跟外人说。大伙都明白。

巴格纳说：你俩做得对。

图雅笑道：老张一跟我说，我就准了。我还让大伙儿在客人少的时候捕鱼、晒鱼干，除去客人和大伙吃的，全部晒鱼干带回家。这会儿每个人都攒了多半麻袋了。他们打算在商号歇业的时候，搭咱们商号的车队运回内地老家过年。

傍晚又有两个满载旅客和货物的车队进入客栈。入秋以后，客栈老库房的羊毛皮货等畜产品以及场院的木头运走之后，大盛魁商号正紧张调派车队，忙着为这年秋季大宗交易会备货。今年新建成的分店大库房，也已开始满仓储存不怕受潮的货，为本苏木和更远的苏木、部落、分店备足货品。到深秋，大盛魁就可以比其他商号提前十天左右整线销货。

25

《成吉思的家谱》中写道:"阿阑豁阿(蒙古民族的第一圣母——引者注)的丈夫朵奔蔑儿干临终前曾对阿阑豁阿说道:'我将化作一道黄光进入宫帐,然后变成一只狼出去。'阿阑豁阿不相信丈夫的这句遗言,听罢马上在宫帐门口加派了岗哨,果真看到一道黄光从天而降,之后看到一只狼跑了出去。"

——[蒙古]高陶布·阿吉木《蓝色蒙古的苍狼》

萨日娜回家以后,没有马上把小巴图送回夏季牧场的天鹅湖,她想让它再熟悉熟悉过冬的蒙古包,毕竟有半年没在家住了。让它在家里住上一段时间,它就会知道,只是暂时先让它在湖里吃草、洗浴以及和天鹅朋友们做伴游玩。等到天鹅亲友们要南飞的时候,妈妈一准会把它接回家,和前几年一样。也让湖中的天鹅父母知道,可以把带不走的体弱小鹅,托付给爱鹅的草原蒙古人。

天鹅的记性天下第一,它们能记住千里万里远的老家的湖和巢。小巴图的记性似乎更好,一进蒙古包,它东闻闻牛粪箱和碗架,西嗅嗅被垛靠墙柜,马上就在妈妈睡觉的铺位上找到了它睡觉的地方——妈妈的枕头旁边。它马上卧在那里,显出很舒服满意的样子。萨日娜和两个弟弟都笑了,小巴特尔还跨到它身上轻轻地骑了骑。

萨日娜没有立刻放它回湖，也是因为舍不得。蘑菇大棚那里来来往往的人和危险太多，她总是提心吊胆，又忙于烘晒蘑菇，没有太多时辰和它安安静静地相处。她还要享受一小段和小巴图、大黄马团聚的好时光。有它俩陪伴，她觉得似乎巴图还在身边，只不过是抓秋膘远牧去了，过些日子他就会回来的。好像巴图怕她惦念，还专门把他的爱马留在家里陪她。一切仿佛都像以前一样……

然而，已经一年半多了，巴图始终没有回来。

四五天以后，萨日娜看到小巴图在草地上，不断地用喙干洗自己新换的羽毛，一丝一根地叼出黏在羽毛绒里的碎草枯叶。可是风吹进羽毛里的灰尘泥沙，无论怎样抖动身子，它也弄不出来。它不是在湖水里，不能借水来漂洗沙尘和小虫。萨日娜也感到浑身不舒服。在冰雪覆盖的冬天，蒙古包周围没有泥沙，天鹅还不会太难受。小巴图不是羊，不是狗，它是湖里和天上的大鸟。它已丧失了天空，但不能让它离开湖水太久。是该把它放回湖里了。但是当萨日娜打开宽大的布，准备把它包起来的时候，小巴图却张开单翅，不愿被包，不肯走。湖里虽然有它的儿女、亲戚和好朋友，但没有哪只鹅能像妈妈那样爱它，而且它仿佛还在等待着自己唯一的心上鹅。天鹅都知道，失散多年的情侣常常会飞寻千里万里找回来，但这边的情侣也已万里千里地飞寻出去，可能要等好多年才凑巧在一个陌生的湖里相遇。小巴图倔强又恳求地张着单翅，萨日娜只得再等一天。第二天她好说好劝，又给它喂了一大盆好食，直到小巴图感到妈妈有些生气了，才勉强收拢了翅膀。

一路上，小巴图和萨日娜再也没有上次离开时的那份激动，但也不悲伤。到了湖边，母子吻别，巴图马也和小巴图亲吻道别。萨日娜微笑着说：儿子啊，这回你不会担心了吧，我随时都会骑马来看你的。过不了多久，我就会把你接回家过冬。

小巴图愉快地笑着，似乎听明白了妈妈的话。它下水之后，转过身子，像以往一样看着妈妈，看着她一边挥手，一边慢慢倒退着走。直到妈妈转身上马慢慢远去，它才冲进湖里开心地戏水洗浴。

萨日娜也感到比以往轻松了许多。小巴图的身体越来越健壮，她也不再坐牛车回家，大黄马给了她蒙古草原的奇异活力，她感到自己真的活了过来，又成为了"马背上的民族"。巴格纳大哥给了她那么多意想不到的帮助，让她看到了一份盼望。但能不能最终摆脱卖身为奴的厄运，还得寄希望于巴格纳大哥和部落的亲友。大哥说能，那就一定能。然而，她还是想自己主宰自己的命运，像大哥对她的嘱咐和期盼那样，把心中还没有熄灭、微弱的诗歌火苗，再重新燃烧起来。她也想用诗歌报答和补偿巴格纳大哥和部落亲友们的付出。

夜里，萨日娜走到正在吃草的大黄马身边，亲吻马额头上那片白花瓣，又抱着它的脖子轻轻说了许多话。大黄马也轻轻地吻她，听她的悄悄话。月光姑娘萨日娜站在草地上，怅然遥望明亮得晃眼的秋天巨月，满天的星光几乎被月光遮没，月亮近得似乎只要登上山顶就能走进月宫。蒙古包旁的几辆牛车，在地上落下剪纸一样清晰的影子。被月光照得纤毫毕现的根根牧草，更是让喜欢吃明亮夜草的大黄马欢喜。正在草叶上沉睡的小秋虫，被马打的响鼻喷飞，翅膀上的花点依然醒目。她出神地望着月亮，好像巴图也正在天上看着她。他那英俊勇武的脸庞还是那么清晰，有时还会出现小时候赛马时的英姿。然而，只有在梦里才能听到他的声音。她叹道：你走了快两年了，可我总觉得你昨天还在我的身旁……

萨日娜忧伤地仰起头，两行清泪从满是月光的脸庞上流淌下来。

马蹄声响起，一个人影跳下马，竟是那森巴雅尔。他走到她面前,说:萨日娜,我从马群回来,正要找你。这月亮照得像白天一样,我看到你在这儿,那就在这儿说吧,也好不让你弟弟知道。阿爸让我来告诉你,你这会儿要小心了。巴格纳的客栈越来越红火,这回又弄了这么多的上上等蘑菇钉,名声更是越来越响。他的动静闹得太大了,连附近的旗盟官府和京城派下来的眼线,都发现那个罪臣家族又冒出来一个有声望的人。这些日子,官府开始紧紧盯住他。阿爸是苏木长,上头让他更多地把巴格纳在干什么报上去。那些经常到客栈吃炸鱼的人里面,就有专门盯他的人。阿爸喜欢巴格纳,尽上报一些好事。可被官府指派的那些苏木小官呢,防得住吗?他们跟巴格纳套近乎交朋友,夸他,恭维他,套他的话,哄得图雅都很喜欢他们,啥都告诉他们。实际上那些人就想从他身上挖到能得到官府奖赏的东西。你想想,他家前三代人中就有两代家长跟大清朝廷作对,官府能放心吗?只要他出一点错,官府马上就会收拾他。就是不出错,也会找茬灭了他。他名声越大,越受蒙古草原人喜欢,朝廷官府就越想除掉他。

那森巴雅尔想了想又说:我还是跟你说实话吧,我嫂子哈斯高娃,也是官府指定监视巴格纳的人。她是两代满蒙贵族联姻的后代,是朝廷专门让她来监视草原蒙古贵族的举动的。从旗盟到京城的官府里她都有人。在蘑菇点,咱们部落派去的那个帮工就是她的人。你跟巴格纳的一举一动,她都清楚得很。连巴格纳和图雅想替你还债的事她都知道,这些事她要是告诉小胜奎商号,他们还不得气疯了,一准会上报给京城理藩院,那巴格纳就更要惹怒上面了。那天哈斯高娃喝多了酒一高兴就跟我说,巴格纳接手客栈,搞出那么大的动静,远近闻名,是在找死呢,跟有官府背景的大商号作对准没好下场,他没多少日子了。她还说,客栈收采蘑菇赚了大钱,可这会儿咱们部落也会弄了,大棚明年还能用。往后,咱们部落自己采自己烘，然后直接卖给其他商号。额仑客栈就赚不了那么多钱了，那巴格纳就甭想替萨日娜还清债了。她还想笼络老张，打算等巴格纳的客栈库房全建好以后，再告他聚会聚众，犯聚众罪，图谋不轨，让官府把他抓走。然后联合旗府接管客栈，顶多把客栈初期的本金还给札那就成了。额仑苏木的客栈，自然应当归还给苏木长家。再把老张、莫日根、小王那些有本事和会抓鱼、会做炸鱼的人都留下。客栈这么红火，肥得流油，她两次去吃炸鱼，眼红啊。她做梦都想当客栈的老板，连小丫头图雅都能当掌柜，她咋就不能当？以后再和大盛魁解除合营关系，和小胜奎合营。小胜奎早就打算吞并大盛魁的这条商道了，他们和官府一勾结，巴格纳就危险了。只不过伊登札布一直在护着他，大台吉的后台也很硬，他管皇家贡羊和乌珠穆沁军马有功，又常常给朝廷大臣送草原特产。要不是伊登札布护着他，那些人早就下手了。本来，阿爸和我都不想告诉你的，怕你受不了。可是这会儿你已经认他做大哥，怕以后你更扛不住。

萨日娜手脚冰冷，屏息静气地一路听下来，惶恐地睁大眼睛问：那咋办啊？

我也不知道。你的命咋也这么苦？好不容易来了个能干的好大哥，又给你送粮、送鱼、送马，又帮你还债，还要守你一辈子。到最后，可能还是救不了你。他不是为了你，就不会接手这个客栈，可接了这个客栈，才惹上这个祸。苏木的几个首领都在想办法呢。阿爸也一直在教训哈斯高娃，可她仗着娘家是贵族，能通天，阿爸很难管住她。阿爸说为了保住巴格纳的性命，实在不行就让他把客栈让给哈斯高娃，还回到商号车队当他的翻译去，那你咋办啊？我也急得不行。多数向你求过婚的人，要是知道这件事，都会着急的。

那森巴雅尔走后，萨日娜身心俱焚，焦虑万分，仔细回想他透露的这些天大的事情：官府和告密者一心想除掉巴格纳，他还能有什么摆脱厄运的希望？她没想到哈斯高娃竟然是官府的眼线，还那么想霸占客栈。如果明年各个部落都自己采自己卖口蘑，客栈收入就会大大减少，那么巴格纳和图雅就很难帮她还上明年的债，自己还是活不成，又怎能再把他救出来呢？

萨日娜不知道该不该将此事全部告诉巴格纳大哥，他头上悬着的剑太重了，但这会儿还没有到最后关头，让他轻松一点吧。实在不行，就只有劝他把客栈让出去，也不要再守着她了。草原上的生命都是短暂的，铺天盖地的花海花浪仅有七八天的光彩，呼啸草原的狼王也只有七八年的辉煌，自己已比狼马牛羊和许多天鹅多活了这些年，可以从容面对死亡，去见巴图了。可是，她为巴格纳大哥的前景深深感到担忧和刺痛。他现在是她、弟弟、小巴图、巴图马和大白狗这个好不容易拼起来的家的支柱，他一走，全家六口又要骨肉分离了。萨日娜隐隐感到自己内心深处有一缕疼痛震颤的回音，在呼应着巴格纳的爱……

第二天中午，巴格纳和图雅离萨日娜的蒙古包还有半里地，就大声高喊：

萨日娜，萨日娜，我俩来看你啦。

有好消息告诉你。

两人下马拴马。萨日娜泪水滚动，抱住图雅不停亲吻。然后擦了擦泪，轻轻拥抱巴格纳，说：巴格纳大哥，谢谢你又来看我。

巴格纳捧住她的脸，在她的额头上深深地亲了一下，说：萨日娜，把小巴图放回湖里，心里难过啊？我也很想它。不过，我有好消息告诉你。

三人进包。巴格纳递给弟弟们小礼物，一坐下就说：札那阿爸奖给我十五斤上上等的蘑菇钉，还给你十斤上上等蘑菇钉，作为你们姐弟三人的报酬。我把我的十五斤都给你，一共二十五斤。这会儿蘑菇的价钱还在上涨，这样你今年要还的利息就可以还上，你就不用担心了。

真的啊。萨日娜一边擦泪一边说：一年的揪心害怕总算可以缓缓了，也给了我一年时间，还可以再想法子。太谢谢你俩了。图雅妹妹，你分了多少啊？

图雅说：我得了十斤，我俩想再攒攒，打算明年一气儿把你的债全还清。

萨日娜感激地说：真不知道咋谢你俩啊。要是能迈过这道坎，我以后一定会加倍还你们的。

图雅笑道：一家人，不用谢。这些蘑菇，对于我俩是多点少点的事，对你可是天大的事。你是我的好姐姐，就更不要说谢啦，我要是遭了难，你也会拼命帮我的。

巴格纳说：我是咱们一家六口的大哥，还债自然由大哥来张罗。为的是让妹妹不发愁，专心专意写诗歌。我盼望将来天鹅歌王的诗歌飞遍整个蒙古草原。到那个时候，最最开心的准保是天上的巴图和当大哥的我，是吧？

萨日娜终于微笑道：是，是的，明年能还清债那我就放心了，要不我哪能一门心思写诗啊。不过，我听说，哈斯高娃特别眼红你们的客栈，想跟小胜奎合伙霸占客栈呢。

巴格纳说：我早就听说了，老秦大哥也提醒过我。你别害怕，大盛魁是全国最大的旅蒙商号，想霸占大盛魁的分店客栈，没那么容易。我会小心的。就算她能霸占，我也要在她霸占以前，把你的债还清。她一时半会儿还霸占不了。三个部落的贵族和牧人的这道关，她就过不去。札那阿爸说，要是到那个时候，部落把畜产品全都不卖给客栈，让各家商号的车队还是到部落去收货，再让老张小林几个能干的人全跟着图雅到她的客栈去，看她的客栈咋办下去。

图雅愤愤地说：哈斯高娃想得倒美，就她那点能耐，好吃懒做，怕苦怕累，还能管好客栈？做梦吧。全苏木的人只认巴格纳掌柜，只要我阿爸不交出客栈，只要伊登札布护着札那客栈，她咋霸占？不说这些了，我还要告诉你一件更有意思的事哪。

于是图雅把巴格纳和她撑船到乌拉盖苇塘深处天鹅王国的经过，详细地说了一遍。

萨日娜惊大了绿眼睛，不太敢相信地问：真的啊？

图雅和巴格纳一齐说：真的，我俩亲眼见到的。

萨日娜呼地站了起来，激动地说：那……那你俩这就带我去吧。乌拉盖大苇塘里真有天鹅湖啊？从前听老人说过，可从来没有一个人进去过。我做梦都想飞到那儿去啊。人看不见、进不去的天鹅湖那才是真正的天鹅天堂。在额仑草原只要是大湖大泡子，就准有阿爸、巴图和我救养过的小天鹅。巴格纳大哥，除了巴图，我还从来没见过像你这样爱天鹅的小伙哪。竟然能撑小船进到大苇塘里去找，还让你给找着了。

图雅笑道：巴格纳哥哥比巴图哥哥更厉害啊。

萨日娜说：巴格纳大哥，你今儿就带我去客栈吧。我要到真正的天鹅湖去看巴图救过的天鹅。我还从来没去过你办起来的客栈呢。

走。巴格纳笑道：这就走。只要天鹅妹妹高兴，我就高兴。可惜你只有一匹马，路太远，两人骑一匹马又太耽误工夫。这次弟弟们就不能去了。然后对额利说：额利，等下回吧。成吗？

额利说：成，让姐姐先去看吧。她一直想进天鹅湖的最里面去，跟我说了好几年了。这次能进去，姐姐准保开心。大哥，你来了以后，姐姐才慢慢会笑了。我们家姐姐最要紧，你们快去吧。

额利真懂事。往后，我会让你姐姐更开心的。

巴格纳跑到草甸，吻了一下黄马，再把它牵到蒙古包前，然后替萨日娜备好马鞍。萨日娜说：今儿到客栈天也晚了，进不了湖。找到乌拉盖大苇塘里的天鹅天堂，这么大的一件事，我一定得先告诉米希格阿爸。他一辈子都想在额仑找到真正的天鹅天堂，这也是他的梦想啊。他知道了一准高兴得三天三夜也睡不着觉。他这会儿正在冬季草场运草呢，我也想去看看米希格阿爸自己建的小木栏草圈，咱们绕个十多里路，就能见到他。你不是也想见他吗？

巴格纳笑道：太对了，是要让米希格阿爸早点知道这件事。我也好久没见他了，也想看看他的小草圈。我还有一件重要的事情正想请教请教他，走，你赶紧带我们去见他。

塔娜见到两位掌柜骑马来看萨日娜，早就跑来了。她见三个人马上要去客栈，便说：两个弟弟就交给我，你们放心走吧，也顺便看看我家的小草圈。

三人告别了两家人，向道尔基部落西南方向的冬季草场急行。巴格纳第一次与萨日娜并马远行，他的笑容再也收不住了。只可惜草原花海花浪已谢，跑不出冲花浪、淋花雨、吃花瓣的花情了。他时不时地侧头去看天鹅姑娘，但又怕越过了大哥的身份，让她为难，扫了她好不容易才迸发出来的兴致。

萨日娜对右侧的图雅笑道：明儿一早，咱们就进苇塘，还要带一盆好鹅食，我要把巴图和我的鹅全叫下来。我想看看真正的天鹅王国是啥样子的。我最想做的一件事，就是早春去看我救的雌天鹅抱窝，那时候，我这个妈妈就可以带上最好吃的鱼麦菜去，把食盆端到天鹅妻子的面前，让它一边抱窝一边吃好东西，然后再喂天鹅丈夫。那它们该多高兴啊，我心里该多满足、多幸福啊。这种美妙的生活上哪儿去找啊？天堂不就是那样吗？

图雅咯咯乐道：我就知道，你只要一听说能进天鹅天堂，就啥都不顾啦……你家没有牛羊，给富人家做四季袍子、干针线活，为啥非住在部落里？又冷又常搬家。没有足够的牛车，还有你阿爸留下的那么多书，满满一车柜呢，搬起家来多麻烦啊。你还不如跟苏木长道尔基说说，搬到客栈来住吧。在客栈开个针线活小店，在那儿接活做活。我给你一大间好房子，把弟弟们都接来，那咱们五个人就能天天开心，常常去天鹅天堂啦。

萨日娜说：可是……我想念巴图放马的草场，无论我搬到哪儿，我都能碰见他从前的身影，踩到他踩过的脚印……

巴格纳说：那你就留下你要看的书和诗集，然后再把阿爸的书柜车搬到客栈来吧，我的小库房正好空着。这样你搬家能省不少事。

萨日娜微笑道：还是大哥想得周到。那一柜车的书是我家最大的家产，搬家是麻烦，一层外毡也旧了，遇到下雨，书还容易受潮发霉。成，等蒙古包搬到离客栈近的时候，我就把书柜车搬到大哥那儿。大哥最爱书，大哥的家就是我的家，放在大哥家，我最放心。

三人到达米希格阿爸的草圈的时候，老人和他的儿子正用草叉把牛车上的青干草往圈里挑，他的木栏草圈比部落建的草圈小得多。装下的草顶多够一群羊吃二十多天。三人下马后纷纷向老阿爸问候。老人见到三人很意外，也很欣喜，便坐在草地上与三人聊了起来。

老人对巴格纳说：幸亏你托人专门给我送来一把大钐镰，要不我就建不成这个草圈了。想要钐镰的人很多，你是特地为我留下一把的，谢谢你。抓膘太忙，我只能打这点草，不够啊。可是打下这点草，在大灾临头的时候，真能救命。光靠十户组大草圈的草还是不够，我们部落的几个老人都让我谢谢你。

巴格纳笑道：您别谢我，大钐镰是萨日娜让我给您留下一把，再托人给您送去的。这些年,多亏您像亲阿爸一样照顾萨日娜,我要谢谢您才是。米希格阿爸,我这次来,想请教您,咋能估摸准白灾来不来?您估摸今年会来白灾吗?

米希格老人说:我估摸今年冬天白灾多半会来,是大是小,就看头一场雪能不能站住。站不住,白灾就不会太大,要是站住了,那白灾就小不了。再要看初雪以后的几场雪,是不是一场比一场大。只要连着下大雪那就要来大白灾了。还有,要看天鹅南飞是不是比常年早,要是飞得早、飞得急,白灾多半会来。这些都是老萨满传下来的老理,前几十年没啥大灾,我就没太在意。但萨满老理记在心中不敢忘。这些年灾多了起来,我就盯着天鹅看,还真是这样。天鹅早飞,就有灾;天鹅晚飞,灾就小。天鹅是萨满心中的大神,萨满护送草原英雄和善人的灵魂升天,都是要骑天鹅去的。七层天,层层都有天将把关,严防恶人的灵魂升天,骑着天鹅的萨满才能过得去。还有狼,也就是"天狗",能带着善人的灵魂过去。腾格里也让天鹅给人报信,可只有爱鹅、敬鹅的萨满才明白天鹅报的是啥信。你们三个人今年入冬前一定要盯住天鹅群看啊。这些年的白灾一次比一次大,不是个好兆头。

巴格纳十分感激,说道:米希格阿爸,太谢谢您传给我这个萨满老理。今年我最重要的事就是防大白灾。要不,我心中更大的事情——守护萨日娜、帮她还清债就办不成了。

老人笑道:这件大事我也跟你一块儿办。听说你和图雅姑娘还常去喂狼。狼也是会给人报信的天使。你也要留心看狼、琢磨狼啊。

是,是。我和图雅妹妹,隔上三四天就会去看一次狼,还给它们喂鱼。

图雅咯咯地笑道:米希格阿爸,我还给一条受伤的母狼拔出过一支箭哪,这会儿伤已经好了。我俩和它们准能交上朋友的。小时候您就教我要爱狼敬狼，我这会儿真的爱上狼啦。

巴格纳又问：一个部落建了四个大草圈，一个十户组只有一个大草圈，四群羊只能轮流吃，还是不够啊。那自个儿建小草圈的人家多吗？

不多。我们这个十户组，四群羊，只有两家建了小草圈。有的人家抢到了钐镰，可没人手打草，又没钱雇人打草。到冬天，我自个儿有这些草，要比别人家好多了……你这次给我们部落垫钱打草，做得对。你俩说"垫错了也得垫"，一些年轻人说你是胡来浪费钱，给抓秋膘添乱，可老人们都说这句话会让年轻人记住一辈子的。这回你就是垫错了，全苏木的多数老人也会替你说话的。

巴格纳连声说：谢谢谢谢，有您护着我和图雅，我俩就胆壮了。

老人又对萨日娜说：萨日娜，天鹅神保佑你。你这个大哥，是个好小伙。依我看，他也是一只爱草原、爱蒙古部落的雄鹅。有些地方比巴图还要强哪。

萨日娜说：我也慢慢相信了，我和两个弟弟已经认他做我们家的大哥了呢。

老人又说：你是该去看看了，才几个月，他就把长满草的客栈变成兴隆客栈了。

萨日娜满面喜色地说：这次大哥带我去客栈，是去看天鹅天堂，我要告诉您一个天大的好消息……

然后，就让图雅把苇塘天鹅湖和天鹅天堂的事情讲给米希格老人听。老人听后惊喜得像是年轻了十岁，笑道：巴格纳，图雅，你俩爱鹅不比我和萨日娜差呀，我真想这就跟你们一块儿去看啊。我活了六十多岁，一直想见一见天鹅天堂，可就是不知道它藏在哪里。真没想到让巴格纳找着了。那里兴许就是老萨满传说中的千年天鹅王国，可是千百年从来没有一个人见到过。唉，这会儿打草堆草很要紧，等我忙过这几天，一准去看。萨日娜，你先替我去看看吧。

巴格纳笑道：您啥时想去看，我就啥时给您当船工。

老人望着萨日娜说：他遇见好事总是第一个想到你，这回又亲自来接你去看天鹅王国。这样的好小伙你以后怕是再也遇不到了。

萨日娜脸色微红，小声对老人说：是的，他已经是我家的支柱了……

三人起身，愉快地告别老人后，又去看了塔娜家的小草圈。但她的阿爸赶着牛车去拉草了，三人便向客栈急行。

26

"萨满"一词是通古斯语,其词源初义为"知晓"。萨满即是知晓神意的人,为人神中介。萨满在本氏族中始终享有崇高的威望,具有相当重要的社会地位和影响。

……

(图为)反映萨满教天鹅崇拜观念的……天鹅舞。

——郭淑云、王宏刚主编《活着的萨满:中国萨满教》

天鹅作为候鸟对鄂温克人认识掌握季节变化起了重要作用,形成了他们原始"物候历法中的主要吉祥物之一"。

——富育光《萨满论》

第二天上午,巴格纳、萨日娜和图雅等莫日根和小王打鱼回来,就赶着牛车,带上一大桶鱼麦菜鹅食和半大袋麦粒,走向苇塘边。

巴格纳把桶和粮袋拎下车,又把牛头绳拴在车轱辘上,然后把小船往岸上拉了半尺,等固定稳了,就从草地上揪了几把高草,擦干净小船座位上的水和鱼鳞,小心地握着萨日娜的手扶她走进船,坐在船头横板上,双脚放在船舱里,面朝船尾。再让她弯下身,用双手抓扶住船帮。萨日娜也像图雅那样害怕晃荡的船和水,巴格纳再三叮嘱她进河以后，只看他、别看水，就不会晕船了。

萨日娜还是心慌不安，但喜悦地说：我还是头一次见到小船，头一次坐在湖面上。

她的目光跟着巴格纳的身影，又看着图雅的眼睛，才慢慢缓解了紧张。小船不打鱼时可以坐三个人，巴格纳把食桶、粮袋放入小船中间的鱼舱，再让图雅上船在中舱横板坐好，把脚踏在粮袋上。然后，推船进湖，再上船，撑杆离岸。

小船慢慢进入小河，船一点也不晃。萨日娜稳稳地坐在船头，开始快乐起来。撑过几段水巷，就进入较为宽阔的水面。

巴格纳终于把自己的心上人载上小船，向萨日娜所梦想的千年天鹅王国撑去。他按捺住内心的狂喜和激动，迅速撑杆。秋日苇塘，蓝天薄云，风轻水静，空气清冽而湿润，吸一口，满胸润爽。萨日娜很快被这隔绝尘嚣的茂密苇林小河深深吸引住了。清凉的河水在身边流淌，水里是苇林梦境般的倒影。山羊绒似的蓬松芦花，遮盖了大半湛蓝的天空……倏忽间，不远处一对刚刚洗浴过的天鹅，从他们的身边飞过，又从羊绒芦花中飞出，双双轻歌曼舞地飞翔。但它俩突然折飞回来，似乎发觉了什么，像是辨认，又像是呼喊似的在三人的头顶上叫了几声，还绕飞了几圈，不见应答，才失望地飞向更加幽静隐秘的水面。不一会儿，从那儿传来几只小鹅的欢快叫声，然后和大鹅一起飞向苇塘深处。

萨日娜蓦然醒悟道：唉，净顾看芦花小河，就忘了给天鹅回应了。兴许这对天鹅里头就有一只是我和巴图还有阿爸救养过的小天鹅，要不它就不会在我头顶上那样绕着圈呼喊我了。也好，等到了天鹅湖再一起叫它们吧。哎呀，这儿真会有不少我和巴图的小鹅呢。

图雅笑道：把你请来对了吧。咱们刚刚忙完蘑菇战，阿爸让我们几个歇歇，是该好好玩几天啦。咱们这会儿坐的可是额仑草原的

第一条船。在船上看水巷、芦花和天鹅,这是连王爷、亲王都享受不到的贵族生活啊……咱们除了几个最亲的人,谁都不告诉。要不,都来看鹅,就会把天鹅天堂搅和成野鸭泡子了。

萨日娜慢慢有点习惯了小船,她转过身向船头前方看,还伸手摸水,感慨道:这一路水景芦苇真美啊,比梦中的仙境还要美。想不到额仑草原还有这么美的地方,怪不得天鹅喜欢这儿。天鹅喜欢的地方,就是我最喜欢的地方。马上寒冷的秋风就要吹起来,天鹅夫妻们也要带领小鹅集群南飞了。这会儿再不来看,就看不到了。我真羡慕你俩有这条小船,真谢谢你俩带我来这儿。

图雅笑道:那就来客栈吧,这条小船就是你的啦。

小船已远离湖岸,拐过标有芦苇结记号的水巷口,离天鹅聚集的天鹅王国就越来越近了。巴格纳问萨日娜:你想静悄悄地看天鹅呢,还是直接把船撑进去?要想悄悄地近看,就得砍几大抱芦苇,把咱们三个遮盖起来,可这次是三个人,不太好遮……

图雅说:我看还是别砍芦苇了,挺费事的。这回可是额仑草原的天鹅妈妈来了,她只要在船头高声一呼,那些天鹅都得高兴地飞过来,不会吓跑的。到那时,别说近看天鹅了,就是抱着亲吻天鹅都亲不过来啦。

萨日娜自信地笑道:成,只要小船一进去,我就喊我和巴图的鹅下来。

巴格纳兴奋地说道:这下可有好戏看啦。我盼的就是天鹅妈妈在天鹅王国的一声喊。

说罢,猛撑了几下,小船快速穿过一片苇林,悄悄拐出幽暗的苇巷,猛然进入阳光灿灿、波光粼粼的宽广的天鹅湖。萨日娜惊得如入梦境:湖中空中,竟然有上千只白得耀眼的天鹅。一些在湖中戏水洗浴,但多数在空中展翅扇翅、飞绕飞旋、飞歌飞舞……最近的天鹅就在头顶绕飞。忽高忽低,忽远忽近,卷起一阵阵白色的风。天鹅们快要南飞了,天鹅父母正忙着带领小鹅们练习飞行本领。眼前的天鹅湖,梦中的千年天鹅王国,仿佛是从天上暂时飞落草原的一小片天堂,随时又会飞离草原,返回天空。她感到自己也快要飘飘欲飞了,眼里猛然涌出泪水,她跪在船头,挥动双臂双手,纵情呼喊:

小鹅,小鹅,妈妈在这儿!小鹅,小鹅,妈妈在这儿!快飞下来,妈妈来看你们了,给你们带来好吃的啦。

近处刚刚惊起、纷纷在水面踏水、助跑、欲飞的天鹅们,立即停下落到水面。有一对鹅马上调转身子,欢快地叫着,长颈前探,向她冲游过来。还有几只正在天空飞翔的天鹅也快速折飞回来。萨日娜连续呼喊,小船慢慢前行。巴格纳怕天鹅认生,连忙停住船,缩起身体,蹲下来把长杆放平放低。远处的天鹅群听到是欢乐惊喜的呼喊,而不是报警的鹅叫声,都停在水面或在空中盘旋,好奇地向小船张望。那对最先回应的大鹅已经游到船头两侧,当清楚地看见了妈妈的绿眼睛,两只天鹅高兴得踩水、挺胸、扇翅,扑到船帮上来拥抱妈妈。萨日娜一边继续喊,一边伸手去摸鹅的头颈。一只大鹅还想拥抱阿爸,但看了一眼巴格纳便又失望地退了回去。萨日娜连忙搂过它的长颈,吻了一下鹅头,又去亲另一只,说:好想你们啊。你们的阿爸不在了,我替他亲亲你们吧。谢谢你们还想着他。

然后回过身,抓了一把鹅食喂给它们。

又有几只鹅飞落水面、冲游过来。图雅激动得也抓鹅食摊开手掌喂鹅。巴格纳看姐妹俩喂鹅、洗手、抚摸、亲吻,忙得不可开交。他也想喂,可是船太小,又隔着图雅,生怕小船过于晃动,只得作罢。过了不多会儿,小船旁边围过来七八只天鹅,不远处还有许多鹅游来。

突然，一只健壮的大雄鹅高声叫着飞冲过来，在萨日娜身边盘旋绕飞，她忙往后退了半步，坐在中舱的横木上，双手扶住船帮，刚让出船头的位置，大鹅就呼地一下落在了方方的船头上。它一边高叫，一边张开双翅拥抱亲爱的妈妈，并用长长的脖颈勾缠妈妈的脖子。萨日娜像抱住亲生儿子那样抱住了它，亲啊吻啊，说道：小小，这一年，你怎么也飞到这儿来了？你在这儿找到你的公主啦？

大鹅快乐地叫，还回头看看刚飞落到船边的一只体态秀美的鹅。萨日娜含泪微笑，一边喂它和它的公主，一边对巴格纳和图雅说：这只大鹅，叫小小巴图，比小巴图小几岁，也是巴图最喜欢的鹅。我叫它"小小"。那一年，巴图把这只小鹅从冰水里救回来，没想到喂了五六天，它就恢复了元气，又飞走去追阿爸阿妈。可是，过了三四天它又飞了回来。它是小鹅，从没南飞过，不知道该往哪儿飞，而南飞的鹅群早就飞走了。风雪里，找不到别的鹅群，它乱飞了几天，又饿坏了，只好再找回来，可能先找到那个冰湖，然后才找到我家的。它认识我家蒙古包顶上的佛家图案，也幸亏大风把蒙古包顶一大半的雪刮干净了。一只不到半岁的小鹅，就知道在风雪里飞、在高空飞才能躲避空中的天敌。这么聪明勇敢的小鹅，全家人都喜欢上它了，小小和小巴图，是我家所有小鹅里跟人最亲的鹅。巴图和我最宠爱它俩，常给它俩最好吃的东西。它脚腕上的这条细马鬃辫子，还是巴图拴上的哪。

图雅笑道：怪不得，它见了你这么亲呢。

人鹅母子意外重逢，欢乐激狂的叫声引来更多的天鹅，见到天鹅妈妈的大鹅们疾飞相告，又招来更多鹅妈妈的孩子，大大小小的天鹅越聚越多，不一会儿在天鹅湖上空飞旋出一个天下最奇异的、多层的"大鸟笼"："鸟笼"底部中心是一条小船和三个爱鹅的人，"鸟笼"内部的第一层，是萨日娜一家和巴图救养过的鹅；第二层，是这些子女们的情侣鹅和它们的小鹅；第三层是草原寺院、米希格阿爸和其他爱鹅牧人救养过的鹅；第四层是这些鹅的情侣和子女；第五层是曾经享用过爱鹅人投食的鹅；最外围的是从未接触过人、看热闹的天鹅。此时此刻，在水面，从中心到外围；在空中，从萨日娜招手的地方到近空和高空。这层层叠叠，里里外外，高唱高叫，绕游绕飞的天鹅"鸟笼"将三个人罩在里面，幸福无比。三个人被天鹅巨大的爱和感恩之情，感动得热泪盈眶，呼喊道：

谢谢小鹅，谢谢天鹅。

谢谢你们的爱。

我爱你们。永远爱你们。

小船周边越来越拥挤，当年出生的小鹅们更大胆，靠在阿爸或阿妈的身边，抢吃两人手掌上的、它们从来没有吃过的好东西，甚至把长脖颈伸向船上的食桶。而那些被萨日娜和巴图救养的孩子们，却更想与妈妈拥抱和亲吻，享受妈妈的爱抚。可是小船太小，天鹅们上不了船，已把小船扑腾得乱晃。

巴格纳又喜又急，叫道：你俩分开两边喂，千万小心，别把小船折腾翻了……湖东边有一片沙洲，我去过。要不要到那儿去？

萨日娜说：太好了，快去那儿！我也怕大鹅踩翻了小船。你撑船，站得不要太高，弯下点身子，要不会吓着鹅的。

成。

小船缓缓向天鹅湖东部的沙洲靠过去，整个转动飞翔的天鹅鸟笼也随船慢慢移动，忽大忽小，忽快忽慢，像盛开的巨形白色大花篮，像空中旋转的走马灯，又像天鹅湖上狂舞飞旋的白色龙卷风。

萨日娜仰头望着庞大的鹅群歌舞队，用力挥手呼喊：太美太壮观啦，谢谢你，巴格纳大哥。这么快就让我梦想成真啦，这儿真是千年天鹅王国，怪不得我家和巴图救的那么多小鹅，大多飞到这儿来筑巢安家了。还有好些米希格阿爸救过的天鹅哪,那些鹅也认得我,我也喂过它们。这儿确实是天鹅最隐蔽安全的王国啊。

图雅欢欣地笑道:那你就早点搬到天鹅王国旁边来吧。

萨日娜泪光闪亮,说:这回,我真的动心了……再等等吧。

巴格纳撑了好一会儿,才把小船船头撑上岸。这是一片长着稀疏矮草的沙洲,有半个客栈停车场那么大。

啊!萨日娜跳下船惊讶地叫道:这儿是天鹅宝地啊。你俩看看,满地都是天鹅情侣换下来和互相梳下来的羽毛羽绒,这儿一定是早春天鹅情侣在水上亲热过后休息的地方。你是咋发现的啊?

巴格纳笑道:是个好地方吧。我第一次进来的时候,看这儿有好多天鹅在晒太阳,白花花的像一大片白芍药花丛,就过来了。

萨日娜说:你真厉害,连天鹅湖里的观景台和喂食台都找到啦。有了这个地方,喂鹅就太方便啦。我那边的天鹅湖水面大,芦苇少。真不如这儿僻静,而且也进不去啊。

图雅笑道:这儿也是情人幽会的好地方啊,周围是高高的芦苇、芦花,前面是天鹅湖,坐在这里看天鹅歌舞,太美啦。以后你俩就常来这儿吧。

巴格纳把食桶从小船上拎下来,放到沙草地上。桶里的鹅食只剩下小半桶了,他又从船上拿来那半袋麦粒,一小半倒在桶里和鱼菜好食拌在一起,给自家的鹅吃,另一大半在草地上撒成一溜,让其他的鹅吃。刹那间,大群天鹅从天而降,从水里冲上岸。把小小的沙洲挤得满满当当。不一会儿,木桶被啄得咚咚响,沙草地里的麦粒也被一一啄光。

萨日娜一只一只地拥抱儿女们,查看它们的身体、羽毛以及脚腕上的绸带和细马鬃辫。有些已经褪色,有些则已半散脱,然后给它们整理重系,恢复如初。她叹道:原来那些瘦弱饥饿、濒临死亡的小鹅们都换过多次羽毛，长成美丽的天鹅王子和公主了。小小巴图喙上的黄斑边缘有几颗珍珠似的黑斑点，我还能认得，其他多数鹅，我已记不清是哪年救养的了。

但是，天鹅们却仍然能记得她。巴格纳想，是因为她那双与众不同的绿眼睛，还是因为它们牢牢记住了她的声音、气味和手势动作？米希格阿爸说得没错，天鹅有天下第一的好记性，永远不会忘记的就是你给它的爱。

萨日娜深感欣慰的是，她的孩子里有一多半也有了儿女。她数了数，总共大概有五六十只小鹅。但它们还有些认生，怯怯地跟着另一位家长下到湖里，在湖边不远的水里游水等待。

萨日娜微笑道：我的孩子的孩子，这才是一小部分，别的湖里还有，以后也会更多。我这一辈子救的鹅，能生多少只小鹅？总该有几百只吧。阿爸说，救一只天鹅胜读一部经卷啊……

巴格纳感慨道：今年冬天我要多救养一些小鹅。我有小船，就不用请小弟弟趴在冰上冒险去够小鹅，我可以用粗木杆捣碎薄冰，撑船进湖，一准能救几只小鹅回来的。我这儿还有畜房、菜窖和粮食，可以帮你救更多的天鹅。我爱天鹅，这辈子就跟天鹅过了。我也想让我救下的天鹅，一年年也生下一代代小鹅、生下几百只小鹅，此生就无憾啦。

萨日娜说：那我替天鹅和天下爱鹅的人谢谢你。

图雅喜悦地说：巴格纳哥哥，这个冬天我要跟你一块儿救小鹅。我已经不怕水了。再过几年让天鹅把咱们三个包起来跳舞，我也想当天鹅花的花蕊。

巴格纳笑道：我更想当。

头顶还有一群鹅在盘旋。巴格纳对萨日娜说：今儿我总算把天鹅歌王带到千年天鹅王国来了。看你这么高兴，那就给我和图雅再唱支天鹅歌吧。

萨日娜微笑道：好啊。到了这儿看到这么多的天鹅在飞，看见我的儿女们在天上飞，我也特别想飞，不能飞，那就让我的歌声飞翔吧。今儿看见了小小，我就给你俩唱一首《天鹅高飞之歌》。这首歌是以前为小小巴图写的，也是给所有天鹅和我自己写的。

说罢，她站起来望着天空，宛如一只在高空飞翔的天鹅，激情地唱道：

蓝天下，浮云上，
高洁的天鹅双双飞。
双双飞，低头催：
孩子孩子莫贪玩，
快快往高追。

草原上，白云下，
小鹅嬉戏翻飞舞陶醉。
阿爸阿妈不要催，
不想飞高空，那里冷，翅膀累，
低空可以轻松飞翔享受暖风吹。

阿爸说，草原金雕是天霸，
独占统治百鸟的王位。
飞高能达数千尺，
利眼利爪利钩喙，
它想吃谁就吃谁。
空中大多和平鸟，

无爪无牙无力高飞空叹悲。

天鹅本是天使鸟,
哪能容忍霸王规。
天鹅高飞才自由,
草原鸟中排首位,
藐看草原鸟霸黑黄羽翅背。
空中霸王恼怒却无奈,
心比天高的天鹅最高贵。

小鹅高兴歌唱道,
阿爸阿妈说得对,
把鸟霸的皇位踩在脚下更陶醉。
小鹅齐齐奋力振双翅,
追随阿爸阿妈比翼高飞。

巴格纳惊叹道：你又吓了我一跳。你把天鹅藐视皇权的自由高贵品格唱出来了。这是比天鹅终生专一的爱,更加令人敬仰的品格啊。萨日娜,还是你最懂天鹅,能领悟天鹅的心意。

图雅说：巴格纳哥哥,好姐姐愿把这首歌唱给你和我听,只有咱们三人知道。那好姐姐就把她的命跟咱俩的命拴连在一起啦。

巴格纳感激地说道：谢谢萨日娜这么相信我。每次听完你的歌,我的心都要翻腾好几天。不要紧,只要歌好,这首歌一定会传下去的。

已到午后,三人很是尽兴,要不是下午莫日根和小王还要用船打鱼,他们三人真想一直泡在天鹅湖天堂里,一直泡到月亮升起。萨日娜还是意犹未尽,叹道：我真不想回去啊,好想看天鹅群在晚霞中跳舞,那是让人看得心都会醉的神舞啊。我还想跟我的天鹅儿女,在月光下的天鹅王国里睡觉。不在这里睡一觉,哪能算真正住过天堂啊?这里可能就是生死此岸到涅槃彼岸的飞舟,将来会有几百只天鹅陪我去的……我还是想在这里睡一夜。

巴格纳笑道:太对了,你说到我的心坎上了。我也想跟你俩、跟天鹅在天鹅天堂里住一夜。我有办法,明天我让莫日根和小王,把下午那次打鱼改到中午,然后等他们回来了,咱们就撑船进来,再带上足够的食物和薄皮被,就可以在天鹅湖里泡一个下午,在天鹅天堂里睡一个晚上了。

图雅蹦脚高叫:好啊,好啊。在天堂看天鹅和晚霞一起跳舞,再和天鹅们住上一夜,那咱们真要美死在天鹅王国里啦。

巴格纳乐得轻吼了一声:好,就这么办。

说罢,便把食桶放回小船,扶两姐妹上了船,快速向客栈方向撑去。大鹅们也跟着下了水,并领着伴侣和小鹅们,陪伴在小船左右,快乐地游了好长一段。小小依然站在船头,依偎在妈妈身旁。直到快接近湖岸的地方,天鹅们才恋恋不舍飞向湖中自己的家。其实天鹅们早就在空中见过这条打鱼的小船,今儿才知道原来这是鹅妈妈和新朋友的小船,他们就住在河边的房子里。鹅妈妈竟然离它们这么近,天鹅们开心极了,欢乐的鸣叫声响彻整个大苇塘。

27

著名蒙古族女诗人那逊保兰（1801－1873），是喀尔喀蒙古阿拉善王之女，她四岁时随父母入京，自幼受到汉族古典文学和诗歌的熏陶，十二岁时她便能用汉文吟词赋诗。她的遗作有《芸香馆遗诗》三卷，这部诗集，是她长期刻苦学习汉族古典文学，从汉族诗词中汲取营养而精心创作的。她在一首诗中赞颂成吉思汗的大统一事业，诗中写道"幸逢大统一，中外无边防"。

——卢明辉《清代蒙古史》

回到客栈已是下午，巴格纳把牛车交给莫日根，他们正等着出车打鱼。牛车走后，巴格纳说：我让其木格准备了你俩洗澡的热水了，就在图雅屋里洗，这会儿大木盆和热水可能已经都给你俩准备好了。晚上再到我那儿吃晚饭，我要请你们姐妹俩吃草原上最好吃的东西。

啊！萨日娜满心喜悦地说：真是太谢谢大哥啦，我还没有从天鹅天堂那么大的惊喜中醒过来，你还要给我两个惊喜啊。我还从来没有在大木盆里洗过热水澡哪，还要给我吃草原上最好吃的东西。

傍晚，两姐妹像两只刚刚痛快细致洗浴过的天鹅，走进巴格纳宽敞干净的掌柜房。萨日娜容光焕发，全身洋溢着秋季花海花涛般的天香和美韵，似乎还兴奋地沉浸在冒着蒸汽的大木盆里。巴格纳看得几乎忍不住要上前拥抱亲吻她了。

萨日娜微笑道：我可不能在客栈再住下去了。这儿太舒服了，再住下去，会写不出歌的。在大木盆里洗热水澡真奢侈啊，那么多的热水，比我在蒙古包两三个月擦身洗澡用的热水还要多啊。让我觉得我也快变成水鸟啦，也更加明白为啥天鹅那么喜欢湖水了，清水是生命和美的源泉啊。听图雅说，那个大木盆是你后来专门给她买来的新木盆。真干净啊，热水里还有木头的香味哪，把骨头都泡酥了，全身所有的毛孔都张开啦，把多年积攒的脏东西都泡出来啦，真舒服啊。怪不得哈斯高娃这么眼红客栈。

巴格纳笑道：图雅老是夸奖巴图特别会给你送惊喜，我只能拼命跟他学啦，想让你感到他还在你身边。

萨日娜眼中含泪道：巴格纳大哥，你真是个好大哥。

巴格纳说：你高兴，我就更高兴。你洗完热水澡，我该请你吃最好吃的东西了。咱俩为蘑菇忙了那么多的日子，一直想请你吃最好的东西，今儿晚上我就请你吃蘑菇炖沙鸡。老张他们前两天刚抓了七八只。他们是用三四根马鬃编成细细的马鬃辫，再把细辫做成活扣，放到山后，拴在柳条棵子根上，再撒点小米、草籽，沙鸡一用爪子刨食，刨进套里就能套着。沙鸡也叫"沙半斤"，跟野鸽子差不多大，一只就有半斤多重，到秋天可肥了。用口蘑一炖，比蘑菇炖榛鸡、野鸡和野鸽子还好吃，那可是皇上都爱吃的草原第一美味。我已经让老张媳妇炖了三只，这个好东西连图雅妹妹都还没吃过呢。

图雅一听到草原第一美味就叫道：真的啊，我要吃。咱们三个一人吃一只。

巴格纳说：你俩吃了，准保一辈子也忘不了。

萨日娜微笑着细细环顾了一下房间，叹道：啊，大哥的房子好大好干净好漂亮,往后,弟弟们到客栈来玩,也都有好房子住了。

巴格纳说:那我和图雅太高兴了。你跟图雅睡一个屋,可以聊一个晚上,我给弟弟讲故事。吃饭都到我这儿来吃。大哥的家就是你的家。

不一会儿,老张媳妇端着满满一大盆口蘑红烧沙鸡进了门,还没有进里屋,那奇异的蘑菇浓香加沙鸡的鲜香,立即让两姐妹大呼:太香啦,真比炸鱼还馋人啊。

谢过老张媳妇,还不等她离开,图雅立马下筷替好姐姐夹了一块沙鸡腿,然后自己也抢吃。三个人吃得连话都顾不上说。直到每人都吃了五六块蘑菇和鸡肉,图雅才腾出嘴说话:巴格纳哥哥,这道菜是我吃过最好吃的东西,真比炸鱼还好吃。沙鸡好吃,蘑菇香味全都钻进鸡肉里了;蘑菇更好吃,鸡肉的香味全都钻到蘑菇的褶子里了。这真是额仑第一美食啊。你咋到这会儿才让我和天鹅姐姐吃啊?你得让老张他们教教咱们,以后咱们自己去套,那更好玩啦。

巴格纳笑道:我早就想请你俩吃了。咱们客栈倒是有好些二等蘑菇,可是老张说套沙鸡不容易,套着一只,一扑棱,就会吓走一群。要是去晚了,套住的沙鸡还会被狐狸和沙狐偷吃掉。前天为了再给萨日娜一个惊喜,我求老张去套沙鸡,他知道我是为了招待你,就一口答应,骑马到西北山后红柳丛里,下了十几个套,守了一整天,套一只就赶紧捉住,再放在笼子里,不让狐狸看见。然后再去遛套,这才抓着这几只。过几天我跟老张再去抓抓看,要是再能抓着一些就好了。

萨日娜笑道:蘑菇炖沙鸡确实更好吃。蘑菇的奇香让我回想起蘑菇点的那些日子。那时候只能闻,这会儿才吃到嘴里,香到心里去啦。今天是我最快乐的一天,我要喝个痛快,谢谢大哥。

巴格纳说:你俩越来越美,洗完澡微醉之后就更美了。蒙古男人都不愿离开蒙古,不光是爱恋美丽的草原、骏马和天鹅,也是因为舍不得离开美丽的蒙古女人啊。伟大美丽的蒙古女人太多了,蒙古史家也不惜笔墨书写和赞美她们。我想问萨日娜,你最敬佩的蒙古女人是谁啊?

萨日娜吃了几块口蘑和鸡肉,又喝了一口酒,满意地微微一笑,如数家珍地说起来:叫人敬佩的蒙古女人好多好多,太远的蒙古第一圣母阿阑豁阿就不说了,就从成吉思汗时候说吧:蒙古人的第二圣母,成吉思汗的母亲诃额仑在丈夫去世后,便独自养育了成吉思汗、合撒儿等伟大的儿子,也教养了丈夫第二哈敦生的别勒古台,支撑了一个苦难的家;成吉思汗的妻子、大皇后孛儿帖,是蒙古人的第三圣母。她生下并培养了术赤、察合台、窝阔台和拖雷四个君主;还有元睿宗拖雷的皇后唆鲁禾帖尼,她又生下并抚育了四个皇帝儿子:蒙哥、忽必烈、旭烈兀和阿里不哥。了不起的唆鲁禾帖尼,一母生四帝。而且,她还联合拔都系,把大汗皇权从窝阔台系转到拖雷系,亲自把蒙哥扶上帝位,报了丈夫拖雷被害死的大仇。拖雷是成吉思汗最宠爱的第四子,号称"四帝之父"。拖雷五岁那年,一个败亡部落的杀手冲进毡房,一手夹抱着小拖雷,一手掏出刀准备行刺,这时有位女英雄阿勒塔泥听到呼救声,立即疯了似的冲过去,打掉刺客手中的刀,救下了拖雷。要不是这位女英雄,就没有"四帝之父"和"四帝之母",也就没有那著名的四帝了。我很敬佩阿勒塔泥。

要说我最敬拜的蒙古女人,就是达延汗的第一哈敦——满都海,草原女人和男人都钦佩歌颂她。她武艺高强,常常亲自率兵冲锋打头阵。她原来是满都古勒大汗的第二哈敦,后来大汗被他的大臣密谋害死。那时候蒙古人从中原退回到草原,蒙古天下大乱。一百年里,成吉思汗的直系黄金家族快被那些外姓部落首领杀光了,到后来只剩下一对七岁的孤儿，叫巴图孟克，是满都古勒大汗的侄重孙。他总算被一对好心的夫妻救了命，收留下来，后来又把他送到满都海那里。

这时，满都海做了一件谁也想不到的大事情。她当时已经三十三岁了，为了替黄金家族的大汗丈夫报仇，为了挽救和延续成吉思汗的大业，她拒绝了蒙古东北一个大部落首领的求婚，横下心嫁给了比她小二十四岁、这棵黄金家族的直系独苗，把小巴图孟克立为大汗。

当时整个蒙古直系黄金家族，就剩下最后这么一口气了，各大部落的外姓首领哪能服气。那些杀害黄金家族的势力，最怕黄金家族再度强盛后报仇。于是各大部落的外姓首领加紧反叛，勇敢的满都海立即亲自佩挂上阵，率领汗廷军队攻打反叛势力。

满都海感动了腾格里，也鼓动起汗廷骑兵拼命死战。结果她赢了，打败了卫拉特部，平定了漠南漠北各个大部落，并且还乘势除掉了汗廷里面杀害她原先丈夫的大臣，重新统一了南北蒙古。满都海在全蒙古赢得"睿智"和"至高无上"哈敦的称号。满都海就是我心中至高无上的蒙古女王。更厉害的是……

说到这儿，萨日娜停了下来，显得有些兴奋和迟疑。急得图雅一个劲儿催她讲下去，她又喝了一口酒说道：满都海女王的生养力太厉害了，天下无人可比。等达延汗长大后，她给他一连生了七个儿子、一个女儿。这八个王子公主里面，竟然有三对双胞胎，让天下所有人羡慕又敬佩。

啊。巴格纳异常震惊，叹道：萨日娜，你脑袋里咋装下这么多的东西？又是你阿爸给你讲的吧？

萨日娜说：阿爸经常讲给我讲满都海女王的故事，还让我看了好多书哪。

巴格纳说：满都海也是我最崇敬的蒙古女王。没有她，成吉思汗、拖雷、忽必烈这一正统直系黄金家族早就绝后了。满都海在平定反叛部落以后，她生的七个儿子，除了二儿子被反叛部落首领杀害外，其他儿子被封为蒙古漠南漠北六大部的宗王领主，使孛儿只斤黄金家族重新掌管蒙古大权。达延汗这才成为了蒙古的中兴之主，实际上，满都海才是蒙古真正的中兴之主啊，使得直系黄金家族再次遍布蒙古草原。蒙古人为啥比其他许多民族都更尊敬自己民族的女人，是因为蒙古伟大的女人太多了。蒙古女人对蒙古的贡献不比男人的贡献小，而过失却比男人少得多。

巴格纳举杯与萨日娜、图雅又饮了一杯酒，叹了一口气，说道：达延汗后来把六个儿子封王又封土，这在当时也是没有办法的事情，结果还是埋下了隐患。两代以后，又造成领主割据，六部纷争，黄金家族兄弟部落互相残杀，长期混战，整体瓦解。最后，延续了四百三十年的大蒙古国被清灭亡。不过，达延汗和满都海哈敦的"中兴"还是让蒙古国多延续了一百五十多年的寿命，比"大元朝"的寿命还长五六十年呢。整个蒙古帝国四百多年的历史，也比唐朝和唐朝以后的所有汉家王朝的寿命都长。达延汗和满都海，仍然是所有在世的黄金家族贵族的先祖，也是咱们的圣祖圣母啊。

萨日娜说：在那种混乱的时候，也许还是集权好一些吧？可以集中国力办大事嘛。

巴格纳说：那也不一定。大事是分好事和坏事的。要是集中全国力量办大坏事，国家就亡得更快。比如，蒙古末代大汗林丹汗，在强大的后金女真骑兵虎视眈眈想吞并蒙古国的时候，却集中力量办大事，攻杀不听话的东北蒙古部落，逼得东北蒙古大部落首领投降了女真，结果，形势突变，强大的女真骑兵与蒙古降兵两军合一，加倍进击，迅速灭亡了蒙古国……

萨日娜叹道：唉，阿爸走了以后，好久没有跟人聊得这么痛快了。真想经常跟大哥议论天下大事。贵族后代都有喜欢议论天下的毛病。

巴格纳叹道：萨日娜，你不愧是蒙古学问家的女儿，血管里也流着满都海女王的血啊。

图雅喝了一口酒，咯咯笑道：你俩聊得真投机啊，我听得都很过瘾。巴格纳哥哥，你只要多和好姐姐长聊，那离你的梦想就不远啦，好姐姐的精神也会很快变好的。

三人把一盆口蘑炖沙鸡，吃得连剩下的汁都加了热水当汤喝光。

傍晚，在天鹅湖东沙洲上，三人在火红的晚霞中，与天鹅们尽情跳舞唱歌。天鹅翻飞舞动的翅膀，犹如燃烧的火把，在绚丽的天空上狂欢，把三人的歌兴舞兴也烧了个透，一直到霞光西落，歌舞才结束。当明亮的星斗照耀天鹅王国的时候，巴格纳用枯杏木燃起一堆篝火，与两姐妹一同烤鱼吃鱼，饮酒论诗，斟酌歌词。大部分害怕火的天鹅，都不远不近地躲开了，而被萨日娜和巴图养过一个冬天的天鹅们，见过妈妈和阿爸的火，它们或站或卧在鹅妈妈的身边，还很喜欢篝火的温暖，毕竟深秋湖旁的凉意已经透骨了。小小把长脖颈放在妈妈的腿上，专注地听她的话音和歌声，还时不时地吃妈妈喂它的麦粒和生鱼肉。

夜深了，湖水里的星辰闪烁着珍珠般的光亮，喜欢在水面漂着睡觉的天鹅们，已经把头颈弯进翅膀里，在微微起伏的湖水摇篮上，像一朵朵睡莲似的睡着了。有着多年野外露宿经历的巴格纳，用带来的砍刀砍伐了几大抱半枯的芦苇，做了两个又厚又大的软垫，再用绳子和两捆芦苇扎出两个长条枕头，然后用二茬羊毛薄皮被盖住两姐妹，自己则裹了二茬毛皮袍，躺在旁边另一个小一点的软垫上，像雄鹅守护妻儿一样。二十几只大鹅也像它们小时候那样，卧在鹅妈妈的头旁、身旁，被妈妈抚摸过以后，安心地睡去了。

三人仰面躺着，望着草原上空灿烂的、近得几乎伸手可摘的星星，却都没有了睡意。图雅朝天空伸出一条胳膊，笑道：咱们已经在天堂，我想顺便摘一颗星星下来当戒指，明天带回家。

三人大笑。

萨日娜笑道：那你顺手给我也采一颗，我要那颗蓝色的。

巴格纳也逗笑道：图雅妹妹，你要能采到，就多采点，比你采的蘑菇钉还要多。那咱们不光能把萨日娜全部的债还清，还能把整个小胜奎商号买下来呢，那就能救下整个草原的落单小鹅啦。

三人笑得喘不过气来，惊醒的天鹅将头颈伸出了翅膀，大鹅们看到妈妈和朋友们这么高兴，也额额、叩叩快乐地叫了起来。

萨日娜伸手抚摸身边的鹅，把脸凑过去接受鹅的亲吻，然后对两人说：你俩看，天鹅能听懂咱们的话，一听到要救更多的小鹅，它们就高兴了。天鹅其实更爱救养它们的人妈妈。因为草原天鹅湖里的鹅妈妈，只在小鹅小时候全力爱护、养育它们，可是到小鹅全身刚刚换成雪白的羽毛，长成大鹅，就会不讲情面地把小鹅从家里赶走、啄跑。这是为了让小鹅以后能自己独立生活，自己养育孩子，不要再依赖妈妈和阿爸。小鹅们可怜啊，它们只能得到一两年、顶多三年的父爱母爱。可是像我这样的人妈妈，就能永远爱小鹅，从来不会赶走小鹅，但也会让小鹅自主自由地生活。小鹅一生都能在我这里得到母爱。

巴格纳笑道：萨日娜只要一说天鹅，我的耳朵就会像狼耳朵似的竖起来。我真想早点当上小鹅们的阿爸，有一群天鹅儿女的阿爸，才是最幸福的阿爸。

星光下，天鹅天堂远离人间，静谧清纯。天空湖水净如一体，湖水深处,水星闪耀。湖边传来像柔和催眠摇篮曲似的芦苇沙沙声响,二十几只天鹅围在妈妈的芦苇软垫旁边,弯颈埋头睡觉,像天宫里的公主王子们围着亲爱的天鹅妈妈。

三人也在千年天鹅天堂的梦境中入睡。

萨日娜回到部落,跟米希格阿爸绘声绘色地描述了千年天鹅王国以后,老人第二天上午就迫不及待骑马奔到客栈,让巴格纳和图雅带他进湖。米希格法师竟然在天鹅王国的天空上,叫下来三四十只他救养过的天鹅和它们的新家庭,天鹅和孩子们又惊喜欢乐地唱歌跳舞、拥抱亲吻,把老阿爸围成了花蕊。萨满老人像孩子一样,幸福地流下了眼泪。

28

　　早在忽必烈当政的至元年间，就已经发生了蒙古族贫民沦为奴隶的现象，其中不仅有被卖给蒙古贵族为奴的，而且有被卖给汉族富豪为奴的，甚至还有被人口贩子转贩到"番邦"为奴的。1291年（元至元二十八年），朝廷曾特别颁发诏令，"严禁泉州海舶将蒙古男女人口贩往回回（今伊朗、阿拉伯一带）、忻都（今印度）等地"。

　　……

　　1734-1735年，鄂尔多斯向陕北一带卖出属民2400余口。

　　　　　　　　　　　　——阿岩、乌恩《蒙古族经济发展史》

　　大雪封路前，商号和客栈准备已久的最后一次大宗贸易会，在客栈大院内外场地进行。此后，商号和客栈将歇业长达半年之久。

　　秋季是草原游牧部落和牧人出售牲畜的主要季节，近一半的交易是赊销。在春季，商号已经将牧民最需要的商品赊给了他们。到秋季，一些黑心商号就专挑最肥壮的牲畜回笼销账。他们利用牧人的淳朴，春季赊账时写的偿还普通三岁牛，但到收账时收的却是一头长壮了的大犍牛，价格相差近一倍，收羊也是这样，牧人损失惨重。所以，巴格纳极力劝说牧人现货市价交易，以减少不良商号对牧人的巨额榨取，同时也可以减少守法商号的交易损失。

　　巴格纳还说服了苏木首领，在大灾频繁的年景下，每年秋季应尽量多地出售牲畜，只保留畜群最主要的母畜和未被骟公畜。因此，这年全苏木三个部落，向大盛魁商号和其他商号的牧商卖了八九千只额仑贡羊、肥羊和上千头草原红牛，还向朝廷的蒙古骑兵出售了两三百匹乌拉盖突厥战马。每个部落都比常年多卖出一千余只羊，三个部落总共多销售了三千多只羊，使三个部落的平均羊数下降。数量少了，但羊群更加健壮金贵，也更加节省草料和草场。同时，部落和牧民的腰包也比往年要鼓，部落和牧人就有现钱和商号印票来客栈购物了。大盛魁商号充分施展分店大库房近水楼台的优势，把储备充足的各色货品在院内集中铺陈销售。八九个崭新雪白的蒙古包、二三十辆结实漂亮的牛车、柜车、篷车、木桶水车，以及蒙古包内用的佛龛、供台、靠柜、碗橱、奶缸以及火撑子铁炉等家具和用品，摆在客栈的堆场空地上；碗口粗的原木并排搭成一排排临时摊位，上面铺垫着旧毡，整齐又美观，摆放着各种砖茶、绸缎、布匹、腰带、蒙古靴、毡靴、鼻烟壶、铜壶、雕花木托银碗、雕花银泡钉或铜泡钉的马鞍、铁锅、铁锹、木锨等日用商品，以及面粉、小米、炒米、大麦、燕麦等粮食和马料。

　　堆得最多、最醒目的是一指厚、六尺宽、十一二尺长的羊毛大毡，这是草原不可缺少，也是用途最广泛的生活和生产用品，可用作蒙古包的两层顶毡、顶盖的盖毡、哈那墙里外两三层的围毡、地毯下铺的两三层地毡、篷车上的毡篷、车柜外层的毡套、马鞍下马背上的两层厚毡屉、酒壶茶壶外的保温毡层、冬季羊圈挡风墙毡、盖干粪堆的盖毡，等等。蒙古草原游牧部落如果没有大毡，游牧生活将立即瓦解。因此，大盛魁商号调集来了北方名号最响且质优价廉的大毡。一两百块大白毡叠起来揲到一人多高，像平地升起一座大舞台，颇为壮观。牧人纷纷大量购买，毡层一摞一摞矮下去，而存货充足的新库房又能一层一层地把"毡舞台"补得高起来。

堆得第二多的就是青盐和砖茶，干燥的老库房里几乎堆满了两大间用苇席隔出的专用房。这两种草原牧人的必需品，不仅供应本苏木，而且还供货给更远的旗盟商站。眼看就要入冬了，每个蒙古包的牧人都会购买足够用半年一冬的青盐和砖茶。

再就是草原必需品——粮食，也大袋大袋地堆满了两间老库房。巴格纳见三个部落不肯打草、储草，搭建更多的木栏草圈，只好在多储马料和粮食上暗中使劲，这是他一人就能拍板的事情。他早就让老秦大哥在内地粮食丰收地区，给他运来比正常储量多三倍的马料和粮食，总共有三万多斤。连老张都觉得进得太多了，说草原牧人的主食是羊肉牛肉和奶食，粮食吃得很少。粮食进多了，卖不动会发霉。而巴格纳却说，额仑冬天太冷，哪会发霉？趁着这会儿内地粮食刚收下来不久价钱便宜，客栈又有现成的空仓库。为啥不多存储？储上个半年一个冬季，到开春粮荒，整条商道粮价上涨的时候，还能凭空赚个两三分的利，把给萨日娜、米希格阿爸等人救养天鹅的粮食麦粒赚出来。要是万一在冬季碰上大白灾，那这些储粮不就是抢都抢不到的救命粮啊。在额仑，冬季多储粮，百利无一害。老张听后服气。图雅姑娘掰着手指头算了半天，也没算出个啥样好处来。巴格纳忍不住笑起来，刮了一下傻妹妹的鼻子。

那几日，额仑苏木的三个部落以及其他苏木的牧人，纷纷骑马或坐牛车前来交换、采购和赴宴。客栈院外扎下了部落和牧人自带的十一二个蒙古包，供商人与牧人谈生意、交流、休息、食宿之用。客栈店员们已完全停止了晾晒鱼干的活计，札那和巴格纳从部落调来姑娘小伙，增加捕鱼、运鱼、炸鱼、烤鱼和招待的人手，把炸鱼宴办成了金灿灿、香喷喷的流水席。商人、顾客任何时候入席，都能享受到刚出锅的炸鱼，丝毫不会被怠慢。大盛魁商号长龙般的强大车队，又能确保库房一排大酒坛始终充盈、不会见底。所有来客都高兴而来、尽兴而去。客栈和分店像是举办了一场中型的那达慕。大盛魁商号和客栈火爆得远近闻名，让其他商号纷纷挤过来销货，或改换商点和商道。

老秦与巴格纳、图雅看着商贸会热闹的阵势，深感兴奋轻松。巴格纳和图雅将老秦大哥请到掌柜房，老秦笑道：我的巴老弟真了不起呀，半年的工夫就干成了这么大的一桩买卖，不光把札那投的老本收回，建了仓库和房子，打开了商、牧、林的互通商道，还收了那么多上上等蘑菇钉。商号、客栈和我都赚大了。这里是整条商道最要紧的一个大站。今年我把劲儿多半使在你的客栈上了，真使上了劲。咱们明年的日子就更好过了。

巴格纳说：还是你有魄力、有眼光，一开始就敢下大本，调来大批财力人力物力，一点工夫都没耽误。要没有你，我真的干不成这样，连老张都说客栈上得这么快，多半仗着大盛魁。我只是占了块风水宝地，那也是札那阿爸有眼力。

老秦笑道：那还不是因为咱俩比亲兄弟还亲。要是人不亲，看个一年两年都不敢投，商机全错过了。你看看这架势，别的商号要地盘没地盘，要摊位没摊位。俏货来不及运，大货没地方存，不知道部落和牧人最想要啥，还没有这么馋人的大汗炸鱼。咱们有库房，有堆场，有菜园。车队从来不空跑，货的成本就低，卖价比别的商号更便宜。又从不卖假货次货，信誉闻名草原各地。这买卖做得真叫顺，这回储备的货，已大部出清。大雪封路之前，再把库房补满，把木头堆场堆码整齐，今年的活就算结了。

老秦继续说：到明年客栈更得火。我已经有了新打算，我要把我管的这条线分成南路和北路，以咱们这个客栈的大仓库为中心站，南路从张家口到咱客栈，北路从咱客栈到漠北的克鲁伦河。南货北货全到这儿集中，再换运。这样一来，那些到北边抢上等皮货的、熟门熟路的车队，就可以省下近一半的时辰和路程，半年就可以当一年用，珍贵皮货也可以多拿到一倍。那咱们的这条线更要发了，客栈也跟着发啦。

巴格纳叹道：这真是个好法子，你手下那些精明商人，就不会把他们收货的本事浪费在长途车道上了。好货精货放在我这个客栈倒手转运，最能让你放心。

老秦笑个不停，说个不停：今年你们的蘑菇钉，帮了我一个最大的忙。上上等的样货一到总店，那些搞了大半辈子蘑菇生意的商人全都傻眼了。咱商号是在京城第二拨上贡的商号，京城内务部采购处都是识货的人，立马全收。听说后来再上贡的货，很少有让他们中意的。他们又把明年的货定下了。伊登札布这回也扬眉吐气了，京城一些主要的大臣他都贡到了。你想想他手里的三样硬货：额仑贡羊，乌珠穆沁战马，再加上额仑贡口蘑，谁都得求着他。这人懂牧业，懂商业，懂朝政，没他，东乌旗不会这么出名。只要他的官位牢靠，想害你的人就难下手。萨日娜的那二十五斤上上等口蘑，我也卖了个好价钱，除去入京关卡几道税、运输成本和商号的利，替萨日娜还今年债的利息还有富余，这笔银子你收好。客栈今年赚的款项等商贸会结束，再结清交给你。

说罢，将一包沉甸甸的银子推到巴格纳面前。

老秦又说：可明年咋办？那家商号要的是绿眼睛漂亮姑娘，前几年她欠的债还没那么多，又是前苏木官员的女儿，不好拿人。她这会儿长成大姑娘，再不拿就晚了，要掉价，挣不了几年的大价钱了。那家商号这会儿正在各个苏木收账呢，带了不少人，还有旗里主管牧奴的官员和旗府兵丁。那些还不上当年利息的,当场拿人带走,卖为牧奴或者卖到内地。我估摸这家商号今年就想把她带走,可他们没料到她能还上今年的债。京城几个大臣和一些草原王爷是这家商号的股东,他们有那么硬的后台撑腰,部落想保她也保不住啊。幸亏今年这笔银子凑齐了,可是明年呢,我想他们绝不会拖过明年,到那时候,无论她当年的利息能不能还得上,都要拿人的。

巴格纳说:她今年要还的债,我早就准备得差不离了。我把半年攒下来的两份薪酬,再加上札那答应给我的年终分红,还有预支的薪酬都拿出来了。你送来这笔钱,我就更不怕了,要是他们硬要加码还债,也可以应付。

图雅眼里冒火,说:我得的蘑菇和薪酬还没动,都给好姐姐留着呢。到明年咱一定帮她把债全还上,要是不够,我找阿爸借几百只羊。

老秦说:那你们就更要得罪他们了。这家商号很恶,我跟伊登札布还有娜仁其其格正在想法子查他们。我们大盛魁的背景也不小,但要对付他们还得动用更高的权臣,也不容易啊。

当天晚上,道尔基的二儿子那森巴雅尔骑马赶来,对巴格纳和图雅说:后天上午,小胜奎商号和旗府官员带人来收债,阿爸已经命传令骑手通告了全苏木的欠债人,要他们准时到苏木驻地还债,还不上当年利息的人,就会被卖身为奴。听说南边几个苏木已经有好几个人被铁链锁走了。阿爸让我来问,萨日娜要还的利息凑得咋样了?

图雅说:能还上,你让你阿爸甭担心。我和巴格纳后天一准带银子去还。你可千万别让人知道,更不能告诉哈斯高娃。她准保想不到巴格纳会把他得到的蘑菇钉全都拿出来替萨日娜还债。

那森巴雅尔面露喜色说：那我就放心了，我不会说的。你们先忙，我还得招呼在这儿买卖东西的欠债人。

说罢，便骑马出院大门。

巴格纳对图雅说：我去就成了，你就别去了。

图雅说：我看你倒是不能去，要是真饿饿起来，说你聚众闹事，那就闯大祸了。伊登札布一直对你说不能聚众聚会。

我还是得去。不出头说话，就站在一边帮你出出主意，看个场面。咋样？

图雅只好点头。

两天后，道尔基大蒙古包前的草地上，已聚集了百十来人，不远处还有牧人用来还债的七八小群牛羊，每群牛羊都有一人照料。一张用两个牛车箱柜架起来的长桌，桌上铺着薄毡，上面摆了一摞账本和借据。一位旗府官员、道尔基苏木长、札那副苏木长、几位商号主管和账房主事坐在桌后铺着毡子的箱柜上。长桌两旁则是十几个旗府兵丁和商号雇佣的七八个打手。长桌侧旁不远处还有一个用牛车和木栅栏搭建的临时牲畜圈，用来回收还债的牲畜。图雅和萨日娜穿戴整齐，两人站在人群靠后的地方，萨日娜双手紧紧搂着银子布包。巴格纳则站在她俩身后十几步的地方，目光始终没有离开过她俩。他深感心痛，官府真的很会"治理"民众，客栈举办的商贸集市被官府和奸商巧妙地利用了，趁客栈红红火火大开交易把众人吸引过去的时候，就在背后避开众怒干着逼债贩奴的勾当。

被叫到名字的人，上前交牛羊或交银子首饰还账。还上这年利息的人，签了名字或按了手印便鞠躬走人。还清了全部本息，债务则被一笔勾销，债据经双方核对后当场烧掉。而还不上这年利息的人，则被冰冷的铁链像拴狗一样，锁在一辆牛车旁。家人们围过去哭叫，兵丁和打手连揪带拽不准接近。

终于叫到萨日娜的阿爸苏米亚的名字。萨日娜走上前，将银子布包打开，里面是一锭锭足色银子。几位商号主管互相看了看，很是吃惊，认真校验清点无误之后，却并没有让她签名认交，一位商号主管厉声命她站在一边等待。萨日娜像是遭遇惊雷轰顶、挨了一下重击，脸色惨白，身子站不稳，扶了一下长桌。图雅急跑几步，赶紧搀扶住她，走到长桌的一端。道尔基苏木长刚要起身询问，立马就被旗府官员按住。

图雅冲上前，大声问道：萨日娜已经交够了今年的利息，为啥不让她签名，放她走？

旗府官员喝道：大胆民女，勿妨碍公务。退下。

图雅瞪眼道：我不是民女，我是札那副苏木长的女儿。

两位苏木长都猛然站起身，道尔基说：她是札那副苏木长、蒙古贵族的女儿。她问得对，为啥不让萨日娜签名？交了当年的利息为啥不让走？我也想问。

札那怒声说道：图雅是我的女儿，萨日娜是原先苏木官员的女儿，凭啥交完利息还扣人？

旗府官员傲慢地问图雅：札那的女儿跟萨日娜是啥关系？

图雅说：萨日娜是我的远房姐姐。

一位商号主管冷冷地说：她家借债的时间太长了，还清今年的利息以后还需还三成的本金。

人群开始议论纷纷，都说债据上根本没有这一条。

道尔基问：债据上有这条规定吗？

商号主管说：这是我们商号的新规定。

众人全都愤怒地站了起来往前拥。萨日娜的两个弟弟吓得大哭，冲过去抱住姐姐不撒手。兵丁打手抽响马鞭，将牧人往后推赶。巴格纳急忙绕开兵丁跑到萨日娜身旁，从怀里掏出一包银子递给她，说：给！拿着！别怕，别怕，咱们能还上。老秦大哥就怕小胜奎耍花招，让我多准备了一些银子带来，还差一点，我再跟道尔基借二十多只羊就够了，他这儿有现成的羊，你等着。

萨日娜惶恐地抱住他说：谢谢，谢谢大哥救我，千万别让他们把我抓走，小巴图和弟弟咋办啊？

巴格纳说：有我呢，你一定要挺住。

说罢，便快步走到道尔基和札那阿爸面前，俯下身，对他俩说了几句话。道尔基余气未消，大声说道：你别着慌，不用借。前几天我们三个部落首领就商量好了，这回小胜奎不管使出啥样歪招，全苏木都要豁出去帮萨日娜还债。札那说了，先让萨日娜和巴格纳还着，剩下的数不管多少，他和我的部落，一家出四成，古茨楞部落出两成，一块儿统统还清。我倒想看看小胜奎敢开多大的口。这会儿还不到最后摊牌的时候呢，等会儿再说，我有法子对付他们。

然后站起身，面露怒气地大声说：大台吉伊登札布就在部落查验今年最后一批贡羊，我要请他来评评理。巴格纳，萨日娜，第二笔银子你俩先别交，等大台吉来了再说。

又转身对儿子那森巴雅尔说：赶紧请大台吉来一趟。对他说，我和札那请他，再跟他说巴格纳和图雅也请他务必要来。

那森巴雅尔向旗府官员和商号商头大喝一声：你们等着！说罢，骑马扬鞭狂奔而去。

巴格纳走到萨日娜身旁说：别怕，今儿这一关总能过去的。三个部落都会保护你，帮你还债。交上这笔银子，剩下债的数目就不多了，你放心。再等等伊登札布。

萨日娜把银子包裹揣进怀里，紧紧抱住巴格纳。身后兵丁手中的铁链还在哗哗作响，被铁链锁住的人和他的家人还在哭号。她把头靠在他的肩膀和胸脯上,巴格纳感受到她全身一阵阵的战栗。他轻轻抚摸她的头,像亲大哥一样,不断地安慰道:萨日娜,别怕,别怕,有我呢,有额仑草原的部落和大伙呢……

众人气愤地议论纷纷。米希格老人第一个站起来,抖动着山羊胡须高声说道:咱们咋也不能让这帮官商老爷,把咱们的天鹅姑娘、额仑草原最棒的歌手抓走。实在不行,咱们大伙捐羊帮她。咋样?

众人高声喊:对对,太对啦!

米希格老人又说:我先捐二十只羊。

众人也纷纷报数:我捐五只。我捐一只。我捐三只。我捐……

要捐羊的人越来越多。萨日娜和巴格纳频频向米希格阿爸和部落亲人们鞠躬致谢。

……

旗府官员和商头深感意外,脸色有些慌张。兵丁打手也被这股蒙古部落握紧拳头的气势逼得退后两步,唯恐部落男人们从腰间悬挂的刀鞘里拔刀。为首的官员却故作镇静,仍打着官腔说:接着还债,下一个。

大部分欠债人还上了一年的利息,额仑牧人交还的牲畜都是抓完秋膘后的大肥畜,让商号收债人眉开眼笑,点够头数便收进临时畜圈,畜圈很快就挤满了牛羊。可是有两个中年平民被铁链锁住,两家人围在他俩的周围大哭,几个中年女人又跪爬到长桌前连连磕头乞求宽限债期,哀求放人。遭到官员呵斥后,又爬到道尔基面前恳求帮忙。

道尔基实在看不下去,又一次站起身,对众人说:大伙说说这两人该不该救?我觉着该救一个,他因为给部落放马摔伤,治伤欠了了债,该救。可另外那个小子成天喝酒不干活,还上旗里借钱赌博,这种人部落不能救,部落的年轻人会被他带坏的,部落也会被拖垮。

大伙说对不对？

众人说：对。

也有几个老人站起身，米希格法师说：再救他一回吧，最后一回。往后我们几个老人替你来狠狠管他，他要是再不改，那就真的不救了。

年迈的道尔基看看大伙不说话，又看看被铁链锁住的两个人，都是自己部落的牧人，而额仑苏木其他两个部落却无人被锁，还有自己部落的萨日娜也被扣在那里。于是对他的管家说：去找两个岁数差不离的牧奴来顶换他俩吧。

百十来个人都在流泪等待。全场静得只能听到铁链抖动的声音。图雅扶着萨日娜姐姐，在耳边轻声安慰道：伊登札布最讨厌小胜奎，娜仁其其格就差点被他们卖掉，待会他准保会来帮你。

过了好一会儿，两个中年牧奴被带来。几位商号主管像交易牲畜那样看牙口、看四肢、看手掌、翻眼皮看眼珠，还询问会啥技术、干过啥活。最后似乎觉得这两个牧奴比那两个伤号、赌徒更值些钱，便同意顶换。道尔基和商号的商头重新签换了卖身契，并让牧奴按过手印以后，总算把本部落的两个平民解救下来。两家人向道尔基和札那，向米希格老人和大伙鞠躬磕头，千恩万谢。但部落将失去两个壮年牧奴劳力。

大台吉伊登札布终于快马驾到，图雅立即跑步迎上去，向他招手。伊登札布看到图雅，一边下马，一边笑呵呵地说：大老远的，你也来了，巴格纳呢？

巴格纳急忙走过去说：我在呢，请大台吉赶紧帮帮那位绿眼睛的姑娘吧，她叫萨日娜，是学问家苏米亚的女儿，又是才女歌手，写了很多特别好的天鹅歌。她心地善良，年年救养天鹅。她已经把今年的利息交了，可他们还扣住她不让走。因为她是个绿眼睛的姑娘，这家商号想把她卖个好价钱。

大台吉说：明白，明白。所以你们两人都来相助了，够仗义。这些年我也知道，有一帮恶棍混蛋在我管的地盘上贩卖蓝眼睛、绿眼睛的漂亮姑娘，我不能让他们为非作歹。

道尔基和札那也走过来，请他主持公道。道尔基说：他们在灾年还敢放利滚利的高利贷，再这么放下去，额仑牧场就完了，皇家贡羊也得让他们祸害光。

伊登札布说：我要上奏朝廷，敢坏我的贡羊皇差，我决不轻饶!

图雅把萨日娜领到大台吉面前，伊登札布的鹰眼顿时睁大了三分，说：怪不得会有人盯上你，好漂亮的绿眼睛姑娘。你就是萨日娜？我认识你的阿爸苏米亚，是个大学问家啊。我也听娜仁其其格唱过你的歌，你是咱们旗的才女啊。快说说咋回事。

萨日娜就把事情原委大略讲了一遍。这时旗府官员和商号主管纷纷弯腰上前，连连作揖。

大台吉喝道：她已交了高利贷那么多的利息，还扣人不放，还有没有王法了。快让萨日娜签名认交，放人!

商号主管连忙点头说：是、是、是。我们也是奉命办事。这就办，这就办。

几人连忙领萨日娜去长桌处。萨日娜转过身，很感激地向大台吉鞠了一躬。

伊登札布乐呵呵地又把图雅和巴格纳拉到一边，说：我还没有谢你们哪。那口蘑钉真厉害，我见的那几个大臣都乐坏了，都说得到了今年顶尖的好货，有一位还请我在府里吃饭呢。我要好好跟你俩唠唠，这几天我太忙，等最后一拨贡羊上路了，我就能松快一些。最后一批最要紧啊，要不是听那森巴雅尔说你们俩也请我，我哪有工夫来啊。不过这事还真得管。还有三四群贡羊等我验,几个商号领羊的人也在等我呢,有空我上你客栈去看看。我走了。

说罢,骑上马往商号主管那儿走了几步,问:办好了吗?

商号主管说:办好了,办好了。

大台吉说:这还差不离。你们以后要是再敢这么干,我就把你们法办!

说罢,与随员急奔而去。

萨日娜走到道尔基和札那面前也鞠了躬,说:谢谢您,苏木长、副苏木长,这么费心救我。

道尔基叹道:谢啥啊。你是额仑最出名的歌手,又是我老朋友的女儿,咋能不管呢?不说谢啦。要谢就谢大台吉,还有巴格纳,为了救你,把他能拿出来的都拿出来了。像他这样的好小伙,再也不容易碰见了。

萨日娜含泪离开。

回到萨日娜的家,三人惊魂未定。

萨日娜双手发颤,抱紧巴格纳说:我的腿这会儿还在抖呢。幸亏你俩都来了,还带着救命的银子来,要不我就被他们用铁链锁走,就再也见不着你们了。我好怕跟你俩分开,把我再抱得紧一点。

巴格纳脸色灰白得像刚熟好、半晒干的羊皮板,他紧紧地抱住萨日娜说:这会儿没事了,没事了。他们都走了。刚才我也吓蒙了,没想到他们今年就打算下手抓你。多亏这么多的人帮你,不然光靠我俩也救不了你。也亏得伊登札布在部落。我还是太大意了,前些日子老秦大哥就提醒过我,小胜奎可能会让你还了今年的利息以后,再逼你还一部分本。我就多带来了些银子,万一他们真要这样干,我也可以应付。可是看今天这个架势,我就是把那三分本还清,他们又会说要本息全付清……伊登札布是个有良心的蒙古贵族,多亏了他,要没他,天就真要塌下来了。这会儿我的心也还在抽着疼呢。他们如果真把你带走,我就陪你一起走!

图雅姑娘嘴唇颤抖地对巴格纳说:今儿我可亲眼看到官府用铁链抓人了,真不把人当人啊。我刚才想起你阿爸被他们抓起来的样子。你活下来真不容易。明年咱们一定得把萨日娜姐姐的债全还上,我豁出去了,非还清不可。我去跟阿爸借,再不成就用我全部的金银玛瑙头饰、额箍、首饰和嫁妆来还债。咋也不能让好姐姐被他们抓走。

巴格纳在萨日娜的额头上吻了一下,说:你放心,明年我和图雅一准把你的债全部还清。连年白灾,部落和大伙都很难。但我可以跟老秦大哥借。我想好了,我要用我分店店长三年的薪酬作抵押,跟他再借两百只羊的银子来帮你还清债,他多半会帮的。

图雅说:我看你还是跟弟弟一起搬到客栈来住吧。我俩一步不离地守着你。

萨日娜把图雅和巴格纳一起抱住,哽咽着说:只有你俩是我和弟弟们的亲人,太谢谢你俩了。可我还得把小巴图接回来过冬,还得在巴图的忌日祭奠他。蒙古人除了对圣祖成吉思汗要进行四季大祭奠以外,不太在意对亲人的祭奠。可是巴图是我心中的神,我又是佛家学问家的女儿,佛家是要追悼亡者的,所以我必定要在巴图升天两周年的时候祭奠他。

大弟额利流着泪给三人倒茶,眼里依旧满是惊恐,二弟巴特尔已经哭不出声来了。

萨日娜把还债剩余的四五两银子和那一包银子交给巴格纳。巴格纳接过包,但没有接零散银子,说:这些你留着自己用吧。我和图雅已经替你付清了你家今年过冬大半的肉食钱,剩下的道尔基给你出。再添点啥，你自个儿拿主意。这些日子客栈快成那达慕了，客栈不能没有掌柜，好多笔大生意还得我俩敲定。我和图雅必须赶回去。等事儿消停了，我再把你接过去好好商量商量。

萨日娜垂下头，说：我真是……太拖累你们了……

巴格纳安慰道：咱自家的事，咋能说是拖累呢？你也别怕他们再来抓你，他们还不敢得罪伊登扎布和整个额仑苏木。

三人相拥泪别。巴格纳骑在马上，久久回望萨日娜。淡黄色的秋草轻浪波动着远去，草原一片萧瑟。她站在老旧的蒙古包前，身穿一件褪色但干净的二茬毛薄皮袍，像只落单的天鹅……马上又是一个漫长得望不到头的严冬。他不忍离她而去，勒住了马，拨转马身停住，大声喊道：萨日娜，千万要挺住。再等一年就熬出头了，相信我。

29

  满都海彻辰夫人是位女英雄。她极力卫护将被废弃的成吉思合罕皇统，斥责不臣，亲临战场，指挥兵将，自为先行，冲锋陷阵，为统一其七零八落的蒙古国，为封建领主制的普遍发展，打下了坚实的政治基础……中外历史上我们还没有见过另一位这样的女英雄。她应当是蒙古历史上仅次于成吉思合罕的第二号人物。但，埋没幽僻，长达四百余年，是很不应该的。
  ——道润梯步译校《新译校注〈蒙古源流〉》

  客栈商贸会又延长了一天才结束，客栈和商号分店新老库房的存货几乎售罄。商号、客栈、部落和八方牧人都称心满意。本地部落首领、贵族和牧人，都非常信任这家草原蒙古人办的客栈和商号分店。牧人们从原来向流动不定的旅蒙汉商买卖东西，迅速转为向旅蒙商和本地蒙古人合营的分店买卖东西，分散游牧的草原人就得到了很大的便利和实惠。札那客栈终于在最需要商贸点的纯牧区，圈牢了一块商业营地，稳稳站住了脚跟。

  秋风里蓦然传来天鹅群一波又一波的高声鸣叫，震耳震心。天鹅父母在带领小鹅中短途和高空练习了几天飞行以后，开始带领大群的小鹅南飞了。草原苍茫万里，空旷高远的天空上，突然出现了数不清的天鹅集群编队。伸长笔直脖颈、展开双翼的飞鹅呈十字形飞翔。每个家庭为一队，每队七八只或十几二十多只，高、中、低，数层飞行，遮天蔽日，呼啸而过。天空竟然出现了无数个汉字的"一"字、"人"字和"大"字，大到天下没有一张纸可以把这些天神大写的字写上去……萨日娜曾告诉巴格纳，只要看到天鹅排成箭头状的队形，那就是长途迁徙的正式队形，也就到了天鹅集群南飞的时刻。此后要等上长长的半年，才能再见到它们美丽的身影。然而，每次等天鹅集群再返回，含有大量小鹅新兵的天鹅大军必定减员一半，甚至一大半。草原绿季，每个天鹅家庭都增添了五六个孩子，破壳以后才长了四个多月的小鹅要南飞千万里，一路挨冻受累，遭遇天敌袭猎、弓箭抬枪、层层拦截、重重杀机。在草原牧人看来，就像蒙古童子军远征般悲壮。但如果天鹅留在冰封的冬季草原，就将全军覆没。天鹅飞走时，也必然带走草原上的欢乐和美丽，而留给牧人深深的担忧和挂念。深秋是草原人痛苦悲凉的季节，蒙古草原的古歌里，深深浸透着天鹅、秋雁南飞的悲伤。

接受了蒙古草原春夏秋三季慷慨养育的成百上千个天鹅家族，此刻都怀着对天鹅的安全故乡和安静诞生地——蒙古草原母亲无限的爱恋和感激，"呜昂——呜昂、呜昂——呜昂，额额额、叩叩叩"地大声高唱感谢告别之歌，歌声从低空到高空，重声共鸣，惊天动地，叩击着每一个草原人的内心和灵魂。秋风吹拂河水湖水，把天鹅遗留下来的洁白羽毛推到岸上晒干，再让下一轮的北风把它们吹起，追随天鹅一同南飞，为曾给予它们生命的父母送上最后的一程，直到被雪覆盖在泥水里……

天鹅的鸣叫声越来越震动身心，巴格纳猛然感到今年天鹅南飞的阵势和叫声，似乎与前几年大不相同。天鹅往往在夜间迁飞，而且是在高空飞行，而此次却集体在大白天的中低空迁飞，还发出如此惊天动地的鸣叫，仿佛这不单单是告别，更好像是在对草原的恩人们警告着什么。他突然想起了米希格老人的话，如果天鹅提前集群南飞，那就很可能是大白灾的预兆。他努力回想米希格阿爸跟他说过的去年天鹅南飞的日子，算了算和今年相差的天数，竟然早了近十天。他顿时感到一阵眩晕，部落的草圈储的草还是不够啊。但又有一点点庆幸：三个部落总算给每个十户组建了一个大草圈，还储满了青干草。而且每个十户组还有一两户人家建了自家的小草圈。只要白灾不是太大，那还能勉勉强强扛过去。但万一百年不遇的大白灾降临，全苏木就要遭受惨重损失，会有更多的牧人家庭陷入和萨日娜一样的债务火坑。他担心天鹅姑娘那个陈旧的蒙古包，一个没有成年男人的家，家中的姐弟三人和小巴图。他心急如焚，苦苦思索着半年来一直没有想完善的那个对策……

在部落秋季草场的蒙古包里，萨日娜突然听到天鹅群铺天盖地的叫声，慌忙停止哼唱自己的新歌，放下针线活跑出包，抬头一看，一阵寒意猛然袭上心头。每年天鹅南飞，总是那些不带领小鹅的壮年天鹅，小群小群地先飞，慢慢越飞越多，要等个两三天以后才会出现大鹅夫妻带领小鹅飞行的浩大阵势。但今年太不一样了，天鹅一开始南飞的队群就如此遮天蔽日。她也想起米希格阿爸的话，看来今年是躲不过大白灾了……她马上想到小巴图。平常年份，她总是在发觉小群天鹅开始南飞后，就提前向塔娜家借好牛车，第二天再起大早，赶几十里的路，接上小巴图长途赶回家，以免它在大湖中感到孤单害怕。这会儿她不必去借牛车了，有大哥送她的马，她可以说走就走。

萨日娜跑向正在草甸吃草的巴图黄马，黄马高兴地抬起头，她捧住它的头，亲了一下白花瓣，用双臂比画了几下飞翔的动作，对它说：咱俩去接小巴图。大黄马高兴地长嘶了一声，它也想念它的好朋友了。萨日娜解开马绊子，把它牵回家，备好鞍。再进家，卷起一大块四四方方结实的布，拴在马鞍上。她跟两个弟弟说：今年大群天鹅提前南飞了，我得赶紧去接小巴图。你俩把剩下的鱼，拿出一半剁碎，再加麦粒加些菜，拌一大盆鹅食。你俩又可以和小巴图玩啦。

额利笑道：你快去快回，我好想它。我给它做一盆它最爱吃的好东西。

巴特尔开心地说：我又能同它玩啦。我这就去给小巴图采一点绿草，阳坡黄草下面还能找见一些抗冻的绿草小叶呢。

萨日娜跨上马，带上大白狗，跑过矮山丘陵的秋季草场，便朝夏季草场的天鹅湖急行。额仑夏草场，到处都是被牛羊啃过的草茬和刚落籽发芽的秋季草苗，一片淡黄中间杂着即将被寒霜打黑的嫩绿。此地是骏马撒欢的好场地，萨日娜夹马让大黄马跑起来。蒙古女人都喜欢骑马出游，但那是富裕家庭的女人才能享受到的快乐。穷家女没有马，出门只能赶牛车，还要挤奶、下夜、捡牛粪、做奶豆腐等无穷无尽的家务，哪有工夫跑马散心啊，更不要说救养天鹅了。可是巴格纳大哥来了之后，她的生活突然开始像骑巴图黄马那样轻松起来。跑着跑着，她感到自己与一个多月前刚骑黄马的时候，有些不一样。原先骑着马，只是思念巴图一个人，坐在马背上，能感受到巴图仿佛活着的强劲颠簸，这会儿骑着马，却在思念两个人，在马鞍上也能感觉到巴格纳的活力。一阵阵直抵内心的暖意涌上全身，她的脸微微发热发胀。巴图黄马毕竟是巴格纳特意买下来送给她的，他明明知道送给她这匹马，会把她推到巴图的怀里，让她更加思念巴图,她得到马以后也确实是这样。可是,为什么眼下她越骑黄马,脑中却越会出现巴格纳的身影呢?

萨日娜也感到了自己的变化。商号债主逼债的那天,她当着那么多的人,紧紧拥抱巴格纳,把头靠在他的胸前和肩膀上。她当时惶恐地抱住了唯一可以依靠的大哥,自家的大哥当然是可以靠的呀。可是后来许多人却说,萨日娜终于有了新鹅可以依靠啦。这让她心里感到忐忑不安,她当时还是更愿意靠在巴图的胸膛上。

然而,她骑在巴图黄马背上的感觉,是不会骗她的。难道她的巴图也让巴图黄马告诉她,答应他吧,就像我爱你一样,要不你活得太痛苦了。萨日娜心里有些慌乱,干脆闭上眼睛,让巴图黄马随心所欲地往前跑,不管脑中颠出来的是巴图还是巴格纳,不要去阻止也不要拒绝他,让他俩随意地颠出来吧……萨日娜松开马嚼子,让大黄马自由自在地跑了很长一段路。她睁开眼睛,发觉巴图马依然径直奔向天鹅湖边,而此刻她脑中颠出来的却还是他们两个人,他俩似乎很友好,有时还叠在一起……她有些迷惑:眼下他俩对于她来说都是不可缺少的呀,没有巴图就不会有小巴图,没有巴格纳就不会有巴图黄马,她就不会骑在巴图黄马背上去接小巴图。

她感到自己对巴图的爱并没有减弱,但有新芽在生长。她使劲掐了半年也没把它掐断,掐了还长,长了还掐……而新芽的根却掐不着,它静悄悄地往自己心里长,长得越深也越密了。像大大小小粗细不一的血管,裹住了她的整个心脏,还不停息地注入情、爱和救命的养料,滋润着她快要枯萎的生命之花。唉,她不会再去掐芽了,让它长吧。当她吃惊地发觉自己悄无声息的变化时,姑娘和老人们早就发觉了,至少她已不是去年那个孤独绝望的萨日娜了……

快跑到夏季牧场的天鹅湖边,萨日娜又大吃了一惊。居然不像往年那样,只有小巴图一只鹅在湖边近处等待,而是有二三十只天鹅和小巴图一起在湖边,静静地高昂着头盼望着她。萨日娜突然明白,往年她把小巴图接走的时候,天鹅大军还没有启程南飞。天鹅亲戚和朋友们知道小巴图已经被鹅妈妈接回家了,就不必担心它会冻死在草原。而这次天鹅大军已经集群动身南飞,鹅妈妈却没有来,这些被鹅妈妈救养过的天鹅亲友们,就不忍心将小巴图孤零零地留在湖里,于是集体留下来陪它等待。额仑草原的天鹅都相信,鹅妈妈是永不变心的妈妈,一准会来接小巴图的。

萨日娜大声呼喊道:谢谢,谢谢小鹅宝贝们。妈妈来晚了,对不起。谢谢你们陪小巴图等我。

当鹅群看清是绿眼睛的妈妈来了,还未等她下马,整群天鹅全都欢天喜地扑扇翅膀,昂头高叫,冲上了岸向她涌来。等妈妈下马以后,团团围住她拥抱亲吻。萨日娜也一个一个地亲吻拥抱,泪水洒在孩子们脖颈上。小巴图落在最后面,一瘸一拐、不慌不忙、喜气洋洋地走来。它知道妈妈是来接它的。就让兄弟姐妹、孩子和朋友们先跟妈妈亲热道别吧。

萨日娜抱歉地对鹅孩子们说,没想到你们都在陪小巴图等我,就没有带粮食鱼菜。等你们明年开春回来的时候再给你们补吧。好了。我把你们的好朋友小巴图接回家,你们放心好了,它会跟我过一个愉快的冬天,和前几年的冬天一样。天不早了,你们赶紧南飞去追大部队吧,明年春天再见。

然后,抱过吻过小巴图,打开四方大布,铺在草地上。天鹅们没有飞,都好奇地围拢过来。小巴图很熟练地走到布中央卧下,等待妈妈包它。大黄马和大白狗上前用鼻子友好地和它碰了碰喙。天鹅们都伸长脖子惊奇地观看,把鹅妈妈和小巴图围了个水泄不通。萨日娜把小巴图抱起来,重新摆好位置,以便让小巴图的头颈伸出包袱外，让它的尾羽避开布包的勒紧处，避免折断。大布松松地打了两个结，小巴图的长脖颈和头露在包裹外，尾羽也舒服了。然后再把包袱挂在马鞍的前鞍鞒上。

萨日娜上马，把大包袱放在膝盖外，然后向天鹅们呼喊道：飞吧，快飞吧。说罢，夹马小跑。鹅群随即助跑起飞，在妈妈的头顶盘旋绕飞，送了一程又一程。萨日娜挥手让鹅群快飞，天鹅们这才高声呼喊道别，去追赶南飞的天鹅大军。

萨日娜骑了一阵，忽然感觉有点不对头。天鹅群已经远走高飞，可小巴图依然扬着脑袋额额、叩叩在跟天上的鹅说话。她抬头一看，发现还有一小群天鹅在她头顶上慢慢跟着飞。飞了一段，就飞到前面不见了。过了一会儿又会突然出现在头顶上。她抬头挥手，让它们去追天鹅大队，但这群鹅仍然跟随她慢慢飞。她勒马放慢马步，仔细看了一会儿，发现鹅群只要飞了一段，总会有一只小鹅落在最后面，吃力地飞。鹅群只好慢飞等她，或是绕飞回来等待。萨日娜终于看明白了：这只小鹅是弱鹅，鹅阿爸阿妈想把这只虚弱的小鹅托付给她代养呀。被救养过的天鹅最相信鹅妈妈，况且还有小巴图陪伴过冬，那是最好的办法了。萨日娜为这对聪明的鹅阿爸阿妈对她的信任而感动，也很高兴。如果这会儿能救下一只小鹅，初冬就不用让小弟弟冒险到薄冰上去救落单小鹅了，那她这几年给自己规定的、一年最少救养一只小鹅的数目就能完成啦。阿爸和巴图在世的时候，他们一家每年冬季都要救养两三只落单小鹅，还不算上春夏秋救养的大小伤病天鹅。

大黄马似乎也看出鹅群想要做什么，就加快马步往家跑。当天鹅们远远看到营盘的炊烟时，就飞向那里，并很快找到了顶上有佛家莲花图案的蒙古包，然后在它的上空绕飞。一边绕一边叫，好让落在后面的小鹅听到。当萨日娜跑到家的时候,看见塔娜一家大小站在门外仰头看鹅,米希格阿爸和两个弟弟也站在自家门外看。

米希格阿爸淡棕色的眼珠闪闪发亮,笑道:上午,我看天鹅大队集群南飞,就跑来叫你赶紧去接小巴图。听额利说你已经去了,下午我就到你家等你。你头顶上的鹅群是咋回事?看样子像是鹅爸妈要把一只小鹅寄养在你这儿,这几只健壮小鹅是来跟你告别的吧?

萨日娜下马后,一边打开布包放出小巴图,一边说:还是阿爸厉害,一眼就能看出来。鹅爸妈那只要寄养在我这儿的瘦弱小鹅,还在后面飞哪。又问额利:鹅食剁出来了吗?

剁出来了。可是来了这么一群,不够它们吃的啊。

那就再加些麦粒。

额利转身回包。那只落单的可怜小鹅总算气喘吁吁、摇摇晃晃地飞近了,萨日娜连忙向它招手呼喊:妈妈在这里,往妈妈这里飞。

几十里的飞行,这只小鹅累得连犹豫都不会了,张大停止扇动的翅膀,几乎一头跌撞到萨日娜妈妈的怀抱里。鹅妈妈心疼地抱住她,一边抚摸一边说:可怜啊,不要紧了,到家啦,你真了不起啊,这么弱,还能拼命飞到这儿。

她明显感到小鹅的翅膀在痉挛抽筋,两只黑脚蹼也在抖动,全身瘫在她的怀里。她急忙对包里的额利说:再拿一个小盆给小鹅单独盛一盆,等它缓过来了再喂它。大食盆待会儿再拿出来。

半空中的鹅群呼地全部飞落下来。一只优雅美丽又洁白的大鹅高叫着,跑到萨日娜的身边,先伸长脖颈,用喙去亲吻自己的孩子,然后感激地用头颈蹭鹅妈妈的膝盖和腿,额额额、额额额地叫着,好像在说,妈妈,亲爱的妈妈。再帮帮我吧,就像你从前帮我一样,替我照顾这只可怜的宝宝。它飞不动了,就留在妈妈这儿过冬吧……

萨日娜溢出泪水，点头答应：谢谢你，这么爱你的宝贝。你们放心走吧，我会像当年养你那样爱你的宝贝的。

忽然，萨日娜看到这只大雌鹅的脖颈上有两片淡棕色的羽毛，认出这只鹅竟然是她多年前救养的花脖姑娘。那时候她也像怀中的这只小鹅一样，又瘦又弱，气息奄奄。可这会儿已经长成高贵漂亮的大公主了。萨日娜含泪抱着小鹅蹲下身来，让她再亲亲自己的宝贝，跟孩子告别。又说：花脖姑娘，你放心飞走吧。明年开春你回来，只要在额仑草原上空飞一圈，找到蒙古包顶上的佛家莲花图案，就找到我和你的宝贝了。往后，我就管她叫"小花脖"了。

额利把添加了麦粒的大食盆端出门，放在姐姐脚下。萨日娜对鹅们说：你们要飞长途了，吃点好东西再走吧。

一群鹅欢乐地伸长脖子围着大盆猛吃，又在萨日娜面前开出了一朵有六个大白花瓣的美丽天鹅花。小巴图一看挤不进去，也不着急，回到家里还愁吃不上好东西吗？转身去闻妈妈怀中的小侄女小花脖。每年冬天，妈妈都会给它领来一只小天鹅当玩伴，并让小巴图照顾它。

盆已空，天色将暗。天鹅全家排着队，挨个儿亲吻小花脖和小巴图，恋恋不舍地同它们告别。然后在萨日娜妈妈头顶上绕飞三四圈，高声道别，再排成箭头队形，向蓝黑的南方上空急飞而去。

米希格老人说：天鹅擅长夜飞，特别是天敌比较多的路段，常常会用夜行来避敌。可这次是为了把耽搁的时辰抢回来。天鹅阿妈阿爸辛苦啊，小天鹅更可怜，才长了四个多月的嫩骨头、嫩翅膀，就要飞那么远的路，有一些小鹅飞不到新的家，半途就掉落下去了。天鹅活在世上比人难多了，蒙古人都心疼天鹅啊。

看到阿爸阿妈、哥哥姐姐们全飞走了，萨日娜怀中的小鹅急着挣扎、想飞想叫，但有心无力，哀伤绝望地干叫了几声就停歇了。

它木木地望着那一只它认识的、不能飞的大鹅，渐渐地安下心来。

四人回包，萨日娜用麦粒、两条鱼和小弟弟采回来的一些绿秋芽，重新为小巴图做出一盆好食，又把满满的小食盆放在小花脖的面前。两只鹅真的饿了，美美地吃了起来。吃完饭，小巴图在它的老地方卧下。小花脖对陌生的家有些紧张，萨日娜一边用鹅妈妈的声音安慰她，一边慢慢抚摸她，又累又困的小花脖终于依偎在小巴图身旁卧下了。

天完全黑了下来，萨日娜才洗手做饭。米希格老人一边吃，一边说：我看这只新来的小鹅准会喜欢这儿，你就是一只天鹅啊，好像还生活在鹅群里。巴格纳送来的粮和鱼那么多，这两只鹅就好养了……我这次来找你，不光是来看你接回小巴图，还想跟你商量一件事。我想了一辈子了，一直想做，总做不成。今年兴许能成。

萨日娜放下碗，望着阿爸说：啊？是您想了一辈子的事？一准是大事，找我商量？

老人说：我只能找你商量啊。我是想进乌拉盖苇塘最深处，去救老天鹅，最好是一对夫妻。我这一辈子，落单小鹅、小伙姑娘鹅、壮年鹅、伤鹅病鹅，都救养过，单单就是老天鹅没救过，这样我的萨满一生就不圆满了。你知道吗？小时候，我的萨满老师对我说过，天鹅可怜啊，秋去春归的天鹅寿命只有二十岁出头。为啥短寿？不是老死的，是饿死的。

啊？萨日娜惊大了绿眼睛说：我救养了这么多年的鹅，咋不知道呢？我也想知道。您还从来没有对我讲过老天鹅的事儿呢，请您细细讲给我听。

老阿爸慢慢说道：我的老师在中年时候，有一年初冬，在一处偏僻的冰水里救小鹅，无意间碰见一对老鹅也漂在冰水上，都快不行了。他急忙骑马奔回家，用两根套马杆接绑起来，再骑马跑回湖边下到深水里，套住它俩，拉上岸，赶紧盖上皮袍喂东西。等到家人的牛车赶来，再用牛车把两只老鹅运回家，给它俩好吃好照料，把它俩救活，到开春的时候，已经养得很壮实了。天鹅最懂感恩，它俩跟我老师的全家人都很亲。可是放飞的时候，它俩却老得飞不动了，飞个五六步远就会落下来。后来只好把它俩放回泡子里去，一到水里，它俩就跟年轻鹅差不离，能吃能游，也很恩爱快乐。我的老师常常到岸边看它俩，还带去好吃的。这对老鹅跟我老师的感情最深，只要在泡子边大声叫几下，它俩就会高声叫着游过来。到初冬快上冻的时候，天鹅群南飞了，两只老鹅会自个儿游到岸边附近等着。我的老师会在那几天赶着牛车到湖边，把它俩带回家，放在家里养。第二年春天再把它俩放回湖里去。你知道吗？我老师这一养就养了十七年，跟养自己的儿子媳妇一样。年年冬天养，春天放。那一年的冬天，这对恩爱的老天鹅夫妻才先后老死在家里。那只老雄鹅先安安静静地死了，到早上才被发现，那只妻鹅也老得连哭叫的力气都没有了，不吃不喝地守在丈夫的身边好几天，也跟着丈夫一起走了。它走以前还费力地抬起头，流着泪，亲吻了我老师的脸，感谢老师全家的救养。我老师和全家人都哭了小半个冬天。跟这对美丽恩爱的老天鹅夫妻生活了十七年，一下子失去了，谁也受不了啊。

萨日娜闪着泪光，叹道：我也受不了啊，十七年！快赶上一只鹅一生的寿命了。这么说，天鹅的寿命不止二十年，如果照顾得好，二十年后还有差不多一倍的寿命哪。那咱们真得去救老天鹅啊。

老人说：是啊。我老师说，野地里天鹅翅膀的寿命就是天鹅的寿命。老天鹅最可怜，最后实在飞不动，留在大雪封山的草原，吃不到冰下面的水草就会饿死。天鹅傲气啊，明明在南方不会饿死，可它们还是要飞回来，宁可饿死在草原家乡。为啥？因为心高气傲是天鹅的天性。天鹅发觉自己不能远飞，不能养育小鹅，那活着还有啥意思，它们只好就不苟活了。明明还有差不离一倍的寿命，它们却宁可不要了，飞回草原了结这一生。除非天鹅老夫妻在南方已经飞不动了，那就只好留在南国度晚年了，但那里很危险，那边的人能驾船追上它们，抓走杀吃；那里也很炎热，天鹅怕热，容易得病死亡啊……天鹅的品性，人是学不来的，天下赖活的人太多了。可是那些老鹅飞回草原家乡，也很难，许多老天鹅飞到半途飞不动了，掉下来。一同飞的伴侣也会跟着飞落下来守护，最后，老天鹅夫妻不是被有些南国人抓住，就是被野狗吃掉。

老人继续说：天鹅恋家、恋草原、恋妻子和恋丈夫。但草原冬天冷酷无情，不能给拼命飞回草原的老天鹅那一倍长的寿命。天鹅死的时候是很痛苦的，我能猜想出来。天鹅还是想在草原故乡活下去，虽然没有傲气了，可是还有恩爱，也很美啊……我老了，六十多岁了，我一想起那些只活了一半寿命就要永远离开草原的天鹅们，就心痛得不行。那能不能在草原家乡给天鹅夫妻多一倍的寿命呢？让它们为了爱，为了草原再活下去，我相信天鹅是愿意的。我的老师碰巧成功了一次，我也一直想做这件事，可一直做不成。因为很难找到飞不动的天鹅老夫妻，我找了四五十年，也从来没有找见过。它们知道自己翅膀快不行的时候，会用最后的力气，飞到人兽进不去的苇塘深处……

萨日娜蓦然领悟，说道：您就想起来让巴格纳帮您了，整个额仑草原只有他有小船，您也想坐着他的小船进去苇塘深处，对吧？

对的。

阿爸，听您这一番话，我好感动。虽然我也救养了十几年的天鹅，我也想救养一对天鹅老夫妻了。噢，不，应该是中年夫妻。天鹅中年夫妻应该过上幸福的生活啊。它们虽然不能远飞，但心里还有爱啊。为了这样的爱活着,就不能算苟活。再让天鹅为爱活一倍的寿命,是件功德无量、敬神爱神的圣事啊。这件事我太愿意帮您干了。这会儿,我心里激动得不行。

老人说:就不知道巴格纳愿不愿意干。那是要花很大工夫的,而且还很危险。要破薄冰,进到苇塘最里面去找,要是天太冷,小船被冻在冰泡子里,那就有大麻烦……

萨日娜口气肯定地说:他要是听了您的这番话,准保愿意帮您干。他也很爱天鹅,而且只要我想做,他一准愿意帮我。

米希格笑道:这会儿老人和姑娘们都说,你早晚还是会嫁给他的。那他自然会听你的了。

萨日娜的脸微微发红,说道:我最敬拜天鹅,天鹅大多是不会改嫁的。

老人说:可是,你那会儿不是还没有和巴图成婚吗?你是他的未婚妻嘛,你俩也没有孩子。你要是嫁给巴格纳,就不算改嫁,算初嫁。你要知道,天鹅在正式成家、有了孩子以后才终生专一。天鹅恋爱的时候,也是要千挑万选,挑错了还会再改的……

可是我挑中的是巴图啊。

米希格阿爸认真地说:巴图是个英雄,是值得你爱一生的好男儿,可是他毕竟再也不会回来了。额仑的几个老萨满都说,巴格纳能称得上是只雄鹅,萨满的话你该听啊。成吉思汗最信萨满,他自己差不离就是个大萨满。他去世的时候就是按照大萨满的古法下葬的,把一段巨大的树干剖开,掏个人形穴,葬在树穴里,再合上树干,又用金箍箍上四圈,然后深埋,最后用万马踏平草地,让以后的所有天魔、地魔和敌人都找不到他的陵寝。萨满最敬拜天,天是最大最高最有威力的神,咱们草原人,还是要敬腾格里啊。

老人又说:你是个好歌手,还这么年轻,你和巴格纳往后的日子，要比和巴图的长几倍哪。我们几个老人，像道尔基、札那、古茨楞、毕力贡都说，要论家世，巴格纳也是个真正蒙古贵族的后代，很守信用，说到做到。大家都觉着你俩是最般配的一对，他们都让我来劝你答应他。半年多前，他答应你的事不是大多做成了吗？

萨日娜说：那再容我想想。巴图走了快两年了，等我过了巴图今年的忌日再说，成吗？巴格纳说要守我一辈子，不会在乎等这些日子的。

老人说：你这么想也对，我也爱巴图这个孩子。天魔很厉害，是天魔害死了巴图，但你俩年年救天鹅，腾格里和天鹅神都知道，所以巴图走了以后，腾格里就马上给你补上一个更棒的雄鹅。

夜里，萨日娜伸手抚摸地毡上的两只鹅，心里还在想米希格阿爸的那些话，萨满们都赞成她早点嫁给巴格纳，她也很想有自己的孩子……

亲爱的巴图，萨日娜轻声说：在梦里，我永远是你的妻子。

30

  在萨满教观念中还认为，由于萨满长期为氏族安危同宇宙间魔鬼拼争，得罪了不少善恶神祇和邪魔，总伺机图报。萨满死后隐秘葬址，不露萨满身号，免得死后亦不得安静。《渤海国志长编》记载说："相传萨满之死，穿穴于树干，葬尸其中，俗多效之。"

——富育光《萨满论》

  当多批车队把客栈库房和堆木场重新装满堆满之后，这年最后一队大盛魁商号的马车就要南归，把客栈的店员带回内地。大袋小袋的鱼干、口蘑干、粉蘑黑蘑干、黄花菜干，以及从牧人那里买来或换来的黄油、奶豆腐、牛蹄筋、羔皮、旱獭皮、狐狸皮、山羊皮等草原特产被一一装上车。

  今年的年终奖励超出了店员们的预期。大伙对两位掌柜很是敬重满意，表示明年一开春就搭商号车队回来。巴格纳和图雅与每个店员帮工话别，对老张夫妇和林夏谢了又谢。

  车队领班走过来，把一长盒印着黑黄方格的外国象棋和一小布包的书交给巴格纳，说：事太多太杂，差点忘在马车箱柜里了。这是秦老板让我捎给你的。他说，大雪封路半年，你俩守这个空客栈准保憋闷得慌,玩玩棋看看书吧,这副棋是咱们商号去俄罗斯的远途商队带回来的,他买了送给你俩。你原先常和秦老板下棋,他让你教教图掌柜,解解闷吧。他还说,他托西线商队给你俩买了两副蒙古西部阿尔泰山区的马皮滑雪板。说你们这片雪场还不错,玩滑雪板能玩上瘾的。你不是在蒙古西部的时候滑过雪吗?可是货还没到,等明年开春吧。

图雅姑娘一听有玩具玩,给领班的笑容比给老张的还要多。

巴格纳连忙接过布包和棋盒,但却对滑雪板更感兴趣,失望地说:哎呀,滑雪板要早点买来就好了,这个冬天就能用上了。我咋就没想到呢,你回去替我好好谢谢老秦大哥。滑雪板要是提前到了,你最好想办法尽早送来。

领班说:好吧,我回去就告诉他。

装得满满当当的车队,终于上路。

几天以后,札那把原先配属给客栈的蒙古包和牛羊群调回部落,然后派了近亲的两个儿子东日布和嘉木撒,带了两个蒙古包、一大群羊和一群牛,驻扎在客栈附近五六里的地方。先让牛羊吃雪地牧草,到雪最厚时,再搬进客栈马厩吃青干草。

蒙古草原入冬快如烈马,初雪还未下落,额仑草原的河湖就已经开始结冰,薄冰很快铺满湖面,只有湖面中央和未被芦苇遮挡阳光的小块水面还没有被冰封盖。但天气好阳光足的时候,湖面的冰也会融化很多。远处天鹅湖的上空有时也会飞着几只落单的小鹅和弱鹅,原先天鹅歌声震荡、雁鸭喧嚣的大苇塘一片寂静,像是提前进入了严冬。

中午时分,米希格老人和萨日娜骑马赶到客栈,走进客栈大门时,两人惊奇地看到地上残留着一条条深绿色的水草和一片片水迹冰痕。顺着水草走，看见在客栈北墙的弱畜房西边堆着一人多高的大堆水草。阳光下晶莹的冰碴闪着绿宝石的光亮，在秋草干黄的草原上，显得异常艳丽夺目。

米希格老人一边下马，一边笑道：巴格纳真是个爱鹅的有心人，啥事都想在前头，他把冬天喂小鹅的水草都准备好了。我还没告诉他的事，他都能想到去做，这样爱天鹅的小伙我还从来没见过哪。

萨日娜也颇感意外，乐道：看这架势，他想救养好多小鹅哪。他准是想让小鹅吃它们爱吃的水草，也怕白菜不够。巴格纳这么爱天鹅，连我也没想到。

图雅闻声跑出了门，高兴地抱住萨日娜亲吻，说：呀，你俩咋来了？我要让你俩看我们的宝贝哪。

老人笑问道：巴格纳呢？

图雅说：他刚走，又去拉水草了。这两天我俩已经进苇塘救回了一只小鹅，他说趁阳光好，待会儿还要带我去更远的地方找小鹅哪。快快，看看我俩救的第一只小鹅。

说罢，便把两人领进弱畜房。萨日娜又一次惊讶不已。这是一间长方形的土房，原来好像是客栈收养商号车队伤病牛的结实牛棚，巴格纳准是为了养小鹅，让建房队改建成养鹅房。土房虽然稍矮了一些，土坯墙也较粗糙，但比普通的蒙古包大了好多，还严实不露风。木窗格较密，外面贴着窗户纸，房内很亮堂。空地上放着食盆和水盆，靠北面墙下堆了一片一尺多厚的青干草，那只小瘦鹅虚弱地卧在干草堆里，但看样子不太怕人了。

萨日娜蹲下身抚摸小鹅，说：你住到这儿可真享福了。我好羡慕这间养鹅房，这是我见过的最好的养鹅房。巴格纳可真是说到做到啊。

米希格老人说：趁着天气好，咱们得赶紧进苇塘，要不冰厚了，

348

就进不去了。图雅,你给我拿些鹅食来。

图雅说:前些日子打不上多少鱼,鱼都不知道跑哪儿去了。客栈没存下多少冻鱼,巴格纳才只好多捞些水草,他找到水草最多最好的地方,用大钐镰在水里割草,可快了。往后喂小鹅也只好在鹅食里少放鱼肉,多放水草和麦粒了。

米希格老人笑道:那也是很好的鹅食了,快拿个三四斤来。

图雅跑回巴格纳的外屋灶房,拿了半盆拌好的鹅食倒在一个生羊皮口袋里,又卷了几块毡垫带上。三人骑马跑到小船停靠处,岸边又是一大堆水草,巴格纳和莫日根正在用草叉往牛车上挑半冻半湿的水草。他一见到萨日娜和米希格老人,兴奋地连忙插好叉子,迎上前问候米希格,然后捧住萨日娜的脸,深深亲吻她的额头,还情不自禁地第一次在她的面颊上亲了一下。萨日娜羞涩一笑,也轻轻地抱了抱他。

巴格纳忙问:你把小巴图接回家了吧,我好想它。

萨日娜说:接回来了,陪它回家的一群天鹅还把一只飞不动的小鹅托给我代养呢。

巴格纳说:真的啊,太好了。又问:你这次和阿爸来,是要和我一块儿进苇塘找落单的小鹅吧?这就去,里面准保还有,有的还能飞,人一靠近就飞走了,也有的饿得飞不动了。我和图雅前天救的就是饿得飞不动的小鹅,可还能慢慢游,让我给抱起来了。一给它吃东西,它可贪吃了……我一直在盼望你俩来哪。这是救小鹅最要紧的几天。他转头对莫日根说:你一人先装车,今儿一定要把水草全拉回去,要不冻结实了就不好拉了。

巴格纳原打算中午和图雅到湖里继续寻找落单的小鹅,也盼望萨日娜来和他一起用小船救小鹅,因此就提前和莫日根把船拉到岸上,倒扣船身,将运水草时船里积下的水全部控干,然后把船翻过来,打扫干净,再推入水中。

图雅看到小船很干净,笑道:巴格纳哥哥准保知道萨日娜姐姐要来,就把小船弄得这么干净。

说罢便把羊毛毡垫放到小船坐板上,又给巴格纳垫了一块。然后对老人和萨日娜说:小船出去打鱼,得用鱼舱装鱼,只能坐两个人。小船不打鱼,最多只能坐三个人,我真想跟你们去,可是坐不下了,还要放救上来的鹅呢。你们三个去吧,我和莫日根装车运水草。又对巴格纳说:千万小心,要好好照顾米希格阿爸。

放心吧,我会小心撑船的。

巴格纳将老人和萨日娜小心地扶上船坐稳,又递给萨日娜一截一人长、炕桌腿一般粗的木棍。然后推船下水,慢慢沿着已经破碎的薄冰水道,向苇塘深处撑去。一路上,萨日娜把这次下湖的缘由和打算,跟巴格纳详细地讲了一遍。巴格纳越听越兴奋,惊叹道:米希格阿爸的想法太棒啦,真是个神妙想法啊。我说什么也不会想到,天鹅还有一倍的好时光没有享受哪,也更想不到咱们还能让天鹅老夫妻再过上十七八年甜蜜恩爱的好日子。这是件大功大德、腾格里和佛祖高兴的事情,比什么都重要。我太愿意干这件事了,这是我做梦也梦不到的好事啊。

萨日娜笑道:米希格阿爸,您看到了吧。巴格纳爱鹅爱得不一般吧。

米希格老人呵呵乐道:我也没想到,你这么快就把巴格纳教成一只鹅啦。看来,这回咱们多半能梦想成真。

三人快乐并满怀期待地往苇塘深处细细寻查。巴格纳顿觉全身上下翻涌出使不完的气力,他想今天无论如何也要帮米希格阿爸和自己的心上人,救出一对老天鹅,哦,不,是一对中年天鹅。

苇塘苇巷大多是两尺上下的浅水,只有鱼窝才是深水。巴格纳握着长杆并不沾水冻手,他用力撑杆,小船走得很快也很稳。小船行到天鹅湖,三个人四处瞭望,突然发现湖东边远处的水里有一个小白点。巴格纳叫道:小鹅!小鹅!我看多半是只刚刚费力飞到这儿的落单小鹅,昨天我来的时候还没有,它一准再也飞不动了,湖边已经结了冰,它吃不到草,咱们得赶紧救。

米希格老人沉着地说:先别动它,今儿还能飞,那它还能撑上个大半天。找老鹅更要紧,找不到,再回来救它。巴格纳,这片苇塘太大了,谁能进得来?幸亏你有船,要不每年得有多少鹅饿死在这儿。

越往苇塘深处越阴森,冰就越厚。前一天开出的冰路也走到了尽头。萨日娜跪在船头,用木棍敲砸薄冰,为小船开道。巴格纳则用力撑船压冰破冰,两人累得满头冒汗气。又穿过两条水巷,进入另一个小湖,但还是没有见到鹅。两人休息了一会儿,再往更窄、冰更厚的地方挪动,但萨日娜已经举不起胳膊了。米希格老人让巴格纳停住船,小心地和萨日娜换了位置,再捣。又换了几次,两人终于都没力气了。

巴格纳小心地和他俩换了位置,让他俩休息,由他在船头撑船,一边捣冰,这样捣一段,撑一段,终于又撑进一个冰面较宽的湖。刚看清湖面,三人同时叫了起来,远处一片还没有结冰的水面上有一个白点,又走了一段,萨日娜兴奋地说:可能是只飞不动的鹅,它已经把头弯进翅膀里了。反正要往里走,就先把它救上来吧。巴格纳说了声好,然后用力撑船,但是离鹅还有三四丈远的时候,那只鹅突然昂起长颈和头,然后在水面吃力地踏水助跑,过了好一会儿才费劲地飞上了天,歪歪斜斜地向东南方向另一个泡子飞去。三人深感失望。米希格阿爸说:可惜啊,这是只大鹅,病鹅,它要是两三天还飞不到南边没结冰的泡子,就会饿死冻死在泡子里的。它像是从老远的漠北大湖一站一站地飞过来的。

巴格纳继续往前撑,过了湖又转进一条水巷,再没有看到一个白点。此时,阳光已经发黄,而此地距离客栈湖岸已经很远,撑到天黑也不一定能靠岸。萨日娜还惦念着那只小鹅,她说:只能先去把那只小鹅救上来,再晚怕看不清了。明天一早就来,今儿已经有了这条冰道,天气还不太冷,一晚上也冻不了太硬,明天一整天,能走得更远。

老人说:好吧,回去救那只小鹅。

巴格纳站起身来,换到原来的位置,调转船头,用力向天鹅湖撑去。萨日娜在船头又用木棍把水道里的大块薄冰往水道两边扒拉,好让第二天更容易走一些。过了一个多时辰,当满天的晚霞一点点暗了下去,快要消失的时候,小船总算靠近了小鹅。只见它已经把脖子弯进翅膀里面,几乎没有了气息。萨日娜连忙把它从冰水里抱起来,小鹅还能挣扎几下,但力量很弱。她用毡垫擦干小鹅的肚皮和脚蹼,然后解开皮袍扣子和腰带,把小鹅包在自己的怀里。等到小鹅焐暖了身子,有了点动静,才从怀里掏出生羊皮口袋,再掰开鹅喙,用手指把温暖的好鹅食一点一点刮到喙里。饥饿得昏迷的小鹅生命力很顽强,一尝到食物的味道,就挣扎着吃食,慢慢地从死神手里飞回来。三人看到小鹅渐渐吃得快了一些,才松了一口气。

巴格纳借着初冬明亮的月光,精疲力竭地把小船撑到岸边。回到客栈,安顿好小鹅,几人匆匆吃了饭便回房休息。萨日娜还是住在图雅那里,米希格阿爸住巴格纳的掌柜房,老人累了,躺下不大一会儿,就发出了鼾声。

第二天一早,三人饱吃了一顿奶茶手把肉,老人怀里揣了一口袋的黄油馃子奶豆腐,萨日娜怀里揣上一生羊皮袋鱼麦菜鹅食,巴格纳撑船进苇塘。然而,在苇塘深处整整转了一天,走了几条从未走过的水巷和小湖,仍一无所获。

时近黄昏，三人只得绕道回家。小船撑进一个小湖里，赫然发现不远处的冰面上有两只鹅，脖颈弯进翅膀，紧紧依偎在一起，一动不动，看不出来是老鹅夫妻还是一对小鹅。三个人全都惊叫起来，老人吓得胡须抖动，拍着船帮说：已经跟冰结在一起的鹅都是冻硬的鹅啊。赶紧过去看看！快！

萨日娜和巴格纳两人急得狠敲薄冰层，猛撑小船，向两只鹅快速靠过去。撑到近处，老人抓过巴格纳手上的长杆，向两鹅伸过去，又轻轻碰了碰一只鹅，三人都感到木杆像是碰到硬邦邦的天鹅石雕一样。三人脸色惨白，心都像是冻成了冰坨。老人用长杆指了指露在翅膀外的半截脖颈说，你俩看，这鹅脖子上的羽毛还是浅棕色的，还没有全换成雪白羽毛。是两只今年出生的小鹅，大概是两三天前冻饿死的。可怜啊。

小船破冰贴靠了过去，巴格纳和萨日娜用手轻轻抚摸小鹅的羽翅，摸到了像雪面一样的寒霜，与平时抚摸小鹅温暖羽毛的感觉相比，恍若从天堂摸地狱。两人缩回手，不敢触摸洁白羽毛下那冰雕般的身体。两人俯下身用木棒扒拉过来许多冰片，再捞起来，把这对可怜的小鹅严严实实地盖起来，又撩上许多水，做成了一个亮闪闪的水晶冰丘，将美丽的小公主小王子安放在里面，让以后来冰面觅食的狐狸们无奈瞻仰。两人向鹅冰丘拜了几拜，流泪告别。

米希格老人眼里饱含泪水，说：有了小船，虽能救起更多的鹅，可也会看到更多的伤心事。我也是头一回看到两只小鹅冻在一起。这两只落单小鹅，兴许是从不同的地方往南飞，去追赶阿爸阿妈，半途上碰见了，结伴飞到这里，可吃不到水草，再也飞不动了，最后这对小兄妹就靠在一起上路了。心痛啊，还不到半岁……亏得这还不是一对老天鹅，要不，我的老心病该犯了，要是再找不到老鹅，它们也得冻成冰坨。

天越来越冷,上午新开出来的冰道又开始凝结在一起,只比原先冰面稍稍好走一些。萨日娜满心焦虑地说:明天咱们得换一个地方去找,到苇子最高最密的苇塘里去。天鹅夫妻最后的时光,准保会去连老鹰也找不到的地方。

第二天早晨,天空阴沉,寒雾凝重,湖面上空仿佛浮着一层气冰,由无数细小气泡托着时起时伏,人们穿过时,脸上会被碎冰划得刺疼。老人愁云满面地说:再过一天一夜湖面就会全部封冻,小船再也进不去了。三人上了船,巴格纳急得使出了更大的力气,萨日娜也拼了最后的一点劲儿。小船撑到了天鹅湖之后,立即朝东南面最高最厚密的一处苇巷里驶去。直到下午,小船才拐进一个长条形状的窄湖。湖面最远的向阳处,似乎还有些最后的水光。

老人说:歇会儿吧,吃点东西。要不没力气撑船,小船万一冻在泡子里,咱就要被困在这儿了。得等冰冻硬实了,人才能走出去。要是冰一两天冻不硬,那人就冻成冰坨了。

三人大口大口吃着黄油馃子和奶豆腐,直到一口袋的食物吃光。又歇了一会儿,萨日娜敲冰,巴格纳撑船,慢慢向那片微弱的水光靠过去。当那片光亮慢慢熄灭、反光消失的时候,萨日娜突然惊叫道:好像有一对鹅。

两人望去,在高高的苇丛下面,刚才微微闪着水光处,有两个白点紧紧相依。老人看了一会儿,激动又担心地说:好像是一对鹅,已经不会动了,不知道是死是活。离得可不近啊,咋办?

巴格纳一边喘着气,一边说:只要是鹅,就一定要走近看。那里刚才还有水光,冰还没全冻上,只要鹅没被冰冻住,就兴许还活着。我一定要把它俩救出来。

体弱的萨日娜疲竭得早已抬不起木棒。巴格纳又把她换到小船中部,自己在船头捣一段,撑一段,半尺半尺地往前挪。又走了小半个时辰。萨日娜心中一惊，揉揉眼睛再凝神细望，然后轻轻捶着心口，惊喜地喊起来：是鹅，是鹅，是一对大鹅。准保是大鹅夫妻啊。腾格里保佑，佛祖保佑，但愿它俩还活着。

她赶紧把巴格纳换到中部撑船，自己跪在船头敲冰捣冰。两人紧张、激动又恐惧，几乎能听到自己和对方的心跳声，生怕见到一对没有一丝气息的冰鹅。巴格纳揪着心、吊着胆拼命往前撑，当行到离鹅还有二三十步远的时候，冰层与水下的陈年芦苇、水草冻在一起，小船再也走不动了。那两只大鹅，都已把头弯进翅膀里，一动不动，紧紧依偎在一起，不知生死。

巴格纳看了看冰面，坐到船头，伸出一只脚试试冰面，想从冰上走过去。米希格老人吓得连忙一把抓住他，说：千万不能下去，你要是掉进冰水里，准得冻住，那咱仨都回不去了，这儿离家太远。

巴格纳只得收回脚，仔细看了看周围的芦苇、冰层和冻草，又用长杆不断地戳，试探冰冻的厚薄。他忽然眼睛一亮，说道：我有法子了。

说罢，撑船顺着碎冰，退后四五尺再横着撑到苇丛旁，用长杆用力打倒一片苇子，再把小船撑过去压住芦苇。然后小心走下船，踩在厚厚的苇秆上试了试，苇子有弹性，下面又有冰层撑着，苇秆缝里没有渗出冰水来。

巴格纳放下悬了半天的心，说：有希望了，苇子能撑得住我的分量。

又等了一会儿，确信能站稳以后，他又打倒一片苇子，再跨两步。然后打几步，跨几步，慢慢向两只鹅走去。

萨日娜欣喜地连声叫好：巴格纳大哥，你真行！千万小心！

米希格老人也夸赞道：咱们草原人，还真不如巴格纳会弄船弄芦苇。萨日娜，是吧？

萨日娜微笑道：是的，巴格纳大哥总能给我惊喜。

当巴格纳就要接近那对天鹅时，发现这里的水下似乎有小泉眼，水温稍高，又能微微涌动，这才留下了最后的一小片水。可是浅水里的水草、蒲根和芦根，早已被两只天鹅掘净吃光，窗纸一样薄的冰眼看就要结到鹅的身旁，正在一寸寸地把天鹅夫妻封冻起来。过不了今夜，这对恩爱天鹅就将与整个冰湖冻在一起了。他慌忙伸杆够鹅，忽然，近处个头大一点的雄鹅吃力地抬翅，伸出长颈和头，还张了张喙，并用半张的翅膀搂盖住了依偎在自己身边的雌鹅。但它已经无力叫出声来，也张不开整个翅膀了。

啊。萨日娜高声叫道：它还活着，太好啦。我的心都快蹦出来了。

歌手清亮的叫声又惊动了雌鹅，它的翅膀也颤动了几下，身体微微横了过来，但连把头伸出来的力气都没有了。

哦哦！米希格老人乐得山羊胡须抖动，说：这对老鹅夫妻都还活着，但那只小一点的雌鹅快不行了。快快，快点抱过来。腾格里保佑它们啊。

雄鹅忽然安静下来，它好像认出巴格纳是曾经几次到湖里来喂鹅的那个人。在老鹅的记忆里，这儿从来没有别的人进来过，进来的只有鹅妈妈和来喂鹅的人。于是便一动不动、乞求地望着他，哀伤地扭头用喙指向身旁的妻鹅，似乎盼望他赶紧先来救救它已无声息的老妻。巴格纳心中一阵酸楚，老雄鹅已快到生命终了的时刻，还在恋念着自己的妻子。他先用长杆捣碎薄冰，迅速从靴帮里拔出蒙古刀，再切断六七根还没有完全枯黄的芦苇细秆，把芦苇软秆卷在长杆的粗头一端，扎牢塞紧，做成一个简单松软的"钩耙"。他还是决定先救离他最近的老雄鹅，这样可以用最短的工夫把两只鹅全救上来。他把雄鹅，一点点地往自己身边勾。一边学着鹅的声音柔柔地说：大鹅，大鹅，别怕。我是你们的好朋友，不认得我啦。我喂过你们，这会儿是来救你俩的，还带来好吃的哪。

萨日娜也发声帮助，用老鹅们熟悉的声音喊道：妈妈在这里，快到妈妈这儿来。

巴格纳放下长杆，把大雄鹅抱起来。老人连忙向他高喊：快用手焐焐它的头和脚蹼，那两个地方没有厚毛，最容易让鹅感到暖和。

巴格纳答道：知道了，这就焐。

他快快转身，一边用袖口擦干鹅的肚皮和脚蹼，解开领扣把鹅头半塞到羔皮领子里面，贴在自己还冒着热气的脖子上；一边用另一只手掌托着鹅两只冰冷的脚蹼，然后踏着倒伏的苇秆，小步快走到船边，把鹅抱给萨日娜。她也早已解开腰带，把鹅紧紧抱在怀里。她还探身抱住巴格纳，在他的脸颊上亲吻了一下，连连夸赞：好样的，聪明勇敢的雄鹅！

米希格老人急忙打开鱼菜麦粒口袋，递给萨日娜，让她赶紧喂鹅。她把袋中鹅食倒在手掌里，雄鹅认得米希格老人，似乎也认得这位鹅妈妈，想起曾吃过这种鱼菜麦粒，便费力地吃了起来。它已经相信这些人是鹅的朋友，是来救它们的。但它还在焦急地远望着老妻，用喙指着它，轻轻张喙，催人去救。

巴格纳用力把小船往芦苇巷边拽，压住苇子，更紧地固定在原地，以防小船漂走。然后转身说：我这就去。便小心快步踩着苇秆，走向雌鹅，再用长杆"苇勾"把它勾到身边，抱起来，擦干肚皮和脚蹼。雌鹅终于把头颈从翅膀下勉强伸出一半，再也伸不动了，浑身似乎已经冻僵。巴格纳不断地用手掌焐它冰冷的头，并张嘴连续对它的头和眼睛哈热气，再把鹅头半塞进自己暖烘烘的脖颈旁边，同时也用手掌焐鹅的脚蹼。然后用胳膊夹着长杆，小心大步地走到小船旁，把雌鹅交给米希格阿爸。大雄鹅看到自己的爱妻也被救过来，费力地张喙叫，但还是叫不出声。老人抓了一小把鹅食放到自己的嘴里快嚼，并把雌鹅抱起来，再托起它的头朝雄鹅凑过去，让雌鹅看看它的丈夫，相互碰了碰喙，用爱的温暖给它增添点求生的愿望。老人再把雌鹅冰冷的身体抱在怀里，等到把嘴里的鹅食嚼热了，嚼成了稠粥，再轻轻地掰开它的喙，嘴对嘴地把热粥灌进雌鹅冷冰冰的喉咙里，然后用一只手轻轻地握住鹅的喉咙，拎起鹅头，又用另一只手握住长颈从咽喉一直撸抚到胸胃处，从上到下，一次又一次，帮助它下咽。然后再嚼再喂，这样一口一口地、慢慢喂了七八口，才为雌鹅抢回来一点吃食的力气。

老人说：我刚才摸了摸它的胃，冰冰凉，又瘪又空，一点食也没有。这只鹅已经不会自己吃东西了，就是食物吃到嘴里，也没有力气把食物咽到那么远的胃里。天鹅的脖子太长了，要是不赶紧用热食汤汁化开它的冷胃，让胃动起来，就救不活它了。往后你们见到这样的鹅一定要用我的这个法子啊。

老人继续嚼食喂食，撸抚长颈。雌鹅的羽毛总算颤动了几下，全身表面的寒气在老人暖烘烘的皮袍里渐渐散去。老人又掰开鹅喙，两指捏食，把在怀里焐暖的鹅食一点一点地刮到鹅喙里。雌鹅总算自己能挣扎着吃食吞咽。三人都长舒了一口气。大鹅公主一边费力地吃着咽着，身体还在一阵阵地发抖，但雄鹅已渐渐吃得快了起来。

老人说：救鹅，片刻都不能耽误啊。这两只鹅这会儿不喂，等到家再喂，那准保就喂不活了。我年轻的时候不懂，有一只鹅就是死在我怀里，罪过啊。

巴格纳调转船头开始往回撑，两只鹅渐渐暖和过来，夫妻俩都看清楚老伴已经能够自己吃食，马上迸发出求生的热望，用全身的力气来吞咽食物，直到把带来的三四斤好鹅食吃下去大半，三人才放下心来。萨满法师米希格一辈子的梦想终于成真，老人笑得泪流不止，满脸皱纹里深藏的沧桑，顷刻被含着泪水的笑意融化。他对巴格纳夸赞道：多亏了你的聪明和胆量，你的小船，你的鱼麦菜好食啊……

萨日娜开心地唱起劝小羊羔吃奶的劝奶歌，唱出了巴格纳从未听过的喜悦。巴格纳感到，回家的路途变得比西边云隙中射出的夕阳光辉，还要灿烂绚丽。

晚霞完全落幕，苇塘里几乎看不清水路，巴格纳只能在破碎的冰面慢慢摸索前行。忽然，他听到远处图雅和莫日根的呼喊声，他们俩担心今晚云厚遮月，但在厚密的芦苇旁边又不敢打火把，才跑来高喊给小船引路的。小船顺着声音的方向，在碎冰水巷行进，终于靠上了岸。图雅一听说救回了一对天鹅老夫妻，高兴得乱叫乱跳。巴格纳下船后，把两只大鹅交给图雅和莫日根，再小心扶萨日娜和老人下船。萨日娜把大雌鹅抱到自己怀里，把大雄鹅放到牛车上用毡垫盖好。巴格纳、莫日根、图雅和老人协力将小船拉上岸，再翻扣在岸边。湖边寒气越来越重，辛苦劳碌了半年的小船也该猫冬歇息了。

巴格纳双手合十，向小船拜了三拜，说：谢谢你啊，救了我的宝贝天鹅，还送给我们那么多的鱼。

莫日根骑马牵牛车，萨日娜和老人抱着鹅坐车，巴格纳和图雅骑马跟车，三人一路兴奋地跟图雅和莫日根讲述咋发现和救出这对老鹅夫妻。两人听后都大声叫好，都为没有一起去救老鹅夫妻感到遗憾。回到客栈，打开养鹅房，莫日根点上羊油灯，关上门。房里的两只小鹅见到这么多人进来有些紧张，但看到两只大鹅，便欢快地叫了起来。雄鹅看到食盆里还有小半盆好食，就慢慢蹲过去大口大口吃起来，巴格纳也把雌鹅抱过去，让它凑过去小口小口地吃。萨日娜把生羊皮口袋里剩下的鹅食，全部翻出来倒进了食盆。雄鹅对鹅房似乎很满意，这里没有一点风，要比冰湖安全、暖和多了，而且这会儿自己的爱妻也能慢慢走动了。冰冻、饥饿、死亡已渐渐远去……

老人说：天鹅饿得太厉害，不能多喂，今儿只能让它俩吃这几斤好食了。这些食可比水草养分多，先让它俩暖暖和和睡一觉，明天再多喂吧。有这两只小鹅陪着，它俩就不会害怕。两只大鹅已经认得你们是天鹅的朋友了，明儿还是咱们三个人来喂鹅。

可是萨日娜觉得大鹅食量大，还可以让大鹅再多吃一些，就让莫日根又拿来小半盆鹅食倒在食盆里，自己又打来半盆温热的清水。一直看两只大鹅慢慢吃完喝够，老人、萨日娜、巴格纳和图雅一一亲吻抚摸了大鹅夫妻，才和莫日根放心地离开鹅房，锁上了门。

巴格纳和萨日娜跟着莫日根去给几匹马喂夜草。巴格纳特地给芍药黄马和老人的马抱来大抱的青干草，让以前冬季从来没有青干草吃的大黄马，感激得直点头打响鼻。

萨日娜微笑道：往后它更乐意往客栈跑了。客栈是让马、鹅、狗和人都向往的好地方啊。

巴格纳恳求道：可我最盼望你把小巴图和弟弟一起带来。

31

  东乌珠穆沁旗木材主要来源地是宝格达林场。几百年来,当地蒙古人用牛车或驼运队从宝格达山运来松木、杨木、榆木等木材建造王公官殿和寺庙。用于蒙古包、木车、箱柜等日常生活用品的木材也从宝格达山运进。

  ——《东乌珠穆沁旗志·林业水利》

  米希格老人、萨日娜、图雅和巴格纳回到暖烘烘的掌柜房间喝奶茶,不一会儿,其木格就端上炸鱼、手把肉、凉拌白菜心和酒。

  米希格老人和萨日娜终于可以开心地享用酒宴了,老人笑道:我这辈子最想做的事情总算做成了,神到底还是胜了魔。我还要再住几天,等这对老鹅安稳了,跟我处熟了,再回部落。这对鹅就放在客栈养吧,蒙古包旁边可没这么好的鹅房,也没有这么多的粮食、水草和冻鱼。又对萨日娜说:我还是有点不放心,巴格纳和图雅从来没养过天鹅,万一这些鹅有个啥毛病,他俩不知道咋办,那就要坏大事了。你会养鹅,要是你能留在客栈帮他俩养就好了。

  萨日娜说:过几天我还是先跟您一块儿回去,我还得回家照顾弟弟、小巴图和小花脖呢。这些天我就能教会他俩养鹅。这四只鹅只是弱了些,饿坏了。蒙古天鹅很少得病,往后只要能把它们喂饱就没事。我会告诉他俩每天喂几次，喂多少。巴格纳大哥比我聪明，他还知道给鹅捞水草。他俩能养好这四只鹅的。

巴格纳说：真想让你俩多住些日子。这会儿客栈太冷清，只剩下四个人了。米希格阿爸，您来客栈养老吧，这里有空房，有火炕，有粮食菜窖，啥啥都有。在客栈，您就能亲自喂养老夫妻鹅了。每年春夏秋三季把鹅放回苇塘天鹅湖里，让它们相亲相爱快乐地生活，还能为河湖除草，到冬天再把鹅接回家来养。我这儿的养鹅房比养鹅棚好多了。您的老师能让老鹅多活十七年，那我准能让老天鹅多活二十年，兴许更多。您来这儿住，有老天鹅夫妻跟您做伴过冬，那您准保天天快乐，长寿健康。

老人的眼睛亮起来：这事倒说到我的心坎上了。老人冬天住蒙古包腰腿疼，我也真想在客栈跟你们三个一块儿救养天鹅。可是今年冬季的灾情到底咋样，我觉着是凶多吉少。明年吧，往后我每年冬天住客栈，就可以看看天鹅夫妻咋恩爱过日子。正好也可以帮你守这个摊子。春夏秋再回部落，跟这对鹅一样。千百年来，草原人受了天鹅那么大的恩惠，大萨满每次护送英雄和善人的灵魂上天堂，总要骑天鹅才能升天啊。升天路上守关的天将，不相信人，只相信天鹅和狼。咱也得回报天鹅啊。

巴格纳说：那我就盼着您明年冬天来客栈了。

图雅见米希格老人、萨日娜和巴格纳劳累了三天，疲惫不堪，便催他们赶紧休息，然后和萨日娜回自己的房间。

第二天上午，天空乌云更加厚重低沉，几乎压着了苇梢，大湖小湖和苇巷小河已全被冰层封冻。早茶后，萨日娜、巴格纳和米希格老人做好了一大一小两盆鱼麦水草鹅食，大盆放在靠东墙处，小盆放在靠西墙处。让大鹅吃大盆的食，小鹅吃小盆的食。鹅食里特地多放了已化冻切碎的嫩水草。果然，一对大鹅都爱吃，还吃得很欢。老人说：水草冻了也不碍事，用冷水化开，鹅照样爱吃。可千万不能用热水化，水一热，冻水草就烂，鹅就不吃了。我在部落蒙古包养鹅，没有菜，只好凿冰捞水草来喂鹅，可捞不上多少。在部落养鹅难啊。

天鹅夫妻吃饱后，渐渐恢复了元气，翅膀也可以张开了。见到几个救命恩人，额额叫着，大雄鹅走过来用头颈蹭摩恩人的腿和膝盖，大鹅公主走起来还有些吃力，萨日娜连忙过去抱它亲它。两只小鹅已经跟人很亲近，图雅和巴格纳摸它俩的头，小鹅很高兴，不甩头，不啄人。

四个人都放下心，走出天鹅房。其木格和莫日根开始清扫鹅房。

巴格纳对米希格老人说：这会儿整个苇塘都已经封冻，再也救不了鹅。腾格里给咱们救天鹅的时辰太少了，更远处的湖里面、苇子里面准保还有落单的小鹅和老鹅夫妻，可惜啊，真救不上来了。

老人说：能救上来两只小鹅，一对老夫妻鹅，已经太让人想不到了。你有小船，一上手就救下四只鹅，腾格里和天鹅神保佑你啊。

巴格纳说：全靠阿爸出主意和指点，萨日娜也是我的鹅老师。

萨日娜说：你能弄来这条小船，我真没想到，太对了。几百年来，额仑草原人救鹅，还从来没有这么方便痛快过，再也不用让弟弟爬冰冒那么大的危险了，往后年年都跟你撑船进苇塘救鹅。

巴格纳笑道：我弄来小船，还是因为你跟我说的一句话。那次我和图雅去给你和小巴图送鱼，你跟我说，一直梦想进大湖里面看鹅喂鹅，后来才让我想起可以请老秦大哥的车队给我运来一条小船，正好小船可以多打鱼，增加客栈的收入，这才顺利地弄来了小船。

老人呵呵地笑道：还是巴格纳最把萨日娜的话放在心上。

巴格纳领着几人去看堆满青干草的草圈，走了几步，停下来，对老人说：我这会儿最担心的事还是大白灾。今年天鹅南飞比往年早很多，您不是说天鹅飞得早，多半会降大白灾的吗？那趁您在客栈，我想让您看看，我要做一种抗大白灾的临时大棚。我琢磨了好长日子，一直到苇塘上冻前才刚刚琢磨出来。如果这种棚子能做成功，那么额仑草原抗大白灾的法子，就差不离齐全了。

老人吃惊地问：还有这样的临时抗灾大棚？听说大台吉想用一千只贡羊来求抗大白灾的好法子，那我要看。

图雅说：啊，这么重要啊，那我来帮你做。

萨日娜说：这么大的事情，是得抢在大白灾下来之前做出来。咱们一块来做吧。能做出来吗？你啥时候开始琢磨这件事的？我也一直在琢磨，草原的贵族和牧人都在琢磨这件事呢，可就是没人能琢磨出来。

巴格纳长叹道：早啦。这件事是我最大的心病，不做出来兴许就要了我的命，客栈准保办不下去，替你还清全部的债也别想了。来额仑半年，我琢磨了半年。我一有空就想，常常想不出个头绪。后来在采蘑菇的时候，老张带着咱们做了烘蘑大棚，札那阿爸管这种大棚叫临时大棚，我才突然开了点窍。咱们从林区拉来那么多的桦木杆和木头，这会儿三个部落又搭建了木栏草圈还堆满了青干草。我把这几样新东西的好处加在一块儿，才想了出来。这种抗大白灾的临时大棚用桦木杆和大毡架在木栏草圈边上就能做出来。

图雅说：真的啊？你先等等，我去换件旧袍子，咱们一块儿动手搭。

说罢，图雅就回屋换袍子。老人和萨日娜半信半疑，又满怀希望地催巴格纳快搭。

巴格纳和莫日根从木料堆场选出十一二根较粗的桦木杆，大头有人的小臂一般粗，这种杆子在南边的半农半牧区是用来做牲畜围栏和菜园木栏的。两人把木杆放到草圈旁边,又去库房,拿出一块宽六尺、长一丈二尺的大毡,把毡子卷起来,抬到草圈旁边。一会儿图雅也跑了过来。

图雅姑娘疑惑地问:就这些?这么简单的东西,能抗大白灾?

巴格纳解释道:游牧人抗大白灾,要的就是简单快速,难也难在简单快速。大白灾来得快,大雪一下来,半天就能下几尺厚,要是抗灾办法不能简单快速,就不赶趟了,部落牧人也用不上。然后问莫日根:你看,如果一个一人半高的木栏草圈,四面全斜着架上桦木杆,把杆子绑在木栏上,再斜着铺上大毡,搭成临时斜棚,看能不能装下一千三四百只的一群羊?

莫日根看了看,铲掉了草圈旁边的一溜雪,把桦木杆一根根斜架在草圈的墙上,桦木杆之间的距离大约在一尺三寸左右。又用脚步量了量斜棚里面的地盘,说:足够装下,还有富余。一群羊吃草的时候,散开了看着是一大片,可到晚上,羊群为了防寒挤在一起,就占不了多大地盘了。三面墙的斜棚地盘就能装下一群羊。

米希格老人看了看说:我见过部落搭建的木栏草圈,很大,照这么搭,能装下两群羊。大白灾的时候天最冷,羊挤挤暖和。

巴格纳说:我看还是架四面墙,架得再斜一点。棚顶越斜越陡,棚里的地盘虽然会小一些,可是厚雪就不容易压塌棚顶,把羊群埋了。顶棚越斜,积雪就会从坡上滑下来。

莫日根把桦木杆架得更陡了一些,再量了量斜棚里的面积,又算了算,说:这样的斜棚,里面的地盘也足够了。

巴格纳笑道:那就太好了。

然后几个人又开始商量如何挂大毡。巴格纳说:咱们得想到,抢搭临时大棚的时候,一定正下着大雪,天冷得伸不出手,得想个又快又不冻手的法子。

几个人商量以后，巴格纳和莫日根先在桦木杆高出草圈墙半尺的地方钉钉子，然后再用萨日娜想出来的法子，用剪羊毛的大剪刀在大毡边上钻洞，拴绳子、扣子。巴格纳和莫日根在杆子上钉完钉子，马上靠墙架杆。四人一通快干，不大一会儿工夫，六尺宽、一丈二尺长的大毡，便顺利地横挂上桦木杆，一面斜棚就完成了。虽然大毡底边离地还有一两尺的距离，但在大白灾的时候，地面的厚雪和斜棚上滑下来的雪，正好可以堵上这个底边空当。就是堵不上，在棚外堆一道矮雪墙也就可以挡风了。四个人看到这么快就搭完，都感到非常意外和激动。图雅和萨日娜乐得模仿羊钻进斜棚里。图雅大叫道：里面没风，比外面暖和多了，羊群能在这儿避雪、保胎和保膘了。有了这种临时大棚，羊群就真的不怕大白灾啦！

两人钻出斜棚，萨日娜喜出望外，说道：这法子太绝了。做起来又快又省事，一看就会，一家人用不了一个时辰，就能搭完棚，道尔基苏木长和大伙准保都喜欢。巴格纳大哥，你的这种临时大棚，能救下多少羊，多少个蒙古家庭啊！

图雅笑道：巴格纳哥哥的神点子就是多，我真是服了。他总能想出用又简单又省事的法子来干大事。夏天他用鱼罐抓鱼，也是用简单省事的法子。

米希格老人也连连夸赞：巴格纳，搭建蘑菇临时大棚的是你；打通林区商路，弄来大批桦木杆和松木的是你；鼓动部落搭建木栏草圈的也是你。你再把这几样好处绑在一起，想出这个抗大白灾的好法子，别人是比不过你啊。这个大木栏草圈太重要了，装满了草，像座山那样敦实，临时斜棚靠着大草圈才不会被狂风刮跑啊。好小伙，这回你救的可就不是三四只天鹅，也不是萨日娜一个人啦。你救下的是整个部落和畜群。我得回部落赶紧告诉道尔基，让他快快准备桦木杆和大毡，教会大伙咋搭建临时大棚。

巴格纳谦和地说：这不全是我的功劳，蘑菇临时大棚是老张教我做的。因为心里有萨日娜，我脑子里才老是想咋样保住部落、保住她。只有保住了部落才能保住萨日娜啊……那您就赶紧告诉道尔基苏木长吧。

米希格老人还在琢磨临时大棚，说：桦木杆和大毡也不是个事。秋末，草圈储满草以后，就可以把够搭斜棚的桦木杆十根十根地捆起来，放在草圈上压草，还能防风刮跑草。到大白灾来的时候，立马就拿下来用；大毡也用不着再添多少块，原先羊圈挡风墙的大毡子，都可以拿来用。

巴格纳说：那就更省事啦。这样一来，中间是敦敦实实的大木栏草圈，四周是斜棚。羊有草有棚，就饿不死也不怕被雪埋了。

萨日娜说：我恨大白灾，巴图就是被白灾夺走的。眼看快到他升天两整年了，咱们要能扛住大白灾，天上的巴图也会高兴的。

巴格纳说：这会儿，我最担心你的老旧蒙古包能不能扛住大白灾，我是家中的大哥，可我又远在客栈。我担心你、弟弟、小巴图和小鹅。你们还是早点搬到客栈来住吧。

萨日娜犹豫地说：再等些日子，好吗？

好吧。可是我真怕你的蒙古包扛不住大白灾啊。

32

> 猎人超通就从自己捕杀的一只狼的胃里……发现了十七只完完整整、软软乎乎的小老鼠……还有一只狼的胃里装满了蚂蚱。
> ——[蒙古]高陶布·阿吉木《蓝色蒙古的苍狼》

老人们和巴格纳担心的大雪终于降临。蒙古东部草原的气候一年比一年冷,以往百十年,额仑草原的头一场雪都是站不住的,太阳一出,地气一冒,初雪就化成水。进入无井的冬季草场,牧人还要为牲畜饮水发愁。如果半月二十天不下雪,牛羊就会因干渴、不吃草而迅速掉膘,甚至部分死亡。而这年的初雪一落地就站稳,消除了初冬的旱情,可是白灾的阴影却无情地压了下来。

连年中小白灾,这年天鹅南飞又特别早,额仑多数牧人已经感到今年冬季很难躲过大白灾了。而初雪更是草原老人判断白灾是否来临的主要根据之一,这就更加让人们恐慌不安。从上上次白灾以后,几乎年年的初雪都能站住。但今年的初雪,不仅站得稳而且还特别厚,气温也提前降至严冬的奇寒,雪花变成了雪沙,泼出去的水,落地就成了冰。

老人们都开始焦急。苏木长道尔基和两位部落首领一同前往客栈,要现场查看巴格纳搭建的抗大白灾临时大棚,还要摸清客栈库房里，有多少可以使用的抗灾物品，并询问有关事项、商量对策。

一路上寒风刺骨，马头、前胸，人的眉毛、睫毛、胡须和脸部周围的一圈狐皮毛上，都结满了厚厚的霜绒。札那忧心忡忡地说：头一场雪刚过就这么冷，我看今年冬季最少是一场中等白灾，闹不好就会变成大白灾。唉，秋末那会儿我还是下不了狠心，要是让一半的牛羊远途迁场就好了。不过，幸亏做了四个木栏大草圈还储足了草，让我心里有了点底。

道尔基叹道：也幸亏巴格纳给两个部落垫了那么多的工钱，要不我们准保不会建木栏草圈和储草。那到这会儿，两个部落就全要慌神了。咱们乌珠穆沁部落上百年没有长途转场了，大伙都不愿迁啊。我的部落长途转场的人传来话说，转场太苦了，人生地不熟，买东西也不方便，干牛粪都让雪给盖住了，也不知道上哪儿去找。

札那说：我的部落倒还行，伊登札布费了不少口舌，畜群一到那儿，就让布赫朝鲁先把一冬天几十只大肥羊的租荒草场费用给了人家，人家立马派人送来干牛粪，还告诉他们哪儿能找到上年冬营盘堆的牛粪，草场安排得也不错。你那儿要是有麻烦，就把你的畜群挪到我的畜群旁边来吧。头一次长途迁场总会有麻烦。扛过这冬，明年就知道咋办啦。

道尔基说：那也成。长途转场这事也是巴格纳先提出来，旗府和伊登札布才下令做的。那咱们就硬着头皮干下去吧。我也让我的人赶快交租草场的羊，费用倒也不算大。要是真来大白灾，那最少也能保住这迁出去的三成牛羊。再加上三个部落十二个大草圈的草，咱们苏木的牲畜就不会全军覆没。

古茨楞说：旗府下令每个部落必须调三成牲畜长途迁场，王爷和伊登札布不光是听了巴格纳的主意。其实，咱们旗的贵族早就有这个打算，他们对大清朝廷不准蒙古部落跨旗放牧、经商、通婚很不满，早就憋了一肚子的火。这回，也是想趁这几年白灾频繁，破一破朝廷的禁令。不长途迁场，皇家贡羊要是全被大白灾压死了，大清皇族和蒙古王公吃不上贡羊，蒙古人破产造反，朝廷也头疼害怕啊。这件事，不是一个苏木的小事儿，是一件满蒙斗力较量的大事。咱们心里得有个数。

道尔基说：是这样。

札那说：西部蒙古为啥厉害，人家就是能不靠天吃饭，用长途迁场再加建木栏草圈来对付。咱们祖宗的看家本事不能丢掉啊。我不能眼睁睁看着部落几百年积攒下来的畜群，一场大白灾后全赔光。

道尔基郑重地说：今年冬季准保不好过。我先跟你俩说好，没有我的令，各部落十户组草圈的储草谁都不准动，要尽量留到万不得已的时候才用。回去一定要让各十户长看紧草圈，谁家敢抢草，我就重罚谁家九十只羊。

成。我俩回部落就立马向部落传你的令，谁抢草重罚谁。

道尔基说：这回，巴格纳又弄出了新花样——抗大白灾的临时大棚。米希格看过了，向我夸了又夸。我听了也觉着好。可这是件大事，我得亲眼看过，也得让你们俩看过，才能定下到底要不要让全苏木三个部落和所有十户组都做。

三位苏木和部落首领一进客栈大门，就被东墙临时大棚的一面大毡斜顶吸引住了。未等巴格纳和图雅迎出来，三人就已经下马细细打量和琢磨起来，都露出惊讶的笑容。莫日根问过好后，连忙将三位部落首领的马牵走喂草。

图雅笑着跑来，说：你们这么快就来啦。然后抱住阿爸一边亲吻，一边说：阿爸，阿爸。我可想你了。巴格纳的这个临时大棚可棒啦，你有啥不明白的地方，我来给你讲。

巴格纳也跑来迎候三位首领,说:是米希格阿爸让我把这面棚留下给你们看的。有啥不对的地方,请你们帮着改。

道尔基笑道:太让人想不到了。我里里外外看了一圈,就知道这是个管用的好东西啊。搭建起来又快又省力,利用木栏草圈架杆能省一大半的桦木杆,堆满草的草圈又高又大,是平地草场上唯一能靠得住的大块头了。有了它,架桦木杆才有依靠,白毛风刮不跑,再厚的雪也压不塌,又不用花什么钱。几百年来,咱们乌珠穆沁草原还是第一次建了这样的草圈和临时抗白灾棚啊。你真把我们几十年最大的心病治好了。我要给你往上报功。

札那乐道:大台吉伊登札布要是知道了,准保三天三夜乐得睡不成觉啦,他做梦都想要这个法子啊。谁也没想出来,咋就让你给想出来了?

巴格纳说:我只是把蘑菇大棚、桦木杆和木栏草圈的三个好处合在一块,再把蘑菇大棚的柳条编泥顶换成大毡,就弄出来了。那些事我都亲手干过,又琢磨了好些日子才想出来的。

札那笑道:这些新玩意都是你先弄到额仑来的,怪不得你能最先想出这个好法子。巴格纳,你可真帮了额仑苏木天大的忙了。

道尔基说:可是,还有几件事不好办。头一件事,部落里自己留下的桦木杆,大多是用作套马杆的细杆子,可你用的是胳膊粗的桦木杆。我担心部落做的棚子,扛不住雪啊。

巴格纳说:这好办,只要把两三根细杆子绑在一起当一根粗杆子用,就能扛得住厚雪。部落不是也存了不少碗口粗的松木吗?建木栏草圈用了一些,可是还剩下不少呢。只要再加上些松木,就能扛住厚雪。要是松木不够,就到客栈来拉吧,客栈的堆木场里有的是胳膊粗的桦木杆和碗口粗的松木。

三位部落首领乐道:太好了。

道尔基苏木长又问：要是每两群羊有这么一个临时大棚，是准保能扛住大白灾的。但这回每个十户组只建了一个木栏草圈，虽然迁走了三成的牛羊，可剩下的七成牛羊，合着每三群羊才能摊上一个木栏草圈。一个大棚挤不进去三群羊，还是不够啊。

巴格纳说：我还有个法子，在木栏草圈南边，可以再用松木和桦木杆搭建像蘑菇大棚那样的大棚，搭矮一些，再在棚里多加粗木支柱，棚顶铺上大毡，就不怕被白毛风刮翻了。每个十户组只要到客栈拉回去足够的粗桦木杆和松木，就可以搭一个这样的棚子。半天也能搭起来的。

三位首领连连点头。

巴格纳说：我倒不担心临时抗灾大棚，就是担心草不够。一圈草供两群羊还凑合，要是供三群羊准保不够。

道尔基说：今年只能用这个法子了，但愿大白灾来得晚一些。让各组的人尽量多挖些雪下面的草喂羊，再让羊轮流吃草圈里的青干草，兴许能扛到开春。这么看来，眼下咱们能做的，就是让各部落多准备粗桦木杆、松木和大毡。

札那说：幸亏今年客栈重新开业，存了不少大毡。又亏得客栈打通了林区的商道，部落和客栈的堆木场都存了那老些桦木杆和松木。腾格里是在照应咱们苏木呢。

道尔基又想了想，对两位首领说：过几天我就得去旗府一趟，把这种抗大白灾临时大棚做给伊登札布看。他是牧业的大行家，准保一看就明白。他也会下令让其他苏木都学做这种临时大棚。用这个法子能救下全旗多少牲畜？他也就立了大功啦。

札那说：伊登札布已经要求其他苏木建木栏草圈，打草储草，可是听说不少苏木没有备下桦木杆和木头，建不了啊。那些不建木栏草圈的苏木，就是建了临时防灾大棚也没有草啊。他们错过了秋天打草的机会，羊就算没被大雪埋死，也得饿死。不过，你还是得把巴格纳的这个法子告诉大台吉，他会告诉已经建木栏草圈和储了草的苏木部落。那也能救下不少牲畜呢。

离开草圈，巴格纳想请三位首领进屋喝奶茶。道尔基说：大事要紧。走，带我们先去看看客栈的存货。回到部落，我再好好算算需要调多少。

当三位首领看到堆满一间库房的大毡，堆积如山的桦木杆和碗口粗的松木，深感吃惊。

道尔基叹道：没想到，你这么快就让大盛魁的车队把客栈库房和堆木场填满了。额仑草原没有这个客栈还真难活下去啊。巴格纳，伊登札布早就看出你是我们苏木最需要的人，还真是这样啊。你前面的抗灾法子都很棒，我想听听你还有啥好法子，今天就一块儿说给我们听听。

巴格纳说：我还提前给咱们苏木抗白灾做了一件事。在商号歇业前，我让商号车队给客栈进了常年三倍的马料和粮食。要是大白灾真的下来，这些马料粮食就有用了。到节骨眼的时候，一斤粮能顶十一二斤青干草哪。老张说，从前客栈冬季最多只储存不到一万斤粮食，我这回进了三万多斤。

啊。三位首领赞叹道：太对啦！

道尔基笑道：我没想到你连救灾粮都提前买好了。你快成我的左膀右臂了。巴格纳，你真行啊！

巴格纳说：只是客栈今年刚开张，本钱少，又给两个部落垫打草钱，进的粮食可能还是不够。

三位首领马上走进库房的粮仓和马料仓。三人眉开眼笑，都对囤粮和马料麦粒大袋看了又看，还抓起来闻。

札那叹道：这些粮，能顶三四十万斤青干草，是牲畜的命啊。

道尔基乐道：不瞒你说，我这次来，多半就是冲着一万斤粮食马料来的，没想到竟然有三万多斤，咱得尽快把大部分的粮食马料都拉走，等到大白灾下来再来拉，就不赶趟了。巴格纳，今天我就跟你定好，这些粮食，客栈留下五六千斤，剩下的两万五千多斤，我们苏木的三个部落全要了。我的部落要一万斤粮食马料，他们两个部落，札那部落九千斤，古茨楞部落六千斤。大白灾要是来了，在最冷的时候，就用青干草掺粮食马料喂瘦畜弱畜。我们一回部落就派牛车来拉，再把需要的粗桦木杆和大毡一起拉走。你先记上账，开春再算账。要是大白灾没来，粮食和东西就退回客栈。要是有损耗，就算在部落的账上，咋样？

成。

三位老首领也都想看看救回来的老天鹅夫妻。此事已传遍额仑草原，成为所有敬鹅爱鹅的人，尤其是老人们津津乐道的话题。这也是三位首领一起来到客栈的另一原因。进了天鹅房，四只鹅有些害怕，纷纷退到北边墙根。巴格纳和图雅赶紧上前安抚鹅们，图雅轻柔地说道：别怕，别怕，他们是额仑草原人的头领，就像你们鹅群里面的领头大鹅。

见到生气勃勃的两只大鹅和两只小鹅，道尔基问巴格纳：这就是米希格带你和萨日娜救上来的一对老天鹅啊？

是的。

道尔基很感惊奇，说道：看不出是老鹅啊？很白很漂亮，也很健壮，跟别的大鹅差不离嘛，咋看咋不像老鹅。你们养得很好，还喂它们鱼哪，一进门我就闻见鱼腥了。

巴格纳说：它俩秋天刚换的一身新羽毛，把年龄遮盖住了。它俩真的老得飞不动，要不早就南飞了。雄鹅可能还能飞，泡子结冰以后，它吃不着水草和芦根，快饿死了，还是不肯丢下它老伴。

札那感慨道：我还是第一次见着一对快要冻死在一起的老鹅。萨满法师都说天鹅一生专一，最后多数老鹅夫妻死也死在一起，这回我真是亲眼看到了。天鹅真是让人惭愧，也让人心痛啊。你们就好好养着吧，让它俩过一个长长的幸福晚年。

道尔基说：让部落的年轻人也多来瞧瞧。人的心中有天鹅神，人才能活得像人。要是大伙都像天鹅那样爱妻子爱丈夫、爱家爱部落爱草原，部落就垮不了。

午饭拖到下午才吃，招待苏木和部落首领的餐桌上，第一次没有炸鱼，但上了好酒和口蘑红烧牛肉。图雅抱歉地说道：河里结冰，抓不着鱼了，等开春再请你们吃炸鱼吧。其木格跟伙房厨师学会了做口蘑牛肉，也很好吃。

札那吃了一块口蘑笑道：味道真不赖。我知道你们还存了一些冻鱼，往后别给人吃，都留给天鹅吃吧。

道尔基说：巴格纳，我知道你心里还想啥。米希格对我说，萨日娜早晚会搬到客栈来的，你慢慢等着吧。

札那笑道：你俩都这么爱天鹅，又一块儿救养天鹅，养来养去就能养成一家人。

巴格纳说：谢谢苏木长和阿爸惦记我和萨日娜的事。萨日娜身子弱，心里伤得不轻，得慢慢养。我会用心守着她，不会去催她的。

饭后，三位部落首领急匆匆地赶回自己部落。

又是两场小雪后，蒙古草原变成了白色世界，山白、河白、湖白、路白、蒙古包更白，但绵密厚重的雪层，仍然压不服波涛起伏、桀骜不驯的乌拉盖芦苇林。风一吹，茂密淡黄的苇叶上，积雪就飘落下来。春夏的绿海波浪，转眼间变成了黄海巨涛，浩浩荡荡奔向东南西南。这是额仑乌拉盖大草原在冬天唯一能保留本色的天然之物。黄色苇海依然潮起潮涌，沙沙哗哗的潮声依旧不绝于耳。然而，芦苇下的河水、溪水却悄无声息，河湖早已冰封，覆盖上一层厚雪。小河水巷和天鹅湖都安安静静地冬眠了。那条扣在岸边的捕鱼小船，变成了重叠的两只船，一只厚厚的白色雪船，叠在木船的底舱板上。狼群已杳无踪迹。

夏秋季偌大热闹的客栈，变成了一座驻军移防后空荡荡的兵营。商道上的牛粪、马粪、驼粪、马蹄印和车辙都已被雪覆盖。该走的都走了，只剩下巴格纳、图雅、其木格和莫日根四个客栈的初创人。而东日布兄弟的两个蒙古包和羊群牛群刚刚搬过来，在五六里之外，能隐隐看到炊烟。

然而，四个人的日子过得却很富足。他们住在有火炕的暖房里，库房里早已储备了足够多的牛羊肉食、粮食佐料、黄油奶制品和大盆大块的冻鲜奶，还有大大小小几十坛的草原白酒和山西汾酒。在其木格屋内的地窖里储藏了大半窖的白菜、萝卜、大葱等蔬菜；他们的过冬燃料——干羊粪砖堆得有两三间房子那样多，客栈伙房一年都用不完。

每天清早，巴格纳一起来，就同莫日根一起把台阶上和院内通道的雪铲光扫净。然后打扫马厩，再把三匹马牵到院外北面雪薄的地方，绊上两扣的马绊子，让马自个儿刨雪吃草。晚上再把马牵回马厩喂些青干草，有时还加一些马料。冬天没有多少活儿，客栈的拉车犍牛也被送到东日布家的牛群里放养了。客栈大伙房停用，四人的饭菜茶，就用巴格纳的外屋大灶来做。吃饭就在里屋坐炕席围炕桌。

狼朋友们不知道去了哪里，但他们有了天鹅新朋友。每天喂天鹅,给天鹅梳理羽毛,打扫鹅房,与天鹅玩,便成为枯燥冬季最快乐的事情。早上吃过奶茶、奶豆腐和手把肉,巴格纳和图雅就动手做一天的鹅食。每天下午,莫日根都要用铁钎在水草冻垛上,凿下几坨冻水草,然后浸泡在掌柜房木盆的冷水里。巴格纳和图雅把泡了一夜的水草沥干切碎,把几条化冻了的鱼去鳃和肚肠,剁碎,再拌上煮熟的普通马料,加一点点盐,做成大小天鹅最爱吃的美食。

小鹅已经认大鹅为干爹干妈了,常常依偎在大鹅身旁。萨日娜说过,鹅群里的大鹅会收养父母意外伤亡的小鹅,也会收养与父母失散的孤鹅。这对大鹅好像有几年没生养过孩子了,因此特别疼爱这两个孩子。每天像亲爹妈那样给孩子清理羽毛。图雅常常抱起小鹅亲吻,像萨日娜鹅妈妈那样,细心地给它们摘身上的干草碎叶,捉掐绒毛里的小羽虱。巴格纳则喜欢抚摸那只高雅秀美的大鹅公主,常常与大雄鹅一块儿给它梳理羽毛,也很喜欢给它掐绒毛里的羽虱。可是,大鹅公主比其他的鹅更爱干净,身上的羽虱很少,总是被它自己捉掐得很干净。每次巴格纳都要在它全身上下扒拉几遍毛,才能找到一只羽虱,掐死以后再给大鹅公主看,它看了会高兴地昂头扇翅膀。巴格纳也喜欢像萨日娜那样挠鹅够不着的地方——后脖颈和咽喉,这也是大雄鹅经常给它挠的地方。两只大鹅完全恢复了元气,并无老态,只是喙的边缘有些粗糙,颜色略淡,不像小鹅的喙那样大半黑、小半黄,光滑鲜亮。大雄鹅记性最好,它牢牢记得,是巴格纳踩着芦苇过来救起自己和爱妻的,也就对他格外亲。每天一开门,它总是高叫着,昂着头第一个跑来用翅膀拥抱恩人的双腿。

两人喂完鹅后,总要跟鹅们亲热半个时辰才离开。巴格纳从一条窗纸缝看到,人走以后,大鹅小鹅常常互相梳理羽毛。两只大鹅吃饱以后,常常安静地靠在一起,颈靠颈,头贴头,似乎只要能近近地伴着老伴，静静地倾听、注视和感觉对方的呼吸、心跳和容颜就很满足。

他发现自己每次开门的时候，两只大鹅都看得见门外厚厚的雪景，它们一定知道对于不能飞的天鹅来说，冰天雪地意味着什么。它俩在耐心地等待春天和湖水，对恩人给它们提供的这间避风雪的房子，抱有好奇和感激，开始把他俩当作自己的家长。二十年里，它们见过无数个被人救养的同伴，每到温暖的春天，家长们就会把它们放回自由的天空和湖泊。

大雪封山封路，酷爱阅读的巴格纳终于有了大把的时间，可以像他的大白马狂吃青干草那样来阅读诗歌、小说和史书了。看累了，他就默默地思念雪原上的天鹅姑娘，怀念在小船上她主动给他面颊上的那个吻，他的心不由得轻微地震颤起来。他想象她与小巴图、小花脖和巴图黄马的愉快生活，盼望大群天鹅归来的春天。

图雅也像他一样，靠着垛被读她的蒙文故事和诗歌。两人像亲兄妹一样，靠在一起看得轻松快乐。看到两人的眼睛都酸疼了，巴格纳就会给她讲故事。图雅经常乐得咯咯笑。她很喜欢听他讲《西游记》里的神猴子故事，但会问，故事里有那么多动物的神仙妖怪，为啥就是没有狼神和天鹅神？

巴格纳说：汉人越多的地方，狼和天鹅就越少，汉人喜欢狼皮褥、天鹅肉和天鹅羽毛。

图雅问：汉人没有天鹅和狼，那他们的草原还会美吗？

巴格纳说：汉人锄草种粮为生，他们没有草原……

有时，其木格和莫日根也会过来一起听故事，有时巴格纳会教他们三人玩外国象棋，四人常常玩到很晚才睡觉。每天睡觉前，巴格纳和莫日根必定要打着火把，在院内巡查一圈，特别是看看墙头上的积雪有没有缺损。

　　莫日根总是说客栈应该养几条大狗看家。巴格纳说，开春后客栈客人多，还有孩子，如果狗咬伤了人，会惹大麻烦。河边还有狼朋友，要是狗仗人势跟狼打起来，我们就没有狼朋友了。狼是客栈的福神啊。

33

> 斡歌歹·合罕（元太宗窝阔台——引者注）被拥立为大汗……降旨道："这次出征者之中，凡管领百姓的宗王，应在其诸子中命其长子出征。不管领百姓的宗王们，万户长、千户长、百户长、十户长们，无论何人，也应命其长子出征。公主、驸马们，也应照规矩命其长子出征。"
>
> ——余大钧译注《蒙古秘史》

早晨，巴格纳和莫日根从马厩里牵出三匹马，准备将马放到雪地上去刨雪吃草。突然，苇塘方向传来久违的狼嗥声，一只声音雄浑，另一只声音柔和，像是狼王和狼王后在呼唤他。巴格纳的心猛然狂跳起来，对莫日根说：你先把那两匹马牵过去吃草吧。我要到河边去看看，狼王两口子在叫我哪。一个多月没见到狼了，怪想他们的，他们准保也想我了。

说罢，双手撑马背跳跨上马，骑着光背大白马，找到一条地势较高、雪较薄的坡棱，往湖边小跑而去。他沿着河岸雪坡，来来回回走了几趟，却没有看到一个狼爪印。他又朝着原来喂狼地方的东边走了半里地，才发现了几行狼的新鲜足迹。顺着印迹，他走到一片无雪的冰面，显然这里是一个风口，风把雪面刮出了一长溜、两块大毡宽的坚冰。还留下了几行狼零碎的雪爪印，像是给巴格纳留下记号，在指点着什么。他下马朝四周慢慢查看，忽然看到那条母狼就站在不远处的苇林缺口旁边，目光亲切温和地望着他，向他摇尾巴，还朝他走了几步，又转头看看蹲坐在稀疏苇丛里的狼王，再回头向巴格纳摇了摇尾巴，便慢慢钻进苇丛，与狼王一同消失了。

巴格纳急忙向狼喊了几声，但没有任何回声。又等了一会儿，还不见狼来，只好顺着冰面上的雪爪印细细往前查看。走了十几步，一个奇怪的浅坑赫然出现在冰面。他走近蹲下一看，这个坑凹下去不到两寸，大小如客栈的菜盘子，冰盘底下竟然是半条鱼。扁弧形的鱼背和半个鱼身已被啃光，鱼头和鱼尾还冻在冰里。残鱼旁边留下了狼舌的舔痕，还有一道道狼牙的白色啃印，以及狼爪刨冰抠冰的痕迹。几条冻鱼皮卷成的细丝，在微风里抖动。冰盘旁，散着狼刚刚啃刨出来的些微冰碴。若是再往下啃，冰凹面顶住了狼鼻子，狼牙就使不上劲了。他恍然大悟，忍不住微微笑起来：看来，想吃鱼又实在没辙的狼，想起了它们的人朋友，于是呼唤他，想让他来帮忙？就像初夏与狼第一次见面时那样？

巴格纳的心激动地突突跳，乌拉盖河的狼朋友又要给他送鱼了，这个冬天客栈正缺鱼哪，他们存的冻鱼还不够天鹅吃一个多月呢。可这会儿是冰天冰河的严冬，大部分的浅水区，冰已冻到河底，咋样才能弄到鱼呢？他仔仔细细地查看，又走了五六步，在冰面下两三寸的地方，模糊地看到一条鱼样大小的暗影，像是冻凝在冰里的鱼。这里是浅水区，困在里面的鱼就快速凝结在冰里了。狼当然能看到浅冰里的鱼，可是，这条冻鱼的冰面上一道狼牙印也没有。很明显，冻在冰面两寸以下的鱼，狼是啃不出来的。而刚才的那条鱼一定冻得很浅，是误入歧途在水里搁浅的鱼，甚至可能是几乎快要露出鱼背的鱼。然而，即便是浅处的冻鱼，看那样子，狼也真是费了老劲了。狼牙只能咬不能戳,不能凿,哪能比得上人的铁钎啊?狼馋鱼了,但又啃不出来。巴格纳明白了,狼叫他来,是为了告诉他可以"刨冰取鱼"。

他蹲在那个浅坑旁看了又看,想了又想。忽然,他想到了深水鱼窝,那里的水很深,冰准保冻不到河底,这里的浅水鱼准保逃到深水鱼坑里去了。那么,只要在深水鱼窝上面凿开冰层,不就可以直接用鱼抄网捞鱼了吗?他兴奋得双膝跪冰,仰天呼喊:长生天、腾格里,河神狼神,阿妈阿爸,太谢谢你们啦。你们送给我一夏天一秋天的鱼,到了冰天雪地的寒冬还要给我、给萨日娜、给图雅、给米希格阿爸、给天鹅送鱼。我真不知该如何报答你们了啊。

然后又对狼走的方向呼喊道:狼王狼王后啊,太谢谢你俩了。今儿下午我就回报给你们鱼。再次感谢你俩想着我们。

巴格纳急忙撑马背跳跨上马,慢慢走出冰面,急奔客栈库房,找了一些破渔网和一根合手的桦木杆,到工具房找出笔管粗细的铁条,开始做长杆鱼抄网。

中午,一家四口坐在炕上喝午茶。其木格将刚才玩的外国象棋收在长盒里,放到矮桌下。再把盛满奶茶的铜壶放在炕沿的一块厚木板上,桌上摆了一盘奶豆腐、一小罐黄油、一大碗炒米、一铜盆手把肉,还有一小碟腌韭菜花,这是老张媳妇用捣碎的野韭菜和盐做成的花酱。四人脱靴上炕,盘腿坐在炕桌前吃了起来。蒙古草原人,一顿早茶或午茶吃下去的食物分量,跟吃每日主餐晚饭的分量差不多,只不过是食物加奶茶而已。巴格纳仍是用蒙古刀削肉片,再用筷子夹肉片蘸腌韭菜花吃。他喜欢野韭菜的深绿浓香,尤其是在看不到一丝绿色的、白茫茫的雪原冬季。图雅也喜欢吃,跟着吃了几片。

吃着吃着，图雅就想吃炸鱼了。她叹了口气说：一吃韭菜花我就想起炸鱼，自打乌拉盖河上冻以后，就吃不上新鲜炸鱼了。原先剩下来的两三筐冻鱼都得留着喂宝贝天鹅。好想念炸鱼时油泡泡嗞嗞响的声音，再抹上点韭菜花酱，真馋人啊。昨天做的炸鱼干一点儿也不好吃。

她睁大亮亮的葡萄般的黑眼睛，馋猫似的望着巴格纳，嘻嘻笑道：巴格纳哥哥，谁都说你的本事大，你有没有法子让我再吃上新鲜炸鱼啊。

巴格纳笑道：咋不能呢。喝完茶我就带你们去抓鱼，今儿晚饭我就请你们三个吃新鲜炸鱼。

三人吃惊不小。图雅叫道：咋能啊？河里的冰那么厚，冻到河底，咋抓啊？你又逗我。

巴格纳说：我准能让你吃到，就是能不能让你吃个够，我还不知道。

然后就把上午冰河上狼啃冰鱼的故事讲了一遍，三个人听后都拍膝叫好。图雅笑道：看来咱们还真能吃着鱼啊，我好想念狼王后。

莫日根说：这群狼真够朋友。

巴格纳说：我琢磨了大半天，冬季的鱼一准比夏季的鱼更好抓。我还得把狼群招回来，在冬天雪地里，就咱们和狼，这不是跟狼交朋友的最好机会啊。咱们有天鹅、狼群两拨朋友，这个冬天就好玩，不孤单啦。我也要给冬季缺少食物的狼多一些鱼。我歇了一个多月了，浑身是劲，正想找个大活来使使劲、出出汗呢。

图雅开心地大喊：太好了，这个冬天就有意思啦。"炸鱼客栈"哪能没鱼啊，这回咱们和大鹅小鹅们都能痛快地吃鱼啦。

其木格看着快乐得像花丛上的百灵鸟一样的图雅，笑道：图雅是越来越招人爱了，再不嫁出去，开春以后商道上来来往往的小伙真要挤破你的门了。

莫日根说：部落的马倌都在夸她，说再过一两年就能把斯琴高娃比下去。

图雅望着巴格纳咯咯笑道：我从小就天天听夸我漂亮的话，我都听烦了。可我就想听你夸我的话，你夸我多少遍，我都爱听。

巴格纳笑道：听好了，我要夸啦。当草原上升起不落的图雅彩霞时，太阳就黯淡无光，变成了黑天白月亮啦。

图雅、莫日根和其木格三人大笑。图雅笑得用小拳头一通乱敲巴格纳，说：你这么夸，我可受不了，我不喜欢。腾格里和太阳神该生气啦。萨满法师说过，众生平等，众生自尊。喜欢吹捧的人就是奴才，也会被人骂死，我最讨厌奴才。

巴格纳说：奴才最无耻，脸皮最厚，才不怕骂呢，奴才就是吃无耻这碗饭的，最喜欢被人骂。越挨骂就越能显出对主子忠心，主子也就越喜欢被人骂的奴才。奴才越多的国家，皇位就越牢固；一个喜欢吹捧上司、上司喜欢奖励和强迫属下吹捧上司的民族，就是没有自尊的奴才民族。亡国全亡在这帮皇帝和奴才手里。好妹妹，我知道你，小萨满，最自尊。

图雅乐道：你这样夸我，我喜欢。

巴格纳和莫日根到工具房拿上新做的长杆抄网。四人又从房里拿出铁钎、镐头、木锹、扫帚和木桶，每人扛了一两件。莫日根扛着的木锹上挂着木桶，贴着肩背，木桶里还卷放着一块厚毡。巴格纳领头，还是走积雪较少的那条坡棱小道，踏着半尺多厚的雪，向河边走去。

图雅走在巴格纳的身旁，搂着他的胳膊，美滋滋地说：又有炸鱼吃啦。你真是个特别好玩的哥哥，下了雪谁都没啥玩的了，可你还能带我出来玩新游戏。可我还是不敢相信,你真能在冰底下捞出鱼来?

巴格纳说,咋不能呢?在冬天,鱼群是不会被冻死的。要不然到了春天夏天,河里哪会有那么多的鱼。

巴格纳又回头对莫日根说:就你和我知道哪儿有鱼窝,今儿咱们还是先去喂狼的那个鱼窝,又近又方便。要是鱼多,咱就跟狼吃这一个鱼窝的鱼。要是鱼不多,咱就再去西南那几个更大的鱼窝。

莫日根说:听你这么一说,我也觉着能捞到鱼了。我真傻,怪不得上冻以前打不着鱼呢,原来鱼都提前逃到深水里去了。打了半年的鱼,我知道上百亩上千亩的河面,才有一个鱼坑。其他的地方全是浅水,冰要是把那么大地盘的鱼,都赶到一个坑里,我都担心鱼坑能不能装得下。

两位捕鱼能手说得两位馋鱼的女人直流口水,又瞬间结成冰。四人走到每次拉鱼喂狼的地方,岸边的冰已冻到河底。莫日根在原来的鱼窝上用木锨推铲出一块冰面,踩上去坚硬无比。几人又铲又扫,清理出一块有一个蒙古包大小的冰面。

巴格纳和莫日根仔细查看,靠河边的冰颜色灰白,离河岸越远,冰的颜色就越深越黑。

两人都说:看,鱼窝就在那儿。

图雅和其木格急忙跑来。

巴格纳说:你俩看,黑压压的一窝,真够咱们和天鹅们吃一冬的了。

他用木锨再铲除一些雪,把冰面向河里面又扩了三四尺,直到鱼窝的最深处。然后用铁钎在冰面上画了一个井口大小的圈,说:就在这儿凿。

莫日根先用铁镐刨,再用铁钎凿。间歇时,其木格用木锨把碎

385

冰铲出圈外。接着巴格纳再刨再凿，两个男人倒换凿，两个女人换班清。干了足足大半个时辰，凿通近两尺厚的冰层，终于见到了水。两人又将冰洞凿大，洞壁凿直，一个像竖井状的冰窟窿终于被凿了出来。莫日根用长杆鱼抄网，把水上的一厚层碎冰捞上来。冰还没被捞净，四人就急忙探头看，水中是一团团黑乎乎、挤挤挨挨的鱼，仿佛鱼比水还要多。四人兴高采烈，大喊大叫，像远古野人那样拥抱蹦跳，手牵手地围绕冰窟窿狂歌乱舞。鱼吓得乱窜，可没地方逃。

巴格纳擦着头上的汗，笑道：见着鱼我就放心了，咱们先歇一会儿……狼真是聪明，知道咱们会回报它们的，所以就告诉咱们冰下有鱼。这群狼真是神狼啊。这样送鱼，那咱们可比夏天抓鱼省事多了。母亲河，太爱她的儿女们啦，给了咱们一夏天一秋天的鱼还觉着不够慷慨，还要给咱们一冬天的鱼。看这架势，乌拉盖阿妈要给她的儿子儿媳、孙子孙女、孙媳孙女婿几辈子的鱼了啊。

四个人的汗气在狐皮、羊皮帽的毛上结成霜绒，又被头上的热气融化飘落。图雅终于歇够了，又不断探头看鱼。

巴格纳对莫日根说：开捞。

莫日根一抄网下去，搅了一圈，拉上来就是大半抄网的鱼，倒在木桶里。

图雅着急地说：这咋办呀，咱们忘了带大水勺了。我要吃活的，不能让鱼死了。

巴格纳说：这么冷的天，刚捞上来的鱼一眨眼工夫就冻得邦硬，这种冻鱼比活鱼更保鲜保肥，放在水里的鱼，反倒会瘦下去的。

图雅笑道：真的啊，那太好啦。

小姑娘玩性骤起，抢过抄网去捞鱼，笑道：这个活比捡蘑菇还容易。草原的渔民比牧民要轻松好玩多了。

她一口气连捞了两网，巴格纳再接着捞，不一会儿木桶就满了，已被冻傻的野鱼快速冻成冰鱼。她笑道：没想到冬天的鱼要比夏天的鱼更肥大，它们也会像旱獭一样攒足油膘过冬啊。

莫日根说：这桶鱼，够咱们和天鹅吃四五天的了，还捞吗？

巴格纳说：捞。还按老法子，捞上来，就倒在喂狼的老地方。再多捞一网，倒得远一点，好让狼瞅见。

莫日根连忙把放鱼地方的雪踩平，再倒上三十多条鱼，图雅欢喜地叫道：狼群要是见着了，还不得围着鱼跳舞啊。这可是狼群从来没吃过的囫囵个儿冻肥鱼啊。

巴格纳又用脚把几条鱼扒拉到冰面上，好让狼看得更真切些。他还把自己的一只皮毛手套翻过来放在冰面上，羊毛上有他手心的汗，好让狼知道是他留下的鱼。莫日根把鱼抄网横在冰洞口中间，把带来的厚毡盖在上面，再用凿出来的冰块压紧四边。四人开心地往家走。装满鱼的木桶两人抬很吃力，莫日根便把木桶放在木锨上，再让其木格扶住木桶，自己弯下腰，拉着木锨木桶慢慢走，比两人抬桶省力多了。

莫日根说：我回去就做一副拉木桶的雪爬犁，就更省力了。一次就可以拉一大筐回来。

巴格纳问：你木匠手艺咋样？

莫日根答道：还不赖。草原男人都是自个儿做套马杆、修牛车、修柜车、修蒙古包，都是半个木匠，我算是大半个木匠吧。做雪爬犁这点小活早就做过，一天就成。

走到河岸高坡，图雅转身朝着东北方向大声呼喊：狼王狼王后啊，小狼朋友们，我和巴格纳来给你们送冻鱼啦。冰鱼你们没敞开吃过，比夏天的鱼还要肥。快来吧，别让狐狸、沙狐、老鹰叼走啊。

四人载歌载舞而归。

傍晚，巴格纳和图雅让莫日根骑马去请东日布兄弟一同来客栈喝酒吃炸鱼。兄弟两家人一听到巴格纳他们冰下抓到了鱼，又能喝酒吃炸鱼了，惊喜得除了留下给牛羊下夜的一人以外，全都骑马坐牛车前来赴宴，一下子拥来八个人。图雅见到老额吉、表哥表嫂两家人格外亲，挨个亲过去，巴格纳笑呵呵地一一问候。羊油灯又加了两根灯捻，将房间照得像是过节一般，屋里挤得满满当当。图雅连忙让其木格把她房里的炕桌搬过来，两桌拼一桌，再让所有人都脱靴上炕，靠墙靠被褥垛坐。图雅和巴格纳两位主人就坐在地上的椅子上招呼亲戚，先上酒、肉、奶豆腐，边喝边讲如何凿冰捞鱼，冰下的鱼如何如何多。两家亲戚听得大呼小叫、跃跃欲试，都想第二天就跟巴格纳去冰窟窿里捞鱼见识一番。

图雅说：还不如让莫日根明儿就在西南河边原来的鱼坑上面，再凿一个新的冰窟窿，那里的鱼更多，离你们家也近。捞上鱼以后，再让巴格纳教你们咋做炸鱼。

其木格将一大盆嗞嗞响的新鲜炸鱼端上桌，大家乐得像回到了夏天。白发稀疏的老额吉笑道：草原冬季在暖屋里吃新鲜炸鱼，比过白月节（春节）还喜庆啊。

大家一起围坐炕桌大吃大喝，大嚼大唱。大雪封山，没有官府的耳目，爱唱歌的图雅好歌手和其他几位歌手纵情高歌，连老额吉都唱起来了。

魁梧的大表哥东日布吃得满面红光，说：当初，是我抢着要来客栈旁边扎包的，你们看我来对了吧！比谁家都先吃到好东西，想啥时吃就啥时吃。你们再看看客栈的那一大草圈的青干草，那么结实的马厩，再大的白灾咱也不怕了。住在这儿，我心里太安稳啦。到明年，部落那些人就都想挤到客栈旁边来扎包了。巴格纳、图雅，你俩真给咱部落做了大好事啦。腾格里保佑你俩。

老额吉乐道：部落的老人都说，巴格纳是个牧人信得过的好掌柜，有当年蒙古贵族为草原人冲锋打头阵的劲头，客栈明年更得火了。东日布一说要跟着巴格纳干，我们全家人都赞成。到这儿还真是开心乐呵。大冬天的还能吃上这么好吃的新鲜炸鱼。往后冬天有炸鱼吃，咱们还能少杀些牛羊，多换点绸缎哪。听说米希格还带着你和萨日娜救回一对老天鹅。今儿天晚了，过两天我要大白天来，好好看看，蒙古老人最心疼和挂念老天鹅啊。

亲戚们吃喝说唱到半夜才散。东日布临走时对巴格纳说：札那让我们兄弟留心你俩的安全，这会儿客栈人少，要是真有点事，你们就点大爆竹，分店货柜里有。你们拿一些放在外屋。我们一听到响儿，就拿家伙全都骑马赶过来。没事的，你俩放心。

34

  三个篾儿乞惕人率领三百人……环绕不儿罕·合勒敦山三遍追踪帖木真（即成吉思汗——引者注）的时候，捉住孛儿帖夫人（成吉思汗之正妻——引者注），交给赤列都的弟弟赤勒格儿·孛阔收娶为妻，收娶了后，就同住在一起。如今（成吉思汗与其他两个大部落击败了篾儿乞惕部落，抢回正妻孛儿帖——引者注），赤勒格儿·孛阔逃奔出去，他说：

"我这相貌丑陋的赤勒格儿，

竟侵犯了尊贵的夫人！

……

只有吃野鼠命的无能之鸟，

竟想吃天鹅、仙鹤！"

——余大钧译注《蒙古秘史》

  第二天下午，巴格纳和图雅悄悄地走近岸边老地方，看到冰窟窿附近全是狼的大小爪印。那只羊皮手套被狼鼻子翻动过了，冰面和岸边放的鱼一条不剩，全被狼吃光叼走。

  巴格纳笑道：我能想象这群狼有多高兴。这个冬天咱们不孤单了，有四只天鹅，还有这么多狼朋友跟咱做伴，多美啊。

图雅更开心，说：夏天秋天客栈人多，狼不敢跟人接近，连咱俩它们都不敢靠得太近。这会儿客栈商道都没外人了，就剩下认识的老朋友了，狼的胆子自然就大起来。狼太聪明了，今年冬天咱俩准能摸到狼脑袋。

两人又顺着狼回撤的爪印走了一段，图雅说：还是那群狼，好像是那条母狼带着一群小狼来叼鱼的，也有几条大狼。只要我救过的那条母狼还在，我就能跟狼群一起玩儿。说罢便向狼群撤走的方向大喊：我又来了，三四天以后，我再给你们鱼吃。吃饱肚子还得靠你们自个儿打食，这些鱼是我们给你们的点心啊。

两人在雪地上坐了一会儿，不见狼来，也没听到狼嗥回音。两人商量了一下，还是给狼一网鱼，巴格纳拿起抄网，网子已冻硬，便戴上手套把网子搓了几把，搓掉了一些冰碴，抄网就可用了。他捞了一网鱼倒在原处，再按原样盖好厚毡，然后起身回客栈。图雅说：我怀疑，狼不见咱俩是闻出了其木格的气味，狼只信咱俩。三天以后，还是咱俩来捞鱼喂狼吧。

回到客栈。巴格纳和图雅见莫日根已经将雪爬犁做了出来，木匠手艺还像模像样，榫卯敲接得严丝合缝。巴格纳很感意外，心想莫日根在部落里大概能算得上是个二等木匠了，便夸道：手艺真不赖，做得好快喔。

莫日根说：昨天一回来我就下了料。冬天也没啥活干，我想多存些冻鱼。上午我给东日布他们凿的那个冰窟窿鱼更多，不捞的话怪可惜的。部落的平民和穷人日子过得也挺难的，过冬的肉食不够吃到开春，我阿爸那儿就缺一个月的肉食。我想多捞点鱼，再跟图雅掌柜借马，骑马拉雪爬犁把鱼运回家，家里人就是吃不上羊油炸鱼，吃上烤鱼也长身子骨。额仑冬天太冷，不吃荤腥就扛不住。去年冬天，一个穷人家的老额吉下夜，被冻掉三个脚指头。她说肚子里没油水，冻得都不知道疼了。我求你让我多捞点鱼，也别扣我的工钱。

巴格纳心中的情弦被拨动了一下，立即想起天鹅姑娘，说：我哪能扣你的工钱呢，你又没有耽误看守客栈的活计。你这个主意真不赖，倒是提醒我了两件大事。成，你就捞鱼吧，我也和你一起干。夏天秋天客栈的客人太多，撑船打鱼也要下功夫花力气，没那么多的鱼送给部落每家人。这会儿客栈没客人了，鱼又那么多那么好捞，咱们客栈是该给部落各个蒙古包送冻鱼。趁着这会儿雪还不厚，牛车马车都能走。咱们只管捞，让部落出车来咱这儿拉冻鱼。他们一准比图雅更馋羊油炸鱼。这样，部落的富家就可以换换口味，解解馋；部落的穷家就可以补足过冬的肉食。冬天的鱼肥啊，大人孩子都爱吃，吃鱼肉跟吃羊肉一样抗冻，还一文钱不花，部落的所有人还不得高兴坏了。

巴格纳想了想又说：你这样干是干正事，就不是干私活了。大伙全都要谢你哪。明儿咱们就捞鱼。待会儿，我先去东日布那儿请他回部落找札那，让他赶紧派车来拉鱼，也让东日布再去告诉那两个部落，苏木长道尔基老啦，掌管部落有点费劲了，他的部落穷人和欠债人家最多，准保想要鱼。萨日娜和米希格阿爸喂养天鹅，更想多要鱼，我已经一个多月没给他们送过鱼了。道尔基准保会派萨日娜来的。这次我要让部落的车给你们家送上足够的鱼。

莫日根乐道：真是太谢谢掌柜了，我们全家这个冬天就不会再为断肉食发愁了。我替全家谢谢你俩。

图雅笑道：阿爸额吉，大哥和斯琴高娃准保高兴。我们全家人都馋炸鱼。萨日娜姐姐和米希格阿爸就更开心了，小巴图和两个弟弟最馋鱼。全苏木三个部落又该夸你了……你说是两件事，那还有一件是啥事情啊？

我想让莫日根帮我做滑雪板。

啥是滑雪板？

巴格纳说：就是人用来滑雪的板子，就是……好比就是安在脚底下的雪爬犁。人撑着两根杆子，能在厚雪地里飞快地滑行，比马快多啦。图雅，你还记得不，入冬前，商号车队把店员接回内地的时候，车队领班说老秦大哥还给咱俩买了两副蒙古西部的马皮滑雪板，说冬季客栈太冷清，想让咱俩玩玩滑雪，解解闷儿。他知道我原先在西线商队喜欢滑雪。他们那里下雪早，我可以在车队歇业以前的那段时间玩滑雪……可是老秦大哥定的货在入冬前也没到。要不然，咱们几个早就玩儿疯了。

巴格纳越说越兴奋：我看莫日根做雪爬犁的手艺不赖，忽然想起咱们自个儿来做滑雪板。我做滑雪板不光为了好玩，还为了抗灾。你想啊，大白灾真要是下来，马就没啥用了。滑雪板可就是白灾雪地上最好最快、也是唯一的行走工具。春夏秋的旱灾、黑灾（冬季无雪的旱灾），人畜还能逃。要是没膝深的大雪降下来，那就是灭顶大灾了。我一想到大白灾就坐立不安，有时在半夜也会被吓醒。

图雅问：那你会做滑雪板吗？

巴格纳说：以前在蒙古西部我见过滑雪板是咋做的。我想我们两个是能做出来的。正好这会儿没啥事。趁大白灾还没下来，我得试一试。

太好啦，我又有好玩的了。

晚上，巴格纳仰望冬日月光叹道：我没想到的事，腾格里早都给我想到了。萨日娜，我又有捞不完的鱼送给你了，让你、弟弟、小巴图和小鹅再吃胖点，也可以让米希格阿爸更快乐长寿。

草原上的好消息是长在马腿上的。在部落，东日布有很多亲戚都馋炸鱼，想要鱼的穷亲戚也有一些。在蒙古草原，男人们最喜欢充当第一个给草原带去好消息的信使。所以，他的快马一跑，整个苏木三个部落在一天半之内，全都为巴格纳发现了冰下大鱼库而惊喜雀跃，尤其是部落的馋人、穷人、女人和姑娘们，还有那些一闻到炸鱼香味，就忍不住想喝酒醉酒的大小马倌和老人们。太让人意想不到了，在大雪封山、坚冰封湖的严冬，客栈的四家人居然已经又吃上鲜美酥脆的大汗炸鱼啦，还比夏天的鱼更肥更好吃。全苏木立即为抢到冻鱼而忙活开了。

而在客栈西南边那个更大的冰窟窿旁边，巴格纳、图雅、莫日根和东日布家的几个人却为堆积如小山的冻鱼而发愁。捞上来的鱼，多得让人无法下脚，弄不好就会踩到滑溜溜的冻鱼，滑到冰窟窿里去。几个人只好转移冰面，在不远处另一个大鱼窝上面，再凿了一个更大的冰窟窿，又见到了更密的鱼群。但是他们只有一个鱼抄网，几个人轮番捞，不一会儿银光闪闪的鱼又铺满了冰雪面。而且，令人惊诧的是，无论怎样狠命捞，也不见鱼群少下去，甚至还让人有越捞越多的感觉。好像其他鱼窝的鱼群，都被鱼抄网搅进冰窟窿里的冷气所引诱，全都冲过来狂抢那珍珠般宝贵的气泡泡了。巴格纳和图雅站在冰窟窿旁边，望着无边无际的芦苇林，情不自禁地感慨：芦苇茂密的乌拉盖母亲河啊，您太富饶、太慷慨了，我们爱您。

巴格纳连忙叫莫日根回客栈，用铁条、旧渔网和长木杆再做两个更大的鱼抄网。图雅还吩咐其木格打开一间自家的客房，烧炕、做奶茶、收拾已经化冻的鱼，准备用新鲜炸鱼招待部落来拉鱼的亲友们。

到第二天下午，斯琴高娃率先带了四辆札那部落的大犍牛空筐车，快速赶到捕鱼场。部落来拉鱼的女人和姑娘们看到白花花白银般的大片冻鱼堆,像是见到可以免费抢劫的巨大银器店。四位年轻女人全都舞着簸箕、狂喊着冲过去,像撮牛粪那样,在鱼场冰面上撮冻鱼,撮满后转身就倒进柳条车筐里,比装蘑菇钉还兴奋,还手舞足蹈。

斯琴高娃撮了一簸箕鱼以后,扭头看到了巴格纳,向他充满爱意地挑逗一笑,便牵着牛车来到冰窟窿的旁边。她先搂住图雅亲了两下,又把狐皮帽向上抬了抬,露出了漂亮脸蛋,再紧紧地捧住巴格纳的脸,在他的嘴唇上慢慢地吻了好长一会儿,才笑道:巴格纳,全苏木的好男人啊,让姑娘们眼馋得不行。你一个大男人,待在空空的客栈掌柜房不闷得慌啊……你把鱼捞起来,别倒在雪地上,就直接倒在我的车筐里吧,让我歇会儿。好男人真好啊,稍稍动点脑子,就又给三个部落这么大的好处,真让女人和姑娘们爱你爱得不行,都抢着要来啊。

巴格纳怕什么,额仑草原就来什么。到了冬季,原本可以远远地躲避这位美丽的女妖斯琴高娃,可没想到最先赶到的是她,最能占他便宜的是她,最先抢占大冰窟窿旁唯一可以停靠牛车的好位置的,还是她。其他三个姑娘只好去抢另一个冰窟窿的位置了。而且,客栈的掌柜还得亲自为她出力,用的是刚刚做出来的最大的抄网。斯琴高娃就是厉害,女人不服不行,男人不想不服。她明知巴格纳心中只有天鹅姑娘,但哪怕是个天鹅神,她也想挤进去蹭吃蹭喝。

巴格纳见了美貌大胆的嫂子,图雅见了总是压她一头的嫂子兼老师,一点脾气也没有了,只好由她掌控鱼场。

巴格纳往车筐里倒了满满一抄网鱼,笑道:你过奖啦,我哪有那么聪明,是河边的狼告诉我冰下面有鱼,加上我抓了半年的鱼,摸出点门道,又费了好大的心思,才琢磨出冰可能会把浅水里的鱼赶到深水鱼窝里去,只能算我蒙上了好事吧。你才厉害呢,头拨最肥的鱼全被你抢着啦。

图雅也对斯琴高娃笑道：你最贪吃好东西，我要让你吃炸鱼吃撑肚皮。你就死了这条心吧，巴格纳心里只有萨日娜，他跟她在刚入冬的时候，从苇塘救回一对快死的相爱老天鹅夫妻，想插进天鹅情侣中间，你就别做梦啦。

斯琴高娃自信地大笑道：你等着吧，这儿可不是部落的蒙古包，阿爸、额吉这些能管我的人都不在这儿。在这儿，我是长辈，我说了算。我说吃撑了才算是吃撑了呢。炸鱼要吃，还要拿。巴格纳嘛，总得让我亲个够吧，要不然我就赖在这儿不走啦。冬天是闲季，我住在自家的客栈里，谁能把我撵走啊。连你大哥白依拉都说，让我在冬闲时候住到客栈暖暖身散散心。这车鱼就让她们带回去，我不走啦。

图雅哼了一声，讥笑道：你爱住不住。你就是住上一年，也白费工夫。再说你是他的嫂子，咱家大哥以后是要继承阿爸贵族称号的，蒙古贵族厉害的族规你不是不知道。巴格纳就是没有萨日娜，他也不会动你一根手指头的。

斯琴高娃笑道：那你就看看我的本事吧。

成。

斯琴高娃又向巴格纳抛出一连串快意的笑声。

巴格纳和莫日根轮流用大抄网捞鱼倒鱼，不到半个时辰，就结结实实装满了一大车筐冻鱼，足足有四百多斤。车下流出的残水，结成了一条一条灰白色的冰凌，好像几千条鱼儿流下的眼泪，冻成了冰。图雅姑娘看着看着就难受起来，她抓过巴格纳手中的鱼抄子，掉过头来用木柄把冰凌全部敲掉。然后对着满筐的冻鱼，哀哀地说：鱼儿呀，你们好可怜，一定冻得好痛，真对不住你们了。

巴格纳立即走到她身边，心疼地安慰道：不要伤心，我的好妹妹，你心肠真好。可咱们不是在做坏事，其实是在做好事呢。你想想，几百亩几千亩浅水里的鱼，全被冰赶进这么小的深水鱼窝里，挤都快挤死了。挤不进来的鱼儿更可怜，早就被冻死在鱼窝外面的冰里头了。挤进来的鱼群都快喘不过气、吐不出气泡泡。水里的气越来越少，再不给鱼儿腾出点空当，鱼都要憋死了。咱们捞鱼就是给鱼群腾出些地方，补补气，是在救更多的鱼哪。要不，到明年开春你就会在河边看到大片大片的死鱼，那你会更伤心。咱们这样做，就像林区的林工间伐长得过密的树一样，树长得太密谁都长不好，小苗还凑合能活，可长大了都会枯死的。所以，间伐树木不是毁林，而是在保护森林啊。

图雅姑娘这才雨过天晴，缓过劲来，擦干眼泪说：巴格纳哥哥，你咋知道这么多。你这么一说，我就心安些了。咱们捞鱼是为了保护更多的鱼，我就不担心腾格里和水神来惩罚我了。你真好。

巴格纳说：我走的地方比你多，书也比你读得多，知道的事情当然就比你多呀。往后你心里有啥难受的事情，就告诉我。好吗？

好的。

斯琴高娃叹息道：图雅，巴格纳真是打心眼里疼爱你啊，只可惜你已经订了婚。

图雅含泪道：我有这样疼爱我的哥哥，很心满意足了，哪像你……

巴格纳头上还在冒着汗气，看着其他几辆车也已经装了大半车筐，很感欣慰。四辆车一千六七百斤的冻鱼送到部落，炸鱼香气就要在部落营盘上空飘起。大伙不用跑那么老远，就能吃上他们最喜欢的东西了，该喝几天酒，开心十天半个月了。

莫日根小心牵牛拉车，可是车重蹄滑，难以挪动。他急忙钻进苇林，抱来一堆干苇叶铺在牛蹄和车辙辘下，才总算把牛车牵上岸。

饿了快一天的大犍牛,急忙从地上叼起一大条干苇叶吞吃了起来。斯琴高娃回身连声道谢。

当剩下的最后一辆牛车快要装满的时候,远处传来一阵姑娘们宛如发现露天大银矿的惊呼声。这是萨日娜带过来的五辆重载牛车。当姑娘们和一个马倌看到岸边装得满满登登的冻鱼的牛车筐时,全都担心地大叫:还有吗?还有吗?咱们是不是来晚了?

巴格纳丢下抄网连跑带叫地向萨日娜冲过去,还哧溜一下滑了几尺远,激动地说:萨日娜,来得不晚,鱼还多着哪。快到这儿来。

图雅也连蹦带滑地跑去,大喊:好姐姐,好姐姐,快把你的车牵到这儿来,这个冰窟窿的鱼最好捞。

巴格纳跑到萨日娜的面前,抬起皮帽,抱住她,在她冻红的脸颊上亲了一下,说:真想你啊,你再不来,我都想赶牛车给你送过去两车冻鱼呢。

萨日娜激动地喘道:我也真想见到你,你总是三天两头让我心跳得像是得了病。

图雅上前抱住她亲了又亲,问:你们部落咋也来得这么快?

萨日娜快乐地说:大伙开始都不太相信,咋能一网下去,就是一网鱼,连水都没多少。后来道尔基说,巴格纳让东日布传来的话,不会有错。趁着更大的雪还没下来,路还好走,就赶紧套牛车去拉鱼吧。再晚了,大雪封路,就抢不着了。咱们部落的车队,就让萨日娜领头去吧,巴格纳准保先得把咱们的车装满。我这就一路狠敲牛赶了过来。真没想到乌拉盖母亲河,在冬天还能送给咱们这么多的鱼。这么多的鱼拉回去,小巴图、两个弟弟和米希格阿爸该乐坏了。巴格纳大哥,一路上姑娘们都说,你是个腾格里喜欢的人中雄鹅啊。

巴格纳接过牛头绳,牵着牛车向大冰窟窿走去,然后招呼其他的牛车,往鱼堆得最多的地方去装鱼。车到冰窟窿旁边,前面装满鱼的车已经空出位置,斯琴高娃也跟车回客栈大院,卸牛喂草喝奶茶去了。萨日娜的牛车刚停稳,一个巴格纳立即变成了两个巴格纳,把他今天和明天的力气合在一块儿使了出来。

萨日娜动情地劝道:每次你帮我,总是这样用力,我都不敢见你了。上次到冰湖里救鹅,你也是这样,真让我过意不去,你慢点捞吧。

巴格纳笑道:一见到你,我身上就好像有了神力,河神、狼神和天鹅神都在帮咱俩哪……鱼太多啦,今儿我和莫日根不管多晚,也要把你们的两辆车装满。剩下的三辆车明天接着装。鱼全困在鱼窝里呢,跑不掉。

然后让莫日根拿一副大抄网去另一个冰窟窿,和来的那个马倌装一辆车。太阳快下山了,冰面的寒气像一层厚厚的冰雾重重地聚了起来。巴格纳让那三辆车的姑娘们先回客栈喝奶茶暖身子,并告诉她们别担心,鱼多着哪。

图雅天生好客,见来了这么多的姐妹亲友,就特别想跟她们热闹热闹,便说:我得先回客栈。姑娘们都跟我说要去看那对大天鹅。我还要为新来的八位姐妹,还有马倌安排酒宴和住处。

天色渐渐暗了下来,巴格纳已装了大半车筐,萨日娜换下他继续捞鱼装车。几十步远的那边,莫日根和马倌也是一人休息一人装车,也已装了大半车筐。刚才还热闹喧腾的鱼场,就只剩下四人在慢慢捞鱼。巴格纳盼着乌云遮月,盼着她的吻。此时,萨日娜却像天鹅那样沉静不语。过了一会儿,她才问:那对大天鹅夫妻好吗?这些日子,好多人都来问是咋找到的,咋救上来的。大伙都夸米希格阿爸的主意好,做了一件大好事,他的善心感人啊。

巴格纳说：大鹅好着哪，明天我带你去看。

萨日娜说：大伙也都夸你有本事哪。还有，部落已经把抗灾的粮食、桦木杆和大毡运了回来。部落的人都说你就是一只雄天鹅，不光救我，还救整个部落和苏木……

巴格纳连忙说：大鹅夫妻可恩爱啦，身子也长壮了。接着便把她走后大鹅和小鹅的详情细细地讲了一番。又说：道尔基和札那阿爸都来看过了，说咱们干了件暖老人心的事……离巴图的忌日还有多少日子？我知道这些天你很伤心。我也想祭奠他，他为你做的每一件事，我都想做。

萨日娜目光黯淡，轻轻地说：那个日子以后再告诉你。今年还是让我一个人，安安静静地祭奠他吧。

过了喝两碗奶茶的工夫，两辆牛车几乎同时上路，回到客栈停车场。莫日根将两头牛牵到井台饮水，再进马厩添加青干草。马厩里先牵进来的七头牛舒心地甩动尾巴，已经香喷喷地吃了好一会儿青干草了。富足的客栈已成为牛羊马的天堂。马和牛只要走上通往客栈的车道，好像就能闻到青干草的草香，都会铆足劲儿往前赶。

巴格纳、萨日娜和马倌几乎同时走进了拥挤热闹的女儿国。

35

　　神坛上，过去由萨满们刻制象征自己族徽和血缘关系的高大图腾柱，又称神柱，兽头桩……冬天举行盛祭时，萨满们还制作冰雕神偶。如，天鹅、星神、驰兽以及象征氏族种的繁衍的男女性器崇拜偶体。

　　　　　　　　　　　　　　——富育光《萨满论》

　　巴格纳的掌柜房，已经被加大火力的热炕烘得酷似暖春，再加上姑娘们的热情，屋内室温陡然升入初夏。所有的大皮袄厚皮帽，都堆到了炕上的大箱柜上和被褥垛上，所有的蒙古靴和毡靴，都丢在里外屋的墙角。女人们上身只穿厚布长袖内衣和羔皮小坎肩，一副春夏装打扮，宛如春季草原上几大丛盛开的鲜花，春意浓烈、春情鼓胀。远离部落首领、家长老人和十户长管教的部落和蒙古包，在两个年轻人主管的空客栈，姑娘们的青春火热不加掩饰，奔放无度。有一个漂亮的姑娘，也是图雅的表姐伊其玛，荡笑道：这可是巴格纳的热炕啊，我真想在这儿颠几下。闭着眼睛想吧，要是真的，那该多美啊。

　　几个姑娘大笑道：对呀，对呀。

　　巴格纳一进屋，立刻就被姑娘们团团围住，瞬间被脱去皮帽、皮袄和蒙古靴,并把他推到炕上鲜花中间。巴格纳被姑娘花浪吞没,陷入波涛汹涌的花吻、花扑和花抱之中……

几百年来,蒙古草原部落始终遵循"水源越近越好,嫁女娶妻越远越好"的婚姻传统。因此,除了各家女主人和远嫁过来的新媳妇,部落男女成员之间,大多有或近或远的血缘关系。男人的情人一般都是远嫁过来的,嫁过来的女人的情人,也大多是没有血缘关系的本地男人。然而,本部落的姑娘找情人就比较难了,只能找少数外来户中的男人,或是到其他苏木去找血缘最远或亲缘超过六代的男人,而近几十年来,姑娘和女人们连这样的情人也难以找到。清廷为了柔顺蒙古人剽悍的性格并逐渐削减蒙古人口,采用"建一座庙胜养十万兵"的方略,用从中原内地横征暴敛上来的巨资推行黄教,在蒙古草原建庙无数,号称"漠南一千,漠北八百"。并以免除兵役赋税等优厚待遇,引诱大量少年和青年进庙当喇嘛。但喇嘛不得娶妻成家,定居在寺庙。如此一来,蒙古游牧草原立即减少了几乎一半可成家的青壮年男性。到清朝中后期,草原的青年男子早已稀缺。因此,像巴格纳这样远"嫁"过来的年轻小伙,又是俊朗能干的客栈掌柜,必然成为"稀罕中的稀罕之物",成为部落早熟或熟透了的姑娘们追逐的首选目标。她们担心将来一旦萨日娜成为这间房的女主人,就再也没有可以如此纵情快乐的机会。于是今晚的巴格纳也就只能被热情洋溢的姑娘们挑逗"蹂躏"了。

一盘盘久违的新鲜炸鱼上桌,总算给巴格纳解了围,姑娘和女人们扑向"新欢",这才让他重见天日。蒙古人的祖先以渔猎为生,后代蒙古人的血液,必然是见到鱼肉就沸腾。姑娘们个个大嚼猛喝,狼吞虎咽,都说冰下的鱼比夏天的鱼更鲜肥更好吃。巴格纳向姑娘们解释,寒霜把密密麻麻的秋虫蚊子统统打到水里去喂了鱼,鱼能不肥吗?

道尔基部落的女歌手乌兰其其格眨着长睫毛大眼睛叫道：真解气，挨了一夏天一秋天的蚊子咬，这会儿总算变成鱼肉给咱们补回来了。怪不得客栈的冬鱼这么好吃，还吃得心里好痒痒，原来鱼里面还有好男人的血呀。

满屋狂笑。

另一位姑娘笑道：大家已经跟其木格学会了做炸鱼，冻鱼又可以放一冬天，这个冬天在大雪封路的草原蒙古包里，也能经常吃到炸鱼啦。巴格纳大哥厉害呀，他能把得来的好处分给每个姑娘，我盼着他能再多分给姑娘一份情和吻。

札那部落出色的女歌手嘎森，一边吃一边高声叫：对呀，巴格纳是全部落姑娘们的好男人，他应该属于全部落的姑娘啊，对吧？

众姑娘齐声大喊：对、对，太对啦。

吃完炸鱼我还要好好亲亲好男人。

我要亲个够哪。

热鱼热炕，热血偾张，酒过六巡，炸鱼吃光又添上。蒙古草原人个个是歌手，无歌不成宴。蒙古酒宴半场之后，必是歌宴开席。姑娘们借着酒劲，同声高唱了几首古老情歌，但都觉着不够尽兴，没有一首可以表达姑娘们此刻的心情和热望。

图雅看到已经脱离歌会近两年的萨日娜，仍然安静地置身局外，低头吃鱼，难以融入姑娘们的狂热之中，便大声说：萨日娜姐姐是额仑草原的女歌王，咱们已经快两年没听她唱歌了。多亏了巴格纳哥哥和全苏木大伙的帮助，才让她度过最困难的时光。今儿的歌会，咱们就请她给咱们唱首歌，让她重新回到快乐的日子里来吧。

姑娘们高呼道：

对呀，对呀，请萨日娜唱首歌吧。

额仑没有你的歌，就像草原天空没有了天鹅。

萨日娜，你救了那么多的天鹅，腾格里最疼爱你，给你送来了一个更能干的雄天鹅，你应该高兴才是啊。

采蘑菇那会儿，姑娘们说巴格纳还不算是雄鹅，可这会儿全苏木没人说他不是雄鹅啦。

大伙看着兴隆的客栈，看着堆着满满青干草的大草圈，看到一辆辆拉来粮食、桦木杆和大毡的牛车，都夸他是额仑草原从来没有过的、最棒的雄鹅啊。

萨日娜天鹅姑娘，你就答应他吧。

你俩一准像大天鹅夫妻那样一生相爱，这对大鹅夫妻就是腾格里送给你俩的定情礼物，是天意啊。

对呀，对呀，全苏木的姑娘都羡慕你啊。

你唱唱歌就会开心的，我们都盼望快两年啦。

萨日娜的眼里溢出泪水，说道：谢谢图雅妹妹，谢谢姐妹们。可是，我的歌大多很悲伤，我自己都不太敢唱。巴图升天两周年的日子快到了，我这会儿没有唱歌的心情。下次吧，好吗？对不住大家了。

一说到巴图，就像戳中了姑娘们心中情感的痛处，全都沉默下来。

过了一会儿，总想挑逗并报复巴格纳的斯琴高娃，把漂亮的灰眼睛转了一圈半，说道：图雅，你这回选错唱歌的人了，弄反啦。萨日娜刚从那么大的痛苦中缓过来，多不容易啊。这会儿请她唱歌还早了点儿。再说，在草原，哪有小伙不先求爱，就让自己的心上人答应他的呢？按照草原老规矩，今儿的歌会，应该先让巴格纳向萨日娜唱一首求爱求婚歌。

一语落地，姑娘们像开锅的浓油肉汤一样，油花四溅，咕嘟嘟地沸腾起来，全都冲着巴格纳叫喊道：

太对啦！太对啦！

巴格纳，巴格纳，今儿你非得唱一首情歌、求爱歌、求婚歌不可。

你要是不唱，就不是蒙古人！萨日娜不要答应他。

你不唱我们也不答应。额仑草原的女歌王哪能嫁给不向她唱情歌，唱求婚歌的男人哪。

就是，就是。不光要唱，还要唱得让姐妹们满意。要是我们不满意，你就别想娶天鹅姑娘啦！

聪明美丽的斯琴高娃发动的这轮奇袭，让巴格纳猝不及防，毫无招架之力。他局促不安地望着萨日娜，唱吧，巴图忌日之前，求婚犯大忌；不唱吧，败给斯琴高娃，她往后更得放肆无度，不把萨日娜放在眼里；唱不好吧，怕姑娘们嘲笑他配不上歌王，也不承认他是雄鹅；唱不对吧，怕她永远转过身去……况且，他已经对大家说过要守护她和巴图的爱，他还是个被官府明令禁止写诗作歌唱歌的人……巴格纳脸色白如窗纸，额头上渗出一片细密汗珠。

萨日娜第一次看到巴格纳的窘态，知道他担心什么，也怕他被这股狂猛而肆无忌惮的花浪花潮冲得败下阵来，往后额仑的花浪就会更加大胆地当着自己的面，"欺负"和"吞没"他了，而且，她也怕他从自己心目中高高的雄鹅位置上跌落下来。她终于心疼得坐不住，挺了挺身，抬起头对他说：巴格纳大哥，你还是唱吧，蒙古人哪能不会唱歌？我知道你爱歌爱诗爱天鹅，你心里一定有歌，我很想听你的歌。我也知道官府严禁你写诗唱歌，可这里都是部落的亲人，谁都不会说出去的。你就唱你心里最想唱的歌，不要顾虑我。只要你唱了，我也唱。好吗？

说罢，从怀里掏出一小块方巾，递给他。巴格纳接过柔软的薄布巾，擦了擦汗，揣到自己的怀里，犹豫了一下对萨日娜说道：好吧,这一年我太忙,心中全是一件又一件关乎你我、部落生死的大事,没有一点点工夫写诗作歌。我只有一首歌,还是在没有接手客栈之前,在第一次看到你和天鹅跳舞唱歌以后作的歌,我也一直在心中给你唱着这首歌,歌名叫《鹅泣歌》。歌中的爱一直到现在也没有变,一生也不会变。我唱了:

亲爱的萨日娜天鹅,
你是梦中经常惊醒我的神鹅。
我渴望同你一起救养小鹅,
成为专一爱你护你的鹅。

你俩救养了十几年的天鹅,
可如今你我都还年轻。
还可以再救养几十年的鹅,
与天鹅跳几十年的舞唱几十年的歌。

难道不能再养育出你曾失去的爱?
难道我不能成为你情郎的转世灵鹅?
可是你的鹅已是你心中的佛,
佛会告诉你,他不是转世鹅。

我是朝廷罪臣之后,又被封禁了歌喉,
我头上随时会降下黑灾白祸。
我不知怎样用我无望的人生,
换取你的自由和永恒的歌。

歌罢，巴格纳把内心压抑已久的爱火，蓦然哭诉出来。他冲动地将萨日娜抱在怀里，两人恸哭，泪雨滂沱，继而紧紧拥抱泪吻，把心中所有的苦痛、苦盼和苦恋统统宣泄出来。屋内抽泣声响成一片，图雅哭得最伤心，她断断续续抽泣道：那时候他俩都在爱的绝望中啊，看不到一点点的光亮。我还告诉巴格纳哥哥，就是再等十年八年，萨日娜也不会嫁人的……我不知道他俩是怎样熬过来的。后来，巴格纳哥哥花费了多少心血，才像走薄冰那样把天鹅姐姐从快没顶的冰水里，一寸一寸地拉上来。要是救不出来，他也就要跟着萨日娜一同沉下去，被厚冰封住……

斯琴高娃感慨道：我没想到，巴格纳也是个这么好的歌手。这样哀伤绝望的情歌，我还从来没有听过。但让我吃惊的是，他歌里渴望的事情，后来大多做成了。"好事做在前，好歌唱在后"。巴格纳，你厉害啊。这首歌唱给任何一个姑娘，都会动心的。往后，你们两人就像天鹅情侣那样般配了，我祝福你俩像天鹅那样终生相爱。

姑娘们纷纷说：什么都不用说了，萨日娜已经答应了啊。

乌兰其其格歌手叹道：巴格纳大哥做的那么多好事大事，跟他的情歌一样美。要得到歌王的爱，最后还得靠天鹅情歌打动她啊。

……

斯琴高娃微笑道：这会儿咱们就要听萨日娜歌王的歌啦。也要感谢巴格纳，是他的歌才把萨日娜重新请回歌会。我太高兴啦，额仑的天鹅姑娘又要重新站起来放声高歌啦。

萨日娜从巴格纳的怀里掏出方巾，擦干眼泪，又放回他的怀里，说道：谢谢巴格纳，谢谢图雅妹妹，谢谢斯琴高娃和姐妹们。今儿我就唱两首歌，一首是唱给巴图的，一首是唱给巴图和巴格纳他们两个人的。我先唱第一首，歌名是《草原花浪情歌》，那是为了纪念我和巴图在秋天花海花浪中的爱，是我和他心中的一场婚礼……明年秋天我也会和巴格纳一同去那里去冲花浪的。我唱啦：

　　秋原花浪滚滚翻，
　　花海花潮涌花山。
　　千里花浪压草浪，
　　马群喜乐食花川。

　　风吹花涛落花瓣，
　　铺满牛车古道似花滩。
　　我与情郎纵马冲花径，
　　卷起蝶花飞上半空千千万。

　　花云花雨舞狂欢，
　　离地飞天，花瓣愈加自由绚烂。
　　满天飞瓣飞香飞花恋，
　　恰似神女纷纷扬扬倾花篮。

　　拨马扬鞭淋花雨，
　　仰面开口接花餐。
　　情侣花路三回旋，
　　尝遍花色赤橙青紫绿黄蓝。

　　心里的七彩霓虹不再虚幻，
　　胸中天鹅天爱从此炽然。

巴格纳震惊地长叹道：太棒啦！这是一首花神歌啊，图雅今年秋天带我去那儿冲了一回花浪,真美啊,但还是不如你的歌唱得美。请你再唱一遍,我要记下来。

说罢就去拿纸笔。姑娘们也纷纷叫道:太好啦,太好啦。一定要再唱一遍,我也要记。

萨日娜又纵情高唱了一遍。大家再次惊叹得连声叫好。

巴格纳握笔的手指不停地颤抖,叹道:越听越好,字字好,句句好。等等,让我来数数……啊,这么多的花词啊:花浪、花海、花潮、花山、花川、花涛、花瓣、花滩、花径、花云、花雨、花恋、花篮、花餐、花路、花色和蝶花。全诗只有十八句,竟然一连喷涌出十七个花词,二十个花字,意思一点也不重复。只有在蒙古草原,才有这么广阔的花海;也只有蒙古草原,才会产生这样飞天的花情歌……谢谢你说明年秋天带我一起去冲花浪、淋花雨、吃花餐,可我担心自己能不能给你像巴图那么浓烈的情感啊……我最喜欢这两句诗,"情侣花路三回旋,尝遍花色赤橙青紫绿黄蓝"。把萨满最仰慕的七彩霓虹和七重天桥都吃到心里去啦,你俩的内心该是怎样的五光十色啊。

萨日娜含泪叹道:花海花浪里全是花,花词多得快把我淹没。我也没想到,心中有爱,冲进花海,诗歌就自己喷了出来,内心真是五彩缤纷。到这会儿,巴图在我心里还是五光十色的英雄鹅……

图雅钦佩道:我最喜欢这两句,"心里的七彩霓虹不再虚幻,胸中天鹅天爱从此炽然"。如果不像天鹅那样飞在云端里,就得不到像你俩那样美的爱。咱们说好了,来年秋天,你俩也一定要带我去冲花浪、吃花瓣啊。

姑娘们叫道:

也带上我们一块儿去,一块儿去。

到时候咱们一块儿去冲,比比谁吃的花瓣最多。

409

萨日娜说：今年这一年，巴格纳太让我感动了，没有他，我兴许早就去巴图那儿了，那小巴图和两个弟弟就悲惨了……正像姐妹们看到的那样，巴格纳也是一只为爱可以付出一切的雄鹅。我感谢他，也会像爱巴图那样地爱他。再唱首歌送给他俩吧，歌名叫《垂死的天鹅》，唱的是我和阿爸曾经见到过的一对天鹅，巴图和巴格纳，都像歌里面的那只雄鹅，我就是那只垂死的天鹅。

说罢，萨日娜宛若一只生命垂危的天鹅，闪着泪光，含情歌唱：

草原天空黑云如山，巨雷炸响，
冰雹打散情侣天各一方。
垂死的天鹅跌落在芦苇高草旁，
饥寒伤痛血染白绸般的衣裳。

闻君远近飞寻哀叫凄惶，
我却无力回声引颈高昂。
夫君绕飞寻我百度千度，
搜遍棵棵芦苇才见到我的泪光。

一次次叼来嫩草喂我饥肠，
一口口含来泉水喂我暖汤。
一遍遍巡绕守卫在我的身边，
一回回拼死撞飞想吃我的空中豪强。

一夜夜给我盖上他温暖的翅膀，
一天天为我衔来苇枝将我伪装。
一片片给我叼来苇叶编织防蚊墙，

一群群毒蚊却把他叮咬得遍体鳞伤。

夫君为救我几乎死过几场,
夫君为救我日夜哀求上苍。
若能救活我,
他将扶我重返平安的高空,
若不能救活我,
他会悲痛地心随我去直至死亡。

天鹅的命是同爱同死的命,
天鹅的爱是同跳同停的两颗心脏。
一起快乐跳动,飞越喜马拉雅,
一起静静依偎,永眠安详。

歌罢,萨日娜和巴格纳相拥相吻。巴格纳哽咽地说:我还想听,请再唱一遍吧。

图雅、斯琴高娃和所有的姑娘也都说:再唱一遍吧。

萨日娜已擦不干自己的泪水,只好流着泪再唱。第二遍唱毕,两人又一次相拥在一起,亲吻在一起。

巴格纳说:你这首诗是应该献给巴图一个人的,我真的不配啊。但我永远爱你,爱这首歌,唱这首歌。

萨日娜说:这首歌是我送给你们两个人的。原本我打算等祭奠过巴图以后,再答应嫁给你,可是今天你给我唱了你心中的歌,我只好提前答应你了。可是咱俩的婚事还是等过了忌日吧,我已经和巴图约定好了,米希格阿爸也是这个意思。

好的。你如果觉着还是缓不过来,我会再等的。

就等这一次。不会让你再等了。

图雅和姑娘们感动、羡慕地拥上去，把两人紧紧抱住，靠在他俩肩背上流泪，祝福这对天鹅永远相爱，永远幸福。然后又向他俩核对三首情歌词曲，一遍又一遍。姑娘们相信萨日娜的天鹅新情歌，必将唱遍蒙古草原。可惜巴格纳的情歌只能悄悄唱了。

深夜，酒宴、鱼宴和歌宴散后，图雅按照部落的规矩和她的意愿分派了房间。萨日娜和道尔基部落的三个姑娘住到图雅房间；斯琴高娃和札那部落来的三个姑娘住到已经烧暖火炕的客房；道尔基部落的马倌住到巴格纳的房间。

巴格纳把萨日娜送到图雅房门口，淡淡的月光下，雪地上映出两人长久拥抱的身影……

36

贡诺尔湖（位于蒙古国杭爱山西部——引者注）的水味颇咸，不宜食用；但对牲畜来说却和在不远处奔流的溪水没有什么不同。我们见到湖面上有许多水鸟：天鹅、灰鹅和白鹅、小水鸭、灰鸭、海番鸭和无数的水䴔……但看来他们（蒙古人——引者注）极少去打鸟，因为这里的水鸟没太受过惊吓，人走到离它们四十俄丈（约85米——引者注）远的地方，它们也不飞走。

——[俄] 阿·马·波兹德涅耶夫《蒙古及蒙古人》

第二天上午，斯琴高娃带车队回部落。巴格纳和图雅把她送出了半里地。巴格纳感谢道：没有你，我还没这么快得到萨日娜的亲吻哪，也听不到她那两首了不起的情歌。

斯琴高娃说：你的歌也很好啊，真心真情、独一无二。好好爱她吧，你和萨日娜的父母都不在了，就让米希格当萨日娜的阿爸，让札那当你的阿爸，让他俩来张罗你俩的婚事吧，再给你俩选一个萨日娜满意的好日子。

那就谢谢你了。巴格纳又对斯琴高娃说：这次回去，一定要给莫日根的阿爸家多一倍的鱼，这次捞鱼他出主意、出力最多。千万别忘记。

斯琴高娃答道：放心吧。忘不了。

三位姑娘也搂住他们两个人亲了一会儿，说笑了一阵，才愉快地驾着沉重的牛车回部落。

回到冰河鱼场，巴格纳掀开冻得邦硬、结满毛毛霜的厚毡，打开冰窟窿，敲碎夜里新结的一层一指多厚的冰，把碎冰捞净，发现水里面的鱼群密密匝匝，还像前一天一样多。

萨日娜和姑娘们探头一看，开心地叫道：啊，好像比昨天还要多哪。

萨日娜笑道：谁能想到乌拉盖河的冰底下有这么多的鱼。把这么多的冻鱼拉回部落，大伙该多高兴啊，穷人家更高兴。

巴格纳说：要是你们部落还想要，就让他们赶紧来，假如往后雪厚牛车来不了，还可以骑马，用炕桌那么大的雪爬犁来拉，一次也能拉四五十斤呢，我随时给他们捞鱼。

萨日娜对姑娘们说：你们慢慢捞吧，我要和巴格纳去看我的大鹅夫妻了。鱼装满了车就来叫我，一块儿回部落。

巴格纳和萨日娜放下羊羔皮马蹄袖，手拉着手往客栈走。走到听不到鱼场喧闹的地方，两人就停住脚步拥抱亲吻……

大朵大朵半湿半暗的团云遮没了多半天空，云朵之间的蓝天格外亮艳，像蓝宝石一样照耀着单调的雪原。风吹云动，云朵也想让沉睡的雪原欢乐起来。于是，云影和从云隙中射下来的强光，在雪地上飞快挪移，把雪原变得比春夏的草原更加令人眼花缭乱。草甸和花海不能反射出如此刺目的光芒，但雪原可以。刚才还是一片阴暗的雪坡，转眼间就像一面晃得人睁不开眼睛的巨镜；刚才还是一个阴森森的山谷，刹那间就仿佛变成了一个散发着热光的温泉湖泊；刚才还是近在眼前的亮白羊群，一会儿却像是没入暗雪中，与雪一色……云影和强光在头顶滑过，让两人宛如置身于雪山仙谷之中。周围没有任何人，但巴格纳心中的光，似乎还是没有让萨日娜完全欢乐起来。

萨日娜说：巴格纳，你再等等吧……

好的，我懂。

大朵大朵的浓云终于远去，只剩下刚刚飞来的小朵白云在晶蓝的天空上飘动。

走进客栈的家，就闻到了鱼腥、麦香和草汁的清香。图雅和其木格也刚刚剁好鹅食。巴格纳端了一个大盆，萨日娜端了一个小盆，与图雅一起高高兴兴地走向鹅房。其木格留下收拾屋子。

图雅笑道：早点嫁过来吧，每天跟大鹅小鹅玩，多开心呀。

萨日娜说：不忙，不忙。我是家长，不能说走就走。我那边还有一大摊事哪，要送大弟额利去长思寺当小喇嘛。和好几家的男孩一起去，有穷家的孩子也有富家的孩子。到寺院，他们就不怕大白灾和高利贷了，也不用交税，不会被抽丁去当兵，将来还能去天国。

巴格纳默然。

打开鹅舍的门，三人都吃了一惊。那只大雄鹅居然一眼就认出第一次给它喂食的萨日娜，扇着巨大的翅膀，高叫着扑向她。那只大雌鹅和那两只乌拉盖小鹅也认出她来，都向她跑过来，卷起一片干草叶。萨日娜连忙放下食盆，开心地抱住大鹅小鹅挨个亲，挨个抚摸，笑道：没想到，才分别这些天，你们就长得这么壮了，真让我高兴。好吧，快来吃饭吧。

图雅和巴格纳把盆端到两边。萨日娜笑着说：你俩也快成鹅爸鹅妈了，养鹅不难吧，只要你爱鹅，鹅就好养。好心比好食还重要。

到春天，这两只小鹅准保比他们的哥哥姐姐长得更壮更漂亮。

巴格纳笑道：你是我的未婚妻，你要是来了，我和你才是真正的天鹅阿爸阿妈呢。

萨日娜说：等它们吃完饭，我要把大鹅夫妻带到雪地上去透透气，不能老把天鹅关在屋子里，会憋出毛病来的。还得让大雄鹅飞一飞，刚才我看出来了，它想飞。它向我那么猛扇翅膀，还一个劲儿跺脚蹼，又一个劲儿提高嗓门叫唤，这是在求我放它飞呢，它也一准求过你俩。

巴格纳担心地问：外面天寒地冻，滴水成冰，放天鹅出去会不会冻伤？

萨日娜以鹅妈妈的口气说：不会。天鹅为啥这么洁白？为啥不像大雁野鸭那样麻灰？我阿爸说过，因为天鹅的祖先是要飞越喜马拉雅雪山的大鸟，它们可以在雪山的雪地上睡觉。那里有一种特别大的老鹰，比咱们草原的老鹰大得多，也更凶狠，专吃路过的天鹅。千万年前，腾格里就给了天鹅跟雪一样白的羽毛，而且让它们专在下雪的时候飞越雪山，凶狠的巨鹰就看不清了，后来蒙古天鹅的后代就变成雪白的天鹅啦。天鹅的羽绒最抗寒，它们天性不怕冷，喜欢凉快的地方。

巴格纳笑道：你懂得真多。

大小天鹅终于吃饱了。巴格纳抱起漂亮的大雌鹅，萨日娜抱起健壮的大雄鹅，对图雅说：小鹅不懂事，只能关在屋里。要是放出去一高兴乱飞，找不回来，那就害死它们了。外面还有老鹰呢，大鹅不太怕这儿的老鹰，可小鹅就危险了。

知道啦。

图雅把两只小鹅关在房里，插好门闩，三人走向马厩前面的车马场，其木格也跑过来看。两只大鹅一看到蓝天白云，一晒到阳光，激奋得张喙高叫。大雄鹅极力挣扎蹬蹼,等不及了。萨日娜走到开阔处用力向上一抛,但大鹅毕竟好久没飞了,飞了七八步远,还没飞起来。萨日娜对巴格纳说:咱俩换一换,你的力气大,抛得再高一点,它才能飞上天。

然后,接抱过他怀里的大雌鹅。巴格纳轻轻叫着大雄大雄,慢慢向大雄鹅走去,大雄鹅在近一尺厚的雪地上跑不动。他追上了它,再抱住。他问萨日娜:是不是它这些日子吃得太胖了,飞不动啦?

萨日娜说:兴许吧。那你上马厩顶上抛吧,准能成。

巴格纳笑道:对呀,我这就上去。老张说,建客栈的时候没少用好料,马厩很结实,是个放飞天鹅的好地方。

然后把大鹅交给其木格,再架梯登上马厩顶,又让图雅递给他木锨,在积雪的棚顶铲出一块可站人的地方。萨日娜和图雅推来一辆空牛车,其木格登梯登到上半部,萨日娜扶图雅登上牛车,两人再把大雄鹅递给其木格,巴格纳弯腰伸手才把大鹅抱到怀里。在马厩棚顶,大雄鹅看清了墙外的宽广雪原,兴奋地大叫,不断振翅。

巴格纳笑道:别急别急,这就放你飞,给我飞得漂亮点,再飞几圈天鹅舞。

然后,吸了一口气,弯腰憋足劲,猛地挺身发力,把大鹅抛上天。大鹅及时展翅扑翅,在半空中沉下几尺,然后用力扑翅,终于飞了起来,仿佛是寒冬草原上飞来了一只吉祥神鸟。四个人心花怒放,大喊大叫:我们的大鹅飞上天了!飞上蓝天了!额仑冬天的天空也能看见天鹅了。

大雄鹅越飞越高,越飞越远,还不停地高声欢叫歌唱。连远处鱼场的姑娘们都看见了、听见了,纷纷向天鹅呼喊挥手致意。不多一会儿,大雄鹅就开始在客栈上空转圈飞翔,扇动巨大的翅膀,翻飞优雅舒展的天鹅舞。大雄鹅飞得自由自在,一边愉快地享受飞翔

417

的快乐，一边不停地向地面的爱妻大声鸣叫，呼唤它一起飞翔，还滑翔下降，用又宽又长的羽翅，舞出波浪形舒缓典雅的舞姿，宛如春夏天鹅湖的涟漪，令大鹅公主急得跃跃欲试。大雄鹅又猛扇几下翅膀飞上半空，然后再次轻盈地降下，如此三番五次地上下飞翔，邀请爱妻与它同飞共舞。萨日娜紧紧抱住大雌鹅不敢松手，生怕她失去控制，会用力过猛，伤翅伤身又伤心。大雌鹅渴盼飞翔，不顾一切地在她的怀里剧烈挣扎，并向天空大叫。过了好一会儿，它用尽了气力才慢慢安静下来，但眼睛始终盯住天空上的丈夫，并时不时凄凉地叫几声。萨日娜心软了，慢慢地松了手，大雌鹅刚一落到雪地上，就急不可耐地踏脚助跑、展翅扑翅。但翅膀孱弱无力，即便在雪薄的院内通道上快速助跑，还是飞不起来，连一人高的低空也飞不上去。萨日娜心中悲凉，断定它是一只飞行能力已经衰竭的"老鹅"。草原太残酷，天鹅若不能飞，就是死亡。如果不救回它的话，它早已是冰坨了。而那只大雄鹅，明明飞得那样漂亮有力，可它却选择留下来陪伴它的爱妻，舍不得相爱相守了近二十年的老伴。她涌出了泪水，看见站在高高马厩顶上的巴格纳，站在寒风中呆呆地望着空中的雄鹅，细细地看它的飞翔动作、它的兴奋和遗憾。这次放飞大雄鹅，是米希格阿爸让她做的。老人说，依他的眼光看，大雄鹅一准还能飞。当时不飞走，是打算陪妻陪到底。

在冰天寒空上，大雄鹅单飞独舞，自觉哀伤，越飞越低，也越来越看清了爱妻还是不能飞。它痛苦地叫了几声，便放弃了飞翔的快乐，呼地一下飞落到雌鹅的身旁，用翅膀抱它，用喙亲吻它，用长颈缠它，并发出"额额、叩叩"的声音，还像鹅爸教小鹅那样，不断地做跳跃助跑、探脖起飞的动作。像以前无数次示范的结果一样，爱妻还是飞不起来。大雄鹅伤心绝望地哀叫，它终于知道，老伴就是吃饱了，休息足了，没困在苇塘冰湖里，也再不能重返蓝天。

两鹅摩颈哀泣，悲歌震颤。大雄鹅只好不断安慰老妻，守在它身边寸步不离，陪它在雪地上慢慢走步，呼吸新鲜的草原寒气。

萨日娜心中叹道：天鹅啊，你们真是为了爱可以舍弃天空、舍弃飞翔、舍弃生命的神鸟。

巴格纳从马厩顶看到两鹅的悲切和无奈，连忙下到雪地，走到大鹅夫妻面前，搂住大鹅公主，抚摸着它的头和脖颈叹息道：大公主啊，你真的不会飞了吗？你看上去还这么年轻漂亮，怎么就不会飞了？那……那也不要怕，不要伤心，你的大雄鹅会一直陪伴你，守你一辈子的。我和萨日娜也会永远陪伴你的，以后年年冬天，都会把你们接到客栈过冬，让你俩再相爱二十年，最好更长。大雄还可以在你的头上跳舞给你看的。

大鹅公主似乎听懂了阿爸的安慰，却更加伤心和难过，她舍不得拖累自己的丈夫，便额额地哭起来，还张开翅膀拥抱丈夫，大雄鹅像一个体己知心的好丈夫，张开翅膀去抱妻子……

一直在旁仔细观看的萨日娜，忽然发觉了两鹅翅膀的差别。她连忙把巴格纳叫过来，说：快来帮帮我，打开两只鹅的翅膀。大鹅公主的羽翅好像软塌塌的。

两人急忙各抱住一只鹅，并打开一扇翅膀。比较着一看就发现，大雄鹅的羽翅排列整齐紧密，像壮年汉子的牙齿；而大鹅公主的羽翅却有些松，像老年人松动的牙齿。大鹅公主合上翅膀的时候是看不出来的，可是当它扇动翅膀或打开翅膀的时候，就能看清楚。

萨日娜哀伤地说道：我养了十几年的鹅，可是从来没有养过老天鹅，没有见过老天鹅的羽翅啊。怪不得老鹅飞不动了，就像老人咬不动手把肉和酸奶豆腐一样。这样软塌塌、漏风的羽翅咋能兜住风，咋能扑扇出飞力呢？野地里的天鹅只要羽翅不能深深紧紧地长在翅膀的肉里，老鹅就飞不动了。

巴格纳心疼地叹道：这事还得赶紧告诉米希格阿爸。老鹅们真是太可怜了，人老了还可以拄着拐杖走或让年轻人搀着走。可在天上天鹅拄不了拐杖，更无法搀扶。

巴格纳望着正在梳理羽毛的夫妻鹅，忽然想起一件事，问道：不知道要不要经常给天鹅洗浴啊？冬天你们在蒙古包或鹅棚里养鹅的时候，给不给天鹅洗澡？洗澡是天鹅的半条命，一冬天不给它们洗澡，天鹅哪能受得了？

萨日娜欣喜地说道：你真是个好鹅，你要是不提醒，我差点就忘了。你说的是冬天在蒙古包里养鹅最难的一件事。蒙古包里没有大木桶，烧不了那么多的水，没办法让天鹅痛痛快快地洗澡。你们客栈给天鹅洗澡就方便多了。找辆旧木桶牛车，卸下旧木桶，去掉盖，打上大半桶井水，再兑点热水，天鹅就可以在大木桶里凫水、戏水，痛快洗澡了。那天鹅们还不得爱死你这个鹅阿爸啦。连我都替小巴图和小花脖羡慕客栈啊。

巴格纳笑道：真的啊，你说得我的心都痒痒了。成，过些日子我就把老张的那间房用来做天鹅的洗澡间。那间房有暖炕，有灶房，可以烧水。房间暖和，羽毛可以干得快。我还想再放一个新的大木盆，给我的新娘洗澡用。你也可以痛痛快快地洗澡啦，这该多美啊。到春天，老张回来以前再把房间打扫干净就成了。你也快点把小巴图和小花脖带过来吧。

萨日娜微笑道：你总是为我、为天鹅想得这么周到。谢谢你，我也想早点过来……

37

  元成宗以来，朝廷历次降旨禁捕天鹅。如元元贞二年正月，下诏江南禁捕天鹅；元至治二年三月，诏令"禁捕天鹅，违者籍其家"；元泰定二年又下诏禁捕天鹅；元元统三年冬十月，罢却天鹅之献。元朝颁布保护野生动物的禁令，一定程度上反映了游牧民族的社会价值观。

  ——阿岩、乌恩《蒙古族经济发展史》

  装满鱼的牛车已经停在客栈大门外，姑娘们都跑来看天鹅，一看到相依相伴的一对人天鹅和一对鹅天鹅，都放慢了脚步。不一会儿，姑娘们都叫起来了：好羡慕你们四个啊。

  两人陪姑娘们看大鹅，但大鹅夫妻俩一反高雅温和的常态，无比凶猛，不让陌生人靠近。谁靠近雌鹅，大雄鹅就扇着翅膀过来啄谁；谁靠近雄鹅，大雌鹅也会扇翅跑去啄人。姑娘们只好躲到萨日娜和巴格纳的身后，笑道：天鹅怎么这样护妻护丈夫啊，总得给爱你的人一点礼貌吧？

  萨日娜一边与巴格纳张开手臂阻拦两鹅，一边微笑道：你们还没见过天鹅夫妻咋样护绒毛鹅崽的哪，连野鸭游得太靠近，大雄鹅都会大打出手，把鸭子啄得潜到水里去逃命。天鹅的凶猛全是爱啊，这会儿雌鹅大公主是只不能飞的老鹅,大雄鹅就更会保护她了,生怕她再受到一点点伤害。你们要是跟天鹅处熟了,天鹅可有礼貌了。

两人把大鹅夫妻抱回鹅房,姑娘们又观赏了打扫得干干净净的鹅舍和两只小鹅,连连夸赞巴格纳,又说说笑笑聊了一会儿才离开了鹅舍。巴格纳小心地闩上门。

萨日娜带领牛车队回部落。巴格纳步行踏雪送出了两里地,两人依依不舍地吻别。巴格纳久久地站立挥手、目送。萨日娜登上牛车,身体向后,站在赶牛人坐的筐角前边的车横木上,一手抓牢车绳,另一只手向巴格纳不断挥动……

车队快要接近北边山梁的山脚时,离客栈最远的古茨楞部落也有三辆牛车赶过来了,见到装满鱼的牛车,又是一阵担心的惊呼。车队走到巴格纳旁边,他坐上牛车,顺着车辙印,把车队领向冰窟窿鱼场。巴格纳对车队的姑娘们说:快要变天了,我带你们赶紧捞鱼装车。这两天两个部落拉走不少鱼,冰窟窿里的鱼是少了下去,可是你们别担心,我准保能把你们三辆车装满。要是这两个冰洞里的鱼捞不上来了,我再给你们凿一个新的冰窟窿。我在苇塘里撑过好多次船,知道哪里有深水鱼窝。

第二天第三天,三个部落的贫穷平民和牧奴,还有几家富户,又赶着牛车来客栈冰鱼场抢捞了几次鱼。萨日娜还托塔娜,把她那最宝贵的书柜车顺便送到客栈。巴格纳异常高兴,连忙将书柜牛车牵到自家的窗口旁停下,再盖上一块毡子,用绳子扎好。然后让塔娜把牛牵回。

图雅笑道:天鹅姐姐已经在料理婚事啦。她把家中唯一珍贵的财产搬过来了,这可是她阿爸一生的藏书,都送给你了。

巴格纳乐道:我要在屋里做几个贴墙书柜,等她来了,再和她一起整理书。往后冬天的客栈里,我和她有一群天鹅、一群狼,还有几书柜的书,我俩就啥也不缺了。

两天以后,一场大雪降了下来,之后是第二场。雪量已几乎与上一年的白灾相同。厚雪却不能阻碍萨日娜的几首新情歌在额仑草原和其他苏木流传,额仑三个部落几乎人人都会唱,姑娘们更是唱得像老歌那样纯熟了。萨日娜的新天鹅情歌,仿佛天生就长有天鹅翅膀,越飞越远,越飞越广,飞遍了草原。空旷单调的蒙古雪原上,孤独的牧人和运牛粪的女人,都喜欢一遍一遍地唱萨日娜哀伤的天鹅歌,把草原蒙古长调短调骨子里的忧伤唱得钻入人的灵魂。姑娘小伙们也喜欢传诵她和巴图、巴格纳两只雄鹅的爱情故事。在蒙古草原上,有动人爱情故事的歌才是传播最远、最广的歌。

巴格纳、图雅、莫日根和其木格把客栈大院里拉水的牛车大木桶拉到老张的房前,再把椭圆形木桶卸下车,抬进屋内,再撬除桶盖,把大木桶放在火炕的东边,清扫干净。然后,四人又到洗澡房挑选了一个崭新的大木盆,再用爬犁拉到老张的房间,放在火炕的西边。这样,一间人和天鹅的冬季洗澡间就安置好了,四个人开心地唱起歌来,休息了一会儿就开始给天鹅们准备洗澡水。

此时,火炕已经烧了两三天,屋内暖意融融。原来的炕席上加铺了一大块旧毡子,并把老张的被垛也一同罩起来。外屋灶上大锅里的水也已冒出白蒸汽。巴格纳和莫日根用爬犁拉着水桶去井台打井水,掀开厚厚的毡井盖,用长杆捣碎一层薄冰,再用水桶拎上水来。运了六七桶井水后,大木桶才灌了半桶多一点的水。巴格纳又和其木格用小水桶盛锅里的热水兑入大木桶,直到水像秋季天鹅湖的湖水一样温凉。

巴格纳笑道：图雅，其木格，走，咱们先让大雄和大公主夫妻俩来洗夫妻浴吧。莫日根，你再去打水，把大锅盛满，接着烧水。进出要把两道房门关好，别把屋里的热气放跑了。

进了天鹅房，巴格纳乐呵呵地抱起了大雄鹅，图雅笑嘻嘻地抱起了大公主。两人闩好了鹅房门，把大鹅夫妻抱进了温暖的洗澡间。当两鹅看到深深的一汪清水，好似在冰天雪地看到了天鹅湖冰面上的一口温泉，又好像几年没洗过澡，全身痒痒，探长脖子疯吼起来。幸好两人都深知天鹅的天性，早有准备，提前狠狠地用双臂箍紧了两鹅的翅膀，这才没有让两只鹅一头扎进水里。

图雅问：这两只鹅太大，大木桶只能刚刚装下它俩，要是硬把它俩放进去，它俩也蓬不起翅膀和羽毛，还是洗不成澡，咋办？

巴格纳说：那只好让大公主先洗了，我使劲抱着大雄鹅，让大公主在桶里松松快快地洗，等它洗干净了，再让大雄洗。你把公主慢慢放进水里吧，千万要慢。要不，它张着翅膀跳进去，木桶边会碰伤她的翅膀的。

好吧。我会小心的。

图雅弯腰把大公主轻轻地放进水里。它立即像落单的小鹅见到叼着草回来接它的妈妈一样，狂喜地蓬起羽毛在清水里打起滚来，凫水游了几下，又一个猛子把头颈和前胸扎进水里。可是等它抬起头看到急得快喊哑嗓子的丈夫的时候，它游到它身边伸长脖子吻它的蹼，拼命叫它下水，和它一起洗浴。它使出了劲连续高叫，看那个架势，仿佛大雄不下水，它就不洗澡。巴格纳把大雄也慢慢放进水里，让它俩面对面，前身并排贴靠在一起。两只大鹅的身体几乎占满了大木桶的水面，既蓬不开羽毛，又戏不了水。但是浮在水上，两鹅很开心，互相亲吻蹭头、绕颈缠绵，像一对初恋的姑娘小伙鹅那样幸福。

一对终生相爱几乎冻在一起的"老鹅",挤在无法洗浴的狭小水面,仍然想尽一切办法来给爱侣洗澡,张翅和蓬羽都不可能了。但大雄鹅还是想出了一个办法,它把头伸进水面的小空当里,含了一口水,再淋在公主的羽毛上,淋了几口以后,大公主也低头含水,淋丈夫。然后双双再微微张开翅膀,用喙撸夹羽毛洗羽毛。不慌不忙,耐心细致。四个人围着大木桶静下心来细细观赏。

巴格纳忽然像是有了主意,说道:我能让它俩痛痛快快地洗啦。

说完,他弯腰伸出手,把两个大手掌放在大公主的背部,然后稍稍用力,慢慢把它的身体全部按进水里。大公主很感意外,但惊喜地额额、叩叩乱叫。大雄看得也受不了了,也叫着喊着要他来按。

图雅大笑道:别急,别急。我来按你,你脖子长,准保淹不死。我让你的身子全泡进水里。

巴格纳说:大雄个儿大,你按不动它,咱俩换换吧。

两人换了位置,便像搓洗厚衣袍那样慢慢按压夫妻天鹅全身,上上下下、半身全身,按出的波浪一浪又一浪地荡涤着鹅的羽毛,两鹅享受着天下所有天鹅都不曾享受过的波浪浴,开心舒服得几乎晕醉在澡桶里。

其木格和莫日根的心和手都痒痒起来,也挤过来换下他俩,弯腰伸手,按压天鹅,像天鹅那样快乐幸福。

一直等到把它俩该泡洗的地方都泡洗过了,巴格纳抱住大雄说:你俩亲热也有好大一会儿了,该让你的公主自个儿松松快快地洗了,好吗?

大雄似乎听懂了阿爸的话,便顺从地让他把自己抱出水面。

大公主终于洗完了最后一丛羽毛,马上抬起头呼唤丈夫。

图雅把大公主抱出大木桶,擦干羽毛后,让它到炕上的大毡上抖甩身上的残水,然后它张开巨大的翅膀,在暖屋子里烘干自己的

425

羽毛。巴格纳立即把大雄放到水里,它马上就在水里疯狂扎猛子、翻跟头,大洗特洗起来,溅起一片水花……

巴格纳笑道:往后,咱们就常常给天鹅洗浴,那它们跟咱们就会更亲啦。以后,不管小鹅飞到多远的天涯海角,都会飞回咱们家。

大雄也总算痛痛快快地洗完了,一对夫妻鹅在炕毡上快乐地边吻边烘。鹅毛上有油脂,不易沾水,容易烘干,等到它俩把翅膀收拢起来,两人就一人抱一只鹅,准备送回鹅房。这时,两鹅不约而同、情不自禁地把天鹅最感恩的爱献给了两位家长:把整个长脖颈像围围脖一样地围住了他俩的大半脖子,从左边的肩下一直缠绕到右边的肩下方。而天鹅的脑袋就温柔地挂在两人的右胸上面,两人都用右手掌托起鹅头,激动得低头狂吻。

巴格纳看了看木桶里的水,发现并不太浑,就对莫日根说:你换换水,换两三桶井水就成,再兑些热水。

莫日根笑道:待会儿你俩把小鹅抱来,就让我和其木格来洗吧。给天鹅洗澡比给我的小侄子洗澡还要好玩。

这天下午,巴格纳和图雅又骑马去给狼捞鱼送鱼,却发现狼群并没有像以往那样把鱼叼走。两人顺着河岸走了一里,突然看到不远处苇丛旁边有几头狼,那条狼王后还向他俩摇摇尾巴。图雅高兴地喊道:狼王后,你们为啥不叼鱼啊?快去吃吧。狼们都摇了摇尾巴,转过身去,很快消失在苇丛里。

又过了三天,鱼才不见了,旁边都是狼的脚爪印。图雅认为是部落车队捞鱼的动静太大,来了那么多人和车,歌宴时人们更是大叫高唱,所以狼群就不敢来了。而巴格纳却被狼群的警觉性所提醒。狼是从来不会因顺利而得意忘形、松懈警惕的。难道狼还想告诉他什么事情吗?警觉和谨慎,也是巴格纳家族四代人因灾祸刻在骨子里的天条。他立即从歌宴的欢乐和爱情的甜蜜中清醒过来。这些日子,他总隐隐感到白灾的阴影重又笼罩下来,一场中等的白灾曾毁灭了萨日娜与巴图的爱,那这回降下来的如果真是一场大白灾,他能抵抗住吗?巴格纳和图雅急忙上马往客栈走,他想,得加快赶制马皮滑雪板,一定要在灾祸到来之前,把蒙古西部所有的抗灾办法和器具都拿过来用,哪怕是一个小法子都不能放过。

图雅问:莫日根把滑雪板做出来了吗?

巴格纳说:还没有呢。前些天捞鱼他太忙了。

为啥咱们这儿的人从来不用滑雪板呢?

听老人们讲,从古到今,蒙古东部草原冬季的雪量,一直比西部阿尔泰的要少很多。所以咱们这儿的畜群,在冬季不用几百里远途迁草场。只要在苏木地盘内,短途迁到预留着草的冬季草场就能过冬了。这儿的冬天雪不太厚,夏秋季雨水多,草地肥沃,草又比较高。雪一般只能盖住一半草,剩下的一半还露在雪面上。就算是白灾,雪也不能把草完全盖没。多半的年份,看上去都是黄黄的一片牧草。草高了,牲畜能吃饱过冬,可滑雪板就滑不动了。在西部草原,草矮雪厚,一到冬季白雪茫茫,人们只能穿上滑雪板,在雪面上出行。咱们乌珠穆沁部落从西部蒙古迁到这儿来以后,远途迁场、木栏草圈和滑雪板就没啥用处,后来就放弃不用了。老传统扔了一两百年,很难再恢复。你也看到了,让部落建木栏草圈和长途迁场多难啊。

图雅问:这会儿的雪还不算太厚,要是今年大白灾不来呢?

巴格纳说:我相信米希格阿爸,相信天鹅报的信。天鹅飞得最高最远,能看清好几个国家的灾情。它一定知道北边几百里上千里的地方已经降下大雪。从大灾区逃过来的天鹅,已经把那边的灾情提前告诉这边的天鹅了。

427

你这么一说，我也害怕了。那你和莫日根能做出滑雪板吗？

应该能吧，我滑过那种滑雪板，是用松木做的，底面还蒙上马皮，向前滑马毛顺溜，滑板更滑。在坡上停下来的话，逆茬马毛还可以防止倒滑。马皮最好用马前腿上部的皮，咱们库房里还有一些收上来的生马皮，莫日根正在屋子里熟皮呢。等皮子熟好了，可以做四五副滑雪板。过些日子用开水泡软松木板，再一点点把滑雪板的一头别弯，然后蒙上马皮，再绷紧。咋也得十几天才能做出第一副，以后做得就会快起来。等做出来，我就可以滑雪了，等我练熟了再教你。我从前在阿尔泰那边，用那种马皮滑雪板滑过不少回呢。在雪地上滑起来快极了，下坡的时候跟飞一样，能追上在厚雪里跑不动的鹿。真到了大白灾的那会儿，滑雪板就是救命板了。

38

根据达尔扈特们的传说,成吉思汗在一次战败以后,心情烦躁,他从自己的马背上取下了马汗没干的鞍子,朝天反置,叩头问道:"苍天父亲啊,您还帮我不帮?"这时候,空中突然传来一声巨响,一柄黑色神矛从天而降,落到了一棵枝叶繁茂的大树上。成吉思汗认为这是长生天送来的神物,就命木华黎前去把神矛请下来……成吉思汗……说:"准备一千匹驿马,并用一万只全羊供奉!"随后便让人把九九八十一匹枣骝公马的鬃毛做成蓬松的缨子,将神矛装饰起来。一万只全羊一下子来不及凑齐,供奉时先用九九八十一只绵羊各带一个蹄子代替,不足部分再由长生天的苍狗(狼)到我们的畜群里如数捕获。这样供奉之后,这柄黑色神矛就变成了我们民族的军旗。

又是长生天的苍狗!在这个与连成吉思汗都敬畏的黑色神矛有关的传说中,成吉思汗把狼称为上天的动物。由此可见,他多么崇敬狼,把它看成了蒙古人的图腾。

——[蒙古]高陶布·阿吉木《蓝色蒙古的苍狼》

狂吼了三夜三天的白毛风终于停歇,幸好风很大,降雪却较少。巴格纳、图雅和莫日根两口子干了一个早晨,把院内一层积雪铲干净，然后回屋一起喝早茶、吃黄油馃子和手把肉。图雅说：昨天下午我喂鹅的时候，看见两只小鹅也一个劲儿冲我猛扇翅膀，还又踮又跳又叫。它俩也准保想到天上去飞呢。你说让不让它俩飞呢？

巴格纳答道：萨日娜说过，小鹅不懂事，单把小鹅放出去有危险。可是不让它俩飞，它们就不好好吃食，也耽误长身子骨……明天，咱们先不给小鹅吃饭，让大雄鹅带两只小鹅一起飞。它俩飞个十几圈准得饿，然后咱们再敲食盆叫它俩下来吃食，大雄鹅一回来，它俩也准保跟着回来。

图雅说：我看成，有大鹅带着，就不怕老鹰，小鹅胆儿小，准保跟大鹅飞。三只鹅一同飞上天，那多好看啊。在冬天的客栈上空还能有三只天鹅飞翔，这要是传出去，那比炸鱼的名声还要叫得响，咱们客栈准得被改叫成"天鹅客栈"啦。

成。明儿就让它们飞。

其木格和莫日根也都叫好。

第二天上午，巴格纳和莫日根先上马厩顶，把棚顶上的雪铲成大雪块，抛到院墙和草圈的东北边，铲出空地和通道。他又警惕地抬头仰望天空，查看天上有没有老鹰，搜寻了几遍，发现东北方向的上空有一个小黑点。他对莫日根说：你去库房柜台拿两管大爆竹，就是一点能炸两响的那种大爆竹。

莫日根呵呵笑道：我玩过，准保管用！

过了一会儿，莫日根就拿来两管大爆竹、一炷香、火镰和几片薄薄的刨花。巴格纳背着风，弯腰伸手，从火镰荷包里掏出火绒和火石，用左手的食指和中指夹住一小团淡棕色的火绒，用拇指和无名指捏住火石。右手捏住刀背般厚重的带齿火镰，轻擦火石。一缕金黄色的火星细流直冲火绒，将火绒烧红冒烟。图雅对准吹了一口气，火绒就冒出小火苗。巴格纳立即将薄刨花凑上去，一片明火烧了起来。接着点着那炷香。

　　天上的老鹰还在慢慢悠悠地滑翔，越飞越近，巴格纳手捏爆竹一头，对准老鹰方向，点着火捻。"砰"的一声炸上了天，又"叭"的一声巨响，吓得那只鹰顿时向东北远处逃飞，眨眼间就没影了。贪玩的图雅嚷嚷也要点，巴格纳让棚下的其木格扔上来半块土坯，再敲成两半，把爆竹夹放在土坯中间，固定在棚顶，对准可能出现老鹰的西北上空方向。图雅战战兢兢伸出手，点了两次才点着，同样先后两声巨响，图雅姑娘乐得双脚直蹦。

　　巴格纳笑道：好玩吧，要是萨日娜在的话，她就更喜欢为小鹅轰老鹰了，这回老鹰再也不敢飞到客栈头上来了。

　　图雅乐道：在马厩顶上放鹅飞，真是个好玩法。在部落哪有这么高的台子啊。

　　等空中的硝烟散尽，鹅房里的天鹅们以为雷声过去了，又开始兴奋和躁动。四个人接连登牛车，爬梯子，把大雄鹅和两只小鹅抱到马厩顶上。莫日根下梯回屋继续做滑雪板，其木格也下去照看大鹅公主。马厩顶上只剩巴格纳和图雅两人。马厩比较长，大雄鹅已不用巴格纳抛它助飞，它刚一站上长长的棚顶，就在马厩顶铲净雪的通道上，扇翅助跑十几步轻松飞上天。

　　两只小鹅看到大雄阿爸已经飞上天，急得乱叫。巴格纳和图雅两人喊一、二、三——同时抛出小鹅，小鹅急忙扇了几下翅膀，很快扇出了飞力，身体在半空沉下两尺，但马上活泼地飞上了天。一直盘旋等待的大雄鹅回头飞过来接两个孩子，带它俩低空绕飞了两圈，让爱妻清楚地看到以后，忽地直冲高空，两只小鹅立马被甩下一大截，咋样用力扇翅也追不上阿爸。小鹅又开始乱叫，不一会儿大鹅猛然收起翅膀俯冲下来，从两只小鹅中间忽地穿过，让它俩又惊又喜，快乐地大叫。大雄鹅逗玩了一阵小鹅以后，开始带领小鹅平稳练飞,上下左右,拐弯绕飞,慢慢唤醒沉睡已久的翅膀。飞了一会儿,大鹅就带小鹅和站在棚顶上的两个恩人玩耍起来。它还时不时带小鹅低飞到巴格纳和图雅的头顶,飞到图雅跳起来就可以摸到小鹅肚皮的地方。图雅开心得高叫:再飞下来一点,再让我摸你一把,再摸一次嘛,待会儿给你好吃的。

巴格纳不用跳,只要踮一下脚就能摸到飞过头顶大鹅小鹅的肚皮和脚蹼,乐得他还抓住一次机会,挠到了小鹅的胳肢窝,让它痒痒得差一点缩了翅膀,拐了弯。大鹅小鹅看懂恩人鹅爸鹅妈的请求,一次又一次地飞上飞下,让他俩摸肚皮摸脚蹼。有时大鹅还会叼一下两人的皮帽,两人第一次救上来的乌拉盖小雄鹅,甚至还想用肚皮来蹭图雅的皮帽。另一只小雌鹅还从图雅的腰部飞过,图雅眼疾手快地摸到了小鹅的翅和背。她乐疯啦,两人三鹅玩得过瘾、不分人鹅,都变成了淘气调皮的小鹅。

大雄鹅任何时候都不会忘记妻子,只要在空中飞了一段后准保飞回来,带领小鹅飞到爱妻的头顶上,让大鹅公主快乐地张翅踮脚起舞。大雄鹅有时还会突然冲下又飞起,给爱妻来一个蜻蜓点水似的空中飞吻,让妻子惊喜得蹦起一尺多高,差一点就飞了起来。

天欢地乐之后,大雄鹅开始带领小鹅们正规练飞。巴格纳和图雅回到地面,两人各托举起大鹅公主的一只脚蹼,慢慢走,让它在两人的头顶上扇动翅膀转了几圈,也享受一下离开地面、在空中展翅飞翔的快乐。大公主快乐得不停地鸣叫。

巴格纳看了看日头,说:该让大雄它们回来吃饭了。

两人放下大公主,从巴格纳的房间外屋端出一大一小满满两盆鹅食。三只鹅争先恐后呼地从天而降,准准地落在食盆旁边。大鹅落在爱妻身边,小鹅落在小盆旁边。三只鹅玩疯了飞累了,低头猛吃急吞,比平日快了许多。

巴格纳一边看，一边笑道：萨日娜要是知道咱俩能用大木桶给鹅洗澡，能把小鹅放飞上天，还能摸到小鹅的肚皮和脚蹼，她没准儿就更想早点搬到客栈来了。

图雅得意地笑道：咱们又成功啦。萨日娜姐姐说得对，天鹅最通人性，只要人对鹅好，鹅就对人亲。大伙都以为冬天客栈太冷清，哪能想到客栈这么好玩。下午，咱俩再去和狼玩。等滑雪板做好了再玩滑雪。等下回萨日娜姐姐过来，她就玩得不想走啦。

巴格纳总是喜欢去看客栈的木栏大草圈。巨大的草堆已被厚雪压矮一尺，但高过圈栏的侧面，还能看到两尺多高的草。秋末冬初那会儿看上去还是浅黄色的干草，此时在皑皑白雪世界里，却呈现出明显的淡绿色。在牧人和牲畜的眼里，那是比绿宝石光芒更美的色彩。所以，额仑草原冬季草圈里的草料，被牧人叫作青干草，而不叫干草。这是冬季草原白灾下牛羊的救命草啊。但是，打草储草的成本太高了，草原人家储够牛羊一冬的青干草，需要花费比一家人整个冬季肉食还要高的费用。

身材魁梧、宽脸紫红、直鼻锐眼的东日布，乐呵呵地骑马跑来了。他那匹坐骑一瞅见青干草，闻到了浓郁的草香，连连跺蹄刨地，瞪大了眼睛，眼巴巴地望着巴格纳掌柜，恳求他给它吃点青干草。爱马的巴格纳连忙登上梯子，揪出一小抱青干草，捧到它的嘴边，让它解解馋。大马感激地连连点头，大口吞吃。

东日布对巴格纳说：我就不下马啦，正放着羊呢。今儿不下雪，我来看看草圈就走。前天我碰见一个找马的羊倌，他后悔坏了。原先札那也让他建草圈堆草的，他说建草圈还得出几十只大羊才能雇得起人打草堆满草圈。他觉着不划算，往年没出这么多的羊，不是也过来了吗？这下可好，今年雪这么厚，羊群每天只能吃个六七成饱。天又太冷，羊群天天掉膘啊。到明年开春，还指不定会冻死、饿死多少只羊哪，准保比那几十只羊要多，真是亏大了。他还想在白灾最厉害的时候，跟我借点草呢。可是，我这群羊数量大，又是全部落最好的一群羊，札那不许我借草给人。今儿，我就是想来看看草，闻闻草香我都能开心三天。就像富家牧主要常常打开钱柜，看看他的银元宝一样。

巴格纳问：你打算啥时候把羊群赶到客栈马厩里？

东日布说：再过些日子吧。我那片草场还有些草。我的羊比别人家的羊个头大，蹄子有劲，还能刨雪吃到草，雪底下尽是好草。我要等羊群刨不动雪了，再搬过来。这样就不怕草不够了。到时候要是有多余的话，还可以帮帮别人家。我来这儿也想问问，你啥时候能抱上天鹅姑娘大美人啊？让我和部落的马倌们喝上喜酒。

图雅上前斥道：你一过来，全身都是马尿味。快去放羊吧，小心狼把你的羊叼走。把羊群扔在那么远的地方，回头我要告诉阿爸。

东日布说：嗨，也真怪了，自打搬到客栈这边来，能听到不少狼嗥声，可我的羊群从来就没被狼掏过，牛和散放的几匹马也从来没被狼咬伤过。这儿的狼群好像跟你家有缘分。好了，我走啦。有啥事叫我一声，别的我没有，就有力气，我能扛动一头两岁的母牛。要有出力气的活儿，就找我吧。

说罢，拨转马头，跑出院门，向两三里以外的羊群奔去。

巴格纳问图雅：萨日娜以前常会碰到这种人吧？他们会不会对女人动手动脚？

图雅说：你没在草原上长期住过不知道，这种男人不少，我也常碰到。他说话算是干净的。有的人说的话脏得都能招来一大群苍蝇。可是草原蒙古男人对部落女人，只动嘴，不动手。晚上就是睡在你身边，只要你不碰他，他就不会动你一下。这是成吉思汗那时候传下来的草原老规矩,可严了。蒙古老规矩规定蒙古男人不准打女人、打妻子、打儿媳、打女儿。谁也不敢破,谁破,部落首领准得狠狠收拾他,罚他"一九",就是九头牛或羊。再犯,就罚"二九""三九",就是十八头或是二十七头牛羊。还有就是,蒙古女人也不是好惹的,惹火了,一脚就能把男人给废了。蒙古男人都知道蒙古女人的厉害。打起仗来,蒙古女人个个都敢挥刀上阵。有的暴脾气的蒙古女歌手会突然大喊,嗓门大得能把跑到跟前的敌人战马惊吓得立起来,把敌兵摔下马来。

巴格纳笑道:我咋不知道蒙古女人的厉害呢,那天在酒宴上,我差点就让蒙古姑娘给扒了,连扣子都被扯掉两个。

图雅叹道:小伙越来越少,寺庙里的喇嘛越来越多,蒙古姑娘们还从来都没遇见过这种世道……

39

> 大体上讲，中亚和北亚的宗教在形态上与印欧地区的宗教相似……我们必须确定不同历史时期的印欧人在多大程度上保留了可以和突厥－鞑靼人的萨满教相比较的萨满教元素。
> ——[美]米尔恰·伊利亚德《萨满教》

巴格纳挑选的滑雪演练场，在客栈东北两三里的地方，被商号车队的牛马驼吃光了草，雪地比较平坦，草茬完全被雪覆盖。巴格纳穿着秋冬二茬薄毛皮袍，一副冬季干重活的轻便装束。他小心地先练习撑着雪杖缓缓走步滑步。一只脚利用滑板马皮逆毛，稳住滑板和身体，然后撑雪杖，另一只脚向前滑步。他滑出大半步，再稳住前脚，把后脚滑向前。双脚交替往前滑走。雪杖撑得越有劲，走滑的速度就越快。

又走滑了一段，滑雪板才慢慢适应雪面。巴格纳也越滑越顺。等他收住滑板停下，慢慢走滑回来，对莫日根说：成，这副板子能用了。你把马皮绷得真够紧的，马皮也是冬季的马皮，马毛比较厚，顺溜得好像长在滑板上了。别担心，过不了多一会儿我就能滑稳了，然后再慢慢加速。

这副滑雪板，是仿照巴格纳记忆里蒙古西部阿尔泰和科布多地区的双板滑雪板做的，长度比他的身高还长半尺多，宽度与蒙古靴几乎相同。滑板不到一指厚，底板中间比两边略厚一些。滑板的翘头呈长圆尖形，与雪面有一拳半高的距离，缓缓翘起。滑板中间偏后部，穿有四个小眼，再穿两根长牛皮条，拉出四根长度减半的皮条，用来绑靴。绑住以后，前脚牢牢绑在滑板上，鞋后跟却可以抬起。滑板的触雪面蒙着马的前腿皮，马皮是熟好后绷上去的，再把皮子翻到正面，用细皮条的对边穿孔勒紧，再用细钉将马皮与滑板紧紧钉在一起。两根雪杖用榆木杆做成，与普通酸奶缸的捣奶棍一般粗细。雪杖略尖的下端，插入一片比雪杖粗一圈的厚圆木片，中心圆孔再用小钉固定，用来撑雪，圆木片会越撑越紧。雪杖顶尖只有三四指长。

当时在蒙古西部阿尔泰山区流行一种宽幅单人单杆滑雪板，他也滑过，但觉得不如双板好用，侧着身体滑，总不如全身正滑舒服，看得开阔。而雪杖呢，无论是单板单杆和双板单杆，都是一根长木棍。而阿尔泰东部的科布多地区，还有一种双板双雪杖。巴格纳觉得双雪杖比单木棍更容易掌控，滑起来也更快更稳。所以他决定采用双板双雪杖，让莫日根把双滑板全都配上双雪杖。

这是一副极其古老、略加改造的蒙古滑雪板，很稳很实用，是西部草原的牧人严冬的出行工具。巴格纳觉得他和莫日根仿造的这副滑雪板，与原滑板不会有太大的差别。两人试改了多次，总算能合脚地穿上了。这是额仑草原第一副来自蒙古西部草原的滑雪板。虽然是从蒙古西部阿尔泰乌珠穆山区迁来，但乌珠穆沁额仑草原人却已经完全不认得这是啥玩意了。东日布说，他只是听一个萨满老人说起过祖上的滑雪板。

巴格纳走滑了一会儿，觉得自己已经慢慢恢复了原来的滑雪本领，于是就双手撑杖，双脚双板交替向后蹬滑，慢慢滑行。这样的滑速,就已经比厚雪中的马走得快了。他又滑了一段,开始双腿双板轮流加力向侧后踏蹬滑板。左一蹬,右一蹬,每一蹬加上双杆的撑力,就能滑出一个身长的距离,比马快得多。

图雅姑娘惊喜地在雪地里雀跃蹦跳,大声叫好:太好玩儿啦。我看滑雪不太难,活的烈马我都敢骑,死的滑雪板我就更敢踩啦。巴格纳哥哥最会玩,他总能弄出些我从来没玩过的花样,一个比一个好玩。

然后转头问莫日根:还有几副滑雪板啥时候能做出来?我想快一点跟他一起滑。

莫日根说:还得过些日子。要把开水浇湿的半截板烘干,要不滑板就重,还容易断。

图雅焦急地说:你再赶紧做两副。

板子倒不太难做,两三天就能做出来。库房里的好松木料有的是,马皮也够。就是得花工夫熟皮子,烤板子。

再做两副,一共五副。等萨日娜过来以后,咱们五个人一人一副。平时玩,灾时救灾。你要回部落看阿爸看女儿,我看一天就能打个来回。

我做,我做。这活我还真乐意干,反正冬天闲着也是闲着。做了一副,我也摸出门道了,我看这副板子还成。待会儿再问问巴掌柜,还有哪些地方有毛病,再改改。

图雅乐道:那我就能见到阿爸额吉啦。滑雪板来得太是时候了。这会儿的雪那么厚,往后还要厚,下部落谁敢骑马啊。要是半道遇见白毛风,马迈不开步,那非得冻死在雪地里不可。有了滑雪板,再大的雪都不怕了。部落一看咱们飞滑过去,那更得傻眼。这下,巴格纳哥哥又得被姑娘们拽掉扣子啦。

巴格纳越滑越稳越快,半个时辰下来,已经滑得像个蒙古西部的牧人了。他又在平地上滑了十几个来回,然后朝一个小山包顶加速冲滑过去,一直冲到撑不动的时候,便横住板,用雪杖撑住雪,喘了几口气,再往山包顶"步行"。滑板比较重,走起来比较慢,也别扭。但滑板被雪面托住,不会深陷。人用滑板在雪地上爬坡,比步行踩深雪走还是省劲得多。他又走爬了十几步,才慢慢熟练起来。一直快到坡顶,才停下。然后举手挥杆向图雅、莫日根和其木格大声呼喊:我要飞到你们那儿去啦。等着看,我飞啦。

图雅等人嗷嗷乱叫,都盼着他飞到他们的身边。巴格纳的腿有些发酸发抖,他在俯冲之前,先细细地查看了雪坡路线。他还不会在下冲时绕开雪堆、雪坑、高草窝等障碍,只能选一条平整的下降坡面。他用雪杖比画了几下,终于选定路线,然后躬身弯腰,轻轻一撑雪杖,向坡底冲滑了下去,像一只俯冲抓野兔的老鹰那样紧贴着山坡,朝目标飞追。古老的蒙古滑雪板又稳又滑,还比较容易驾驭。巴格纳只用了大半个上午就恢复到几年前的滑雪水准了,虽然那时的技艺也就是入门不久的水平。如今有时间,有自己的滑雪板,又有现成的、就在家门口的滑雪场,他相信自己会在较短的时间里熟练掌握滑雪技术,那他抗大白灾的能力就又长了一大截。他飞快地冲了下去。

图雅、莫日根和其木格全都高叫起来:啊,真的飞下来了。

好快呀,比马快好几倍啊。

摔了也不怕,有那么厚的雪哪。太好玩啦。

话音未落,巴格纳已经冲滑到平地,降速依然如俯冲之鹰。等快冲到几人面前的时候,来了一个侧身刹车,稍稍有些晃动地停在图雅身旁。图雅兴奋地涨红了脸,上来就对他一通乱拳,大喊:我要滑!让我滑!

巴格纳急叫:小心,小心别踩坏滑板翘头。

439

莫日根问：板子咋样？

还真不错，就是有点儿重，上坡走要费点劲。咱俩还行，要是图雅和萨日娜就不容易了。给她俩做的板子还得短点儿、窄点儿、薄点儿。马皮毛也得刮匀点儿。咱俩用的板子也可以改得再窄一点。那就更省劲了。

成，这个不太难改，就是还要多花几天时间。图掌柜还让我再做两副，等我做好手头那副男人用的板子，再做两副女人用的。

那就加紧做吧。

图雅姑娘还在不停地要求试滑。巴格纳只好解开皮条，脱下滑板，给图雅穿上滑板。再解下她的腰带，让她提起皮袄下端，再用腰带束腰，既露出小腿皮裤，又把一部分厚皮袍的重量抬到腰以上，给肩膀分担重量，图雅换成了一副草原男人的冬季装束。然后，巴格纳一条一条地给她讲滑雪的动作。再带着她走滑，走一步又撑一步，他在旁边步步不离。小姑娘穿大滑板走起来比较费力，当她慢慢走稳以后，开始双手撑雪杖滑行时，居然能滑出不短的距离了。巴格纳停下来，让她自己慢慢撑滑。图雅有高超的马术功底，只摔了一个跟头就能独立撑滑了。她很快乐，但也有点失望，说：要想飞起来，得费多大劲啊。

巴格纳满意地说：很好啦，等小板子出来，你再换一身薄皮袄，就能滑得更快啦。这些天我还要天天练，等熟练了，就容易教你了。好吧，今天算成功，回家。

一天上午，巴格纳和图雅给天鹅们洗完澡、喂完食以后，又到了给狼捞鱼喂鱼的时分。两个人刚一出院大门，就听到冰河方向传来狼群欢乐盼望的群嗥，嗥声中有雄浑的、柔和的、粗犷的、润亮的嗓音，好像有狼王的、狼王后的、大狼们的，还有小狼的声音，大小狼们一律运足气、拖长音、激情地嗥。两人很感惊奇，从来都是静悄悄、神秘秘的狼，咋就如此纵情放肆了呢？图雅猛然醒悟，便用手掌拢住嘴向苇塘冰湖高喊：狼王、狼王后。我们这就来，这就来。

两人下马以后，那条狼王后马上亲热地跑到图雅身边，亲她的手，还快速地摇尾巴，而且目光越来越快乐温和。图雅连忙蹲下身，轻轻抚摸狼王后的头和背，图雅终于和狼王后亲密无间了。巴格纳也急忙走来抚摸了狼王后的头和背，高兴地连说：谢谢，谢谢你信任我。五条小狼已经全长大了，也第一次大胆地围了过来，亲图雅和巴格纳的手，向他俩猛摇尾巴，看那样子好像还没吃够，还想吃鱼。图雅和巴格纳马上打开冰毡盖，敲碎新结的冰层，用抄网抄起一网鱼，扣在冰面上。小狼们和狼王后看傻了眼，乐得乱蹦乱转乱摇尾巴，人还可以这样容易地抓鱼吃？然后开心地一拥而上抢鱼。两人笑得连忙抓住几条鱼挨个喂小狼，还挨个摸了几下小狼的脑袋。狼们退后两步，侧头拦腰把鱼咬断，再咔嚓咔嚓几口猛吞下肚。那条大公狼则叼着鱼就走，把鱼扔给其他的狼再回来叼鱼。两人退后两三步，开心地看着小狼们和狼王后抢鱼吃。而巴格纳四处张望，寻找狼王。然后朝着一丛高草呼喊道：我是巴格纳，我求您了，您就出来见我一面吧。

突然，高高的芦草丛里，那头雄壮威武，鬃毛蓬松得像狮子似的狼王，倏然伸出半个身子，半张着嘴。初夏秋冬，大半年来，千盼万盼，巴格纳总算盼到真正的狼王现身。狼王站在草丛里，像蒙古草原人自古崇拜的苍狼神降临在他俩的面前。此刻，巴格纳和图雅不由自主地向腾格里，向乌拉盖母亲河，向狼王三鞠躬，当面向狼王表示感谢。

狼王仍然亲切地望着巴格纳和图雅，巴格纳和图雅弯下身，虔

441

诚地抓起鱼一条一条地往狼王那里抛扔。狼王竟然放下尊严，像个老相识、老朋友那样跃起来，在半空中用嘴接住，再把鱼一条一条地放到草丛里。不一会儿，草丛里其他大狼趁狼王大口吃鱼的时候，也跳跃起来争抢两人抛给它们的鱼。巴格纳又用抄网捞出满满一网鱼，再挨个朝狼王和大狼们扔鱼。狼群又是一通快乐地疯抢。

两个人继续向狼王和大狼们扔鱼，可是狼王仍然不往前走一步，也不希望人接近他。只要巴格纳向狼王走几步，狼王就会后退几步；他再后退几步，狼王又会向前走几步。一直到三四网鱼全被吃光，狼群的肚子吃得鼓起来，狼王才率领狼群集体摇了摇尾巴，一步三回头地走进高草丛，随后快速消失。

巴格纳、图雅激动地直喘气。半年多的愿望终于实现：终于当面拜谒了狼王，还替客栈、部落、商号，替萨日娜和米希格阿爸，替吃鱼长胖了的天鹅们谢了大恩；他俩终于抚摸到狼王后和小狼们的头，终于和乌拉盖河狼群交上了朋友。一通感叹之后，两人干脆坐在雪地上，望着狼走的方向久久遐思。图雅愉快地闻着自己摸过狼头的手，似乎从鱼腥中闻出了狼王后和小狼们脑袋的气味，一边咯咯地傻笑，一边回想着刚才发生的好玩而又神秘的草原故事；而巴格纳在想另一件重要的事情，也是米希格阿爸提醒他要留心的事情……

自从凿冰捞鱼喂狼以来，巴格纳每次到冰河边，只要有机会看到母狼、大狼和小狼，都会仔细观察狼的肚子和毛色。他深知自主独立和食物就是狼的命。如此高寒多雪的冬季草原，狼的食物越来越少了，主要的食源旱獭、野鼠早已冬眠。野兔不冬眠，但肉不多，狼也抢不过老鹰。野鱼已冰封在河里。攻击人的畜群又要付出惨重代价，蒙古人高超的骑射和围猎本领，让狼群不敢妄动。入冬以后，虽然巴格纳很少能见到狼，但每次碰巧在近处或不远处见到母狼和小狼的时候,却发现狼的肚子总是饱满的,有时还会鼓胀起来,像是吃得很撑的样子。毛色也油润发亮,一身健康的气色。他觉得奇怪,就骑马去蒙古包请教东日布。好猎手东日布告诉他,额仑乌拉盖草原是北部草原的大群黄羊冬季远途迁草场的必经之路,这就给额仑草原狼群带来充足的肉食。

东日布还告诉他,狼有许多在厚雪地里猎捕黄羊的绝招。狼王或头狼会在厚雪地跳跃,压出一个又一个雪坑。头狼跳到厚雪里拱不了几下,就能后腿着地,然后喘口气,再猛地发力蹬地,跳跃出去半丈多远,在雪坑里踩着硬地再跳跃。后面的狼就像跳棋的棋子那样,顺着跳坑飞快地跳跃,这样就能追上尖蹄细腿、插入雪壳难以拔足的黄羊,直到蹿跳到黄羊的背上。狼还会把一整群黄羊圈赶到能陷住它们的深雪中。所以额仑的狼群冬季不愁吃喝,肚子总是鼓鼓的。巴格纳乐了,他没想到神秘狡猾的狼群还是雪地之王。

巴格纳想,狼吃鱼主要不是因为饥饿,而可能因为鱼身上有某种羊肉里没有的东西,狼必须常常补充。他从前在商号商队的时候,听呼伦贝尔草原的老人说,鱼身上有鳞片,狼吃鱼鳞可以助消化,对眼睛也有好处。他又想,也可能狼就是馋嘴爱吃鱼,像图雅爱吃甜食一样。当然,春夏秋季狼有时候抓不到猎物,也可以捕鱼充饥。还有可能是狼想跟这几个知道感谢狼、与其他的人不太一样的人交往。好像狼很想知道,这几个人为啥给狼拔箭疗伤,为啥还这么长时间一直送鱼答谢。狼是一种有很强好奇心、爱琢磨并懂得感恩的神奇动物。巴格纳也越来越对狼产生好奇,越来越想琢磨狼了。

可是一往下琢磨,一个个更需要琢磨的事情就都冒了出来:连黄羊都知道雪太大就得远途迁草场,可是为什么额仑的蒙古人却不懂这个道理呢?狼的肚子和东日布的解释,使巴格纳恍然悟到了一个大白灾预警的标志。那就是,只要发现狼群的肚子瘦了下去,就说明黄羊已经离开此地，迁到雪薄的草场去了。越往南部走，人越多，黄羊被捕杀的危险就越大，因此，黄羊是不会轻易离开还能看到草梢草尖，并能用蹄子刨雪吃草的额仑乌拉盖草原的。只有到真正的大白灾降临，断食的威胁远远超过南部人群的捕杀危险时，黄羊群才会冒险离开额仑，狼群的肚子也才会瘪下去。这样，一个预告大白灾的信号旗，就出现在乌拉盖河的芦苇旁了。米希格阿爸提醒得对，确实，狼也会像天鹅那样预报大白灾。天鹅已经准确地预报了白灾，因为现在已经是白灾了，那么当狼群再次预报的时候，必定是大白灾。此刻黄羊群还没有走，大白灾暂时就不会来。以后他应该更加紧盯这群狼。

图雅看到巴格纳怔怔的目光，好奇地问道：你也在想诗啊？

巴格纳慢慢从思索中醒来，说：一个大事压身、白灾黑灾重剑悬顶的人，哪会有那些兴致啊。我这会儿只能拼命去做那些生死攸关的实事。刚才我发愣，是因为我又发现了一个预告大白灾的信号，才想明白。太重要了，我的心还在怦怦急跳呢。

于是他把发现报警信号的过程像讲故事一样，详详细细讲了一遍。爱听故事的图雅，听得有滋有味又全身紧张，听完后，也觉得这是一个重要发现，与部落、客栈、巴格纳和萨日娜的命运紧紧相扣。若是在部落和蒙古包驻地，根本不会有这样近、可以频繁细看的一群报警狼。

40

  萨满教的研究者奥·普日布先生……给狼取了一个"山爸爸"的忌讳名称，还写了一首类似祷告词的诗，他常低声地祷告道：
  "我的山爸爸，貂尾加钢牙。
  貂尾请朝我，钢牙冲着它。"
  这首诗与在蒙古其他地区流行的祷告词很相似。那句祷告词是："请把貂尾指向我！请把金牙对着他！"
  ——[蒙古] 高陶布·阿吉木《蓝色蒙古的苍狼》

  飘动的柔云像大团大团的芦花天鹅绒，高悬在天空，有时膨胀得像几十只庞大的巨鹅，翼翅蔽日；有时又幻化为千鹅群飞的鹅阵，慢慢向东南方向飞翔。阳光从云隙中倾泄下来，把天空变成无数天光瀑布群，又像层层叠叠的帷幔，遮挡着遥远天边的仙女们群舞沐浴。有时白云鹅群飞得无影无踪，只剩下水晶蓝的透亮天空。不一会儿，又有一群轻灵的天鹅白云，缓缓飞进洁白的雪山，再慢慢从雪谷中飞飘出来，与雪山连成一片。大地母亲春夏秋三季吐绿、开花、结籽，疲倦了、冬眠了，腾格里天父为她盖上了厚厚的雪被。可是草原大地的化身——白云仙女，却仍然轻衫薄裙、温柔飘舞。在冰封寒冬还像飞天的春姑娘，美得自信自由、美得千娇百媚、千变万化……萨日娜仰头叹道：蒙古草原的柔弱白云，有着天鹅傲视寒冷的禀性。在这酷寒的草原，只有像天鹅一样有蓬松的绒毛和致密的羽翅，才能抗寒保暖，天鹅绒比草原上的狼绒、驼绒、雁绒和山羊绒更能抵御高寒。

萨日娜骑着巴图大黄马，带着大白狗，吃力地蹚着厚雪，向巴图的哥哥家，也曾经是巴图的家走去。两年来，小巴图忧伤担心的眼神拦住了她的步履，她不敢再去那个家。她相信，如果那时自己去了那个到处都留有他气息的家，就会追随他的气影一起飘走，那小巴图和弟弟如何生存……巴图的家窄小拥挤，额仑草原寒冷潮湿易病，普通人家的老人寿命都不长，巴图的父母比自己的阿爸额吉去世更早。巴图走后，家中还有哥哥嫂子和他的一个妹妹、一个弟弟，以及哥嫂的四个孩子。全家人靠给部落放羊为生，共有一千四五百只，其中有一百多只羊属于自家放牧所得和省吃俭用攒下来的，每只自家羊的耳朵上都剪有一条标记。一家人精打细算，日子还过得去，也没有欠债。但就是那个旧蒙古包快住不下这么多的人口了。萨日娜打算自己嫁到客栈以后，就把自家的蒙古包、家具和过冬的肉食，全送给巴图的哥哥家。她自己出生在这个蒙古包，在这里和小鹅们一起长大。也是在这个蒙古包里，阿爸教她读书写歌，然后自己写歌唱歌……就让这个蒙古包代替她，庇护巴图家的血脉吧。大弟弟额利和三个其他家的孩子已经被送到寺院。她和小弟弟搬到客栈以后就不用蒙古包和这些家什了，如果巴格纳以后万一遭遇什么不测，那她就更不需要任何一样东西了。小弟弟、小巴图、巴图黄马和大白狗，就请图雅妹妹收养吧。她答应了巴格纳的求婚后，就决定把这个刻着无数痛苦的蒙古包留给巴图家，他们一定会珍惜这个包的，这是寄托她对巴图思念的最好办法了。

一见到那个熟悉的蒙古包和牛车，眼前就出现了巴图的身影。巴图黄马蓦然抬颈哀伤地长嘶起来，萨日娜俯下身抱住巴图马的脖颈从马鞍上滚下，跪倒在雪地上。大白狗低着头冲到狗群里，抱住一条背毛灰白的老狗哀哀地舔吻，但老狗已经认不得这个儿子了。

萨日娜把马缰绳拴在从前每次拴缰绳的那辆牛车的轱辘上。黄马轻轻闻着、嗅着轱辘，萨日娜站起来，又蹲下身，一遍一遍地抚摸巴图摸过的车辕和坐过的横板。

见到嫂子、弟弟和妹妹，四人拥抱哭泣。进门时，萨日娜伏下身，抚摸那扇旧门，在那上面留有巴图的手印和手心汗。她把脸贴在门上，泪水渗进老木门的裂缝里，与巴图的汗融合在一起。然后，又弯腰亲吻红漆剥落的门楣。在这门楣下，自己和巴图进出过多少次？两人的头和身体在此重叠过多少回？进包后，萨日娜将巴格纳和图雅送给她的绸缎布料送给大嫂和妹妹，又把一包糖果送给弟弟和四个侄子侄女。萨日娜讲明来意后，大嫂马上让妹妹骑上萨日娜的马，到羊群去把大哥唤回来。半个时辰后，大哥骑着萨日娜的马赶了回来。兄妹两人抱头痛哭。

萨日娜啜泣道：大哥大嫂，我对不住巴图，也对不住你们。原本我是不想再嫁了，把我家的蒙古包并到你家，就跟你们一块儿过了。可是，我又怕我家的债太重，我和蒙古包、牛车早晚都会被抵债，还是要拖累你们……就在大半年前，腾格里又给我送来一只雄鹅，他是一个值得我爱的人，也像巴图那样爱我，我已答应嫁给他了……大哥大嫂，你们不要怪我呀。

大哥擦干眼泪说：我咋能怪你啊。这两年全家一直怕你还不清那个高利债，生怕商号把你抓走，天天为你捏着一把汗。这回好了，腾格里和天鹅神来救你了，巴格纳帮你还清了今年的债，全部落的人都说他也是个可以把生命给你的人，你应该嫁给他，巴格纳是跟巴图一样的人。他每次来部落总要给我们送东西，还不让我给你出羊帮你还债。你和他过一辈子，我们就放心了。早点去吧，再晚了，马就走不动了。

萨日娜说：原本我想和巴图在我家蒙古包结婚的，可是巴图再也回不来了，这个蒙古包和三辆牛车就留给你们吧，我只把阿爸的一车柜书送到巴格纳那儿了。这个蒙古包虽然旧了些，可还很结实，巴格纳还给换了新围毡。你们家是该添一个包了。以后我也会来看望你们的。

大哥说：好吧，那我替巴图谢谢你。我们家是太挤了，全家都盼着再有一个蒙古包呢。太谢谢你了。愿你和巴格纳好好过日子，全部落都说你俩一准会幸福的，像天鹅夫妻一样。

萨日娜说：那好吧，等我和小弟弟去了客栈，我让人告诉你。你就把我的蒙古包搬走吧。我已经跟米希格阿爸、十户长和道尔基苏木长说好了，他们都说该这么做。

大嫂从柜子深处找出一只深棕色的木托银碗，并用皮袍下襟仔细地擦拭了一遍，递给她说：这是巴图赛马得奖得来的碗，送给你吧。往后，你每回吃饭的时候，就可以亲他了。

萨日娜眼里闪着感激的泪花，连连道谢：这是我最想要的东西，你送到我的心坎里了。往后我就用这只碗吃饭喝茶，让他天天陪着我。谢谢大嫂想得这么细心。然后，她拿起碗，顺着碗边转圈亲了一遍，再小心地揣在怀里，扣在自己的心口上。

萨日娜吻别巴图的亲人，按照在梦中与巴图的约定，骑马朝着可以大致看到巴图升天地方的一个山坡走去。她知道巴图是在那个天葬场走的，但那个真实的地点，遵循蒙古习俗的家族老人是不会告诉她这个女人的，只有巴图家族的一两个男性长辈才知晓。

茫茫雪原，没有一缕炊烟，雪地上只有黄草和狼、沙狐、黄羊、野兔的足迹。一想起去年巴图第一个忌日时的情形，她还会周身颤抖，冷彻骨髓。那天，她蹚着厚雪步行大半天走到那里，浑身是汗，汗水慢慢在后背内衣上结成薄冰。她为巴图堆雪上香，唱完五六首长歌哀歌，身子就冻僵了，倒在雪地上。只有大白狗卧在头旁焐她的脸和手，焦急地像狼一样嗥叫呼救，想奔回部落去报信，又怕她冻伤，它只好不停地朝着家和米希格的蒙古包方向拼命长嗥……当她醒过来的时候，发觉自己躺在米希格阿爸的怀抱里，裹着马倌下夜穿的厚重拖地的巨大皮袍，阿爸正在给她喂毡套壶里的牛奶。牛奶是温热的，还带着阿爸怀里的体温。她喝了小半壶，身子渐渐感到冻僵又被焐暖后的疼痛，活了过来，泪水扑簌簌地落在皮袍上。阿爸说，他记得巴图升天的日子，是苏木一个大萨满护送巴图的灵魂升天的。早上他赶着一辆大犍牛拉的毡篷车到她家，准备送她去那儿。一听额利说姐姐天不亮就不知道去哪儿了，他急得顺着她的脚印一路追了过去，追到半路就听到大白狗凄惨恐慌的哀嗥……阿爸说：再晚一个时辰，你就再也回不来了……

　　如果没有小巴图、巴图黄马、大白狗、米希格阿爸和巴格纳，她就不能为巴图祭奠第二个升天纪念日了。今年她没有走出一身汗，替她出汗的是巴图黄马，而巴图黄马又是巴格纳送给她的救命马。萨日娜抬头遥望乌拉盖河方向，呼喊道：亲爱的巴格纳，谢谢你陪我走过了最煎熬、最痛苦的日子。你的爱像巴图的爱、天鹅的爱一样纯真浓烈，化开了我心中谁也化不开的冰结。请再耐心等一些日子，我就永远和你在一起了。

　　萨日娜走到去年她倒下的地方，下了马。她看到巴图黄马流出哀伤自责的眼泪，轻轻嘶鸣，仔细嗅地，抬蹄刨雪，仿佛想把主人从雪里面刨出来。她从怀中掏出银碗，盛了满满一碗冒尖的白雪，拍整齐。又用火镰点着了带来的薄木片,再点着三炷香,然后插在银碗的白雪里。她摘掉皮帽,跪在香前,遥望巴图升天之地,双手扶雪,深深三拜。

萨日娜脸上冰泪条条,朝天呼喊:巴图,我最亲爱的巴图。我知道你在等我,盼我,看我。你都看到了吧,这一年多的时光我活着比死了还要痛苦,我相信你比我更痛苦。我想飞到你身边,所有的痛苦就没有了。但一定是你去请腾格里和天鹅神出手相助,才给我送来了巴格纳。他爱我,就像你爱我一样。我听腾格里的,听天鹅神的,也听你的:他就是你,你就是他……

说罢,站起身,伫立在雪地上,开始一首一首地唱这一年多她新作的歌:

　　……
　　挚爱是天鹅天命的唯一,
　　专一是天鹅天爱的心诺。
　　……

当所有的歌唱毕,萨日娜跪下来,伏下身,心中涨满了苦痛和对巴图的爱恋。然而,她静静地匍匐在雪地的冰壳上,感到自己心中的痛比起去年那时痛不欲生的痛,已经可以忍受。

等到三炷香熄灭,萨日娜把残香和木碗中的雪挪到雪地上,然后又捧着碗吻了一圈,再把碗擦净揣到怀里,扣在心口上。她高举双手,仰天呼喊道:亲爱的巴图,再见了,明年我会和巴格纳一起来看你的。他是永远守护我俩爱情的人,他把载着咱俩爱情的芍药大黄马送给我了。他还帮米希格阿爸和我救上来一对老天鹅夫妻,让老阿爸感动地谢了又谢。我相信,将来到了天堂,腾格里会把你

450

和巴格纳的灵魂装在同一个人的身体里的……

　　萨日娜回到家里，天已昏暗，小巴图还站在门外雪地上等她，一听到巴图黄马粗重的喘息声，便扇着半扇翅膀跑来迎接她俩。萨日娜卸了马鞍，把马牵到草高的地方绊上马绊子，然后再走到家门口，蹲下身来与小巴图拥抱亲吻。在这个冬季，除了初冬与米希格阿爸到客栈苇塘冰湖去救老天鹅的那几天，这对母子从来没有分开过。额利说：小巴图一整天都在雪地里走来走去，望着你走的方向，连吃饭都没心思。小花脖一开始也跟它一块儿等你，可只等了半个上午就冻得受不了，回蒙古包了。

　　此刻，妈妈终于回来了，小巴图高兴地把自己的长脖颈缠绕到妈妈的脖子上，在她胸前额额额地叫。萨日娜轻声地说：我去祭拜你巴图阿爸了，他问你好呢，让你听妈妈的话，还要你认下你的新阿爸。小巴图似懂非懂地额额叫着，只要妈妈让它做的事情，它都会愉快地去做的。

　　小花脖也闻声跑出包，与妈妈拥抱亲吻。

　　第二天，萨日娜把蒙古包的顶毡撤到雪地上，用小剪刀将缝在顶毡上的佛家厚布图案小心拆下来，再卷起来。她准备把图案带到客栈，再缝在一块旧大毡上，摊在巴格纳的房顶固定好。好让她的天鹅孩子们在春天飞回草原家乡时，找到她乌拉盖大苇塘边的新家。

　　萨日娜井井有条地把出嫁前家中的事情都做完以后，便埋头赶制手头的针线活。她要把最后一件皮袍在白月节以前按时交出，大概再有十几天就能完工了。

　　两只鹅吃饱喝足，在雪地上洗完雪浴，玩够以后，小巴图就会带着小花脖静悄悄地卧在妈妈的身边，好奇地看她飞针走线。有两个衣食无忧、美丽的生命陪伴着她，依恋着她，萨日娜觉得自己已经脱离半年前那朝不保夕的凄惶生活。

米希格阿爸已经和札那阿爸、额吉商量过两个孩子的婚期，两位老人和全部落上上下下都想早办喜事，像办大歌会和那达慕大会那样操办。但今年雪大，又怕被不定啥时候杀来的大白灾冲了喜。全部落贵族和牧人商量后，还是决定等到天鹅飞回来的时候再办。额仑乌拉盖草原最光彩耀眼的一对天鹅结婚，咋能不等北归的天鹅群和她的天鹅儿女们来贺喜呢？

萨日娜想，此刻巴格纳会和她一样，比任何时候都盼望着天鹅北归。

乌拉盖河的芦苇被低低的一层薄雾揉来揉去，薄雾飘走后，苇梢苇叶苇秆上结了一层霜绒。巴格纳抬头仰望云天和白雪覆盖的远山，往常巨大的山脉，此刻被阳光和轻云淡化成了毛边窗纸，贴在天边，仿佛风一吹，就会把这层山形纸片吹卷上天，飘进云层里。绵延百里的大山在淡薄云层的柔软掌心里竟然如此轻飘……

巴格纳和莫日根来到客栈东墙外木栏草圈旁边不太远的地方，东日布前一天就已选好了两个蒙古包的扎包点，并请莫日根帮忙清雪。巴格纳为了建一个让萨日娜感到舒适和安全的家费了不少心思，和客栈唯一的邻居建立和睦关系尤为要紧。巴格纳就同莫日根一起给两兄弟帮忙。两家的干牛粪已经提前运来，堆在老粪堆旁边。他们家在夏末就开始收集、翻晒商号车队留下的新鲜牛粪，晒得半干就堆成堆。到商号车队回内地过冬的时候，牛粪已经堆得如蒙古包一般大了。老堆上盖了一层厚雪，新堆上结了一层白霜。干粪堆是蒙古游牧草原人过冬最重要的依靠，也是这家女主人勤劳善持家的标志。两人见到这么大的干粪堆，也都感到了温暖。

莫日根说：这堆干牛粪，用到明年夏天也用不完。草原太冷，蒙古包哈那毡墙太薄,蒙古女人从小就把干牛粪当宝贝。

两人穿着轻便的旧皮袍铲雪清雪,干了小半个上午,才清出了两个可扎蒙古包的圆盘空地。

下午,当东日布的羊群开始往客栈慢慢移动时,两个蒙古包已经在新地点扎好,小半开的盖毡天窗也已冒出白烟。东日布骑马去替换十一岁的儿子,让他回家喝热茶。自己则慢慢收拢羊群往客栈赶。图雅让其木格和莫日根拎来半桶收拾过的鱼,准备晚上在东日布暖暖的蒙古包里办炸鱼宴。

当落日接近西面雪坡,东日布骑马的身影在雪地上拉长到半里多的时候,巴格纳和图雅步行去迎接羊群。好多日子没见到羊群了。蒙古人哪能离开羊群啊,马背上的民族,也是被羊群养大的民族。这群羊更是不一般,它可是札那部落最金贵、最纯正和最高壮的一群西域阿尔泰种肥尾羊,也是部落起家的一群羊,部落几乎所有的羊群都是从这群羊里分出来的,养活了部落十几代人。两人快乐得几乎像是扑向慈爱的乳母和恩人一样,踏着厚雪跑向羊群。但快接近羊群时,他俩都放慢脚步。这群羊有一千七八百只,是札那部落的头号大羊群,其中有一千二三百只是怀孕母羊。归圈时分,羊群已吃饱,此时的羊群决不能快轰猛赶,哪怕对它们只有一点点惊扰,在蒙古草原人的眼里,那就是犯罪,这是蒙古草原人和内地外来户的根本区别。巴格纳并非从小就生活在草原,但他的蒙古血液使他不由自主地、几乎和图雅同时放慢了脚步。

东日布满意地笑道:看来,巴格纳还真是咱们蒙古贵族的种啊。喜欢我这群羊的人,才是真正的蒙古人。每次大台吉伊登札布到咱们部落查检畜情,回回都要专门来看我放的这群羊。要是我放羊的本事不大,札那敢把他的头号羊群交给我放吗?

庞大的羊群渐渐走近,真像是札那部落的"皇家部队",个个膘足体壮,羊尾如脸盆那样巨大,羯羊和成年母羊的个头也比一般羊群的羊高半头,重小半倍。

巴格纳由衷地赞道:你放羊的本事真是没得说,这半个冬天,听说别的羊群都掉了不少膘了,可你的这群羊好像一点膘也没掉。不容易啊。

东日布笑道:巴掌柜也夸我呀,那我更得好好放羊啦。等开春看吧,部落所有的羊群都会有不少母羊流产,也会有不少没奶、不认羔子的母羊。可我的羊群,有多少怀孕母羊就会下多少羔子、活多少羔子,开春还能分出一千多只。不过,这个功劳一大半是你的,一小半是札那的,我的功劳只有那么一点点。

几人圈着羊群慢慢走进客栈大院,赶进马厩的东边,大肥羊们稍稍有些好奇和兴奋。马厩除了给客栈的三匹马留下了一间以外,其他空间已被隔成面积相同的两部分,东部当羊圈,西部当牛圈。羊群进圈站稳以后,一只只都放松下来,立马感到马厩比只有挡风毡墙的露天羊圈暖和多了。刀把形的草圈在马厩的北边和东边,仅一墙之隔,马厩羊圈前的停车场充当喂羊空场。靠南的一半空场用来喂牛。梯子早已靠在草圈墙边,靠近马厩的草垛上的厚雪也已被清除。东日布拿起草叉,踏梯爬上草垛,叉草扔向空场,羊群顿时大乱,疯抢青干草。几只高大羯羊一口咬住一大把,连嚼都无法嚼,但立刻就被其他羊从它的嘴边咬住草,硬是把草从羊牙下拽走。东日布叉了几叉草,就踩梯下到地面,说:我先试试喂羊空场好不好用。今天羊吃得还算饱,明天再好好喂。还得计算好了,一天喂多少草才够喂到雪薄的时候。

不一会儿,东日布的弟弟嘉木撒,也把一百多头牛赶进靠马厩的西部,有些牛则停在马厩前面的空地。牛群闻到草香,都瞪大牛眼、抬头望着青干草垛乱吼,恨不得撞开墙冲进去猛嚼一通。

晚上，四家人围享炸鱼宴，又吃又喝又唱。东日布大讲他的养羊诀窍，讲春天如何砍芦苇给带羔羊群搭暖棚，保证羊羔一只也不冻死，别人家就不愿费那个劲；初夏如何让羊多出汗，让一小半羊的旧羊毛自个儿脱开羊皮，人上去一拽，一整张厚羊毛就像脱皮袄一样地脱下来了，不用费力气剪羊毛，还能让羊凉快舒服，上膘快；秋天如何挑草籽最多的草坡抓油膘；冬季如何找到雪软的阳面草场让羊能容易刨雪吃草。这让爱羊的图雅和巴格纳听得入迷。

在部落，羊放得越好的羊倌，每年接羔的分红就越多，自家的财产也就更多。这大群羊里就有三四百只羊属于东日布兄弟家。

然而，在当前，巴格纳最担心的是他们两家的狗，狗和狼是天生的死敌，生怕两家人的十几条大猛犬，与河边的狼群发生血战，不仅会破坏大半年来他们和狼的友谊，更可能打乱他抵御大白灾的计划。于是巴格纳就把狼送鱼和他们一直捞鱼喂狼、感谢狼，以及狼可能会预报大白灾的故事讲了一遍。两家人听后这才明白为啥自打入冬搬来这儿，羊群牛群还有几匹用马绊子散放的马，无论白天黑夜从来没被狼群袭击过。

东日布很赞同巴格纳的想法，说：人感恩，狼也感恩啊。狼不掏羊，狗也感恩。怪不得有一天，我瞅见我家的一条大狗在野地里跟一条狼在碰鼻子呢。你说狼还能预报大白灾，我估摸还真能预报。在部落就不能这样近地看到狼群，还能摸狼脑袋。那河边这群狼就是宝贝了。成。咱们四家说好了，往后谁也不准打这群狼，不准给狼下毒下夹子，更不准带狗去撵狼。

东日布兄弟两家人都点头答应。

东日布家的老额吉说：巴格纳，你好好爱护这群狼和这些天鹅吧。能跟你们有这样交情的狼群，就不是普通的狼。

直到搬家搬累了的女人们开始打哈欠了，炸鱼宴才散。

455

41

　　成吉思汗听到这个消息,降旨道:"(乃蛮人)人数多,(作战时)要(让他们)多损失……"
　　……
　　说罢,成吉思汗亲自担任先锋,命合撒儿(成吉思汗的胞弟——引者注)率领中军,命斡惕赤斤(成吉思汗的亲叔叔——引者注)掌管后备换骑的战马。
　　　　　　　　　　　　——余大钧译注《蒙古秘史》

　　整个天空如同额仑乌拉盖秋季的天鹅湖般清亮,白色云朵宛如在天湖里游弋的天鹅。大部分的云层已退到天边,把远山的雪顶变为云海上一个个亮闪闪的小岛。风力微弱,已吹不动黄芦草的草穗。大雄和它的公主亲热了好大一会儿,才带着两只小鹅到天空去练飞,越飞越高,高到巴格纳稍不注意就会跟丢鹅影。大鹅小鹅的食物又好又充足,吃得它们好像有使不完的力气供其挥霍和练艺。两个小家伙特别依恋它们的空中阿爸,紧跟不放,死死黏住,像亲生宠儿那样缠人。巴格纳和图雅也不用怎么管,随它们去飞。飞饿了,三只鹅自然就会落到客栈场院,大声额额高叫道,阿爸阿妈,我们回来啦。巴格纳、图雅和其木格就会把早已剁好拌好的鹅食,从暖屋子里端出来,鹅们胃口大开,吃得很快很爽,等到吃光,盆底的几粒残食才冻得啄不进口。

这些日子,巴格纳在马厩顶上放飞了三只鹅以后,会下到场院再把大鹅公主抱到马厩顶上。他盘腿坐下,抱着大鹅,让它在高高的台子上更清楚地观赏大雄鹅带领小鹅飞翔。果然大公主喜欢凌空的感觉,它开心地伸长脖颈,高昂着头,不断地向空中的丈夫和小鹅发出羡慕和赞美的叫声,然后便静悄悄地盯着飞鹅看。巴格纳低下头,专心地按摩公主背上的羽翅和翅膀连接处,让它的羽翅在翅膀的肉里长得更结实、更牢固一些。只有让它的翅膀更长寿,才能让美丽的公主活得更长久。

巴格纳更加思念萨日娜。又过了近一个月,客栈早已成为雪原上的一座孤岛,成为四只天鹅的避难所和游乐园。几乎再没有一个牧人来客栈购物,他只是从东日布那里听到亲戚传来的消息,苏木有几个家长送孩子到长思寺当小喇嘛了。他很舍不得懂事、爱姐姐的大弟弟额利离开自己的家,开春以后他会马上去看望他的。看来,作为一家之长的萨日娜有许许多多的事情要做,而祭奠巴图则是她这一年最重要的大事。他担心她会被巨大的哀伤击倒,她悲戚绝望的情歌和悼念歌,连天性快乐的图雅听了都会哭,更何况是歌者自己。他又哼唱了她的几首歌,曲调和歌词像锋利的裂冰在划他的心。眼看就要进入草原可怕的隆冬,家中又少了一个能干懂事的大弟弟,她那颗被冻伤的心还能跳得动吗?在空空的蒙古包里,只有小巴图能给她贴身的关心和温暖了。他盼望她早日安排好家中的事,早一点下最后的决心。他仍然担忧她在情感上还深陷在她的天鹅哀歌里。但愿她和他新生的爱,能给她带去抵御寒潮的最强暖流。

他几次都想骑马下部落去她家蒙古包,陪她一段日子。但客栈库房里存储着满满的贵重货物,他担负着守护客栈的主责。客栈只有四个人，他要照顾图雅妹妹，喂养宝贝夫妻天鹅和小鹅们，还要花费很多工夫给它们洗浴，又要做滑雪板、练滑雪。让他不敢离开客栈的更大缘由，是他必须按时查看乌拉盖冰河旁的大白灾"信号旗"，那是万万不可出差错的大事情。所以他实在脱不开身……直到一天，白依拉大哥骑马踏厚雪跑来告诉他，两位阿爸、苏木几位首领和部落亲友们，已经为他俩的婚事选定好了日子——天鹅归来的春天。萨日娜也感到满意，两家人已经开始为他俩准备婚服了。巴格纳这才稍稍放下心来。开春时湖冰消融，当大群天鹅和她的儿女们飞回来时，正是萨日娜最快乐的时光。

忽然一阵欢叫，大雄带着两只小鹅从天而降，扇起棚顶的浮尘，落到他和公主的身旁。巴格纳连忙松开胳膊，让公主与大雄拥抱绕颈、耳鬓厮磨。两只小鹅额额叫着跑来抱他的双腿。

图雅和其木格一听到鹅们回来了，就把满满两盆鹅食端到停车场，三只鹅呼地飞了下去。其木格登梯去接大鹅公主下来。又是一顿好饭，四只鹅高兴得像是生活在阳光明艳的春天，忘记了草原的冰雪。

午茶后，天空依然晴朗，太阳晒到脸上，还能让人感到皮肤舒展的温热。穿着厚厚的皮袍，只要在雪地上多走几步，浑身就会微微出汗。巴格纳和图雅又骑马拉着带筐的爬犁，顺着雪薄的老道去河边给狼捞鱼喂鱼，并把人和鹅吃的鱼运回客栈。狼王后和小狼们见到他们更加亲热，又有一条大狼加入到狼王后和小狼的圈子里来。图雅最偏爱狼王后，马上给她和小狼们捞了一网鱼，然后开心地看狼抢鱼吃。狼吃东西的时候人是不能接近它们的，但是狼王后还是不断向她摇尾巴。图雅不停地笑着说：别急，别抢，慢慢吃。

狼王和其他几条大狼仍站在草丛里，然而，对他俩投来更加信任、友善的目光。巴格纳悄悄地观察狼，没有发现狼的肚子瘪下去，才松了一口气。他马上也捞出满满一网鱼，然后就站在原地一条一条向狼王和大狼们抛鱼。过了一会儿，巴格纳便故意越扔越近，把鱼扔到草丛外面，想慢慢把狼王引近一点。可是狼王和大狼们犹豫了一下，还是没有走出草丛。他就只好继续往草丛里面扔，直到把鱼全部扔完。此时，狼王后和小狼也吃完了鱼，全都上前亲吻图雅的手。图雅又挨个摸了摸小狼们的头，还抚摸了狼王后的头，它也高兴地舔了一下她的下巴。图雅深感意外，开心地笑个不停。不一会儿，狼王后带领小狼们迅速跑回草丛的狼王身边，狼王向巴格纳和图雅投来感谢的目光，一声轻叫，便率领狼群悄无声息地撤离了。

两人快乐地喘着气，目送狼群远走。

巴格纳说：今天又长进了一步，狼王越来越相信咱们了。我真想抱抱狼王和每一条狼，都亲它们一口。可是又怕它们跟我们太亲近，就会放松对所有人的警惕，那就害了它们。咱们还是像狼王那样，对朋友也要保持一定的安全距离。往后，狼王不主动走近，咱们就不要引它再走近了。

两人又捞了一筐鱼，巴格纳跨上马拉着爬犁回客栈。他一路上算着日子，既高兴又紧张。已到深冬，可是这些日子几乎天天风和日丽，都快忘记白毛风和大白灾了。他又开始担心自己草圈储的草太多了，按这段日子的天气来看，兴许只要储够牛羊吃两个月的草就够了，可自己储了三个月的草，似乎有些浪费。不过，部落储的草还是不够。蒙古草原的天气神秘莫测，不到雪化，巴格纳始终两头担心。

第二天，巴格纳、图雅和莫日根扛着自己的滑雪板，兴致勃勃走向新选的滑雪场。莫日根费神费心地将两副滑雪板又改又修，做

459

得出乎意料的好。又用了八九天做出了两副精巧的小滑雪板。陷于思念和焦虑的巴格纳，拼死拼活地练了一个月，总算接近了蒙古西部阿尔泰山区滑手的水准。想念阿爸额吉和哥嫂的图雅，也着了魔似的苦学苦练。她脱掉了笨重宽厚的大皮袍，换上了初冬穿的薄毛皮袍，提袍束腰，男装打扮，轻装上阵，不到两三天就学会双手撑杖，双腿轮流倒脚向后蹬雪滑行，六七天就可以滑上小山坡了。但她的双臂双肩、双腿双膝，酸疼得连走路都困难。其木格端上桌犒劳他们的炸鱼羊肉、蘑菇牛肉、饺子馅饼一顿比一顿多。在巴格纳的带动和手把手指教下，图雅和莫日根的滑雪技术一天好似一天，玩得也越来越上瘾。

看到图雅姑娘用滑雪板在雪地上滑行比骑马快得多，东日布兄弟两家人都看得心痒眼馋，连老额吉都出了门，走到雪地上，招手让他们滑到跟前让她细看。

她说：听祖上说过马皮滑雪板。成吉思汗的大军中还有滑雪传令兵和滑雪探子兵哪，都立过大功。咱是该把滑雪板拿回来用，在冬天，这玩意省马力，有白灾的时候，能送急信送救命药。平常日子，孩子们还能练身子骨，孩子整天待在蒙古包里，不冬训冬练，长大咋能成马倌和勇士？

两兄弟和他们的孩子也都想在雪原上飞起来，把滑雪板用来玩耍、用来回部落串门儿，甚至用来追捕黄羊。他们纷纷恳求莫日根再给他们做两副滑板。但莫日根练滑雪练得正上瘾，不肯再做，便把最后做出来的一副板子借给他们两家。不久，东日布也滑得像那么回事了。有一天竟然慢慢滑着雪去放羊。

额仑草原连日风平雪静的天气，让一些部落年轻人开始嘲笑巴格纳像一个疑神疑鬼的老人，而额仑的老人们却越来越坐立不安。老牛倌羊倌都不会忘记萨满古训："隆冬艳阳是凶兆。"

一个安宁无风的晚上，客栈的四个人吃过晚饭，下了一会儿棋，正准备休息。突然，院外近处传来一片恐怖惊慌的狼嗥声，四个人吓得穿上皮袍，蹬上毡靴冲了出去，巴格纳急忙和莫日根架木梯攀上院墙往外看。明亮的月光下，只见院门外六七步的地方，狼王和狼王后率领狼群，像是焦急地在向他们长嗥警告，并冲着西北方向不安地嗥叫，仿佛那里将要有恶魔扑过来。月光下，巴格纳惊恐地看到，狼王和整个狼群成员的肚子已经深深地瘪陷下去。巴格纳向狼王和狼群应了一声，立马下到雪地，并连忙打开客栈的门。四个人跑出门，都看见了狼群瘪塌的肚子，狼王后急得竟然跑过来叼住图雅的皮袍下襟，往东南方向拽。

巴格纳蹲下身，手掌颤抖，感激地抚摸狼王后的头，连说：谢谢、谢谢你们来给我们报警。你们再等等，等吃饱以后再逃命去吧。然后一边和图雅安抚着狼王后和整个狼群，一边急忙让莫日根两口子去多弄些鱼和肉来。两人跑到库房用爬犁拉来一筐冻肉、骨头肉和一麻袋冻鱼。四人一起动手将食物抛献给狼群，为狼群长途迁场躲灾饯行。饥饿的狼群咔嚓咔嚓一通狼吞虎咽，饱餐一顿之后，狼王和狼王后向客栈的老朋友投来感谢和催促的目光，便转身快速地消失在茫茫的月下雪原。

大白灾，整个额仑苏木和巴格纳为之担心恐慌了大半年的灭顶大灾，即将砸下。四人的脸色惊吓得像雪人一样惨白。

图雅哆哆嗦嗦地叫道：看狼王和狼王后急慌慌的样子，这回来的准保是最大白灾。咋办啊？咱们住在客栈没事，可部落和家里准保不知道大白灾立马就要下来！

莫日根急吼吼地说：我得赶紧滑雪回部落，告诉阿爸。让他们快把羊群赶到草圈，再架临时大棚，要不就不赶趟了。

图雅嚷道：巴格纳哥哥，你得赶紧先去阿爸那儿！这大半个月天气太好了。大伙准保大意，不会想到大白灾会来。你不去说谁都不会相信的，马上就得走，越快越好，我跟你一起去。

巴格纳深吸了一口气，定了定心说：别慌，别慌，咱们先去东日布兄弟家，向老额吉请教这会儿该咋办，咱们谁都没经历过大白灾，就老额吉见过，知道祖辈是咋对付大灾的。莫日根你留在家里，把你我的两副滑雪板准备好。

巴格纳、图雅和其木格一起向东日布家快步跑去。巴格纳急得似乎斜在头顶上的冰山就要开裂，半座山将要崩砸下来。他最担心的是萨日娜，真应该不顾一切早点把她接到客栈。一场巨雪降下，没有人力来拼命铲刮蒙古包顶上的厚雪，她的旧蒙古包会被雪压塌；如果来的是能刮倒牛的狂猛白毛风，那连蒙古包都会被刮翻，而大雪灾中失去了蒙古包这唯一御寒的住所，人和鹅还能活吗？但她那儿就她一个虚弱的女人、一个小弟弟，啥工具也没有，怎能顶得住？即使撑住了蒙古包，可雪厚搬不了家，随包携带的一车干牛粪用光了怎么办？在大雪灾下没有燃料，就跟没有蒙古包一样绝望。还有全苏木的牛羊马群，还有辛辛苦苦建起来的客栈，还有好不容易救活的老小天鹅，还有……他越想心就越发抽紧。

进了东日布的家，全家人急着问：狼群是不是来给你们报信了？狼群叫得真够吓人的。狼王它们走了吗？

走了。巴格纳快速回答，并把刚才发生的事快讲了一遍，然后问：额吉，您看这会儿该咋办？我马上就得滑雪去苏木报警，您看，我还要做些什么？

老额吉盘腿坐在地毯上，沉着地说：这群狼报的信，准是个大信，不能不信。我估摸这场白灾小不了，时辰不多了，顶多一两天，大灾就要下来。今儿我的两条腿疼得厉害，部落多半老人都会信的。我看这么办:巴格纳,你们两个滑雪滑得好的男人,赶紧先去苏木长道尔基那儿,把狼王报信的事儿跟他说,你也把我的话告诉他。然后让他下令,先把全苏木的马群牛群赶紧往南边迁,从大苇塘东边河道,穿过乌拉盖冰河再往南走,越远越好。再派人骑快马,跟冬初迁过去的三成牛羊和三个十户组碰头。那儿有自己部落的人接应,人畜吃住就好办得多;留在部落的人赶紧把部落的羊群往大草圈赶,再派人快点把桦木毡子大棚搭起来。要是雪太大,就狠狠心杀掉一些老牛、病牛、羯羊、小羊和老羊,只留下怀崽母牛母羊,把草省下来留给母牛母羊吃。牛最怕大白灾,会死得最多。杀掉的牛羊,皮子和肉到开春还可以卖。好了,你和莫日根赶紧走吧,天亮前一定要赶到苏木长那儿,客栈就让图雅、其木格和我们两家照看吧。

巴格纳说:我记住了,这就走,一准能在天亮前赶到道尔基苏木长那里。

三人回到客栈,巴格纳对莫日根说:咱们就按老额吉说的做。我先滑雪到萨日娜家,让她赶紧收拾一下,准备撤到客栈,再直奔道尔基苏木长家。莫日根,你背上滑雪板、骑我的大白马走,骑到萨日娜家,把大白马交给萨日娜,让她姐弟两人带上鹅,骑马赶到客栈,一定要在大雪下来以前赶到。然后,你再滑雪到苏木长那儿跟我碰面。

图雅叫着也要一块儿去。巴格纳说:你还小,滑雪滑得也不熟练,万一遇上大风雪,把你刮跑咋办?看守客栈,喂养天鹅,没你这个掌柜也不成啊。

图雅只得作罢,说:好吧,这回你得千万小心。为了萨日娜,为了我,你也得平安回来。

巴格纳说:我是萨日娜的未婚夫,我这会儿是一个人,两条命。

我保不住自己，咋能保得住她呢？好妹妹别担心。

说罢，在图雅额头上深深亲了一下。图雅泪水汪汪，抱住巴格纳吻别。

稍作准备，两人急急上路。巴格纳轻装滑雪，但以防大风雪突袭，还是背了一卷厚羊毛宽大短袄。莫日根厚装骑马，再带了一件二茬皮袍，卷起来拴在马鞍后面，背上斜背着绑紧的滑雪板和雪杖。晴空的月亮把雪地照得如同白昼，两人沿着无草的牛车道急行。

巴格纳说：灾情紧急，我得先走。我到道尔基那儿报信以后，马上再赶到咱们部落。你可能要被道尔基派到别的地方去了。

莫日根说：看样子，这回咱们俩都要留在部落抗大灾了，全苏木就咱们两个会滑雪。

巴格纳艰难地翻过客栈北部的一座山梁，一撑雪杖向道尔基部落萨日娜的蒙古包飞滑过去。

深夜，萨日娜还朦朦胧胧沉浸在爱恋的思念中，盼望着来年开春天鹅从南方飞回来，那就是她和巴格纳欢乐的天鹅节，无数天鹅将布满婚礼大歌会的上空，歌舞齐飞，云鹅一色。其中，一定会有巴图雄鹅，他一定会来祝贺她和巴格纳新婚的。她喃喃道：巴图，谢谢你，只有真正爱我的人才会这样对待我……

突然，她被一阵凶猛的狗吠声惊醒，紧接着听到他的声音：大白，大白，是我，是我啊。

她的心狂跳起来，猛然掀开山羊大皮被，裹着皮袍，穿上短靴冲出门。巴格纳也刚刚解开皮条，把脱下的滑板靠在蒙古包毡墙上。他正要上前敲门，却和萨日娜撞在一起，两人立即拥抱在一起，狂吻在一起，旋即进门关门。萨日娜脱掉他的皮袍和毡靴，抱住他，倒在温暖的羊皮褥上,用自己的暖皮袍,把他和自己裹在一起。再把山羊大皮被盖蒙住了两人,又用自己的热吻堵住了他的嘴。黑暗的蒙古包里,两个发热发烫的身体搂贴在一起,仿佛沉入了陌生又熟悉的梦境,积蓄已久的苦爱终于漫顶决堤。两人忘掉了一切:忘掉了即将压顶的大白灾、忘掉了哀伤的天鹅情歌、忘掉了说话问候、忘掉了点灯、忘掉了小巴图和小弟弟还睡在蒙古包里……此刻,只有比百年一遇的暴风雪更加猛烈的、一浪接一浪的狂涛。

几次喘息以后,萨日娜用手臂擦干了他胸脯上的汗,伏在他心口上不住地亲吻。

巴格纳喘道:亲爱的宝贝天鹅,你总算缓过来了,真想抱着你亲你三天三夜啊。我是来娶你的,要把你接回家。

说罢,急忙扶她起身说:对不起……快起来吧,为了咱俩的永远,赶紧离开这儿,再晚就来不及了。

他给她披上皮袍,自己一边穿衣蹬靴,一边说:河边的狼王刚给我报了信,大白灾马上就要砸下来……

然后,简略地把经过和要办的事讲了一遍。萨日娜穿好衣袍,点亮了羊油灯,当看清了巴格纳的面孔,她脸颊上微微泛起羞红。她的感觉还没有从巴图那里完全调换过来,但很快镇静下来说:大半夜的,你一来我就猜到了一半,就只好吻你,不让你说话……成,你快去道尔基那儿报警吧。等莫日根一到,我立马和弟弟骑马带上小巴图和小花脖去客栈。我怕大白灾,一个人真顶不住。可是,我更怕你路上遇到危险的白毛风……

巴格纳一边扎着腰带,一边说:别怕,我会滑雪。大白灾一下来骑马才危险,可滑雪不怕大雪。我倒担心你能不能在大雪下来前赶到客栈。不过,你也别怕,回去是顺风,大白马有长劲又认道。两匹马都知道客栈有青干草,准保玩命往回跑。

萨日娜说：谢谢你第一个先救我、弟弟和小巴图。报完信你就赶紧回客栈，我盼你早点回家……

巴格纳为难地说：可苏木和部落要靠滑雪板传令救灾，保住全苏木和部落的牲畜，才能保住客栈、保住你我、保住咱俩的天鹅。

萨日娜抽泣道：那你一定要答应我，先保住你自己。我不能再失去第二只雄鹅……

好的，我答应你。我一个人，两条命，保我的命就是保你的命。还有一件事，你走了可你的蒙古包咋办？大风会把这个包刮散架的，这是你阿爸留给你的家啊。

我走以前会请塔娜家帮忙拆包。我的包东西少，好拆，再堆起来用大毡盖好，就先存在这里。我已经把这个蒙古包送给巴图的大哥家了，我会让塔娜家告诉巴图的大哥。只要我和弟弟一走，他会来取走的。

巴格纳说：这样我就放心了。

天鹅天性睡觉警觉，总是半睡半醒地睡，此刻小巴图已完全醒了。见到巴格纳，走过来高兴地额额叫，用头颈来蹭摩巴格纳的头和脸，像见到亲阿爸一样。萨日娜含泪微笑道：我还有点不习惯你，可小巴图已经把你认作它的亲阿爸啦。它亲你就像亲巴图一模一样。你这会儿已经是我的好丈夫了……

弟弟还在睡梦中，天还没有亮。蒙古包门外，萨日娜借着门内的羊油灯光，惊奇地看巴格纳忙着绑滑板绑背包，连连称赞：你总是拿出新东西来惊吓我，滑板真快啊，莫日根还没到，可你就要走了。到了客栈我也要学滑雪。

两人长长地吻别之后，萨日娜指了指方向说：这次道尔基的大蒙古包离我家比较远，你快去报急信吧。巴格纳点了点头，又蹲下身拥抱向他扇翅告别的小巴图,吻了它的头和眼睛,对它说:谢谢你认我当阿爸,好好照顾阿妈。说罢,便朝道尔基家飞快滑去。

萨日娜看着他矫捷熟练的身影,稍稍放下心来。然后下跪,双手合十举过头顶,再落到心口,又双手扶雪,向腾格里、向天鹅神三叩首,请求天神保佑自己的夫鹅巴格纳。小巴图看到阿爸不骑马却比骑马跑得更快,惊得昂头扇翅大声叫,把巴特尔都叫醒了。

莫日根还没有到,萨日娜也不生炉火了,简单地收拾了一下需要带走的东西,特别是蒙古包顶的佛家图案,紧紧地卷起来,与所有东西打了一个大包。再仔细检查了一遍,最宝贵的书柜早已送到自己的新家,最后缝制的一件富家皮袍也已交出,再没有什么可带走的家什了。她拿出半盆麦粒喂小巴图和小花脖,并把大半盆手把冻肉全倒给大白狗,然后跑到塔娜家,急敲门,把大灾警报告诉了全家,并请他们帮助她拆包。

她对塔娜家人说:巴格纳已经滑雪去苏木长那儿了,莫日根马上就要给我送马来,然后我就带弟弟和两只天鹅骑马赶到客栈。请你们告诉巴图的哥哥,请他来运走我家的蒙古包和牛车。

一家人惊慌地急忙起来点灯穿衣,点火热茶吃肉。天已微微亮。塔娜的一个哥哥急忙骑马到十户长家去报警,塔娜和她的父亲、另一个哥哥和其他女人都去帮萨日娜拆包,把蒙古包的拆件、哈那墙、顶盖顶毡、围毡、家具和炊具堆在一起,用几块旧毡地毡盖严,再用三辆牛车围起来,然后用车辕压住。此时天已亮,莫日根骑马赶到,萨日娜带他和弟弟到塔娜家一起吃早茶手把肉。茶后,她到雪草甸把大黄马牵回备鞍,再和莫日根一同把弟弟扶上冰汗淋淋的大白马,把那一大包衣物拴在鞍后。萨日娜把巴图的银碗揣在怀里,扣在自己的心口上。然后把小巴图和小鹅分别包起来,挂在前鞍鞒的两边,再用绳子把两个布包结头绑紧固定在鞍鞒上。小花脖从未

467

被包过，惊慌地缩头缩颈，小巴图连忙笑呵呵地伸头过去安慰它，好像说：妈妈只要一包咱们，就会带咱们去一个好地方。小花脖才慢慢安静下来。

　　到客栈的厚雪路途有五六十里，大雪兴许说来就来，萨日娜不敢耽误片刻，高声谢了塔娜全家和莫日根，就带着弟弟，带着两只鹅，顺着莫日根来时踏出的马蹄印，朝客栈方向急行。吃得饱饱的大白狗，像一个忠实的老卫兵，也紧跟两马一路小跑。

　　莫日根滑雪火速赶往道尔基家。塔娜全家人都对滑雪板连声称赞。莫日根沿途看到苏木的传令骑手和马倌都行色匆匆，神情紧绷。半个苏木已经进入大灾前的紧张战备之中，但骁勇善战的蒙古游牧部落忙而不乱，一切都在严格的军令下行动。

42

> 车队看来很威风
> 犍牛肥壮无阻挡
> 可是到了山沟时
> 雪深齐腰无法行
> 车夫摇鞭催牛紧
> 吆喝声声汗满身
> 无奈沟深积雪多
> 连牛带车全陷进
> ……

——《东乌珠穆沁旗志·民间文学》

当巴格纳像飞雁一样滑到道尔基大蒙古包的时候,苏木长和附近几个蒙古包的官员还有一些壮士,正在冬训晨练。摔跤的摔跤,射箭的射箭,舞刀的舞刀。巴格纳的滑板飞行引起一片惊叹好奇,人们全都跑来看热闹,连苏木长道尔基也走了过来,把巴格纳围了个寸步难行,夸奖声、问话声、求教声把他的声音淹没。巴格纳急得大喊道:我是来报警的,大白灾马上就要扑下来了,你们先让一让,我得先向苏木长报告。然后脱了滑雪板让大伙端在手里看,并用简单几句话告诉大家是从哪儿学来的，咋做出来的。

众人突然从巴格纳连夜火急赶来的行动和口气中，感到了大祸即将临头，才慌忙让出一条道。巴格纳和苏木长快步走进大蒙古包，几位苏木官员和一个十户长也一同进包。巴格纳一坐下，就把狼王狼群报警和老额吉的话报告给道尔基，蒙古包内顿时陷入像畜群被厚雪深埋般的死寂。但只过片刻，道尔基就唤人把几个传令骑手和另外几个老人叫进大蒙古包，然后他像一个蒙古部落的将领般开始沉着下令：命二儿子那森巴雅尔，立即带领所有马倌，将本部落的五群马赶往南边，从乌拉盖河中下游踏冰过河，并为后续的牛群踏雪开道；命大儿子派人让部落各十户组，只留下当年下牛犊的母牛和牛犊，把整个牛群圈拢集中，向南开拔，等到马群踏出南迁的通道以后，立即将牛群赶进马道，尽快赶路；命两个传令骑手，火速命令四个十户组立即拆包搬家，并把本组的羊群赶往木栏草圈；命所有青壮牧人立即骑马赶往草圈，用堆在草圈旁边的桦木杆和木头，搭建防大白灾的临时大棚；命留下的牛倌在搬完家以后，立即卸牛车，再把给十户组各家搬家的大犍牛合成群，去追赶南迁的大牛群；命没有建草圈的十户长索海淖力布，将他们组立即迁往白音窝拉迎风坡草场和针茅高草甸；命一个传令骑手将大致相同的命令下达给古茨楞部落。

两个儿子和传令骑手急奔而去。道尔基对巴格纳说：前天傍晚，那森巴雅尔和一个马倌，在我们和东边那个苏木的交界处，发现了几大群黄羊的蹄印，像是白天留下的，少说也得有六七万只黄羊，往南边冲过去了。每年黄羊迁场大多在入冬不久，这个时候北边黄羊群第二次大迁场，多半是北边的大白灾已经下来了。你送来的这个狼王警报太重要，连狼王都带着全家逃命去了，天鹅提前南飞也早就警告咱们了。这几个凶信合在一块，那后面就准是大白灾，我就敢狠心下令了。你的滑板快，赶紧去札那部落，把我的命令传给他，他一听就会明白。等莫日根来了以后，我再派他去古茨楞部落传我的令。他的滑板兴许比骑马传令手更快。你喝完茶就赶紧去吧，全苏木三个部落五六万牲畜能不能保住，就看这一两天。啥时候杀些牛和羊，保母牛母羊，还要看灾的大小，让部落首领自个儿定。这节骨眼上，我真想把你留在我身边。我也没想到你居然整出蒙古西部的滑雪板来，雪再大点，马就没啥用了，你真行。我去过阿尔泰那儿，见过这玩意。你连夜雪中滑板送急信，抢出来的是全苏木三个部落的命啊。

巴格纳一边大口快吃快喝，一边说：那就把莫日根留在您身边当传令兵吧。苏木长，还有一件事要告诉您，我已经把萨日娜接回客栈了。我让莫日根骑马到她家，把马留给她，再让她和弟弟骑马去客栈。这会儿应该在路上了。

道尔基夸道：你还真是只雄鹅，大难临头先救妻。是该把她接到客栈。部落搬家，还要搭建临时大棚，人手不够啊。她家没有牛车，等人家搬完了再回头接她，那时候要是大风大雪一下来，兴许就接不成了。那她们姐弟俩孤孤单单住在那儿就有大危险。这事你做得对。你把她接回家，你俩就结婚成家吧，我准了。让东日布两家人帮你俩办个简单婚礼。等大灾过去，开春以后再补办正式婚礼，快走吧。

巴格纳万分感激，谢过苏木长，在蒙古包外穿上滑雪板，朝札那部落飞速滑去。道尔基和家里的女人以及众官员，望着他的背影，又是一片啧啧称奇、夸奖和感激。然后，各家主人招呼家人和仆人拆包搬家。

巴格纳满身冒汗滑行六七十里，赶到札那大蒙古包的时候，札那、白依拉、部落三个十户长和几个大家长，正聚在包里紧急商议。这两天，各路马倌、牛倌和老人们传来的消息，都是大白灾。部落首领们和十户长们谁也没有想到，巴格纳会滑雪飞过来，而且传来狼王的警报和苏木长抗大灾的几项急令。

札那立即大声说：别议了，也先别看滑雪板了，你们赶紧回去，就按苏木长的命令办，越快越好。还有，入冬前迁走的那个十户组的草圈，分给你们三个组，每个组派一群羊和一些牛去那个草圈。

十户长们高兴地说：

太对了。

咱们部落原先一个十户组一个大草圈，要供四群羊，这会儿减了一群，只供三群羊，那就好多了。

这样，每个草圈省点用，加上九千斤马料粮食掺着吃，挖雪掏草拽草，再杀掉一些牛羊，兴许能扛过大白灾。

说罢，白依拉、三位十户长和大家长们跨马急奔而去。

札那稍稍舒展了眉头，对巴格纳说：幸亏你来了，要不我们几个还想再等一天看看，那就真要误大事了。当初要是听你的再多建一个木栏草圈，就不怕了。

斯琴高娃递给巴格纳一碗盛有黄油块、奶豆腐、炒米和红糖的滚烫奶茶，笑道：你会滑雪，还能做出滑雪板。我还是第一次见到滑雪板哪，你真厉害。你能背着萨日娜滑吗？

巴格纳说：滑雪背个小孩子还成，背她可就滑不动了。我已经让莫日根给她送去大白马。这会儿她和弟弟正骑着马，带着两只天鹅往客栈赶哪。道尔基已经让我俩先结婚，后补办婚礼了。

额吉微笑道：你真是个好丈夫，大灾下来，头一个就去救未婚妻，越来越像只雄天鹅啦。萨日娜真有福气，你的福气也不小，把额仑的天鹅女歌王给娶走了……图雅好吗？

她也会滑一些雪了,她非要跟我一块儿来,可我不敢让她来。万一遇上大白毛风,那我就没法向阿爸和您交代了。我把她留在客栈看家,喂养天鹅。客栈这会儿是全苏木最安全的地方。您和阿爸就放心吧。

那就好。谢谢你照顾我的宝贝女儿。

斯琴高娃说:我该收拾东西搬家了,就不给你添茶了。

札那一边安排拆包搬家,一边对巴格纳说:待会儿,你帮我去接应一下部落的四群马,帮白依拉把马群赶到道尔基马群开出的雪道,让马群省点力,跑快点,也好让后面的牛群好走快走。这些天,你就留在我身边吧。

成。阿爸,我听您的。我给您当传令兵。

说着,巴格纳起身帮家人拆包搬家。

蒙古游牧部落以速战闻名天下,习惯于动荡,善于应对战争和天灾。不到半个时辰,札那部落的四群马、十二群牛、十二群羊、三十多个牛车队、二百多辆牛车,已浩浩荡荡分头踏上迁场或搬家的路途。此时还不到正午,暴烈的阳光把雪原照得如同巨大的雪镜那般刺目,所有人都眯起了眼睛。额仑草原人都感到了隆冬艳阳后面的可怕。巴格纳仰头看天,算了算时辰,萨日娜应该走了一半的路程,看来下午就能安全到家。到晚上,自己的新娘就睡到自家的暖炕上了。新婚之夜,新郎却不在她的枕旁,但空守婚房的萨日娜,准保是天下最安全、最不会埋怨新郎的孤独新娘。

巴格纳嗖嗖飞滑,终于追上了白依拉大哥。他俩带领六七个马倌,赶着四群总共近两千匹马,向东南方向快速行进。马群后面还跟着两辆轻便马车,上面装着粮食、肉食、锅碗、马粪炉、打成捆的简易棚形毡包和几筐干牛粪。马倌们从未见过滑雪板和滑雪的人,

473

纷纷跑过来看新鲜。有个骑着快马的小马倌，要跟巴格纳比赛，大伙也一个劲嗷嗷叫唤。结果，巴格纳几下撑滑，就把小马倌甩得老远。一到下坡，巴格纳更是像鹰一样飞下去，把草原上腿儿最快的马倌，看得全都像牛倌那样泄了气。可转眼又笑着向巴格纳央求学滑雪。巴格纳痛快允诺：等大灾过去吧，到明年准让你们学会滑雪。

但马倌们个个是控马高手，立马使出雪原长途驱赶马群的绝技，让巴格纳看得自叹不如。为了加快行进，白依拉和众马倌把两千匹马，赶成十二三匹马胸宽，一百三四十个马身长的一长溜纵队，并把最强壮的大骟马和儿马子放到马队前，踏厚雪打头阵。再把母马小马老马放到马队后面，走已经踏平的雪路。马倌左、右、后三面驱赶，马群中速小跑，也为后面部落的牛群，迅速开出一条更加平坦坚硬的道路，原先一尺多厚的雪，很快被巨大的马群踏成了三寸薄的硬雪路。为了保持马速，马倌们只要一看前锋马稍显疲态，立即就把第二拨强马顶上去替换。四里一换，五里再换，频频轮换，让包括母马、小马和老马在内的整个马队始终保持均匀中快速行进。巴格纳连连向马倌们翘大拇指。

白依拉大哥调转马头奔过来，对巴格纳说：你的滑板快，赶紧向东南斜插过去，去找道尔基部落马群踏出的马道。找到了，再回来领咱们的马队过去，那马群和马倌就省大劲了。

众马倌喊道：谢谢啦。

明白，不用谢。

巴格纳说罢，便向东南方向飞滑过去。滑了三十多里，当找到崭新平整的马道之后，立即往回滑了二十多里，再爬到一个坡顶。当看到跑近的马群后，便脱下皮帽，抓在手里抡大圈，再来回朝一个方向挥动帽子，指引远处的马队抄近道，帮部落马倌和马群节省了半个多时辰和宝贵的体力。而且还抢在道尔基部落的大部分牛群之前，先跑进马道，这又省去了挤牛群、绕牛群和踏厚雪的大麻烦。

札那部落的大马群终于踏上了雪原坦途，早已嗅出白灾气息的儿马子们，都想早点带领家族逃离厚雪带，此刻，头马们高兴地引颈长嘶，四群马一片欢腾，喷出一层白雾。以后的路，就没有绊腿的厚雪，要省一大半的力。按此速度，天黑以前应该能越过乌拉盖河中下游，再行走大半夜，就能逃离额仑丘陵草甸的厚雪区，与初冬迁场的畜群及蒙古包接上头了。

巴格纳向白依拉和众马倌挥手告别，又向后面的牛群滑去。滑了二三十里，才遇见第一拨牛群。这是札那所在的十户组的四群牛合起来一起走的大牛群，已经走进本部落马群踏出的平整马道。牛群由大牛、半大牛和不带牛犊的母牛组成。显然，当年出生的牛犊和带犊母牛，还有走不动远路的牛都留在部落了。一些弱牛老牛即将面临被宰杀的命运。部落马群踏出的雪道比较好走，牛倌们赶牛赶得也不慢。牛群后面跟着两辆牛车，装着牛倌迁场的必备食物和家什。札那正在和两三个牛倌交代着什么。

巴格纳报告了部落马群已走进道尔基部落马队踩踏出来的马道。札那欣慰地说：太好了，比我预想得要快，你的滑板准保又使上了劲，帮上了忙。咱们牧场的乌珠穆沁马是蒙古名马，从前是专门供大汗怯薛军（近卫军）骑兵的军马，这会儿也是大清蒙古骑兵的主要用马。能保住马群，额仑苏木就立大功了，你也有功啊。我估摸其他苏木的马群多半也正往南迁呢。

札那似乎对部落的牛群更加担忧。按照牛群当前的速度，很难在一天一夜逃出大灾。但是，不逃准死；逃，又没准逃不掉，饿死冻死在半道。除非腾格里再给牛群一天的时间。唯一让札那感到幸运的是，天空晴朗，夜里准保出来大月亮。明亮的月光下，还没怎么掉膘的牛群就能走得快些。何况，蒙古牛群很聪明，一旦被集群驱赶夜行,老牛们准保明白是为了避灾,迁往能吃饱肚子的草场去。头牛就会带领牛群甘愿忍饥挨饿长途跋涉。

札那忧心地说道:要是大白灾一下来,死得最多最惨的就是牛。牛不会刨雪吃草,只会用舌头卷雪面上的草,雪只要盖没了草,牛准得死。我把木栏草圈建在牧草最高的地方,也是为了保牛群,这回我让部落在家的牛群大半迁场,再加上初冬迁走的牛群,总共七八成的牛迁走了。要是牛群全留下,草就不够吃,只能拿这些牛冒险赌一把了。幸亏你又帮部落存了九千斤粮食马料啊,要是再多一点就好了。

巴格纳焦急地问:那还有没有别的法子呢?

札那说:我想来想去,还有一个法子。我已经告诉牛倌了,要是迁场的牛群逃不出去的话,把这四群牛就近赶到客栈旁边去。客栈的草圈储草多,你们还存了不少粮食马料,那边又有大苇塘。牛群到了客栈,你们再想想法子,让牛群吃上干苇叶,再掺点青干草,那就有救了。春夏时候,牛群爱吃芦苇嫩芽和青苇叶。我年轻的时候,有几年白灾也很厉害,羊饿得啥都吃,啃马粪,啃桦木杆枯皮,连杀羊后从胃包里倒出来的残食,羊也啃,还互相啃吃身上的羊毛。可怜啊。到那种时候,干苇叶就是宝贝了,虽然比不上雪地里的上等干牧草,可是比普通牧草养分更多,也更有嚼头,牛羊爱吃,算是冬季牛羊马的好草料了。有一年冬天,来了一场不大不小的白灾。我用旱苇搭羊圈的挡风墙,结果苇叶、细苇秆,还有被风刮掉的芦花的残花穗,全让牛羊给吃了,只好再用大毡搭羊圈的挡风墙。从前雪薄的时候,有些牛倌会把牛群赶进附近的旱苇地里,去吃苇叶和残花穗。可大白灾一下来,那么厚的雪,牛倌们咋能赶得动牛?部落的冬季草场大多远离大苇塘。有些十户组就算离苇塘近,那苇叶苇穗也不好弄,苇塘里的雪有半人多深,人畜咋能走进苇塘啊?

每个浩特两家人都有一百多头牛,蒙古包人手少,咋能弄来能让这么多牛羊吃饱的苇叶啊?客栈家什多,你来想想法子吧。

巴格纳说:我也从来没弄过。雪底下压的苇叶都是枯烂干叶,不能喂牛。只能割上半截的苇叶苇穗,那也难,人手太少。苇塘河边都是洼地,雪准保齐腰深,人畜迈不动步,闹不好陷在里面出不来。不过,湖边有一条坡棱,地势比较高,雪也薄不少。我和图雅去给狼送鱼常常蹚这条道。可是有三里多远哪。

老人说:要是实在不行,还有个法子,就是趁牛还没有掉多少膘,杀掉一多半的牛,剥皮净膛。等到开春,请商号的车队再把牛肉牛皮拉到城里农区卖,这样还能减少些损失。冻饿死的牛,草原人是不吃的。那就一文钱也不值了。

巴格纳说:我真舍不得杀牛啊,只能到万不得已的时候才杀。我还是得想想咋弄苇叶,要是实在弄不到苇叶,就只好杀牛了。大盛魁商号的车队最多,几趟就能把牛皮牛肉拉走的。

札那说:杀多少牛,你再跟老额吉商量商量,她经的事多,办法也多。但是你得狠狠心,果断拿主意,要不,牛和草都保不住。

两人边说边朝十户组木栏草圈行进。半途又遇到本部落另外两个十户组的八群牛合成的两个大牛群,札那向几位牛倌嘱咐道:到了乌拉盖河南边几十里,有两个法子能让牛活下来,一是让牛群跟马群走,让牛吃马蹄刨出来的草;二是去找那边的旱苇地,我走亲戚去过那儿好多次,那边的旱苇地比咱们苏木的多,旱苇地里的雪要比苇塘的雪薄不少,牛群能拱进去吃到苇叶。

牛倌连连点头说:是,是。跟马群,找旱苇地。

然后赶着牛群匆匆离去。

送走牛倌和牛群后,札那又担心地说道:要是全部落的十二群牛,加上其他两个部落的二十多群牛全都涌到客栈,草圈的那些草几天就得吃光，那苏木的所有牛群，还有客栈的牛羊就全完了。我已经让牛倌拼了命，也得把牛群赶过乌拉盖河去。

又走了二三十里，迎面碰到本部落的两个十户组的两群牛，总共一百四五十头，还有一辆跟群的牛车。这些一色儿的大牛壮牛，一看便知是搬完家刚卸下沉重牛车的大犍牛，走得比较吃力。见到这些部落最金贵的大犍牛，札那脸色铁青，心情格外沉重。他说：这些给部落十户组搬家的大犍牛最辛苦，刚刚在厚雪地拉着重牛车，往部落牛群逃命的相反方向走了几十里，那些不拉牛车的牛群都在马道平路上往南走了大半天了。大犍牛还在蹚厚雪，要比别的牛群多走六七十里路啊，到这会儿，才刚刚踏上朝南的逃命路。我最担心的就是三个部落搬家的大犍牛，要是走不动了，就可能全得饿死冻死在路上。那往后部落搬家可就抓瞎了。游牧游牧，没有大犍牛搬不了家，咋游牧？

一个中年牛倌说：两个十户长想来想去，还是不敢把大犍牛全留在吃不到草的灾区。草圈里的青干草不够，大犍牛食量又最大，留下来不是饿死就得被杀掉，还是冒险往南逃吧。就是过不了乌拉盖河，赶到客栈还兴许有条活路，谁都知道客栈储的草最多，还有粮食。咱们部落的客栈先得救咱们的大犍牛吧。还有一个十户组不敢冒险，把几十头大犍牛留下了。他们说那边有一片旱苇地，兴许牛能活下来。

札那说：我就怕别的部落也跟你们一样想，都把大犍牛赶过去。那客栈咋扛得住啊。

牛倌流着泪说：草真不够的话，就只好在客栈几家分摊着杀牛。客栈有住房有伙房，还有干羊粪砖，在那儿杀牛，人能吃好睡好，不遭罪，才有力气杀牛剥皮。

巴格纳惊吓得肩头直打冷战，萨日娜和天鹅咋能生活在血腥的屠场里呢，血流成冰的地方还不把结婚的喜庆全冲跑？他急得对两个牛倌说：你们最好还是快点赶，拼命赶，路这么硬实，千万要赶过乌拉盖河去。那边旱苇地更多。

另一个年轻牛倌惶恐地说道：牛是牛倌的命，谁舍得杀牛，我会豁出命赶牛的……

札那又叮嘱道：要是雪太大，牛群实在走不动，你们就不要管牛了，赶紧骑马逃到客栈去吧。保住人命更要紧！

大犍牛们瞪大惊慌的眼睛，闷头赶路，似乎都感到了白色死亡正在逼近。在它们的眼里，天地皆白，雪原上能用舌头卷进嘴里的黄草越来越少了，一些牛也开始哞哞呜呜地哀叫起来。好在，再走不多远，犍牛群就能走进更平整的马道。

额仑草原所有踏上雪道的人畜，都在与死神拼抢时间和生命。

日落以后，札那和巴格纳赶到自己的十户组新营地，札那吩咐做的事情已大部分完成。皎洁冰寒的月光下，蒙古包天窗的毡盖都打开了小半个开口，冒着轻柔的白烟。十一二个蒙古包呈半圆形分别扎在离木栏草圈不远的西北边，新营地距离去年冬季营盘堆好的牛粪长条大堆不太远，经过一年的风吹日晒，大部分已经是上好的干牛粪，即便大灾下来，各家只要挖一条雪壕，就能取到活命的燃料。搭建大棚的桦木杆和松木，早在入冬不久就已运到草圈旁边。上午十几个青壮牧人在搬家的车队启动之前，已拿上工具木锨，骑马赶到草圈，清完四周的积雪就开始建棚。干到天黑时，依靠巨大木栏草圈搭建的东、北、西三面临时防雪大棚，已经铺盖上了大毡，并围绑住绳索。牧人们已将用做套马杆的细桦木杆，三根一组的绑在一起，充当粗木使用，还间隔使用一些胳膊粗的桦木杆和碗口粗的松木。由于木杆结实，大棚的棚面也可以搭得更宽缓一些。

老羊倌们说：这儿风大，牛羊怕雪，但更怕风。要把大棚搭得扁一些，这样棚内的地盘就更大，才能装下两群羊，再加上留下来的弱牛、老牛、带牛犊的母牛和牛犊。贴近草圈的一边是大棚里面的最高处，大牛、母牛住在里面，一点也不显憋屈。

额吉、大嫂和姑娘们，在棚内还把大毡与大毡的交接处捏起来，用粗针和驼毛线缝连在一起，不给大风留下一点点空子。为了防止羊和牛犊把头伸进围栏里去吃青干草，牧人们又用粗桦木杆密密地加绑了几道围栏，让牛羊只能闻到草香，就是吃不到草。这样一来，不光能保住草，也能稳住牛羊的心。身旁有草，牛羊不慌。姑娘们等札那与几个中年老年羊倌挨个检查大棚木杆的时候，又趁着大棚里羊油灯光较暗，把巴格纳围了起来，又是拥抱又是亲吻。

歌手嘎森笑道：听说你是撑着滑雪板滑过来的，已经先把萨日娜娶回家啦，真让姑娘们羡慕啊。

另一个姑娘说：每次你一来，姑娘们的心就乱啦。

一个善唱长调的歌手说：我还是怕你报来的信不准，那你就把三个部落害惨啦。这么大的折腾，得死多少牲畜啊？可是大伙又都不敢不信。要是你报错信，姑娘们非得狠狠地罚你不可……

巴格纳说：去年秋冬，成千上万的天鹅报信，这两天狼王和几万只黄羊又一块儿报急信，能不准吗？全苏木的老人都相信，你们咋就不信呢。那可不是闹着玩的，耽误一天，几万头牲畜就完了。

姑娘们笑道：信！信！就怕萨日娜往后会像雌天鹅那样把你看得死死的，你更是整天黏着她，我们就再也亲不着你啦。

姑娘们大笑，继而又唉声叹气。

两群羊、大部分母牛和牛犊，已进入建在草圈周围三面的大棚，圈内被隔断分成两半，两群牛羊各占一半大棚。圈门入口都开在南边，一个在东南，一个在西南。第三群羊和这家的母牛、牛犊，也已进入南面独立的三角大棚，母牛占据大棚中间高宽的位置，羊群卧在两边低矮的地方。从外面看，大棚的"墙根"都被压了厚厚的堆雪，羊棚牛圈看上去似乎被雪半埋，不招风，很牢固。

草圈的大棚只能装下两群羊以及大部分的母牛和牛犊，草圈附近的八九户人家又给十户组的另外一群羊和部分牛，搭建了一个像烘蘑菇大棚那样的棚子，地点在大草圈南面半里多的地方。棚面用大毡代替柳条和糊泥，三角棚的一个坡面迎着西北来风的方向，棚里用足够结实的松木支柱支撑，要比木栏草圈大棚用料更多更结实，但几乎用光了十户组储备的所有木料。一个羊倌说，要是不利用木栏草圈来大量减少用料，部落一下子是拿不出足够的木料的，亏得建了大草圈。

大草圈的较远处，还有老羊倌老牛倌自己搭建、打草储草的两个小草圈，尤显珍贵。

草圈附近的山坡草甸，长满齐腰高、白色微黄的针茅草，草秆草穗大半露在雪面外随风飘动，在月光下闪着老人银发一样的柔光。

札那说：针茅草长得很密，到雪最厚的时候，可以铲出雪沟，用镰刀贴地割草，双手大把抓住草的下边，再往后走两步用力把一大丛干草从深雪里拽出来，把雪掸干净，把拽到雪沟里的雪铲走，就能弄到不少干草料。可是得费不少劲儿。那两个十户组和专门放养全部落的羊爬子（种羊）的人家，也应该像咱们这儿一样，有棚有草圈了。总算抢在大雪下来以前，把临时大棚都建起来了。今儿晚上，在长途路上的马倌牛倌、马群牛群可就挨冻遭大罪了，最后上路的三个部落的犍牛群，最让人揪心。

夜里，巴格纳思念着萨日娜，此刻她一定躺在他的暖炕上牵挂着他。她有很长时间没有在大木盆里洗热水澡了，下午她到达客栈以后，一准会和其木格一起用她和老张家的两个大灶烧热水。然后，像天鹅那样痛痛快快地洗浴,再干干净净地成为掌柜房的女主人。她也一定看到了那个专门给天鹅洗浴的大木桶,也准保想给小巴图和小花脖洗澡,可是莫日根和他这两个大男人不在家,打满这么大的半木桶水太难了,只好等暴风雪过去以后再做了……

但是,他俩也和全苏木的人一样一夜恐慌不安,都在担心马群牛群,尤其是最后上路的犍牛群。还有那些一路夜行夜战,疲惫不堪、提心吊胆的马倌牛倌。幸好,到半夜也没有听到风声。巴格纳长途劳累了一夜一天,很快睡死过去。但他仍然保有在长期的游商生活中练就出来的,像蒙古牧人和狼一样的警觉睡功,能听到札那阿爸半夜两次出门去查看有没有下雪。听萨满老人说,从前在草原,有时悄无声息的大雪,一夜就能将老旧蒙古包压垮,把羊群盖没。

第二天早晨,天空阴寒,乌云低沉厚重,飘起了稀疏的小雪花。所有人家都在铲雪、加固蒙古包和临时大棚。人们在蒙古包内火撑子炉旁一尺多的地方,斜钉一杆铁钎,钉进土里,深达两尺多,留在地面的部分只有不到一尺长。然后在天窗横木上拴上马鬃粗绳,再把绳子的另一端,牢牢拴勒在地上的铁钎上,就像船员给船下锚,以防蒙古包被狂风掀翻。有些人家还把家里最沉重的几辆储肉筐车和柜子车,横挡在蒙古包西北面的毡墙外,像几个镇河的大石牛,用以抵挡草原上最狂的强风。各家在加固临时大棚上,也都想尽各种办法:在大棚的迎风面,堆起厚厚的斜面雪墙,可以把刮来的雪引上天,越过棚;用绳子把桦木杆和松木,一根一根地拴连在草圈的粗木栏上;给独立的三角大棚加支柱、钉铁钎、加绑几道绳索等等。札那又召集一些会木工活的人,赶制长杆加横木板的雪刮子,用来刮蒙古包和大棚顶上的积雪。

蒙古草原冬日奇短。巴格纳大半天都在滑雪奔忙,将札那吩咐的几件事，传给驻扎在四五十里远的另外两个十户组，又把各包想出来的好法子推荐给大家。还按照札那的要求仔细检查了每家蒙古包和每个大棚。他还特地在莫日根家多停留了一会儿，夸赞莫日根这一年成了客栈的台柱子和他的好帮手，这半个冬天还帮他做出了滑雪板。巴格纳告诉老阿爸，这会儿他儿子被苏木长重用，当他最快的传令兵。老人和全家人很感自豪。

巴格纳巡查完两个十户组，滑雪回到家，坐下来准备吃饭，讲述他传话和检查的结果。但还没吃完饭，突然，所有人都听到空中传来仿佛天魔撕裂千万张牛皮般的恐怖风声，蒙古包骤然剧烈抖动，并一张一缩，一股海啸般的暴风雪横扫了过来。札那和巴格纳冲出门外，借着包内光亮，看到天地间全是横飞的团团驼毛大雪，几乎看不到空隙。整个额仑草原已被狂风巨雪埋没，头顶上肩膀边就是波涛汹涌的雪海雪浪。两人能互相摸得到，却已看不到听不到。鼻中吸到的全是雪，几乎吸不到空气了。整个部落好像已经沉入雪海，晃晃悠悠往下飘沉。一场札那一生从未见过的大白灾突然飞砸下来，老人双膝下跪，绝望地呼叫。巴格纳断断续续听到最后一句：最后上路的犍牛群……完了、完了，腾格里保佑……大棚。

黑暗中，老人被风暴刮倒在地，巴格纳用了全身的力气才将他扶起，然后躬身将老人扛进包内，全家人都被札那痛苦的表情惊呆了，继而又被更加可怕的声音吓蒙。蒙古包发出吱吱嘎嘎、像是要被刮散架的响声，拽着顶盖的粗绳已绷得像弓弦那样紧，似乎随时都会绷断。西北角的哈那墙不时被暴风刮得离地半尺，再重重落下，已落不到原位。全家人惊叫，急忙都靠坐到哈那墙边，双手握住木格用力往下撑压，用几个人的身体重量来压住墙根，以防蒙古包再次被抬起。只要狂风从蒙古包底部刮进来，那整个家就将被掀翻。巴格纳也冲过去加压，斯琴高娃吓得全身发抖，一把将他抓到自己身边,搂住他两人一起压。札那急命两个仆人再加两股拴绑天窗的粗绳,拼命地勒绞在地上的铁钎上,才总算稳住了蒙古包。

札那缓过气来,对巴格纳说:真没想到,会有这么大的暴风雪,几百年不遇啊,我从来没见过。这会儿道尔基那个没搭建木栏草圈的十户组就惨喽……家里的事你别管了,你赶紧去看看临时大棚。

札那的两个儿子,此时都在巨雪风暴的野外,和饥寒交迫的牛马在一起,巴格纳就是阿爸身边唯一的儿子。他应了一声,冲出包,抄了一根长棍做撑杆,顺风蹚着没膝的厚雪走向木栏草圈。走近一看,在微弱的雪光下,大棚斜面的下半截,几乎已经与地上的雪面齐平,大棚斜顶上半部却没有积下多少雪,都被狂风刮飞了。大棚脚重头轻,棚子弧形的拐角不阻风挡雪,整个大棚依靠庞大厚重的草圈,结结实实地顶住了风雪。巴格纳亦悲亦喜,不住地呼喊腾格里、天鹅神和狼神,感谢天帝天神们赐予他和整个苏木两天一夜的备战时间。他跟随一个羊倌从大棚的东南门走进大棚里面,见到几个羊倌牛倌和他们的家人,都惊喜地大声对他说:没事没事,大棚很结实。棚里点着羊油灯,巴格纳看到棚里静悄悄,挤得密不透风的羊群正在相依取暖,靠草圈卧下的母牛和牛犊,半闭双眼安安静静地反刍。看来搬家过来的一路上和到达针茅草场以后,大牛和母牛们吃得很足,给小牛犊喂奶也喂得很饱。大棚里一片安详,巴格纳甚至感到了一股股牛羊臊气的暖意,与外面狂风酷寒的世界相比,宛若雪窖暖房。

一个中年羊倌说:我们几个盯着哪,只要棚上面的雪厚了,我们就刮雪。棚子斜,估摸雪站不住,都被风刮走了。棚里暖,牛羊容易保膘保胎,还能省不少草料哪。这儿你就甭管了。回去告诉札那苏木长,草圈大棚和三角大棚都扛得住这场大白灾,我刚去三角棚那边看过。你累了几天几夜了,早点休息吧。

巴格纳躬身顶风,抬腿跨雪往家走,雪还在狂落,风仍在怪叫。回到家,拉开门,斯琴高娃急忙跑到门口,拿了把蒙古扫帚在巴格纳身上和毡靴上一阵抽扫,把雪除净。

札那阿爸忙问:大棚咋样?牛羊没事吧?

巴格纳连忙说:两个大棚都挺结实,能扛住风雪,没事。羊圈里暖和,羊群、大牛、母牛和牛犊也都没事。可是,几个老羊倌说,一圈草不够三群羊和母牛吃的,还差三成草哪。

札那说:等雪停了再看。实在不行,就只好再杀些牛羊了。不过,我估摸,你的这两个法子,还是能帮苏木保住多半的牛羊。要不,咱们苏木和部落扛不住这场大白灾,就真要破产啦。

巴格纳说:可是,那个没搭建木栏草圈的十户组是扛不过去了。

老人叹气道:索海淖力布骑马打仗行,管牛羊就不成。我和道尔基两人几次劝他搭建木栏草圈,他就是不听。那十家人弄不好都要像萨日娜家那样借债了……

暴风雪中,各家的女人已经开始用长杆刮子,刮蒙古包顶南侧积到半尺多厚的雪,刮完雪,狂风只要稍稍减弱,雪就会又积上一层。隔上小半个时辰又要再刮。守在大棚旁的男人们,也在刮渐渐漫上大棚斜面的雪。札那部落男女老少包里包外齐上阵,一夜苦拼。但还是有一家的破旧蒙古包被突然的飓风掀翻,卷上天散了架,飞到再也找不到的地方。一个三岁的孩子被狂风卷出去几十步,几乎滚成雪人,哭声也被风吹跑,旋即陷入深雪被大雪半埋,急得一家人在黑暗里乱找了好大一会儿,才用脚蹚到。被抠出来时,孩子的脸已经憋紫,差点就被雪闷死……全家人只得挤到另一家暂住。

43

> 图鲁罕斯克的通古斯族有一个……"首位萨满"创造了自己。他从自己的圆顶帐篷上的洞飞出去,之后又在天鹅的陪伴下返回。
>
> ——[美]米尔恰·伊利亚德《萨满教》

苏木长道尔基在巴格纳滑雪走后,通盘想了一圈,还是最担心索海淖力布十户组。在全苏木迁场的第二天上午,他派莫日根滑到这个十户组,让他们到苏木旧营盘拉桦木杆,再搭建独立大棚。莫日根走了不久,道尔基仍怕他们还抱侥幸,便调了苏木的七八辆牛车到旧营盘,把苏木剩余的桦木杆和部分碗口粗的松木,全部运到索海淖力布组。并亲自押运牛车,满载三千斤马料粮食赶到那里。他怒气冲冲强令他搭建。索海说他的草场好,不仅草高草密,迎风草场的雪站不住,用不着搭棚。但他还是让四五户愿意试一试的人家搭棚。苏木长便让莫日根帮他们搭建,自己骑马回部落,去督促各个十户组搭建抗灾大棚、分配粮食马料。

这个十户组的七八个男人,显然是被莫日根说服了。草原牧人都敬拜的天鹅和狼,先后预报了大白灾要来,能不当回事吗?于是几家人在不到两个时辰,就搭建起能装下两个浩特的两群羊、母牛和牛犊的三角大棚。为了防风，他们把棚子搭得矮了些，像个地窝地堡，里面还撑了八九根木柱，并在迎风处堆起斜坡厚雪墙，既压棚固棚，又可引风雪上天。而其他两群羊的羊圈依然是老样子，只有用牛车、活动栅栏和大毡搭的半圆形露天挡风墙，只挡风，不挡雪。羊圈内的一尺多厚的雪也已经清了出来，堆在圈外，雪高齐腰。

当第二天晚上强白毛风突然猛扫过来时，三角大棚内的两群牛羊安然无恙。几家人甚感后怕，深深感谢苏木长和莫日根。但是，索海淖力布家的羊群却遭到草原罕见的灭顶之灾。呼啸而来的暴雪越过羊圈挡风毡墙，大部分雪团雪片猛地下沉到羊群里，迅速把羊群盖没半尺多厚，羊群憋闷得无法吸气。那些大羊壮羊拼命往其他瘦羊弱羊身上爬，把头伸到能喘气的高处。压在壮羊身下的羊又竭力挣扎站起来，上面的羊又掉下去，然后再往更弱的羊身上爬。羊群里千羊拱动暴动，狂喊乱吼，互踩互踏，然而风暴把所有声音都淹没在黑暗和风声之中。一通拼抢后，弱羊小羊实在爬不上去，只好往外爬，可是，羊群外面全是人们清铲羊圈堆起的三尺多的厚雪，一爬就陷进深雪，更吸不着活命的气。只好拱出雪窝，回身再去爬踩硬实的羊身，又是一轮疯狂的生死拼抢。雪越下越大，雪层越来越厚，羊周围的空气也越来越稀薄。可怜的小羊、弱羊和老羊，几番死拼苦爬后，终于全身力竭、拱不动半步，沦为最底层的垫脚羊，身边已无空气，身上是还在拼斗的沉重羊群。不一会儿，这层羊便没了声息，成为草原大白灾的第一批阵亡者。

然而，小羊老羊弱羊们用死亡和尸体奉献的一层高度，仍然追不上落雪的厚度。第二轮攀登继续残酷拼杀，爬、挤、蹬、踹、撞、顶，不论母女兄弟，亲疏远近，一律有你无我，你死我活。挤得臊气烘烘，顶得头破血涌；呼叫声被风刮碎，救命声无羊理睬。不大一会儿，无力争斗的弱羊老羊，又成为第二层祭坛的祭品。

羊尸层在增高，落雪层增得更快。正常年景很实用的传统旧式毡墙羊圈，到了大白灾的时候却成为阻挡暴风雪的障碍。挡风墙的后面，竟成了平坦草原上最易积雪的堆雪场，这里积聚起的雪，要远远超过平地上的雪层。经过两轮的弱肉强食，第三轮竞斗拼杀更加凶狠无情，幸存下来的大多是身强力壮的大羊、大角骟羊和尖角山羊。它们把羊尸斗兽盘变成了残杀同类同伴亲友的屠场。常常会有三四只大羊同时压趴一只羊，压得它再也翻不了身。可是，不等大羊在倒下的羊身上站稳，马上就会挤过来更多的羊，撞开羊身上的羊抢占高位，但又会被更凶更狠的羊顶下来。羊群怕狼，一见狼就吓得走不动道，或玩命地逃，可是大灾下的羊对同类却无比狠毒。此刻，羊群内斗恶斗片刻不停，爬上滚下，滚下爬上，一只羊最多只能倒下两次，第三次倒下，就再也没有力气爬起来。有时会有五六只狠羊，合伙把几只最大的头羊顶出羊尸盘，顶到尸山外灭顶的深雪里，坠落雪坑的头羊很难再爬出来了，但也有最强壮的羊，仍然能憋住一口气，疯狂地踏着同伴的尸体台阶，重新拱上尸盘。再把刚才把自己顶出羊尸盘的那些羊，一只只地全部顶进深雪里。然而，尸盘上的恶斗更加残酷，即使是带角的头羊壮羊，如果不小心一脚踩进羊尸缝里拔不出来，同样也会沦为垫脚石。

　　雪层在加厚，羊尸在堆高。直到羊尸塔一层一层摞到与羊圈挡风墙顶齐平的时候，这场羊群的窝里恶斗、自相残杀才暂告停歇。到这个高位才没有挡风墙了，风雪可以畅通无阻地冲过去，活下来的羊终于可以呼吸了。但是，风一小，大雪直落，当最顶层的一批羊又被雪层盖得不能呼吸，残酷的拼抢重又开始，几只大羊被顶出尸山，滚进深雪，被雪活埋。而被踩倒的羊，也被最高大凶狠的羊压死，被厚雪憋死……

　　当第一浪风暴过去，等到索海淖力布一家拼全力一次一次地加固了剧烈抖晃的蒙古包,出来看羊群时,全家人和莫日根完全被眼前的诡异景象弄蒙了:在暴风雪的黑暗中,羊群似乎没有卧在羊圈的地上,好像突然变成了一个巨大雪堆,索海淖力布和莫日根吓得急忙用木锨铲雪开道,再向前蹚了几步,上前去摸,摸到的竟然就是大雪堆,还摸到露在雪堆外面的冻羊头和羊蹄。更让人恐怖的是,在雪堆的上面传来了羊的求救声。为了看清这一家人从来没有见过的可怕雪堆,索海淖力布和家人在羊群边上深雪里,挖了一个有两个矮桌大小的雪坑,又挖了个豁口对准羊群,然后找来一些碎旧木头,趁着风雪稍小的间隙,在雪坑顶上的迎风处斜插几块薄木板挡风,并快速点起一堆火,终于照亮了"大雪堆"。全家人和莫日根都惊吓得全身剧烈颤抖,十几只大角羊,竟然站得比人还要高,那些大羊们全都踩在羊尸上,但羊腿已被雪埋没,而羊头上的雪被狂风刮走。天黑前还是肥壮的一大群羊,第一轮暴雪过后就像被雪妖魔怪的巨爪堆成了一个庞大的羊尸堆。再挖雪走近看,羊尸下的雪缝隙里还冒出骚烘烘的白气,那是羊群堆在一起焐出来和拼出来的热气和汗气……索海淖力布和全家人跪地拍雪大哭。几乎转眼间,他家几代人上百年积攒起来的一千三四百只羊的家业,就剩下十几只了。而十几头牛犊全都被雪埋死,母牛也被雪埋得只露出小半个牛身和整个牛头。幸亏大部分牛跟着部落的大牛群提前逃亡到了南边。老额吉哭得昏死过去。

挡风的木板被狂风刮倒,火堆很快被越来越密集的驼毛大雪浇湿压灭。

另一户没搭建大棚的人家,由于家庭人口多,一部分人固守蒙古包,一部分人照看羊群、母牛和牛犊。几个大男人一看风雪来势如雪山压顶,吓得把大半羊群、母牛和牛犊,猛挤硬塞进邻居们的大棚,甚至急得两个男人合力把羊和牛犊一只只地扔进棚内,挤得大棚里牛骑羊、羊摞羊，几乎挤爆了棚。留在家里的人加固好了蒙古包，听到呼叫，也都跑出来用木锨拼命挖雪，给塞不进大棚的大羊，开出一条可以透气的雪沟，再把一部分小羊牛犊抱进蒙古包里，才总算保下了七八成家产。

搭建了三角临时大棚的人家，羊群、母牛和牛犊全都活了下来。

第二天中午，风雪稍小了一些的时候，莫日根赶紧冒雪赶回苏木长那里报信。全部落上层和家人们震惊得说不出一句话来，女人们慌得连连向腾格里磕头。蒙古萨满中流传的草原大白灾时"羊尸山"的传说，已不再是传说了。那一千三四百只羊摞起来的雪尸山，就冻结在额仑草原索海淖力布十户组的雪草场上。

暴风雪加白毛风，狂吼肆虐了两夜一天才慢慢减弱。早晨，札那新营地大棚内的三群羊和母牛饿得全站了起来，但看着大棚毡门外深达大羊脖子、两尺半多的厚雪，牛羊都吓傻了眼。在额仑牛羊的记忆里，还从未有过这样白的世界。羊群和母牛开始抢啃木栏桦木杆上的白树皮了，你争我夺，不一会儿，白卷纸似的桦树皮被剥光，露出棕红色的木杆。上午风雪稍稍小了一点，各家男人女人开始铲雪，一直铲到下午雪停。木栏草圈南边的喂羊喂牛的场地已经清出来，大约有三四个普通羊圈大小，牧人把从厚雪沟里割断拽出来的大堆针茅草铺成一长溜。两个羊倌放出一群羊，羊疯了一样狂吃起来。然后人们按照札那的指令分三个方向铲雪，各铲出两丈宽的雪草场。铲起雪就堆在一旁，堆成一溜一溜齐胸高的雪壕墙，并用镰刀割草，再把高草拽出来，扔在已经铲出来的一条条草道上。牛羊刚刚迁来，这是一片牧草最好的冬季草场，还从未动用过，雪下有的是好牧草。当人们拽不动草的时候，就只能铲去雪层上半部一尺半的雪，让牛羊见到密密麻麻的草团，母牛就可以用舌头卷草吃，羊也可以自个儿刨雪吃牛吃剩下的草和雪底下的草。青干草太宝贵，粮食马料更金贵，只能节省地慢慢投放，才能坚持到冬末雪薄的时候。羊倌牛倌们和他们的家人全都成为铲雪工，木锨成为部落此时抗白灾的主要工具。能不能保住更多的牛羊，就看牧人花费的力气了。牛羊都陆陆续续从棚里放出来，跟在铲雪的人后面吃草。人们只有不停地铲雪、挖草、割草和拽草，人畜才能活命。只有到大伙实在铲不动时，才挑一些草圈里的青干草给牛羊吃。

干了一天后，札那、十户长和牛羊倌们慢慢摸索出办法：把草圈里的草分层投放，几天投一层，把草层一直划分到雪化时。如不够，就全力铲雪给牛羊吃黄草；只有在最危急的时候才给牛羊投放马料粮食。这样大伙才可以均匀出力，轮流歇息，顶抗到底。

大伙一直忙到前半夜才回包吃晚饭，札那对巴格纳说：到这会儿，我和大伙都明白咋抗这场灾了。大家都说还是多费点力气铲雪挖草，少杀一些牛羊。要是没有这一大圈青干草和粮食马料，大伙再怎么拼命铲雪也救不了牛羊。可是有了这大圈青干草和粮食就值得拼命铲雪了。只要大伙吃饱牛羊肉，齐心合力玩儿命干，多半是能扛到雪薄的时候的。只有到实在铲不动雪，才能杀一些牛羊。

巴格纳说：杀掉辛辛苦苦养了这么多年的牛羊，我真心疼啊。

札那放下筷子，忽然冷静果断、又有点舍不得地说：巴格纳，明儿一早，你得赶紧回客栈去。我估摸苏木三个部落最早走的那拨马群牛群，能过乌拉盖河，走到雪薄的地方。可是三个部落最后那批搬完家才上路的大犍牛群，晚走了大半天，一路上路旁的草也早就让前面的马群牛群吃光了，又累又饿。我看这拨牛群多半过不了乌拉盖冰河，要是都被牛倌赶到客栈去，那客栈就要出大事了。我和几个老人最担心的就是三个部落的几百头大犍牛，去跟咱们客栈的牛羊抢草吃。客栈这会儿只有图雅、萨日娜和其木格三个女人，你们两个大男人都不在。要是一下子涌来这么多胃口最大的犍牛,没你这个客栈大掌柜,图雅准保顶不住,就是加上东日布兄弟也顶不住,弄不好几百头宝贝大犍牛保不住,连咱们的头号羊群和一群牛都得赔进去。你明儿一早赶紧回客栈!

巴格纳长舒一口气说道:阿爸,那天您说您最怕三个部落的犍牛群涌到客栈,这两天我也一直在为客栈担心,要是犍牛群真被赶到客栈,那客栈就要被冲垮了,损失就太大了……我也急着想飞回去。可是雪这么厚,灾这么大,您要是没有我这个传令兵,咱们和那两个十户组,还有咱们部落和苏木长就全断了联系,弄不好也会出大事的啊。

札那说:那两个十户长都很能干,我能想到的他俩都能想到。苏木长道尔基那儿不是还有莫日根吗,苏木长会派他来跟我联系的。你就赶紧走吧。客栈那边的事更重要,没你撑着,非出大乱子不可。今晚云厚没月亮看不清道,我不敢让你走,怕你迷路出事。可是,明儿你一早就得走,还得要快滑。

额吉说:快回去吧。这儿的事有大伙哪。客栈的事才最让人揪心。你有滑板,这会儿只有你能赶回客栈……

札那说:几个老人和十户长都说客栈可不能被犍牛群冲垮,让你赶紧回去守客栈,也让你和萨日娜早点结婚,喜酒啥时候喝都成。

巴格纳说:成。我明儿天不亮就走。我真担心图雅和萨日娜顶不住啊。

额吉说:这会儿,萨日娜比谁都更盼望你回客栈。

巴格纳说:阿爸额吉,我想明天再早走一点,回去的路上稍稍绕点道去看看索海淖力布组的灾情,真怕见到四群牛羊全被雪埋死。我去看看,帮他们想想法子。草原游牧真苦真难,百年的财产积蓄,一夜就能全赔光。一个好好的部落,一场大白灾,说完一夜就完。

札那说：索海淖力布组的灾情苏木会管的，各部落也会出些牛羊来帮他们。最后他又叮嘱道：你这次回去，要想尽一切法子，让大犍牛吃上苇叶。要是实在吃不上，你就杀牛。杀多少你说了算！

第二天天还未亮，巴格纳在羊油灯下吃过了斯琴高娃为他准备好的奶茶、黄油馃子和手把肉后，告别了两位老人和斯琴高娃，背上额吉送给萨日娜的一套冬季新娘缎面皮袍，还有装有一套首饰的扁木盒，顺着札那阿爸指的方向，飞快滑向索海淖力布十户组。到了那里，天已大亮，他看到了恐怖的羊尸山，狂风已刮走尸山上的浮雪和羊尸间的夹层雪，露出羊群绝望挣扎、压死闷死憋死的惨景。羊尸层层叠叠、七扭八歪，羊脚乱支。他望着羊头上半张的嘴、半吐出的冻舌头和一对对瞪出血、冻成黑冰球似的羊眼，吓得如同见到了草原血腥古战场的尸堆。但看到这个让人最担心的十户组竟然保下了近三群的羊和一多半的母牛和牛犊，还是稍稍感到庆幸。虽然他们没有草圈，但他们迎风草场的雪确实不算太厚，和大灾前相比，只厚了半尺多。大灾第二天的狂风飓风把前一天铺盖的厚雪刮走了一多半，草场露出雪的草依然高而密。但牛羊蹚雪吃草仍很费劲。一些牧人正在杀快要饿死冻死的病弱牛羊，大棚斜面铺了不少摊开的牛羊皮，雪地上一片片冰血和红雪，分外刺眼。

索海淖力布流泪道：不信天鹅神和狼神的警报，真要遭报应啊……这儿是迎风草场，全组剩下的羊群牛群能不能活下来，还得靠再来一场大风，刮去一层雪。眼下大伙正全力铲雪，雪中掏草拽草，兴许还能保住一多半牲畜。但是，我的十户组连一点青干草也没有，只有道尔基苏木长送来的三千斤马料粮食，不够啊。看来我只能多杀一些牛羊，开春，就靠卖牛羊皮，卖牛羊肉来度春荒了。

巴格纳安慰道：札那说，苏木三个部落会帮你们的。别泄气，加紧铲雪。再赶紧杀掉一批牛羊,再不杀,冻死的牛羊是卖不出价钱的。

他感到眼前这座恐怖的羊尸山,必将永远压在他和所有额仑草原人的心上。蒙古草原太残酷,专门惩罚不敬天和不懂草原的人。

巴格纳大事在身,不敢久留,匆匆喝了一碗茶,便告别索海淖力布,顺风快速滑向客栈。

茫茫大雪原,厚厚的雪层上只能看到几根黄芦草的草梢。雪面干净得没有一点牛群可食的东西。又滑了一段,滑到马群牛群迁场的路旁边,马群牛群踩出来的平整雪道已被雪掩盖,但还能看到雪道的凹痕。再往前滑了一段,巴格纳看到两只老鹰在低空飞旋打架,争抢雪地上一头不知是累死还是饿死的两岁牛,牛眼已被掏成黑窟窿,另一只老鹰还停在牛头上不停地啄撕。牛皮还没有全部被鹰的利喙撕开,但大腿根部肚皮最薄的地方,有两个撕开的小口子,露出鲜红扎眼的血冰。看来这头牛是在白天倒在雪地上的,要是在夜里冻死的,到天亮冻成了大冰坨,老鹰就撕不开牛皮了。他继续滑行了十几里,沿途时不时能看到倒毙的弱牛。又滑了一段,路边不远处原来一些黄草比较高的地方,连马粪和牛粪也看不到,两夜一天的暴雪已把牧草和牛羊马粪全埋没了。越往南走,雪面越平滑光亮,连一串串野兔的脚爪印也找不到了。

巴格纳的心紧绷起来,还有两个月的酷寒,牛羊吃不到足够的草,两三天就会被饿死冻死。再过些时日,兴许草原上牛羊尸体多得再也不会出现老鹰打架的场面……前景是一层又一层的半透明冰墙,能隐约望到头,但是真不知道能不能让此时还活着的牛羊冲出冰墙,活到开春。一路上,巴格纳焦虑得如燃烧的羊粪砖,浓烟巨焰,急火攻心,心中哀痛,苦无头绪。他把唯一的希望寄放在怎样能获取尽可能多的乌拉盖河芦苇叶上。可是湖边洼地三尺多齐腰深的雪,三四里远的路,人牛怎能进得去?那条地势高、雪较薄的坡棱老道又太窄了,最多只能并排走两三匹马,容不得几百头大犍牛前行。就算到苇塘边,也进不去、吃不着苇叶啊。他抬头向腾格里呼喊:长生天,腾格里,请您伸出胳膊,帮帮可怜的牛羊、帮帮额仑苏木和部落、帮帮我和萨日娜吧。

他在心中又向乌拉盖母亲河呼喊:乌拉盖母亲河,请您再慷慨地帮帮您的儿子吧。我刚刚把您的儿媳天鹅姑娘接到客栈。我真怕客栈变成牛羊的屠宰场。我和天鹅公主怎能在遍地鲜血成冰的屠场地狱里结婚啊。亲爱的乌拉盖母亲河,亲爱的阿妈,您帮了我许许多多次,恳求您,再帮我一回吧。

少顷,脑中隐隐闪出一点点亮色。他猛然间换了个思路:打通雪道,运苇子出来!他想起客栈库房角落里,还有商号车队最后运来的十几把新木锹。他差一点以为已经卖掉,被部落拉走了。毕竟,木锹是抗击大白灾不可缺少的主要工具,有了木锹兴许就能救活牛羊……这几天他在部落里也见到牧人们都在用木锹铲雪,而且许多人手里拿的就是新木锹。但是他想了再想,终于断定那十几把新木锹还在库房的角落里,部落来拉粮食、大毡和桦木杆的时候,木锹被几捆苫布和麻袋挡住了。他全身的血液骤然像赛马场上的骏马一样奔腾……他接着往下回想,那条地势较高的坡棱小道,雪比较薄,一直通到湖边,应该能挖出雪道;库房里还有五六把打草用的普通镰刀和大钐镰;客栈还有牛车,东日布家还有壮牛;自己的脚下还踩着滑雪板……他朝天呼喊道:感谢腾格里和天鹅神的提醒。

正午,巴格纳借着北风滑回客栈。眼前的场景让他的心猛地一沉:东墙外草圈上站着三四个人,正在大声喊叫;墙下的厚雪地,挤着大约四五百头冻了三天三夜、饿疯了的大犍牛,闻着草圈里青干草的香气，喷出大团白雾，一片愤怒的牛吼声。但是，草圈下部的横栏又密又牢固，牛舌根本卷不到栏里的草。一些饿牛竟然在啃食客栈南面草泥墙上露出来的一点点枯草，连草带土一块儿吃。蒙古包旁边的雪地上，摊着三张刚剥了不久的牛皮，两个牛倌正在卸牛肉，雪地上的牛血冻成红冰，不远处是人们来不及收拾而丢弃的牛肠肚，两家人的七八条大狗吃得正欢。

草垛上，东日布兄弟舞着木叉大吼。图雅和其木格也在那里哭着喊叫。老额吉、萨日娜、两家的媳妇和孩子则挡在木栏草圈前面，与六七个急红了眼的牛倌争吵论理。札那阿爸所预料的抢草大战已经爆发。

忽然，草垛上的图雅擦着眼泪激动地大叫：大伙别争啦！巴格纳掌柜回来啦！巴格纳哥哥回来啦！

叫罢，就找一处雪厚的地方跳了下来。墙上的人全都跳了下来。谁也没想到，远在部落救灾现场的大忙人巴格纳，会忽然像雄鹅那样急飞回客栈救火。当帽上积霜、脸上流汗的巴格纳箭一般地滑到眼前，大伙儿大喜过望，围了上来。巴格纳径直朝自己的新娘滑过去，萨日娜跑向自己的新郎，两人喜泪泉涌，拥抱狂吻。

过了一会儿，巴格纳急不可待地对着萨日娜说：道尔基苏木长批准咱俩结婚了，他让咱俩先结婚，大灾以后再补办婚礼。

大伙叫道：

那晚上就办婚礼吧，喝喜酒，冲冲大灾的晦气啊。

大伙早就盼着你回来啦。太好啦！快快！再不给牛吃草，牛就要饿死了。牛要是冻成冰坨，连牛皮都剥不下来了。

我们刚把饿得快走不动的一头犍牛和两头母牛杀掉，是前面迁场掉队的牛。还有几头两岁小牛走不动了，赶不过来，被雪埋了。

牛吃草的事，就听大掌柜的，全都不要争了。他说咋办就咋办。

对啊,对啊。

巴格纳最公平。

东日布说:昨儿晚上,我和嘉木撒守了一夜草圈,可还被他们抢走不老少草呢。你快定吧,再不定,他们还得抢。

图雅和其木格跑来。巴格纳脱下滑板,又和两个妹妹拥抱亲吻,再把背包、滑板和雪杖交给其木格和图雅,对其木格说:莫日根被苏木长留在身边当传令兵,一时半会儿回不来。

巴格纳让她赶紧回家准备酒肉炸鱼,再去请东日布家里的人过来帮忙。又转身对大伙说:晚上我和萨日娜结婚,我请大伙喝喜酒。

众人高兴得嗷嗷叫。

巴格纳说:但这会儿,咱们先得把大犍牛的事儿赶紧定下来。你们先把这几天的事儿简单地说一说。

大伙在牛群踩矮的雪地上围了个圈子,再略略踩平了雪,蹲坐下来。

东日布说:昨儿晚上,牛倌给牛群和他们的六匹马抢了不少草,牛马一时半会儿还饿不死。可是,你得快点拿出主意,再晚,牛就要倒下了。

三个部落的牛倌简略地讲了情况,巴格纳得知三个部落的所有马群、第一拨走的牛群和部分大犍牛群,都已经在两天一夜内先后过了乌拉盖冰河。估摸能和初冬长途迁场过去的十户组接上头了。可是,三个部落搬家以后上路的一大部分犍牛群,赶不及过河。眼看天上已经飘起雪片,白毛风就要下来,就只好拼了命,把四五百头累得快走不动的牛,就近赶到客栈来想办法,三个部落的首领事先都是这样交代的。

一个道尔基部落的中年牛倌说:是杀是留,杀多少,留多少?道尔基让我们跟客栈商量。可是你不在客栈,图雅和额吉也拿不定主意。我们说先让饿了三天三夜的牛吃点草吧，要是牛全饿死了，连卖牛肉牛皮的钱都得不着了。可东日布、图雅和他们部落的牛倌，死活不干。说反正要杀牛，还喂干啥？客栈的青干草得留着喂札那部落的牛。这咋办啊？

图雅哭道：大犍牛都是牛群里最棒的牛，部落游牧搬家全得靠大犍牛，谁舍得杀啊。可是不杀掉大部分牛，咱们客栈所有的牛羊都得饿死。那部落还不把我骂死啊，我都快发疯了。

东日布急得瞪出了半个眼珠子，说：我这群羊是部落头号羊群，还怀着一千二三百只羊羔呢。要是母羊饿死，那我的罪孽就比地狱还大，我也不想活了，自个儿杀了自个儿算了……我看客栈这圈草，最多只能再喂养一百多头牛。那三四百头牛只能杀了，再不杀就不赶趟了。可是就咱们这几个人咋杀得过来？剥牛皮净膛可是个力气活，一个人一天最多才能剥三四张牛皮。我看多半的牛还得饿死，要留下的牛，咱们部落的牛得多留一些。

其他部落的牛倌都急红了眼，争吵起来。

巴格纳顿感自己心上像压了一座巨大的冰山，但又必须立即决断。他横下一条心说道：大伙别吵了！札那副苏木长对我说了，你们到了客栈全得听我的！你们都要按我说的办，大家听好了：一是，马上给所有的牛喂一些草，只给吃个小半饱，能一天不饿死就成；二是，三个部落的九个牛倌和嘉木撒全家能干活的人，都到客栈库房去领大木锨，一人一把，然后马上就去挖雪开道，一直挖到苇塘边。雪道不用太宽，能过牛车就成。苇塘边洼地里的雪齐腰深，三天也挖不到苇子地。但是，湖边有一条地势高的坡棱小道，一直通到湖里，坡棱上的雪比洼地里的雪浅一半多，要是拼命干，一天多应该能打通雪道。雪道路线待会儿我来指给你们看。你们一定要在明儿下午以前挖通；三是，我、图雅和东日布三个会滑雪的人，带上镰刀和雪爬犁,去苇塘割苇子苇叶。我们三个再把苇子运到岸边;四是,雪道开通后,东日布家出两辆牛车到岸边装苇子,再拉到东墙草圈外喂牛。明天下午以前,必须让牛吃上苇叶,到晚上再掺上一些青干草,等到最冷的日子才能给牛吃点马料粮食;五是,打通雪道以后,一半的牛倌到客栈的南墙外,先铲净雪,再用木头、桦木杆和芦苇粗秆搭建临时牛棚,和东日布家的临时马棚连起来。让牛有个挡风挡雪的暖棚,牛少挨冻,才能少掉膘、慢掉膘;六是,东日布再减少一些喂他家牛羊和马的青干草,也要给羊和马喂一些苇叶,省出些草来喂牛,但一定要保住母羊的胎。牛倌们的六匹马也放到东日布家的临时马棚里养。

我说完了。大伙都快去干吧!东日布,你带上几个牛倌赶紧去给牛喂草。其他牛倌都跟我去库房领木锨。

老额吉点头夸道:我看这些法子能成,大伙儿就照巴格纳掌柜说的去干吧。

牛倌们如释重负,全都高呼:太好啦!太好啦!然后满心欢喜地站起身向草圈快步走去,纷纷赞道:

不杀牛,真没想到啊。听巴掌柜的!用这些法子,还没准真能扛到开春哪。

那部落该高兴坏了。大白灾下能保住四五百头搬家拉车的大犍牛,从来没有过啊。那咱们就立大功啦。

前几天在赶牛过来的路上,我们也盘算用苇叶喂牛,可雪太深,咋进得去?再说苇塘太远,我们没车没镰刀没木锨。不等把雪道铲到河边,牛早就饿死了。真没想到客栈有木锨、镰刀,还有滑雪板和牛车,这就有指望啦。

东日布一边走一边对巴格纳说:只要能保住我的羊不流产,还不杀牛,叫我再让出一些草,我也愿意。不过,每天牛羊马用草,你得亲自管。谁都不能胡来。

巴格纳对牛倌说：给牛喂草的数量，你们都得听东日布哥俩的。

牛倌们异口同声答应道：成。

两个牛倌飞快爬上草圈，往下叉草。雪地里的几个牛倌抱着大抱的草蹚雪走，撒出四五条长长的草带，让所有牛不用抢都能吃上草。大犍牛们乐疯了，瞪大牛眼大口吞咽，知道自个儿不会变成饿死冻死在路边厚雪里的那些同伴了。还有两个牛倌抱草去喂自己的马。

萨日娜还没有从天大的惊喜和激动中平静下来，她抱住巴格纳的胳膊，把头紧紧地贴靠上去，在通往客栈的雪道中一边走，一边感慨道：我真没想到你能赶回来，原以为你要在部落再待上个把月呢，那这儿的天就要塌下来了。我真怕牛羊饿死、冻死、杀死一大片啊，那明年谁家的日子都没法过了。

巴格纳抽出胳膊搂住新娘的腰，一边走一边说：还是阿爸厉害，他估摸最后上路的大犍牛过不了乌拉盖河，客栈这儿要出大事，让我赶紧滑回来，还告诉我可以用苇叶掺草喂牛。

回到家，巴格纳对萨日娜说：额吉和斯琴高娃送了你一套冬季婚服，还有首饰。你们先看看婚服和首饰，让图雅帮你打扮一下。我呢，外面那些大事都等着我去做。这会儿我就不能陪我的新娘了，对不起，时辰耽误不起啊。

萨日娜说：你快去吧，那些事儿最重要，我也担心咋能尽快打到苇叶。

巴格纳吻了一下新娘，便带牛倌们去库房。

大白灾下的婚礼酒宴，在巴格纳和图雅的两个房间举行，由老额吉主持，简单、拥挤又隆重。连日的紧张、恐惧和劳累，大伙儿也都无力走完传统蒙古婚礼繁多的礼仪程式和唱歌祝福了。酒过几巡，吃饱喝足之后，巴格纳便请大伙早点回房休息，以备第二天的苦战。九个牛倌中，两个本部落的人吃住在东日布兄弟的两个蒙古包，其他七个住在客栈的两间客房，自个儿用伙房开伙。他们有随车自带的粮食、肉食和刚刚杀出来的三头牛的牛肉，多得吃不完。图雅和其木格迅速收拾清扫完婚房，与一对新人祝福吻别后，图雅把小弟弟领到她的房间睡觉，其木格带上了门。

一对人间天鹅，终于在大白灾下的草原客栈筑了巢。

新婚之夜，难忘旧情的萨日娜拿出巴图的银碗，向新郎巴格纳讲明了碗的来历。巴格纳恭恭敬敬地双手接过碗，珍惜地捧起，郑重地亲吻了一下，说：巴图，我会爱你俩一辈子，也会守护你俩一辈子的。你俩的爱已深深地浸透到萨日娜的天鹅歌里了。

萨日娜往银碗里斟满酒，说：巴格纳，我的好丈夫，谢谢你，咱俩一起喝了这碗酒吧。

说罢，两人脸贴脸，嘴靠嘴，一同小心地慢慢饮完银碗里的酒。

萨日娜说：婚宴前，我已经让其木格用一个大灶烧了热水。你这回下部落滑了那么远的路，出了那么多的汗，还是去洗个澡吧，然后干干净净地当我的新郎，好吗？

巴格纳笑道：好。要不，爱干净的天鹅新娘会把脏鹅赶出巢的。

当巴格纳洗完澡回到新房，把新娘抱上炕，犹疑了一下才问道：还是像上次在你的蒙古包里那样，不点灯吗？

萨日娜微笑道：今夜我是你的正式妻子，就不要吹灯了……我也想亮亮地看着我的巴格纳丈夫。客栈婚房比蒙古包暖和，就咱们两个，还有这么厚的墙……

44

> 黄鹄（天鹅——引者注）飞兮下建章，
> 羽肃肃兮行跄跄，
> 金为衣兮菊为裳；
> 唼喋荷荇，出入蒹葭，
> 自顾菲薄，愧尔嘉祥。
>
> ——汉昭帝刘弗陵《黄鹄歌》

（引者注：汉武帝之少子刘弗陵八岁即帝位时，有天鹅飞到建章皇官内的太液池中。刘弗陵作此天鹅歌，自惭德才菲薄，有愧于神鸟带给他喜庆嘉祥。）

早晨，又有几头大犍牛去啃草泥墙里的干草，再不给牛吃饱肚子，怕是连客栈的围墙都得被饥饿的牛群啃塌。两个蒙古包的孩子又打又轰，才赶走这些牛。吃饱了新鲜牛肉手把肉的牛倌、嘉木撒和他们两家的女人，沿着前一天下午已经挖出的雪道继续向前挖。两尺多深的坡棱小道上，已经有近一里长的雪道挖了出来。他们两三个人为一组，分段铲雪开道。大伙都憋着劲要让宝贝大犍牛早点吃上苇叶。牛倌们用木锹把雪切成像蒙古包矮桌大小的长方雪块，铲到雪道外边，或抛出雪壕。为了加快进度，牛倌们减少了挖雪量，在雪道底部还留下半尺多厚的雪，只要能过牛车就成。

巴格纳和萨日娜一早醒来，不敢相信他俩的幸福竟与大白灾一起降临。祸福同降，幸福尤显珍贵。大灾压在头上，两人无法专心享受幸福，只缠绵了一会儿就起来，看到外屋的其木格正在煮奶茶、给鹅们切鹅食，两人和她问过好后，马上去看小巴图。

萨日娜住到客栈巴格纳的掌柜房以后，小巴图也住了进来。但是喜欢凉爽的天鹅不习惯热炕暖屋，她只好在外屋的角落里给它做了一个窝，窝是用客栈装货用的旧木箱做的，箱的一面锯出一个进出口，箱底铺垫了一层青干草，箱外包上了毡子。小窝既安全又温和，小巴图这才能安稳舒服地睡觉。前一天晚上的婚宴来人太多，萨日娜就只得同其木格一起，把箱窝和小巴图暂时安放到工具房去。

萨日娜说：原来的鹅房是大鹅夫妻和两只小鹅的家。大鹅夫妻可以再收养一只落单的小鹅小花脖，但决不允许身为大鹅的小巴图进入自己的家，尤其是那只大雄鹅，只要一见小巴图进门就会上去啄赶。小巴图知道天鹅世界的规矩，也不愿意住到它不该去住的地方。在院子里，这三只大鹅还能相安无事，只是小巴图要与大鹅公主离得远一点。

巴格纳笑道：往后我要是见到来纠缠你的人，我也上去猛啄。

萨日娜边笑边打开工具房的门，把小巴图放到屋外一小片清除过厚雪的地上，让它晒太阳玩耍。它见到巴格纳很是快乐，侧弯着头，用一只眼睛盯着他，张喙叫了几声，好像在问，阿爸，这是你的家呀，咋这么大呀？还有那么多的鹅。

小巴图似乎已经喜欢上了这个新家，毕竟，这儿有那么多的同伴，吃的东西也更好，鱼肉多，食里面还有合它口味的水草哪。

巴格纳笑着对它说：儿子啊，我和你阿妈结婚成家啦，这会儿是你真正的阿爸了。你往后就由亲阿妈阿爸来照顾。这些日子太忙了，等稍稍空下来，我还要让你享受享受大木桶里的温水澡哪。

两人又去看鹅房，大鹅小鹅们看见阿爸回来了，都欢叫着、扇着翅膀围过来，鹅颈高昂，吻他亲他，还请求放它们飞翔。巴格纳蹲下身挨个拥抱亲吻了一番后，一边鼓起腮帮子，"呜——呜——呜"地学着大风雪的声音，用手比画着厚雪，一边耐心地说：今儿还不能飞，外面喂牛喂羊的空场和马厩顶上的雪还没有清完，你们飞上天还行，飞下来，落哪儿啊？白鹅陷进白雪里，我咋找你们啊？再等几天吧。

萨日娜逗乐了，笑道：你是鹅们的好阿爸，这群天鹅跟你真亲啊，像亲儿女一样亲。米希格阿爸要是见到了，不定有多高兴呢。这群鹅可聪明了，那天刮着那么猛的白毛风，它们还想出去飞。我打开门让它们去看大风雪，它们刚出门走了几步，立马被大风雪吓得乖乖转身回屋了，也明白妈妈为啥不放它们出去了。我带来的那只小花脖虽然在部落的时候就能单独飞，可是胆子最小，不敢出屋飞，两只大鹅夫妻很疼爱它。

巴格纳说：咱得常跟天鹅说说话，再比画比画，慢慢它们就会猜出你的意思啦。咱俩刚结婚就有了这么多美丽可爱又懂事的天鹅儿女，真幸福啊。

萨日娜说：好了，回家喝奶茶。喝完吃完你快去弄苇叶吧，我也想牛早点吃到苇叶。从前在冬天，我见过牛吃旱苇地里的苇叶和残花穗，那时候的牛还是饱牛，也那么爱吃，可这会儿的大犍牛都是快要饿死的牛，那它们一准吃得更欢了。要是能保住这么多大犍牛，我该高兴死了，全苏木的人更高兴。

巴格纳说：我昨天去苇塘看过了，还挑了一片好苇子地，正好能跟我选的雪道对上。那条道原先是一条坡棱，雪比较薄，我用雪杖戳了戳雪,比两旁洼地里三四尺的雪浅一半,就看牛倌们能不能按时把雪道打通。

萨日娜说:应该能吧,我听咱们部落的牛倌说,他们干得很快。牛是牛倌的心肝宝贝,他们一准拼命干。今儿我和其木格就来铲马厩顶上的雪。我还没有看到过大雄鹅带小花脖飞哪。明儿咱俩一块儿放。

巴格纳、图雅和东日布把两把长杆小镰刀和一把长杆大钐镰,刀尖冲下放进雪爬犁,绑结实,爬犁里面还装上绳索和长杆钩子。然后,巴格纳把拉爬犁的绳子一端拴在自己的腰上,向他选好的一处苇林滑去。滑到冰湖边,三人看到大片大片的芦苇,在微风中轻轻摇摆,摇掉了飘落在苇叶上的零星雪花,风一停,大片芦苇依然在雪中挺立。苇叶茂密,颜色淡黄,被风雪洗刷得一尘不染。深秋时蓬松漂亮的白芦花早已被风刮得干干净净,留下来的细细密密的苇穗有一尺多长,像没有扎紧的扫帚一样,这是牛很爱吃的冬食,要比粗糙的苇叶更细软可口。还有一些更茂密的苇叶苇子被厚雪压倒。苇丛里的雪很深也很空,雪下是厚厚的落叶。冰湖里的雪比较薄一些,有些地方被狂风刮出了冰面。眼前的苇巷挡风,里面的雪比坡岸洼地里的雪更深。三人见到触手可及的苇海都很高兴,像是见到了天大的草料场。

巴格纳把两人带到离客栈最近、苇子茂密高壮的苇巷,说:我昨天在苇巷里转了一圈,就数这儿的苇叶苇穗最密,越靠近苇塘北边迎风处的苇子,被白毛风洗得越干净。

东日布笑道:这么多的苇叶苇穗,就是十个部落的牛羊来吃也吃不完。

巴格纳说:不是啥苇叶都能喂牛羊的,咱们就割那些露在雪面外的干净苇子、苇叶和苇穗，没被风刮掉的苇叶苇穗才是好草料。

说罢，他解下锋利的大钐镰，钩住一丛长满叶子的细苇子腰部，用力一拽，柔软晃动的一小抱苇子顺势倒了过来。但钐镰的刀口吃不上劲，没割断几根。他又换成长杆小镰刀试了几次，发现雪下的苇秆坚挺不晃动，就把镰刀插进雪里一尺的地方割，锋利的镰刀能吃上劲。他用力一拽，一丛四五尺长的苇子就被齐刷刷地割断。再用镰刀一勾，一小抱长满又宽又长又厚的苇叶的苇子就被勾到雪地上，割下来的苇叶、苇花穗比一钐刀打下来的牧草多几倍。用这种割法，割苇子又多又快。三人大喜。

图雅乐道：不太难啊。一会儿就能割下一大堆，两三刀割下来的苇叶，就够一头牛吃个小半饱。

巴格纳让东日布用长杆镰刀按照他的法子割苇子，两人割得又快又利索，不一会儿，几大抱一人多长、带有新鲜干净苇叶、苇穗的细苇枝就堆了出来。

东日布笑道：看来草圈的青干草能保住了，母羊能保住胎，大犍牛也不用杀啦。咱俩快点干，用一个上午就能把几百头牛一天的草料打下来。

图雅说：你们两人割，我来装运。

两个男子汉越干越起劲，只干了一个时辰，苇巷里就堆满了苇子苇叶。两人稍稍休息后，又帮着图雅装车，再拉到冰湖岸边卸下。几个来回以后，巴格纳和东日布又想出了更省力的办法。他俩把苇子装满爬犁以后，然后用长绳拴住爬犁，两人滑十几步滑到岸边，用滑雪手杖固定好自己的滑板，再拽绳子，把爬犁拽到岸边，大大加快了运速。快到中午，苇塘岸边已经堆起了几个蒙古包大小的苇子堆。

巴格纳说：走，回去吃饭，下午再接着干。我要先带回去一爬犁的苇子苇叶先给牛喂一些,可以稳住牛群的心。

三人装了满满一爬犁苇子,两人拉,一人用长杆钩子推,向牛群慢慢撑滑。快到客栈东边,图雅高叫:苇叶拉回来啦,河边还有一大堆哪。

九个牛倌和东日布兄弟的几个家人,正在用木锨铲挖雪道,已艰难地推进了两里多,越往湖边挖,雪就越深,雪道两边的雪面上,被铲抛出的雪块又加高了两尺多,雪道成了雪地上的胡同,有的路段里面走人,外面根本看不到。铲雪的牛倌们听到图雅的喊声,才知道三人已经把苇子拉回来了,于是都放下木锨,激动地跑来帮忙卸苇子喂牛。萨日娜、其木格,还有两个蒙古包的人全都闻声走过来看。

巴格纳三人和几个牛倌,每人抱了一小抱苇叶苇穗,走向客栈东墙的草圈外。当他们刚把苇子拉开距离放到牛群面前,四五百头饿瘪肚皮、直翻白眼的大犍牛都疯了似的抢起来。前拥后挤,你争我夺,狂吞急咽。抢不到地上的,就抢人手上的;抢不到人手上的,就抢牛嘴里的。一根苇枝会招来五六头牛同时抢,各咬住一长片叶子和苇穗,把苇枝撕成碎丝。那个疯狂劲儿,就像巴格纳在关内见过的饥民疯抢糠菜饼子一样。一会儿工夫,满满一爬犁苇枝苇叶,连同雪地上的苇叶碎片都被抢光。大伙看得又高兴又心痛,在丰饶的额仑草原,从来都是好吃好喝、富态悠然的大犍牛,竟然沦落到如此可怜可悲的境地。不过,到下午,爱牛的牛倌和牧人们,就能让宝贝的大犍牛吃个肚儿圆啦。

巴格纳看着可怜巴巴望着他,向他乞求苇叶的几百头哞哞轻吼的饥牛,心疼地说道:咱们再去拉两趟苇子喂牛,然后再吃饭。

图雅、东日布和牛倌们都说:

好啊,先让每头牛肚里垫巴垫巴,让牛心安,咱也心安。

三人转身快速向苇堆滑去。

午茶后，全客栈人的士气更加旺盛，拼出了蒙古人决一死战的勇力。牛倌和东日布的家人们，先铲雪开小路，人走过去以后，几人一段地继续往河边铲。这样分段开挖，每人都有干活面，不会有一点点窝工，大大加快了雪道的进展。也亏得每人手上都有一把客栈的新木锹。爱牛如命的蒙古牛倌们，全都成为能够连续苦战的蒙古武士，他们脱掉上身的厚皮袍，把皮袍挂在腰间，只穿坎肩，一刻不停地铲雪抛雪踩雪，终于到下午为大牛群抢挖出了生命一般宝贵的深雪通道。当许多大犍牛饿得站都站不稳的时候，雪道雪巷总算掘进到湖边的苇子大堆旁边，并铲挖出一个可以让牛车转身掉头的圆场。东日布家两头健壮饱牛拉的牛车也及时赶到，牛倌们很快将苇子苇叶顺茬装得有一人高，并用长绳拴紧，一些人跟车回到牛群，快速卸下苇子，又堆了三四十小堆。每头饥牛总算可以不争不抢地大吃猛嚼了。牛倌们都累得瘫倒在雪地上大口喘气。不多会儿，第二辆满载苇子的牛车又到了，牛倌们再把牛的食堆加高……

巴格纳让图雅回家休息，去跟萨日娜一起喂鹅，自己和东日布继续磨刀、割苇、运苇和堆苇。两辆牛车不停地拉苇喂牛，两个牛倌还站在岸边，帮巴格纳和东日布用长绳拉爬犁和苇子捆。

喂完天鹅以后，萨日娜像真正的客栈女主人那样，带着弟弟和两个蒙古包的女人们来照看牛群，哪个苇堆的苇子快吃完，就给哪堆添几抱苇子苇叶。萨日娜还插空和女人们把前几天几百头大犍牛留下的、大盘大坨的冻牛粪分别码堆，既清理了场地，又收集了宝贵的牛粪。蒙古女人最喜欢冬季的牛粪：深棕色，有光泽，圆柱形，柱上有手指宽一棱一棱的纹印，像一摞摞油光光的馅饼，又漂亮，质地又紧密。到春天晒干风干后，是伙房最好的燃料，与硬实经烧的羊粪砖合着用再好不过了。

五六个牛倌也早已主动去客栈南墙外铲雪、运木和搭建挡风挡雪的牛棚。傍晚时分，其他牛倌在牛群旁边堆起了半天都吃不完的苇垛。大犍牛们见到这么大的食物堆，都心满意足地安静下来细嚼慢咽，并时不时地吃口雪补水润食。

东日布和嘉木撒兄弟俩，看到塌瘪了三天半的牛肚皮已经微微鼓胀起来，便和女人们给牛群里各个苇子堆添加了一些青干草。牛们开始有力气地争抢起来。东日布还和三个牛倌从马厩里抬来一个马槽，放了大半袋畜用食盐，供大犍牛们舔食，牛吃点盐更下饭。牛倌们一直忙到天黑才收工。他们打算第二天就把牛棚搭建完成，晚上就把牛群全赶进牛棚睡觉。背风挡雪的舒服长棚定能帮牛群防寒保膘，平安度过大白灾。牛倌们对自己苏木这个要啥有啥的客栈赞不绝口，感叹游牧部落拥有一个固定的商驻点太重要了，都埋怨大清朝廷不让蒙古人长途经商、远途迁场放牧。最后也都猛夸巴格纳掌柜，招数多，还事事领头干。

晚饭后，累了几天的图雅连打哈欠，便带小弟弟回房睡觉。巴格纳和萨日娜吻过小巴图后，也可以早早地享受新婚的甜蜜。虽然疲劳困乏，但是两人依旧兴致勃勃，大灾中的幸福似乎更甜、更加醉人……

45

札鲁特族萨满祈祷文：
"驭驾兮狂狼，吞餐兮火蟒，
钢鞭霹雳扬，神刀威无疆。"

——富育光《萨满论》

清晨，巴格纳和萨日娜温存缠绵了许久，起来后忙着去看犍牛群，发现部分牛已经卧在铲过雪、但尚未搭建完成的牛棚里，神情已与灾前相仿，悠然自得地反刍着胃里的苇叶、苇穗和青干草。饥饿恐慌，差一点被杀掉、饿死、冻毙的大犍牛们，又呈现出一副草原骄子的模样。它们大大的眼睛里流露出对恩人的感谢之情。蒙古牛通人性，在一望无际、白雪深厚的草原，主人们居然弄来这么多的救命食物。牛也知道草原人爱牛，牛羊的性命就是牧人的性命啊。

萨日娜愉快得眼睛闪出春季草原的绿色光彩，说：哈，这些逃难的灾民，成了牛老爷了。不干活，不拉车，不挨冻，吃饭有人伺候，吃得也很不差呀。剩下这两个月，我估摸它们还会上些膘呢。蒙古女人比男人更爱牛，挤奶、搬家、运水、捡牛粪、运牛粪、走亲戚和买卖东西，哪件家务事儿离得开牛啊。

巴格纳笑道：要不，我咋会这么为牛拼命啊。我知道你比其他蒙古女人更爱牛。要是这儿变成冰血淋淋的大屠场、堆尸场,天鹅姑娘哪能有好心情跟我结婚呢,哭都要哭死了。

萨日娜微笑道:昨儿你们打了那么多的苇子,今儿你可以晚点出工。昨晚图雅已经跟东日布他们说了,这些天大伙太累了,明儿晚点起来,让大伙休息休息。走,你先帮我做些事吧。

巴格纳说:好的。

萨日娜微笑道:我还是急着想给小巴图和小花脖洗大木桶温水澡。早上一起来见到其木格,我就让她请一个咱们部落的牛倌帮她到井台打水,烧了一大锅热水。走,咱俩先去放飞天鹅。昨天上午,我和其木格已经把马厩顶上的雪铲得差不多了,东日布家的人也把停车场上的雪铲了一大半,大灾以前那儿是喂牛羊的场地,没有雪。

巴格纳笑道:小巴图能干干净净融入鹅群,那它和咱俩开心死了。我也想早点给儿子小巴图洗个澡,它准得乐疯了。

两人回到外屋,小巴图的木箱窝早已从工具房搬回来,萨日娜把它叫出来,它高高兴兴地顺着雪墙夹道走向鹅房。客栈院内,房与房之间都由雪墙夹道连通,雪墙齐胸高,是用铲通道的雪堆出来的。萨日娜和其木格在鹅舍前面和喂牛羊空场的西北面,铲出了不大不小的一片空场,供大鹅小鹅们在牛羊吃草占用停车场的时候活动和晒太阳。小巴图挺着胸,昂着头,一瘸一拐走得很自豪。那劲头似乎在说,大雄鹅不让我进鹅房,我还不稀罕呢。六只鹅,只有我才能跟阿妈阿爸住在一个屋,跟阿爸阿妈一桌吃饭,你们成吗?

趁着客栈的羊群牛群还没有出圈吃青干草和苇叶,停车场还空着,两人打开了鹅房门。大雄鹅高叫着,扇着翅膀,助跑十几步就呼地飞出了院墙,飞上了天空。两只乌拉盖小鹅也快乐地叫着,跟着阿爸振翅飞上天。

三只鹅越飞越高了,可是新来的小鹅小花脖却不敢飞,好像怕撞上雪墙、院墙或房子。但它一看见门口的小巴图阿爸，便高兴地张开翅膀扑过去，亲热地问候，开心叫着、蹭它的脖颈。但是小花脖还是很想飞，不断抬头看飞鹅。大鹅公主也走出房，羽翅紧紧服贴在身，精致整洁，一丝不苟，保持着公主般的妆容和风度走向停车场。然后，伸长脖子仰头看丈夫飞，还是一脸的羡慕。

萨日娜抱起小花脖，同巴格纳走向马厩。两人一人登牛车，一人登梯，把它放到马厩顶上。小花脖听到大雄阿爸在头顶上绕着圈边飞边叫，也张喙叫起来。这里眼界开阔，没有院墙和雪墙。未等两人抛它，小花脖自己就扇翅在棚顶上快步助跑飞上天空，加入了鹅队。两人惊喜地挥舞双手，大声叫好。大雄这回没有再往高处飞，也不变换花样，只是一圈一圈不快不慢地飞，好让小花脖跟上。

萨日娜看了一会儿说：大雄在教它学会天鹅互相借力省劲的飞法。让她懂得一只孤单的天鹅，只凭自个儿的力气，是飞不远、逃不脱北方严寒冰雪的。天鹅南飞北归，全靠鹅队集体的力量，靠天鹅们天性中的爱。

巴格纳说：怪不得天鹅全是集群南飞，真没见过单只天鹅南飞北归的。

两人坐在棚上，依偎着仰头看鹅。看着看着，巴格纳感到脖颈有些发酸，便扶住萨日娜的肩膀往后慢慢一仰，两人就平躺在马厩棚顶看鹅飞翔了。萨日娜把头枕在巴格纳的肩头，眼睛牢牢地盯着大雄和小花脖。又飞了几圈，大雄开始加速往更高处飞去，当发现小花脖有点跟不上，就会马上慢下来。

萨日娜说：小花脖刚到我家的时候那么弱，好不容易才活下来。后来它吃了粮鱼好食，才长壮了一些，可是它在那儿的第一个阿爸老师小巴图，是只不会飞的鹅。在部落的时候，没有天鹅阿爸阿妈教它，它一直自己瞎飞、乱飞，是一只飞不远的鹅。到了客栈见到了大雄阿爸能张开两只大翅膀，它高兴坏了，成天跟在它后面，一心想学飞。你看它学得多认真，它有点会借大雄阿爸、小哥哥和小姐姐的力了。往后当它真正尝到天鹅长途飞翔的诀窍和甜头，它才会真正知道什么是天鹅的家和爱。

天上的四只鹅慢慢地飞着转着，越飞越高，越飞越远。但飞速依然不快不慢，三只鹅耐心地陪练陪飞，像一家人一样，萨日娜说：这四只鹅来自四个离得很远的鹅家庭，而且都差一点冻成冰坨啊。

不一会儿，大雄鹅怕妻子寂寞，又带着小鹅们飞回来，在妻子头顶上绕圈飞。天鹅丈夫从来不会飞离妻子很久。大雄每天用半天时间带小鹅飞，其他时候都寸步不离地守在公主身边……

萨日娜说：我救养的天鹅，最少已经有第四五代的后代了。我梦想的日子，就是和自己爱的人、和天鹅，安安静静在乌拉盖河旁边，过着简简单单的生活。可我知道，这安静简单的生活，来得多么不容易，是你用全部的心血换来的。

巴格纳说：你为了天鹅付出的心血，要比我付出的多得多，都拼了十几年了。今年是大白灾，是累了点，惊险了一点。等以后安稳了，咱俩就和天鹅、和狼一起过安安静静、简简单单的生活，这也是我最向往的日子。到那时候，你还是多写些歌吧，我最喜欢听你的歌，那是我无论拼出多少心血，也写不出来的。

萨日娜微微一笑道：好的，我写。

其木格大声唤他俩喝奶茶，两人才下到地面。小巴图一听到喝奶茶，连忙跑进屋。

两人进屋，萨日娜给小巴图擦干净脚蹼，抱上炕，放在专门为它铺的一大块厚毡垫子上。再给它端上一盆上好的鹅食，也放在垫子上。小巴图吃得很舒服满意。

等到五个人喝完奶茶，吃过奶豆腐、黄油馃子和手把肉，四只鹅才飞回来。一落地一起大声鸣叫。小巴图挺着吃饱的胸脯出了门，也善意地帮着叫。巴格纳、萨日娜、图雅、其木格和小弟弟全都出了门。前三个人端着三盆鹅食，巴格纳端的一大盆是给大鹅夫妻的；图雅端的稍小一点的盆是给两只乌拉盖小鹅的；萨日娜让巴特尔端的一个小盆，是给胆子还小的小花脖的。三个盆分开放好。小巴图像个称职的鹅阿爸，它知道妈妈最心疼小花脖，就守在小花脖的食盆旁边走来走去，不让别的鹅靠近。大雄阿爸也不计较，反正上了天，小花脖更认它这个会飞的阿爸。大小鹅们都飞累了，胃口大开，一通狂吞急咽，把盆里的食物吃得干干净净。

其木格把空盆收走后，巴格纳、萨日娜和图雅走进洗澡间，大木桶里的水已半满，灶上的大锅冒着热气，其木格马上从小木桶里舀热水，往大木桶里兑。萨日娜和巴格纳像真正的天鹅父母般激动，萨日娜笑道：咱俩总算能像鹅阿爸阿妈一样，给儿子孙女洗个澡啦。

巴格纳走向场院，双手抱起小巴图，把脸贴在它的头颈上，往洗澡间走去。然后对萨日娜说：等小巴图洗完了再给小花脖洗吧。

当小巴图进了暖烘烘的洗澡间，看到一潭清水的时候，狂喜地惊叫起来，像是一头撞进了春天的大门，还未等它做出扑水的动作，巴格纳就快速把它放进水里，然后松开手。让它惊上加惊，喜得不知所措，以至它身体浮在水面上愣了一会儿，才想起了几个月前的洗澡动作。然后又是扎猛子，又是蓬羽毛，又是用喙往自己身上撩水，恨不得把自己的整个身体都和清水卷在一起。

萨日娜叹道：天鹅水鸟，几个月不见水，都快成旱獭啦。我养了十几年的鹅，到今年，才算真正找到冬天里鹅的家。

巴格纳笑道：那也是你让我用大木桶给鹅洗澡的啊，没有你哪有鹅真正的家……

说罢，便施展出了双手上下按鹅背、水荡鹅毛的技法，看得萨日娜惊笑得合不拢嘴，也连忙伸出双手帮他一起按，顿时，一家三口开心得像比登上天堂还要欢乐。

　　然后图雅和其木格换下巴格纳和萨日娜，给小巴图按背荡浴。

　　四个人总算给小巴图洗完澡，烘了会儿羽毛，当巴格纳抱起小巴图的时候，他马上就得到了儿子献上来的珍贵"围脖"。四人全都笑了。

　　萨日娜和巴格纳把小巴图留在大毡上继续烘羽毛，又到场院把小花脖抱来洗澡。当它喜出望外地洗完澡、烘干羽毛以后，兴奋得给阿妈阿爸一人献了一次"围脖"，最后绕赖在妈妈的脖子上再也不松开了。萨日娜和巴格纳将两只鹅放回院内鹅群。大鹅小鹅们一看干净雪白的两只鹅，都知道阿爸阿妈给它俩洗澡了，好在它们不久以前洗过，过几天阿爸阿妈们还会给它们洗的。天鹅们对明显干净了许多的两只新来的鹅增添了好感。

　　阿妈搬到客栈来了，阿爸离开几天又回来了，小巴图和小花脖终于和阿妈阿爸团聚了，大鹅夫妻和乌拉盖小鹅的鹅朋友又多了两个，六只天鹅太高兴啦，大鹅小鹅们情不自禁开始跳舞。天鹅妈妈笑得比天鹅花还要美丽。她情意浓浓地第一次向巴格纳招了招手，他慌忙轻轻走向她。快一年了，他终于可以走进花心，成为花蕊，成为第二个巴图。天鹅儿女们也都欢迎阿爸进入花心。萨日娜摘掉了两人的皮帽，扔到雪地上，双手勾住他的脖子长久亲吻。巴格纳将她抱在怀里，吻了又吻。看得懂爱的天鹅们都围着双蕊展翅欢歌欢舞，一会儿把他俩包裹起来，一会儿又把他俩亮展开来，不断地大开大合，开放着草原上最美的爱之圣花……

　　东日布和几个牛倌来招呼巴格纳和图雅割苇子盖牛棚，巴格纳三人滑到苇巷开口处，用长把镰刀割苇子，牛倌们再赶着牛车把苇捆运到新建的牛棚，将苇子盖在刚搭建好的棚顶上，然后用绳子绑在桦木杆上。到下午，客栈和堆木场的南墙外，一长溜挡风遮雪的牛棚就搭建完成。牛倌们欢喜地在雪地上跳起舞、摔起跤来。

一个中年牛倌说：当了半辈子牛倌，还从来没见过这么气派的暖牛棚哪，再刮大风下大雪也不怕啦。往后，额仑要是再遇上大白灾，只要把牛群往客栈一赶，守着这么大的一个苇塘，就啥事不怕啦。牛倌还能住进客栈的好房子，吃喝烧柴啥啥不愁，真想把老婆孩子一起接来住。

巴格纳和东日布继续到苇巷割运细苇和苇叶，两三个牛倌也帮着他俩用长绳拉爬犁。一两天后，苇塘边和牛群旁的苇堆越来越大，两人可以休息一天了。第二天晚上，巴格纳办了一个炸鱼酒宴，犒劳连日辛苦劳累的大伙，庆贺保牛群成功，但大伙仍然为全苏木的牲畜担忧。

第三天下午，莫日根从部落滑回客栈，看到牛倌和大犍牛还活着，大喜过望。他捎来苏木长道尔基和札那的话，两位首领说最先走的马群牛群，多半能逃出重灾地带。他们和全部落最担心的，是三个部落最后走的几个牛倌和几百头大犍牛是不是还活着，急得要死。要是人和牛还活着，那些大犍牛能保尽量要保，能少杀尽量要少杀。这些牛倌和大犍牛可是额仑游牧部落搬家的主力。

所以，风雪停了以后，部落抗灾刚有了头绪，两位首领就急忙派莫日根回来打探实情。巴格纳立即带他看了深雪牛车通道、割苇场、喂牛场地和新牛圈。

莫日根吃惊得连声说：没想到，真没想到。人牛都还好好的。两个苏木长和大伙都以为大犍牛能剩下一百头就算幸运了。哪想到竟然全保下来了，要是全苏木的人知道这个天大的好消息，都该喝酒庆贺啦。我真想马上滑回去告诉他们啊。

两人回到东日布家的蒙古包,莫日根又向大伙讲了三个部落的情况:札那和古茨楞部落都已杀掉了几百只骟羊、老母羊和弱羊,还杀掉了几十头老弱病牛。尽量保留怀崽母羊。道尔基部落的几个十户组也是这样。索海淖力布的十户组最惨,一个组就被雪埋死、冻饿死了差不多两千只羊、几十头牛。后来幸亏刮了一场狂风,刮掉了一层雪,露出不少草,剩下的牛羊大概能活到开春了。除了索海淖力布十户组外,三个部落还算好,大部分杀掉的牛羊都剥下了皮,也净了膛、码了堆。等开春请咱们商号的车队拉走卖掉。

大伙听后神色黯淡,都说跟估摸的差不离。然后又算了算,除去迁场走的,靠草圈、粮食和铲雪掏草活下来的,客栈保留下来的,全苏木的牲畜总共能保下九成的样子。再除去还会冻饿死的一些牛羊,应该能保下八成多的牲畜。这么厉害的灭顶大灾,能保下这么多的牲畜,从来没过。额仑应该算是打了一场抗大白灾的大胜仗了。今年别的苏木的牲畜,要不是旗府强令三成牛羊长途迁场,那些没有搭建木栏草圈和打草储草的部落,准保连两成牲畜也保不下来。可是他们的马群应该能逃出来。

莫日根说:苏木长和札那让我告诉大伙儿别慌别怕,咱们全部的马群和八成牛羊都能保住。还有,大灾以后,别的苏木死了那么多的牛羊,开春的牛羊价钱准保大涨,咱们靠挣涨价涨出来的钱,就能把牲畜的损失补回来,还能赚上一笔呢。再说,咱们的老弱牛羊杀得及时,还没咋掉膘。牛羊肉能卖不少银子哪。牛皮羊皮也都是中上等货,还能卖上好价钱。别的苏木死的牛羊太多,准保不赶趟杀,大部分都是冻死饿死的,全都糟践了。到时候,咱们得拿出一些好牛羊肉帮他们。

大伙听后宽下心来,并连连点头称是。但是都为遭大灾的兄弟部落深深感到心痛，那里有他们的许多亲戚朋友。大伙都说应该把开春赚的钱，折成牲畜送给受大灾的亲戚部落。

巴格纳点头说：是应该帮亲戚部落，咱们苏木的首领准保会这么做的。又问莫日根：你这些日子在苏木忙些啥？

莫日根说：头一件事，是传令杀牛羊。让各个十户组一边用青干草喂老弱牛羊，一边赶紧把该杀的弱畜杀掉，剥皮净膛。第二件事，是查看各家盐茶粮的存货，把存货多的人家的货调给存货少的。各家过冬的存货早就备足了，缺货的人家不多；第三件事，是给病人送药；第四件事，就是教传令兵滑雪。道尔基已经下令，让我明年给苏木三个部落所有传令兵，每人做一副滑雪板。还说要让客栈开一个专卖滑雪板的小店，谁想滑雪就去买，客栈还要管教滑雪。再就是帮着铲雪掏草拽草，人人都在起早贪黑地干，我干的事就是这些。我回客栈歇两天，就得回苏木报喜去。

晚上，巴格纳和其木格专门办了一桌烤鱼家宴，为莫日根接风洗尘。萨日娜、图雅和其木格详细询问了部落家人和亲友的近况。萨日娜得知巴图的大哥在迁场的第一天，刚把自家的蒙古包扎好，就返身把她留在部落的蒙古包、牛车、肉食和家具搬走了。她长吁了一口气说：我总算给巴图做了一件他想做但没做成的事。他太想给这个拥挤的家添一个蒙古包了。他在天上看到，一定会很高兴的。这下，我这只鹅就算真正搬到乌拉盖客栈的巢啦。巴格纳，我真喜欢这个天鹅天堂旁边的巢，小巴图也喜欢。

巴格纳乐道：我盼望咱俩早点有自个儿的小鹅，我一准能当个好阿爸的。

四个人都说：我信，我信。

46

  世界语专家CH.道格苏伦也对我讲过这样一件趣事：那是在南戈壁省，有一个牧民外出寻找走失的骆驼……突然看见一峰红骆驼从水面上走过来，骆驼的前面还有一个东西在隐隐约约地移动……于是翻身上马径直朝着那峰骆驼驰去。还没等靠近骆驼，就看见一只狼从骆驼的前面飞快地跑掉了。牧民再到骆驼的旁边一看，驼背上骑着一只母狼，它用两条前腿紧抱着驼峰，两条后腿已经被打狼夹子打断了。原来是公狼把失去双腿的母狼放到驼背上，它在前面牵着骆驼行进……牧民没有杀掉那只为了生存而这样骑骆驼的母狼，而是把它留在了原地。这时候，母狼流着眼泪向前爬行。牧民看它可怜，又给它留下了一条羊腿，然后才带着骆驼离开了。

  ——[蒙古]高陶布·阿吉木《蓝色蒙古的苍狼》

  保住牛群的喜悦和新婚的幸福，使萨日娜生出荒疏已久的玩性。轻松下来的牛倌们已经把牵牛车、运苇子、喂牛和捡牛粪等轻活全都接了过去，可是他们看巴格纳掌柜还是天天忙着割苇运苇，干着牛倌的活，而且一人干的活比三四个牛倌干的活还要多，他们很是过意不去。于是，牛倌们想出了自己割苇子的法子，虽然他们不会滑雪进苇巷割苇子，但他们沿着原先的雪通道继续往苇塘里面开挖一里多，并用木锹加砍刀打通了一道厚苇墙，直接把通道开到了一个冰湖里。湖上的雪比较薄，许多地方的雪被大风刮走，露出平镜般的冰面，因此在冰湖周围割芦苇要比在苇巷里割更快更方便，只要站在冰上和薄雪上就能割到苇子，即便有的地方雪厚，也可以用木锹铲挖过去。割下来的苇子就堆到冰上或雪上，再让牛车来拉走。这样牛倌们就有了用武之地，他们接过了巴格纳和东日布的两把长柄镰刀和东日布家的两辆牛车，又做了两把长杆镰刀。把割苇运苇喂牛这些本是牛倌分内的活全都接了过去。劳累了多日的巴格纳、东日布和图雅也很高兴，当然，巴格纳依旧时常要到湖里去帮牛倌割苇和挑选苇地。不过，这样一来他的空余时间大大增多，就可以和萨日娜更多地照顾天鹅，喂食、定期给它们洗浴，也可以常常教新婚妻子滑雪了。教过几次后，萨日娜还能单独一人到雪地里练滑雪。巴格纳也喜欢陪新娘到客栈西边的山坡后面去练滑。这里离客栈近，又看不见客栈。在白雪世界里，两人享受着天鹅情侣般的甜蜜和恩爱。

　　一天，放飞的天鹅忽然飞寻过来，在鹅阿妈阿爸的头顶绕飞助兴。萨日娜找到一块雪壳比较硬的地方，把四只鹅叫下来。天鹅们一落到厚厚硬硬的白雪上，就在雪面上快跑，在雪面上起飞，洗雪沙浴，跳雪地舞，像白鹅公主那样快乐，并和他俩一起玩，一起跳。两人解下滑板绑带，抱住大鹅小鹅在雪面上打滚，让鹅乐得狂喊大叫。萨日娜还把小花脖放在滑板上，让它侧着身子双脚站立，再用雪杖推着滑板滑，小鹅大鹅高兴地争着想玩滑雪。两人用滑板挨个推着它们滑雪，还把大鹅和小鹅并排放在滑板上推着滑，享受南飞天鹅从来享受不到的欢乐，两人两鹅仿佛都回到了快乐的童年时光。

　　玩累了，两人便躺在晶晶闪亮的雪地上望着蓝天白云，遐想飞翔。四只鹅也安安静静地或卧或站在他俩身旁的雪面上，听妈妈和阿爸说话。

不一会儿，小公鹅又跑到巴格纳身边。这只小鹅是他亲自从冰湖里救上来的第一只鹅，他格外怜爱它。小鹅跑来是为了让阿爸给它挠痒痒，巴格纳连忙用一只手扶住它的头，另一只手从小鹅的咽喉一直到它的胸脯，慢慢地一遍一遍地挠它的长脖颈，这些地方的上半段，大多是鹅自己挠不到的痒痒处，只要巴格纳一挠到最痒处，小鹅就舒服快乐地全身抖动、缩紧羽毛，并把脖子越伸越长。那三只鹅看到小公鹅舒服的样子，也都伸长脖子围拢过来，争着让阿爸给它挠。巴格纳给大雄鹅花费更多的时间，给它更多的快乐享受。它是三只小鹅的好教头，又特别真心真意地照顾它的妻子，所以，巴格纳总会对它特别关照。

萨日娜也轻轻挠着小花脖的喉咙，笑着对丈夫说道：你真厉害，第一次养鹅就成了六只天鹅的阿爸，比我厉害。要是再过个十年八年，你就会成为整个乌拉盖河天鹅的阿爸了，那往后就可以接过米希格天鹅阿爸的名号啦，米希格阿爸最喜欢你这个儿子了，这大半年是他一直在我面前夸你。

巴格纳说：你是天鹅们公认的天鹅妈妈，可我很难成为乌拉盖天鹅公认的阿爸，米希格阿爸是萨满法师，他有那么高明的医术和那么多的良药，又救了无数的大小病鹅伤鹅，我哪能比得了啊，等以后他冬天住过来，我一定要跟他学医，兴许再过个十年八年，我才能接上他的班。

萨日娜笑道：怪不得阿爸喜欢你，大伙都喜欢你，你真像天鹅那样，本事很大，但从不夸口……今年是大白灾，客栈来的人比较多，到以后的冬天，客栈没啥人了。就咱们几个和一群天鹅生活在一起，喂天鹅、放飞天鹅，同天鹅唱歌跳舞。再读读书、写写歌，这里才是咱们的天堂。

巴格纳微笑道：你就是我的天堂。

两人一个教，一个练，到下午才回家。

半个月后，萨日娜的滑雪技艺越来越熟练。一天上午，喂过天鹅以后，两人又要去滑雪，并要带领天鹅一块儿去。图雅也缠着要去，于是三个人滑向客栈西北边一条不高也不矮的山梁。这回，巴格纳打算带她俩尝尝飞滑的滋味。从开始做滑雪板以来，他一直盼着能有一天让萨日娜像天鹅那样飞起来。声名这样响亮的天鹅姑娘和天鹅歌王，无论如何也得让她在草原和众人面前飞一飞啊，哪怕只飞一小段，飞一个下坡。也只有如此才能使她的名号成真，飞翔的梦想成真。这也是他送给她的一件最宝贵的新婚礼物。他俩的婚礼还没有正式举行，何不在正式婚礼之前，为她和自己先举办一个天鹅飞翔婚礼呢？让她开心得忘掉过去所有的悲痛哀伤，全身心地快乐起来。他为自己的这一奇思妙想暗暗激动。

巴格纳带她俩扛着滑雪板走上了一个小高坡，一直走到坡顶，停下来说：咱们这么爱天鹅，爱飞翔，萨日娜又是天鹅歌王、天鹅新娘，不会飞哪成啊？今儿我要做一件大事，就是教你俩飞起来。

啊！萨日娜惊喜道：教我俩飞？飞翔，这可是我从小就藏在心里的梦想啊，真的啊？

真的。你俩先看我飞，然后你俩再飞。

说罢，跟她俩详细地讲了两遍动作，再摆好身姿，然后一撑杆，就像老鹰抓野兔那样，贴着山坡飞滑了下去。萨日娜看得惊叫起来：呀，真的像天鹅那样飞啊。你看他脚下都有云雾啦。

巴格纳在山坡下朝她俩招手。萨日娜大声喊道：我要飞下来啦。

说罢，便细心地按照巴格纳教的动作，摆顺滑板、屈膝、前倾，然后一撑杆，再用胳膊夹杆，毫不犹疑地飞滑了下去。好在坡不太陡，坡道平，一次便成功。两人激动地抱在一起狂吻。她喘道：我能飞啦，能像天鹅那样飞了！

接着，胆子更大的图雅也飞滑了下来。三人抱在一起又笑又叫，把飞到远处的天鹅都逗引得飞落下来。结果大雄身子重，双蹼陷进雪里。它的脚下是一块被几天前的西侧狂风掀掉雪壳的雪面，新雪壳刚结成，还比较薄，经不住大雄的体重，就被它的脚蹼踩破了。薄雪壳还能托住大鹅的肚皮，可是它的脚蹼蹬到的都是雪壳下松软的雪，失去了起飞的蹬力，又不能助跑，吓得它乱叫乱扑翅，就是飞不起来。惊得三只小鹅不敢落地，重又飞起。三人大笑，巴格纳滑过去，把大雄鹅抱起来，放到硬雪壳的雪面上，让它扇翅助跑飞上天。巴格纳对天上的大雄说：往后，我们不在旁边，你千万别带小鹅落到雪地上，那可不是闹得玩的。

天鹅们终于知道了雪地的厉害，没有阿爸阿妈的招呼，再也不敢随便降落在雪面上了。

天鹅们似乎听明白了，大雄乖乖地应答了一声，带领小鹅们在天空慢慢绕圈练飞，一会儿又飞向客栈，去看望大鹅公主。然后在它头顶上低飞了几圈，才在客栈附近的天空慢慢飞翔。有时鹅们还会落在马厩顶上休息，大雄还会飞到院内场地陪陪大公主。四只鹅休息了一会儿又会上天飞翔，但还是在客栈附近的天空飞。

萨日娜和图雅飞滑过一次以后，姐妹俩内心的飞翔热望被烧旺。三人又在山坡爬上飞下，飞下爬上，起飞时撑杆越来越用力，飞滑得也越来越快。三四次以后，萨日娜开始嫌这个坡太矮太短了，她用手杖指了指客栈北边的那道山梁说：走，咱们去飞那道大山梁去，山越高，才能飞得越快越远。

三人足足花费了半个多时辰，才爬到山梁顶。累得坐在雪上喘白气。等歇够了劲，巴格纳望着北面说：这个坡长，上半段有些陡，下半段比较缓。今儿咱们飞两次，先飞北坡，飞到底以后，再爬回到这儿，然后飞南坡，回客栈。

然后，又望了望较远较高的天鹅，说：新娘子，你嗓子亮，快把天鹅叫过来，我想让天鹅跟咱们一起往下飞，要是你能跟天鹅一块儿飞上一段，那你就是真正的天鹅公主和天鹅妈妈啦。

萨日娜好似被从天而降的一道佛光点闪了一下，兴奋得全身一激灵，瞪大眼睛叫道：这真是个神主意啊！

说罢，立即把雪杖插在雪地上，向客栈方向挥舞双手，大声呼叫天鹅。天鹅们听到妈妈的声音，立刻掉头急飞而来。

巴格纳说：等天鹅飞过来了，咱们三个人别一块儿下，要不容易撞在一起。还是一个一个地下，图雅打头，先让天鹅看你飞。等它们看明白，非乐坏了不可。然后，萨日娜再下，天鹅们准保会跟鹅妈妈一块飞下去的。我最后下。

图雅高声笑道：太好啦！可是，我也想跟天鹅一起飞啊。

巴格纳笑道：我哪能忘记你，我还想跟天鹅一起飞呢。咱们回去的时候，就让天鹅跟咱们三个人一起飞。南面的那面大坡很宽，可以三个人一起飞下去。能跟四只天鹅一起飞，那真就立地成佛，飞翔成仙啦，多带劲啊。

两姐妹兴奋激狂地挥动手臂，大声叫好。

当四只天鹅飞到头顶上盘旋的时候，巴格纳说：图雅你下吧，先想想下坡的动作。

蒙古草原人都有快马冲下坡的胆量和本事，再加上与天鹅同飞的天大愿望，让三人血脉偾张。图雅姑娘大声说道：这个坡就是高点长点，越高越长越带劲儿。看我的，准保飞得漂亮。大鹅小鹅准得傻眼。

说罢，双手握雪杖，抬头高叫：大雄，小鹅，快来看我，我要飞啦。然后一撑雪杖，像一只草原百灵鸟般轻盈地飞滑下去。梁陡坡高，图雅身后飞起阵阵雪沫白雾，真像一只贴地展翅的空中飞鸟。天鹅们惊诧得合不上喙，翅膀乱扇，队形大变，继而高叫起来。它们还从来没见过会飞的人哪，谁也没想到鹅阿妈会飞。鹅们乐得疯癫了，也想跟图雅一起飞下去。但看见阿妈阿爸还在山梁顶上，便急得团团转，对他俩大声叫唤催促，让他们也赶紧飞。

　　萨日娜激情难抑，双手微微发抖，两眼放出比新婚时还要快乐的绿宝石光彩，说道：天鹅们都急着要跟我飞哪。咱俩新婚，哪能单个飞，你一定要陪我双双飞。

　　巴格纳笑道：我原来想，等你先跟天鹅飞成功了，两人再一起跟天鹅飞。我想给咱俩举办个让天鹅伴飞的飞婚礼，这才是咱俩的正式婚礼呢。成，就跟你双双飞。南面还有那一个坡哪，飞两次总能成功一次。这是我最想送给你的新婚礼物。

　　萨日娜激奋冲动地拍着心口，有些结巴地说：我……一听到要跟……天鹅一起飞，心跳得到这会儿都慢不下来。原来你还想为咱俩举办天鹅飞婚礼哪。

　　说罢，抬头向天空呼唤巴图，让他来观看她和巴格纳的天鹅飞婚礼。然后再向天鹅们挥动双手，高叫道：快跟阿爸阿妈一块儿飞，快来当阿爸阿妈飞婚礼的伴娘伴郎啊。

　　天鹅们似乎都听懂了，兴致勃发，在空中扑翅拐弯，昂头撒欢，额额乱叫。

　　两人拥抱，在只有两个人的婚礼上深深一吻，再握紧滑雪手杖，同时撑雪。一对新婚天鹅，像从空中飞落湖面新巢那样，快速优雅地双双俯冲飞下。滑雪板飞溅起的四道雪雾，像一对天鹅飞翔中的四只翅膀，在阳光下的雪雾雪沙中，神奇地闪现出半道霓虹的七彩绚丽光芒。天上的大鹅小鹅惊得大呼小叫，全都急忙跟随着俯冲下来，在新娘新郎的头顶和身旁，伴飞伴唱，快速冲飞。萨日娜激动得忍不住，就用右手拇指食指握杆，伸出三个手指抚摸了一下身旁小花脖的翅膀。两人越飞越快，那飞速连天鹅们都得使点劲儿扇翅才能追赶上。天鹅儿女们兴奋得发疯发狂，谁也没料到平时慢慢吞吞的阿妈阿爸会飞得这样快、这么猛，阵势这么大。甚至担心阿妈阿爸再飞冲一段就要起身抬头飞上云端，把它们甩在身后啦。身体最弱的小花脖居然发出了恳求声，好像在叫，妈妈，妈妈，等等我，慢点飞，我都快跟不上啦……

图雅冲滑到平路，又慢慢溜滑了好长一段，才刹住滑板，乐得直喘。然后慢慢转身，一抬头，看到两人正滑到半山腰，小群天鹅也相伴飞追而下。雪雾迷蒙，霓虹闪亮，人鹅同飞，人鹅难辨，比仙境还仙境，比神话还神话。她惊蒙了，忍不住高叫：太美了，真的变成一对天鹅啦。

叫声未消，天鹅已落，缓缓滑行，稳稳地停在她面前。三人拥在一起叫啊、笑啊、亲啊、吻啊。萨日娜满面红霞，忘情地抱住她的雄鹅说：这是天下独一无二的天鹅飞婚礼，比世上所有的皇家婚礼更神美、更高贵、更有诗意。

图雅惊叹道：啊！这是巴格纳哥哥送给你的天鹅飞婚礼啊？那我就是天下亲眼看到你俩飞婚礼的人，太幸运啦。我真羡慕死你俩了，将来我的婚礼，也想让天鹅伴飞，就是不知道有没有你俩的运气了。

巴格纳笑道：明年你出嫁，你只要教会你丈夫滑雪，你俩啥时候滑过来，我、萨日娜和天鹅们就啥时候陪你俩飞，给你俩办一个更加隆重的天鹅飞婚礼，非得把你丈夫和你们全家惊呆了不可。

图雅挥杆大叫：太棒了！我心里也有个好梦可做啦！

天鹅们也纷纷落下,在三人身边扑翅唱叫。

巴格纳也一只一只地抱住它们亲吻,说:谢谢你们啊,要不是你们一起伴飞,我就不能送给你们阿妈这场飞婚礼啦。

三个人还沉浸在雪原飞翔的兴奋中,慢慢往回滑,大鹅小鹅看到又变得慢吞吞的阿妈阿爸,很感失望,只好在天空绕圈飞翔,半开心半遗憾地叫着。

雪原上,三人喘着白霜气,慢慢地滑,不一会儿就滑到长坡的起坡处,又歇了一会儿,开始往山上爬。中途歇了四五次,花费了比下滑多十几倍的力气,终于爬到可以望到客栈的坡顶。眼前是一片白灿灿、平展展的下降大雪坡。天鹅们也忽地助跑飞了起来,在他们头顶三四尺高的半空欢乐地绕飞高叫,催促他们再飞。面对脚下这片漂亮的雪坡大飞场,三人飞心膨胀得大喊大叫,引起一阵阵的狗吠,将两个蒙古包的大人和孩子全都吸引出包,也把正在喂牛的牛倌们的目光吸引过来。

萨日娜挺拔地站在山顶,衬着深青蓝的天空和在她头顶盘旋飞翔的天鹅,像一座高高矗立在洁白雪坡顶上的天鹅女神雕像,又像是一座镌刻着优美天鹅诗篇的诗碑。她目光凝视着天空和天鹅,嘴角微微抖动。

巴格纳欣喜地说:看你的样子,心里又涌出新诗了吧?

图雅看着萨日娜笑道:刚才爬坡的时候,看你一直不说话就知道你在想诗,今天咱们跟天鹅飞得这么神奇带劲,巴格纳又送给你"飞婚礼",准保把你的诗兴激出来了。咱们三个就来个三三飞,我跟天鹅一样当你俩的伴娘,咱俩就一人唱一首新歌,一路爬我也爬出了一首歌。今儿咱姐妹俩不飞出两首新歌来,就对不住巴格纳哥哥送给咱俩的惊喜,也对不住陪咱们飞翔的天鹅宝贝,更对不住你俩这么神奇的"飞婚礼"啦。

萨日娜笑道：好的，咱们就来个三三飞，咱俩一人唱一首新歌。

成。

萨日娜挥动雪杖，招呼了几声天鹅，又比画了飞翔的动作。大鹅小鹅看到阿妈阿爸又要飞，欢乐激昂地狂叫起来，铆足了劲准备冲飞。三个人在山梁顶一字排开，一起喊：一、二、三。

一只百灵、一对天鹅和伸展真正羽翅的天鹅群，同时从山梁顶上一起冲飞下去。全客栈的人都惊呆了，仿佛看见人鹅同飞的奇景，连古老萨满的神话传说中都没讲过啊，蒙古人只知道萨满会骑着天鹅带着善良灵魂飞上天堂，可是谁也没有亲眼看见过。这样天神般的飞翔却真真地出现在众人的眼前。大伙拼命挥动手臂惊呼起来。

图雅百灵和萨日娜天鹅在飞翔中神思飞动，激动地高唱起来。

图雅唱道：

草原情侣滑板雪上飞，
恰似大鹅护救小鹅啄狐追。
飞溅雪沙如展霓虹双飞翼，
惊得白翅天鹅相信人会飞。

苍鹰自愧翅黑羽不美，
哪能与雪上飞侣比彩辉。
谁说雪山飞滑不算飞？
天鹅都说与阿妈阿爸同飞最心醉。

与此同时，萨日娜也已开口成歌：

歌神、舞神、草原保护神，
爱神、美神、自由高飞神，
更是带给草原喜乐平安的吉祥女神。
天鹅神，草原人。
没有天鹅，
草原怎会显露天堂美？
没有天鹅，
牧人怎能成为灵魂飞天的自由人？

低飞、高飞，超越喜马拉雅的顶峰飞，
短飞、长飞，穿越南国北国的通天飞，
更是萨满世界的天飞、地飞、冥界飞。
把善良的灵魂送上天堂，
把邪恶的灵魂抛入地狱永世黑。
天鹅飞，草原牧人千年万代叩拜跪。

想飞、盼飞、夜夜梦中飞，
想双飞、盼双飞，
渴望今生来世与君始终双双飞。
想与天鹅飞、盼与天鹅飞，
自幼救鹅养鹅放鹅羡鹅飞，
愿用我的一生换鹅一日飞。

惊获夫君赠我蒙古西部滑雪翼，
秘藏天鹅情侣一飞到底之真髓。
再获夫君送我空中飞婚礼，

竟唤天鹅伴娘伴郎伴我飞。
我与情郎双双飞在鹅群里，
恍若双臂羽化已与天鹅换轮回。

萨日娜意犹未尽，站在雪地上，喘了一口气，说道：这首歌的歌名是《天鹅飞婚礼之歌》。我还有一首《滑雪歌》哪，就把它一气儿唱完吧：

草原情侣要想雪上飞，
须踏深雪攀顶头不回，
雪山飞板直下三千尺，
宛如天鹅双双俯冲戏乌骓。

草原先祖即可雪上飞，
滑板本是蒙古英豪飞马腿。
谁说蒙古只凭骑射威天下？
谁说蒙古没有抗胜天灾的大智慧？

巴格纳在雪地上稳稳站住倾听两姐妹的即兴新歌，直到两姐妹唱罢，才抱住萨日娜亲吻不止。少顷，狂喜道：太好啦！好久没有听你唱新歌了。唱出了你心中的天鹅神和天鹅飞，萨日娜，我的天鹅新娘，你终于又飞起来了，我也终于盼到了这一天。

然后又急忙抱住图雅妹妹，吻了一下额头，说：谢谢好妹妹，送给我俩这么美的新婚贺礼。

三人回到客栈，鹅们已经吃过下午餐，正在自己的小雪场上梳理羽毛。巴格纳、萨日娜和图雅喝过奶茶，又像往常一样，开始玩他们几天一次的开心游戏。巴格纳到库房取来小半袋马料。萨日娜和图雅把马料分四堆倒在马厩长长的食槽里，每小堆有两三斤。三个人各自看着自己的爱马，巴特尔则看姐姐的芍药大黄马吃草原马最爱吃的美食。其木格也来了，客栈的公用马已经把她和莫日根当作自己真正的主人了。四匹马开心得眯眼睛、打响鼻、甩尾巴，享用美餐。

人与马一亲近，一喂料，大雄鹅必定闻声来蹭食。它带领五只鹅走到马槽旁边。此时，小巴图就会对老朋友大黄马高声喊叫，大黄马总会笑呵呵地向它点头打招呼，并用大嘴唇抿住一些干麦粒，再抛到马槽外给大鹅小鹅吃，鹅们欢快地上来一通哄抢。天鹅几乎天天飞翔，食量也越来越大，每天两顿好食吃饱以后，仍然馋那些没被水草泡软的干硬麦粒。只要听到马朋友咯嘣咯嘣地吃马料，就忍不住跑过来捡便宜、吃零食，从地上一粒一粒地啄捡干麦粒。就像蒙古孩子吃饭后嚼干奶渣那样开心。萨日娜和巴格纳故意让马来给麦粒，以养护天鹅和马的感情，也好让小巴图在鹅群里有更高的地位，让大鹅夫妻高看它一眼。其他的三匹马，只有巴格纳的大白马舍得将自己的美食分出一些给天鹅吃。通人性的大白马早就明白，虽然它是图雅家马群里的马，但是自己的女主人，不是图雅，而是萨日娜。所以，女主人的那匹大黄马怎样做，它也会跟着怎样做。

萨日娜笑着把袋里剩余的马料都倒给芍药大黄马和大白马，并在大黄马的芍药花瓣上、大白马的鼻梁上各亲了一下。然后，两匹马又分出一些麦粒抛给鹅们。大白狗看在眼里，也知道自己的女主人已经是大客栈的女主人了。忠心的大白已跟随萨日娜摆脱了从前半饥半饱的生活，到客栈后不愁吃喝，身子骨也越来越壮。巴格纳还在掌柜房旁边的大雪堆里，给它挖了一个背风的狗窝，里面用生马皮拱起来隔雪，窝底还用厚厚的旧毡和破碎的生羊皮铺垫。

落在地上的麦粒不均匀,大雄鹅总是霸占麦粒最多的地盘,只让大鹅公主进来吃,还护着她吃。其他的鹅,谁也不让靠近,就连跟马讨来麦粒的小巴图也不让。小巴图打不过大雄鹅,护妻的雄鹅不好惹,当初它有自己的公主的时候也是一样。此刻只能避开它,啄食外围零零散散的麦粒。大雄鹅得意地昂头张翅高叫。

萨日娜笑问:我的雄鹅也像这只大鹅这么护妻吗?

巴格纳笑答:我有本事找到和弄来更多的鹅食,让鹅兄弟姐妹都有得吃,不用抢。要是弄不来,那我就是它。

四人大笑。但是小弟弟巴特尔看到跟他最要好的朋友小巴图受欺负,很想去轰赶大雄鹅,可是他知道大雄是姐姐、姐夫和米希格阿爸最优待的贵客,不好出手,于是只好到马槽抓了图雅和其木格的马的一把麦粒,用双手捧着递到小巴图和小花脖的面前,让两个好朋友也美美地吃起来。

快乐好玩的游戏结束,大鹅小鹅又回到自己的场地梳理羽毛。

其木格说:有一件事要跟你俩说。咱们的水草只够吃一个月了。往后只能往鹅食里掺菜叶子。可是鹅更爱吃水草,菜窖里的白菜也不太多,大葱和鸡腿葱天鹅又不吃。咋办?

萨日娜说:不要紧,咱们就用青干草。先放在井水里泡,泡一夜,泡胀了,除去老叶,只留嫩叶和草芯。第二天切碎了拌在鹅食里,鹅们准爱吃。除掉的老叶还可以喂牛。每天只要有两大把青干草就够了。

其木格说:这主意好。今儿晚上我就用井水泡。

萨日娜又对其木格说:听说你跟客栈大师傅学会了包饺子,那你就请我们吃顿白菜羊肉馅的饺子吧。这些天,我的胃口可好了。

其木格笑着答应道:好啊,你俩新婚,两人这么黏糊,听图雅说你俩还自个儿办了个天鹅飞婚礼,胃口能不好吗?我马上就给你们做，我学会了用木匠刨子刨冻羊肉，再把羊肉刨花剁一会儿就成馅儿了。过一会儿我再教你们咋样包。

晚上，全家人美美地吃了一顿白菜羊肉馅饺子。都说比大葱羊肉馅饼还好吃。

夜里，萨日娜的脸庞微微涨红，说：今儿回来，我只要一闭上眼睛，就像还在天上，身边是你和四只真正的天鹅在飞翔，还有白云和霓虹，好像还在天鹅伴飞的飞婚礼中，太美啦。谢谢你，你把我的爱火烧得更旺了，从来没这样旺过，我想把你也烧旺起来，烧得像我一样旺。

真的啊，那我能不能跟你提一个请求呢？

提吧，今儿夜里你提啥要求，我都答应。

那年秋天你和巴图在花海里，冲花浪、淋花雨、吃花瓣，图雅告诉我后，我好羡慕。后来又听了你唱给他的花浪情歌，我就更羡慕巴图了。那你能不能把给巴图的火烫的爱，也分给我一点呢？

我正想给你呢。我是你的天鹅新娘啊，你送给我天上的天鹅飞婚礼，要比地上冲花浪的"婚礼"更火烫，更对我的心意和梦想。我当然更爱天鹅飞婚礼啦……

47

乌珠穆沁……索诺木喇布坦亲王,那时候他是锡林郭勒盟的盟长……我第一次见到他的时候是甲子年(1924年),那时他到北京去参拜班禅大师,我也是去那里参拜这位大师的。听说索王这个人事母至孝。那次他母亲也和他一同去。当她在街头看见人力车的时候,心里非常难过,认为怎么可以拿人当牲畜用呢?一个人坐在车上,叫另一个同样的人去拉车,这是多么大的罪孽。于是她就吩咐她儿子,叫所有的随员不许再坐人力车……她的这种看法,正代表一般畜牧地区蒙古人的看法。甚至就是对于汉地虐待牲畜的事情,也是看不惯的。

——札奇斯钦、海尔保罗《一位活佛的传记》

酷寒的夜晚渐渐减少。额仑乌拉盖草原冬末的月亮,明亮得可以让人在月下看书读诗。萨日娜、巴格纳、图雅等五人吃过晚饭后,终于可以到院子里赏月了,又情不自禁地去马厩看东日布家的牛羊。许多牛竟然跑出牛圈,卧到露天的停车场慢慢反刍,一片吱吱嘎嘎碾磨苇叶草食的声音。大牛小牛满身的牛毛,每一根都微微闪着月亮的反光。牛毛能反光是牛肥壮的标志,是牧人最觉美丽的光,尤其是在大白灾的年景下。

小弟巴特尔说：今天晚上，伸出手都不觉得冷，连皮帽子都不用戴啦。

萨日娜微笑道：这个魔鬼冬天快要过去了，东日布家的牛羊还是这样肥壮，母羊准保都能保住胎，开春就要变成两群羊了。羊群牛群真美啊，多亏这一大圈草和挡风雪的马厩。

图雅也笑道：好姐姐结婚后越来越美啦，就像月光下湖面上的天鹅那样美。

巴格纳说：这么美的月光夜晚，两位姐妹歌手难道不想唱一首新歌吗？

图雅说：是想唱。可我还是想先看牛羊。这个冬天我还没有在这么亮的月光下，好好看牛羊呢。一个冬天每次走过马厩的时候，都闻不到牛羊粪的气味，冻得啥味儿都没了，这会儿总算能闻到点牛粪羊粪的气味啦。我觉得牛粪羊粪有股特别的味儿，从小闻惯了这些味道，要是忽然闻不到了，那就好像不在草原生活一样。这下好了，客栈有了牛羊，夜里能听到牛羊轻轻的叫声。我每天都可以像住在蒙古包里一样，天天看肥壮的牛羊出圈归圈，心里感到特别富裕踏实。咱住的房子有暖炕，有菜窖，有冻肉冻鱼，有牛羊，把客栈和草原两头的好处全占上了。

萨日娜微笑道：我跟图雅妹妹的感觉一模一样，草原人真不能离开牛羊。我有巴格纳，有书、有歌、有诗、有天鹅、有芍药黄马、有大白狗，再有牛羊和那么多的牛羊粪烧柴，客栈真是天堂啦。而且旁边湖里还有一个天鹅天堂，这样的地方上哪儿去找啊。

图雅姑娘忽然咯咯笑个不停。巴格纳和萨日娜忙问：笑啥呢？

图雅笑道：我又快有一首儿歌啦，名字就叫牛粪歌。为啥小鸟、百灵、天鹅、羊羔、狼崽可以唱成歌，牛粪就不可以呢？还从来没有人专门为牛粪写过诗和歌。我爱牛粪，就要作一首牛粪歌。萨日娜的阿爸说，写诗写歌，就是要写别人从来没写过的。天底下还从来没有粪歌哪，我就要让牛粪登上歌台。等我再好好想想，明天唱给你们听。

巴格纳深感惊讶，说：图雅妹妹越来越神了。我倒要看看你的粪歌会臭遍草原，还是会香遍草原。不过，光听到你的歌名，我就想听。牛粪是咱草原人一天也离不开的好东西。

萨日娜也忽然诗情涌动，微笑道：真是个好主意啊。诗贵奇绝。图雅，你把我的诗兴也燎着了。不成，我也要给你们唱一首。

巴格纳笑道：你俩的诗兴一上头，准能出好歌。

只过了一会儿，萨日娜诗兴勃发地说：呀呀，一首牛粪歌也要从我的诗歌地里冒出来了，它比别的几棵诗苗苗蹿得还要快。

巴格纳惊得叫道：这还得了。等等，等等，你今儿晚上先别唱，等明天图雅妹妹唱完了你再唱。要不然，你就抢了图雅的名头了。

萨日娜说：其实，我刚才闻着牛羊粪气味的时候，跟图雅妹妹一样，心里也冒出一棵诗苗，我想再等等，想等长大些再告诉你们的，结果让她抢了先。

巴格纳大喜道：那明天就有热闹看了，两位女歌王要斗歌啦。

第二天，喝过早茶吃过牛肉手把肉，四个人都静悄悄地盼着图雅姑娘开口唱她的牛粪歌。图雅却嘻嘻哈哈自个儿先笑个不停，然后说：我这首牛粪歌，还真是不好唱，自己都觉着上不了歌台。牛粪羊粪再好，蒙古人再咋样热爱它，可是歌词里只要一有个粪字，眼前就会出现老牛的屁股，然后就是牛粪落地的声音。挤奶的蒙古女人和姑娘，谁没被粘着湿牛粪的牛尾巴扫过脸啊？唉，昨晚我在屋里憋了大半夜，怎么唱怎么别扭，咋唱咋不对头。估摸我只要在那达慕会上一张口唱到粪字，台下的人就会走掉一半，要不就会骂我糟践蒙古歌。我真的唱不了了，被人热爱的东西并不是都能唱成歌的。怪不得草原上从来没有粪歌啊。算了，这次我就不唱啦，下次再补吧。

巴格纳和其木格都很失望，但也觉着粪与歌实在难以相融。

萨日娜说：我也试了好几遍。图雅妹妹说得没错，这粪字咋也不能唱进歌里的。一出粪字，诗意全毁，让人张不开口。可是蒙古人实在是爱牛粪啊，那咋办呢？我不甘心，又想了小半夜。我忽然想起阿爸教给我的"兵贵藏计，诗贵藏意""诗中藏诗"的法子，一下子就想通了。我在诗里把牛粪全都藏了起来，没多会儿就把诗作出来了。一直到这会儿，我的心还激动得怦怦跳呢，你们听了准保喜欢。只是歌的名字咋也想不出来。

四人惊得叫起来。图雅拍手道：快唱，快唱。还是好姐姐厉害。把粪藏起来，可咋藏啊？我特想听。

巴特尔乐道：我也想听，我还从来没听过牛粪歌哪。

其木格笑道：难道在歌里，你用大毡子把牛粪盖起来？

巴格纳满面笑容，说道：我的新娘说作完这首歌她的心怦怦直跳，那一定就是首好歌了。妹妹想出题目，姐姐唱，要是成功了，你俩我都重重奖。这日子过得都让人不相信是真的啦，我的心也要跟着萨日娜的一起跳出来了，唱吧。

萨日娜微笑着喝了小半杯奶茶，站在地上靠西墙的大箱柜前面。她深深的眼窝里那双碧绿的大眼睛，散发着迷人的光芒，她放声高歌：

> 你是蒙古包里小太阳升起的地方，
> 你是蒙古草原人火神的额娘。
> 你可以天天夜夜进入成吉思汗的金帐，

537

你可以把大汗王妃的美丽照亮。

你是草原白灾中蒙古人的救星,
你是草原蚊灾中蒙古人驱蚊的魔杖。
你是蒙古骑兵长途奔袭时的燃料保障,
你是蒙古部落长途远征时取暖的仰仗。

你可以撒遍草原让牧草生长茁壮,
你可以把白板皮袍熏上好看的棕黄。
你可以把桦木校正成笔直的套马杆,
你可以成为治病的蒙古偏方。

你让蒙古女人为你弯腰一生捡拾装筐,
你给勤劳的蒙古女人增添荣光。
你让蒙古人吃到熟肉喝上奶茶热汤,
你让远嫁而来的蒙古新娘热泪盈眶。

你的芬芳盖过短暂的春秋花香,
你的芬芳让我知道已回到久别的故乡。
你的气息飘荡在草原的四季,
没有你,
我会感到不知身在何处久久惆怅。

草原人心中都在为你歌唱,
蒙古人时时都在表达对你的敬仰。
可我却难以把你的名字唱进歌中,

只想为你的名字换件新衣裳。

歌毕,四人已是热泪盈眶。

巴格纳抱住新娘吻了又吻,然后惊叹道:太出人意料了。只有爱草原爱到骨子里去的蒙古才女才能唱出来呀。你竟然能把"粪"这个难以唱出口的字,藏得干干净净,一丝不露,却把蒙古草原人千百年来对牛粪的爱唱了出来。

巴格纳越说越兴奋:没想到你这么快又唱出了一首好歌。竟然只用了一夜的工夫。你以前的歌,唱的是一个蒙古女人的爱。而这首歌,却唱出了整个草原民族的大爱啊。

其木格不断地擦泪,说道:真想不到,蒙古人热爱的牛粪,也有自己的歌啦,千百年来咋就没有一首蒙古长歌来赞颂它呢,蒙古人自己都觉着对不住它了。没有牛粪,蒙古人咋活啊?蒙古女人花在牛粪上的工夫最多,背筐捡牛粪的是女人,晒牛粪、运牛粪、堆牛粪、盖牛粪的是女人,烧火添牛粪的是女人,蒙古女人养活一家人,哪一天离得开牛粪啊。蒙古女人对牛粪的感情最深。萨日娜这些年日子过得苦,没少捡牛粪,她歌里写的那么多牛粪的句子,一准是在她捡牛粪烧牛粪的时候就想出来了。蒙古女人总算能放开喉咙歌唱牛粪了,我真想和全部落的女人哭一场,再痛痛快快地同声高唱这首歌。

图雅叫道:这首歌真好,蒙古草原的男女老少准保都喜欢。萨日娜好姐姐,你太狡猾啦。这首歌每一句写的都是"粪",可整首歌一个粪字都没有。我真服了你了,我咋就没想到可以这样唱啊。这首歌更要唱遍蒙古草原了。

图雅说罢,下炕走上前搂住萨日娜姐姐亲个不停,巴格纳拿出了酒,众人举杯,庆贺这首蒙古草原的新赞歌诞生。

萨日娜对巴格纳说：我从前背筐捡牛粪的时候，就在琢磨牛粪。在大雪封山的冬天，它给了蒙古人多少温暖啊，这种情感早就在我心里，但就是没有想到可以把它唱成歌，多亏图雅妹妹一提醒，这才变成了歌。也幸亏你把我接到客栈来，要不哪会有这几首新歌啊。

巴格纳笑道：这都是天意啊，但你的才华和情感最重要。图雅也提醒了我，那我咋就写不出来呢？

图雅姑娘一边听，一边还在歪着头望着顶棚想着什么，忽然问道：这首歌的名字咋定啊？我想来想去，觉着还是不能用粪字。藏诗就要藏到底。写这首诗难，可定这首歌的名字也不容易啊。

巴格纳说：那你想用啥歌名呢？

图雅说：我想了有五六个名字了，没一个满意的。比如："没有你就没有火""我们爱你""草原的宝"，等等，都不好，好姐姐你也一定不喜欢吧？

萨日娜点点头说：是的，不够好。昨天夜里歌想出来以后，就是歌名咋也想不出来。花在歌名上的工夫，比写歌的工夫还要多。巴格纳你点子多，帮我想一个呗。

巴格纳看了几遍刚抄下来的歌词，又想了好一会儿，说：图雅说得对，藏诗就要藏到底。那歌名咋藏呢？我发现，你这首歌每句都有"你"字，我觉得歌名应该就叫《你字歌》，这样就可以从歌名到歌尾藏得干干净净了，咋样？

太好啦！萨日娜和图雅都赞同地喊了起来。

快开春了，雪层渐渐松软酥空，已矮下去了半尺多，一脚就能踩到底。莫日根也被道尔基派回客栈，全苏木的人都很感谢他，苏木长还奖励他一匹马。他一回到客栈又开始忙于杂活。巴格纳受蒙古贵族传统家风的熏染，喜欢整齐干净，并让客栈始终保持军营般的井井有条、强弓绷紧、随时迎击的临战感。他领着莫日根、其木格和东日布的家人把房顶上的积雪推下地,一起铲雪堆雪,再用牛车往院外坡地拉雪,以防春天雪化之后院内泥泞,被大量商队的牛车马车压出无数大坑烂沟,破坏宽阔平整的停车场。他最怕自己的客栈变得像泥泞脏乱的穷村,让清爽整洁的爱妻和爱鹅们看得不舒服。游牧的蒙古人喜欢刚搬到新草地时的美丽和洁净,长途飞迁的蒙古天鹅也最喜欢清清的湖水,用清水洗浴。

莫日根说:白灾以前那大半个冬天,我常常到西南边那个冰窟窿去捞鱼,每次都要拉满满一爬犁鱼回来。这会儿已经堆了大半间屋子的冻鱼了,有六七百斤。店员们一回来,咱们就给他们连吃三天炸鱼。这一冬剩下的牛羊肉也不少,再给他们多吃些肉吧。我听他们讲老家的生活,饭都吃不饱,一年都见不着几根肉丝,太苦了。我就想给这些穷兄弟姐妹们出点力,给他们补补身子,到时候你能不能让伙房多给点羊油牛油?

巴格纳说:能,我让伙房给。这一冬天,咱们也没用多少羊油,还剩下不少牛羊肉。牛倌杀的那三头牛的牛油还没怎么动过呢。他们准保不带走,你都拿来用吧。以后只要对客栈对大伙有好处的事,你就去做,告诉我一声就行。开春后商队就该来了,给客人的炸鱼,每盘要再加一成分量。那么多冻鱼可别放化了,还得多凿点冰块,在伙房后面做一个小冰窖放鱼,再拿毡子盖上,争取能撑到接上春鱼。冻鱼还是比春鱼肥。

成。清完雪我就弄冰窖。西院的背阴处有个现成的深雪坑,把雪挖出来就是冰窖,不用凿冰,好弄。

莫日根牵着装满雪的牛车走出院子,两人一起卸车。院外牛圈南面坡地处的雪堆得越来越多,越来越长。如果春暖雪化,雪水便可顺坡流到河里。

又过了几天，萨日娜把从自己老蒙古包顶拆下来的佛家图案，缝在一大块旧毡子上，然后让巴格纳和莫日根架梯上房，把大毡铺到婚房顶上，再用绳子和钉子固定住。

萨日娜说：春天天鹅飞回来，只要在额仑草原上空飞上一圈，就能知道我搬到这来啦。只不过这儿是房子，不是蒙古包，我的鹅可能要多飞几圈才会飞落下来的。

巴格纳乐道：我特别想念小小巴图他们一家，还有小花脖的阿妈阿爸们。再见到小小巴图的时候，它准保还认得我。我得多多准备好吃的招待它们。

雪悄悄融化到一尺多厚的时候，牛的舌头可以卷到露出雪面的牧草了。巴格纳和莫日根同牛倌们清理牛粪，把临时堆在牛棚旁边和喂牛场地的大堆大堆的冻牛粪，用牛车搬挪到羊粪砖大堆的旁边，又堆起一个巨大的牛粪堆。等到春夏风吹日晒之后，牛粪堆就会变成干牛粪堆，能为客栈增添几乎半年的烧柴。巴格纳又和莫日根、其木格一起把马厩羊圈和停车场里的羊粪也铲出来，运到院外菜地旁边堆起来沤肥，供春夏菜地使用。

巴格纳、莫日根和牛倌们拆了院外南墙的临时牛棚，把粗木和桦木杆放回堆木场。六七天以后，客栈恢复了从前的整洁。萨日娜和图雅带着大鹅小鹅在干净平整、宽敞无雪的停车场漫步跳舞的时候，很是开心舒畅。

东日布家的牛羊也开始早出晚归，正常牧放了。

雪层渐渐变薄，客栈北边和西边不远处，一些黄草已经露出雪面。冬季草场的牧草更高更密，露出来的草也就更多。部落草圈的青干草已用尽，牛羊也该迁草场了。部落搬家需要用大犍牛，离开部落近两个月的牛倌们，都急着要回部落。巴格纳、萨日娜和图雅为牛倌们办了炸鱼告别酒宴，两姐妹还为他们唱了半个晚上的歌。牛倌们也再三感谢巴格纳和客栈帮他们保住了犍牛群。第二天早上，当巴格纳起来以后，发现客栈院外冷冷清清，四五百头牛和九个牛倌已经上路回部落了。

早茶时，其木格笑道：这四五百头牛，都是不用老婆的大犍牛，可牛倌们都是想老婆的大男人呀。

五人大笑。

48

节选尼玛查氏（杨姓）神词：
……
宴请有斑花纹的天鹅佛爷神……

——富育光《萨满论》

这年额仑草原的春天，是从远在南边一多百里的荒山草场开始的。去年秋末冬初，三个部落三个十户组远途迁场而来的牛羊，以及大白灾降临前侥幸逃出来的马群牛群，平安地度过了薄雪草场的冬季。能用大蹄刨雪吃草的马群，已经返回额仑草场，牛群羊群开始慢慢挪往家乡草原。虽然这里的荒山草场不如额仑草原的草密、高、品质好，但是由于雪层比较薄，马群羊群可以刨雪吃到草。即使不会刨雪吃草的牛，也可以吃到露出雪面的高草梢、旱苇叶和马群羊群刨出来的草，反而比大白灾下额仑的牛羊吃得更多。牛羊保住的膘也比未迁场的牛羊要厚。

在额仑草原阴坡的雪壳还是邦邦硬、能经得住一个人重量的时候，这里的雪已开始消融，雪线渐渐北抬。畜群和蒙古包也慢慢跟随雪线朝北移动。在蒙古的游牧草原，冬牧场无井，河湖封冻后，人畜饮水全靠雪，所以早春雪化以后，人畜必须跟着雪走。跟雪走的更大好处是，被雪覆盖一冬的秋季牧草全都重见阳光，干净滋润，草香扑鼻。牛羊异常欢喜，用不了大半天就可以把肚子填得鼓鼓的。牛群吃饱喝足后卧地反刍的场景也频繁出现。此时畜群吃的草都是即将被春草覆盖的陈草，不吃也浪费。各方都已打过招呼，沿途的草场主人也愿意送个顺水人情，还能得到牛羊粪尿施肥草场的好处。

远途迁场得到大台吉伊登札布的鼎力相助，也得到乌珠穆沁东西两旗王爷和亲王的赞同。东西乌旗原本就是亲戚旗，虽然清廷不允许越旗放牧，但在大灾年可网开一面。所以此次越旗避灾迁场没有遇到阻拦。长途迁场搬家很是辛苦，但是保住了牛羊和早春母羊下羔喂奶所不可缺失的膘情。

雪线缓缓地退，人畜慢慢地跟。快要生产的母羊不能快赶，以免流产。当雪线快退到额仑老家春季接羔草场的时候，远迁回来的羊群正好可以在那儿待产下羔。接羔草场都是部落的黄金宝地，大多是暖坡肥地，一年保留下来的矮壮优质秋草最多，甚至还留有油性草籽。那里还有井有河有水泡子，春草春芽也发得最早。

对游牧业怀有深情、兢兢业业的伊登札布，马上就骑马南下来视察返场的畜群。他在札那的二儿子布赫朝鲁、三个十户长和几位老牛倌羊倌的陪同下，一连查看了五六群羊和三四群牛，十分满意地说道：这膘情真不赖，牛群跟往年差不离，母羊的肥尾巴只比秋末小了一半，保住胎没啥问题。下羔后，母羊的奶水也准保够，到接羔草场，上年剩下来的秋草也足够吃到接上青草了。我估摸，最北边的白灾重灾区能活下来的母羊就要少得多。去年秋初我让他们建木栏草圈，可是只有一小半的部落和十户组建了，还储够了草。大部分的十户组都说来不及准备足够的桦木杆和木头，也雇不到打草工，就没建草圈，那些勉强活下来的母羊尾巴可能瘦得只剩下两层皮了。这场大白灾的损失太大了,百年未有啊。咱们旗的多半苏木和漠北的几个旗灾情最重,要不是去年冬初王爷下令,各苏木必须调三成牛羊长途迁场,那咱们旗除了马群,大半牲畜就被埋死了。咱们旗是皇家贡羊和乌珠穆沁军马的主产区,这次大灾的损失怕是五六年也补不回来了,连朝廷都很吃惊。北边各旗早就把灾情上报。雪太大,后半个冬天灾区已经和上面断了音讯。京城已经取消了咱们旗三年的贡羊数,让剩下的牛羊早点恢复起来,还要从临近旗盟调些牛羊过来。一开春朝廷就要下灾区赈灾了。万幸的是全旗的马群保了下来。

伊登扎布继续说:可是,我真没想到你们额仑苏木,竟然逃过了这么大的灾。大白灾的前一天晚上,从苏木跑来的白依拉就到旗府报告,详细讲了道尔基、札那和巴格纳是咋抗灾的。旗府也连夜派传令兵到各苏木警报灾情。到第二天晚上,大白灾真的下来的时候,你们苏木所有的马群、一大半的牛群逃出了重灾区。留在苏木的人给所有羊群搭建了临时抗雪大棚,还储备了十几个草圈的青干草和三万多斤粮食马料,再铲雪掏草。我和王爷算了算,估摸你们苏木最少也能保下八成多的牲畜啊,太了不起了。王爷和旗府已经把额仑苏木抗大白灾的功绩,上报给京城理藩院了,并为道尔基、札那和巴格纳请功哪。王爷打算今年接完春羔牛犊马驹以后,用朝廷的赈灾银,高价买下你们苏木一半牲畜,补给其他受灾严重的苏木。你们苏木这回可是立了大功。雪一化,我就去看,把你们的抗灾法子在全旗推广开。

布赫朝鲁感谢道:这次多亏您亲自下部落调配,王爷和西乌旗亲王,还有部落首领一起出力,要不我们人生地不熟,哪敢到人家的草场去啊。那儿的部落对咱们长途迁场的新法子也很感兴趣,他们说要是成功了,他们也想试试。万一遇上旱灾,就借用咱们河边、泡子边的草场。他们帮了我们不少忙，我也交了一些朋友。

伊登札布说：过些日子，我还要去其他几个苏木查看灾情。雪太厚了，一冬天没去成，也怕去看啊，准保尸横遍野。雪薄以后有几个传令骑手跑到旗里报告，那儿竟然连百年不见的"羊尸山"也被暴风雪堆出来不少啊。

伊登札布挥了挥手，让随员和其他的人停步，然后同布赫朝鲁走了一段，神色严峻地对他说：你赶紧先回额仑一趟，告诉巴格纳和图雅他们，千万别再聚会唱歌了。去年入冬不久，哈斯高娃、苏木的几个小吏，还有小胜奎商号合伙向京城理藩院密报，说罪臣之后巴格纳和我勾结，聚众办歌会办商贸会，动静闹得很大，犯了聚众罪。开春化了雪说不定就要来抓人，查抄客栈，然后让小胜奎来接管客栈分店，再把萨日娜强行带走抵债。小胜奎商号最恨我，他们最想弄到手的两个有漂亮眼睛的蒙古女人，娜仁其其格和萨日娜，都被我给拦下来了。他们打压巴格纳主要是为了整垮我。要不是去年冬天的大白灾，兴许早就把人给抓走了。巴格纳过去一直不愿接客栈这个摊子，就是怕干红火了招来灾祸。罪臣之后最怕出大名。大清朝廷怕有声望的蒙古贵族罪臣之后，又在蒙古民众中得到拥戴。像巴格纳这样的罪臣之后，朝廷是容不下的。我也没想到，巴格纳不到一年就干得这样惹人注目，对于别人来说是大功，对于他来说就是大祸。

伊登札布扭头看了看后面，看到人群离得较远，继续说：这个冬天，我也差点被小胜奎商号和哈斯高娃告倒。他们向朝廷和理藩院密报，说我打着为汉人旅蒙商提供食宿和库房的旗号，鼓励蒙古部落经营客栈，壮大蒙古势力，图谋不轨。打算以此为据点，慢慢夺回大元时期蒙古人的草原长途经商权，还勾结庇护罪臣之后，支持蒙古叛逆势力，聚会唱歌，颂扬蒙古萨满，声名远播。朝廷最怕蒙古人不跟自己一条心，这些罪名一旦坐实，都是杀头之罪。幸亏我这些年办皇差抓贡羊和军马有功，跟一些皇族和在京的蒙古王公的交情比较深，送了他们那么多草原稀货特产，上面有人给我透露内情，替我说话，才逃过一劫。我也才敢上书向上面担保巴格纳，赞扬他为保护草原和贡羊立了大功，帮助额仑苏木扛住了这场大白灾，保住贡羊主产地额仑苏木的八九成牲畜。苏木和部落的首领，还有我和王爷都为他向朝廷请功哪。事情兴许还会有一点转机。

大台吉神情稍稍舒缓，说道：还有，去年秋末冬初，萨日娜和图雅的歌也传到旗盟了。很多蒙古贵族和福晋都很喜欢，还把歌带到京城。有位驻京蒙古王公的福晋听了以后，还想请她俩去京城给他们唱歌。萨日娜的歌受到蒙古王公贵族的喜欢，小胜奎商号也有些心虚。可是，他们的老板和后台不死心，一心想独霸这条商道，都主张严查速办。你回去一定要告诉他们千万小心。这事不能让别人知道。我和娜仁其其格还在想办法。你去客栈再问问还有没有上上等的蘑菇钉，要是有，就给我多拿些来，打通关节这玩意好使。大臣一听说我带来额仑蘑菇钉，都会见我的，我就可以当面向他们解释求情。还有，你回来的时候赶紧到我这儿来一趟，把额仑的灾情告诉我。

布赫朝鲁吓得面色如残雪，连说：是，是，我这就快马回客栈和部落。谢谢您这么费心搭救。请您再多想想办法，我恳求您千万救救巴格纳，要是没有他，整个苏木都躲不过这场大白灾啊。我知道他还留了不少蘑菇钉呢，我一定全给您拿来。我快去快回，您千万要等我。

送走伊登扎布之后，布赫朝鲁立即骑一匹、牵一匹，双马轮骑，十万火急奔向额仑乌拉盖客栈。

接羔的大忙季节即将到来，客栈突然热闹起来了。在接羔的那一个多月的时光，牧人全家上阵，一群羊将分为两群羊：下羔羊群和带羔羊群。原本一群羊只需一个羊倌，可到接羔时变成两群羊，就需要三四个羊倌。早春天寒风硬，余雪尚未完全融化。母羊每下一只羔，等母羊舔净羊羔以后，羊倌马上就要把羔子装在大毡袋里，等装够三四只就骑马背回家，放到遮风暖地，由家里人精心照料，否则小羊羔就会被冻死。一群下羔羊群有一千多只待产母羊，每天总有几十只羊羔降生，最多的时候一天可产下上百只羊羔，跟着下羔羊群的两个羊倌一天不知要跑多少趟运羔。如果傍晚羊群归圈，有些母羊没奶不认羔，或头胎下羔的小母羊不懂喂奶，就又要给母羊唱劝奶歌；每天带羔羊群的羊倌，和一个来羊群帮忙的人，共同给羊群对羔。把羊群赶着走起来，两人再从两边把住羊群，让母羊从几百只羊羔中找到自己的宝贝，一天对两次羔，上午下午各一次，对一次羔就是喂一遍奶。一直要到接羔季节过去半个多月，才不用给羊群对羔。当怀孕母羊全部产完羊羔以后，两群羊重新合并，成为增添了几百上千只羊羔的大羊群。

接羔季节是草原最忙碌、决定部落当年"收成"的季节。到那时就绝无空闲时间出来采购生活生产物品了。一时间，来客栈采购的牧人、女人、姑娘、小伙突然多了许多。即便家里没有羊群的人家，经过一个冬季的耗费，也需要补充生活生产用品了。然而，商路还没有开通，商队还在等雪化路干，店员还未回来。于是，留守客栈的巴格纳、萨日娜、图雅等五个人，只好全部当起了售货员，连小弟弟巴特尔也忙里忙外给姐姐、姐夫递送东西。招待牧人食宿的杂务，就请东日布兄弟的家人代劳。好在草原部落是一个大家庭，每个人都会动手干自己能干的事情：吃，自己就到伙房用大锅煮手把肉，用不沾油腻的专用锅煮奶茶；睡，打开通铺房和几间客房，裹住大皮袍一躺就成。临走前，女人们都会把房间收拾干净。

晚饭后，在巴格纳的房间，大伙跟着萨日娜唱《草原花浪情歌》《天鹅之死》《落单的雪鹅》《垂死的天鹅》《天鹅飞婚礼之歌》和《你字歌》。虽然大部分人已经听一些歌手在部落里唱过几首，但萨日娜后来作的新歌还是第一次听到，又引起一片惊呼声和喝彩声。热爱草原花海、高贵天鹅和对滑雪甚感兴趣的歌手们，被这几首歌深深打动，纷纷夸奖，一致认为这些歌是天鹅歌王的诗歌中最好的几首。男女歌手们一边唱，一边欢笑，一边流泪，情感冲动爱意浓烈。有的情侣一边唱，一边拥抱亲吻。越来越多的姑娘小伙们骑马跑来听歌学歌，没几天，这些新歌比天鹅飞得还要快，飞出额仑苏木、飞到旗盟、飞向草原四面八方。

当布赫朝鲁赶到客栈时，正好赶上小歌会，挤得连外屋都站满了人。他正想高喊让图雅和巴格纳制止聚会歌会，但他站在外屋听了一遍以后，却被歌手们的狂热和歌声震在原地。他想，这样美丽动人的情歌哪能禁得住，只会飞遍草原，于是他也不由自主地跟着学唱起来。直到图雅在里屋听到了二哥的声音，急忙挤到外屋找他，布赫朝鲁这才中断学歌，两人高兴地拉着手走出屋。图雅领他到其木格房里去喝奶茶、吃手把肉，再让莫日根给他的两匹马卸鞍饮水喂青干草。兄妹两人一冬未见，聊得亲热，布赫朝鲁这才弄清，他所崇拜的美丽女歌手萨日娜，竟然已经是巴格纳的妻子了。而且，那几首新歌就出自她的手。他觉着事情似乎有几分转机，紧张恐慌了一天的心稍稍松弛了下来。

等到歌会散了，屋中只剩下四个人的时候，布赫朝鲁便将伊登札布的话复述了一遍。三人顿时惊吓得脸色惨白，说不出话来，像是听到官府骑兵队的马蹄声和铁链条的哗哗声。

图雅姑娘全身一阵阵地发抖,她惊恐地重复伊登扎布的话:要不是去年的大白灾,兴许早就把人给抓走了。她双手哆嗦地抱住巴格纳说:这可咋办啊?谁能想到他们真想霸占客栈,还想整死你。你俩赶紧逃命去吧。听阿爸说,四五年前,有一对牧奴夫妻偷了主人的两匹好马,逃到索岳尔济山里去,到这会儿还没有抓到呢。你俩放心走吧,小弟弟和小巴图让我来抚养吧。

天鹅新娘萨日娜的脸颊像天鹅一样白,也紧紧地搂住巴格纳,极力控制嘴唇的颤抖,问道:伊登扎布说事情可能还有转机,你看会不会有啊?

巴格纳像一匹头狼,咬紧了刚硬的牙。他渐渐恢复了神志和冷静,轻轻拍着新娘的背,吻了一下她的头发,安慰道:别怕,别怕。这会儿还不到逃命的时候呢。事情确实还有转机。你们看,伊登扎布还不知道你又作了那么多首歌,还一首比一首好,已经在草原上传唱开了,这些歌再传到旗盟和京城的蒙古王公那里,他们会更喜欢你和你的歌。从古到今,蒙古人上到皇族王公,下到仆人牧奴,都爱歌如命,更热爱像你这样的草原歌手。满蒙联姻是当今王朝的主要国策,驻京的蒙古王公都是当今皇上的重臣或皇亲,是朝廷重要的依靠力量,只要他们肯帮你,他们说的话是很管用的。

巴格纳转身向布赫朝鲁解释道:萨日娜的歌谁听了都会喜欢。只要歌好,那么办歌会也不会有大事。虽然聚众,但不是聚众闹事,是大伙唱情歌,那么聚众闹事的罪名也不好扣在我的头上。我一没有写诗写歌,二没有聚众闹事。没有这两条罪状,连伊登扎布都敢替我上书据理力争,旗府王爷也会替我说话的。而且,这次抗大白灾,我出的那些主意和做的事情,帮助苏木保住了八九成的贡羊和全部的马群,这些事情全苏木全旗上上下下都能看得见。所以,我觉着事情很可能会有转机。

萨日娜的脸色开始转为淡淡的红润，说：那眼下该做些什么？

巴格纳想了想说：一是，这两天你和图雅赶紧把你俩的歌教给布赫朝鲁，教最主要的几首歌就成，要把你写的歌词先抄给他一份；二是，布赫朝鲁赶紧回部落一趟，把伊登扎布的话告诉札那阿爸；三是，把我这儿存在库房里的上上等和上等蘑菇钉全部用马驮走，再把大半的蘑菇钉交给伊登扎布；四是，布赫朝鲁回到旗里，赶紧到伊登扎布和他的哈敦娜仁其其格那里，把歌唱给他们听，再请他们把歌传得更远，多给蒙古王爷、贵族王公和福晋听；五是，布赫朝鲁你到旗里以后，到大盛魁分店打听秦川大哥的消息，他是这条商道的主管。快开春了，他现在不是在西乌旗就是在东乌旗，西乌旗也有他的一个分店。你把这些消息告诉他，再把另一小半的蘑菇钉交给他。如果找不到他，就先寄放在分店掌柜那里请他再转交；六是，萨日娜、图雅，你俩要做好准备，随时接受邀请出去唱歌。萨日娜，你的名声越大，你就越安全。他们会把无名的绿眼睛漂亮姑娘悄悄地弄到那种地方去，出了大名的歌手他们还不敢抢呢。要是哪位蒙古王公突然要请你唱歌，那恶商号不就该慌了手脚了吗？布赫朝鲁，你回旗以后还要请伊登扎布尽快到客栈和部落来一趟，查看部落抗灾的成效。

巴格纳又想了想说道：还有一件事，你一定要派一个最可靠的亲戚守在旗里，保持和伊登扎布、娜仁其其格的联系。只要官府一有要动手抓人的苗头，就赶紧连夜快马跑来客栈告诉我……我们只能做这些了。布赫朝鲁，这回就要麻烦你辛苦几天了。你再把你的马换成我和图雅的马，越快越好。

布赫朝鲁与巴格纳核对了一遍要做的事情，又回想了一遍，说：好，我都记住了。一家人有啥麻烦不麻烦的。明天一早我就学那些歌，一路上还可以背唱。等学会了就马上去阿爸那里。回到部落，我跟大哥再换两匹快马，拼命赶回伊登扎布那里。

图雅说：歌太多，一天准保学不完的。只能挑最主要的教你。你在路上就自个儿慢慢背唱吧。到了旗里，你就直接照着纸上写的歌词唱给娜仁听。

布赫朝鲁说：好的。我是歌手，学歌可快了。刚才你俩教歌的时候，我跟学了两遍，就差不离能把两首天鹅歌唱下来。你俩再给我抄写歌词，我就更容易背下来了。

萨日娜说：你要是见到娜仁其其格，请代我向她问好，她是我的好朋友，也是大伙都知道的好歌手。就说我和巴格纳已经结婚了，我很幸福。请她一定帮帮我和巴格纳。

布赫朝鲁说：好，你的歌真好，不要怕。我也觉得这事还有救。又说：这会儿我得赶紧补觉。

巴格纳立即领布赫朝鲁去客房休息。

巴格纳回来后，图雅的肩膀还时不时地激灵哆嗦一下，说：我越想越后怕，后怕得心都快冻住了，到这会儿还没缓过来呢。你的客栈帮大盛魁抢了小胜奎的生意，帮萨日娜姐姐还清了去年的债，还娶她当了妻子，把他们快要弄到手的大买卖给砸了，能不恨你吗？我想你俩真是命大，真有狼命和天鹅命啊，准是狼神天鹅神请腾格里给额仑降了一场大白灾，把那帮恶魔堵在路上，一冬天过不来。要是你俩真有狼命，最后被咬死的还指不定是谁呢。

巴格纳说：我相信，只要萨日娜的歌飞遍草原，只要大家都知道客栈帮额仑苏木扛住了大白灾，我和萨日娜都会平安。我也相信，天鹅女歌王的歌，比屠刀更厉害。

一场温暖浩荡的春风低低掠过额仑草原，河湖开始解冻泛光。越过被牛倌们割过的苇地和白毛风刮倒伏的芦苇，可以看到乌拉盖苇塘的冰面上，已出现一层薄薄的水波，一些大泡子也已经融化成通透的池塘，倒映着白亮的云朵，像浮游着大群大群的天鹅。

一天，图雅姑娘脸蛋通红、激动得跌跌撞撞地冲进屋说：天鹅飞回来啦！刚才我听见天上有天鹅的叫声，抬头一看，有一群天鹅正往乌拉盖河上空飞呢。咱们该放小鹅了吧？

萨日娜和巴格纳狂喜得蹦起来，急忙跑出院大门，天空似乎瞬间放亮。这年第一拨北归的天鹅果真飞回来了，在乌拉盖河茂密的苇林上空盘旋鸣叫高唱，给被大白灾压抑了一个冬天的额仑草原，带来了天仙般的歌声、舞蹈和美丽。草原上所有花草芦苇的根芽都开始苏醒，冬眠的跳鼠、旱獭睁开了蒙眬的睡眼，草原百灵也跟着天鹅回到草原，悬停在蓝天欢唱，又落下来，忙不停地在黄草丛中搭窝……草原上飘荡着春天冰融之后湿润的泥土芬芳。

天鹅群在乌拉盖苇塘上空绕飞盘旋，有一小队天鹅像是发现了什么，朝着客栈上空飞来，低头惊奇地察看屋顶大毡上的那幅佛家图案，互相高声叫，似乎在询问：是妈妈家吗？是她吗？咋搬到这儿来了？咋不是蒙古包呢？

三人又急忙跑回大院。萨日娜激昂地挥动双臂高叫：是我，是我呀。小鹅，小鹅，妈妈在这儿，快飞下来，飞下来。然后又对巴格纳和图雅说：回来了，回来了，是乌拉盖的天鹅，是小小巴图它们。兴许我们部落天鹅湖的花脖姑娘也路过这儿啦。它们认识房上的图案，绕着飞哪。太好啦。咱们把小鹅放飞吧。

几个人都跑向天鹅房。萨日娜刚跑了几步就叫道：等等我。然后猛地转身跑回了家，飞快地脱掉了天鹅们从来没见过的华美闪亮的缎面新婚皮袍，换上了天鹅认得的旧皮袍。又从家里的灶台上拿起一大盆刚刚拌好的麦粒鱼肉碎白菜，打算给大雄和三只小鹅喂一顿美餐，然后再放飞。可是鹅们已经听到天空上的天鹅叫声，急狂得大喊大叫，根本不看食盆一眼。萨日娜、巴格纳和图雅只好连忙一人抱起一只小鹅，紧紧搂在怀里，再不断发出鹅妈妈的声音，轻轻抚摸它们的头颈。三人又想放又舍不得放。可小鹅们不断张喙大叫、扭颈、扇翅、蹬蹼，不顾一切地想飞上天。而大雄鹅早已趁乱径自冲出门，快步助跑飞上蓝天。

萨日娜像妈妈一样亲了一下小花脖，叫道：好好好，这就放你去见阿爸阿妈、兄弟姐妹吧。

两人走到场院，三只小鹅见到门外刺眼的阳光、白云、蓝色的天空和飞翔高叫的大天鹅，便像越狱囚犯见到阿爸阿妈那样激狂大叫。天上的大鹅们听到小鹅的叫声，飞得更低，叫得更响，透出意外惊喜，没想到在这儿碰见自己或其他大鹅的孩子，又像是回想起它们童年时有过的经历和场景。萨日娜、巴格纳和图雅激动得涌出泪水，呼喊一、二、三，然后用尽全身的力气，把小鹅抛向天空。三只小鹅在半空沉了一下，然后迅速扑翅，在空旷的停车场上空扑出了升力，飞向佛家图案上空的大鹅，并跟随大鹅翻飞舞蹈、追逐狂欢，亲热得像小狼见到失散已久的狼妈妈一样，把扁尖的尾羽摇抖得像小狼尾。

萨日娜让其木格和莫日根把自己外屋另外两盆鹅食端过来，又急忙从天鹅房里拿来麦粒拌鱼肉的大食盆，用一根小铁棍"当当、当当"地使劲敲。然后她又快速摘掉皮帽，放在牛车上，露出浓黑的头发、光洁白亮的额头和宝石般闪烁的绿眼睛。嘴里大声发出"额额、额额，叩叩、叩叩"的鹅妈妈的声音，向大小天鹅不断招手、敲盆、示意，并高声叫道：小鹅，小鹅，妈妈在这里！妈妈在这里！你们飞下来吧，有好吃的给你们。

那些从来没有停落过陌生客栈大院的天鹅有些犹豫，但妈妈的声音却又那么熟悉和清晰，鹅们开始慢慢飞旋下降，当一只大鹅认出了萨日娜美丽的、不易记错的绿眼睛后，立即发出了惊动天地的欢叫声，倏地飞落到她的脚下，张开大翅膀拥抱鹅妈妈的双腿，然后用长长的头颈不停地蹭摩妈妈的腿，左一下、右一下、上一下、下一下。又发出唱歌一样低一声、高一声的叫声，一声一声地倾诉着天鹅们久别重逢的感恩之情。萨日娜一眼认出它是小小巴图，欢喜的眼泪顿时一串串滚落胸襟。她连忙蹲下身，拥抱抚摸小小，亲吻它的头和喙，又把脸贴在它的头颈上，不断地说：好孩子啊，妈妈总算又见到你啦，把全家都带回来了啊。

萨日娜转着头，一边叫着"花脖姑娘，花脖姑娘"，一边仔细辨认拥挤在自己身旁大鹅的长脖颈。听到妈妈的叫声，有一对大鹅格外兴奋地高叫着，用力挤开其他的鹅，冲到萨日娜的面前。夫妻俩双双用长脖颈从左到右，绕在鹅妈妈的脖子上，献上了双"围脖"。萨日娜被两条天鹅脖颈缠绕得几乎直不起腰来。她用手稍稍松开一只鹅的脖颈，激动地对巴格纳喘道：我还是第一次被两只鹅的脖颈一块儿缠住脖子哪，准是花脖姑娘和它的丈夫，它俩一定是在部落营地没找到我的蒙古包，才找到这儿来的。快快，快帮我看看，那只小一点的鹅的喉咙下面，有没有两片浅棕色的羽毛？

巴格纳急忙走到她身边，蹲下，把那只美丽雌鹅的脖颈解下来，看了一眼，开心地说：有，有，有你说的那两片羽毛。然后对花脖姑娘说：啊，你就是小花脖的阿妈啊。总算见到你啦，怪不得你妈妈天天念叨你呢，你真漂亮啊。

然后抱住它猛亲，又站起来，把挤不进来的小花脖抱到鹅妈妈的身边。萨日娜连忙把三只鹅的脖颈搂在一起，吻了又吻，说道：你们一家鹅总算团聚啦，妈妈这就把你的小女儿交还给你。三只天鹅的眼睛里也感激地溢出一层薄薄的、浅乳色的眼泪，闪着柔和的泪光。

萨日娜一边笑，一边抹泪，站起来把一大盆美食端到它们的面前，图雅和其木格也把另外两盆鹅食盆端过来，让越过千山万水、远途归来的天鹅孩子饱餐家乡的味道。刹那间，又有几只大鹅也都认出了它们的救命恩人，全都快速飞落到萨日娜的身旁，侧着头，单眼盯看着她的绿眼睛，围着她蹭颈、绕颈、扇翅、跳舞、欢唱，然后啄食妈妈的美餐。萨日娜一只一只地抚摸天鹅背上的白羽，天鹅们快乐地抖动尾部羽毛，享受着妈妈的爱抚。顷刻，三盆美食就要见底，食盆发出鹅喙啄盆帮当当的声音。

见到人鹅母女母子再次相逢的巴格纳，如处仙境，恍在梦中。他听到食盆的声音，猛然从眼前的梦幻中惊醒，急忙招呼莫日根奔向库房。两人抬来大半麻袋麦粒，又让莫日根端来一大盆半化冻的野鱼和菜刀砧板，让其木格拿来几棵白菜。五人在平平展展的停车场，剁鱼、撕菜、扬食。一场草原稀有的天鹅盛宴就地铺陈开来。越来越多闻声赶来的天鹅，像众神女下凡，从天飘然而降，围在他们五六步远的地方飞快啄食。这些鹅虽然大多不是萨日娜父女和巴图救养过的天鹅，但也许是去年秋天接受过萨日娜和巴格纳投食的鹅，还有其他草原萨满、僧人、牧人和爱鹅人救养的天鹅。它们虽然还不敢太靠近，但知晓草原人都是爱它们的人。渐渐地，这些天鹅认出了它们的天鹅妈妈，欢欣地放松下来。天鹅远途归来，胃囊空空，饥肠辘辘，可湖边的冰还没有化透，水中的草还不能吃到。这些善良的草原朋友送上的美食是多么及时和珍贵。

天鹅们越吃越开心，离人也越来越近了。就连好不容易飞上蓝天的乌拉盖小鹅，也想起自己兴奋得忘记吃饭了，看到满院的大鹅小鹅在抢吃它们的饭，也急忙飞下来吃。两只乌拉盖小鹅和已经先落地的小花脖，对这六位亲人太熟悉了，它们马上在大群天鹅面前炫耀自己在这里的特殊地位：跑到莫日根的菜刀砧板旁边抢鱼肉，从巴格纳手里啄马料，在萨日娜和图雅的手掌上铲麦粒，再从其木格和巴特尔手上叼嫩白菜。让大鹅们看得好生羡慕，也纷纷靠近人，像贵族小姐和先生那样彬彬有礼、却还有些拘束地走近鱼和菜。

直到三四十只大小天鹅，把鹅阿爸阿妈一次次拿来的美食清扫一空，吃得再也吃不下，这场天鹅家宴才告结束。那些还有点认生的大鹅小鹅，陆陆续续地起飞。但都不会忘记在好客主人们的头顶上空有礼貌地鸣叫并绕飞几圈表示谢意，也再次记住了乌拉盖河旁那对让鹅们难忘的明亮绿眼睛，然后才飞向乌拉盖河塘水面。而被萨日娜救助过的大小天鹅，还在鹅妈妈和恩人们的身旁绕膝缠绵，依依不舍，好像回到了自己的家。萨日娜情不自禁地一遍又一遍唱起她的天鹅歌。在她的歌声中，天鹅们和声展翅扬颈、翩翩起舞，那是蒙古草原萨满们、也是萨日娜最膜拜的天鹅舞，米希格阿爸说过，许多萨满舞就源于天鹅舞。

巴格纳感慨万千地对萨日娜说：人性恶，有点权力就腐化；人心叵测，一部分人总想统治、欺骗和奴役另一部分人。那种能奴役他国和他人的世界，才是他们的天堂。依人的本性构筑人间天堂的想法多半会落空。我这辈子还是和你、部落，还有天鹅、狼这些本性永善的珍禽贵兽亲人，一起搭建和守卫我们自己的小天堂吧。

萨日娜说：咱的小天堂已经成功大半了，就差迈过最后一道关卡。腾格里、狼神和天鹅神会保佑咱们的。天鹅是腾格里的使者，她们飞落到咱们家，就是来传递腾格里的天意的。

49

> 黄鹄（天鹅——引者注）之一举兮，知山川之纡曲。
> 再举兮，睹天地之圜方。
> ……
> 黄鹄后时而寄处兮，鸱枭群而制之。
> 神龙失水而陆居兮，为蝼蚁之所裁。
> 夫黄鹄神龙犹如此兮，况贤者之逢乱世哉。
> ——贾谊《楚辞·惜誓》

当额仑草原大片大片的黄草，再次感到蓝天阳光温暖的时候，东日布的羊群即将迁往他家的接羔草场。他的羊群中待产的母羊依然膘肥体壮，肥尾巴只瘦下去三成，居然没有一只母羊流产。马上就要搬家了，羊群已经吃了多天去年留下来的秋草。但是草圈里还剩下一大角落的青干草，他想让羊群再吃一些能嚼出绿汁的草料，就继续给羊添一些草，然后再把羊群放出客栈场院。

巴格纳、萨日娜和图雅又一次跑到客栈大门外，提心吊胆地站在路旁苦苦盼望，看着东南方向空无一人一马的商道。一天三四趟，望眼欲穿，但又担心官府骑兵马队扬尘而来。巴格纳和萨日娜两人，就像在天堂与地狱铁门之间徘徊穿梭，一天无数次美梦噩梦交替浮现,美不堪言,苦痛更不堪言。全靠着紧紧相拥的天鹅之爱来承受、来支撑。为了以防万一,两匹马已备好鞍,整装待发;那只小木船已装上食物和备用物品悄悄下水,隐蔽在芦苇巷里……真要是官府马队出动,布赫朝鲁派驻旗府附近的人,也一定会单骑快马最先赶来通报的。一向谨慎的巴格纳仍然担心哪个环节会松扣。

承受过苦难和死亡折磨的萨日娜安慰道:心有天鹅,不惧死亡,就是被他们烧死在苇塘里,也是幸福的。我已经是你的妻子了,大不了咱俩一块儿飞上天堂,会有很多天鹅儿女护送咱俩去的。

巴格纳也像雄鹅那样安慰妻鹅:我不会让他们烧死咱们的。咱俩还可以骑马绕道走,先躲进索岳尔济山里去。我还准备了一生羊皮袋的牛肉粉,是去年商号车队请部落牛倌做的,存在我这儿。车队长途几千里,这可是路上备用的救命粮,也是从前蒙古骑兵、贵族首领最上等的战时干粮。一袋六七斤的牛肉粉是用一头大犍牛的精瘦肉做出来的,要煮熟、晒干、碾磨成粉,再筛出筋皮碎渣,只留下牛肉干的精粉。一天只要吃上一两口,就像吃了一大块牛肉,能扛过一天。两人省点吃,再打打猎,套套獭子,挖野韭菜,用鱼罐抓鱼,咱俩可以撑上个小半年。等风声过去,我带你到一处荒凉偏僻的商道,等咱们商号的车队。车队的人跟我特别好,咱们还有不少银子呢,只要有银子,就没有过不去的关卡。咱俩逃到西部的祖地去,路上要带的东西我早就准备妥当了。你放心,西边的路线和关系我最熟。可是,我还是舍不得乌拉盖母亲河、图雅、小弟弟、小巴图、小花脖、大鹅夫妻、狼群、客栈和部落亲人。这可是咱俩和天鹅的天堂啊,不到哨马跑来报凶信,我是不会带你飞走的。

萨日娜说:我也舍不得走,也怕走。我一走,小巴图找不到我,会急死的,要不就会不吃不喝伤心死的。可是真要是大祸临头,我只能跟你一起走了。唯一的希望寄托在小弟弟巴特尔身上,弟弟跟小巴图像亲兄弟一样,但愿巴特尔和图雅能照顾好它。好吧,我骑巴图芍药黄马跟你一起走,不论生死,咱俩像天鹅夫妻一样永不分离。咱们就把弟弟和小巴图托付给图雅妹妹抚养。米希格阿爸以后在冬天会住到客栈,他和部落其他爱鹅的人,一定会把大鹅夫妻和小鹅们照顾好的。

两人紧紧拥抱。巴格纳还是忧虑地说:你身子还比较弱,我怕你经不住几千里的风餐露宿啊。

我有你,就能挺下来。

天鹅群一两天就会飞落客栈一次,放飞的大雄鹅每天都到湖里洗浴、会友和玩耍,但它心里总是放心不下妻子,在外待不了多大工夫,就会飞回家和爱妻一起吃住,一起慢慢散步,一起静静依偎。细心的萨日娜发现,与春天飞回来的年轻雄鹅们相比,自家的大雄鹅显得老了,它的飞翔也有些吃力和缓慢。也许大雄鹅也看到了自己与年轻雄鹅的差别,它似乎已经感到,过不了几年,它就不能长途飞行,也会像妻子那样飞不动了。将来,它俩都要在客栈依靠阿爸阿妈过冬。萨日娜看到两只老鹅越老越相依为命,常常默默无语,互相静静听着对方的心跳和呼吸,让人看得心痛。唯一使人感到欣慰的是,两只鹅体格依然健康,能吃能睡。在陆地和水面上,看不出与其他鹅有太大的差别。而且大鹅公主似乎也已经可以慢慢忍受不能飞翔的生活,它身边的那只不能飞的伤残雄鹅小巴图,在阿妈阿爸的爱护照料下,不是也勇敢快乐地生活着吗?

三只小天鹅也会按时飞回家吃美食。大雄鹅和小鹅们越来越漂亮干净,它们可以在湖里天天洗澡了。随着河里塘里的冰渐渐消融,天鹅长颈可够到的水下食物越来越多,天鹅飞来的数量和次数慢慢减少。小鹅们有时也不回家过夜,开始喜欢在水波摇篮上睡眠。

这天下午，小弟弟巴特尔带着小巴图到院外暖坡去吃第一茬春芽，但是细小嫩芽夹杂在密密的秋草里，小巴图的喙很难把嫩草择出来，再吃进嘴里。巴特尔就趴在地上用手指扒开黄草，把青草嫩芽一根根地揪出来，采了一小撮就喂给小巴图，这可是天鹅开春以后最喜欢的草原时令鲜食。可不一会儿，巴特尔扔下小巴图，让它自己吃草，着急忙慌地跑回来报信：东南方远处有几个骑马的人跑过来了，我好怕。

三人急忙跑到大门探头看，终于看到远处商道上四人四马的身影——既不是报凶信的单骑哨马，也不是卷起烟尘的骑兵马队。三人带着弟弟狂喜呼喊着迎了上去——竟是大台吉伊登扎布和老秦大哥，各自带着一个随员骑快马来到客栈。老上司、老属下、老朋友们，一个漫长的白灾寒冬未见，分外亲热。又是拥抱，又是高叫，又是庆贺。巴格纳连忙将伊登扎布的马牵到手，图雅又把老秦大哥的马牵到手，两人将马牵到院内，交给跑来迎候的莫日根和其木格。萨日娜眼中噙满泪水，走在巴格纳的身旁。

伊登扎布说：去年冬季是一场百年不遇的大白灾，上面催着要大白灾详情，我已经跑了四个苏木，亲眼看到了那些惨不忍睹的"羊尸山"啊。幸亏旗府去年采用了一些有用的预防办法，全旗总算还保下了四五成的牲畜。朝廷赈灾的官员和银两马上就下来。我先去看看东日布的羊群。回头咱们再好好叙叙，我有好消息告诉你们。

三个人一听到"好消息"，抽紧勒绞了五六天的心脏骤然放松了一半，转而又慌乱快速地跳动起来。图雅姑娘结结巴巴地吩咐其木格去热奶茶和做炸鱼。

大台吉和东日布一起走到马厩羊圈前的空场。羊群还在拼命抢吃最后剩下的干青草，你争我夺，还像秋季肥羊那样有劲。

啊。伊登扎布吃惊地说：这是我在这个冬季看到的最棒的一群羊。全旗没有一群羊的尾巴还能跟秋羊的肥尾巴差不离。这么大的白灾都能保住七八成的膘,神羊倌啊。东日布,你的羊回回都让我高兴。

东日布笑笑说:大台吉,您过奖了。神的不是我,是巴格纳掌柜和札那苏木长。是巴格纳掌柜想出利用冬季客栈的空马厩当羊圈,防寒挡风,又能保膘保胎。他还在旁边建了个大草圈,储满了草。我的这群羊是部落的头号羊群,要特别关照。札那苏木长就让我来了这个好地方。没他们俩,这群羊哪能这么棒。

伊登札布对巴格纳说:看来建木栏草圈太对了,是抗白灾的好法子。等明天我下部落,还要再亲眼看看木栏草圈咋样。

巴格纳说:也很管用,这次三个部落能保住羊群,主要靠草圈和临时防雪大棚。

伊登札布说:我已经听道尔基和布赫朝鲁说过临时防雪大棚,你再给我好好讲讲。

巴格纳说:那我这就做给您看,您就能知道做起来有多快。

然后就和莫日根、图雅、萨日娜把存在库房里的桦木杆和大毡拿出来,迅速架起小半面墙的临时大棚。

精通牧业的伊登札布马上就看明白了,叹道:巴格纳,你真行啊,我一看就知道这是个好法子,怪不得你们能扛住最大的白灾啊。我记住了。这样,我一直死命护着的草原游牧就能保全下来了。我和王爷,咱们旗盟所有贵族的一个心病,让你给治好了。我真要感谢你啊,王爷和旗府准得重重奖你了。我听布赫朝鲁讲,你把蒙古西部的马皮滑雪板也用到这儿了,札那还让迁场的马倌向我推荐这种抗灾的新法子呢。

莫日根连忙一路小跑拿来一副滑雪板,伊登札布越看越感兴趣。

巴格纳说:这是我跟莫日根按照我在蒙古西部滑过的板子一起

琢磨出来的。这回河边的狼王向我们报警以后,我就是用滑雪板下部落报告大白灾警报的。

老秦拿起滑雪板仔细看了看,夸赞道:不错不错,跟我让人从阿尔泰买来的差不离。又对伊登札布说:去年秋天我给他定了两副西部马皮雪滑板,货到晚了,雪又下得太大,就一直送不过来,没想到他自个儿做出来了。巴格纳这样的人才确实难得啊。您向上面给他报功的时候,最好说得再细一些。把这些新东西一块报上去。要是连抗灾英雄都要被整肃,那蒙古部落的民心就稳不住了。

伊登札布说:我一准详细报。这次我去京城,要向理藩院大臣当面报告额仑苏木和巴格纳的全部抗灾功劳呢。

一行人走进客栈小餐厅,坐下喝奶茶。伊登札布一定要两姐妹坐在他左右的两把椅子上。

伊登札布笑道:巴格纳,你厉害啊。才一个冬天,你就把萨日娜天鹅姑娘娶到自己的家啦。让蒙古小伙眼热,我也眼热得不行。要是你救不了萨日娜,我就要来救她了。哪想到萨日娜也好厉害,居然写出唱出了那么多首新歌好歌。这会儿她的歌已经飞遍草原,全旗谁都知道萨日娜女歌王的大名啦。萨日娜,你不用别人救,你自个儿就把自个儿给救了。现如今谁敢动你啊。那天布赫朝鲁快马跑到我家,把你的新歌一首一首地唱给我和娜仁其其格听,听得娜仁直掉眼泪,说这是她听过的最好的歌。你们俩的本事可真不小,神了神了,一定是腾格里在保佑你俩啊。

巴格纳说:我也没想到。还是额仑草原好,大台吉您管得好。是腾格里、河神、狼神和天鹅神在保佑和赐福给我,把萨日娜天鹅歌王赐给了我,我真是受之有愧啊。

伊登札布说:腾格里最公平,可不会乱赐福给人的。我估摸腾格里准保是觉着有啥地方亏待你了，或是觉着你对草原、对狼、对天鹅、对妻子，最诚心最舍命，他人难比，这才赐福给你的。巴格纳，好小伙好掌柜，你真是屈才了啊。

然后，拉着图雅的手，拍拍她的手背，笑道：图雅长成大姑娘了，越来越美啦。一登台唱歌，还不把歌手们惊呆了，歌都听不全啦。准保呼着喊着让你再唱一遍。娜仁其其格还让我向你问好呢。她也很喜欢你的歌，特别是《小羊儿乖乖吃狼奶》和《小羊羔和腾格里》，唱了一遍又一遍，唱得她的童心开了花。开春后，娜仁其其格想请你们三个到旗里去玩，那里有一大帮歌迷想听你们唱歌。我原以为你将来会是个好掌柜，没想到你也成了小歌王了。也好也好，草原特别缺女掌柜，更缺女歌王。就两个天鹅翅膀一块儿飞，给咱们东乌旗多争光吧。

图雅笑道：谢谢您的夸奖。我想问您，为啥不把娜仁其其格哈敦变成您的福晋啊。

伊登扎布笑道：不忙不忙。福晋的事没那么好办。有个满族大贵族家的老姑娘还想当呢。不好推啊，再等等看吧。

然后又双手上下捂着萨日娜的一只手说：半年不见，更美了，比天鹅神女还要美，就是瘦了些。为了你的情郎，把命都快写掉一半了吧？可是值啊。娜仁其其格受过苦，她最爱你的两首天鹅悲歌，唱一遍哭一遍。我还从来没有听过这么打动人心的天鹅歌哪。

大台吉越说越神采飞扬，他夸道：萨日娜，你的歌真是百听不厌啊，啥时候都在耳边飞响。热爱你的歌的蒙古草原歌手都会豁出命来保护你的，也都会祝福你俩幸福美满。

萨日娜感激地说：谢谢您对巴格纳和我的照顾和保护。没有您，我去年秋末就被他们用铁链子锁走了，哪还会有这些歌呢？没有您，巴格纳就当不上客栈掌柜，那他哪能保住那么多的牲畜，保住我俩的爱啊？您的大恩我俩永世不忘。

其木格把刚出锅的炸鱼端了上来。伊登札布和老秦大为惊奇，谁也没想到一开春就能吃上这么肥的新鲜炸鱼。图雅笑道：这些鱼是巴格纳在冬天凿冰窟窿捞上来的。很好捞，一抄网下去，就是大半网鱼。春天的鱼哪有这么肥。

伊登札布让随员留在小餐厅喝奶茶吃炸鱼。然后与巴格纳、萨日娜和图雅走进两位新人的婚房。不一会儿，其木格又端来香喷喷的鲜奶奶茶、新鲜炸鱼和奶豆腐。五人脱靴上炕，又吃又喝，亲亲热热地密谈起来。

伊登札布一边嚼着他最喜欢的炸鱼，一边又看了看房间说：你俩的婚房还蛮干净敞亮的嘛，还有暖炕哪。别过得太舒服了，要不就写不出歌来了。

萨日娜苦笑道：哪能呢？巴格纳前些日子还说过，这间房子是我俩的天堂，也可能是下地狱的门房，弄不好我俩就要在这里生离死别……

伊登札布神情怵然又转为肃然，感慨万千，连连点头：明白，明白了。你俩还真是背水一战、绝命一拼啊。这么大的白灾，总算拼了出来。惊险、惊险。你俩还真有当年大汗和贵族的血性。可是如果你俩骨子里面没有才干和才华，光有血性也是拼不出来的……

大台吉停了一会儿，微笑道：不说这些让人后脊梁冒冷汗的事了。好了，我要告诉你们几件大事。过几天我和娜仁其其格就要带着我的上书和灾情报告去京城，还要把你们两姐妹的十几首歌也带上，娜仁上一年跟我去了一趟京城，送蘑菇钉、牛蹄筋、狐皮羔皮，唱草原民歌，拜访了一些皇亲、驻京蒙古王公和福晋。这回她还会去拜见他们，并给他们唱你俩的新歌。这样你俩的声望就更大，为你说话的人也就更多。他们听了以后，没准儿会请你俩进京，要亲耳听你俩唱呢。要是真能去，那往后谁也不敢动你和巴格纳了。天下的冤案，一多半是恶势力一手遮天造成的。只要让他们的手遮不住天，冤案就能躲过。你的天鹅情歌本身就是长着翅膀通天的歌啊。

伊登札布又停顿了一下，仿佛下战书一般地说道：还有一件事更重要。这大半年，老秦一直在花高价请人密查小胜奎商号的罪恶勾当。他们利用高利贷在皇家贡羊和蒙古军马的主要产地，逼良为娼、贩卖眼睛颜色漂亮的蒙古姑娘，建立秘密庄园"逍遥窟"，供京城达官贵人和他们的子弟享乐。娜仁和萨日娜都差点被他们弄到那个地方去，所以娜仁特别恨这帮家伙。她帮你们，也是为了帮自己出这口恶气，报这个仇。她这大半年找到几家受害人家，拿到不少小胜奎利用几倍十几倍的高利贷抓人的铁证。她也一直让我帮着老秦密查。清廷严禁官员嫖娼，已经有人给上面呈递密奏，朝廷对这件事也有所察觉。老秦密查的东西证据确凿，很有分量，我这回去京城通过关系把这份罪状书呈上去，只要朝廷派人按照这份东西中详细标明的地点人员查抄，准保能扳倒他们。

萨日娜叹道：我真不知道怎样感谢您和娜仁了，您这次回去，一定要代我好好谢谢她。然后，又对老秦说：我也没想到您花这么大的气力来帮我，也太感谢您了。

老秦苦笑道：谢啥啊，你们的歌能打动蒙古王公上层，也帮了我和我们商号的大忙，我还要谢谢你呢。再说，我年轻时候也追求过一个美丽的蒙古女人，但清廷严禁满汉通婚、蒙汉通婚，我没这个福气啊。

老秦又说：这一年我是查到了不少能定罪的证据，可我还是没法子做得更好，更高的上层有一帮人很眼红小胜奎的红火生意。他们打算用我的这份东西来搞垮小胜奎，再把这份生意转到他们手里。

结果，我还是搞不掉这份罪恶买卖。不过，能为大盛魁商号除掉一个凶恶的对手，能为你们三个人和娜仁除掉一个大祸害，我还是很高兴的。我搞到这份东西花了不少银子，买通知情人的价码很高，可我商号的大老板很愿意出这笔银子。但是上面的人马上花了双倍价钱把这份东西买走了。我不能透露是什么人，反正比小胜奎后台的权位更高……

啊？图雅轻声叫道：大清京城的官场这么黑啊。

老秦大哥又说：萨日娜，我卖给他们这份东西，只提了一个额外条件，就是一笔勾销你们家的全部债务，他们答应了，这对他们来说只是一个小零头而已，他们会守约的。巴格纳早就给我唱过你的歌，说过你俩的事。为我敬佩的天鹅歌王做点事情，我高兴啊。

萨日娜感激地说：老秦大哥，真太谢谢您了。巴格纳一直跟我和图雅说，这么多年来，您是他的恩人和知己朋友。客栈没有您的帮助绝不会这么红火。我也不能成为巴格纳的妻子。

老秦说：我们做生意的人，一年到头在外面跑，看到的尽是些乌七八糟的东西。只有到了草原，才能听到纯美的歌，每次见到蒙古朋友和我的老弟巴格纳，我的心情才舒畅一些，要不然我怎么总想往草原跑。

伊登扎布笑道：这也是我老是往草原跑的缘由啊。这回我和娜仁带上你俩的歌，进京见蒙古王公，再加上老秦那份东西，两下一起出手，多少能让他们不敢再像从前那么嚣张，要是能扳倒那帮家伙就更好了。等这些事慢慢消停了，我给你俩补办正式婚礼，到时候我来给你们主婚，同时办一场大歌会，把整个乌珠穆沁草原的歌手都请来。然后再带你们姐妹俩到旗盟的那达慕大会去巡唱，那蒙古草原就将变成歌的草原啦。

三人都高兴地说：太好了！

老秦说：商队这几天就要把客栈的店员和一些货送来。你们准备一下吧。去年客栈的底子打得很结实，我想有你们三个，今年的客栈会更加红火。

伊登札布笑呵呵地说：这会儿，我和老秦最盼望的事情，就是亲耳听两位歌王的歌了。

图雅咯咯笑道：为你俩唱歌，我俩最高兴。我是小歌手，我先唱。萨日娜姐姐是大歌王，她的歌又多又棒，放在后面唱。那我就先唱第一首啦。

伊登札布说：等等，把那两个跟我们来的人也叫来一起听。这可是咱们东乌旗的骄傲啊，听到的人越多越好。

巴格纳连忙起身穿靴出门。当两位随员在房间的椅子上坐稳后，图雅便饱含深情高唱《百灵鸟歌》……直到萨日娜泪水滚动，唱她的《天鹅天爱之歌》《草原花浪情歌》《天鹅飞婚礼之歌》和《你字歌》……

50

> 萨满……神衣双肩及双袖上，披挂有缀饰的图腾物件，日、月、星、雷、飞鸟等造型。在这些动物造型中，"天鹅居首位"。
> ——富育光《萨满论》

当蓝天白云、黄苇碧水的草原春天重新展现在爱鹅人面前的时候，巴格纳撑着小船，载着米希格老人和萨日娜，还有一大桶上好的鹅食，慢慢向乌拉盖苇塘深处的天鹅王国行进。萨日娜舒畅快乐地一路长调短歌，招呼着头顶上绕飞的天鹅，小小巴图和花脖公主各自率领自家的天鹅群，呼应飞舞，和声欢唱。小船两旁是三只鹅，左边是大鹅夫妻，右边是小巴图，都为重返春季天鹅湖而奋力凫水。两只乌拉盖小鹅和小花脖也高兴地叫着从天鹅群里飞出来，在低空中盘旋了几圈以后，就落到小船旁边游水，陪伴阿妈阿爸、爷爷和养父养母。

萨日娜跪在船头，俯身抚摸六个鹅儿女的头颈，这是她盼望了一个冬天的好日子。辛辛苦苦抚养得很健壮的六只天鹅终于返回它们的天鹅王国。萨日娜满心喜悦地对巴格纳说：小巴图早已习惯了半年冬季和妈妈吃住在一起，半年春夏秋再回到大湖里的生活。两种生活它都喜欢，各有各的乐处。每到改换地方生活的时候，它就非常开心，尤其是在开春。又可以天天在清清的湖水里洗浴戏水，夜夜在水波摇篮上睡觉。也可以自食其力，吃嫩草，掘草根，抓小虫小鱼吃，还可以和单身未成家的雄鹅一起玩。除了不会飞，它过的还是天鹅的生活。在春夏秋三季，天鹅在水面的时光，原本就远远多于飞行的生活嘛，一天洗浴和吃食要花费多少时辰啊。再说，我也会经常来湖边看望它，给它吃好东西。搬到这里就更好了，阿妈阿爸可以常常撑船进湖来看它，还能给它带来更多好吃的。虽然这里不是它原来住的天鹅湖，可是花脖姑娘一家也搬来了，好在我和阿爸，还有巴图救养的天鹅很多，到处都有它认识的天鹅朋友啊。

巴格纳乐得像是在天鹅湖上过那达慕节，笑道：我真是有些不劳而获，这么容易就享受了你们几十年救养天鹅的辛劳成果啊，让我一下子成为这么多天鹅的阿爸，心里真是美死啦。

米希格老人笑道：可不能这样说，你来额仑的时间虽然短，可你那么爱天鹅，本事又大，弄来那么多的粮食和鱼，弄来这么宝贵的小船，还建了这么结实暖和的养鹅房。你给我们救养天鹅的人带来的方便和好处，是所有额仑人都做不到的。

大雄鹅和它的公主更是满意开心，两鹅欢愉地高昂着头，轻快地划动双蹼，经常快速凫水游到小船的前面，再回头催促他们快走，好像是天鹅王国的主人带领贵客到家来做客游玩一样。

萨日娜微笑道：大雄，公主，到这会儿应该知道阿妈阿爸和爷爷的心思了吧。你俩还年轻，一个不会飞不要紧，两个都不会飞也不要紧，只要你俩相亲相爱，我们会一直帮你们快乐地生活下去，再相爱二十年。你俩幸福，阿妈阿爸和爷爷会更加感到幸福的。

两鹅似乎能听明白，感激地张喙应答着。它俩也向最主要的救命恩人，向老人不断点头问好。

米希格老人满面笑容，乐道：这么大的白灾过去了，可老天鹅夫妻活得很健康快乐，咱们总算完全成功了，也能给天鹅作些报答了。我的萨满老师在天上准保高兴啊。

小船与小巴图缓缓行进，萨日娜担心小巴图的残蹼太吃力，又怕大鹅夫妻急着进天鹅天堂，于是把小巴图抱上小船，擦干肚皮和脚蹼，让它和阿妈阿爸一起乘船而行。小家伙站在船头昂颈挺胸，额额叩叩直叫，神气活现得像个船长似的。巴格纳用力撑船，小船终于快速穿出苇巷，进入宽广的天鹅王国。额仑草原深处隐秘的天鹅湖早春，天空像被春雾滤过、春风漂过、春雨淋过一样透明清澈，阳光与湖光相互照射反射，光亮加倍增强到稍稍睁大眼睛，就仿佛会感到眼前所有景物都是由光塑成：光云、光山、光水、光苇、光鹅、光雁……一切都在光的世界里，满天满湖都是草原春天的强光。

天上的两群天鹅终于把阿妈阿爸、萨满爷爷和在冰雪世界饱暖一冬的老鹅夫妻、伤鹅和小鹅们，送回天鹅天堂。湖中的天鹅群惊呆了，整个天鹅湖沸腾了。近千只天鹅亲友在天空的呼喊声响成一片，似乎在传、在问、在议论，只有米希格老人和天鹅歌手萨日娜能听懂和意会：

是它俩吗？

没错，是它俩。

原以为它俩去年没南飞，以后再也见不到它俩了。

……

无数天鹅，尤其是与大雄夫妻有近二十年友情的"老鹅们"，都争先恐后地飞到大雄和大公主身旁辨认询问。蒙古天鹅的记性最好，大雄和大公主快乐平安地出现在湖里，就是最好的回答。老鹅们惊讶地叫着，似乎在叫问：是它俩，是它俩，咋可能啊？大雄夫妻俩仿佛快乐自豪地高声答道：是啊，是啊。没错，是我俩，就是我俩……

当天鹅们确信无误时，"老天鹅"情侣们全被感动了。老鹅们率领所有的天鹅群在小船、阿妈阿爸和萨满老爷爷身边飞得遮天蔽日，米希格老人和天鹅阿妈阿爸挥洒热泪、招手回谢。

小船终于停靠到天鹅湖东边的沙洲旁，巴格纳小心地扶老人和萨日娜下船，然后拎着桶在地上倒出两长溜鹅食，让每只降落的鹅都能吃上几口，记住阿爸阿妈的美食。乌拉盖大苇塘里最隐秘的天鹅王国，已成为人鹅的乐土。越来越多的天鹅扑来拥抱三位亲人，再品尝他们的食物，寻求他们的帮助。一只大鹅，腿腕上深深地缠勒了几根渔网线，腿腕肿胀，像是很疼的样子，一歪一歪地向萨日娜妈妈走来。她立即抱住它，翻过身，再叫来巴格纳，用蒙古刀尖小心地把渔网线挑断并剔出来，并用双手反复揉搓，疏通血液，大鹅感激地连连用翅膀拥抱巴格纳阿爸；一只长脖颈还没有完全换成白色羽毛的小鹅，也快快地走到三人身旁，它胸部的伤口渗着血，像是被老鹰抓伤。老人拨开羽毛看了看，从怀里掏出几个药包，用草原马勃止血粉，一遍一遍地按在伤口上，直到伤口的血凝住；一只瘦瘦的大雄鹅在另一只大雌鹅的陪护下，也晃晃荡荡地走来，雄鹅的下巴竟然错了位，合不上喙，无法吃东西，看上去已经饿了好多天，好像是伸长脖颈在湖底掘草根时拽过了劲，使下颌关节脱位，再不赶快复位，它就要饿死了。老人急忙用一只手掌托住它的下喙，另一只手慢慢摸准关节，再猛地使了一下巧劲，便让大鹅的喙恢复了原样。萨日娜急忙捧来一捧好鹅食喂它，大雄鹅感动地一边慢慢吞吃，一边额额、额额地轻轻哭。妻鹅双翅抱住老阿爸大声连叫……大小天鹅和被萨日娜及老人救养过的天鹅，则像众星捧月一样围在恩人旁边，看他咋样救治受伤亲友，越看越惊奇和敬佩。

巴格纳再也不感到被冷落了，他救养的两只小鹅、一对大鹅，还有小巴图和许许多多认识他、吃过他喂食的大小天鹅，也一直围在他的身旁，与他相拥相吻。他终于完全融入千年天鹅王国，成为鹅们新接受的鹅阿爸……

夕阳西落，晚霞映红云海、芦苇和湖水，整个天空、湖泊、苇塘都仿佛燃烧起来，天鹅们飞翔在红霞里，宛如涅槃佛光中的火神鸟那样翩翩起舞。霞光满面的萨日娜站起身，用一只手臂模仿天鹅的头和长颈，温柔地缠绕住巴格纳的脖子，把另一只手臂放在背后腰下，张开五指模仿天鹅的羽翅，并轻柔地扇翅，还半转过身体让他看到。她笑道：我这会儿是你的妻鹅啦，像不像？

像，太像啦。你不模仿已经是天鹅，一模仿就完全是天鹅啦。

快侧过点头来，鹅妻要亲你啦。

萨日娜缠绕到巴格纳脖子一侧的那只手，模仿成了一个鹅头，她用拇指和食指捏成了一个天鹅的喙，不断地轻轻啄吻、轻咬他的面颊和嘴唇，像水中热恋中的雌鹅那样。

巴格纳喜不自禁，也学着萨日娜，伸出长臂模仿雄天鹅用长颈缠绕妻鹅的脖子，并啄吻她的面颊和嘴唇。两人一遍遍地鹅亲鹅吻。周围几十只大鹅看见阿妈阿爸模仿它们，都看呆了，但很快就开心地一起围着他俩欢呼高叫起来。众大鹅老鹅又围成大圈，一块儿张开巨大的翅膀，然后像鼓掌喝彩一样猛烈扇动，多达五六十扇大鹅翅膀，从四面八方向阿妈阿爸扇过去热烈贺喜的天鹅大风……

天鹅风刮了许久才渐渐消停，他俩松开自己的单臂，又伸出双臂紧紧拥抱，深深亲吻……

米希格老人看着，也像天鹅那样拍手呵呵笑：天鹅们真爱你们俩啊。十面天鹅风，是爱风。我活了这把年纪，也是头一回见着啊。

萨日娜微笑地对巴格纳说：太谢谢你啦，那我就再送你一首天鹅歌吧，这是我几次来到天鹅王国以后写出来的，歌名叫《天鹅云海飞天之歌》。我唱啦：

满天白云满天鹅,
满湖天鹅满湖白云朵。
鹅飞鹅展白云羽,
云横云伸鹅颈脖。

白云,如须弥冰峰眩目,
天鹅,如天山雪仙倾国。
爱得,如云蒸雾腾巍峨,
舞得,如风卷鹅绒旋涡。

爱得,如晚霞燎原,天火连地火。
舞得,晕不辨是霓虹彩鹅,
抑或火烧云坨?
爱得,忘却今生来世,天堂地狱。
舞得,如天鹅绕拜佛陀,
愿你我六道轮回,每道都成鹅。

天神,赠整个天空作舞场,
水神,献另一个天空庆贺。
与君并翅纵情飞天飞歌,
永沐无边无岸天爱天河。

萨日娜的歌声在乌拉盖天鹅湖上久久飘动,巴格纳想起一年前在部落草场的天鹅湖边,第一次见到她与天鹅儿女们哀歌哀舞的场景,还有那时自己的绝望悲歌,不禁泪流满面,如早春天鹅冰湖上的溪流。

尾 声

半年后，小胜奎商号的庄家及后台一干人等，全被抄没家产，受到重刑严惩。其"红火生意"落入别家，继续隐蔽红火。

到了额仑草原百里花海再度花浪滚滚的时节，在天鹅们歌唱盘旋飞舞的天空下，巴格纳与萨日娜的正式婚礼，在客栈东北边的秋花草甸举行。萨日娜的蒙古姑娘发辫，由主婚母散开梳顺，再用象牙筷子从头顶中间分开，梳成了蒙古新娘的发式。她戴上全套金银玛瑙制成的头饰、额箍、链垂和耳环，如蒙古王妃般高雅美丽，被众歌手和仰慕者围得水泄不通。二十几个蒙古包把婚礼会场围得像是热闹欢腾的那达慕大会。乌珠穆沁草原的大半歌手，其他旗盟的一些著名歌手都踊跃而来，使得婚礼更像是一场盛大的歌会。

伊登札布高调主婚，但婚礼从简，只行拜天拜火、拜札那阿爸额吉、米希格阿爸和遥拜生身父母的叩拜之礼，而把众人的目光引向歌会的重头大戏上。歌会的主角是新娘萨日娜和新娘的伴娘图雅，两位大小歌王除了献唱原来所作的十几首歌以外，又唱出几首新作的歌。然后，歌手们轮番从十几首歌中，挑选自己喜欢的歌再唱，再由众歌手评判。娜仁其其格被评为天鹅歌手，她所唱的几首哀伤的天鹅情歌不仅感动了众歌手，而且还感动了歌的作者萨日娜，感动了新郎巴格纳；额仑歌手乌兰其其格、嘎森和一个附近苏木的歌手被评为百灵歌手,她们所唱的几首歌不但感动了歌的作者图雅和萨日娜,还感动了众歌手。在欢腾的花浪歌会婚礼上,萨日娜的《草原花浪情歌》《天鹅飞婚礼之歌》和《天鹅云海飞天之歌》是被众歌手唱得最多最响的草原情歌。

三堆杏木松木柴火熊熊燃烧。额仑草原传统婚礼上的烤全羊油光火红地亮相了。铁火架上的烤全羊,烤熟以后摆成跪卧状,放在长方形的大红漆盘上,再抬到主人和贵客桌前,吃光再烤;大盘大盆的金黄炸鱼,川流不息地送到客人和歌手面前。惊呼声、尖叫声、喝彩声传遍整个会场。跳跃的火焰,焦香的烤烟,嗞嗞响的炸鱼,将歌会婚礼烘托得如烈火烹油、花浪激撞,歌声、掌声、欢呼声一浪高过一浪。札那、额吉、道尔基、米希格、毕力贡法师等老人乐得醉倒不醒,过了一天一夜才能坐起来。

饮宴歌会婚礼持续了三天两夜才散。萨日娜和巴格纳在图雅、娜仁其其格、伊登札布、白依拉、斯琴高娃等亲友,以及嘎森、乌兰其其格等草原歌手的齐声请求下,把他们带到诞生《草原花浪情歌》的花路上,众人骑马在花海狂奔疯叫,迎风猛冲花浪。当花瓣暴雨从天而降之时,整个额仑草原沸腾了。人们疯狂地奔马飞旋,泪珠飞洒,激情飞溅,争食花餐圣宴,在马背上同声高唱天鹅天爱之歌、人间天鹅之歌,沐浴在草原天堂的七彩霓虹花雨之中。

当人们骑马尽兴地往回走的时候,乌兰其其格和嘎森等女歌手突然大叫起来了:大伙听着,萨日娜说了,草原花浪中的"婚礼"还不是草原最美的婚礼,天鹅飞婚礼才是天下最神美最高贵的婚礼哪。今年大雪封山以后,咱们都去学滑雪,学会以后,再滑雪到客栈,让天鹅歌王和巴格纳带着天鹅群,带着大伙好好享受享受有天鹅伴飞的飞婚礼!像她歌里唱得那样美。

众人惊叫高呼:太对啦!太美啦!萨日娜,你定好日子,一准要告诉大伙啊。千万别忘记!

萨日娜笑道：等我和巴格纳给图雅和她的新郎举办天鹅飞婚礼的时候，我一准提前告诉大伙。

巴格纳说：哪位也想在那天结婚或补办婚礼，要提前告诉我。我们会把所有客房的火炕提前烧暖，迎候大伙的。

大白灾后便是大利之年，额仑草原更加水草丰美，牛羊马群的牛犊羊羔马驹大丰收。虽然被赈灾银买走了大量牲畜以帮助其他受灾的苏木，但额仑草原被免除了三年的贡羊重负，自己的畜群快速扩大，依然兴旺。客栈继续红火。牧、商、林三商道汇成通畅大道之后，又汇入一条更加火旺的歌道。萨日娜把客栈变成了半个歌栈，慕名而来的歌手越来越多。客栈的客房和炸鱼生意持久火爆，巴格纳不得不在客栈东面的草甸上，支起五六个半永久性的蒙古包，作为各苏木各旗诗人歌手聚会演唱、斗诗斗歌、切磋交流的场所。萨日娜除了夏末那达慕大会盛季被邀请外出巡回演唱外，还经常在客栈外的草甸和客栈新建的歌室给来访的歌手、贵客和部落亲友们唱歌。客人们点的最多的还是她写的那些天鹅情歌、《花浪歌》和《你字歌》。她像天鹅那样恋窝、恋家、恋河、恋湖、恋芦苇、恋草原。

萨日娜和巴格纳后来有了三个小鹅小狼般可爱的孩子，两男一女，从小在天鹅群和狼群里长大。据传，他俩养育出的具有自由精神的后代，积极参与了推翻清朝封建专制独裁政权的武装起义，与孙中山领导的南方起义几乎同时发起，是中国北方最早的一支反清义军。

当数十年的小冰期寒潮慢慢离开蒙古东部草原，雪薄了，草高了，一切重又恢复到原先的年景。畜群远途迁场、木栏草圈、打草储草、滑雪板、防大白灾的临时大棚又渐渐变得多余而被弃之不用，慢慢淡出了额仑草原人的视线。两代以后，蒙古东部额仑草原人又不知道这些东西为何物了。

在这期间，清廷统治下的蒙古草原发生了许多重大变化，除了东乌旗额仑乌拉盖等少数草原部落外，许多官商勾结的旅蒙商所推行的一倍、数倍，甚至十几倍年利率的高利贷，已遍布蒙古大草原，彻底瓦解了蒙古经济。许多草原牧人家庭、甚至五六成以上的草原蒙古王公、活佛和高僧都陷入永难偿还的债务深渊。

清廷尽管与蒙古贵族联姻，但暗中始终防范蒙古势力坐大，为了抑制蒙古人口增长，加紧实行鼓励大量蒙古青年人脱产当喇嘛、不娶妻的畸形宗教政策，两百多年来产生了严重恶果：一是导致蒙古女人可嫁的青壮男人急剧减少，婴儿出生率大幅下降；二是由于蒙古女性人口过剩，导致性生活紊乱，蒙古地区性病泛滥成灾，进一步加速人口减少。到辛亥革命时，蒙古人口较明末时期数量减少大半。古老蒙古帝国的气数最终被清廷摧残殆尽。由于满蒙联姻是清政权生存的基础，一荣俱荣，一损俱损。当清政权成功地重创了蒙古的元气之后，它也就灭亡了自己。清专制王朝最终被辛亥革命推翻。

当汽车进入草原，公路取代了古老商道，更改了路线，传统客栈也渐渐减少。额仑苏木的老客栈只得迁到新址。原有的石基土坯房渐渐倾颓坍塌，墙垣朽败，又与草地融为一体，长出新草。乌拉盖苇塘的湿地面积渐渐缩小、湖岸线后退。然而在二十世纪上半叶，额仑草原百里花海花浪依然翻滚，乌拉盖大苇塘依然茂密壮阔，千年天鹅王国里依然天鹅成群飞翔，野鱼群密集，狼群以渔猎为生。深幽的芦苇塘里依旧掩藏着许许多多天鹅美丽或悲伤的爱情故事。

后记（一）

1967年11月，在上山下乡的号召发布一年之前，天性酷爱自由的姜戎，自愿到锡林郭勒盟东乌旗满都宝力格牧场插队。早在1956年，西乌旗的一半土地包括额吉淖尔盐池等数个苏木，以及浩齐特左旗和右旗的部分地域已划归东乌旗。在1945年，旗府所在地附近气势宏大的长思寺，被日军谍报机关占领，遭到苏联红军飞机大炮轰炸，被夷为平地，东乌旗首府后来就搬迁到原址西边三四百里的乌里雅斯太镇，位于西乌旗首府的西北边。那里曾有一座全蒙古三大寺院之一的宏伟的喇嘛库伦庙。姜戎当年路过东乌旗首府的时候，这座蒙古草原著名的大庙刚刚被红卫兵全部捣毁。但整个东西乌珠穆沁两旗的大草原，还保持着千年游牧的原貌。姜戎有幸成为蒙古原始草原游牧生活的亲历者，对于曾经天堂般美丽的边境游牧草原，终生爱恋并深深怀念。

第二年，他在自己放牧和生活的陶森生产队旁边的额仁高毕生产队，见到一位三十多岁的蒙古族女人，她有一双碧绿翡翠般美丽的大眼睛，长着新疆女人的脸型和漆黑眉毛，美若西域壁画中的神女。他当时深感惊奇。他只知道世上有高贵美丽的蓝眼睛，可从来不知道天下还有更奇美的绿眼睛。那时他刚从中央美术学院附中"毕业"，深受俄罗斯和西方美术色彩的熏陶，对美丽的色彩异常敏感,对人身体上的奇异色彩更是着魔。他像欣赏西方博物馆中珍贵油画头像名作一样看了许久。那神美迷人的绿光,在他心中烙下了深深隐痛的"梦想伤痕",对他的审美观产生了颠覆性的改变,使他对东乌珠穆沁旗的历史和蒙古族文化源流产生了浓厚兴趣,也成为他心中始终青翠的一株诗苗。这株诗苗后来与草原上许许多多爱情故事、天鹅传说素材以及诗歌残存片段一起,共同缓慢生长成为他的第二部小说——《天鹅图腾》。留下了两部游牧民族精神图腾的作品,但是姜戎仍然难以告慰他所深爱的蒙古草原、天鹅、苍狼和草原朋友们,难以告慰历代为自由献身的华夏儿女,更难以抚慰自己自由孤独的灵魂。

1972年冬,驻扎在乌拉盖河边的内蒙古生产建设兵团六师某团某连的炊事班,在河边开凿了一个冰窟窿,捞滑子鱼喂猪。每天打开厚毡,用抄网捞出鱼就扣在冰窟窿旁边,让一大群猪抢吃活鱼,吃饱为止。每头猪都吃得膘肥肉壮,黑毛发亮。该炊事班被评为先进集体,受到兵团表彰。

1973年夏,兵团的一个基建队,在乌拉盖河西南部一座水泥桥旁比较宽阔的河里,用超大渔网,一网打上来两万多斤鱼,用了许多辆卡车才运走,分给机关和连队,还卖了一些给供销社。

1974年,姜戎回北京探亲。在西单菜市场柜台上,看到一个筒状的大玻璃瓶,里面装着又碎又脏的口蘑干,比他在草原上自己采拣晾晒出来的真正口蘑干,差了两三个等级,可标价却是每两九元八角,每斤九十八元。当时,北京普通青年工人的月工资只有三十元出头。一斤低等级的口蘑干价钱竟然等于三个青年工人一个月的工资。当时他插队的草原牧场,一只额仑肥尾羊才十元左右,一斤低等口蘑干竟相当于十只羊的价钱,让他深感意外,留下难以磨灭的印象。他带回家的口蘑干成为亲朋好友赞不绝口的草原美食,那奇异鲜香让很多人忍不住开口索要，他只好一两半两地送。

1997年，姜戎在插队二十周年之际，与同住一个蒙古包、曾一起掏狼崽养狼，也是美院附中同班同学的知青老友陈继群，返回满都乌拉盖草原看望草原牧民朋友，可是再也没有见到一百七八十斤重的大羯羊和一百四五十斤重的母羊了。乌珠穆沁皇家贡羊已严重退化和矮化，个头和重量比建国初期记录的羊体重几乎减少一半。据《东乌珠穆沁旗志·人物》记载："栋日布，蒙古族，现东乌珠穆沁旗敦达高毕苏木人。1957年东乌珠穆沁旗选育乌珠穆沁肥尾羊时，他培育的羯羊重110公斤（肥尾11公斤），母羊90公斤，羔羊重57.5公斤。他在1959年、1960年连续两年被评为内蒙古自治区劳动模范。"

而且，让他俩更遗憾的是，再也没有见到一个绿眼睛姑娘。遥远西域阿尔泰的乌珠穆和乌拉盖天女般的美丽，也只能到草原记忆和诗歌中去寻觅了。让姜戎唯一感到欣慰的是，这个能歌善舞的马背上的民族，像崇拜图腾那样崇拜歌的牧民们，已重新将内蒙古草原变成了歌的海洋。他插队时被严禁歌唱的那些蒙古民歌情歌终于可以公开高唱了，他俩和牧民在蒙古包里喝酒叙旧，听歌手朋友们从中午一直唱到晚上，蒙古牧民个个都是天生的歌手，不亚于都市舞台上的歌星。

但是牧民说，十年禁歌，再加上老歌手大多离世，老歌好歌已流失无数。草原民歌中的爱和美没有变，但草原已大变，变得矿坑累累，沙尘滚滚，鼠洞遍地，狼群绝迹，定居点的砖瓦房随处可见，像绊马索一样的铁丝网遍布。几千年的草原游牧生活，在短短的二三十年内被分割草场的家庭承包制和定居彻底终结。那么，当草原变成沙地时，还能生长出草原民歌吗？曾经天堂般美丽的内蒙古大草原也许只能活在诗歌和小说里了。

深爱游牧草原的姜戎，只能用小说、诗歌、美术眼光和记忆，来尽力帮助草原人恢复古老美丽的图腾。但想恢复到他刚插队时那草浪滚滚、花浪如潮、羊群如云、狼嗥如歌、天鹅百灵双双飞的草原自由游牧状态，则已是乌托邦的梦想了。不爱也不懂草原、满脑子农耕思维的人管理草原，必定会厌恶和消灭草原古老的图腾和草原本身，并把在农村适用的家庭承包制生搬硬套到牧区，走上先"开发"后"治理"，最后迁出人畜，把沙地一封了之的邪路。不过，一些深知游牧真谛的牧民，已经拆掉水泥桩铁丝网，重新组建游牧合作社，开始新的游牧生活。

1975年9月，只存在了六年的内蒙古生产建设兵团被撤销，同时自治区革委会决定在乌拉盖地区设内蒙古农牧场管理局乌拉盖分局。1978年，当地主管在乌拉盖河上游修建大坝水库，蓄水总量达2.82亿立方米。后被洪水冲毁，泥沙淤塞覆盖了大片优良草场。2004年，当地主管为了招商引资和保障分局（原兵团师部）人口用水，又在乌拉盖河上游修建起更坚固的水库大坝。同年，姜戎的小说《狼图腾》出版。许多草原老朋友都说这部小说出晚了，自由纵横东乌旗满都宝力格苏木千万年的野生狼群，这一草原生态的健康指标，已在这短短二十多年里绝迹。中国传统"民以食为天"的农耕文化，还有许许多多愚昧的国民，本能地排斥狼和天鹅这两大值得仰慕的自由神和草原保护神，从而很大程度上导致中国北方草原生态的破坏。

2005年，流淌了千万年的内蒙古最大最长的内陆河——乌拉盖河断流（后来在环保人士的极力呼吁下，才"计划"性地少量放水）。水库上游还能保持清水绿坡，但是乌拉盖中下游的湖泊、苇塘和湿地陆续干枯消失。据锡林郭勒盟的记者报道："东乌旗的前乌拉盖高毕曾经是一大片蓝色水域，然而如今，记者来到乌拉盖高毕的南岸，站在悬崖边，看到的是一望无际的盐碱滩，四处可见扬沙和碱尘。"

2009年夏，为拍摄电影《狼图腾》，姜戎陪同法国著名导演让－雅克·阿诺，前往锡林郭勒盟东乌旗满都宝力格和乌拉盖草原采访和采景。在路过一家汉人饭馆的时候，有伙计悄悄上来推销油炸百灵鸟，当他愤怒地说要去找饭馆老板时，伙计马上改口说是油炸麻雀。姜戎没有想到，自己和草原人心目中的神鸟歌鸟，在许多国人眼里却依然是"食"。这种被列为国家二级保护动物的珍贵鸣禽，被古人称之为"告天子""告天鸟"，被西方人称之为云雀，被丹麦、法国奉为国鸟的珍禽，竟然在中国百灵鸟的故乡，沦落到被油炸、被小贩叫卖的境地。

到达曾经产生过无数情爱诗歌和故事的乌拉盖苇塘湖泊旧址，姜戎抬头仰望腾格里，仰望终生敬拜的天鹅图腾和百灵神女，心如死灰，无泪默哀，眼前连一滴水、一片羽毛和一棵芦苇也见不到了。千百年来，蒙古萨满老人、草原僧人、天鹅歌手诗人、天鹅姑娘和爱鹅的孩子，冒着掉入冰窟的危险、忍饥挨饿救养下来的天鹅后代们，一只也见不到了。天鹅图腾——草原民族和他心目中的自由图腾、爱与美的图腾，只有闭上眼睛到自己青春时期油画般清晰的记忆中去拜见了。他木木地望着前方，千万年的岁月里，空中飞翔着天鹅百灵，河边活跃着狼群，那寄托着自由灵魂、爱与美之梦想，如歌如诗如画的满都乌拉盖西南部草原大苇塘，已落得个白茫茫的碱地真干净。

后记（二）

1971年至2014年腹稿于内蒙古锡林郭勒盟东乌旗满都宝力格牧场和乌拉盖草原。

2015年5月初稿于北京。

在该年前后一段时间，洞庭湖、鄱阳湖、北京圆明园、上海崇明县、武汉东湖、包头、三门峡黄河湿地、山西平陆县黄河湿地、榆林水库、丹江口水库、江西九江市东湖、内蒙古赤峰、新疆石河子等地发生大量毒杀天鹅事件。

2016年6月二稿于北京。

同年10月，天津市武清区上马台镇禹某，雇人在内蒙古锡林郭勒盟正蓝旗洪图淖尔（天鹅湖）毒杀天鹅260多只。起因是天津郊区某些餐馆每只野生天鹅售价数千元。以吃天鹅肉为荣的蟾蜍国人甚多。

2017年10月三稿于北京。

当年7月14日，发生在正蓝旗的毒杀天鹅一案，7人获刑，首犯禹某被锡林郭勒盟正蓝旗人民法院判处有期徒刑16年。

2018年12月四稿于北京。

同年2月6日《锡林郭勒日报》报道，东乌珠穆沁旗森林公安局民警，在东乌旗乌里雅斯太镇北一公里处，发现疑似野生鸟尸体

870只,其中,疑似百灵鸟尸体795只,疑似角百灵13只,短趾百灵62只。2月6日,该案犯罪嫌疑人,吉林省长岭县王某、郝某等3人被抓捕归案。罪犯毒杀百灵鸟的目的,仍然是供应餐馆的众多食客。

同年3月16日,据东乌旗森林公安信息网报道:"直至气温回升,野外积雪融化,后又陆续从现场发现3614只野生鸟类尸体……历史上从未出现过的累计毒杀4484只野生鸟类的恶性非法狩猎案件成功告破。"

当姜戎接到草原老友愤怒的微信,点击搜索"内蒙古锡林郭勒盟正蓝旗天鹅毒杀案"和"内蒙古锡林郭勒盟东乌旗百灵鸟毒杀案"的词条和照片,看到民警摊列在天鹅湖边数百只高贵美丽洁白的天鹅公主王子的遗体,以及警务大厅地面上数千只珍贵"告天子"百灵鸟抽缩僵硬的尸体,犹如目睹奥斯维辛集中营。

深夜,姜戎遥望北方上空那天鹅图腾般美丽的长十字形"天鹅座",这个星座就在北极星附近。"天鹅座"的主星距地球的北极点仅6.6度,是北极星旁边最亮的一颗星,将来很有可能取代北极星。

据说近年来,天文学者发现,在这个庞大的天鹅星座中,有一颗行星的自然环境与地球的高度相似,有水、有植被,是一个适宜人类生存的新家园。而且,姜戎发现这个北十字形的天鹅座与萨满神衣上镶缀的一排十字形天鹅图符非常相像。他仿佛找到了自己灵魂的指路星,在梦中,他似乎能接收到从那里发出的像天鹅情侣双颈缠绕般的呼叫声。神鹅们告诉他,外星顶级文明的宇宙超人将把天鹅、苍狼、白鹿、仙鹤等珍禽贵兽,以及热爱、敬拜它们的人,接到"天鹅座"中伊甸园般美丽的新家园,而远离即将沦为水球、冰球、火球或碎球的地球。

姜戎眼前浮现乌拉盖天鹅天堂的幻影，耳畔响起从少年起一直萦绕在他心扉的圣桑《天鹅》那忧伤深痛的旋律。热爱游牧的自由灵魂，终将游牧太空，飞向天鹅星系，飞向爱与美之神……

2019 年 12 月定稿于北京

图书在版编目(CIP)数据

天鹅图腾 / 姜戎著. —— 北京：北京十月文艺出版社，2020.10
ISBN 978-7-5302-2069-6

Ⅰ．①天… Ⅱ．①姜… Ⅲ．①长篇小说-中国-当代 Ⅳ．①I247.5

中国版本图书馆CIP数据核字(2020)第151466号

天鹅图腾
TIAN'E TUTENG
姜戎 著

出　　版	北京出版集团
	北京十月文艺出版社
地　　址	北京北三环中路6号
邮　　编	100120
网　　址	www.bph.com.cn
发　　行	新经典发行有限公司
	电话(010)68423599
经　　销	新华书店
印　　刷	山东韵杰文化科技有限公司
版　　次	2020年10月第1版
	2020年10月第1次印刷
开　　本	880毫米×1230毫米　1/32
印　　张	18.5
字　　数	443千字
书　　号	ISBN 978-7-5302-2069-6
定　　价	69.00元

质量监督电话　010-58572393
如有印装质量问题，由本社负责调换

版权所有，未经书面许可，不得转载、复制、翻印，违者必究。